Über die Autorin:
Katharina Fuchs, geboren 1963 in Wiesbaden, verbrachte ihre Kindheit am Genfer See und in einer hessischen Kleinstadt. Nach ihrem Studium der Rechtswissenschaften in Frankfurt am Main und in Paris wurde sie Rechtsanwältin und Justiziarin eines DAX-notierten Unternehmens. Katharina Fuchs lebt mit ihrer Familie im Taunus. *Zwei Handvoll Leben* und *Neuleben* basieren auf ihrer eigenen Familiengeschichte. *Vor hundert Sommern* ist nach *Lebenssekunden, Unser kostbares Leben, Der Traum vom Leben* und *Das Flüstern des Lebens* ihr jüngster Roman.

KATHARINA FUCHS

Das Flüstern des Lebens

ROMAN

DROEMER

Besuchen Sie uns im Internet:
www.droemer-knaur.de

Eigenlizenz Juni 2025
© 2024 Droemer Verlag
Ein Imprint der Verlagsgruppe
Droemer Knaur GmbH & Co. KG
Maria-Luiko-Straße 54, 80636 München
Dieses Werk wurde vermittelt durch die
Literarische Agentur Gaeb & Eggers, 10405 Berlin.
Redaktion: Antje Steinhäuser
Covergestaltung: KRISTIN PANG
Coverabbildung: Martin Barraud / GettyImages,
Shaumiaa Vector / GettyImages
Satz und Layout: Adobe InDesign im Verlag
Druck und Bindung: CPI books GmbH, Leck
ISBN 978-3-426-30897-4

Kontaktadresse nach EU-Produktsicherheitsverordnung:
produktsicherheit@droemer-knaur.de

2 4 5 3

Disclaimer

Im vorliegenden Roman geht es unter anderem um sensible Themen wie Kinderarbeit und postkoloniale Strukturen und es kommen Ausdrücke und Bezeichnungen wie beispielsweise »Eingeborene« vor, die heute als diskriminierend und abwertend gelten und nicht mehr gebräuchlich sind. Sie werden in indirekter und wörtlicher Rede an manchen Stellen dennoch verwendet und weder umschrieben noch vermieden oder nur angedeutet, da sie dazu beitragen, die Haltung der sprechenden Figur und die Zustände zum Ausdruck zu bringen.

Prolog

Sind wir ganz ehrlich mit uns, besteht bei uns allen die Möglichkeit, dass wir uns von Menschen ein Bild gemacht haben, von ihrem Charakter, ihrem Anstand und ihrer Aufrichtigkeit, ihren guten und schlechten Eigenschaften, und dieses Bild unsere Vorstellung und Wahrnehmung so sehr prägt, dass die Realität zuweilen nicht ganz zu uns durchdringt. Und deshalb machen wir Fehler in unserer Einschätzung. Aber Fehler sind menschlich.

Einer Studie der Columbia Business School zufolge, die im Journal of Personality and Social Psychology veröffentlicht wurde, hat jeder Mensch bis zu dreizehn Geheimnisse. Die Forscher erfuhren, dass 60 Prozent der Befragten bereits eine Lüge verschwiegen hatten, 47 Prozent wollten nicht verraten, dass sie das Vertrauen eines anderen Menschen missbraucht hatten, 33 Prozent der Studienteilnehmer gaben an, bereits etwas gestohlen sowie eine geheime Beziehung geführt zu haben.

Nicht immer müssen Geheimnisse etwas Böses bedeuten, schließlich setzt auch eine Geburtstagsüberraschung für geraume Zeit das Verschweigen von Tatsachen voraus – ihre Geheimhaltung. Manche Geheimnisse bewegen sich auch in Graubereichen zwischen Gut und Böse, die unzählige Schattierungen zulassen.

Ich möchte mir nicht anmaßen, darüber zu urteilen, was gut und was schlecht ist. Nach Genesis 2, Vers 9 des Alten Testaments ließ Gott den Baum des Lebens und den Baum der Erkenntnis von Gut und Böse in der Mitte des Gartens Eden wachsen. Er verbot den Menschen aber, von den Früchten des Baums der Erkenntnis zu essen, da dies den Verlust des ewigen Lebens zur Folge hätte. Im Sinne Gottes ist es eine Vermessenheit der Menschen, selbst zu entscheiden, was gut und was böse ist.

Ich könnte nun alles so belassen und nicht mehr daran rühren. Wäre da nicht diese heimliche Unruhe, die mich immer wieder befällt und die mitunter in blinde, unsinnige Angst ausartet. Sie kann zum ständigen

Begleiter unseres Lebens werden, wenn wir den Grund im Verborgenen lassen.

Ich vermute, dass für jeden Menschen im Leben ein Moment der Prüfung kommt, in dem er sich entscheiden muss – für oder gegen die Wahrheit. Für oder gegen sein perfektes Image, sein Bild in der Öffentlichkeit und auch seinen ganz privaten Leumund. Auch kann, was in der Gesellschaft vor Jahren als richtig erschien, von der aufgeklärten Gegenwart eingeholt werden und nun bei näherer Betrachtung falsch sein. Mancher mag sich gegen diese Veränderungen im Denken stemmen, gegen die Aufklärung. Womöglich muss er gegen seine Schwächen ankämpfen, gegen die Leichtigkeit einer Lüge, gegen den einfachen Weg der Unwahrheit, vielleicht muss er diese auch vollends überwinden. Die Prüfung kann zunächst klein und unbedeutend wirken oder von Anfang an als offensichtliche Tragödie daherkommen. Ich jedenfalls habe meine Prüfung abgelegt und genug Melodram in meiner Familie gehabt. Jetzt will ich nur noch meinen Frieden.

Seite an Seite mit dir, der Liebe meines Lebens, möchte ich die frische kalte Morgenluft im afrikanischen Hochland einatmen, über die geometrischen Formen der Felder mit jungen, grünen Kaffeepflanzen schauen, umgeben von Wildnis, Urwald und Steppe – und dabei alles vergessen, was passiert ist. Doch die Vergangenheit ist mir noch zu nah, als dass ich darüber schweigen könnte.

1. Buch

Isabelle

Meine Tante hatte eine Farm in Tansania. Der Ngorongoro-Krater lag rund zehn Kilometer von dem nördlichsten Grenzstein ihres Landes entfernt. Doch konnten aus der Strecke leicht zwanzig Kilometer werden, je nachdem, ob das Wasser der Bäche in der Regenzeit über die Ufer trat und Erdrutsche die südliche Route unpassierbar machte.

Die Bewegungen der Erdkruste, die vor rund fünfundzwanzig Millionen Jahren begannen und bis heute andauern, hatten eine einmalige Landschaft hervorgebracht. Sie schufen den mächtigen Ngorongoro, der seit zweieinhalb Millionen Jahren fünftausend Meter in die Höhe ragt und dessen Hänge dichten Nebelwald tragen. Die fruchtbare Vulkanasche bildete die Grundlage für die üppigen Weiden zu Füßen des Kraterhochlands, das allem Leben in den Ebenen seinen unerbittlichen Rhythmus aufzwang.

Von Horizont zu Horizont erstreckt sich dort eine Ebene, so flach wie eine Tischplatte. Hier wachsen kaum Sträucher und Bäume und das Auge sucht vergeblich nach üppiger Vegetation und lieblichen Farben. Wo man hinsieht, nur Gras in allen Schattierungen von Oliv über Mint bis zu sattem Apfelgrün während der Regenzeit und von Strohgelb über Ocker bis Braun in der Trockenzeit. Als sei es nicht einfach nur Grasland, sondern eine tönerne Kachel, deren Farbe umso intensiver wird, je höher die Brenntemperatur, der sie ausgesetzt ist. In der Savanne ist es kein Brennofen, sondern die afrikanische Sonne, die diese tönerne Farbpalette hervorbringt.

Für die Viehhirten barg der Boden während der Regenzeit fruchtbares Weideland. Doch nur die genügsamen Schafe und Ziegen der Massai konnten in der Trockenzeit am Fuß der Vulkane gehalten werden. Als die Massai diese Weiden für sich eroberten, nannten sie den Ort »esirinket«, »weiter, offener Platz«. Über drei Jahrhunderte wurde die »esirinket« von Massai-Hirtennomaden besiedelt und für ihre Viehweidewirtschaft genutzt. Als die Europäer den Ort entdeckten, formten sie den Namen »esirinket« zu »Serengeti«.

Ich war dreizehn, als ich das erste Mal den Ngorongoro-Krater und die Serengeti sah. Im Sommer 1987 hatte meine Tante Corinna Waldeck die Mawingu-Farm nördlich von Karatu einschließlich sechshundert Hektar Land gekauft und meine Eltern flogen mit meinem Bruder und mir in den Herbstferien von München nach Tansania. Meine Vorstellung von dem, was mich erwartete, war durch Bilder aus dem Fernsehen und Kino geprägt und steckte voller Klischees. Von der damals schon etwa zwanzig Jahre alten Kultserie »Daktari« hatte ich mir den schielenden Löwen Clarence und den zahmen Schimpansen Judy ausgesucht und hoffte inständig, solchen Tieren zu begegnen. Selbstredend kannten wir alle Bernhard Grzimeks Film »Serengeti darf nicht sterben« und meine Mutter wollte mit uns das Grab des Tierforschers am Kraterrand besuchen.

Die Ankunft am Arusha Airport gestaltete sich überraschend einfach. Wir kamen die Gangway herunter und gingen direkt auf ein eingeschossiges Gebäude mit grünem Dach zu, das im Vergleich zu den Ausmaßen des Internationalen Münchner Flughafens Riem eher wie ein Busbahnhof wirkte. Ich weiß noch genau, was ich trug: eine kamelfarbene Jeans mit ausgestellten Beinen und eine Jerseybluse in Kaki, die am Ausschnitt geschnürt wurde. Unsere Mutter hatte uns vor der Reise mit tropentauglicher Kleidung in Sandtönen eingedeckt, um gegen Sonne und Insekten geschützt und kein Blickfang für wilde Tiere zu sein.

Der Himmel war blass und so hell, dass man kaum in die Höhe schauen konnte, ohne zu blinzeln. Am Horizont hinter dem niedrigen Dach des einzigen Terminals türmten sich riesige, scheinbar schwerelose Wolken auf, die rasch auf uns zusegelten. Das Atmen fiel leicht, denn die Luft war dünn, und ich sog sie tief in meine Lunge ein, als atmete ich eine wilde Hoffnung ein, die mich mit Vogelschwingen versah.

Mit einem »Welcome to Tansania« und einem offenen Lächeln gab uns der schwarze Grenzbeamte die gestempelten Pässe zurück. Ich fühlte mich von diesem Moment an willkommen. Es war ein starkes, unbezwingbares Gefühl, die mir fremden Menschen und das unbekannte Land in mein Herz und in mein Leben zu lassen. Ja, ich glaube, mit dem Herzen hat es angefangen oder mit dem, was ich im Alter von dreizehn dafür hielt.

Der Flughafen wimmelte von bunt gekleideten Reisenden und Touristen in neuer europäischer Safarikleidung, die unserer ähnelte. Hinter der Zollabfertigung standen Fahrer, die Pappschilder mit Namen hochhielten.

»Ich glaube, wir werden abgeholt«, sagte Gregor. Er legte meiner Mutter den Arm um die Schultern – eine liebevolle Geste, die wir lange nicht mehr beobachtet hatten, und Moritz stieß mir seinen Ellbogen in die Rippen. Unsere Eltern wirkten so viel lockerer als zu Hause. Sie verbreiteten eine launige Heiterkeit, seit wir afrikanischen Boden betreten hatten. Kinder haben eine feine Antenne dafür, wenn es in der Beziehung ihrer Eltern kriselt, auch wenn sie nicht die passenden Worte finden mögen. Und zwischen unserer Mutter und unserem Vater stimmte es schon seit längerer Zeit nicht mehr. Aber jetzt ruhte Gregors Arm auf Doris' Schultern und er deutete in Richtung Ausgang. Auf uns wartete ein junger Einheimischer mit Sonnenbrille und breitkrempigem Hut. Er hob die Hand zum Gruß und rief uns ein lautes »Jambo« entgegen. Ich sehe ihn noch genau vor mir, als ob unsere Ankunft erst gestern gewesen wäre. Er stellte sich uns als Zahir vor. Er sei Wildhüter, Maschinenführer, Mechaniker, Fahrer und die gute Seele der Mawingu-Farm in einem.

»Das hier sind meine Frau Doris, meine Tochter Isabelle und mein Sohn Moritz«, sagte Vater und klopfte Zahir jovial auf die Schulter. »Wenn ihr ein Problem habt, geht zu Zahir!« Er redete so, als würde er den Angestellten meiner Tante schon lange kennen. Zahir lachte, entblößte eine Zahnlücke im Unterkiefer, schüttelte unsere Hände und übernahm unseren vollgeladenen Gepäckwagen. Wir hatten gar nicht viel Kleidung mit, sondern die Koffer waren mit allen möglichen deutschen Haushaltsgegenständen gefüllt, die Corinna auf der Farm benötigte und die sie Doris in einem Telegramm aufgelistet hatte. Dazu gehörten eine gute Schere, Nähzeug, Hansastrips in rauen Mengen, Fieberthermometer, Aspirin und das Malariamittel Chloroquin, eine große Ladung Batterien und eine neue Kaffeemaschine. Außerdem zwanzig Packungen Nudeln für den Orden der Holy-Spirit-Sisters, der evangelischen Nonnen, die offenbar auf ihrer Europareise auf den Geschmack gekommen waren, sowie Filzstifte als Geschenke für die Kinder.

Zahir schob den Gepäckwagen zügig vor uns her auf den Parkplatz zu einem Defender in Tarnfarbe, den meine Tante Corinna, wie wir wussten, gebraucht gekauft hatte.

Der Geländewagen war mit zwei knallgelben Zwanzig-Liter-Dieselkanistern, Spaten und Sandblechen auf dem Dach ausgestattet und wir Kinder fragten uns, wozu sie wohl dienten. Dabei ahnten wir nicht, wie dankbar wir noch für diese scheinbar überflüssigen Hilfsmittel sein würden. Für unsere Geländefahrten gehörte später noch ein Reifen-Reparatur-Kit, ein Kompressor und ein Kühlschrank zur Ausrüstung, die Zahir allerdings auf der Farm gelassen hatte, um Platz für unsere Koffer zu schaffen. Wir würden erst lernen müssen, wie wichtig der Kompressor war, um bei schwierigen Geländepassagen Druck aus den Reifen abzulassen und sie ohne fremde Hilfe wieder aufzupumpen, ganz gleich, wie weit die nächste Tankstelle entfernt war. Doch dies alles lag noch in einer Zukunft, von der wir nach einer unspektakulären Kindheit in München nicht den Hauch einer Vorstellung hatten. Noch war unser Denken europäisch, wie man hier sagte, und alles, was kam, ein großes Abenteuer.

Auf unserer dreistündigen Fahrt, vorbei an Bananenstauden, Kaffeeplantagen, Maisfeldern und krummen, dornenbewehrten Bäumen nahmen wir die transparente Bläue des afrikanischen Himmels wahr und sahen hoch oben den glühenden Ball der Sonne, der Leben schenkte und es unbarmherzig nahm. Die Luft über der Ebene wurde in der Mittagshitze lebendig und wogte, flimmerte hell wie eine brennende Flamme.

Fuhr man auf das Kraterhochland zu, ragte die Bruchlinie des ostafrikanischen Grabens an die fünfhundert Meter auf. Der Höhenzug erstreckte sich von Westen nach Norden und wurde von unzähligen edlen Gipfeln gekrönt, die wie Wellenkämme kobaltblau in den Himmel ragten. Über dem üppigen Wald hingen weißgraue Wolkenfetzen. Während Zahir den Wagen lenkte und manches Schlagloch umfuhr, erklärte uns unser Vater die Landschaft: Auf dieser Seite des Massivs sei das Vorland dicht besiedelt, die fruchtbaren Böden und regelmäßigen Niederschläge ließen ergiebige Landwirtschaft zu. Der Wind wehe hier monatelang aus derselben Richtung. So bringe der Südostmonsun die feuchtwarme Luft vom Indischen Ozean ins Landesinnere.

»Siehst du, Isa, das führt dazu, dass sich der Regen überwiegend auf der Südostseite der hohen Bergzüge bildet.« Mein Vater drehte sich zu mir um, denn er hatte wohl bemerkt, dass ich ihm nicht besonders aufmerksam zuhörte. »Im Nordwesten – auf der anderen Seite der Vulkane – kommt umgekehrt viele Monate im Jahr nur trockene Luft an.«

Meine Gedanken schweiften ab. »Nordosten« oder »Südwesten« – was hatten die Himmelsrichtungen schon für eine Bedeutung? »Bergzüge«? »Trockene Luft oder feuchte Luft«? Dass hiervon in Afrika das Überleben Abertausender Tiere und Menschen abhing, war für mich nicht vorstellbar. Nur als unser Vater von »herabsinkenden Föhnwinden« sprach, konnte ich mit dem Ausdruck etwas anfangen. »Föhn« kannten wir aus München zur Genüge – unser Vater bekam bei der Wetterlage fast immer Kopfschmerzen.

Was wir Kinder hier hören und vor allem sehen wollten, war die afrikanische Tierwelt, die Elefanten, Nashörner, Büffel, Leoparden und Löwen, die »Big Five«, von denen man uns erzählt hatte, außerdem Zebras, Giraffen. Bis jetzt hatten wir von der Straße aus nur Schafe und Ziegen oder Ochsen, die schwer beladene Karren zogen, entdecken können.

Zahir erklärte auf Englisch und Vater übersetzte, was wir nicht verstanden: Das Farmgelände an den Hängen des Ngorongoro-Kraters erstrecke sich über eine Fläche von sechshundert Hektar und sei so vielfältig wie die Natur, welche es umgab. Ein unvergessliches Erlebnis in einer einzigartigen Landschaft: Weite Felder aufgereihter Kaffeebäume, durch Schirmakazien und Jakarandabäumen vor zu viel Sonne geschützt, grenzten direkt an den Ngorongoro-Nationalpark an.

Wir saßen aufgereiht seitlich zur Fahrtrichtung auf den harten Bänken und nahmen Wildnis, Steppe, Busch und einige verstreute Siedlungen wahr. Vor allem entsinne ich mich noch an das Kleben der Ledersitze, ihre ausgefransten Ränder, das Gefühl, mehrere Stunden bis ins Mark durchgerüttelt zu werden, und die vielen Eselskarren, die wir überholten.

Dann bog Zahir mitten in den Busch ab und folgte einer roten Standspur, stellenweise kaum breiter als ein Fußpfad. Zu beiden Seiten ragten die Bäume wie Säulen empor und vereinigten sich über uns wie der Bogengang eines Klosters. Nicht einmal die Nachmittagssonne vermochte das eng verschlungene Laubdach zu durchdringen. Linker Hand tauchte eine niedrige Lehmhütte mit einem Grasdach auf. An den Dachfirst war ein kleines Kreuz genagelt und meine Mutter fragte, ob das eine Kirche sei. »Kein Gotteshaus«, antwortete Zahir. »Die evangelische Missionsschule.« Da weit und breit keine Siedlung zu sehen war, erkundigte sich meine Mutter, wo die Schüler herkämen. »Von überall«, lautete die Antwort.

Endlich sahen wir die Plantage. Der Anblick der geometrischen Formen dieser ebenmäßig bepflanzten Felder war eine Überraschung inmitten der wilden Landschaft. Ordentlich frisch und grün wirkten die Kaffeepflanzen, umgeben von Wildnis, Urwald und Steppe.

»Kaffeeanbau ist eine Arbeit, für die man viel Geduld braucht«, sagte Zahir. »*Patience!*« Das Wort wiederholte er mehrmals und ich verstand nicht, was das in dem Zusammenhang bedeuten sollte. »Nach drei Jahren trägt eine Pflanze. Bis dahin ist es schwieriger, als man sich vorstellt«, erklärte er, ohne eine genauere Erklärung abzugeben.

Als wollte eine höhere Kraft seinen Worten mehr Gewicht verleihen, fing es wie aus dem Nichts an, in Strömen zu regnen. Der Wolkenbruch war derart heftig, dass sich die Sandspur augenblicklich in einen schlammigen Bachlauf verwandelte und der Defender nur noch im Schritttempo vorankam. Mehrmals musste Zahir den Rückwärtsgang einlegen und zweimal sogar die Differenzialsperre nutzen, um einen drei Meter hohen steilen Hang hinauf- und hinunterzufahren, denn die sogenannte Straße war an einer Stelle unpassierbar.

Wir waren heilfroh, als wir endlich am Farmhaus ankamen, obwohl wir es durch den dichten Regen und die dicken Nebelschwaden kaum erkennen konnten. Zahir rannte um den Wagen herum, öffnete uns die Hecktüren, wir sprangen heraus und versanken bis zu den Knöcheln tief im gelblichen Schlamm. Dann wateten wir zu der breiten Holztreppe und stiegen die vier Stufen zum Haus hoch.

In dem alten, gemütlichen und authentischen Farmhaus von Mawingu aus den 1920er-Jahren, im Zentrum der Kaffeeplantage, schien man in vergangene Zeiten einzutauchen. Im großen Salon mit offenem Kamin brannte ein knisterndes Feuer. Es hingen Trophäen und sepiafarbene alte Fotos früherer Safaris an den Wänden und so wäre man nicht überrascht gewesen, Hemingway Pfeife rauchend und über die Jagd philosophierend in einem der tiefen Ledersessel anzutreffen. Hinter dem Salon öffnete sich die überdachte Veranda zu einem subtropischen, üppigen Garten. Gekonnt wurde der nostalgische Charme mit Annehmlichkeiten der heutigen Zeit verknüpft. Ventilatoren an der Decke, Heizung, Kühlschrank, Geschirrspülmaschine, um nur einige aufzuzählen. Das Farmhaus war das Herzstück der Kaffeeplantage.

Während wir noch triefend auf dem Teppich vor der offenen Doppeltür des Wohnzimmers standen und zusahen, wie sich um unsere Schuhe herum schlammige Pfützen bildeten, flogen beide Flügel der Eingangstür gleichzeitig auf. Ein Windstoß wehte Corinna in die Eingangshalle. Sie lachte, schüttelte die Nässe von ihrem Hemd – wie eine Jagdhündin nach ihrem Ausflug in den Ententeich – und stampfte mit den Füßen auf. Im Leben sah sie immer noch besser aus, als man sie in Erinnerung hatte. Ihr Gesicht charaktervoll, scharf gezeichnet, die blonde Strähne im struppigen Pony der ansonsten dunkelbraunen Kurzhaarfrisur wirkte wie eine gekonnte Nuance der Natur. Ich kann sie heute deutlich vor mir sehen, denn mein Gedächtnis überspannt diese vielen vergangenen Jahre wie eine Brücke. Und ich werde nie vergessen, wie unwiderstehlich meine Tante war. Keiner konnte sich ihrem Charisma entziehen.

»Willkommen auf Mawingu!«, rief sie gut gelaunt und breitete die Arme aus. »Falls ihr bisher nicht wusstet, dass Mawingu auf Swahili »Wolke« heißt … nun, dann wisst ihr es jetzt. Hattet ihr trotzdem eine gute Fahrt?«

Isabelle

Das Taxi, in dessen Polstern sich kalter Zigarettenrauch eingenistet hatte, fuhr gemächlich durch die Münchner Straßen. Es war Ende Juni, ein herrlicher, sehr warmer Nachmittag mit einem wolkenlosen Himmel. Die Sonne stand so hoch oben, dass sie kaum Schatten warf. In der Ferne konnte man die Bayerischen Alpen sehen, in denen eine blaue Kraftquelle zu wohnen schien, die dem Himmel seine tiefe Farbe verlieh. Als der Wagen an der Eisbachwelle vorbeifuhr, kamen für einen Moment die Isar-Surfer in Sicht: junge Münchner, die mit ihren Brettern den Ritt auf der künstlichen Welle wagten. Mit Badehosen, Bikinis oder Neoprenanzügen bekleidet, zeigten sie vor vielen Schaulustigen ihre Kunstfertigkeit und ihre durchtrainierten Körper. Heute waren sie besonders zahlreich und nutzten offenbar das traumhafte Wetter aus. Unwillkürlich hielt ich Ausschau nach dem gebräunten Gesicht meines Sohnes Alex, der hier jede freie Minute verbrachte. Im Grunde war ich erleichtert, als ich ihn nicht sah. Wahrscheinlich war er in einer Vorlesung und nahm sein Studium doch ernster, als ich manchmal vermutete.

Ich beobachtete ein ebenfalls braun gebranntes Mädchen, das auf sein Board sprang und auf der Welle entlangglitt, selbstvergessen und glücklich. Die Surfer standen für Freiheit und Lebenslust – und das mitten in einer Großstadt. Obwohl ich während der Fahrt vom Hauptbahnhof einen Anruf nach dem anderen erhielt und über meine EarPods ununterbrochen mit Bauherren und Elektrikern über Kabelschächte und Beleuchtungssysteme konferierte, konnte ich mich dem betörenden Anblick nicht entziehen. Es war ein seltsamer, geradezu harter Gegensatz zwischen dem telefonischen Krisenmanagement und dem, was ich sah.

Wenige Minuten später erreichte das Taxi Bogenhausen, mit seinen golden beleuchteten Fassaden, dem Bäcker, in dem ich früher mit meinem Bruder die Sonntagssemmeln für die Familie geholt hatte, der

Metzgerei, dem Zeitungsladen und dem altmodischen Gasthaus. Dann kamen wir in das Wohnviertel, in dessen gepflegten Vorgärten Clematis und Hibiskus blühten, so farbenfroh, dass ich mich noch mehr auf zu Hause freute als schon während der gesamten Bahnfahrt. Vor einem halben Jahr, nachdem unser Sohn Alex ausgezogen war, hatten Christoph und ich unser Reihenhaus renovieren lassen, einige Wände in Grafittönen gestrichen, das Bad mit Holzwaschtischen und einer ovalen Badewanne ausstatten lassen, das große Kinderzimmer in unser Schlafzimmer umgewandelt, die Küche zum Wohnzimmer geöffnet und mit einem Küchenblock aus Granit ausgestattet. Es war ein Kraftakt gewesen, auch finanziell, aber seitdem liebte ich mein kleines Häuschen fast noch mehr als in den Zeiten, in denen es das trubelige Heim meiner lauten Familie gewesen war. Es war meine Insel, in einem anstrengenden Berufsleben als Architektin, das ich, seit Alex aus dem Gröbsten raus war, wieder voller Leidenschaft führte.

Ich blickte durch das Seitenfenster und kam zu dem Schluss, dass ich München noch nie so schön gesehen hatte. Der Fahrer bremste, schaltete in den zweiten Gang und bog in eine gerade, von Hecken gesäumte Straße ein. Auf den Balkonen blühten weiße Petunien zwischen akkurat geschnittenen Buchsbaumkugeln. Die Straße machte eine Linkskurve und an der nächsten Kreuzung kam die Bernheimer Straße in Sicht. Hier in Oberföhring waren die Häuser nicht so prächtig wie in Bogenhausen, aber jedes für sich genommen hatte seinen eigenen Charme.

»Nummer neunundzwanzig?«, fragte der Taxifahrer über seine Schulter hinweg. »Ja, da vorne ist es schon.« Ich deutete auf das Haus mit der frisch getünchten Fassade, die über die Kirschlorbeerhecke ragte, dabei wurde ich von einer nervösen Vorfreude auf das Heimkommen erfasst. Im selben Moment hörte ich den Namen »Waldeck« im Radio.

»Könnten Sie das bitte lauter stellen?«, fragte ich und nahm meine EarPods aus den Ohren.

Der Fahrer nickte. »Okay.«

»… wurde die Münchner Unternehmerin Corinna Waldeck auf ihrer Farm in Afrika tot aufgefunden«, sagte die Stimme des Reporters. »Eine Sprecherin des Auswärtigen Amts bestätigt, dass eine deutsche

Staatsangehörige in Tansania ums Leben kam …« Ich spürte eine Mischung aus Ungläubigkeit und aufkommender Verzweiflung. War es wirklich meine Tante, über die dort gesprochen wurde? Konnte es wahr sein? Lächerliche Gedanken gingen mir durch den Kopf: dass es noch andere Münchner Unternehmerinnen gab, die eine Farm in Afrika besaßen und genauso hießen, dass sich der Journalist einen geschmacklosen Scherz erlaubte. Und viel naheliegender – dass ich mich verhört hatte. Ich spürte, wie sich das Lächeln in meinem Gesicht auflöste und meine Hände sich um den Henkel meiner Handtasche krampften.

»Ist Ihnen nicht gut?«, fragte der Taxifahrer. »Soll ich vielleicht einen Arzt rufen?«

»Danke, es geht schon.«

Wie durch einen Schleier las ich die Zahl auf der Taxiuhr, reichte zwei Zwanzigeuroscheine nach vorne, murmelte, der Rest sei für ihn, und konnte mich später nicht mehr daran erinnern, auf welche Art und Weise mein Koffer ins Haus gelangt war. Nur daran, dass ich den Freudentanz von Frida, unserer braunen Labradorhündin, heute nicht mit der gleichen Glückseligkeit erwidert hatte. Dann saß ich am Küchentisch zwischen benutztem Geschirr und leeren Joghurtbechern, und Frida, dicht an meine Beine gedrängt, blickte mich ruhig und aufmerksam an, während ich durch die Nachrichten auf meinem Smartphone scrollte. Das Netz war bereits voll von Meldungen über den Tod meiner Tante.

»Bogenhausener Geschäftsfrau stirbt auf ihrer Farm in Tansania.«

»Drama im Afrikaurlaub! Eine bekannte Münchner Unternehmerin (68) ist im südostafrikanischen Tansania ums Leben gekommen.«

»Sprecherin des Auswärtigen Amts steht mit den tansanischen Behörden und den Angehörigen in Kontakt. Sie ist zu jeder konsularischen Unterstützung bereit.«

Ich zuckte zusammen, als das Telefon in meiner Hand vibrierte und der Gitarren-Klingelton erklang. Das Foto meiner Mutter, Doris, rosiger Teint, flotter silbriger Bob, erschien auf dem Bildschirm.

»Mama …?«

Mein Zögern verriet Doris, dass ich die schreckliche Nachricht schon gehört hatte.

»Isa! Du weißt es also schon!«

»Ja, es kam gerade im Radio, als ich im Taxi saß. Ich war zwei Tage bei einem Großprojekt in Köln, da läuft beim Innenausbau leider gerade einiges schief, die Kabelschächte sind zu …« Als mir klar zu werden begann, wie unwichtig meine Probleme auf der Baustelle im Vergleich zu der Trauer waren, die meine Mutter durchlebte, schwieg ich still und es entstand eine Pause. Ich wusste, wie sehr Doris an ihrer Zwillingsschwester – meiner Tante – gehangen hatte. Sie hatte ihr wohl schon während ihrer Kindheit immer besonders nahegestanden, aber seit Doris allein war, hatte ihre Verbindung eine besondere Bedeutung für sie bekommen und war enger denn je. Und ich konnte die Anhänglichkeit meiner Mutter verstehen, denn Corinna Waldeck war etwas sehr Seltenes gewesen: Ein glücklicher Mensch, und sie hatte jeden, der ihr begegnete, mit ihrer Großzügigkeit und ihrem Charisma in ihren Bann gezogen.

»Wie ist es denn passiert?«, fragte ich.

»Ich habe nicht die leiseste Ahnung.«

»Wir sollten wohl …« Ich verstummte, weil ich selbst nicht wusste, was wir sollten.

Doris sprach leise, fast flehend: »Bitte hör nicht auf zu reden, Isa, ich muss deine Stimme hören, ich muss das Gefühl haben, da ist jemand, der mir sagt, was ich jetzt tun soll und wie alles weitergeht, wenn Corinna jetzt auch nicht mehr da ist.«

Ich hörte den Schmerz in der Stimme meiner Mutter und hatte das tiefe Bedürfnis, sie zu trösten, bloß wie?

»Hast du schon mit den anderen gesprochen?«, fragte ich und merkte selbst, dass der Satz neue Fragen aufwarf.

Wer waren »die anderen«? War Tante Corinna noch mit ihrer derzeitigen Freundin zusammen, wie hieß sie noch, Amy oder Mandy … und wenn ja, war sie bei ihr gewesen, als sie starb? Musste ich auch ihren geschiedenen Ehemann sowie Liane, Claudia, Marina und … informieren? Wie hießen noch all die Frauen, mit denen sie jeweils ein paar Jahre zusammengewohnt hatte – mit Liane sogar in einer eingetragenen Lebensgemeinschaft?

»Nein«, sagte Doris. »Ich habe dich als Erste angerufen und hatte gehofft, dass du …« Sie zögerte, dann sagte sie mit festerer Stimme als zuvor: »… ich wollte dich fragen, ob du es ihnen sagen kannst oder es lieber mir überlässt.«

»Natürlich kann ich das machen!«, beeilte ich mich zu versichern. Aber als ich darüber nachdachte, wo sich Tante Corinnas Ex-Frauen und -Männer (obwohl es meines Wissens nur einen gab), ihre derzeitige Lebensgefährtin, mein Bruder, mein Sohn gerade aufhielten und wie ich alle erreichen konnte, bekam die Situation einen so nüchternen Anstrich, dass meine Kehle trocken wurde und ich schlucken musste. Hier ging es nicht darum, die Familie für ein Geburtstagsfest zusammenzutrommeln und sich ein gemeinsames Geschenk auszudenken. Hier ging es um eine Trauerfeier für meine Lieblingstante.

»Wann und wo soll denn die Beerdigung stattfinden? Corinnas …«, ich stockte, bevor ich das Wort aussprach und holte tief Luft, um es über die Lippen zu kriegen: »Corinnas Leichnam müsste ja überführt werden. Ich glaube, das wird nicht so schnell gehen.«

»Ich weiß nicht, vermutlich hätte sie ihr …« Jetzt stockte Doris' Stimme, bevor sie das Wort »Grab« aussprechen konnte. »Ihr Grab lieber in Afrika … aber ich will das auch alles nicht so rasch entscheiden und auch nicht alleine. Können wir das nicht besprechen, wenn du hier bist?« Doris klang traurig und hilflos.

»Natürlich, Mama«, sagte ich und plötzlich verließ mich die unnatürliche Ruhe, die ich bis dahin empfunden hatte. Warum war ich nicht gleich selbst auf die Idee gekommen, sofort zu meiner Mutter zu fahren?

»Ich setze mich aufs Fahrrad und bin spätestens in einer halben Stunde da.«

»Danke!«, hörte ich meine Mutter sagen und beendete das Gespräch, bevor der Schmerz mein Herz erreichte. Ich legte das Handy auf den Tisch und ging nach oben, um mich umzuziehen. Wie automatisch bückte ich mich, um die gebrauchten Socken von Christoph aufzuheben, die auf dem Boden lagen, sein benutztes Oberhemd und die verschwitzten Joggingsachen von der Bank am Fußende des Betts zu sammeln und in den Wäschekorb zu werfen. Ich öffnete das Fenster, ließ frische Luft in den Raum, hängte sein Sakko in den Kleiderschrank. Dann tauschte ich meinen schmal geschnittenen, anthrazitfarbenen Businessanzug gegen Jeans und ein weißes T-Shirt, betrachtete unser ungemachtes Bett mit der weißen Leinenwäsche, in dem ich vor zwei Nächten neben Christoph aufgewacht war und geglaubt hatte, alles würde so weiterlaufen wie bisher. Und auch als ich den kleinen silbernen Rahmen mit dem Foto aus unserem letzten Urlaub bei Corinna in Tansania in die Hand nahm, verbannte ich die Gewissheit, dass ihr Leben ein jähes Ende gefunden hatte. Mit Tante Corinna war immer alles so leicht erschienen, so sorglos und spielerisch. Eine feine schmelzende Traurigkeit lag in dem Gedanken. Ich wusste, dass diese unbefangenen Zeiten ein Ende gefunden hatten, aber nur im Kopf, also könnte ich die Erkenntnis, sie nie wieder zu sehen, noch verdrängen, bevor sie sich in meinem gesamten Körper ausbreitete.

Tot. Corinna tot. »Tot«, flüsterte ich, ohne zu merken, dass ich das Wort wirklich aussprach.

Im Bad legte ich meinen schlichten Ehering auf die Ablage aus geölter Eiche, auf der die neuen mattweißen Waschbecken standen, nahm ein feuchtes Handtuch, wischte aus beiden Becken die Reste von Zahnpasta und Christophs Bartstoppeln – anscheinend hatte er während meiner Abwesenheit mein Becken benutzt, nachdem ihm seines zu schmutzig geworden war – warf das Handtuch in den Wäschekorb. Dann wusch ich mir die Hände, kämmte mir die Haare aus dem Gesicht und band sie mit einem Gummi zu einem kurzen Pferdeschwanz zusammen. Dabei versuchte ich mein Spiegelbild zu ignorieren, meine länglichen dunkelgrauen Augen mit den ersten Krähenfüßchen links und rechts, die rund geschwungenen Nasenflügel, den breiten Mund und die scharf umrissenen Linien von Hals und Kinn. Manche wohlmeinenden Freundinnen sagten mir, ich sei immer noch eine schöne Frau. Bei unserem letzten Mädelsabend in Schwabing hatten wir uns zum Spaß alle gegenseitig mit Komplimenten überhäuft. »Und sie kann ganz schön tough sein, wenn es drauf ankommt«, hatte meine beste Freundin Uta über mich gesagt und schnell hinzugefügt, »aber auch einfühlsam.« Vielleicht stimmte das sogar alles, auch wenn meine fünfundvierzig Jahre inzwischen ihre Spuren hinterlassen hatten. Sowohl in meinem Spiegelbild als auch in dem, was man Seele nannte. An einem Tag der Trauer sah man selbst diese kleinen Lebenslinien deutlicher als an glücklichen, erfüllten Tagen.

Zurück im Erdgeschoss, holte ich Fridas Halsband von der Garderobe und legte es ihr an. Die Hündin war hocherfreut über den zu erwartenden Spaziergang. Im Vorbeigehen fiel mir auf, dass der Wassernapf leer war. Ich füllte ihn am Hahn auf und stellte ihn zurück in den Ständer. Sofort begann Frida gierig zu trinken.

»Du Arme, hoffentlich hat Herrchen dein Wasser nicht zwei Tage lang vergessen …«, murmelte ich und strich mir eine Haarsträhne hinter das Ohr. Mein Mann Christoph war Konzertviolinist und wenn er keine Orchesterprobe hatte, übte er zu Hause oder saß im Café am Marienplatz, wohin er den Hund auch gut mitnehmen konnte. Doch heute schien er schon längere Zeit abwesend zu sein. Ich nahm mir vor, die Hündin bei der nächsten Geschäftsreise besser bei meiner Mutter unterzubringen.

»Komm, Frida, Gassi!« Es kostete die Hündin offenbar große Anstrengung, nicht vor Aufregung zu bellen. Ich konnte es am Zucken ihrer Ohren und den Muskelbewegungen sehen, die in Wellen über das glatte Fell des Rückens liefen, und musste unwillkürlich lächeln.

All die langen Wintermonate hindurch war ich mit Fellstiefeln, regendichter Jacke, Handschuhen, Schal und Wollmütze durch die Münchner Straßen zu meinem Büro geradelt. Christoph hatte sich manchmal über meinen Aufzug lustig gemacht, doch ich ließ mich bei keinem Wetter beirren. Eine Gewohnheit, die mir guttat und die ich niemals infrage stellte. Allerdings musste ich zugeben, wie sehr Frühling und Sommer meine Laune gehoben hatten, es mir neue Kraft gab, wenn ich nur mit einem Blazer über der Bluse aufs Fahrrad steigen und den Wind in meinen Haaren spüren konnte.

Doch als ich mich heute auf den Sattel setzte, fühlte ich mich sehr müde, fast erschöpft. Der Gedanke an das, was geschehen war, und die Leere, die es hinterließ, obwohl Tante Corinna in meinem Leben häufiger abwesend als anwesend gewesen war, drückte mich fast zu Boden. Ich fuhr langsam, Frida ohne Leine auf dem Trottoir neben mir, vorbei an den bescheidenen Siedlungshäusern von Oberföhring, zurück in die feine Bogenhausener Villengegend mit den prächtigen Häusern, zurück in die Welt meiner Kindheit.

Das Haus, in dem meine Mutter lebte, lag auf einem parkähnlichen Grundstück. Es war Corinnas Villa, in der ich früher häufig die Wochenenden verbracht hatte. Meine Mutter hatte auf die Bitte ihrer

Schwester eines der leer stehenden Zimmer bezogen, nachdem ihre Ehe mit meinem Vater zerbrochen war, und da Corinna ständig unterwegs und mit unzähligen »Projekten« beschäftigt war, hütete sie meistens das gesamte Anwesen. Bei der Instandhaltung wurde sie von Agnieszka, der aus Polen stammenden Zugehfrau, und ihrem Mann Witec zweimal in der Woche unterstützt.

Ich schob mein Fahrrad durch das Gartentor und ging zwischen den Bäumen hindurch über den ansteigenden Weg, hinauf zum Haus. Jetzt im Juni, wenn in dem liebevoll angelegten Garten alles blühte, war es hier am schönsten. Hortensien mit blauen Köpfen, die preisverdächtig waren, Büsche, die wie Wahrzeichen wirkten, Anmut und Kultur vereinten sich in der sorgfältig geplanten Gartenanlage. Doris verbrachte viel Zeit mit der liebevollen Pflege der Blumen und Pflanzen und machte Witec, dem Gärtner, häufig seine Arbeit streitig.

Ich blieb kurz vor einem Schneeballstrauch stehen, dessen ausladende Zweige übervoll mit wunderbar nach Sommer duftenden Blüten besetzt war. Mit der festen Absicht, nun bei meiner Mutter zu klingeln, schob ich mein Fahrrad weiter, aber die Ablenkung war zu groß. Diesmal war es der Anblick, den die Villa von hier aus bot. In Sonnenschein getaucht, lag sie eingebettet in der grünen Rasenfläche. An diesem Ort hatten meine Familie und ich unzählige Geburtstage gefeiert, meine Hochzeit mit Christoph, Alexanders Taufe – niemals wäre es uns in den Sinn gekommen, Corinnas großzügiges Angebot, ihre Villa dafür zu nutzen, auszuschlagen. Sie hatte immer darauf bestanden, bei ihr zu feiern, und die Organisation dann meiner Mutter überlassen. Ich musste unwillkürlich lächeln, denn ich konnte mich nicht an ein einziges Fest erinnern, an dem das Wetter nicht mitgespielt hätte.

Das Gebäude selbst, im bayerischen Landhausstil erbaut, vermittelte den Eindruck von gepflegter Gemütlichkeit und ließ nicht vermuten, dass es mit jeglichem modernen Luxus ausgestattet war. Die Villa hatte drei Stockwerke, deren weiß geschlämmte Mauern von Sprossenfenstern durchbrochen und mit einem tief gezogenen roten Dach gekrönt wurden. Die obere Hälfte war mit Holz verkleidet. Vor jedem einzelnen der vielen Fenster hing ein Blumenkasten mit üppig blühenden pinkfarbenen und weißen Petunien. Im Inneren war es mit hochflorigen Teppichen, behaglichen, dick gepolsterten Sofas, hellem Zirbenholz und etlichen Kaminen ausgestattet, die man natürlich zu dieser Jahreszeit nicht benötigte, aber doch zur Behaglichkeit des Hauses beitrugen.

Mein Architektenauge bewertete die gelungenen Proportionen und das stimmige Gesamtbild, das niemanden kaltließ, der es zum ersten Mal sah. Auch wenn mein persönlicher Geschmack immer zu strengen Bauhauslinien und nüchternem, schnörkellosem Design tendierte, hatte ich dem Charme der Waldeck-Villa nur wenig entgegenzusetzen. Das vollkommene Ebenmaß der Mauern und die Harmonie der Lage wirkten an diesem besonderen Tag wie ein gehütetes Kleinod, das nun nie wieder seine rechtmäßige Besitzerin empfangen würde.

Ich lehnte das Fahrrad an die Hauswand.

»Hast du schon jemanden erreicht?«, fragte Doris, als sie mir die Tür öffnete, und ich erschrak über ihren Anblick. Mit der agilen Frau auf ihrem Profilbild hatte Mutters Anblick heute nichts gemein. Ihr Gesicht war aschfahl. Unter ihren freundlichen Augen lagen Schatten, die sie wie zwei dunkle Löcher wirken ließen. Den meist lächelnden Mund umgab ein angestrengter Zug. Ich schüttelte bedauernd den Kopf: »Ach Mama, dazu hatte ich doch noch gar keine Zeit. Ich konnte mich nur rasch umziehen und bin gleich hergefahren.«

»Entschuldige, ich bin unhöflich, komm erst mal her.« Meine Mutter legte die Arme um meine Schultern und drückte mich in die Wärme ihres Körpers. So standen wir einen Augenblick, nah und vertraut.

Gleich anschließend füllte Doris eine Schüssel mit Wasser und stellte sie für Frida auf den Terrakottaboden, dann holte sie eine Scheibe Putenbrust aus dem Kühlschrank.

»Kein Wunder, dass Frida dich so liebt«, kommentierte ich und sah, wie sich Doris' Züge für einen kurzen Moment entspannten. »Selbst in deiner größten Trauer denkst du sofort an ihr Wohl.«

»Das tut mir selbst gut und der Hund wird auch ruhiger. Siehst du, was sie sich für Sorgen um uns macht?«, sagte Doris und lächelte traurig. Wirklich war der Hündin anzusehen, wie sie mit uns mitlitt.

Dann piepte der Wasserkocher, Doris goss das kochende Wasser in die Teekanne, stellte sie zu den Tassen auf ein Tablett.

Ich stand mit dem Rücken zu ihr vor dem breiten Sideboard, auf dem Corinnas Espresso- und Kaffeemaschinen aller erdenklichen Alters- und Preisklassen nebeneinander aufgebaut waren. *Enduro, La*

Cimbali, Jura ... und wie die Marken alle hießen. Fast spürte ich ein schlechtes Gewissen, weil ich ausgerechnet an diesem Tag im Begriff war, mit meiner Mutter Tee zu trinken, wo ich doch wusste, dass meinte Tante nicht nur aus beruflichen Gründen eine eingefleischte *Aficionada* gewesen war. Angesichts des Maschinenparks konnte man leicht an eine Art Altar denken. Corinna Waldeck huldigte, seit ich mich erinnern konnte, dem Kaffeetrinken wie ein Mitglied des Kartäuserordens Gott dem Herrn. Fast konnte ich ihre Stimme hören, als sie mir auf meine Frage erklärte: »Ich trinke so viele Espressi, Isa, weil es so wahnsinnig schwer ist, diesen einen Shot zu erreichen. Diesen einen Espresso, der einfach so unglaublich gut ist, und glaube mir, das ist wirklich eine Wissenschaft.«

So wie andere Briefmarken sammelten, konnte sie sich stundenlang mit dem Finetuning aus Maschine, Sorte, Röstung, Temperatur und allen weiteren Komponenten eines perfekten Espresso beschäftigen. Und doch hatte sie mich nie dazu überreden können, jemals einen zu probieren. Ebenso wie meine Mutter blieb ich überzeugte Teetrinkerin. Nun stand ich da und bedauerte es fast.

Doris trug das Tablett nach draußen auf die Terrasse, die von steinernen Pflanztrögen mit gelber und roter Kapuzinerkresse umgeben war. In der Mitte stand ein wettergegerbter, silbrig schimmernder Teaktisch, auf dem eine große Vase mit halb verblühten rosa Rosen dekoriert war.

»Ich hätte sie längst wegwerfen sollen ...«, murmelte Doris, als sie meinen Blick auf die Blumen bemerkte. »Corinna wollte immer überall Blumen im Haus und sobald sie die Köpfe hängen ließen, mussten sie sofort verschwinden. Du weißt ja, wie sie war.«

»Ja, ich weiß, wie sie war«, sagte ich.

»Aber ich habe es bei diesen hier nicht übers Herz gebracht ... und jetzt passen sie eigentlich ganz gut zur Stimmung.«

Wir setzten uns in die bequemen Korbstühle und ich legte tröstend meine Hand auf die meiner Mutter, strich über ihre weiche Haut. »Ich weiß, wie sehr du deine Schwester gebraucht hast. Sie war einfach auch so ...«, nach dem richtigen Ausdruck suchend, kam ich nur auf: »... ein besonderer Mensch.« Schon als ich die drei Worte aussprach, merkte ich, wie unzureichend sie waren. Meine Tante Corinna war nicht mit knappen Worten zu charakterisieren! Ich sah, dass meine Mutter sich dennoch bemühte zu lächeln, es jedoch nicht fertigbrachte, und sagte leise: »Sie wird mir auch sehr fehlen.«

Das war womöglich die Untertreibung meines Lebens!

Doris war achtundsechzig, was man ihr normalerweise nicht ansah. Mit ihrer vollschlanken Figur, den weichen Zügen und der makellosen Kleidung war sie immer noch eine recht attraktive Frau. Natürlich hatte sie nie mit ihrer extravaganten Zwillingsschwester mithalten können, hatte es letztlich auch nie versucht. Corinna war Corinna, jeder, der sie hätte nachahmen wollen, wäre kläglich gescheitert. Vor allem den Momenten mit ihrer Schwester hatte Doris – da war ich mir sicher – in den letzten Jahren ihre eigene Lebenslust zu verdanken. Mein Vater hatte sie mithilfe eines ausgeklügelten Ehevertrags nach neununddreißig Jahren mit leeren Händen sitzen lassen, weil er sein Herz an eine zwanzig Jahre jüngere Frau verschenkt hatte (von der er inzwischen längst wieder getrennt war). Ich erinnerte mich gut an den Tag, als meine Mutter von der Scheidungsverhandlung zurückkam und mir die Worte des Richters wiederholte: Sie könne lesen, sie sei der deutschen Sprache mächtig und habe diesen Ehevertrag nach Belehrung durch einen Notar eigenhändig unterschrieben, nun müsse sie auch mit den Konsequenzen aus ihrem eigenverantwortlichen Handeln zurechtkommen!

»Das Einzige, was ich richtig gemacht habe, seid ihr und dass ich meinen Mädchennamen wieder angenommen habe«, hatte meine Mutter als Fazit gezogen und leise hinzugefügt: »Wobei ich mir bei Moritz nicht ganz darüber im Klaren bin, ob ich alles richtig gemacht habe.«

Corinna hatte Doris in der Notlage aufgefangen und ihren Absturz in die soziale Bedürftigkeit verhindert, die ich natürlich auch nicht zugelassen hätte. Aber Tante Corinna verfügte über weitaus mehr finanzielle Mittel als ich. Mein eigenes Architekturbüro hatte bisher kaum Gewinn abgeworfen, obwohl ich das Gefühl hatte, nahezu rund um die Uhr zu arbeiten. Die Teilnahme an Wettbewerben und Ausschreibungen verschlang Zeit und Ressourcen, ohne dass sie automatisch zu Aufträgen führten.

Jetzt senkte meine Mutter die Lider, als wollte sie den Schmerz über den Verlust in sich verschließen.

Corinna war nicht mehr da. Für den Rest ihres Lebens würde Doris in einer Welt leben müssen, in der es ihre Zwillingsschwester nicht mehr gab.

Ich schenkte uns beiden Tee in die Tassen mit dem roten Mäandermuster ein und dabei gingen mir tausend Fragen durch den Kopf. Eine wollte ich sofort beantwortet wissen: »Weißt du, wie es passiert ist? Corinna war doch kerngesund, oder nicht?«

Doris öffnete die Augen und antwortete leise: »Isabelle, glaube mir, das wüsste ich auch gern.«

»Wer hat dich überhaupt informiert?«

»Es war eine Frau aus dem Auswärtigen Amt, die mich angerufen hat und fragte, ob ich ihre Schwester sei, sie suchten Corinnas nächste Angehörige, fragte, ob sie verheiratet sei …« Doris unterbrach sich kurz. »… hat sich wohl ein wenig gewundert, als ich ihr einen Männernamen und zwei Frauennamen genannt habe … aber über die Todesumstände hat sie entweder nichts gewusst oder mir nichts sagen wollen.«

Ich erinnerte mich plötzlich daran, wie ich früher von Schulfreundinnen gelöchert wurde, die von dem feudalen Lebensstil Corinna Waldecks gehört hatten. »Deine Tante muss unglaublich reich sein«, hatten sie voller Ehrfurcht geraunt und gefragt, ob sie einmal zum Schwimmen kommen könnten. Erst im Nachhinein wurde mir bewusst, wie sehr wohl auch die gleichgeschlechtlichen Lebensgemeinschaften meiner Tante die Neugierde der Nachbarskinder anfeuerten. Corinna hätte natürlich jederzeit erlaubt, dass sie zum Schwimmen kämen, sie liebte Kinder, auch oder gerade weil sie selbst keine hatte. Aber zu dieser Zeit war sie mit Claudia zusammen. Diese wiederum konnte Kindergeschrei um sich herum absolut nicht ertragen, erst recht nicht, wenn sie sich auf einer der zwanzig Zentimeter dicken, gelb gestreiften Matratzen am Pool sonnte, was sie im Sommer meistens tat. Wenn ich an Claudia dachte, hatte ich sofort wieder ihr cremeglänzendes Gesicht in Erinnerung, das sie mit dem Ausdruck disziplinierter Pflichterfüllung in die Sonnenstrahlen hielt.

Da ich meine Tante natürlich von klein auf kannte, war mir weder die Tatsache, dass sie mit Frauen zusammen war (die zweijährige Ehe mit einem Mann bezeichnete sie im Nachhinein als Ausrutscher), noch ihr großzügiger Lebensstil ungewöhnlich vorgekommen. Sie war die Gründerin von *Corinnas Kaffee & Tee*. In den Achtzigerjahren hatte sie das Konzept des »Spezialitäten-Kaffees« in Deutschland eingeführt, indem sie hochwertige Bohnen aus aller Welt importierte und diese in ihren Geschäften frisch röstete. Damit hatte sie eine neue Ära des Kaffeekonsums in Deutschland, Österreich und der Schweiz eingeleitet und war zu einem beträchtlichen Vermögen gekommen.

Bei uns zu Hause ging es wesentlich bescheidener zu – mein Vater war Leiter einer kleinen Sparkassenzweigstelle –, doch keiner in meiner Familie schien Corinna ihren Reichtum zu missgönnen – keiner bis auf Moritz.

»Was ist eigentlich mit Moritz?«, fragte ich und spürte, wie mir ein nervöser Schauder über den Rücken lief, wenn ich an meinen jüngeren Bruder dachte. »Meinst du, man hat ihn auch schon informiert?« Doris' Blick verfinsterte sich und drei senkrechte Falten erschienen oberhalb ihrer Nasenwurzel. Moritz würde bestimmt sofort zur Stelle sein, wenn nach Corinnas Tod etwas für ihn heraussprang. Der Gedanke ging uns beiden durch den Kopf, ohne dass wir ihn aussprachen.

»Ich glaube nicht, aber ausschließen kann ich es auch nicht.«

Ich konzentrierte mich und versuchte daran zu denken, was jetzt zu tun war, hoffte, dass der Aufruhr in meinem Kopf nachließe – sonst wäre ich meiner Mutter keine große Hilfe. Mir wurde klar … ja, als Erstes würde ich selbst mit der Mitarbeiterin vom Auswärtigen Amt sprechen müssen. Ich fragte: »Hast du denn noch die Nummer von der Dame, die dich angerufen hat?«

Im selben Moment klingelte das Telefon auf dem Tisch laut, schrill und ließ uns beide zusammenzucken. »Soll ich rangehen?«, fragte ich und Doris nickte.

Das weiße Handgerät ihres Festnetzanschlusses lag auf dem Tablett auf dem kleinen Beistelltisch. Meine Mutter nahm das Telefon immer mit, wenn sie im Garten war, und hatte es extra laut gestellt, um es auch in der hintersten Ecke des riesigen Grundstücks zu hören. Ich stand auf und drückte auf eine Taste.

»Bei Waldeck?« meldete ich mich. »Ja, ich bin ihre Tochter, Isabelle Weiss, meine Mutter sitzt hier neben mir.« Als Doris den Kopf schüttelte, sagte ich: »Aber sie ist nicht in der Verfas...«, ich unterbrach mich, denn das interessierte diese Dame sicher gar nicht. »… gerne können Sie auch mit mir sprechen.« Ich lauschte eine Weile und hob die Augenbrauen. »Und Sie sind vom Konsulat?« Die Stimme am anderen Ende der Leitung setzte zu einer langen Erklärung an, sodass ich gar nicht mehr genau hinhörte, bis die Dame den entscheidenden Satz sagte, der mich zusammenzucken ließ. *Hatte ich richtig verstanden?*

»Ein Kind?«, fragte ich und sah meine Mutter an, als könnte ich in ihrem Gesicht eine Erklärung finden, doch Doris starrte mich nur an.

»Wo ist es denn … ich meine, ist es ein Junge oder ein Mädchen … oh, nein, nein, nein, nicht nötig, ich melde mich …«

Ich verdeckte die Sprechmuschel mit der Hand und flüsterte meiner Mutter zu: »Corinna hatte eine Tochter, wusstest du davon?«

Meine Mutter saß da wie erstarrt. Es summte in der Leitung, klickte, dann sagte eine Mädchenstimme: »Guten Tag, ich bin Hannah.«

»Hannah?«

»Hannah Waldeck, Corinnas Tochter.«

Ich setzte mich auf einen Korbsessel, zog die Beine an und drückte den Hörer fest ans Ohr. Ich hätte eigentlich eine Weile gebraucht, um diesen neuen Umstand zu verdauen, doch die Dame vom Konsulat hatte »Corinnas Kind« einfach den Hörer weitergereicht.

»Von wo aus sprichst du, Hannah, es hört sich an, als wärst du direkt hier nebenan.«

»Vom Frankfurter Flughafen. Ich bin heute aus Tansania gekommen.«

Etwas in ihrer Stimme ließ mich aufhorchen. Obwohl sie ein Mädchen war, hatte der Singsang ihrer Sätze fast den gleichen Klang wie Corinnas Stimme. Aber vielleicht bildete ich mir das auch nur ein.

»Ich fliege in zwanzig Minuten weiter nach München. Könnten Sie mich vielleicht abholen? Ich weiß nicht, wo ich hinsoll. Ich habe sonst niemanden in München.«

»Was … was ist denn mit deinem Vater?«, fragte ich.

»Meinen Vater kenne ich nicht.«

»Oh!« Ich biss mir auf die Lippen. Eigentlich wunderte mich das bei all den Neuigkeiten, die heute auf mich einstürmten, am wenigsten. Schließlich hatte meine Tante, soviel ich wusste, schon lange keine Beziehungen mehr zu Männern gepflegt. In wenigen Sekunden baute sich in meinem Kopf ein Bild auf. Der Erzeuger hatte für sie vermutlich keinerlei Rolle gespielt. Aber dass sie uns eine so späte Schwangerschaft und das Kind verheimlicht hatten, traf mich tief. Gleichzeitig begann ich nachzurechnen. Corinna war achtundsechzig Jahre alt. Und wie alt war ihre Tochter? War das biologisch überhaupt noch möglich?

»Also, könnten Sie mich abholen?«, fragte die Mädchenstimme am Telefon ein wenig ungeduldig. Ich überlegte schon wieder und hasste mich sogleich für mein Zögern. Doch ich konnte nichts gegen meine widersprüchlichen Gefühle tun und merkte, wie sehr sich alles in mir sträubte, dass sich jemand in meine erst vor Kurzem wiedererlangte Privatsphäre drängte. Mein neues freies Leben, nachdem Alex sein Studium begonnen hatte und ausgezogen war.

»Oder ich könnte auch einen Bus nehmen, wenn Sie mir die Adresse sagen ...«

Hannahs junge verletzliche Stimme ließ mich endlich aufwachen. *Es ist ein Kind und es braucht Hilfe, du entsetzliche Egoistin!*

Als ob ich das Mädchen damit beruhigen konnte, lächelte ich tröstend und aufmunternd. »Natürlich hole ich dich ab«, sagte ich mit fester Stimme und legte gleichzeitig Wärme hinein. »... und du kannst auch bei mir wohnen, schließlich bin ich deine ...« *Ja, was eigentlich?* Ich suchte einen Moment lang nach dem richtigen Verwandtschaftsgrad »... Cousine.«

Ich klärte mit der Dame vom Konsulat den Treffpunkt am Flughafen, sie erläuterte mir umständlich, dass sie Hannah nicht selbst begleiten könne, sich aber eine Stewardess um sie kümmern werde, und als ich den Hörer sinken ließ, wurde ich von meiner Mutter sofort mit unzähligen Fragen bestürmt. Doris' Gesicht hatte plötzlich wieder einen Hauch von Farbe. Ich beantwortete ihr alles – soweit ich konnte –, setzte mich, stand direkt wieder auf, starrte über die glitzernde Wasserfläche des Swimmingpools, in der sich die Sonnenstrahlen des Nachmittags spiegelten. Hier hatte sich seit meinem letzten Besuch in Corinnas Villa nichts geändert und doch sah mit einem Mal alles anders aus.

Moritz

Wer einmal im Jahr zum Tête-à-Tête der Rückversicherungsbranche nach Monte Carlo kam, führte fünfzig bis achtzig Gespräche in drei bis vier Tagen. Moritz war schon häufig dabei gewesen und er wusste genau, worum es ging. Nämlich darum, ein Gefühl für einen Markt zu bekommen, der von Vertrauen lebte – Vertrauen darauf, dass im schlimmsten aller anzunehmenden Fälle ein Rückversicherer mit Milliarden geradestehen würde, wenn ganze Landstriche verwüstet waren und wieder aufgebaut werden mussten.

Der Morgen in Monaco begann mit einer standesgemäßen Begegnung: Eine Frau, die aussah wie ein Filmstar, in einem Sweatshirt mit auffälligem Gucci-Logo und passenden Leggings, lag hingegossen auf einer Chaiselongue in der Hotellobby. Den Pomeranian auf ihrem Schoß fütterte sie mit Stücken der Canapés, die sie von einer Etagere auf dem Beistelltisch nahm und auseinanderbrach. Als ihr eines aus der linken Hand entglitt und auf den türkisfarbenen Perserteppich fiel, war Moritz mit schnellen Schritten bei ihr, hob es auf und wollte es dem Hund mit den Worten reichen: »*Vous permettez, Madame.*«

»Oh, das Stück ist viel zu groß«, antwortete sie auf Englisch. »Da verschluckt sich Coco nur!« Daraufhin teilte Moritz das winzige Canapé, von dem er jetzt erst realisierte, dass es offenbar ein Hundekuchen war, in noch kleinere Stücke und fütterte das Tier damit. Die Hundenase, die eher an die einer Maus erinnerte, fühlte sich angenehm trocken an, bemerkte er erstaunt, denn er war eigentlich kein Hundefreund. Die Frau quittierte es mit einem »*very charminig*«, Moritz setzte sein dezentestes Lächeln auf, zog sich aber unverzüglich zurück. Dabei genoss er das Bewusstsein, damit eine seiner legendären Duftmarken gesetzt zu haben.

Es war halb neun an einem strahlenden Junitag, als er die Lobby des einst modernen, jedoch in die Jahre gekommenen Fairmont-Hotels, das aufwendig auf einem Hügel über dem Meer gebaut war, durchquerte. Dabei hatte er, wie jedes Jahr, das Gefühl, ganz Monaco bestehe aus Marmor. Von schneeweißem Naxos-Marmor in den Badezimmern über grau gebändertem Carrara in den Edel-Shopping-Malls mit Versace- und Louis-Vuitton-Waren und roséfarbenem Berkowiza in den Foyers bis hin zu smaragdgrünem Cippolino im Casino (dessen Anblick ihm auch in diesem Jahr verwehrt bleiben würde) schien die Vielfalt in Farbe, Struktur und geografischer Lage aller Marmor-Steinbrüche der Welt auf den zwei Quadratkilometern von Monaco gebündelt worden zu sein.

Im Fairmont waren es großflächige Kacheln, protzig und unbescheiden. Doch sie tarnten einen lädierten Luxus. Alles war teuer, die Zimmer schlecht in Schuss, der cremefarbene Lack ihrer Türen von Wäschewagen malträtiert. Moritz hielt es hier nicht lange aus, dabei fungierte das Fairmont zwischen den vielen Terminen während des Treffens der Rückversicherer als logistisches Zentrum. Durch den geschickten Einsatz seiner Aufzüge ließen sich locker acht bis zehn Minuten Fußweg in brütender Sonne einsparen.

Die Loungemusik aus den gut getarnten Lautsprechern säuselte ununterbrochen – passiv-aggressiv. Auf der Terrasse ahmten sechs Endzwanzigerinnen die Übungen eines Coachs nach. Moritz blieb stehen und betrachtete sie der Reihe nach. Ihre Bewegungen sahen eingeübt aus, sie trugen hochwertige Sportdresses und die Sonne strahlte gerade so, dass ihr Frühsport nicht allzu anstrengend wurde. Melancholisch vor so viel Leichtigkeit schaute Moritz auf das blaue Meer und sogar er musste plötzlich daran danken, dass dies dasselbe Meer war, über das Menschen oftmals vergeblich versuchten, nach Europa zu kommen. Fehlte es dieser ausgestellten Sorglosigkeit womöglich an Kontrast, den sich der Geist dann selbst suchte?

Einmal im Jahr reiste er jeweils für drei Tage im Sommer in das Fürstentum. Der Höhepunkt in der Saison der internationalen Rückversicherungsszene. Moritz arbeitete seit zehn Jahren in der etwas verruchten Branche voller windiger Vertriebsspezialisten und smarter Mathematiker – zu Letzteren zählte er sich. Nach seinem abgebrochenen Mathematikstudium hatte er sich einige Zeit mit Wahrscheinlichkeitsrechnung im Glücksspiel über Wasser gehalten. Poker, Blackjack und Roulette hatten sein Leben bestimmt, bis er schließlich Hausverbot in nahezu jedem Casino Deutschlands und jedem zweiten Europas erhalten hatte und auf einer schwarzen Liste stand. Darauf folgten einige

Jahre in der Logistikbranche, bis er sich für die wesentlich interessantere und besser bezahlte Tätigkeit bei einer Schweizer Versicherung entschieden hatte und schließlich bei der Munichre gelandet war.

Die Versicherer der Versicherer stachen aus der Branche heraus: Sie sicherten gegen Erdbeben, Pandemien, Florida-Stürme und Frakturen von Violinisten-Fingern ab.

Er hatte im Vertrieb begonnen und war dabei auf seine gesellschaftlichen und sozialen Fähigkeiten angewiesen. Internationales Parkett, mittags Poloshirt, abends Einstecktuch, perfektes Business-Englisch, das Champagnerglas geübt in der Hand. Zum Glück hatte er hierin mehr als genug Erfahrung, nicht zuletzt durch seine Casinovergangenheit. Er war groß, wenn auch derzeit nicht ganz so schlank, wie er es sich wünschte, sehr attraktiv, mit einem symmetrisch geschnittenen Gesicht und hatte sich eine offene und verbindliche Art zugelegt, die sein Gegenüber für ihn einnahm. Er verstand es, Komplimente zu machen und meisterlich Small Talk über die Lieblingsthemen seines Gesprächspartners zu führen. Mit Geduld und Charme, vor allem aber einer Intelligenz, als sei er ein bestens ausgebildeter Doppelagent, fiel ihm der Zugang zur besseren Gesellschaft leicht. Seine Münchner Empfindungsart, die Gewissheit, überall, wo er hinkam, erwartet zu werden, zu allen Gelegenheiten Tickets zu erhalten, die begehrtesten Plätze auf den Tribünen, Logen und Parketts der sportlichen, kulturellen und geschäftlichen Ereignisse einzunehmen, war sehr ausgeprägt. Moritz stand auf der Gästeliste der angesagten Events, war bei Flagship-Store-Eröffnungen und privaten Dinnerpartys dabei, wurde zum Skilaufen nach Kitzbühel und zum Wochenende an den Tegernsee eingeladen. Seiner Ansicht nach war alles unstreitig in die richtige Richtung gelaufen – bis er wieder angefangen hatte zu spielen und seine ausgereiften Stochastik-Kenntnisse beim Online-Poker einsetzte in der Gewissheit, aus dem Glücksspiel diesmal eine berechenbare Einnahmequelle zu machen. Guten Strähnen folgten Rückschläge, es fiel Fortuna, der Göttin der Hasardeure, ein, ihn zu verlassen, und Hermes, dem Gott der Diebe und Trickser, ihn auf die Hörner zu nehmen und durch die Luft zu wirbeln. Die Versuche, seine Schulden durch Mining und die Initiierung eines Pyramidenspiels zu tilgen, wirkten sich noch verheerender auf seine finanzielle Situation aus. So wurde man zu einem anderen Menschen: nüchtern, rechnend, bedrückt, vertuschend. Verlieren fraß große Löcher in das Bankkonto und ins Leben. Er hatte einfach nicht mehr genug. Er schien nirgendwo anzukommen, machte sich Sorgen wegen der Schulden, der verlorenen Zeit, Zeit, die zu schnell vorbeigegangen war und vorbeiging. Als er ausgerechnet hier an diesem klischeehaften Ort der Sorglosen daran dachte, erschienen tiefe Sorgenfalten auf seiner Stirn und seine Hände wurden feucht vor Nervosität. Gleichzeitig erfüllte ihn eine abgründige Leere.

Unterhalb des Felsens wogte das tiefblaue Meer unaufgeregt vor sich hin, als erste Badegäste sich in das laue Wasser trauten. Kaum Wellen, weicher Sand, hundertfünfzig Meter weit im Meer ein großer viereckiger Ponton, auf dem man sich sonnen und ausruhen konnte. Moritz trank seinen Espresso aus, strich sich mit Mittel- und Zeigefinger die beiden Falten über seiner Nasenwurzel glatt und ließ die Handfläche über die zurückgegelten Haare gleiten, ohne sie wirklich zu berühren – nur um zu prüfen, ob sie richtig lagen. In zehn Minuten begann der Kongress im Hermitage-Hotel und ihm war klar, dass er souverän und vertrauenswürdig wirken musste. Er straffte sich, hob das Kinn, entspannte bewusst seine Kiefermuskeln und Mundwinkel – und fühlte sich bereit.

Von Angesicht zu Angesicht mit einem Mitarbeiter der American International Group, einem Vertreter der Assicurazioni Generali sowie einem schmächtigen Mann mit fliehendem Kinn und schwarzem Polohemd, auf dem *Maibach* aufgestickt war, wandte sich das Gespräch der politischen Lage zu, die Moritz, Dick Collins und Maurizio Bianchi einvernehmlich mit maßvollem Optimismus bewerteten. Allerdings mache das komplexe Zusammenspiel von menschengemachten und natürlichen Faktoren, Waldbrände und Buschfeuer zu einer schwer greifbaren und vielerorts zunehmenden Gefahr.

»Ich sage nur vierundzwanzig Milliarden US-Dollar!«, schleuderte Collins in die Runde, und als er sich kurz umdrehte, leuchtete sein rosiger Nacken auf. Bianchi nickte. Zumindest ließen sich die Gefährdungszonen ziemlich eindeutig bestimmen. Der Klimawandel trüge aber zu einer Ausweitung bei. Moritz kräuselte unmerklich die Nase.

Die Zahlen waren hinlänglich bekannt in der Branche und bedurften im Grunde keiner Erwähnung. Der Klimawandel war ein äußerst unbeliebtes Wort, das nur in Notfällen beim Namen genannt wurde. Der Maibachfahrer verzog keine Miene. Welcher Versicherung jeder Teilnehmer angehörte, war aufgrund der angesteckten Namensschilder normalerweise kein Geheimnis, doch dieser Mann trug keines, vielleicht, weil es sein Luxus-Logo verdeckt hätte. Sein Gesicht war braun gebrannt, einige Pigmentflecken auf Stirn und Wangen und der zurückweichende Haaransatz ließen auf ein Alter um die fünfzig schließen. Mit einem Mal deutete er auf Moritz' Namensschild und sagte auf Deutsch: »Waldeck? Ich glaube, den Namen habe ich heute früh in den Nachrichten gehört.«

Seine Stimme nahm dabei etwas Mitleidvolles und zugleich Werbendes an. Moritz winkte ab und sagte kühl: »Möglich, die Familie ist weit verzweigt.« Er tat desinteressiert, dabei hatte er nach der Scheidung seiner Eltern alles darangesetzt, den Mädchennamen seiner Mutter – Waldeck – anzunehmen, was nicht ganz einfach gewesen war. Aber der Name öffnete Türen, die ihm unter dem Namen Moritz Isenburg zugeschlagen worden waren.

»Nein, nein, es ging um Corinna Waldeck, die Unternehmerin, da gab es wohl einen Unfall.«

Moritz war die Situation unangenehm, doch der Mann kam näher und legte ihm jetzt sogar die Hand auf den Unterarm. Sie war von reptilienhafter Glätte und Trockenheit. »Wenn das eine engere Verwandte ist, sollte ich Ihnen wohl mein Beileid aussprechen.«

Die beiden anderen zogen sich diskret zurück unter dem Vorwand, ihre Gläser neu füllen zu lassen, und Moritz fühlte ein scheußliches Prickeln am ganzen Körper. Die Neugier zwang ihn nachzufragen, obwohl ihm der Mann jetzt suspekt war. Er schluckte und sagte: »Was soll denn passiert sein?«

Dem Gesicht des Fremden war anzusehen, wie sehr er es genoss, ihm die Neuigkeit als Erster zu präsentieren. Dabei versuchte er, dieses Gefühl unter einer Anwandlung von Melancholie und einem spürbaren Bedauern zu verstecken, die seinem Ausdruck sogar eine gewisse Wärme verliehen.

»Handelt es sich etwa um Ihre Mutter, das wäre mir sehr unange…?«

Sofort schüttelte Moritz vehement den Kopf. »Nein, Corinna Waldeck ist meine Tante.«

»War!«, verbesserte ihn der Fremde rigoros. »Es hieß, sie sei vorgestern auf ihrer Farm in Afrika ums Leben gekommen.«

Moritz war auf eine jugendliche, naive Weise von seinen Worten getroffen. Seine Tante war tot. Er vermied es, den Mann anzusehen, denn er fühlte sich dem fremden Menschen schutzlos ausgeliefert, der ihm mitten auf einem wichtigen geschäftlichen Kongress eine private Familientragödie enthüllte.

Der Gegensatz seiner widersprüchlichen Gefühle zu der Umgebung, dem Marmor, dem aufwendigen Stuck, den Gemälden des Hermitage-Hotels, der Bläue des Meers hinter den Doppeltüren, die auf die Terrasse führten, hätte nicht schärfer inszeniert werden können. Moritz fühlte sich herausgefordert. Während der Fremde, der ihm im Grunde nur eine öffentlich zugängliche Nachricht mitgeteilt hatte, ihn immer noch unverhohlen musterte, musste Moritz Contenance bewahren. Und das, obwohl sein kluges Hirn bereits begann zu arbeiten. Die Lebenserfahrungen, die er unter anderem in den Casinos Europas gesammelt hatte, wiesen eben Lücken auf, wie es mit Erfahrungen stets ist, denn sie stellen sich nicht in systematischer Reihenfolge ein.

Noch immer stand der Mann vor ihm, schien Moritz' leise Verlegenheit zu genießen und sagte: »Kann ich Ihnen irgendwie helfen? Möchten Sie sich vielleicht setzen? Brauchen Sie ein Glas Wasser, Herr Waldeck?«

Moritz fühlte einen Widerwillen gegen die Herablassung, die in seiner Stimme spürbar wurde, obwohl der Fremde Hilfsbereitschaft vorgab. Er schüttelte den Kopf und hielt sein gefülltes Glas demonstrativ in die Höhe wie eine Deckungswaffe, doch dann murmelte er: »Entschuldigen Sie mich«, drehte sich um und verließ den Saal.

Isabelle

Meine Mutter und ich trafen um zwanzig vor vier am Münchner Flughafen ein. Wir fanden einen Kurzzeitparkplatz vor dem Terminal 2 und stiegen aus dem Wagen. Es war klar, dass wir Hannah zusammen abholen würden. Zu groß war unsere Neugier auf das unbekannte Mädchen, auf die Tochter von Corinna.

Ich holte tief Luft und zwang mich, ruhiger zu werden. Das Mädchen sollte nicht gleich zu Anfang den Eindruck gewinnen, ich neige zu Hysterie und Nervosität. Also setzte ich eine gelassene Miene auf, warf einen Seitenblick auf meine Mutter, die offenbar Ähnliches versuchte. Immerhin war die maskenhafte Blässe von vorhin aus ihrem Gesicht verschwunden. Im Gegenteil, ihre Wangen waren rosig, von Hitze und Aufregung. Frida nutzte jede unbeobachtete Gelegenheit, um fallen gelassene Krümel von dem grauen Granitboden der Ankunftshalle zu schlecken. Für einen kurzen Moment versetzte ich mich in das Mädchen und fragte mich, welchen Eindruck diese zwei unterschiedlichen Frauen mit dem verfressenen Labrador an der Leine wohl auf sie machen würden. Und gleichzeitig erfüllte mich die Besorgnis, was für ein unbekanntes Wesen wir gleich in Empfang nehmen würden. Vielleicht war das Kind traumatisiert und schwierig im Umgang?

Waren meine Mutter und ich der Situation überhaupt gewachsen?

Die knisternde Lautsprecherstimme machte die Reisenden darauf aufmerksam, ihr Gepäck nicht unbeaufsichtigt zu lassen.

Wenn ich mich hier am Flughafen umsah, die wartenden Menschen beobachtete, wie sie ungeduldig die Schiebetüren fixierten, als wollten sie sie beschwören, sich zu öffnen, wurde mir jedes Mal klar, wie viel es ausmachte, einige Zeit von einem geliebten Menschen getrennt gewesen zu sein. Es kam mir vor, als sei ich hier in der Ankunftshalle nur von Sehnsucht und Liebe umgeben.

Von Wiedersehensfreude.

Der Strom, der in Stoßwellen durch die Schiebetüren schwappte, brachte bleiche und flugmüde Passagiere aus aller Welt nach München.

Und sobald sie ihre Angehörigen erblickten, hellten sich ihre Gesichter auf. Da waren alte Freunde, die sich in die Arme schlossen, Väter, die ihre Söhne in die Luft hoben, Mütter, die ihre Töchter innig an sich drückten, Ehepaare, Frischverliebte, die sich lange küssten.

Ich sah zu, wie eine junge Frau um die achtzehn Jahre mit vollgepacktem Tramperrucksack durch die Tür zur Gepäckhalle kam. Aus ihrem lockeren Pferdeschwanz hingen lose Strähnen heraus, die Müdigkeit des Langstreckenflugs lag auf ihrem Gesicht. Kurz durchzuckte mich der Gedanke, ob das vermeintliche Kind, mit dem ich gesprochen hatte, vielleicht schon älter war, als ich annahm.

»Tine!«, rief eine Männerstimme und die junge Frau hob den Kopf. Als sie den schlaksigen Jungen im Parka unter der wartenden Menge sah, begannen ihre Augen zu leuchten und ihr Teint strahlte wieder unter der Urlaubsbräune. Trotz des schweren Gewichts auf ihrem Rücken rannte sie so schnell auf ihren Freund zu, dass der Rucksack bei jedem Schritt hüpfte, warf sich in seine ausgebreiteten Arme, überglücklich, wieder zu Hause zu sein – in München. Wer einmal darauf achtete, konnte feststellen, dass Zutrauen, Hoffnung und Liebe auch oder vielleicht gerade hier auf dem Flughafen zu finden waren.

Ich sah meine Mutter von der Seite an. Heute erst hatte sie erfahren, dass Corinna niemals mehr durch diese Schiebetüren kommen, nie wieder von einer ihrer langen Reisen nach München zurückkehren würde. Und doch lag auf ihrem Gesicht eine Art nervöse Zuversicht, denn nun erwartete sie ihre Tochter.

Ein etwa achtjähriges Mädchen mit einem knallroten kleinen Koffer und einem Stoffdalmatiner im Arm kam an der Hand einer Stewardess durch die Tür. Sie sah sich mit großen dunklen Augen um.

»Wie alt ist sie überhaupt?«, fragte Doris unvermittelt.

Ich dachte nach, legte die Hand an die meine Wange. »Weißt du, dass ich vollkommen vergessen haben, danach zu fragen?«

Doris starrte unverwandt das blonde Mädchen an und murmelte fast unhörbar: »Könnte sie es vielleicht sein?«

Das Mädchen sah sich suchend um und kam zusammen mit der Stewardess näher. Wir sahen ihr prüfend ins Gesicht. Das könnte sie sein! Aber die hellblonden Haare glichen eher meinen in dem Alter! Corinna war, solange ich denken konnte, brünett gewesen.

»War Corinna als Kind blond?«, fragte ich meine Mutter, ohne das Mädchen aus den Augen zu lassen.

»Darüber habe ich auch gerade nachgedacht … aber soweit ich mich erinnere, hatte sie immer schon braune Haare. Die Haarfarbe könnte ihr Kind aber doch von ihrem Vater haben.« Auch Doris wandte ihren Blick, während sie sprach, nicht von dem Kind ab. Sie machte sogar einen Schritt auf die Kleine zu. Doch im selben Moment ließ das Mädchen die Hand der Flugbegleiterin los und lief auf eine weißhaarige Frau mit Gehstock zu: »Oma! Ich hab dich so vermisst!«

Obgleich wir es nicht zugeben wollten, waren wir enttäuscht und wurden immer nervöser.

Wo war Corinnas Tochter?

Wir warteten weiter, bis keine Passagiere mehr aus dem Bereich der Gepäckabholung kamen.

»Vielleicht hast du etwas falsch verstanden«, sagte Doris und die rosige Farbe wich schon wieder langsam aus ihren Wangen. »Oder ihr Flug aus Frankfurt hat Verspätung.«

Ich schüttelte den Kopf. »Nein, auf der Anzeigetafel steht, dass er vor einer Dreiviertelstunde gelandet ist.«

Und dann, als wir schon befürchteten, Hannah hätte die Maschine verpasst, öffnete sich die Tür und ein hoch aufgeschossenes schmales Mädchen schob einen Gepäckwagen vor sich her. Sie war älter, als wir gedacht hatten, sicher schon um die dreizehn oder vierzehn. Sie hatte langes, brünettes Haar, trug ein schwarzes T-Shirt, Jeans und eine kakifarbene Baumwolljacke. Rund geschwungene Nasenflügel, ein voller, hübscher Mund und Doris flüsterte: »Sie sieht ja aus wie du als Kind.«

»Diese Augen!«, sagte ich leise. »Sieh dir diese Augen an!« Ihre Augen waren groß und rund, die graue Iris wurde von einem dunkleren Ring betont. »Sie hat Corinnas Augen!«

Das Mädchen suchte die Reihe der Wartenden ab. »Vielleicht hätten wir ein Schild mit ihrem Namen schreiben sollen«, sagte ich, doch da schob das Mädchen ihren Gepäckwagen bereits direkt auf uns zu.

»Sind Sie die Verwandten von Corinna Waldeck?«

Wir nickten.

»Hallo, ich bin Hannah.«

Sie trug eine Zahnspange, einen Mund voll mit Metall, blickte offen und freundlich, streckte die Hand aus.

»Ich freue mich, Sie kennenzulernen.«

Als ich in das junge aufgeweckte Gesicht sah, war ich sofort überzeugt, dass meine geheimen Befürchtungen jeder Grundlage entbehrten.

Von Hannahs höflicher Art und ihrer Natürlichkeit erobert, ergriff ich die ausgestreckte Hand und drückte sie voller Wärme. »Ich bin Isabelle und bin froh, dass du da bist. Und das hier ist Doris, deine Tante.«

Doris breitete in einer überschwänglichen Geste wortloser Freude und gemeinsamen Schmerzes die Arme aus, und Hannah warf sich hinein. Sie ließ sich drücken und legte sogar das Gesicht an die kühle, feste Wange ihrer Tante, die sie heute zum ersten Mal sah.

»Oh, meine liebe Hannah!«, sagte Doris. »Ich kann noch gar nicht glauben, dass es dich wirklich gibt!«

Hannah löste sich vorsichtig aus der Umarmung und bückte sich zu Frida hinunter, die die ganze Zeit schwanzwedelnd neben der eigenartigen Begrüßungsszene gestanden hatte.

»Ist das Ihr Hund?«, fragte sie an Doris gewandt.

»Nein, das ist Isabelles Hund. Es ist ein Mädchen und heißt Frida, aber du wirst uns doch hoffentlich nicht länger Siezen! Ich bin Doris.« Meine Mutter legte ihre Hand auf ihr Brustbein, dann deutete sie auf mich. »Und das ist Isabelle.«

»Einverstanden«, antwortete Hannah und schien sich über den Vorschlag zu freuen. »Also sage ich Du zu euch.« Sie streichelte Frida und legte ihre Wange an das glatte Fell der Hündin. »Wir hatten auch Hunde auf der Mawingu-Farm, aber ich musste sie jetzt zurücklassen.«

Wir warfen uns einen Blick zu, in dem tiefes Mitgefühl für den Schock lag, den das Mädchen erlitten haben musste.

»Komm jetzt erst einmal mit nach Hause, du musst ja vollkommen erschöpft sein von der langen Reise und …« Ich sprach den Satz nicht zu Ende. Aber mir war klar, dass wir irgendwann über den Verlust, über den Tod von Hannahs Mutter würden reden müssen. Nur war jetzt sicher noch nicht der richtige Zeitpunkt gekommen.

»Es tut mir leid, aber wir müssten noch einige Formalitäten erledigen«, sagte die Flugbegleiterin, die die ganze Zeit schweigend in einiger

Entfernung neben uns gestanden hatte. Ihre Miene verriet, dass sie die Umstände ehrlich bedauerte. »Ich habe Anweisung, Ihre Personalausweise zu überprüfen, und Sie müssten mir auch noch ein Formular unterschreiben.« Sie öffnete eine Mappe und wir gingen gemeinsam zum Informationsschalter.

»Da Hannah noch minderjährig ist, wurde das Jugendamt eingeschaltet und vermutlich wird sich schon in Kürze jemand von denen bei Ihnen melden.« Sie zuckte bedauernd mit den Schultern.

»Wie alt bist du denn?«, fragte ich Hannah.

»Vierzehn.«

»Alles in Ordnung«, sagte die Stewardess schließlich lächelnd, gab uns die Ausweise zurück und wandte sich an das Mädchen: »Ich wünsche dir alles Gute, Hannah, und hoffe, dass du dich bald in deiner neuen Familie zurechtfindest.«

Es war sonderbar, wie völlig ruhig Hannah antwortete: »Das ist keine neue Familie, ich lerne sie nur jetzt erst kennen.« Für eine Vierzehnjährige, die gerade ihre Mutter verloren hatte und in ein fremdes Land zu Menschen kam, die sie noch nie gesehen hatte, wirkte sie erstaunlich gefasst. Sie griff mit überraschender Kraft nach meiner und Doris' Hand und ich hatte den Eindruck, dass sie letzten Endes einfach froh war, angekommen zu sein, nicht mehr allein zu sein, auch wenn mich ihre fehlende Schüchternheit und Zurückhaltung ein wenig verwunderte.

Ich nickte ihr zu, ließ ihre Hand los, übernahm entschlossen den Gepäckwagen und führte meine Mutter und meine neue Cousine aus dem Terminal hinaus.

Auf dem Weg zum Auto realisierte ich, dass wir ein Problem mit dem Gepäck bekommen würden. Hannah hatte einen Seesack und einen großen Koffer dabei. Wie sollte all das samt drei Personen und einem Labrador in einen Fiat 500 passen? Kurz schloss ich die Augen. Wo ich sonst Großbaustellen managte, strukturiert und bestens organisiert war, hatte ich heute vollkommen planlos gehandelt.

Als wir ins Freie traten, blieb Hannah stehen, atmete tief ein und sah hinauf zum Himmel. Die Luft war von Abgasen der Taxis und abholenden Autos erfüllt, doch das strahlende Blau war noch immer von einer Kraft, die Hannah für einen Moment in sich aufnahm. Sie sagte nichts, aber es war ihr anzusehen, wie es in ihr arbeitete, und ich ahnte, dass sie an das andere Leben ihrer Mutter hier in München dachte, von dem sie bislang vollkommen ausgeschlossen gewesen war.

»Wir könnten eines der Gepäckstücke in einem Schließfach deponieren und morgen abholen«, schlug ich Hannah vor, als wir vor dem Wagen standen: »Wo hast du denn die Sachen drin, die du am dringendsten heute noch brauchst«

Hannah sagte: »Im Koffer, aber ich könnte ihn auch öffnen und sie herausnehmen.«

Weder meine Mutter noch ich hätten gedacht, wie viel in so einen kleinen Fiat passte. Hannah nahm Frida auf den Schoß, neben ihr wurde der Koffer hochkant platziert und der Seesack lag im Fußraum des Beifahrersitzes vor Doris' Knien, die sie an den Körper zog. »Da soll einer noch sagen, das Auto sei kein Raumwunder«, meinte meine Mutter, bevor wir endlich losfuhren.

Zehn Minuten nach fünf drängten wir uns durch das Feierabendgewühl, in dem es nur stockend voranging. Die Fahrt über sprachen wir nicht viel, jeder machte sich seine eigenen Gedanken über das Vergangene und Neue. Hannah sah still aus dem Fenster. Nach etwa einer Stunde im Stop-and-go näherten wir uns Bogenhausen und im Rückspiegel beobachtete ich Hannahs Reaktion. Sie sagte nichts, aber ihre Augen wurden größer, als wir durch das elektrische Tor des Anwesens Waldeck den kleinen Hügel hinauf und die Privatstraße, die die rückwärtige Zufahrt zur Villa bildete, entlangrollten. Von dieser Seite aus gesehen lag das Gebäude ruhevoll inmitten abfallender Rasenflächen, seine Fassade in die goldene Helligkeit der Nachmittagssonne getaucht.

Der Blick des Mädchens glitt über die zwei Stockwerke mit den weiß geschlämmten Mauern, die Sprossenfenster, die grünen Fensterläden, die Holzverkleidung und hinauf zu dem tief gezogenen roten Dach.

»So viele Blumen!«, sagte Hannah und deutete auf die Blumenkästen vor den Fenstern mit den üppig blühenden pinken und weißen Petunien. »Ich habe es mir schön vorgestellt, aber nicht so schön.« Die von gestutzten Buchenhecken gesäumte Zufahrt führte um das Gebäude herum auf den kiesbestreuten Vorplatz und Doris rief: »Da wären wir!«

Ich nahm den großen Koffer und lief damit den Kiesweg auf die moosgrün lackierte Haustür zu. Der Nachmittag war warm, doch in dem weitläufigen Garten mit den uralten Bäumen fühlte sich die Luft seidig und leicht an. Frida sprang voller Erleichterung aus dem Wagen und ließ eine Mischung aus Grunzen und Jaulen hören. Sie freute sich, endlich wieder frei zu sein.

»Ich muss die Hortensien wässern«, sagte Doris, als sei sie bereits wieder in ihren Alltag zurückgekehrt. »Bei den Temperaturen reicht diese automatische Bewässerung mit dem Perlschlauch morgens und abends überhaupt nicht aus.« Und wirklich: Die Hortensienblüten in Blau- und Rosatönen ließen die Köpfe hängen, ihre Blätter hatten sich zusammengerollt. Hannah sah zum Himmel und sagte: »Das brauchst du nicht. Heute Nacht wird es regnen.«

Doris wandte den Blick hinauf zum blauen Himmel, an dem kein einziges Wölkchen zu sehen war. Ich schüttelte den Kopf. Man konnte die reine, trockene Sommerluft auf den Wangen spüren und das Mädchen behauptete, es würde regnen?

Doch Hannah wirkte nicht so, als machte sie einen Scherz, und eine weitere Erklärung für ihre Vorhersage gab sie nicht ab, sondern sie stand nur da und sah uns beide offenherzig an.

»Gehen wir erst einmal ins Haus«, sagte Doris. »Du musst ja vollkommen erschöpft und ausgehungert sein.«

Sie schloss die Haustür auf und Hannah zerrte ihren Seesack über die breite, in den Boden eingelassene Kokosmatte. »Ich fürchte, er ist zu schwer, ich habe ihn zu voll gepackt! Die Dame vom deutschen Konsulat, die mich zum Flughafen gebracht hat, musste dafür sogar eine Extragebühr zahlen. Aber ich wusste ja nicht, ob und wann ich …« Sie stockte und ich vollendete ihren Satz: »… ob du wieder zur Farm zurückkehrst?«

Hannah nickte und senkte den Kopf.

»Das wird sich alles finden. Mach dir am besten gar nicht zu viele Sorgen. Jetzt sind wir ja da und kümmern uns um dich.«

»Ich fürchte, ich hatte noch gar keine Gelegenheit, das Gästezimmer für dich zu richten.« Doris wirkte fast ein wenig verzweifelt. »Und Abendessen habe ich auch noch nicht vorbereitet, es ging ja alles so schnell.«

»Das macht doch nichts«, sagte Hannah.

»Pass auf, Mama, ich gehe mit Hannah nach oben und sehe, was im

Gästezimmer noch fehlt, und du kümmerst dich um das Abendbrot. Es muss ja nichts Aufwendiges sein. Oder soll ich Pizza bestellen?«

»Um Gottes willen, nein! Es ist genug da. Du weißt doch, dass Corinna immer die Kühlschränke gefüllt haben wollte, als müsse man jederzeit eine ganze Kompanie bewirten können.«

Hannah lächelte und offenbar ließ die Erinnerung an glückliche Zeiten ihre Augen ein wenig glänzen. »Ganz genauso war es auch auf der Mawingu-Farm.«

Ich ergänzte: »Oh, ja. Die Speisekammer war immer bestens bestückt, wenn wir nach Tansania kamen. Wie schade, dass wir uns dort nie begegnet sind ...«

Auf diesen Satz kam von Hannah keine Reaktion, keine Zustimmung, nicht einmal ein Schulterzucken. Sie schwieg und als das Schweigen peinlich zu werden begann, griff ich nach dem Koffer. »Also gut, komm mit!«

Hannah wollte schon den Seesack in Richtung der breiten Treppe ziehen, deshalb deutete ich den Gang entlang und ging vor ihr her. »Wir nehmen den Aufzug. Das Haus sieht zwar nach einem alten Landhaus aus, aber deine Mutter ...«, ich räusperte mich, noch immer kam mir die Bezeichnung »Mutter« für meine Tante nicht leicht über die Lippen, denn mein Leben lang hatte ich sie nie in einer Mutterrolle kennengelernt, »... also Corinna hat es mit allen modernen Annehmlichkeiten ausgestattet, die man sich vorstellen kann. Du wirst sehen.«

Der Aufzug schwebte geräuschlos nach oben in den ersten Stock und die Türen öffneten sich leise. Hannah folgte mir durch einen geräumigen Flur mit geölten Eichenholzdielen, der durch Deckenspots beleuchtet wurde. An den avocadogrünen Wänden hingen unzählige Bilder. Es waren Zeichnungen, Aquarelle und Fotografien, aber auch Bilder, die offensichtlich von Kindern gemalt worden waren. Alle in ganz unterschiedlichen Rahmen. Hannah wollte sich einige genauer ansehen, aber ich lotste sie erst einmal weiter in ein großes Zimmer.

»So, da sind wir.«

Der cremefarbene Teppich, der fast das ganze Zimmer einnahm, gab dem Raum ein gemütliches Flair. Da war ein breites Himmelbett, Vorhänge aus taupefarbenem Leinen, die mit unzähligen kleinen weißen Sternen bestickt waren und die genau zu der Tagesdecke passten. Zwei mit rotem Lodenstoff bezogene Sessel und das runde Tischchen dazwischen ließen erahnen, dass hier ein guter Innenarchitekt gearbeitet hatte – oder eine Hausherrin mit Geschmack. Die kleine Frisierkommode und die Stühle mit der alten Lehne, der Strauß mit Hortensien in einem antiken Porzellankrug und das gut bestückte Bücherregal aus Altholz sorgten dafür, dass der Raum trotzdem nicht nach einem unpersönlichen Hotelzimmer aussah, sondern eine behagliche Atmosphäre ausstrahlte. Das war Doris' Werk, dachte ich und musste lächeln. Meine Mutter hatte jede unserer Wohnungen zu einem richtigen Zuhause umgestaltet.

Ich prüfte trotzdem sorgfältig, ob das Bett bezogen war, schlug die Tagesdecke zurück und schneeweiße Laken sowie rot-weiß karierte Bezüge kamen zum Vorschein. Ich knipste die Lampen auf den beiden Nachttischen an und es sickerte gedämpftes Licht in den sanft atmenden Raum. Der Betthimmel aus weißem Organza warf feine Schatten auf unsere Gesichter. Wir sahen uns an. Bewahrte doch jede von uns ihre eigene Geschichte in ihrem Inneren auf, die mit Corinna zusammenhing. Und wirklich, dachte ich wieder: eine Ähnlichkeit mit Corinnas Zügen war Hannah nicht abzuerkennen. Diese Augen! Eine Welle unendlicher Zuneigung zu ihrer geheim gehaltenen Tochter überschwemmte mich ganz plötzlich und trieb mich in eine haltlose Weite. *Bot uns das Leben tatsächlich solche unvorhersehbaren Überraschungen? Aber was war der Grund für die Geheimhaltung?*

Hannah schien nichts von meinen Gefühlen zu bemerken, sie sah sich in dem Zimmer um, nahm eine Porzellandose in die Hand, strich mit der flachen Hand über die frische Bettwäsche. Ohne es zu wollen, verglich ich im Geist Hannahs lange Finger mit denen meiner Tante: Hannah hatte eine »Wasserhand« mit langen, schmalen Fingern und einer länglichen Handfläche. Meine Tante hingegen hatte »Erdhände« gehabt, wie Doris mir einmal die Begrifflichkeiten erklärt hatte. Mit kurzen, kräftigen Fingern und einer breiten, quadratischen Handfläche.

Wo ich eben noch voll vertrauter Zuneigung für dieses Mädchen gewesen war, riss mich bei dem Vergleich der Handformen eine Gegenströmung hinab in die Dunkelheit des tiefen Zweifels.

Der Unterschied konnte zufällig sein und sie konnte die Handform von ihrem Vater geerbt haben, den keiner von uns je gesehen hatte – zumindest nicht wissentlich.

»Hier, das ist dein Schrank«, sagte ich und öffnete die Schiebetüren des mit Filz verkleideten Einbauschranks, in dem automatisch eine Beleuchtung anging. »Da kannst du all deine Sachen einräumen und wenn dir irgendetwas fehlt, sag uns Bescheid.«

Hannah sah mich erstaunt an und fragte: »Wohnst du auch hier?«

»Nein!« Ich schüttelte vehement den Kopf. »Aber Doris, meine Mutter, wird fast immer hier sein, sie geht höchstens ab und zu zum Einkaufen. Ich muss morgen arbeiten, doch ich gebe dir meine Handynummer …« Ich atmete tief ein und versuchte, meiner Stimme einen festen Klang zu geben. Normalerweise konnte ich bei meiner aufreibenden Arbeit keine Störungen vertragen. Es war einer der Gründe, weshalb ich so lange zu Hause geblieben war – mein Job war nicht leicht mit Kind, Familie und Hund zu vereinbaren. »… dann darfst du mich jederzeit anrufen.« Der letzte Halbsatz hatte mich Überwindung gekostet und dafür verurteilte ich mich sogleich selbst.

Hannah fragte: »Du bist Architektin, nicht wahr? Mama hat oft von dir gesprochen.«

»Von mir?«

Hannah nickte. Mir lag es auf der Zunge zu antworten: »*Von dir hat sie nie gesprochen*« – doch ich schluckte die Worte herunter. *Wie kam es bloß, dass meine Tante vierzehn Jahre lang niemals ihre Tochter erwähnt hatte?*

»Du bist also vierzehn Jahre alt.«

»Genau.«

Im Kopf rechnete ich rasch zurück: »Also 2005 geboren.«

»Ja, am 4. Juni.«

Ich versuchte, mich zu erinnern, ob ich Corinna um das Jahr 2005 in Tansania besucht hatte, doch Hannah unterbrach meine Überlegungen.

»Mama hat dich sehr bewundert und sagte immer, sie würde dich jederzeit engagieren, wenn sie noch mal ein Haus bauen würde.«

»Das hat sie gesagt?« Ich biss mir auf die Lippen, setzte mich auf das Bett und es drängte mich danach, mit jemandem über Corinna zu reden, vielleicht sogar eine Seite von meiner Tante kennenzulernen, von der ich nichts wusste. Ich sagte leise: »Sie hat in jedem Menschen immer nur das Positive gesehen.«

Hannah setzte sich neben mich und senkte den Kopf. Sie sprach ebenfalls leise, aber mit einer merkwürdig monotonen, fast emotionslosen Stimme: »Alles war so leicht und luftig, wenn Mama da war. Dann verbreitete sie eine warme sorglose Atmosphäre um sich herum und ich wollte immer, dass sie nie wieder weggeht ...«

»Ich weiß«, sagte ich und zögerte, denn Hannahs Sätze klangen fast, als hätte sie sie schon häufiger gesagt, wie eine Art Mantra. »So ging es allen, die sie kannten.« Ich versuchte, eine tiefe Schlucht von Befangenheit zu überbrücken, vielleicht sogar den Arm um Hannahs Schultern zu legen und mir ein Stück ihrer Erinnerung zu stibitzen. Doch stattdessen stand ich auf. Um nicht zu sentimental zu werden, öffnete ich das zweiflügelige Fenster. Davor stand ein Lebensbaum und sein herrlich holziger Duft strömte in das Zimmer. Ich drehte mich um und sah Hannah an. »Also? Was möchtest du nun als Erstes tun? Vielleicht ein Bad nehmen? Du kannst dir ruhig Zeit lassen.«

»Ich glaube, ich mache mich nur ein bisschen frisch, wenn ich darf, und dann komme ich nach unten.«

Ich machte einen Schritt auf sie zu und sah sie lange an. Unter Hannahs Augen lagen tiefe Schatten. »Du musst unglaublich müde sein.«

»Das sieht nur so aus, ich habe im Flugzeug geschlafen und es gab ja keine Zeitverschiebung ... also auch keinen Jetlag.«

Ich wusste, dass sie ihren Zustand herunterspielte, denn ihre Erschöpfung war nicht zu übersehen. »Du bist jetzt angekommen, Hannah. Hier kannst du bleiben und dich ausruhen, solange du willst. Du musst keinem etwas vormachen. Wir verstehen deine Situation und trauern ebenfalls sehr um Corinna.«

Ein Gefühl der Verantwortung und der Sorge für das unerwartet aufgetauchte Familienmitglied überkam mich. Es wäre nur allzu verständlich gewesen, all die drängenden Fragen zu stellen – nach Hannahs Leben, ihrer Herkunft und vor allem nach dem, was wirklich passiert war. Doch ich spürte, dass ich vorsichtig sein musste.

Hannah ging zum Fenster und fuhr mit dem Finger am Rahmen entlang. »Danke«, sagte sie, ohne mich anzusehen.

»Wenn du so weit bist, komm zu uns.«

Ich schloss die Tür hinter mir und ging durch den Flur zum Treppenhaus. Es war seltsam und beinahe unwirklich, wie schnell sich alles geändert hatte. Von einem Augenblick zum anderen war Hannah in mein Leben getreten, ohne Vorwarnung und ohne Erklärung. Die plötzliche Präsenz des Mädchens brachte nicht nur Trauer um Corinna, sondern auch eine Flut von Fragen und Zweifeln mit sich. Doch ich wusste, dass ich behutsam vorgehen musste, um Hannah nicht zu verschrecken oder zu überfordern.

Als ich an den Bildern an der Wand vorbeikam, blieb ich kurz stehen und betrachtete eine schön gerahmte Fotografie, die uns alle zusammen auf der Veranda der Mawingu-Farm zeigte. Corinna neben meinem Sohn Alex, eine Art Cowboyhut auf dem Kopf, mit ihrem typischen einnehmenden Lächeln. So war Corinna gewesen: immer unter vollen Segeln, von Gefühlsstürmen getrieben. Sie hatte den Arm um mich gelegt. Außen rechts stand mein Mann Christoph. Seinem unglücklichen Gesichtsausdruck glaubte ich sogar auf dieser kleinen leicht verblassten Fotografie zu entnehmen, wie sehr er seine Geige vermisste. Er konnte es nie lange ohne Üben und Musizieren aushalten, doch seine antike Violine war ihm viel zu wertvoll, um sie mit nach Tansania zu nehmen. Er solle ein preiswerteres Exemplar für die Reisen kaufen, hatte ich ihn versucht zu überreden. Doch war er nun einmal gewohnt, auf seiner außergewöhnlichen »La Rocca« zu spielen, und nicht bereit, sich in die Niederungen eines weniger sonor klingenden Instruments zurückzubewegen. Ich seufzte. Das Leben mit Christoph war nie einfach gewesen …

Auf dem Foto hielt Alexander einen Schimpansen, der wie ein Kleinkind auf seiner Hüfte saß, und fütterte ihn mit Bananenstücken. Ich erinnerte mich noch genau, wie vernarrt er in die Affen war.

Wo war Hannah in all diesen Jahren gewesen? Warum hatte Corinna sie uns nie vorgestellt, ihre Existenz niemals erwähnt?

Zögernd ging ich in Richtung Treppenhaus. Ich umfasste den hölzernen Knauf des Geländers, der wie eine Artischocke geformt war, und bemerkte trotz meiner Gefühlsstürme das angenehme und vertraute Gefühl in meiner Hand. Hatte Corinna nicht immer selbst gesagt, dass es in ihrer Welt Geheimnisse gab? Kleine Geheimnisse, in die man bestimmte Leute – manchmal sogar mich, ihre Nichte – einweihen konnte, und große Geheimnisse, die man lieber für sich behielt. Über die man absolut nicht reden durfte.

Ich sah sie vor mir, wie sie entspannt auf der Couch lag, genießerisch den Duft einer ihrer neu gezogenen, frisch gerösteten Kaffeesorten einatmend, der sich für mich unlösbar mit meiner Tante verband, und sagte: »Weißt du, Isa: Jeder Mensch braucht Geheimnisse, sonst wird das Leben fad.«

Hannah

Sie setzte sich auf das Bett und sah sich um, dann zog sie die Schublade des Nachttischs auf und nahm die kleine Blechdose heraus. Als sie sie öffnete, schlug ihr der kräftige Pfefferminzgeruch entgegen und sie steckte sich eines der runden Bonbons in den Mund. Auf dem Nachttisch lag eine Fernbedienung und als sie auf den obersten roten Knopf drückte, öffnete sich eine Schranktür und ein großer Flatscreen-Fernseher kam zum Vorschein. Hannah ließ sich nach hinten in die Kissen sinken, zappte durch die Programme, schob das Bonbon in die Wangentasche und war kurz davor einzuschlafen. Doch ganz plötzlich klappte der eine Fensterflügel vom Wind heftig an den Rahmen und sie schreckte hoch. Die Strahlen der Abendsonne fielen durch das offene Fenster, bildeten eine rötliche Bahn auf dem weißen Teppich, ließen die Tapete tiefrosa leuchten. Die friedliche Stille wurde nur von den zwitschernden Vögeln unterbrochen. Sie stand auf, ging durchs Zimmer und legte ihre nackten Unterarme auf das Fensterbrett. Tief atmete sie die nach frisch geschnittenem Gras riechende Luft ein und bemerkte erst jetzt den Mähroboter, der lautlos über die Rasenfläche fuhr. Zwischen den Zweigen des Lebensbaums, der auf der linken Seite des Grundstücks stand, versuchten sich zwei Amseln zu haschen. Sie waren es, die so laut sangen, dachte Hannah.

Obwohl sie von den Ereignissen der letzten Tage wie zerschlagen war und sich bis vor Kurzem noch wie in einem bösen Traum gefühlt hatte, begann sie sich langsam besser zu fühlen. Beide Frauen waren freundlich zu ihr, dabei hatten sie gerade erst von ihr erfahren. Im Grunde war sie eine Fremde für sie und sie nahmen sie fürsorglich auf. Isabelle vielleicht etwas weniger offenherzig als Doris. Hannah streckte sich, reckte die Arme nach oben und gähnte ausgiebig.

Vielleicht konnte irgendwann alles gut werden! Nur der Gedanke an das, was ihr bevorstand, wenn alles ans Licht käme, verursachte Hannah ein unbehagliches Gefühl.

Doch bis jetzt sah es hier aus wie in einem schönen Film oder wie Bilder in einem ihrer alten Kinderbücher. Die Sonne verschwand hinter dem ausladenden dunklen Lebensbaum. Es war eine an die zwanzig Meter hohe Zypresse, einer Art, die Hannah noch nie zuvor gesehen hatte. Die schuppenförmigen Nadeln standen in vier Reihen an den Zweigen.

Mit einem Mal hörte sie lautes Gelächter. Ihr Herz hämmerte vor Schreck und vor Angst, weil nun die zarten Stimmen der Vögel übertönt wurden und weil es genau wie das Lachen ihrer Mutter klang. Schön war ihre Mutter, schön, unantastbar und immer voller undurchdringlicher Gedanken.

»Na? Wie fühlst du dich hier, in der Villa Waldeck? An den Luxus kann man sich gewöhnen, oder? Hast du noch Sehnsucht nach Tansania? Nach Amidahs armseliger Hütte in ihrer Boma?«

Hannah sah sich im ganzen Zimmer um, doch es war leer und sie wollte nicht glauben, dass die Stimme nicht nur in ihren Gedanken existierte, so real hörte sie sich an: »Wann warst du zuletzt bei ihr? Kurz vor dem Abflug? Hast du wieder mit ihren schmutzigen Kindern im Dreck gespielt? Du brauchst es nicht zu leugnen. Ich kann es riechen. Der Geruch hängt an dir. Vergiss niemals, das sind nicht deine Brüder und Schwestern!« Wenn Corinnas Hoffnungen nicht eintraten, ihre Erwartungen enttäuscht wurden, konnte sie so plötzlich von dunklem Zorn gepackt werden, dessen Heftigkeit kein Wesen gewachsen war. Die Stimme ihrer Mutter wurde schrill, als sie hinzufügte: »Du gehörst mir, nicht ihr!«

Niemals hätte sie Hannah ins Gesicht geschlagen, doch war es nicht auszuschließen, dass ein Stoß das Kind gegen ein Regal taumeln ließ.

»Vielleicht bist du doch im Krankenhaus vertauscht worden. Mein eigen Fleisch und Blut? So dumm? So frech? Das kann gar nicht sein!«

Hannah presste sich die Hände auf die Ohren, rannte ins Badezimmer, zog sich mit heftigen Bewegungen jedes ihrer Kleidungsstücke vom Leib, als könnte sie damit alles Belastende abstreifen. Ihre nackten Füße spürten den kühlen Granit, als sie einen Schritt in die geräumige Dusche machte. Das heiße Wasser lief über ihr Gesicht, ihre Haare, ihren Körper, rötete ihre Haut und legte sich dabei wie eine Schutzhülle über ihre Seele. Ein lindernder Wasserstrahl, der sie mit einer hellen Woge von Zuversicht überströmte und dem Wissen, dass ihre Mutter ihr nichts mehr anhaben konnte.

Mit einem frischen T-Shirt und noch feuchten, gekämmten Haaren lief Hannah die Treppe hinunter. Sie warf einen Blick in das Wohnzimmer, dessen Tür halb offen stand. Eine einladende Sitzgruppe mit tiefen Sofas und Sesseln war in der Mitte des weitläufigen Raums platziert. Dazwischen standen niedrige Tische aus schwarzem Metall, auf denen Stapel von Bildbänden lagen. An den Wänden großformatige abstrakte Gemälde, auf den Anrichten Kunsthandwerk aus Afrika. Mit dem Rücken zur Tür saß Isabelle auf einem breiten Sessel und telefonierte. Sie sprach leise, aber Hannah konnte sie trotzdem gut hören und blieb kurz stehen.

»Nein, wir wissen noch nicht, was genau passiert ist, aber es war wohl ein Autounfall … nein, ich bleibe heute Abend bei meiner Mutter und …« Isabelle räusperte sich, bevor sie sagte: »… und Hannah, Corinnas Tochter … ja, du hast richtig gehört … das ist eine lange Geschichte … wir konnten es auch erst nicht glauben, aber …«

Mehr wollte Hannah nicht hören und wandte sich ab.

Als sie weiterging, fiel ihr der durchdringende Duft auf. Es war nicht der übliche Küchengeruch, sondern es duftete tatsächlich nach Anis, Pfefferschoten, Zimt und Orange – und nach etwas, das sie nicht gleich definieren konnte.

Der Boden in der Küche war mit schwarz-weißen Fliesen ausgelegt, die aus der Zeit der Erbauung des Hauses stammen mussten. In der Mitte ein quadratischer Eichentisch, auf dessen Platte eine riesige gelbe mit glänzenden Auberginen gefüllte Steingutschale arrangiert war. Um den Tisch herum standen einige Thonet Stühle. An der schmalen Wand waren offene Holzregale angebracht, überquellend von völlig unterschiedlichem Geschirr, Gläsern und Töpfen. Über dem Küchenblock hingen an einem Messinggestell Ketten getrockneter Chili- und Peperonischoten und Sträuße von Rosmarin und Thymian. Die lange Wand war mit geschlossenen Schränken, die lackierte Holzfronten hatten, bedeckt. In ihnen waren moderne schwarz verglaste Einbaugeräte untergebracht. Das Herzstück auf der gegenüberliegenden Seite stellte der breite La-Cornue-Ofen dar. Sowohl der Raum mit seiner eigenartig gemütlichen Einrichtung als auch Doris' Anwesenheit löste nichts als pures Wohlbehagen bei Hannah aus.

Doris stand hinter dem Herd, hatte eine hellblaue Schürze umgebunden und hantierte mit den Töpfen.

»Ich hoffe, du isst Fleisch und gehörst nicht zu diesen neumodischen Veganerinnen oder hast irgendeine Intoleranz?«, fragte sie Hannah, die energisch den Kopf schüttelte. »Der Himmel allein weiß, woher alle diese angeblichen Unverträglichkeiten plötzlich herkommen mögen«, fügte Doris hinzu.

»Auf der Farm haben wir meistens gegessen, was es zu der Jahreszeit auf den Märkten gab. Getreide und Gemüse, aber natürlich hatten wir auch ab und zu Springbockfleisch, kennst du das?«

Doris formte den Daumen und Zeigefinger zu einem anerkennenden O. »Ja, natürlich! Das war immer ausgezeichnet!«

»Aber was ich nicht mag, ist Fleisch aus dem Supermarkt.«

»Da hast du vollkommen recht. Man muss schließlich auch nicht jeden Tag Fleisch essen. Mir reicht es vollkommen einmal die Woche. Heute dachte ich, dass du sehr hungrig sein musst.«

Auf dem Herd standen mehrere Töpfe, deren Inhalt vor sich hin köchelte, und im Ofen schmorte ein Braten.

»Der Duft in dieser Küche ist unbeschreiblich gut!«

Hannah ging zu dem Messinggitter, berührte die herabhängenden Ketten mit Chili- und Peperonischoten und schnupperte.

Doris beobachtete sie und sagte dann: »Ich glaube, du bist auch ein Nasenmensch.«

»Nasenmensch? Wie meinst du das?«

»Zuerst hast du vor dem Terminal am Flughafen gestanden und man hat dir angesehen, wie du die Luft beurteilst – natürlich war sie dort voller Abgase. Dann hier vor dem Haus, mit dem Ergebnis, dass du Regen vorausgesagt hast – auf den ich übrigens sehnsuchtsvoll warte –, und jetzt hier in der Küche … so war es bei Corinna … deiner Mutter auch.«

»Ach so, ja, da hast du recht! Ich rieche, bevor ich schmecke.«

Doris rührte das Gemüse in einem der Töpfe um und nahm Lorbeerblätter heraus. »Ich glaube, wir können gleich essen. Könntest du bitte die Teller dort aus dem Schrank holen?« Sie zeigte auf die hohe cremefarben lackierte Schrankwand. »Und das Besteck findest du in der obersten Schublade. Tu bitte alles auf das Tablett, wir können draußen essen.«

»Ja, gerne!« Während Hannah das taubenblaue Keramikgeschirr auf ein Teakholztablett stellte, Messer und Gabel danebenlegte, erzählte sie weiter: »Bei mir war es schon als Kind so: Wenn ich ein neues Buch bekam, dann habe ich zuerst an den Seiten gerochen. Meine Mutter oder Zahir mussten mich sogar manchmal hochheben, weil ich die fixe Idee hatte, an der Zimmerdecke zu riechen …« Doris lachte und doch gab es ihr einen Stich. Zahir! Der treue Gefährte ihrer Schwester auf Mawingu hatte Hannah natürlich mit aufwachsen sehen und ihnen ihre Existenz genauso verheimlicht wie Corinna selbst. Sie begann, die Deckel der Töpfe zu lupfen, umzurühren, die Gasflammen zu verstellen und zu probieren, indem sie etwas auf einen Unterteller träufelte und ihn dann abschlürfte. Sie ließ auch Hannah von einem kleinen Löffel kosten. »Hmm, die Ratatouille schmeckt ja köstlich«, meinte diese.

»Aber es fehlt noch etwas, weißt du was?« Doris runzelte die Stirn. Dann hob sie plötzlich den Zeigefinger. »Jetzt weiß ich es: ein Schuss Balsamico di Modena!«

Hannah nickte erstaunt: »Darauf wäre ich nicht gekommen. Aber ich würde mich auch nicht als begabte Köchin bezeichnen. Eher als talentierte Esserin.« Sie grinste und man sah ihr an, wie gut ihr die unbeschwerte Unterhaltung tat. Doris ging es genauso. Sie antwortete vollkommen ernst: »Hannah, du wirst es vielleicht nicht glauben, aber das ist mir sehr lieb: Jede ambitionierte Köchin ist dankbar für einen talentierten Esser.«

Dann holte sie Rucola aus einer Salatschleuder und wendete ihn in einer Keramikschüssel in vorbereitetem Dressing. Dazu gab es Rote-Beete-Carpaccio, das bereits im Kühlschrank auf Tellern angerichtet war. Doris hobelte etwas Parmesan darüber, holte eine große Pfeffermühle, sah Hannah fragend an und als sie zustimmend nickte, ließ sie mit einigen Drehungen den weißen Pfeffer auf das Carpaccio rieseln.

»Sag doch bitte Isabelle Bescheid, dass das Essen fertig ist, ich glaube, sie ist im Wohnzimmer …«

»Ja, ich habe gesehen, dass sie dort auf dem Sofa sitzt und telefoniert. Ich hole sie.«

Doris

Sie wird es nicht leicht haben, etwas Rundes, Ganzes aus diesen Widersprüchen zwischen ihrer Vergangenheit und Gegenwart zu formen, dachte Doris, als sie ihr voller Wohlwollen nachsah. *Corinnas wildes, aufbrausendes Naturell, ihr Davongaloppieren auf ferne Kontinente haben dieses Kind geformt, da gibt es keinen Zweifel.* Was Hannah von ihrem Vater mitbekommen hatte, wusste sie nicht, denn er war ihr unbekannt. *Hoffentlich Geduld und etwas mehr Stetigkeit,* dachte sie ohne jede zornige Regung darüber, dass ihre Schwester ihr die Geburt ihrer Tochter verheimlicht hatte. Ihre Empfindungen über dieses mangelnde Vertrauen vermischten sich viel mehr mit dem dumpfen Schmerz, den sie seit der Nachricht von Corinnas Tod in sich spürte.

Doris stand in ihrer behaglichen warmen Küche und überlegte, was noch zu tun war. Doch offenbar war alles fertig. Also zog sie ihre Schürze aus, hängte sie an den Haken hinter der Tür und strich den Sommerrock aus Baumwolle glatt, den sie so gern mochte. Das Muster mit den unzähligen blauen Fischen passte zu weißen Blusen genauso wie zu dem kurzärmligen hellgelben Pullover, den sie heute trug. Sie hatte nur die Hände gewaschen, eine Perlenkette umgebunden und sich frisch gekämmt, nachdem sie vom Flughafen nach Hause gekommen waren. Seitdem war sie in der Küche beschäftigt gewesen, hatte keine Minute still gesessen, um mit allem fertig zu werden. Ihr fiel ein, dass sie noch den Käse aus dem Kühlschrank nehmen sollte, damit er sein Aroma entfalten konnte. Sie richtete die verschiedenen Stücke auf einem Holzbrett an und legte kleine Bündel roter Weintrauben dazu. Dann fiel ihr Blick auf die benutzten Utensilien in der Spüle. Sie band ihre Schürze wieder um, damit der Rock nicht fleckig wurde, und spülte das Sieb und die Schüsseln ab. Anschließend stellte sie sie in das Gestell zum Trocknen. Sie wischte die Arbeitsplatte mit einem sauberen Lappen ab, dann band sie die Schürze wieder auf und hängte sie über eine Stuhllehne.

Doris hatte praktisch ihr Leben lang für ihre Familie und für Freunde gekocht und aus der Pflichterfüllung hatte sie eine Tugend gemacht.

Doch seit Gregor sie verlassen hatte und sie Corinnas meist leeres Haus, die »Villa Waldeck« hütete, waren die Gelegenheiten weniger geworden, zu denen sie ihre Kochkünste ausleben konnte. Ausgerechnet an dem Tag, an dem sie die Nachricht von Corinnas Tod erhalten hatte, gab es nun einen Anlass für ein gutes Abendessen zu dritt. *Vermutlich hätte Corinna es genau so gewollt,* dachte sie.

Sie brachte das Tablett nach draußen auf die Terrasse. Auf den Bodenfliesen standen mehrere große Windlichter und sie zündete die weißen Kerzen darin an. Gläser und Getränke waren schon auf dem Bartisch bereitgestellt. Während sie überlegte, was noch fehlte, kamen Isabelle und Hannah nebeneinander auf die Terrasse.

»Soll ich das Carpaccio servieren?«, fragte Hannah. »Dann kannst du dich endlich einmal hinsetzen, Doris.«

Als Isabelle durch die Küchentür auf die Terrasse trat, beobachtete sie, wie Hannah gerade für Doris den Korbstuhl vom Tisch zurückzog und ihr half, sich bequem zu setzen. Danach wollte sie das Gleiche für Isabelle tun, doch diese winkte ab. »Danke, sehr lieb, Hannah, aber es geht schon.«

Während Hannah in der Küche verschwand, beugte sich Doris zu ihr über den Tisch und sagte leise: »Sie hat sehr gute Manieren. Wirklich ein sehr liebes Mädchen.«

»Ja, das stimmt«, gab Isabelle Doris recht. Es war offensichtlich, dass es an Hannah nicht das Geringste auszusetzen gab.

»Übrigens habe ich inzwischen einige Telefonate geführt«, erzählte Isabelle mit gedämpfter Stimme, während Hannah noch in der Küche war. »Christoph hat, wie immer, besonnen und nüchtern reagiert. Er ist einfach kein emotionaler Mensch, stellte rationale Fragen, ob ich nach Tansania reisen müsse, wenn ja, ob er mich begleiten solle. Sogar die Neuigkeiten über Hannah hat er mit Gleichmut hingenommen.«

Doris nickte nur, denn Hannah kam mit zwei Tellern in der Hand auf die Terrasse.

»Ob ich heute in der Villa übernachten würde, hat Christoph gefragt.«

»Und?«, fragte Doris. »Schläfst du hier? Du weißt ja, dass immer ein bezogenes Bett für dich bereitsteht.«

»Danke, aber ich weiß nicht«, antwortete Isabelle und klang matt und kläglich. Doris sah ihrer Tochter den Widerstreit ihrer Gefühle deutlich an. Schon seit einiger Zeit hatte sie den Eindruck, dass sie sich übernahm, dass sie zu viel Aufträge akzeptierte und ihr Kopf nur noch in der Arbeit steckte. Sie legte ihr die Hand auf den Unterarm. »Du musst es ja nicht jetzt entscheiden, Isa.«

»Ich denke, eher nicht, Mama. Gleich morgen früh habe ich einen Termin auf der Baustelle an der Maximilianstraße und hier habe ich keine Sachen, um mich umzuziehen.«

Isabelle stand wieder auf und ging zum Bartisch, um noch drei schmalere Windlichter auf den Tisch zu stellen, entzündete die Kerzen. Obwohl die Dämmerung noch nicht eingesetzt hatte, erzeugte das Flackern der Flammen hinter dem mundgeblasenen Glas eine besondere Stimmung.

»Die Frau vom deutschen Konsulat in Tansania war alles andere als hilfsbereit, da bin ich kaum schlauer als vorher. Ich muss es morgen noch mal probieren und versuchen, zum Konsul selbst durchzukommen. Aber Christoph und Alexander wissen jetzt Bescheid.«

»Bescheid über alles ... ich meine auch über Hannah?«, fragte Doris.

»Das überraschende Auftauchen von Hannah habe ich bisher nur Christoph erzählt – er war nicht mal sehr überrascht. Meinte, bei Tante Corinna wundere ihn gar nichts.«

Doris schwieg. Ihr Schwiegersohn und Corinna waren so konträre Charaktere, dass keiner viel Verständnis für das Leben des anderen aufgebracht hatte. Hier die unternehmungslustige Geschäftsfrau und dort der vergeistigte Musiker. Deshalb war Isabelle auch die letzten Male ohne ihren Mann nach Tansania auf die Farm gereist.

»Möchtest du ein Glas Wein?«, fragte Isabelle und nachdem ihre Mutter nickte und die Bemerkung machte, das könne nach so einem Tag ganz guttun, entkorkte sie die Flasche Rotwein, goss einen kleinen Schluck in ein Glas, schwenkte es und roch daran. Dann schenkte sie ein zweites zur Hälfte voll und stellte es vor Doris' Platz.

»Danke ... und hast du Moritz erreicht?«

Isabelle schüttelte den Kopf. »Nein, er ist in Monaco bei irgendeiner Tagung und geht nicht ans Telefon.«

»Das sieht ihm mal wieder ähnlich. Wenn man ihn braucht, ist er nicht erreichbar.«

»Ich bin mir nicht sicher, ob wir ihn wirklich brauchen«, murmelte Isabelle und lächelte Hannah geistesabwesend an, die ihnen die Teller mit dem Carpaccio servierte.

»Von wem sprecht ihr?«, fragte sie.

»Von deinem Cousin Moritz, meinem Bruder. Du wirst ihn noch früh genug kennenlernen.« Doris tippte an das leere Weinglas, das vor Hannahs Gedeck stand. »Trinkst du schon Wein?« Doch bevor Hannah etwas sagen konnte, beantwortete Doris ihre Frage selbst: »Nein, natürlich nicht. Bei uns hieß es immer, erst nach der Konfirmation darfst du den ersten Schluck Alkohol trinken … beim Abendmahl. Bist du konfirmiert?«

Ich mischte mich ein: »Mama, du weißt doch gar nicht, ob sie überhaupt evangelisch ist, und Corinna hat es sicher nicht forciert …«

Hannah schüttelte den Kopf und sah sie beide an, als läge das alles ohnehin auf der Hand, als wüssten sie über alles in ihrem Leben Bescheid. Sie sagte: »Doch, Corinna wollte, dass ich getauft und konfirmiert werde.«

»Corinna wollte es?«, rief Isabelle etwas zu laut aus und sprach dann leiser weiter: »Das kann ich mir gar nicht vorstellen. Sie war doch eher eine Atheistin.«

Doris legte ihr die Hand auf den Arm. »Jetzt trinken und essen wir erst einmal etwas. Das wird uns allen guttun.«

Hannah nickte und nahm eine große Gabel Rote Beete.

»Aber mich würde das schon interessieren …« Doris verstand nicht, warum ihre Tochter so insistierte. Irgendetwas schien ihr merkwürdig vorzukommen.

Sie ließ einfach nicht locker. »Du weißt doch, wie Corinna war … mit Religion hatte sie überhaupt nichts am Hut. Ganz im Gegenteil, sie hat oft gesagt, dass sie nur Unheil über die Menschen bringt.«

Hannah kaute, trank einen Schluck Wasser und sagte – nichts. Doris beobachtete sie. Wie war ihr Schweigen zu deuten? Sie machte nicht den Eindruck, als würde sie fieberhaft nach einer passenden Ausrede suchen, sie wirkte ausgesprochen gelassen. Anscheinend hatte sie wirklich großen Hunger, denn sie vertilgte drei Scheiben Brot zu der Vorspeise und tunkte noch das letzte bisschen Olivenöl auf. Sie aßen eine Weile, ohne zu reden, und erst als ihr Teller blitzblank gewischt war, lehnte sich Hannah zurück und sagte: »Mama wollte es, damit ich auf die evangelische Schule gehen konnte.«

»Siehst du? Da hast du es!« Doris schlug sanft mit der flachen Hand auf den Tisch und sandte Isabelle einen Blick, der fast eine Art Triumph ausdrückte. Diese biss sich auf die Lippen. Vielleicht war es für sie nun an der Zeit, dass sie endgültig ihr Misstrauen gegenüber der Tochter ihrer Tante beiseitelegte.

Plötzlich fegte ein starker Windstoß ihre Servietten vom Tisch und einige Blätter flogen über die Terrasse. Doris sah zum Himmel und deutete auf die dunklen Wolken, die wie aus dem Nichts von Westen her über den Garten zogen. Schon waren die ersten Regentropfen auf der Wasseroberfläche des Pools zu sehen.

»Oh, da war deine Wettervorhersage wohl doch richtig, Hannah. Das hätte ich wirklich nicht gedacht«, sagte sie lächelnd. »Aber dem Garten tut der Regen gut.«

Hannah schienen weder ihre Zweifel an ihrer Prognose noch die Tatsache, dass sie recht gehabt hatte, zu tangieren. Für ein vierzehnjähriges Mädchen wirkte sie erstaunlich selbstsicher.

Da die Terrasse dort, wo die Tischgruppe stand, überdacht war, wurden sie nicht nass und blieben noch zehn Minuten sitzen. Doch als der Regen zunahm, wurde es ungemütlich. Rasch räumten sie die Teller, Windlichter und Kissen ins Haus und aßen an dem Eichentisch in der Küche weiter. Isabelle schnitt das zarte Roastbeef auf, Doris servierte die Ofenkartoffeln mit Sauerrahmsoße. Sie redeten und redeten und obwohl Doris und Isabelle Tausende von Fragen an Hannah gehabt hätten, drehte sich das Gespräch um allgemeinere Themen, welchen Musikgeschmack sie hatten, wie sich die Klimaerwärmung entwickeln würde, ob man besser ein Elektroauto fahren sollte …

»Es ist erstaunlich«, sagte Hannah und wischte schon wieder ihren Teller mit dem Brot blank. »Obwohl Mama immer so fortschrittlich war, hat sie bei der Ausstattung dieses Hauses überhaupt nicht an Energiesparen gedacht.« Sie steckte das Brot in den Mund und sprach erst weiter, als sie es heruntergeschluckt hatte. »Elektrische Tore, ein Aufzug, ein geheizter Pool, ich habe vorhin das Wasser gefühlt, es hat mindestens fünfundzwanzig Grad. Das wird sicher nicht nur von der Sonne so stark aufgeheizt …«

»Ich glaube, du hast da etwas übersehen.« Isabelle deutete auf das Nebengebäude. »Das gesamte Dach ist voller Sonnenkollektoren und darin befindet sich auch ein eigener Generator und ein Energiespeicher. Corinna war wirklich sehr fortschrittlich, wie du richtig sagst. Das gesamte Anwesen ist theoretisch autark, was den Strom angeht.«

»Oh, das hätte ich nicht gedacht.« Es war das erste Mal, dass Hannah sichtlich beeindruckt wirkte.

»Möchtest du noch einen Nachschlag?«, fragte Doris und Hannah nickte. »Danke, du bist eine tolle Köchin!«

Sie sprachen darüber, wo die beste Schule in der Nähe war, welche Fremdsprachen Hannah konnte, welche Sportarten, und umschifften die zu konkreten Fragen, die nach zu viel Neugier geklungen hätten.

»Mama hat mir von ihren Reisen jedes Mal ein Geschenk mitgebracht. Wenn ich den Motor des Defenders habe kommen hören, bin ich über die Veranda nach draußen gerannt, um sie zu begrüßen. Natürlich war ich immer neugierig, welche Überraschung sie für mich dabeihat.«

»Hast du denn immer auf der Mawingu-Farm gelebt?«, fragte Isabelle. Hannah antwortete prompt. Ja, natürlich, bis sie ins Internat gekommen sei. Als Isabelle Luft holte, um genauer nachzufragen und endlich zu erfahren, wo sie denn gewesen sei, als sie zu Besuch kam, stieß Doris sie unter dem Tisch mit dem Fuß an und runzelte die Stirn. Schließlich hatten sie sich doch stillschweigend darauf geeinigt, Hannah nicht auszufragen. Jedenfalls nicht gleich heute.

Isabelle sagte also stattdessen: »Mir hat sie auch immer etwas mitgebracht, selbst als ich längst erwachsen war. Immer irgendeine Kleinigkeit. Mal eine geschnitzte Maske, mal Flipflops mit Perlenverzierung, die von den Massai hergestellt worden waren, mal handgeknüpfte Armbänder.«

»Und mir auch«, fügte Doris hinzu. Sie senkte den Kopf und während der restlichen Zeit des Essens saßen die Erinnerungen dreier Frauen an Corinna mit am Tisch. Sie waren froh, dass sie mit den Erinnerungen nicht allein waren.

Nachdem sie mit dem Essen fertig waren, stand Hannah auf, um den Tisch abzuräumen, doch Doris protestierte: »Lass es einfach stehen. Es ist nicht nötig, dass du mir heute hilfst. Wir tun das später in die Spülmaschine. Möchtest du vielleicht baden oder schon ins Bett gehen? Du musst doch unsagbar müde sein.«

»Ehrlich gesagt bin ich jetzt wieder wach. Eigentlich würde ich gerne spazieren gehen.«

»Im Regen?«

»Der wird aufhören.«

Doris und Isabelle tauschten einen Blick. Dann sagte Isabelle: »Und ich zweifele keine Sekunde daran, dass es genauso eintreffen wird.«

Hannah wirkte so gelassen, als seien ihre Wetterprognosen etwas ganz Alltägliches. Sie meinte nur: »Danke, das war ein wunderbares Essen!«

Doris war gerührt. Sie nickte ihr freundlich zu und fand in diesem Moment keine Worte mehr, dabei gab es noch so viel zu sagen. Doch dafür würden sie noch genug Zeit finden.

»Kann ich Frida mitnehmen?«

Die Labradorhündin wedelte mit dem Schwanz, als sie ihren Namen hörte.

»Ja natürlich, sie freut sich bestimmt über eine Abendrunde«, antwortete Isabelle. »Die Leine hängt vorne am Garderobenhaken.«

Als Hannah gegangen war, räumten sie zusammen das Geschirr ab. Isabelle stellte es in die Spülmaschine und Doris deckte schon den Frühstückstisch für den nächsten Tag. Sie sprachen kaum und jede hing ihren eigenen Gedanken nach. Sie hörten, wie die Haustür klappte, und dann, wie sich automatisch die Bewässerungsanlage im Garten anstellte und mit einem rhythmischen Summen den Rasen und die Sträucher goss. Isabelle trat an die offene Terrassentür und bemerkte leise: »Und natürlich hat es aufgehört zu regnen.« Ein leichter Wind von Südost hatte die Wolken fortgeblasen und zerstreut, der Himmel war wieder klar und färbte sich im Westen tiefrosa. Mit geschlossenen Augen sog Isabelle die feuchte, nach Moos duftende Abendluft ein. Doris hängte die Geschirrtücher über den Ofengriff, schaltete das Licht aus, sie nahmen beide ihre Rotweingläser und gingen zusammen ins Wohnzimmer.

Isabelle

S oll ich den Kamin anfeuern?«, fragte ich.
»Mitten im Sommer?«
»Ich weiß auch nicht, mir ist heute danach …«
»Wie du möchtest.«

Meine Mutter setzte sich auf das Sofa und legte sich eine Wolldecke über die Beine. Offensichtlich war ihr jetzt auch nach ein wenig Wärme zumute. Sie sah mir zu, wie ich die Buchenholzscheite aus dem großen Weidenkorb nahm und zu einer Pyramide über dem Häufchen mit dem Anfeuerholz aufstellte.

»Du glaubst ihr nicht, oder?«, fragte Doris unvermittelt.

Ich drehte mich nicht um, sondern schwieg. Erst nachdem ich das Feuer mit einer Lunte aus Zeitungspapier zum Brennen gebracht hatte, schob ich die Glasscheibe herunter und richtete mich auf. Ich klopfte mir die Hände ab.

»Dass ich ihr nicht glaube, wäre zu viel gesagt, das trifft es nicht. Eigentlich möchte ich ihr sogar gerne glauben, denn Hannah ist zweifellos ein sehr wohlgeratenes Mädchen. Aber …« Ich nahm mein Glas, trank einen Schluck, setze mich neben meine Mutter und lehnte mich in den Kissen zurück. »Aber?«, fragte Doris.

»Du musst doch zugeben, dass es mehr als merkwürdig ist, wenn Corinna uns … dir und mir und der ganzen Familie vierzehn Jahre lang verschwiegen hat, dass sie eine Tochter hat … und dass diese ausgerechnet am Tag, als wir erfahren, dass Corinna gestorben ist, bei uns anruft und sofort nach München kommt. Sehr höflich, freundlich, gut erzogen – und seltsam gefasst. Müsste sie nicht ganz verwirrt und irgendwie verzweifelt sein?« Während ich sprach, konnte ich in den Augen meiner Mutter die gleichen ungestellten Fragen sehen, die sich auch in mir regten. Konnte Corinna in ihrem Alter noch ein gesundes Kind bekommen? Was hatte sie nur dazu bewegt, uns niemals von Hannah zu erzählen, ihre Schwangerschaft und das Kind regelrecht vor uns zu verstecken? Fragen, auf die wir vielleicht nie eine Antwort erhalten würden, aber die dennoch in unseren Gedanken mitschwangen und die Merkwürdigkeiten dieser

Situation nicht übersehen ließen. Ich schüttelte den Kopf. »Je mehr ich einmal in Ruhe darüber nachdenke, umso absurder wird das Ganze.«

Doris presste die Lippen zusammen. Einen Moment lang schien es so, als würde sie mir zustimmen, doch dann sagte sie das, was ich im Grunde erwartet hatte: »Du kanntest deine Tante gut genug, um zu wissen, dass bei ihr nichts unmöglich war.«

»Auch nicht, dass sie mit vierundfünfzig Jahren ein Kind auf die Welt bringt?«

Das Holz im Kamin knackte und einige Funken stoben auf. Ich stand auf, schob die Glasscheibe wieder hoch und stocherte mit einer Zange zwischen den Scheiten. »Ich glaube, das geht zu weit, selbst für unseren Tausendsassa Corinna, und letztlich würden wir uns vorhalten lassen müssen, dass wir unglaublich naiv waren, wenn wir Hannahs Herkunft in keiner Weise infrage stellen. Ich möchte gar nicht daran denken, was Moritz dazu sagen wird!«

Doris' Miene verfinsterte sich und ich merkte schlagartig, dass meine Mutter das sympathische Mädchen bereits innerlich adoptiert hatte, deshalb fügte ich hinzu: »Entschuldigung, Mama, ich glaube, es war heute alles ein bisschen viel für uns.«

»Schon gut, vielleicht hast du ja recht.« Doris räusperte sich und stand auf. Sie ging zu der Anrichte am anderen Ende des Raums und kam mit einer großen Schachtel zurück.

»Oh, nein, Mama, nicht die Schachtel! Bitte nicht, ich bin jetzt wirklich zu müde und …«, ich suchte nach dem richtigen Ausdruck, »… und k. o.«

»Warum nicht? Vielleicht finden wir darin ja irgendeinen Hinweis auf Hannah, den wir bisher übersehen haben. Und jetzt sitzen wir hier noch beide zusammen und haben Zeit.«

Der große alte Pappkarton mit dem Aufdruck »Lodenfrey«, in dem vor Urzeiten ein Trachtenjanker geliefert worden war, diente Doris als ihr persönlicher Reliquienschrein. Er enthielt alle möglichen Dinge, die sie nicht hatte wegwerfen wollen, und war eine Art Flickenbündel mit Resten und Enden ihres Lebens.

»Was ich dich fragen wollte … wen hast du eigentlich noch angerufen?«, fragte meine Mutter, während sie den Deckel öffnete. Ich machte eine ausladende Geste mit der Hand, die wohl mindestens halb München umfassen konnte. »Das tansanische Konsulat, das deutsche Konsulat in Moshi und Arusha, Alex, Christoph, das hatte ich dir ja schon gesagt. Und ich wollte ihre Ex-Lebensgefährtinnen erreichen, aber …«

»Aber was?«

Ich legte den Kopf in den Nacken und schloss kurz die Augen. Es entstand eine Pause und nach einem kurzen Moment sagte ich: »… aber ich habe mich nicht dazu durchringen können.«

»Das kann ich gut verstehen. Vielleicht ist es ja auch gar nicht notwendig.«

Doris legte den Deckel der Schachtel auf den Tisch und lachte in sich hinein: »Du lieber Himmel.« Sie nahm eine Handvoll alter Fotos heraus. »Sieh doch bloß mal diese Schlaghosen und die entsetzlich gemusterte Bluse.« Es war ein unmögliches Gruppenfoto von ihr, ihrem Mann Gregor – meinem Vater –, Corinna und deren damaliger Freundin auf einer Kreuzfahrt, die mit einem schrecklichen Zerwürfnis zwischen den beiden geendet hatte.

»Ja, so hat es damals angefangen …«, sagte sie, begann dabei die Andenken aus dem Durcheinander im Karton herauszusuchen und auf dem Couchtisch auszubreiten. »Gregor und ich waren jung verheiratet, damals noch richtig verliebt, und Corinna wollte uns unbedingt diese Reise schenken. Sie ließ sich nicht davon abbringen … aber sie war einfach nicht der Typ für eine Kreuzfahrt, wir hätten es wissen müssen.«

»Ach nein, Mami, das wird mir jetzt wirklich zu viel«, verwahrte ich mich gegen das Herauskramen all der uralten Erinnerungen. »Und warum konntest du eigentlich nie richtige Fotoalben anlegen wie normale Menschen?«

Ich trank einen großen Schluck Rotwein und wusste im selben Augenblick, was meine Mutter antworten würde.

Doris fand alle Formen von Alben, Fotoalben, Poesiealben oder Sammelalben, abscheulich. Bei dem Gedanken, sie könnte eines Tages einsam über ihren gehorteten, wohlgeordneten, vergilbten Fotos brüten, schauderte es sie, dabei tat sie nun genau das.

»Es macht keinen Unterschied, ob man alles in einer großen, unsortierten Pappkiste aufbewahrt oder in Alben. Es sind nun mal Erinnerungen aus vergangener Zeit«, hatte ich ihr schon oft entgegengehalten, doch meine Mutter hatte nichts an ihrem Sammelsurium geändert.

»Du hast Glück, dass der Fortschritt inzwischen die normalen Fotoalben aus unserem Leben verbannt hat, denn nun sind alle Bilder nur noch auf PCs, Handys, USB-Sticks oder in der Cloud gespeichert.«

Doris winkte ab. »Das weiß ich doch!« Tatsächlich wusste sie über IT-Themen gar nicht genau Bescheid, sondern war über das Schreiben von E-Mails nicht sehr weit hinausgekommen, was wir Kinder sowie ihre Enkel manchmal belächelten.

»Aber so was hier ist dort vermutlich nicht zu finden.«

Doris hielt einen vergilbten, lang nicht mehr gültigen deutschen Pass hoch. Corinna *Waldeck. Geboren 5. Juli 1951, Augen: grau, Größe: 173 cm.*

»Mein Gott diese Passfotos! Wie auf einem Steckbrief sieht sie aus – und zehn Jahre älter als in Wirklichkeit«, sagte sie amüsiert beim Durchblättern des wüsten Durcheinanders von Visa, Stempeln, Unterschriften, Vorschriften, Erlaubnissen und Verboten. Aus dem alten Papier schien der muffige Geruch unzähliger Büros aufzusteigen.

»Zeig mal!«, sagte ich, doch als ich Corinnas alten grünen Reisepass in die Hand nahm, spürte ich, wie meine emotionalen Dämme brachen.

»All die vergeudeten Stunden des Wartens und Schlangestehens auf Zollämtern, Konsulaten, ihr Herumsitzen auf harten Bänken, das sie immer wieder auf sich genommen hat, scheint in diesem alten Pass vereint.«

Doris' Stimme klang weich, als sie antwortete: »Aber auch ihre Sehnsucht nach all den fernen Ländern, Kontinenten und Menschen, von denen sie niemals genug bekommen konnte, sie hatte eine unstillbare Neugier auf die ganze Welt …«

Ich stimmte leise zu: »Corinna lebte, reiste aus einer unverrückbaren Notwendigkeit heraus, einer Art innerem Gesetz folgend.«

»Ihre Rastlosigkeit war faszinierend, bewundernswert und machte zugleich endlose Schwierigkeiten, doch wir liebten sie alle dafür«, ergänzte Doris und kehrte das Unterste aus der Kiste zuoberst.

Zu meiner eigenen Verwunderung brach ich plötzlich in Tränen aus, während meine Finger die verwischte Stempelfarbe der tansanischen Passkontrolleure berührten. *Wir liebten sie alle dafür?*

»Ach Isabelle, ich weiß ja, dass du sie auch so sehr mochtest …«, sagte Doris, legte den Pass auf den Tisch, nahm meine Hand in ihre. Aus ihrer Jackentasche zog sie ein Taschentuch. Ich nahm es und während ich mir die Nase putzte, spürte ich auf einmal eine kühle Hundeschnauze auf meinem Knie. Frida war von ihrem Spaziergang zurückgekommen und sofort zu uns ins Wohnzimmer gelaufen. Es war, als wollte sie mich ebenfalls trösten. Als ich aufblickte, sah ich Hannah im Türrahmen stehen, die anscheinend überlegte, ob sie eintreten sollte. Das Wohnzimmer war geräumig und es waren gut zehn Meter bis zu unserer Sitzgruppe am Kamin. Hannahs Blick schweifte über die Einrichtung. Überall auf den Anrichten und Wänden standen und hingen die Reisemitbringsel, das meiste war Kunsthandwerk aus den jeweiligen Ländern, Keramikvasen und -skulpturen, Schnitzereien aus Speckstein und Ebenholz, außerdem Masken, Speere und Felle. Sie hatten nie so richtig in das bayerische Landhaus gepasst, doch zu Corinnas Leben passten sie.

Ich putzte mir nochmals die Nase und sagte: »Komm ruhig herein und setz dich zu uns, Hannah, wenn dich die Gesellschaft von zwei sentimentalen alten Frauen nicht stört.«

»Im Gegenteil – ich wollte euch nicht stören, sicher habt ihr auch genug ohne mich zu besprechen. Ich glaube, ich gehe jetzt besser ins Bett und lasse euch in Ruhe.«

Doch entgegen ihrer Ankündigung kam sie näher, tappte in Strümpfen über den wollweißen Berberteppich, in den man so tief einsackte, dass man am liebsten verweilen und mit der Handfläche über die weichen Schlingen streichen wollte. Hannah kam zu uns an den Kamin, zog sich einen Lederpouf zu dem niedrigen, geschnitzten Couchtisch und betrachtete voller Neugierde den Inhalt der Schachtel. Ihre Wangen waren leicht gerötet und ihre Nase glänzte von der frischen Regenluft, doch ihre langen glatten Haare waren nicht nass.

Es hatte also wirklich wieder aufgehört zu regnen, dachte ich. *Ganz wie Hannah es vorhergesagt hatte.*

Doris erklärte: »Wir haben gerade angefangen, die alten Erinnerungen rauszukramen …«

»Darf ich?«, fragte Hannah und machte eine Kopfbewegung in Richtung der Kiste. Doris schob den Pappkarton ein Stückchen in ihre Richtung und Hannah nahm das oberste Foto heraus, das ein etwa dreizehnjähriges Mädchen in Cordhose und Sweatshirt zeigte, wie es auf einem Feld zwischen symmetrisch angeordneten kleinen grünen Pflänzchen kniete.

»Bist du das?«, fragte Hannah an mich gewandt.

Ich nickte. »Ja, zwischen den jungen Kaffeepflanzen, da war ich ungefähr so alt wie du jetzt.«

Meine Worte mussten in ihr eine frische Erinnerung heraufbeschworen haben oder vielleicht sah sie sich selbst in diesem Foto. Ganz unähnlich waren wir uns nicht. Sie betrachtete die Aufnahme ganz genau. »Das muss weiter oben im Nordwesten der Plantage gewesen sein und ganz am Anfang der Wachstumsphase. Ich mochte es immer besonders, wie die Plantage so frisch grün und ordentlich dalag, inmitten der wilden Landschaft. Zwischen der Wildnis von Steppe und Urwald machte uns der Anblick unseres ebenmäßig bepflanzten Stücks Land unserer Farm immer besonders stolz, auch wenn …«

Konnte man noch mehr Possessivpronomen in einem Satz unterbringen? Ich sah eine kaum wahrnehmbare Veränderung in Hannahs Blick, einen sehnsüchtigen Glanz, der für eine Sekunde aus ihren Augen leuchtete. Es war ein unbestimmbares Etwas, eine Erinnerung, die nur ihr allein gehörte. Doch dann erlosch das Funkeln ganz plötzlich.

»… wenn was?«

»Ich wollte nur sagen … auch wenn ich nicht mehr so häufig dort war, nachdem ich ins Internat gekommen war. Und gerade die jungen, hellgrünen Pflanzen auf unserer Plantage waren immer so besonders schön anzusehen.«

»Sicher war Corinna deine Schulbildung sehr wichtig.«

Sie nickte und legte das Foto zurück auf den Stapel.

Unserer Plantage, hatte sie gesagt … *unseres* Stücks Land … machte *uns* stolz.

Doris und ich registrierten ihre Wortwahl, ohne sie zu kommentieren. Doch wir fragten uns beide, ob und wann wir das Rätsel von Hannahs jahrelang geheim gehaltener Existenz wohl lösen würden. Im Grunde war dieses sympathische Mädchen, das wir seit heute kannten, eine ständige Erinnerung daran, dass Corinna uns für nicht vertrauenswürdig gehalten hatte. *Aber warum?*

Jetzt begann Doris leise zu erzählen: »Ich weiß noch genau, wie der Anruf kam … wir saßen alle vor dem Fernseher und schauten ›Wetten, dass ..?‹, aßen Erdnussflips, Gregor und ich tranken ein Glas Wein …« Doris unterbrach sich, griff nach ihrem Glas und nahm einen Schluck Rotwein. Dann sprach sie weiter, ahmte Corinnas Stimme nach: »›Du wirst es nicht glauben, Doris, ich habe eine Farm gekauft, in Tansania, am Fuße der Ngorongoro Eastern Highlands‹, hörte ich sie sagen, aber die Verbindung war so schlecht, dass ich sie kaum verstand. Es knackte und piepte in der Leitung. Sie rief meistens samstagabends an. Wir haben jedes Mal nach dem Abendessen auf ihren Anruf gewartet, natürlich hat sie sich nicht jede Woche gemeldet …«

»Das stimmt, Corinnas Anrufe waren spannender als Fernsehen«, ergänzte ich. Und gleichzeitig dachte ich: *Ja, vielleicht war das genau der richtige Weg. Wenn wir unsere Geschichte von der Mawingu-Farm erzählten, würde Hannah vielleicht auch ihre preisgeben, aber wir mussten ihr Zeit lassen.*

»›Wenn eure Pässe in Ordnung sind, könnt ihr mich schon morgen in Tansania besuchen‹, sagte sie damals, weißt du noch, Isabelle?«

Ich nickte. »Wir sind zwar nicht gleich am nächsten Tag geflogen, aber eine Woche später saßen wir alle im Flugzeug.«

»In welchem Jahr war das?«, fragte Hannah. »Neunzehnhundertsiebenundachtzig«, antworteten wir beide wie aus einem Mund.

Hannah fragte: »Darf ich?«, und streckte die Hand nach einem kleinen Buch aus, das mit einem Stoff voller Perlen eingebunden war. »Das ist sehr hübsch, es sieht nach Massai-Flechtwerk aus. Ist das ein Tagebuch?«, fragte sie.

»Das ist mein altes Notizbuch, da habe ich einmal angefangen, eine Reisegeschichte zu schreiben, ein bisschen theatralisch wahrscheinlich. Ich wollte nach dem Abitur Germanistik studieren, aber dann ist daraus nichts geworden, wie du ja weißt. Mein Vater hielt es für brotlos, wenn man nicht auf Lehramt studierte.«

Hannah schlug die erste Seite auf und betrachtete meine ordentliche Mädchenschreibschrift.

»Wie alt warst du, als du das aufgeschrieben hast?«

»Lass mal sehen.« Ich ließ mir das Buch geben und blätterte darin. »Ich verstehe gar nicht, warum ich kein Datum hineingeschrieben habe, aber ich glaube, ich muss so um die achtzehn oder neunzehn gewesen sein.«

»Darf ich es vielleicht lesen? Das würde mich wirklich sehr interessieren.«

Ich zögerte. Doch Hannah sah mich so offenherzig an, dass ich ihr den Wunsch nicht abschlagen wollte. Genau wie meiner Mutter war mir das Mädchen einfach sympathisch. »Na gut, aber nimm nicht alles für bare Münze, was darin steht. Ich glaube, ich habe meine Erlebnisse ein bisschen zu sehr ausgeschmückt.«

»Mache ich nicht, danke schön.« Hannah unterdrückte ein Gähnen und sagte: »Ich bin jetzt wirklich müde und würde gerne ins Bett gehen.«

Doris musste ebenfalls gähnen und sagte: »Ich komme auch gleich hoch und dann sehe ich noch einmal nach dir.«

»Wirklich?«, fragte Hannah und schien sehr erfreut zu sein.

»Bestimmt.«

»Gute Nacht, Isabelle.«

»Gute Nacht, schlaf gut.«

Hannah bückte sich zu Frida herunter und streichelte mit beiden Händen ihre Ohren.

»Möchtest du, dass sie heute bei dir im Zimmer schläft?«, fragte ich. »Ich meine, es ist zwar ungewohnt für Frida, aber ihr habt euch ja auf Anhieb angefreundet.«

Hannah war die Erleichterung anzusehen. »Das wäre zu schön, um wahr zu sein.«

»Du müsstest sie nur morgen früh in den Garten lassen und ihr ihre Portion Trockenfutter geben. Doris hat immer etwas auf Vorrat hier.«

»Ja natürlich, das mache ich.«

»Ich, fahre jetzt nach Hause, muss morgen Vormittag kurz auf eine Baustelle, aber den Rest des Tages versuche ich, mir freizunehmen, dann komme ich wieder hierher.«

Ich stand auf und meine Mutter brachte mich zur Haustür. Nach einer langen Umarmung verabschiedeten wir uns.

Doris

Doris räumte die Gläser auf ein Tablett, die Fotos und Andenken zurück in den Pappkarton, sah nach der Glut im Kamin und löschte das Licht im Erdgeschoss. Sie ging die Treppen hinauf und klopfte an die Zimmertür des Gästezimmers. Hannah lag im Bett und blätterte in dem perlenverzierten Notizbuch. Die braun gebrannte Haut ihrer bloßen Arme hob sich von dem weißen Bettbezug ab. Ihr langes glattes Haar breitete sich rund um ihr Gesicht auf dem Kopfkissen aus. Doris trat ein und schloss die Tür hinter sich.

»Ich hoffe, das Bett ist bequem.«

»Es ist wunderbar weich.«

Doris setzte sich auf den Rand der Matratze. Frida hatte es sich auf dem Teppich gemütlich gemacht und rollte sich auf den Rücken, um sich am Bauch kraulen zu lassen. Doris fing an zu lachen und Hannah lachte ebenfalls, doch ganz plötzlich verstummte sie und richtete ihre grauen Augen auf ein Niemandsland zwischen ihnen.

»Oh, mein armes Kind.«

»Es tut mir leid«, schniefte Hannah. »Es ist schön, hier zu sein und über etwas zu lachen. Aber seit dem Unfall fürchte ich den Moment, in dem ich das Licht auslöschen muss. Ich bin völlig übermüdet, aber sobald ich im Bett liege, in der Dunkelheit und Stille, werde ich hellwach und die Gedanken fallen über mich her wie ein Wespenschwarm.«

»Nach dem Furchtbaren, das du erlebt hast, ist das ganz normal, aber es wird besser werden, das verspreche ich dir, und jetzt hast du ja Frida, die hier bei dir liegt.«

Hannah nickte, aber dann sprach sie weiter: »Wenn ich dann endlich einschlafe, träume ich und wache weinend auf …«

»Möchtest du von dem Unfall erzählen?«

Hannah schüttelte den Kopf. »Nein, ich kann nicht.«

Doris strich ihr über die Haare und sagte: »Wir lassen dir so viel Zeit, wie du brauchst.«

Hannah streckte den Arm aus, sah auf ihre Armbanduhr, die sie auf den Nachttisch gelegt hatte. Es war halb zehn.

»Ich werde noch ein wenig lesen, um wirklich einschlafen zu können«, sagte sie. Der glatte Perleneinband lag angenehm in der Hand und sie mochte die klare Handschrift, als sie begann, die Aufzeichnungen ihrer Cousine zu lesen:

Meine Tante hatte eine Farm in Tansania. Der Ngorongoro-Krater lag rund dreißig Kilometer von dem nördlichsten Grenzstein unseres Landes entfernt. Doch konnten aus der Strecke leicht hundert Kilometer werden, je nachdem, ob das Wasser der Flüsse in der Regenzeit über die Ufer trat und ihre Fluten die südliche Route überschwemmten ...

Doris sagte »Gute Nacht«, schloss leise die Tür und blieb einen Moment nachdenklich auf dem Flur stehen. Ihr Herz flüsterte stumm den Namen des Mädchens. *Hannah!*

Für den Bruchteil einer Sekunde hatte sie auf der Innenseite von Hannahs Unterarm drei weiße Narben gesehen.

Isabelle

Als mein Mobiltelefon nachts um halb zwei klingelte, lag ich noch wach und zerbrach mir den Kopf darüber, warum Corinna uns niemals von ihrer Tochter erzählt hatte. Beim Anblick von Moritz' Nummer auf dem Display spürte ich ein flaues Gefühl im Magen. Christoph, der neben mir in unserem Ehebett lag, wälzte sich auf die Seite und um ihn nicht zu stören, drückte ich das Gespräch weg und stieg ganz leise aus dem Bett. Ich schlich auf Zehenspitzen ins Bad, schloss die Tür und setzte mich auf die Frotteematte vor der Dusche.

»Hallo, Moritz«, sagte ich leise in mein Handy, als er abhob.

»Isa, es tut mir leid, dass ich dich so spät noch anrufe, aber ich habe deine Nachricht erst jetzt gesehen. Wir haben hier keinen zuverlässigen Empfang. Was ist denn passiert?«

Der Klang von Moritz' Stimme und seine Worte ließen sofort Erinnerungen an seine unzähligen gekonnten Ausflüchte hochkommen. Er schnurrte sie einfach so herunter, als käme es niemals auf ihren Wahrheitsgehalt an.

»Wo bist du denn?«

»In Monte Carlo, bei einem Kongress der Rückversicherer. Jetzt sag schon, was los ist.«

»Tante Corinna, sie ist vor zwei Tagen in Tansania ums Leben gekommen.«

»Ah! Wie ist das passiert?« Er hörte sich nicht sonderlich schockiert an, so als hätte er bereits davon gehört, vielleicht war die Nachricht ja auch international verbreitet worden.

»Das wissen wir noch nicht so genau, ein Unfall vermutlich.«

»Dass es immer die Falschen erwischen muss.« Moritz schwieg einen Moment. »Wie hat Mutter es aufgenommen?«

»Sie ist natürlich tief getroffen, aber durch die …«

Ich stockte und überlegte, ob ich ihm von Hannah erzählen sollte, doch dann entschied ich mich dagegen. Er würde es noch früh genug erfahren.

»Aber durch die …?«

»Ach nichts, wir haben gestern Abend lange geredet und uns gegenseitig getröstet, das hat ihr sicher etwas Halt gegeben. Zumindest hatte ich den Eindruck.«

»Hör zu, Isa, dieser Kongress hier ist ziemlich wichtig und geht noch bis morgen. Eigentlich hätte ich noch einen kleinen Urlaub drangehängt, aber nun versuche ich, für Donnerstag früh in der ersten Maschine von Nizza nach München einen Platz zu ergattern.«

»Okay, verstehe.« Ich war fast erleichtert, dass Moritz nicht gleich morgen in Corinnas Villa aufschlagen würde.

»Wissen es die anderen schon?«

Ich war mir nicht sicher, wen er genau meinte, aber es war nicht auszuschließen, dass er sich auf Corinnas Ex-Lebensgefährtinnen bezog. »Ich habe ihnen Nachrichten hinterlassen und gebeten, mich zurückzurufen.«

»Vermutlich gibt es viel zu tun wegen der ganzen Formalitäten, der Überführung und dem Nachlass, sicher nicht ganz unkompliziert, also, falls du jemanden brauchst, ich bin, wie gesagt, in zwei Tagen da.«

Ich schaffte es nicht, ihm zu sagen, dass ich das Ganze lieber mit meiner Mutter organisierte. »Wirklich, Isa, du halst dir da viel zu viel auf. Glaub mir, das ist ein Riesenbatzen Arbeit und dann noch voller Emotionalität. Das musst du nicht allein durchstehen!« Plötzlich hatte ich das Gefühl, als wäre zwischen uns eine aufrichtige Kameradschaft, eine echte Zuneigung, wie zwischen Geschwistern, die sich wirklich mochten.

»Danke, lieb von dir, Moritz, mach dir keine Sorgen und gute Nacht.«

»Halt die Ohren steif, Schwesterchen und *bonne nuit!*«

Nachdem wir das Gespräch beendet hatten, saß ich noch eine Weile im Pyjama auf dem Boden, den Kopf auf meine Arme gelegt, bis ich begann, leicht zu zittern. Es gab wirklich viel zu tun, dabei hatte ich gerade mit meinen Baustellen mehr als genug Probleme. Wie sollte ich das bloß alles schaffen? Schließlich wurde mir so kalt, dass ich zurück ins Schlafzimmer ging und erschöpft auf mein Bett sank. Christoph gab ein kleines Knurren von sich und legte den Arm auf meine Brust. »Kannst du nicht schlafen?«, brummte er. Ich schmiegte mich an ihn und spürte, wie die Wärme seines weichen Körpers in meine eiskalten Glieder floss. Schon atmete er wieder gleichmäßig und war eingeschlafen. Ich legte meinen Kopf an seine Schulter und konnte durch sein T-Shirt hindurch sein Herz schlagen hören. Wenn ich nur lernen könnte, jede Nacht so sorglos zu schlafen wie er. Es schien, als würde er sich niemals über etwas den Kopf zerbrechen. Als mir klar wurde, dass Moritz vermutlich recht hatte und der ganze Nachlass meiner Tante geregelt werden musste, jemand die Nachfolge in ihrer Firma antreten, die Villa Waldeck womöglich verkauft würde, fing mein Puls an zu rasen. Corinna hatte mir und, soweit ich wusste, auch meiner Mutter gegenüber niemals erwähnt, was nach ihrem Tod mit alldem geschehen sollte. Und nun würden wir irgendwie damit fertigwerden müssen und uns dabei auch noch um ein vierzehnjähriges Mädchen kümmern.

Endlich, es musste gegen drei gewesen sein, fiel ich in einen tiefen, traumlosen Schlaf.

Am nächsten Morgen fuhr ich hoch, als der Wecker um sieben klingelte. Die rechte Seite im Bett war leer und aus dem Bad hörte ich den Rasierapparat brummen.

Christoph betrachtete mich mit besorgter Miene, als ich die Tür öffnete. »Guten Morgen. Es tut mir so leid.«

Als ich nicht gleich antwortete, wandte er sich wieder dem Spiegel zu, bewegte seine Arme mit kleinen, ausgereiften Gesten, während er sich rasierte, zog die rosige Haut seines Doppelkinns straff, sein Teint strahlte wie der eines Babys. Ich betrachtete seine kleinen, feinen Hände, die Grübchen in den Knöcheln, bis sich unsere Augen im Spiegel trafen. Seine waren so leuchtend blau wie die eines kleinen Kindes. Jetzt ließ er den Rasierapparat sinken, drehte sich zu mir um. Wir umarmten uns und fast hatte ich das Gefühl, ein Teil meiner Gelassenheit würde zurückkehren. Er hielt mich ein Stück von sich weg und fragte: »Bist du okay? Du siehst nicht gut aus, Isa!«

»Doch, danke, ich muss nur ziemlich schnell in die Maximilianstraße zur Baubegehung Rohbau, danach habe ich noch zwei Termine und später fahre ich wieder zu Doris.«

»Soll ich dich fahren?«

»Nein, nein, nicht nötig, mit dem Fahrrad bin ich vermutlich schneller.«

Er sprühte sich mit Eau de Toilette ein, dem Vetiverduft, den ich so mochte, und fragte: »Wo ist eigentlich Frida? Ich wollte sie vorhin rauslassen, aber ich konnte sie nirgends finden.«

»Ich habe sie bei Hannah gelassen, damit sie in ihrer ersten Nacht nicht so allein ist.«

»Hannah!«, wiederholte er mit einer Betonung, die mir verdeutlichte, wie leicht mir der Name über die Lippen gekommen war. Fast so, als hätte sie schon immer zu unserer Familie gehört. Für ihn musste das befremdlich klingen.

Ich wusch mir das Gesicht mit kaltem Wasser, um wach zu werden, aber als ich mich im Spiegel ansah, verstand ich, warum er mich gefragt hatte, ob ich okay sei.

Auf meiner linken Wange hatten sich tiefe Falten eingegraben, offenbar hatte das zusammengeknüllte Kopfkissen einen Abdruck in der Haut hinterlassen. Unter meinen Augen befanden sich dunkle Ringe. Meine sonst so glänzenden blonden Haare hingen strähnig und stumpf herunter.

»So kann ich unmöglich zu meinem Termin gehen«, murmelte ich. Es musste ein Wunder geschehen und das befand sich in meinem Badschrank. Obwohl meine Haut normalerweise für mein Alter noch recht makellos war und kaum Make-up benötigte, würde ich heute auf die Helfer der kosmetischen Industrie setzen müssen. Erst trug ich Foundation auf, Rouge und Wimperntusche. Danach sprühte ich mir den Haaransatz dick mit Trockenshampoo ein, bis er weiß war, was ich eigentlich hasste. Aber zum Haarewaschen blieb einfach keine Zeit mehr. Anschließend frottierte und kämmte ich meine Haare aus, senkte den Kopf und warf ihn in den Nacken. Als ich wieder in den Spiegel blickte, sah ich zumindest nicht mehr krank aus.

Die Maximilianstraße war wegen des U-Bahn-Baus eine einzige Baustelle und ich war froh, mit dem Fahrrad unterwegs zu sein, sonst wäre ich viel zu spät gekommen. Normalerweise fuhr ich, wie es sich gehörte, am seitlichen Rand der Straße und – falls vorhanden – auf den Fahrradwegen. Heute schlängelte ich mich zwischen den stehenden Autos durch den Münchner Morgenstau. Ich hatte keine andere Wahl! Der Bauherr des achtstöckigen Blocks war eine Immobiliengesellschaft, für die ich schon häufiger gearbeitet hatte, und ich kannte ihren Geschäftsführer, Martin Teichmann.

Er war schon da, lief ungeduldig auf und ab, sah auf die Uhr, während ich meinen gelben Schutzhelm aufsetzte und über die Holzplanken auf ihn zuging. Teichmann war Ende dreißig, mit unnatürlich rotbraunem Teint, trug dunkelblauen Blazer, Hemd und Krawatte zu Jeans. Er begrüßte mich mit einem aalglatten, geschäftsmäßigen Lächeln, das seine zu perfekt weißen Veneers freilegte. Als ich den Rohbau betrat, wusste ich instinktiv, dass der Tag nicht gut beginnen würde. Gestern war der Betonuntergrund gegossen worden, aber das Ergebnis war alles andere als gelungen. Das sah ich auf den ersten Blick. Der Guss wies zu viele Unebenheiten auf, die nach meiner Erfahrung absolut nichts Gutes verhießen.

»Guten Morgen, Herr Teichmann«, begrüßte ich den Geschäftsführer und versuchte, mir nicht anmerken zu lassen, was ich gleich beim Betreten der Baustelle erkannt hatte.

»Guten Morgen, Frau Weiss.«

Er sah mir prüfend ins Gesicht und ich hoffte, dass meine Make-up-Schicht nicht zu übertrieben ausgefallen war.

»Sie sehen nicht sehr zufrieden aus. Was gibt es denn? Ist etwas nicht in Ordnung?«

Ich entschied mich unmittelbar um – für die Flucht nach vorn: »Ich habe gerade einen Mangel im Betonguss entdeckt. Ich denke, wir sollten das mit dem Bauleiter besprechen.«

»Einen Mangel? Was genau ist das Problem?«

»Der Beton ist nicht richtig verarbeitet worden. Soweit ich das sehe, gibt es Lufteinschlüsse, möglicherweise auch Auskolkungen und das kann Auswirkungen auf die Festigkeit und Statik des Gebäudes haben.«

Sein Gesicht verfinsterte sich und er runzelte leicht die Stirn. So genau er die graue Betonfläche auch betrachtete, schien er nicht erkennen zu können, woran ich meine Diagnose festmachte. Dennoch sagte er: »Das ist nicht gut. Ich werde den Bauleiter sofort informieren. Wo ist er überhaupt? Sollte er nicht längst hier sein?«

Martin Teichmann sah sich demonstrativ in alle Richtungen um, blickte wieder auf seine Armbanduhr und fügte hinzu: »Wir haben in zehn Minuten die Baubesprechung.«

Ich musste ihm die nächste schlechte Nachricht mitteilen: »Er hat mich vorhin angerufen und für heute abgesagt. Aber wir müssen sicherstellen, dass das Problem behoben wird, bevor es zu spät ist. Ich werde ein Mängelprotokoll erstellen und alles fotografisch dokumentieren.«

»Okay«, sagte Teichmann schroff. »Und sorgen Sie dafür, dass der Bauleiter sich so schnell wie möglich darum kümmert, oder machen Sie es selbst!«

»Danke, Herr Teichmann. Ich denke, es ist wichtig, dass wir schnell handeln.« Meine Stimme blieb während unseres Dialogs fest, wofür ich dankbar war. In der Baubranche, zwischen all den Handwerkern und Ingenieuren, durfte man sich nicht die kleinste Unsicherheit anmerken lassen – erst recht nicht als Frau.

Gegen Mittag hatte ich meine anderen Termine abgearbeitet, mit dem Bauleiter das weitere Vorgehen für das Projekt in der Maximilianstraße besprochen, bog in die Flemingstraße ein und erreichte die Villa Waldeck. Als ich mein Fahrrad über das Grundstück schob, wunderte ich mich, dass ich kein Hundebellen hörte. Normalerweise schlug Frida zu Hause bei jedem kleinsten Geräusch auf dem Grundstück an. Die Scheiben der Sprossenfenster spiegelten das Rasengrün wider. Nach dem gestrigen Regenguss wirkte das Grün so intensiv wie nach einer Fotobearbeitung mit Farbfilter.

Ich lehnte mein Fahrrad an die Hauswand und drückte die Türklinke herunter, aber die Tür war verschlossen. Also ging ich um das Haus herum und öffnete das Gartenzimmer, so nannte es Doris. Corinna nannte es *Mudroom,* so wie man es in einem englischen Herrenhaus bezeichnet hätte. Es war eine Art Abstellraum. In der Mitte befand sich ein großer Tisch, auf dem Blumen gebunden werden konnten, um sie in einer der vielen Vasen zu arrangieren, die in den Metallregalen an der Längsseite untergebracht waren. Wenn Corinna zu Hause gewesen war, hatte sie immer Wert auf frische Schnittblumen in allen Räumen gelegt. An einem Garderobenständer hingen Regenmäntel und Jacken, auf einem Rost standen verschiedene Paare Gummistiefel, Timberlands und Clogs. Von hier gelangte man durch eine Hintertür ins Haus, auch wenn alles andere verschlossen war. Noch immer war nichts von meinem Hund zu hören oder zu sehen, doch als ich die Hand auf die

Türklinke legte und sie einen Spalt weit öffnete, hörte ich Hannahs Stimme. Sie schien zu telefonieren und sie sprach zunächst Swahili oder eine andere afrikanische Sprache, soweit ich das beurteilen konnte. Aber sie sprach sehr langsam und stockend. Entweder weil sie so aufgewühlt war oder weil sie die Sprache nicht richtig beherrschte, das konnte ich nicht beurteilen. Vielleicht saß sie auf der Treppe oder auf einem der Sessel in der Eingangshalle, jedenfalls verstand ich jedes Wort, als sie ins Englische wechselte, ohne sie sehen zu können.

»Doch, doch es geht mir gut, mach dir keine Sorgen ... sie sind alle sehr nett zu mir, nur Isabelle, du weißt schon, ihre Nichte, scheint ein bisschen ... zurückhaltender zu sein, vielleicht glaubt sie ... Ja, ich weiß, dass ich es nicht durchstehen muss ...« Dann folgte eine längere Pause, in der sie offenbar zuhörte und nur »Hm« oder »Ich weiß« sagte. Schließlich verfiel sie wieder in die afrikanische Sprache. Ich überlegte, wie ich mich aus der Affäre ziehen könnte. Einerseits war natürlich meine Neugierde geweckt, andererseits empfand ich jenes ungemütliche Gefühl, einen moralisch verwerflichen Weg zu betreten. Aber ganz plötzlich rief sie übertrieben laut: »Nein!« Hannahs Stimme klang auf das Äußerste aufgebracht, als sie sagte: »Auf gar keinen Fall! Ich kann jetzt noch nicht zurückkommen! Du weißt doch, dass er mich nicht bei euch haben will!«

Ich machte ganz langsam einen Schritt zurück, um mich wieder zurückzuziehen. Erneut war sie eine ganze Weile still, hörte zu, dann sprach sie ruhiger: »Ja, ich passe auf, ich vergesse es nicht. Mach dir keine Sorgen. Ich bringe das hier zu Ende.«

Im selben Moment stieß ich mit dem Fuß an einen Schirmständer aus Eisen und das Scheppern war so durchdringend, dass Hannah sofort ihr Telefonat unterbrach und mit dem Handy in der Hand in meine Richtung kam. Ich fragte rasch, um Unbefangenheit vorzutäuschen:

»Oh, hallo, Hannah, ich suche Frida, weißt du vielleicht, wo sie sein könnte?« Aber sie sah, dass ich auf ihre Hand starrte.

»Ich habe nur mit einer Bekannten gesprochen.«

»Ah, ich dachte, du kennst hier in München sonst niemanden.«

»Sie wohnt auch nicht in München«, entgegnete sie.

Ich wollte sie nicht weiter in Verlegenheit bringen und wechselte rasch das Thema. »Weißt du, wo Frida ist?«

»Ja, Doris hat sie mit zum Markt genommen. Sie wollte etwas einkaufen.«

»Und du wolltest sie nicht begleiten?«

»Nein, ich war noch ziemlich müde von gestern, habe lange geschlafen. Die Reise war wohl doch anstrengender, als ich dachte.«

Ich wusste nicht, ob ich es mir einbildete, aber es war, als hätten unsichtbare Hände jeden Ausdruck aus Hannahs Mädchengesicht fortgewischt und stattdessen eine Maske geformt. Ein kaltes, starres Antlitz, noch immer hübsch, aber leblos. Hastig und eifrig sprach sie darüber, wie weich das Bett sei, wie sie ihren Koffer ausgepackt habe und der Anblick und Duft des Gartens sie trösten würde. Gleichzeitig sei sie traurig, unendlich traurig, dass Corinna sie niemals mit hierhergenommen habe.

Mir lag auf der Zunge zu fragen: *Warum? Warum hat sie das nicht getan? Und mit wem hast du telefoniert?* Aber ich schwieg. Statt die Zeit mit ihr alleine zu nutzen, zog ich mich in Corinnas Arbeitszimmer zurück unter dem Vorwand, ich hätte noch einiges zu erledigen.

Ich dachte darüber nach, dass wir Konfrontationen und unangenehmen Themen, solange wir können, aus dem Weg gehen. Vielleicht ist es eine charakterliche Schwäche. In meinem Beruf gehe ich alle Probleme so schnell wie möglich an und räume sie aus dem Weg. Aber gegenüber einem vierzehnjährigen Mädchen, das gerade seine Mutter verloren hat?

Ich hatte tatsächlich Rückrufe zu erledigen, denn in der Zwischenzeit hatten sich schon wieder einige angesammelt. Ich sah die rote Handynummer meines Sohnes Alex und die von Corinnas erster Lebensgefährtin, Claudia, an die ich mich fast nur im Bikini erinnerte. Außerdem die ihrer zweiten Lebensgefährtin, Marina. Soviel ich wusste, lebte sie inzwischen in Paris, was sich mit der französischen Vorwahl bestätigte. Noch vier mir unbekannte Mobilnummern, außerdem eine Festnetznummer mit der Vorwahl ++25527, von der drei Anrufe eingegangen waren. Als ich darauf tippte, hob das Konsulat in Arusha ab. Diesmal hatte ich Glück und wurde gleich mit dem Honorarkonsul persönlich verbunden. Er konnte mir nicht genau sagen, wann die Leiche freigegeben und überführt werden könne. Ich spürte, wie er zögerte. Erst als ich nachhakte, ob etwas nicht in Ordnung sei, teilte er mir mit, dass eine Obduktion stattfinden würde. Ob ein Familienangehöriger nach Tansania käme und die Überführung begleiten wolle. Dies müsse innerhalb der nächsten drei Tage nach der Freigabe erfolgen, so seien die Vorschriften. Ich antwortete, dass ich eine Bedenkzeit bräuchte und mich spätestens morgen zur gleichen Stunde wieder bei ihm melden würde. Damit war er einverstanden.

Als Doris nach Hause kam, schoss Frida in einem Wahnsinnstempo auf mich zu und führte einen ihrer berühmten Freudentänze auf.

»Sie hat dich vermisst und sie zieht ganz schön an der Leine!«, sagte Doris mit einem leichten Vorwurf in der Stimme und ich nahm ihr, ohne darauf einzugehen, die schweren Einkaufskörbe ab, aus denen das frische Grün der Bundmöhren und die goldbraunen Spitzen von zwei Baguettes herausragten. »Du hast ja schon wieder für eine ganze Kompanie eingekauft, dabei …«

Ich beendete den Satz nicht, denn ich hatte sagen wollen, »*dabei kommt doch gar niemand mehr*«, was natürlich sehr gedankenlos gewesen wäre. Stattdessen schloss ich: »… na ja, ihr seid doch nur zu zweit und Hannah ist ein junges Mädchen.«

»Sie hat aber einen ordentlichen Appetit, das hat sie gestern gezeigt. Wo ist sie überhaupt?«

Ich hob die Achseln und presste bedauernd die Lippen zusammen. »Ich weiß nicht, ich habe sie nur kurz gesehen, als ich ankam, dann musste ich telefonieren und währenddessen ist sie womöglich nach oben in ihr Zimmer gegangen.«

Von Hannahs Telefonat, das ich zu meiner Schande belauscht hatte, erzählte ich ihr nichts, warum, weiß ich nicht, ich brachte es einfach nicht über mich. Meine Mutter deutete auf mein linkes Ohr. »Willst du den Knopf nicht wenigstens kurz mal herausnehmen? Irgendwann wächst er dir noch an!«

Ich fasste an mein Ohr und zog den EarPod ab. Vor Monaten hatte ich mir angewöhnt, durchgehend einen davon im Ohr zu lassen, um jederzeit erreichbar zu sein und dennoch zu hören, was um mich herum vor sich ging. Manchmal vergaß ich tatsächlich abends, ihn herauszunehmen. Während wir gemeinsam ihre Einkäufe auspackten, in der Vorratskammer und im Kühlschrank verstauten, erzählte ich ihr von dem Gespräch mit dem Honorarkonsul und dass wir uns schnell entscheiden müssten, ob jemand von uns nach Tansania käme, um die Leiche zu überführen. Doris hielt inne, lehnte sich an den Schrank, vor dem sie gerade stand, und ich merkte, wie sehr sie die Situation angriff. Mit zwei Schritten war ich bei ihr und führte sie zu einem Stuhl, ließ Wasser in ein Glas laufen und stellte es vor sie auf den Tisch.

»Mama, es tut mir leid, aber wenn du nicht darüber sprechen möchtest, dann entscheide ich das alleine, nur fällt mir das auch nicht ganz leicht.«

Aus der Tasche, die auf dem Tisch stand, war eine Backmischung herausgefallen, ich drehte und wendete die Packung und fragte: »Du benutzt Backmischungen? Seit wann das?«

Meine Mutter nahm sie mir aus der Hand und stellte sie in den Vorratsschrank, fast so, als wäre es ihr peinlich. »Ja, Hannah hat mir erzählt, dass Corinna ihr die Dr. Oetker Backmischung für Schokoladenkuchen aus Deutschland mitgebracht hat. Und da dachte ich, ich mache ihr damit eine Freude.«

»Ich glaube, wenn sie einmal deinen selbst gebackenen Schokoladenkuchen nach diesem genialen Jamie-Oliver-Rezept probiert hat, wird sie nie wieder einen Dr.-Oetker-Kuchen haben wollen.«

Meine Mutter zuckte mit den Schultern. »Vielleicht hast du recht! Aber ich wollte ihr alles so vertraut wie möglich machen. Ihre gewohnte Umgebung kann ich ihr ja nicht herzaubern und ich glaube, sie fühlt sich immer noch wie in einem bösen Traum.«

Jetzt wäre der richtige Zeitpunkt gewesen, um meiner Mutter von dem mit angehörten Telefonat zu erzählen. Aber was sollte ich sagen? Ich kannte den oder die Anruferin nicht, hatte nur Hannahs Antworten gehört und alles konnte ganz harmlos sein. Nur meine eigenen Gedanken formten daraus eine Geschichte, die Anlass zur Vorsicht bot. Also sagte ich nichts. Ich gab Frida ihr Mittagessen, wog genauestens hundertdreißig Gramm Trockenfutter ab, denn bei Labradoren musste man das Gewicht im Auge behalten, goss frisches Wasser in ihren Napf und ließ sie in den Garten.

»Marina hat heute früh angerufen«, sagte Doris.

»Ah, sie hat auch schon versucht, mich zu erreichen. Wie hat sie geklungen?«

»Sie hat geweint«, sagte meine Mutter. »Sogar ziemlich heftig.«

Ich versuchte, mich an Corinnas Lebensgefährtin Nummer zwei zu erinnern, hatte undeutlich das Bild einer schlanken Figur, kastanienbrauner kinnlanger Haare und weit auseinanderstehender Augen vor mir. Sie war immer chic gekleidet gewesen, hatte elegant gewirkt, ein wenig unnahbar. Im Grunde war sie der Jackie-Kennedy-Typ und wenn sie noch immer so aussah, wäre sie ein bisschen aus der Zeit gefallen. Dann rechnete ich auf einmal unwillkürlich die Jahre nach und sah meine Mutter an. Ihr schien das Gleiche durch den Kopf zu gehen. In dem Jahr, als Hannah geboren wurde, war Corinna meiner Erinnerung nach offiziell mit Liane zusammen, oder war es Marina?

»Aber sie hat doch auch nie etwas von einem Kinderwunsch oder einer Schwangerschaft erzählt. Haben wir eigentlich Corinna neun Monate lang nicht zu Gesicht bekommen?« Doris schüttelte den Kopf.

»Ich verstehe das einfach nicht. Die ganzen Jahre war ich davon ausgegangen, dass Corinna aus irgendeinem medizinischen Grund keine Kinder bekommen könne. Sie hat sich dazu zwar nie klar geäußert und ich habe nicht ausdrücklich nachgefragt, aber ich konnte mir einfach nicht vorstellen, dass sie keine wollte. So gerne, wie sie euch … äh … vielmehr dich hatte, und nun …«

»… und nun taucht auf einmal eine Tochter auf«, vollendete ich ihren Satz. Meine Mutter nickte.

Das Rätsel über Hannahs Herkunft würde sicher nicht so leicht gelöst werden, wie wir es uns vielleicht gewünscht hätten.

»Marina möchte zur Beerdigung kommen und hat gefragt, wann und wo sie stattfindet. Denn sie müsste bald einen Flug von Paris buchen.«

»Ich weiß ja noch nichts.«

»Nimm dir ein Stück frisches Brot, du hast doch heute bestimmt noch nichts gegessen.«

Als ich gedankenverloren den Kopf schüttelte und in mein Handy schaute, das der nächste Anruf bereits wieder vibrieren ließ, holte meine Mutter die Butterdose aus dem Kühlschrank, schnitt ein Stück Baguette ab und strich fingerdick Butter darauf. »Danke! Ist das deine gute Butter mit Meersalz?«, fragte ich. Sie nickte und ich biss von dem Brot ab, schloss die Augen. Es schmeckte himmlisch.

»Das wird keine einfache Begegnung werden, falls Marina wirklich kommt und Hannah trifft«, bemerkte ich, nachdem ich den ersten Bissen heruntergeschluckt hatte.

»Sie werden jede auf ihre eigene Art damit fertigwerden«, meinte meine Mutter weise. Dann holte sie die Pfanne aus dem Auszug und goss Olivenöl hinein. Sie begann auf einem Brett Zwiebeln zu schälen und klein zu hacken. Schon nach kurzer Zeit liefen ihr Tränen über die Wangen und sie versuchte, sie mit dem Ärmel wegzuwischen. »Lass mich das machen«, sagte ich und zog das Brett zu mir herüber. »Mit Kontaktlinsen muss man beim Zwiebelschneiden nicht weinen.«

Nach einer Weile, während der wir schweigend das Essen vorbereiteten, fragte ich: »Was hast du Marina gesagt?«

»Dass du das Heft in die Hand genommen hast und dich bei ihr melden wirst. Aber ich habe ihr auch deine Mobilnummer gegeben.«

Ich seufzte. »Dann weiß ich, dass sie es war mit der französischen Vorwahl. Sie hat inzwischen schon viermal versucht, mich zu erreichen. Ich frage mich, warum sie so dringend kommen möchte.«

»Sie hat gesagt, trotz des Kummers wäre es eine Art Abschluss für sie, wenn sie Corinna zur letzten Ruhe betten könnte.«

»Tja, das klingt ziemlich pathetisch nach all den Jahren.«

»So ist Marina nun mal, Isa, so war sie schon immer.«

»Gibt es nicht auch noch Geschäftspartner und Freunde von Corinna, die wir informieren sollten?«

»Das übernimmt der Notar.«

»Der Notar?« Daran hatte ich noch gar nicht gedacht. Meine Tante hatte zwar immer locker und spontan gewirkt. Aber natürlich war sie auch eine erfolgreiche Geschäftsfrau und ganz offenbar hatte sie nicht alles in ihrem Leben dem Zufall überlassen.

Meine Mutter sagte: »Jörg Mettmann hat sich auch heute Morgen bei mir gemeldet und sich erkundigt, wann alle Familienmitglieder vor Ort sein würden.«

Ich stand auf und schüttete die klein gehackten Zwiebeln in das heiße Öl. Meine Mutter quetschte eine Knoblauchzehe dazu, rührte mit einem Holzlöffel in der Pfanne und sofort verbreitete sich ein appetitanregender Duft in der Küche.

»Ich habe ihm versprochen, dass du ihm Bescheid gibst, sobald es dir gelungen ist, zu allen Kontakt aufzunehmen. Womöglich bringt er ja mehr Licht in die Familienverhältnisse deiner Tante und ihre Gedankengänge, als uns lieb ist.«

»Falls das überhaupt jemand kann«, murmelte ich und fragte: »Hat Herr Mettmann sich auch dazu geäußert, ob Corinna geregelt hat, wo sie beerdigt werden möchte?«

Ich merkte, wie meine Mutter erneut um Fassung rang. Obwohl die ätherischen Öle der Zwiebeln nun nicht mehr ihre Augen reizten, füllten sie sich mit Tränen.

»Er hat so etwas angedeutet, ja.«

»Es gut mir leid, das alles ist einfach zu furchtbar!«, sagte ich und umarmte meine Mutter. So standen wir einige Sekunden regungslos da und trösteten uns gegenseitig, bis Doris sich ganz plötzlich von mir löste und rief: »O weh, die Zwiebeln brennen an!«

Ich sah auf mein Handy, das schon wieder vibrierte, und fragte: »Kann ich dich jetzt kurz allein lassen? Ich hab noch tausend Dinge zu erledigen.«

»Selbstverständlich. Kochen hat mir schon immer geholfen, wenn es mir nicht gut ging. Ich rufe dich, wenn das Essen fertig ist.« Sie strich mir über meine Schulter. »Ich wüsste nicht, was ich ohne dich machen würde.«

Ich zog mich wieder in das Arbeitszimmer meiner Tante zurück. Es war ein schöner Raum, nicht etwa vollgestopft mit Aktenordnern und Büchern, sondern harmonisch dekoriert. Auch wenn auf ihrem Schreibtisch zwei Computer standen und an der einen Wand ein flacher Screen für Videokonferenzen hing, wurde mein Blick von den ausgesuchten Schätzen in den Regalen angezogen. Antiquarische Buchbände mit Lederrücken auf beleuchteten Boards, dazwischen geschmackvolle Andenken von Reisen, Skulpturen und Gemälde. Jeder einzelne Gegenstand der Einrichtung war mit großer Sorgfalt ausgewählt und hatte vermutlich eine Geschichte. Es war, als könnte ich meine Tante sehen, wie sie über einen orientalischen Basar, einen afrikanischen Markt lief oder in einem Londoner Auktionshaus saß und erklärte: »Das will ich und das und das und das dort ist für die Villa Waldeck und dies für Mawingu, das für Isa und das da ist für Doris«, während sie sich unter den Schätzen jedes Kontinents Stück für Stück genau jene

Gegenstände aussuchte, die ihr am besten gefielen – mit sicherem und untrüglichem Instinkt, wobei sie alles Mittelmäßige und Zweitklassige überging und zielsicher nur exzellente Objekte mit Beschlag belegte. Dabei war sie mir nie wie eine Frau vorgekommen, die an materiellen Dingen hing. Doch das Ergebnis war eine Sammlung von solcher Vollkommenheit, die geradezu seltsam anmutete. Eine tote Pracht, und plötzlich beschlich mich das Gefühl, dass sie nicht mehr hierher gehörte oder vielleicht sogar niemals hierher gehört hatte. Ich drehte mich zur anderen Seite des Raums.

Aus großen Fenstern hatte man Aussicht auf die Rasenflächen, die sich nach Osten herunterzogen. Diesmal setzte ich mich nicht wie vorhin in einen der Sessel aus Kelimstoff mit Blick in den Garten. Sondern ich wagte es, den modernen Ledersessel zurückzuziehen und mich an den breiten Schreibtisch meiner Tante zu setzen. So schön er auch war, es war ein Arbeitsplatz und mit einem Mal empfand ich es als merkwürdig, dass ein Raum, der mit solchem Bedacht eingerichtet worden war, letztlich einem nüchternen Zweck diente. Hier hatte niemand gelangweilt gesessen, am Füller gekaut und nichtssagende Briefchen verschickt. Hier hatte meine Tante ihre Geschäfte geführt und manche würden pathetisch sagen: *ihr Kaffeeimperium* aufgebaut. Meine Handfläche glitt über die Tischplatte aus glattem, kühlen Plantagenholz, dann legte ich mein Tablet darauf und fütterte die Suchmaschine mit dem Satz: *Todesfall eines Angehörigen in Tansania. Was tun?*

Tatsächlich poppten sogleich Meldungen über den Tod von Corinna Waldeck auf. Ich widerstand dem ersten Impuls, sie zu lesen, auch weil ich natürlich wusste, was für Zeitfresser solche Artikel waren, und ich musste endlich mit allem vorankommen. Dazwischen Anzeigen von Unternehmen, die in solchen Fällen jede erdenkliche Hilfestellung anboten. Nach meiner Erfahrung sollte man auch diese überspringen und auf den Google-Seiten weiter unten in den Browservorschlägen nach seriösen Einträgen suchen.

Die Botschaft von Daressalam hatte eine eigene Seite zu dem Thema aktiviert, die ich überflog.

Die Botschaft kann auf Antrag Leichenpässe und Urnenbescheinigungen ausstellen. Bei der Vorbereitung und Durchführung von Sargüber-

führungen und Urnentransporten kann die Botschaft hingegen nicht be-hilflich sein.

Den Punkt »*Sollte der/die in Tansania Verstorbene eine deutsche Ren-te bezogen haben …*« übersprang ich, das war im Fall meiner Tante si-cher nicht der Fall, denn sie war ja selbstständig gewesen.

Ich las weiter: »*Eine Sargüberführung innerhalb Deutschlands darf nach geltenden bestattungsrechtlichen Vorschriften nur durch ein Bestat-tungsunternehmen durchgeführt werden. Im Gegensatz zu Sargüberfüh-rungen bedarf es in Deutschland für den Transport einer Urne dagegen keiner Einschaltung eines Bestattungsunternehmens. So ist auch der Ver-sand einer Urne durch einen Paketdienst möglich*« … Ich presste mir die Hand auf die Brust, denn die nüchternen Worte ließen mich nicht kalt. »*… solange der Adressat in Deutschland eine Friedhofsverwaltung oder ein Bestattungsunternehmen ist (keine Aushändigung von Urnen und kein Transport durch Privatpersonen …).*«

Schließlich übersprang ich die vielen bürokratischen Vorschriften zum Urnentransport, bis hin zur »*Durchleuchtbarkeit der Urne*« und dem Hinweis, dass »*die Asche Verstorbener ›zollrechtlich eingangsabga-benfrei‹*« seien.

Durch den ständigen Umgang mit baurechtlichen Vorschriften, Äm-tern, Baurichtlinien, Baubestimmungen und der Vergabe- und Ver-tragsordnung für Bauleistungen für Architekten war ich es gewohnt, mich weder durch kompliziertes Juristendeutsch noch Auswüchse von Bürokratie jemals entmutigen zu lassen. Doch hier ging es um die sterblichen Überreste eines Menschen, der mir sehr nahegestanden hatte. Ich schloss kurz die Augen und versuchte, mich zu fangen. Schließlich kamen wir mit Sentimentalität nicht weiter. Vermutlich brauchte ich Hilfe!

Das Festnetztelefon auf dem Schreibtisch klingelte und ich nahm den nostalgischen schwarzen Hörer ab.

»Bei Waldeck?«, sagte ich. Es war Liane, eine von Corinnas langjäh-rigen Lebensgefährtinnen.

»Isa, Liebes«, begrüßte sie mich. »Erinnerst du dich an mich?«

Tatsächlich hatte ich ihre großen sanften Augen in Erinnerung. Sie war mir von allen Frauen meiner Tante die liebste gewesen. Kinderlieb und vor allem tierlieb. Immer las sie aus irgendeinem Tierheim einen bedürftigen Mischlingswelpen auf oder fand einen halb verhungerten Igel im Garten, den sie mit unendlicher Geduld aufpäppelte. Soweit ich von meiner Tante wusste, führte sie inzwischen einen Gnadenhof in Sachsen-Anhalt und betätigte sich auch politisch als Aktivistin für Tierrechte.

»Ja natürlich erinnere ich mich an dich, Liane.«

»Gut, gut. Ich habe das von Corinna in den Nachrichten gehört und da dachte ich, ich wähle einfach mal die alte Festnetznummer. Es ist so furchtbar. Ich habe deine Tante sehr geliebt! Ich bin vollkommen erschüttert und ich fühle mich wie benommen.«

Mir fiel auf, dass sie sechsmal hintereinander das Wort »ich« gesagt hatte, was ihr normalerweise gar nicht ähnlich sah. Sie dachte doch normalerweise immer nur an hilfsbedürftige Kreaturen, das konnte früher nicht alles nur »gespielt« gewesen sein.

»Sag mal, Isa, weiß man schon, wann und wo …« Sie sprach nicht weiter, sondern überließ es mir, den Satz zu vollenden.

»Wir wissen noch nicht, wann und wo die Beisetzung ist. Zuerst müsste sie aus Tansania überführt werden. Aber auch das steht noch nicht fest, weil sie womöglich ihre Wünsche dazu schriftlich bei einem Notar hinterlegt hat.«

Ich hörte, wie sie laut ein- und ausatmete. »Also hat sie ein Testament aufgesetzt, das habe ich mir doch gedacht!«

Langsam kam mir ein Verdacht: War das der Grund, weshalb sich eine Ex-Lebensgefährtin nach der anderen meldete, nachdem sie, zumindest nach meinem Wissen, jahrelang aus Corinnas Leben verschwunden gewesen waren? Sie hofften, sie würden etwas von ihr erben?

»Liane, würde es dir etwas ausmachen, wenn ich dich zurückrufe, sobald ich Näheres weiß? Ich habe gerade alle Hände voll zu tun.«

»Hm, ja, ich versteh schon. Aber natürlich müsste ich schon bald meine Bahnfahrkarte kaufen. Je später man bucht, umso teurer wird es, wenn du weißt, was ich meine.«

»Ja, ich weiß, was du meinst, schließlich fahre ich ständig mit der Bahn. Und ich verspreche dir, dich sofort anzurufen, wenn ich die Zeit und den Ort der Beerdigung weiß. Bis dann, alles Liebe.«

Als ich aufgelegt hatte, wurde mir plötzlich klar, dass es nur einen

Weg gab, Licht ins Dunkel zu bringen, zumindest was die Organisation anging: Ich musste den Notar anrufen. Dr. Jörg Mettmanns Nummer war leicht im Internet zu finden und als ich der Sekretärin meinen Namen nannte, wurde ich sofort mit ihm verbunden.

»Guten Tag, Frau Weiss.« Eine tiefe Stimme. Angenehm, kultiviert.

In der folgenden Viertelstunde beantwortete mir Dr. Mettmann geduldig fast alle jene Fragen, die Doris und ich uns seit gestern stellten, und teilte mir mit, dass er eine Bestattungsverfügung vorliegen habe, die praktischerweise nicht im Testament niedergelegt sei, denn dieses werde nach der Beerdigung eröffnet. So erfuhr ich, dass meine Tante weder wünschte, ihre sterblichen Überreste würden verbrannt, noch dass ihre Asche am Ngorongoro-Krater in alle Winde verstreut würde, wie ich es mir insgeheim ausgemalt hatte. Sondern sie hatte festgelegt, in einem Eichenholzsarg im Familiengrab auf dem Friedhof Bogenhausen zur letzten Ruhe gebettet zu werden.

»Aber es ist gut, dass Sie anrufen«, sagte Dr. Mettmann, als ich mich schon verabschieden wollte. »Moment …! Haben Sie eine weitere Minute?«

Ich wartete, trommelte mit den Fingern auf dem Tisch, denn er schien in seinen Unterlagen zu blättern und sagte sehr lange nichts. Automatisch öffnete ich eine kleine Lederschachtel, die auf dem Schreibtisch stand, und entdeckte schneeweiße Visitenkarten. Ich nahm eine davon heraus und betrachtete sie. »Corinna Waldeck« stand darauf und unten in der Ecke »Villa Waldeck«. Ich legte sie wieder zurück, dann zog ich am Griff einer der Schubladen und fand darin ein Hängeregister. Die einzelnen Fächer trugen Schildchen wie: »Mobiliar«, »Strom/Gas/Wasser«, »Verwaltung«, »Korrespondenz«, »Verschiedenes«, jedes schwarz in derselben kühnen, leicht schrägen Handschrift beschriftet, die ich von meiner Tante kannte. Ein Schildchen fesselte meine Aufmerksamkeit: »Familie«, und ich griff danach.

»Müssen eigentlich alle, die im Testament erwähnt sind, zur Eröffnung erscheinen?«, fragte ich den Notar, während ich den Pappordner aufklappte.

Dr. Mettmann zögerte einen Augenblick mit seiner Antwort. »Normalerweise nicht. Die Eröffnung ist ein sehr nüchterner, wenn auch sehr wichtiger Akt, der üblicherweise intern durch das zuständige

Nachlassgericht durchgeführt wird«, sagte er dann. »Nun hat aber ihre Tante in ihrem Letzten Willen ausdrücklich festgelegt, dass das Testament in ihrem Haus und im Beisein aller Erben sowie aller anderen Beteiligten verlesen werden soll. Die Kosten hierfür sind von ihr bereits vollständig bezahlt worden. Auch für etwaige Reisekosten gibt es ein üppiges Budget.«

Ich überlegte mir, wie es wohl kam, dass meine Tante von der üblichen Vorgehensweise abgewichen war, doch die Erklärung lag eigentlich auf der Hand. Corinna Waldeck hatte noch nie etwas so gemacht, wie es andere taten oder festgelegt hatten. Sie hatte in ihrem Leben immer einen eigenen Weg gefunden und so sollte es auch nach ihrem Tod sein.

»Und genau dazu wollte ich Sie auch noch etwas fragen«, fuhr Dr. Mettmann fort. »Ich habe hier eine Liste mit den Kontaktdaten der zu ladenden Personen und vermute, dass sie nicht mehr alle aktuell sind. Könnten wir sie vielleicht gemeinsam durchgehen?«

»Gerne!«, sagte ich, hob den Pappordner hoch, um ihn zurück an seinen Platz zu hängen, da rutschte seitlich ein Foto heraus.

Ich legte den Hörer auf den Tisch, hob das Foto auf und drehte den Stuhl, um mehr Tageslicht zu haben. »Hallo? Sind Sie noch da?«, fragte Dr. Mettmann am anderen Ende der Leitung.

Ich griff wieder nach dem Hörer. »Ja, ich bin noch da. Um welche Namen geht es denn?«

Während er mir die Namen durchgab, starrte ich noch immer das Foto an. Es zeigte ein Mädchen von etwa fünf Jahren in einem weißen Kleid mit schwarzen Punkten und ich hätte fast schwören können, dass ich es sich um ein Kinderbild von mir selbst handelte, so stark war die Ähnlichkeit. Aber ich war es nicht, ich konnte es nicht sein, so ein Kleid hatte ich meines Wissens nie besessen. War das Hannah? Meine Tante hatte also kein Bild von ihr auf dem Schreibtisch stehen, sondern nur in einer Akte verwahrt?

Ich hatte nicht viel Zeit, darüber nachzudenken, denn es klopfte an der Tür und Hannah steckte ihren Kopf durch den Spalt. Einem Impuls folgend schob ich das Foto zurück in den Ordner, bevor sie näher kam. Dann schirmte ich die Sprechmuschel mit der Hand ab und fragte sie: »Was gibt es denn? Ich bin am Telefon.«

»Ich soll dich rufen, das Essen ist fertig«, sagte Hannah. Mir fiel auf, dass sie sich umgezogen hatte. Sie trug jetzt ein pinkfarbenes, kurzes Polokleid, wodurch ihre langen, sehr schlanken Beine zur Geltung kamen.

»Es dauert noch einen Moment, fangt bitte schon ohne mich an.«

Als sie wieder gegangen war, notierte ich die Namen, die mir Dr. Mettmann diktierte, auf einem kleinen Block und dachte dabei, wie vorausschauend Corinnas Ex-Freundinnen doch gewesen waren. Sie standen beide auf seiner Liste. Ihr früherer Ehemann wurde hingegen nicht von Dr. Mettmann genannt. Offenbar hatte Corinna diesen Fauxpas aus ihrem Gedächtnis ausradiert.

Dr. Mettmann sprach weiter: »Hannah Waldeck, von ihr habe ich nur die Anschrift einer Schule in Arusha, Tansania.«

»Hannah müssen Sie nicht suchen, sie ist gestern in München angekommen und wohnt bei meiner Mutter, in der Villa meiner Tante.«

Nur ein kurzes Zögern zeigte mir seine Überraschung. Aber sein Beruf hatte ihn wohl dazu erzogen, sich über nichts allzu sehr zu wundern.

»Gut! Das erleichtert mir die Arbeit«, sagte er dazu. Ich war kurz davor, ihn zu fragen, ob er von ihrer Existenz gewusst hatte, doch dann verkniff ich es mir, vielleicht auch, um auf einer sachlichen Ebene zu bleiben. Er fuhr fort, mir Namen zu diktieren, und schließlich stand neben Corinnas früheren Lebensgefährtinnen und der polnischen Haushaltshilfe Agnieszka noch der Name eines Mannes auf meinem Block, der in Tansania zu Hause war und den ich gut kannte. Zahir Alubhengi. »Das ist ein Mitarbeiter meiner Tante auf ihrer Farm in Tansania.« Während ich den Satz aussprach, wurde mir bewusst, dass das Wort »Mitarbeiter« für die Bedeutung, die Zahir für meine Tante hatte, vollkommen unzulänglich war, nur tat das im Gespräch mit dem Notar nichts zur Sache. »Allerdings weiß ich nicht, wie Sie ihn erreichen«, sagte ich. »Vielleicht fragen Sie beim Konsulat in Arusha nach.«

»In Ordnung, das mache ich. Und außerdem sind noch Sie, Ihr Sohn, Ihre Mutter und Ihr Bruder zu laden, aber da habe ich ja die aktuellen Adressen«, schloss Dr. Mettmann seine Namensaufzählung.

»Ich sehe alle Adressen in meinen Kontakten nach und schicke sie Ihrem Büro noch heute Nachmittag.«

In der Zwischenzeit waren zehn Anrufe auf meinem Mobiltelefon eingegangen – es würde wohl ein arbeitsreicher Nachmittag werden. Aber ich hatte Hunger, vielleicht könnte ich wenigstens kurz etwas mit-essen. Gerade als ich aufstand, um in die Küche zu gehen, erhielt ich einen geschäftlichen Anruf eines Poollieferanten und ließ mich wieder auf Corinnas Schreibtischsessel sinken. Das war dringend und ich nahm den Anruf entgegen. Es gab Probleme mit den Sondermaßen des Beckens. Noch während des Gesprächs kamen drei weitere Anrufe rein und mir wurde klar, dass das Mittagessen heute ausfallen musste. Was ich in dem Moment noch nicht ahnte, war, dass ich erst am Abend aus dem Arbeitszimmer meiner Tante herauskommen würde. Denn ein Anruf folgte dem nächsten. Erst viel später konnte ich mich zu Hause nach einem schnellen Abendbrot mit Christoph endlich inhaltlich mit meinen laufenden Projekten befassen.

Moritz

Während Isabelle um zehn Uhr abends zu Hause am Schreibtisch über den statischen Berechnungen für einen Edelstahlpool grübelte, der nächste Woche auf einer Dachterrasse im Frankfurter Westend eingebaut werden sollte, stand Moritz in einem weißen Anzug und offenem schwarzen Hemd an der Uferpromenade. Beim abendlichen Blick auf die Apartmentblocks zeigte sich, dass doch viele der Wohnungen in Monte Carlo leer standen. Sie waren teuer, aber selten genutzt. Er hatte Monaco vor allem als Steueroase gekannt, bevor er das erste Mal beruflich selbst hier gewesen war. Ein gelber Lamborghini fuhr mit beeindruckendem Sound langsam an ihm vorbei, der Fahrer trug trotz der Abenddämmerung eine dunkle Sonnenbrille und Moritz überlegte kurz, ob er ihn beneidete. Was bedeutete eigentlich dieses Wohnen in Monte Carlo? Das Fürstentum hatte knapp vierzigtausend Einwohner, davon neuntausend Monegassen. Zwischen beigefarbenen Hochhäusern, die genauso gut in einer Pariser Banlieue hätten stehen können, und futuristischen Wolkenkratzern aus Glas und Beton entfaltete sich nicht der Hauch eines städteplanerischen Anspruchs. Es war beeindruckend, welche Menge Wohnraum auf engster Fläche geschaffen worden war. Aber schön und architektonisch ansprechend war es nicht. Plötzlich musste Moritz an seine Schwester denken, an ihre Ansichten zu Linienführung und Harmonie bei der Planung von Bauwerken, die sie immer predigte. Er verspürte auf einmal Lust, Isabelle anzurufen, auch um nachzufragen, ob es schon etwas Neues bezüglich Tante Corinna gab, zog sein Handy aus der Gesäßtasche, scrollte die letzten Anrufe durch und tippte auf ihre Nummer.

Doch da sah er eine Teilnehmerin des Kongresses auf der anderen Seite der Uferpromenade entlanggehen, brach den Anruf ab und ließ das Telefon sinken. Die Frau trug Jeans und ein schlichtes weißes T-Shirt. Er versuchte sich zu erinnern, wie sie hieß. Er wusste noch, dass sie Engländerin war und nicht nur weil sie eine Frau war, sondern auch mit ihrer lockeren Art dem Klischee der Rückversicherer widersprach. Er lief über die Straße auf sie zu.

»Hi, wir kennen uns doch!«, rief sie auf Englisch und schien erfreut, ihn zu sehen.

Moritz nickte. »Ja, heute Mittag, auf dem Reinsurer-Kongress!«

»Moritz Waldeck, nicht wahr?«

»Genau!« Wie sollte er sie begrüßen, ohne zu offenbaren, dass er sich ihren Namen nicht gemerkt hatte? Er streckte die Hand aus, aber als er ihren Blick sah, ließ er sie in der Hosentasche verschwinden. Briten gaben nur bei der ersten Vorstellung die Hand. Die Engländerin kam ganz unprätentiös näher und legte ihre Wange kurz an seine. Ihre Haut fühlte sich kühl an, obwohl es noch an die fünfundzwanzig Grad waren und sie den Weg von ihrem Hotel offenbar gelaufen war. Zwischen der Frau und ihm waren bis heute Abend kaum Worte gewechselt worden, aber es gab Blicke – keineswegs leicht zu deutende Blicke. Von aufmunternd über fragend bis geradezu vorwurfsvoll, was natürlich gegenseitig die Fantasie anregte.

»Was ist? Gehen wir was trinken?«, fragte sie. Nach den Empfängen habe sie genug von den immer gleichen Hähnchenspießen in Béchamelsoße und Foie-Gras-Häppchen.

»Klar! So geht's mir auch!«, sagte er. Er hielt ihr seinen Arm hin, sie hakte sich bei ihm ein und beide setzten sich in Bewegung, auf die Lichter des Jachtklubs zu, die sie etwa hundert Meter entfernt leuchten sahen.

»Es sieht hässlich aus, aber das Zeug ist teuer!«, sagte sie und Moritz wusste im ersten Moment nicht, was genau sie meinte. »Letztes Jahr hat der Quadratmeterpreis hier in Monte Carlo den von Hongkong überholt.«

»Ja, das habe ich auch gehört.«

»Mehr als vierzigtausend Euro pro Quadratmeter.«

Moritz nickte.

»Der durchschnittliche Wohnungspreis lag da bei 4,3 Millionen Euro.«

Moritz sah sie von der Seite an. Er war es zwar nicht gewohnt, dass Frauen mit Zahlen um sich warfen, aber seine Fantasie gab ihm ein, dass er sich mit einer solchen Gesprächspartnerin nicht in kleinliche Machtkämpfe darum verstricken würde, wer das Abendessen bezahlte oder die Konzertkarten.

»In den neun Jahren nach der Jahrtausendwende war Monaco Steueroase – ganz offiziell! Die OECD hat aber Druck gemacht, damit das Bankgeheimnis und andere Transparenzdefizite getilgt wurden.«

Ihnen kamen zwei Männer entgegen und Moritz genoss die Blicke, die auf seiner Begleiterin hafteten, voller Selbstgefälligkeit, wohingegen sie für eine derartige Aufmerksamkeit unempfänglich war. Aber sie blieb plötzlich stehen, streckte den Arm aus und zeigte auf die goldgelb beleuchteten hohen Mauern des Fürstenpalasts, der über ihnen thronte. »Er erinnert noch ein wenig an die Piraten-Tradition, finden Sie nicht?«

»Piraten-Tradition?«, wiederholte Moritz.

»Na ja, dieser Felsen ist immer noch ein bisschen verrucht. Schließlich haben die Franzosen hier lange das zugelassen, was auf ihrem Territorium nicht gern gesehen war.«

Moritz stellte sich dumm, obwohl er natürlich wusste, was gemeint war.

»Das Glücksspiel!«, sagte sie. »Und natürlich auch die ganzen anderen fragwürdigen Finanzgeschäfte.«

Als Moritz nur nickte, blieb sie abrupt stehen, griff seine Hand und rief: »Wie wär's, wir könnten doch später noch einen Abstecher ins Casino machen.«

Moritz wandte sein Gesicht zur Seite, denn er wollte nicht, dass sie den Ausdruck darin erkannte. Was ihn entsetzte, war nicht die Vorstellung, in ihrem Beisein am Eingang des Casinos abgewiesen zu werden, sobald er seinen Pass vorlegte. Vielmehr das Gefühl, das allein der Gedanke an die rollende Kugel oder an den Anblick einer aufgedeckten Spielkarte auf grünem Filz in ihm auslöste. Und dazu noch die unterschwellige Ahnung, dass sie es spürte, dass die englische Versicherungsexpertin womöglich genau wusste, worin sein Problem bestand. Erblickte sie, wie durch einen schmalen Spalt, die Monstrosität seiner Unmoral?

Einen Lidschlag lang meinte Moritz, dies sei genau das, was er brauchte. Jemanden, der seine Schwäche kannte und sich trotzdem mit ihm abgab. Von dieser Erkenntnis nahm er allerdings sofort wieder Abstand, denn er ahnte, wie wenig er den Konflikten gewachsen war, die sich aus der Offenlegung seines Geheimnisses ergeben würden. Sie drängte nicht weiter in ihn, als er vorgab, zu einem Casinobesuch nicht in der »Stimmung« zu sein. Stattdessen schlenderten sie langsam weiter und plauderten.

»Für meinen Geschmack ist die Beleuchtung des Fürstenpalasts etwas zu pastellfarben.«

»Ja, finde ich auch!«

»Ist es nicht bezeichnend, dass die letzten beiden Fürstinnen in Monaco trotz ihres Reichtums und ihrer hübschen Kinder nie richtig glücklich geworden sind?«

»Ja, irgendwie tragisch«, stimmte ihr Moritz zu.

»Hollywood-Schauspielerin Grace Kelly gab für Fürst Rainier ihre Karriere auf, dann litt sie unter Depressionen und verunglückte tödlich, wann war das noch mal?«

»Neunzehnhundertzweiundachtzig.«

»Dort oben irgendwo …« Sie zeigte in die dunklen Berge über den Lichtern von Monte Carlo.

»… und ihre Tochter Stefanie saß am Steuer«, ergänzte Moritz.

»So heißt es. Und auch ihre Nachfolgerin Charlène Wittstock scheint unglücklich zu sein, wenn man der Boulevardpresse Glauben schenkt.« Moritz nickte.

»Was ist es dann wohl, was dazu führt, ob man im Leben glücklich wird oder nicht?«, bemerkte sie und Moritz wusste nicht, ob sie die Frage an ihn richtete oder nur vor sich hin sinnierte. »Geld allein scheint es nicht zu sein.«

»Allein sicher nicht!«, bestätigte Moritz ihre Preisgabe einer Binsenweisheit.

Sie waren am Eingang des Jachtklubs angekommen und teilten der jungen Frau, die hinter einem weißen Stehpult zwischen zwei Lorbeerbäumen stand, mit, dass sie nur einen Drink zu nehmen wünschten.

»Geschlossene Gesellschaft!«, sagte diese auf Französisch nach einem kurzen Blick auf Lizzys Jeans. Als Moritz ihr einen Fünfzigeuroschein in die Brusttasche des Klubblazers stecken wollte, wich sie zurück und schüttelte den Kopf.

»Denk nicht mal daran!«, zischte sie ihm zu, diesmal auf Englisch. Dabei hielt sie ihm die flache Hand entgegen. Satz, Gesichtsausdruck und Geste waren unmissverständlich.

»Komm, wir gehen woandershin«, sagte Lizzy und griff seinen Arm, denn sie bemerkte bereits, wie sich ihnen einige Gesichter von Gästen zuwandten, die nahe dem Eingang saßen. Moritz zögerte kurz, da er es nicht gewohnt war, derartig schroff abgewiesen zu werden, und bisher die Erfahrung gemacht hatte, dass ein hohes Trinkgeld nahezu jede Tür öffnete. Vermutlich waren fünfzig Euro in Monaco allerdings nicht genug, dämmerte es ihm und so steckte er den Geldschein in seine Hosentasche und wandte sich um. Wie so oft kam ihm eine Eigenschaft zugute, mit der er reich gesegnet war. Die Fähigkeit, all das rasch wieder zu vergessen, was das Lebensgefühl nachhaltig trübte.

»Und nun?«, fragte Lizzy, während sie zurückliefen und die Uferpromenade entlang der Bucht nach einer einladenden Terrasse mit Tischen und Stühlen absuchten.

Was hier im versteinerten Monte Carlo fehlte, war ein belebtes Zentrum, von dem aus man noch spätabends die Beats am Strand hören konnte. Es gab hier keine Cafés und Bars, in denen junge Leute das Leben genossen, und kein kulinarisches Überangebot für die Älteren wie in anderen Mittelmeer-Metropolen. Die aufgereihten gut beleuchteten Luxusboutiquen strahlten eine traurige Leere aus.

Von den im Hafen liegenden Motorjachten klangen Musik und Stimmen herüber, dort schienen Events stattzufinden, die für Normalsterbliche nicht zugänglich waren. Selbst ein geübter Münchner Partygänger wie Moritz, der in der ständigen Gewissheit lebte, überall erwartet zu werden, stieß hier an seine Grenzen. Monte Carlo war eben nicht Schwabing.

»Dann setzen wir uns halt an den Strand, wie damals, als ich mit meinen Studienkollegen hier war«, schlug sie vor. Doch auch einen zugänglichen Strand suchten sie hier vergeblich. Es gab nur Privatstrände. Wie zufällig berührten sich ihre Finger und Moritz griff ihre Hand.

»Ich frage mich, was die Leute bloß an diesen Ort zieht. Ist es dieser falsche Glanz?«, sagte sie.

»Keine Ahnung. Jedenfalls bin ich froh, dass wir uns getroffen haben.« Moritz merkte selbst, wie hohl sein Satz war, aber tiefgründige Gespräche waren noch nie seine Sache gewesen.

»Das bin ich auch.« Sie hielt ihm ihr Gesicht entgegen und wirkte dabei so ungeschminkt und offen, dass er nicht anders konnte, als sie zu küssen.

Plötzlich fühlte sich Moritz dieser Unbekannten, von der er vorgestern noch nichts gewusst hatte, enger verwandt als irgendeinem Menschen in seinem Leben. Er zog sie an sich. »Ich glaube, es ist sinnlos weiterzusuchen«, sagte sie ohne die kleinste Geste der Abwehr und so gedämpft, als wollte sie flüstern. Ihrer Stimme gab das ein schönes dunkles Timbre.

Von einer der Jachten kamen zwei junge Frauen barfuß über die Planke, sprangen ab und begannen in dem großen Korb, der am Rand der Kaimauer stand, nach ihren Schuhen zu suchen. Es bot ein seltsames Bild, als sie einen schwarzen Pumps nach dem anderen hochhielten und anprobierten.

Bei Moritz überwog jetzt die Angriffslust seine Sorge vor einer Blamage und er schlug vor: »Gehen wir doch einfach ins Hotel, meine Minibar ist gut bestückt.«

Sie zuckte zusammen, wich aber nicht aus, sondern schmiegte sich sogar an ihn. Und als sie sich Arm in Arm auf den Weg zum Hotel machten, war Monte Carlo plötzlich so reizvoll und anziehend – der einzige Ort auf der Welt, in dem Moritz in diesem Augenblick sein wollte.

Doris

Donnerstagmorgen. Als Doris nach unten kam, war Witec schon da und arbeitete in den Rosenbeeten. Der nächste Besucher war der Briefträger mit seinem ausladenden Handwagen und Agnieszka kam mit ihrem kleinen Audi die Einfahrt hinauf zum Haus gefahren. Doris öffnete die Tür und ein feuchtwarmer Windstoß fegte einige abgefallene Hibiskusblüten über die Fußmatte und auf das Terrazzomosaik im Entree. Agnieszka packte eine Papiertüte mit Semmeln, die Zeitung und ihre Hausschuhe aus der Einkaufstasche, dann fiel sie Doris um den Hals.

»Es tut mir so leid! Witec hat es vorgestern im Radio gehört. Es ist furchtbar. Einfach schrecklich! Warum muss das Schicksal einen so guten Menschen holen!« Sie sprach wie eine Tragödin – zutiefst anrührend.

Doris strich ihr über den Rücken, von so viel Emotionalität überfordert. Sie pflegte zwar ein gutes Verhältnis zu Corinnas Haushaltshilfe, aber normalerweise umarmten sie sich nicht. Schließlich löste Agnieszka sich wieder, holte ein Taschentuch aus ihrer Hosentasche, schnäuzte sich und zog ihre Straßenschuhe aus. Die offene Trauerphase war heftig, aber währte kurz. Mit geröteten Augen verbreitete sie die Neuigkeit, dass es beim Penny Sonderangebote gebe, und fragte, warum Doris nicht gleich hinfahre und eine größere Menge Staubsaugerfilter M40 besorge. Doris war ihr dankbar, dass sie sie nicht nach Einzelheiten zu Corinnas Tod löcherte, sondern zur Tagesordnung überging. Sie besprachen das wichtige Thema der Staubsaugerfilter, als Hannah die Treppen herunterkam, und Doris machte sie mit Agnieszka bekannt.

»Frau Waldecks Tochter?«, fragte diese nach. »Ich wusste überhaupt nicht, dass sie eine Tochter hat.« Sie sah Hannah prüfend von oben bis unten an, offen und freimütig und durchaus nicht unfreundlich, doch dann sagte sie geradeheraus, was bisher niemand ausgesprochen hatte: »Ich habe Frau Waldeck niemals mit einem dicken Bauch gesehen und wie alt bist du überhaupt?«

»Vierzehn«, sagte Hannah und wurde rot.

Man konnte Agnieszka deutlich ansehen, wie es in ihr arbeitete.

Doris sagte: »Also, es war für uns alle eine Überraschung.«

Darauf begann Agnieszka, die ein gutes Gespür für peinliche Situationen hatte, zu erzählen, was sie gestern gemacht hatte. Dass die alte Frau Henkel sie auf dem Handy angerufen habe, weil ihr Mann verschwunden war. Herr Henkel sei schon seit einiger Zeit dement und war am Vormittag von Betrügern, die einfach an der Tür geklingelt hatten, mit zum Geldautomaten genommen worden, wo er fünfhundert Euro gezogen und den Betrügern für seinen Enkel Maximilian ausgehändigt habe, Geld, das dieser natürlich nie erhalten habe.

Sie tippte sich an die Schläfe. »Dement, aber die Geheimzahl der EC-Karte, die hat er nicht vergessen …«

Dann rollte sie vielsagend mit den Augen, holte Staubsauger, Staubtücher und Staubwedel aus dem Hauswirtschaftsraum und stieg damit die Treppe hinauf. Donnerstags putzte sie immer gründlich den ersten Stock, dienstags das Erdgeschoss. Hannah fragte, ob sie Eier für das Frühstück braten dürfe, und als Doris entrüstet ausrief: »Natürlich! Fühl dich ganz wie zu Hause!«, ging sie in die Küche und begann dort, mit der Pfanne zu hantieren. Doris öffnete die Haustür, hob die Kokosmatte, die als Fußabtreter diente, aus der gusseisernen Halterung und ging ein Stück weiter nach links, um sie an der Hauswand auszuklopfen. Dann legte sie sie zurück, wusch sich im Waschbecken der Gästetoilette die Hände und kam zu Hannah in die Küche. Diese saß bereits am Tisch und streute sich gerade Paprikapulver auf ihr Spiegelei.

»Wie hast du geschlafen?«

»Erst konnte ich wieder nicht einschlafen, aber nachdem ich in dem Buch von Isabelle gelesen habe, ging es und ich hatte auch keinen schlechten Traum.« Sie schnitt sich ein kleines Stück Ei ab und schob es auf die Gabel. »Zumindest kann ich mich nicht daran erinnern.« Doris fiel auf, wie gerade Hannah am Tisch saß, mit durchgedrücktem Rückgrat. Ihre Manieren hätten beim Bankett zur Nobelpreisverleihung in Stockholm bestehen können. Dies war eine Redewendung ihrer Mutter gewesen, wenn sie und Corinna sich nicht gut benahmen. Ihre Mutter hätte ihre Freude an Hannah gehabt – aber sie hatte sie nie kennenlernen können, weil sie viel zu früh einem Krebsleiden erlegen war.

Doris sagte: »Das ist doch schon ein Fortschritt und freut mich sehr.«

Sie leerte die Brötchen in einen Korb, schenkte ihnen beiden eine Tasse Tee ein und setzte sich mit der Zeitung zu ihr an den Tisch.

»Hier, das ist selbst gemachte Aprikosenmarmelade«, sagte sie und schob das Glas mit dem handgeschriebenen Aufkleber in Hannahs Richtung.

»Oh, die probiere ich gleich. Wir hatten auf der Farm immer Malvenmarmelade.«

»Ja, ich erinnere mich. Eine gute Idee, ich habe hier im Garten auch einen Malvenstrauch mit pinken Blüten. Sie duften herrlich und ich bin noch gar nicht darauf gekommen, aus den Früchten Marmelade zu kochen, sie sind so ähnlich wie Hagebutten.«

»Ich glaube, man nimmt die Blüten und die Samen für die Marmelade.«

Eine Weile schwiegen sie, während sich Doris ein frisches Brötchen mit Butter und Aprikosenmarmelade schmierte. Sie blickte zu Hannah und musste daran denken, wie vertraut sie sich mit ihrer Schwester gefühlt hatte. Die langen Trennungen hatten ihnen nie etwas anhaben können, weil sie sich in einer Weise nahe waren, bei der es keine Rolle spielte, wann sie sich wiedersahen, ob sie zusammenblieben oder nicht. Und nun saß ihr gegenüber das lebende Zeugnis der Tatsache, dass Doris' eigene bedingungslose Offenheit von ihrer Zwillingsschwester nicht erwidert worden war.

Sie biss in ihr Brötchen und unterdrückte die bittere Essenz dieser Erkenntnis. Dieses junge Mädchen, das an ihrem Frühstückstisch saß, war die letzte Person, die etwas dafür konnte. Eine schwierig zu fassende Konstellation, genau genommen unmöglich zu lösen, außer vielleicht, indem man ihr mit Offenheit begegnete. Nach einer Weile fragte Doris: »Möchtest du reden?«

»Ja, ich glaube.«

»Die Nachricht hat uns beiden wehgetan. Als ich es erfahren habe … ich war fassungslos.«

»Habt ihr euch als Kinder immer gut verstanden? Du und meine Mutter?«

Doris senkte den Kopf und dachte nach: »Ja, ich glaube schon. Jedenfalls erinnere ich mich an nichts Negatives. Außer …«

»Was?«

»Sie war schon immer sehr, sehr … sagen wir, freiheitsliebend und hat mich auch öfter zum Schwänzen animiert. Da gab es gelegentlich Ärger in der Schule, natürlich waren wir in einer Klasse und ich musste es dann mit ausbaden.«

Hannah lachte, aber dann wiederholte sie das Wort: »Freiheitsliebend.« Und ihrem Gesicht war anzusehen, dass sie den Ausdruck nicht gerade mit positiven Gefühlen verband.

Doris sprach weiter: »Ja, Corinna konnte es an keinem Ort lange aushalten. Und in der Schule schon gar nicht.«

»Ich habe es immer gehasst, wenn sie abgereist ist, und konnte nicht verstehen, was sie dauernd wegtrieb. Irgendwie war sie so rastlos. Wenn sie von Mawingu und von meiner Gesellschaft genug hatte, ist sie einfach auf den anderen Kontinent abgehauen – und mich ließ sie zurück.«

Doris legte ihr die Hand auf den Arm. »Ich kann mir nicht vorstellen, dass sie von dir jemals genug hatte, Liebes. Aber sie hatte ja auch ihre Arbeit, ihr Unternehmen in Deutschland, um das sie sich kümmern musste. Und Corinna hatte schon immer einen unruhigen Geist. Bei ihr kam schnell das Gefühl auf, woanders etwas zu verpassen, sie hatte ständig ihre unzähligen neuen Projekte im Kopf und war nirgends richtig zu Hause. Bei Zwillingen gibt es von Anfang an eine ganz spezielle Bindung, weißt du? Und weil keiner vor dem anderen geboren wurde, also jedenfalls nicht mehr als ein paar Minuten … gibt es auch keine Eifersucht. Zumindest war das bei uns so.«

»Und ihr ward zweieiige Zwillinge?«

Doris nickte. »Ja, zweieiig. Wir haben uns nicht besonders ähnlich gesehen und hatten trotzdem diese tiefe Verbundenheit. Umso weniger kann ich es verwinden, dass sie mir offenbar nicht so vertraut hat wie ich ihr und …« Sie stockte und suchte nach den richtigen Worten. »… mir verschwiegen hat, dass es dich gibt.« Hannah kratzte mit der Gabel das letzte Stück Ei vom Teller und sagte dann leise: »Ich hätte dich gerne früher kennengelernt.«

»Ich dich auch, das kannst du mir glauben.« Doris legte ihre Hand auf Hannahs schmale Mädchenhand. »Hast du eigentlich immer auf der Mawingu-Farm gewohnt? Ich verstehe einfach nicht, dass wir uns nie begegnet sind.«

Als Doris die Frage ausgesprochen hatte, fühlte sie, dass sie damit unwiderruflich fremden Lebensraum betrat. Keine Neugier hatte sie zu ihrer Frage getrieben, sondern eine Art innere Notwendigkeit. Schließlich hatte sie Corinna immer als einen Teil von sich gesehen und da Hannah ihr Kind war, woran sie keinerlei Zweifel hegte, war auch Hannah ein Stück ihrer selbst.

Diese antwortete jetzt bereitwillig: »Nur in den Ferien und am Wochenende und nur, wenn Corinna dort war. Ich bin in ein Internat in Arusha gekommen.«

»War das schlimm für dich?«

»Eigentlich habe ich mich gefreut, weil ich dort andere Kinder kennenlernen konnte.«

»Eigentlich?«

»Die Direktorin war sehr streng und ich wurde von manchen Lehrern besonders behandelt, sie waren sehr reserviert mir gegenüber, das hat mir wehgetan.«

Doris erschrak. Sie hatte gerade von ihrem Brötchen abbeißen wollen, ließ es aber sinken und legte es zurück auf den Teller. »Weißt du denn, was der Grund dafür war?«

»Vielleicht weil ich weiß bin und außerdem war Mama in der Gegend sehr bekannt, sie hat das Mawingu Health Center aufgebaut und manche haben sie dafür bewundert, andere aber auch beneidet und sie angeschwärzt, zum Beispiel als einer ihrer Angestellten in der Klinik an einer Blutvergiftung gestorben ist. Lakoine war erst einundzwanzig und es gab viel Gerede, dass es ein Fehler des Arztes war.«

Hannah kaute auf ihren Lippen und schüttelte bei der Erinnerung langsam den Kopf. »Das war für Mama auch nicht leicht, wo sie doch so viel Arbeit und Geld in das Krankenhaus gesteckt hat. Aber Jonas konnte ihn eben nicht retten.«

»Jonas?«

»Jonas war einer der Ärzte im Mawingu Health Center, ein Holländer. Er hat Lakoine operiert.«

Erst nach und nach wurde Doris klar, wie wenig sie über ihre Schwester wirklich wusste. An einen niederländischen Arzt erinnerte sie sich, aber nicht, dass es so einen Vorfall mit einem jungen Arbeiter gab, der dem Krankenhaus angelastet wurde. Sie musste schlucken. Vor ihr hatte Corinna niemals Schwäche gezeigt, sondern sich immer nur als die erfolgreiche Geschäftsfrau und beliebte Wohltäterin präsentiert.

»Wir haben das Krankenhaus besichtigt. Es hatte nur zwei Stationen, aber für die Menschen dort ist es ein Segen, denke ich, auch wenn nicht alle geheilt werden konnten.« Dann blickte sie Hannah aufmerksam an und fragte: »Bist du dort auf die Welt gekommen? Corinna war ja nicht mehr die Jüngste, vermutlich war es eine Risikoschwangerschaft.«

Doris schenkte Hannah Tee nach. Sie sprach nicht aus, was sie die ganze Zeit dachte: wie es sein konnte, dass sie nicht das Geringste von dieser Schwangerschaft mitbekommen hatte. Es hatte im Mawingu Health Center nur zwei Ärzte, diesen Jonas und einen tansanischen Arzt, gegeben und da die meisten Einheimischen aus verschiedenen Gründen immer noch Hausgeburten bevorzugten, gab es im »Mawingu« ihres Wissens keine Entbindungsstation.

Hannah antwortete prompt: »Ich bin in Daressalam zur Welt gekommen. Im Aga-Khan-Krankenhaus.« Sie sprach den Satz schnell und betont kühl aus. Als Doris Luft holte, um weiter nachzufragen, sagte Hannah rasch: »Und jedenfalls war ich zum Glück kerngesund.«

Dann stand sie auf. »Ich glaube, ich würde jetzt gerne in mein Zimmer gehen, wenn ich darf.«

»Natürlich, du musst doch nicht fragen. Tu, was immer du möchtest. Fühl dich hier wie zu Hause. Aber ich habe noch etwas für dich.«

Aus einer Schublade holte Doris einen Serviettenring aus Horn und aus dem Schrank eine frisch gestärkte Stoffserviette. »Hier, den Ring sollst du haben.«

Hannah betrachtete genau die Initialen, die auf dem Horn in silbernen Buchstaben montiert waren: C W.

»Danke!«, sagte sie nur, setzte sich aber wieder hin.

»Vielleicht ist es altmodisch, aber auch ›nachhaltig‹, wie man es jetzt neuerdings nennt, wenn jeder seine eigene Stoffserviette hat, die nur einmal pro Woche gewaschen wird. So haben wir es hier immer gehalten.«

Hannah nickte.

Doris stellte keine Fragen mehr. Sie glaubte zu spüren, dass eine Verbindung zwischen ihnen bestand, die sich aus ihrer Verwandtschaft und Sympathie speiste. Doch es gab auch eine Art Spannung, viel Ungesagtes und dennoch Gegenwärtiges. Beide saßen schweigend am Tisch. Hannah strich über den Stoff der Serviette und fühlte sie glatter und glatter werden. Doris wusste nur, dass sie die Küche auf keinen Fall verlassen wollte, bevor sich Hannah noch einmal öffnete.

»Ich habe noch eine kleine Frage«, sagte Hannah.

Doris lächelte und zeigte damit, dass ihr viel an der Fortsetzung der Unterhaltung lag.

»Hat sie wirklich niemals etwas über mich erzählt, mich niemals erwähnt?«

»Nein. Niemals. Mit keinem Wort.«

Hannahs Augen füllten sich mit Tränen. »Ich konnte nie verstehen, warum sie sich vor euch nicht zu mir bekannt hat. Einmal kam sie aus München zurück und hatte mir vorher am Telefon gesagt, sie hätte eine riesige Überraschung für mich und da dachte ich … «

»Dass du ihre Familie kennenlernen würdest?«

Hannah senkte nur den Kopf, nickte leicht und Doris stand auf, um ein Päckchen Papiertaschentücher aus einer Schublade zu holen. Hannah wischte sich die Tränen ab und putzte sich die Nase.

»Und was war die Überraschung?«

»Ein Hundewelpe.«

»Oh, wo ist er jetzt?«

»Er war nicht gesund und starb mit drei Monaten.«

Sie schwiegen beide und es entstand eine Pause. Dann fragte Doris: »Hat Corinna jemals zu dir über uns gesprochen, über mich, Isabelle, Moritz? Hat sie unsere Namen erwähnt? Immerhin bist du, wie ich den Eindruck hatte, freiwillig zu uns nach München gekommen.«

»Ich hatte Fotos von euch im Farmhaus gesehen und Mama danach gefragt und sie hat mir von euch erzählt und gesagt, eines Tages würden wir uns treffen. Nach ihrem Unfall wusste ich nicht, wo ich hinsollte, die Frau vom Konsulat hat gefragt, ob ich Verwandte habe, da nannte ich eure Namen, sie hat die Adressen ausfindig gemacht und gleich angerufen, obwohl ich dachte, dass … « Wieder verstummte Hannah plötzlich, so als gebe es eine Schwelle, die sie nicht überschreiten wollte – oder durfte. Doris wollte sie nicht drängen, aber sie hatte das Gefühl, dass weitaus mehr dahintersteckte, als das Mädchen zugab. Wenn ein Kind nach einem so traumatischen Erlebnis das Land verließ, in dem es aufgewachsen war, und freiwillig zu Verwandten ging, die nichts über seine Existenz wussten, musste das tiefer liegende Gründe haben.

Nach dem Frühstück ging Hannah nach oben in ihr Zimmer. Doris begab sich in die Bibliothek, schloss die Tür hinter sich und hatte sofort den Geruch in der Nase, der von den unzähligen Büchern in den offenen Regalen ausging. Selbst wenn man sie regelmäßig abstaubte, alle paar Wochen öffnete und leicht ausklopfte, fing sich der Staub in den Seiten und verbreitete diesen eigenartigen Duft. Das gesamte Ambiente strahlte Ruhe, Wissen und den Wunsch nach kultureller Verbindung aus. Mit den dunklen Holzregalen, Ledermöbeln und Messinglampen hatte Corinna eine warme, gemütliche Atmosphäre geschaffen. Die Farben waren im klassischen Stil gehalten: Burgunderrot, Dunkelgrün und Gold. Es gab gemütliche Leseplätze, bequeme Stühle und Sessel sowie Tische und Schreibflächen. Vom Boden bis zur Decke standen Bücher jeden Alters, nach Ländern und den Anfangsbuchstaben der Nachnamen ihrer Autoren geordnet. Die Sammlung, die Corinna angelegt hatte, reichte von Klassikern der amerikanischen Literatur des neunzehnten Jahrhunderts bis hin zu europäischer Gegenwartsliteratur. Von Autoren wie Thomas Mann, Ernest Hemingway, Charles Dickens und Jane Austen über John Irving, Ferdinand von Schirach, Juli Zeh bis hin zu Unterhaltungsromanen. Aber auch eine breite Auswahl von Werken zu Philosophie, Kunst, Geschichte und Geografie hatte sie zusammengetragen. Zwei ganze Regale waren Tansania, der Serengeti, der Kultur der Massai und dem Naturschutzreservat des Ngorongoro-Kraters gewidmet. Doris kannte fast alle diese Zeugnisse eines gebildeten und kultivierten Lebens. Des Lebens ihrer Schwester, die das Haus seit Jahrzehnten besaß und Stück für Stück ausgestattet hatte.

Doch sie wusste auch, dass ihre Schwester nicht viel Zeit aufs Lesen verwendet hatte. Vielmehr war das Sammeln der Bücher einem ähnlichen Beweggrund entsprungen wie das Zusammentragen der Kunstgegenstände und Reisemitbringsel. Sie wollte die Dinge besitzen und zeigen. So klug und weltgewandt sie war, verdankte sie ihre Bildung weniger einem tiefer gehenden Studium als dem reichen Schatz von Erfahrungen und Reisen, die sie persönlich unternommen hatte. An der schmalen Wand hing eine afrikanische Maske, die besonders fein geschnitzt und bemalt war. Einmal entdeckte Corinna Doris, wie sie davorstand und diese Maske ganz genau betrachtete und leicht über das Holz strich, weil sie das Stück so außergewöhnlich fand. Corinna brach in Gelächter aus. »Du fällst wirklich immer wieder auf das Falsche herein, nicht wahr?«

Doris erinnerte sich jetzt, wie sehr sie damals erschrocken war, weil die seltsame Aura, die diese Schnitzarbeit aus Tansania ausstrahlte, durch die Bemerkung ihrer Schwester zerstört wurde. »Ausgerechnet die billigste Kopie zieht dich magisch an, vielleicht ist das dein Schicksal.«

»Das ist eine Kopie?«

»Das erkennt doch jeder Tölpel!«

Doris' Herz hatte vor Kummer und Scham gehämmert, aber sie hatte trotzdem mitgelacht, war von der grausamen Fröhlichkeit Corinnas mitgerissen worden. Sie war selbst schuld, hätte sie nicht die billige Maske bestaunt, wäre sie ihrer Schwester an diesem Vormittag gar nicht aufgefallen.

In einem der Regale bewahrte Corinna diverse Fotoalben auf. Sie waren nach Jahren geordnet und Doris schob die Leiter vor das entsprechende Fach, in dem sie das Album vermutete, das sie suchte. *2003* stand auf dem Rücken des blauen Kunstleders. Doris kletterte die Leiter hinunter, legte es auf einen der kleinen Lesetische, knipste die Messinglampe an und holte ihre Lesebrille aus der Tasche ihrer Strickjacke. Als sie das Album aufschlug und die altmodischen Pergamentseiten umblätterte, merkte sie, wie ihr Herz auf einmal heftig klopfte. Sie suchte nach den Fotos der Einweihung des Mawingu Health Centers, zu der Corinna sie damals eingeladen hatte. Da war das zweistöckige Gebäude und dort ein Gruppenfoto mit einheimischen Kindern, die zu den ersten Patienten gehört hatten. Begonnen hatte alles mit den Basics, es folgte ein für afrikanische Verhältnisse hochmoderner OP-Saal. Da die Mütter fast ausnahmslos am offenen Feuer kochten, gehörten Verbrennungen bei den Kindern zu den häufigsten Verletzungen. Das Krankenhaus hatte deshalb neben der allgemeinen Ambulanz eine dermatologische Abteilung erhalten, die auch TEE-medizinisch ausgerüstet worden war. Problemfälle konnten mit Spezialisten weltweit diskutiert werden. Als Doris weiterblätterte, entdeckte sie das Foto, das sie suchte. Darauf stand Corinna inmitten vieler Menschen, einem traditionell gekleideten Olaigwenani der Massai, so nannten sie ihre gewählten Anführer, einem evangelischen Pfarrer mit Talar, den Schwestern in ihrer weißen Tracht und den beiden Ärzten des Krankenhauses. Corinnas Blick ging im Moment, als das Foto aufgenommen wurde, nicht in die Kamera, sondern in Richtung eines Mannes in weißem Kittel, der etwas weiter außen stand. Doris beugte sich über die Fotografie und sagte laut: »Da ist er ja«, und meinte den schlanken Mann mit den glatten braunen Haaren: Jonas. *Es konnte sich doch eigentlich nur um Hannahs Vater handeln, sie erkannte die lange schmale Nase und die geraden Augenbrauen.* Aber vielleicht dachte Doris so, weil Hannah gerade von ihm als »Jonas« gesprochen hatte und weil sie selbst nach irgendeiner ganz normalen Erklärung für das Unerklärliche suchte. Der Mann auf dem Foto war einen Kopf größer als Corinna, blickte ernst in die Kamera. Corinna lachte, wie fast immer auf Fotos. Dafür, dass die beiden ein Paar waren, konnte man auf dem Foto keine Anhaltspunkte finden.

Doris blätterte die anderen Seiten des Albums um, doch sie fand kein einziges weiteres Foto von dem Mann, den sie für Hannahs Vater hielt. Also klappte sie es zu, stieg wieder auf die Leiter, holte die Alben der nächsten Jahre herunter, blätterte sie durch. Fehlanzeige. Es gab nur das eine Foto, auf dem sie beide zu sehen waren. Doris ging zu dem kleinen Schreibtisch vor dem Fenster und holte die Lupe heraus, dann versuchte sie, den Namen auf dem Schildchen zu entziffern, das der Mann am Revers trug. Dr. Jonas van der Bosch.

Doris lehnte sich zurück, blickte über die Stapel von Fotoalben und dachte nach. Es gab verschiedene Gründe, warum eine Frau vor ihrer Familie verheimlichte, dass sie ein Kind hatte. Vielleicht hatte Corinna Angst vor negativen Reaktionen gehabt. Sie könnte befürchtet haben, dass sie negativ auf die Nachricht reagierten, schließlich hatte sie lange darum gekämpft, dass ihre weiblichen Lebenspartner anerkannt wurden. Hannah war aber außerhalb ihrer gleichgeschlechtlichen Ehe oder ihrer festen Beziehungen geboren worden.

Oder sie hatte von Anfang an Probleme in der Beziehung zu dem Arzt gehabt. Womöglich hatte sie befürchtet, die Enthüllung ihrer Mutterschaft vor seiner Familie könne die Beziehungsprobleme verstärken.

Oder sie wollte einfach ihre Privatsphäre wahren. Corinna Waldeck war eine erfolgreiche und dementsprechend bekannte Unternehmerin. Ihr Lebenswandel hatte schon für viel Publicity gesorgt, viel mehr, als ihr lieb war. Musste sie da nicht solche Familienangelegenheiten für sich behalten? Vermutlich verheimlichte sie schon immer bestimmte Informationen, um ihre Privatsphäre zu schützen. Aber hätte sie sich dann nicht wenigstens einem Menschen anvertrauen können – ihrer Zwillingsschwester?

Hätte ihr nicht klar sein müssen, dass die Verheimlichung von Informationen über ihre Mutterschaft nur vorübergehend Probleme löste? Wäre es nicht besser gewesen, offen und ehrlich zu sein und mit ihr darüber zu sprechen? Vielleicht hatte sie ihre eigene Beziehung zu ihrer Zwillingsschwester falsch eingeschätzt. Womöglich war sie gar nicht so eng gewesen, wie sie gedacht hatte. Ziemlich sicher sogar!

Hannah

Hannah ging nach oben in den ersten Stock. Als sie den Flur entlanglief, begegnete sie Agnieszka mit einem Wischmopp, einem Eimer und einem Halter aus grauem Filz, den sie vor eines der Badezimmer stellte. Darin waren alle möglichen Sprühflaschen und Putzmittel sehr ordentlich untergebracht.

»Dein Zimmer ist schon fertig!«, sagte sie zu Hannah und betrachtete sie neugierig. »Du kannst wieder rein.« Sie standen genau unter zwei der Deckenspots und Hannah fühlte sich fast ein wenig unwohl, als sie einer so genauen Musterung unterzogen wurde. Es fehlte nur, dass sie, wie bei einem Pferdekauf, ihre Zähne untersuchte oder sie nach mit Corinna übereinstimmenden Muttermalen fragte. Aber offenbar überstand Hannah ihre Inspektion. »Ja, deine Augen sind genau wie die von Frau Waldeck. So rund und so grau, mit diesem dunklen Kreis um die Iris.«

Auf der Farm hätte es eine Haushaltshilfe niemals gewagt, sie so anzusprechen, aber Hannah gefiel die offene Art eigentlich besser.

Agnieszka sagte: »Bei uns in Polen haben auch viele diesen dunklen Ring um die Iris, aber meistens hellblaue statt grauer Augen.«

Sie deutete mit dem Zeigefinger auf ihre Augen und sagte mit einem Anflug von Stolz in der Stimme: »Meine sind grün.« Ihre Augenpartie war noch leicht verquollen von ihrem Gefühlsausbruch, der erst eine Stunde zurücklag.

»Ich finde ja, du hättest deine Mutter schon früher mal hier in München besuchen können. Bist doch alt genug, um allein zu verreisen!«

»Das ging leider nicht«, sagte Hannah.

»Warum nicht?«

»Weil sie es nicht wollte.«

»Warum wollte sie es nicht?«

»Das weiß ich nicht.«

Hannah machte eine hilflose Geste und dann eine halbe Drehung, um endlich zu ihrem Zimmer zu gehen, als sie die halb offene Tür auf der anderen Seite des Ganges sah und innehielt. Agnieszka bemerkte ihren Blick.

»Das war ihr Schlafzimmer. Möchtest du es sehen?«

Hannah zögerte, unschlüssig. »Ich glaube, eher nicht.«

»Komm ruhig mit, ich zeige es dir«, sagte Agnieszka und blieb beharrlich, was ein leichtes Unbehagen bei Hannah hervorrief. Agnieszka nahm ihre Hand und zog sie mit sich. Der Korridor war dunkler, weil die Wände auf dieser Seite mit einem Holzpaneel verkleidet waren, das in einem edlen, matten Grünton gestrichen war. Sie gingen weiter, auf die halb offene Tür zu, und sie sah die Umrisse der Möbel, einer Sitzgruppe, einer langen Polsterbank. Es war sehr still und Hannah dachte, wie seltsam diese Stille war, wo man doch sonst von überall im Haus die Vogelstimmen hörte. Sie war froh, dass sie nicht allein war, aber dann merkte sie, dass die Stille etwas genauso Beklemmendes hatte wie ein Haus, dessen Bewohner alle für immer fortgegangen waren. Hannah verspürte keine Lust weiterzugehen, aber die Sonne fiel durch das Fenster des Schlafzimmers ihrer Mutter, das sie noch niemals betreten hatte, und malte ein goldenes Muster auf den Teppich. Sie merkte den leichten Druck von Agnieszkas Hand zwischen ihren Schulterblättern, die sie nach vorne schob. »Geh nur, sieh es dir an!«

Das breite Polsterbett mit dem Kopfteil aus grauem Samt war frisch bezogen, ein grüner Morgenrock lag aufgefächert auf dem weißen Leinen. Das Tageslicht warf einen weißen Schein darauf. Hannah blickte sich um und fühlte sich wie ein Gast in einem fremden Haus, obwohl es doch das Zimmer ihrer Mutter war. Es war ein sehr schöner, großzügiger Raum, mit duftigen hellen Leinengardinen, weiß lackierten Fußleisten und taupefarbenen Wänden. Zwei weiße Kassettentüren gingen davon ab.

»Geh nur, sieh dir ihr Bad an, du wirst staunen«, forderte Agnieszka sie fast ehrfürchtig auf. »Ich weiß, dass du gern alles sehen möchtest, das wolltest du schon, seit du hier angekommen bist, nicht wahr? Und hast dich nur nicht getraut.«

Sie fasste ihren Arm und führte sie zur Badezimmertür. Hannah konnte sich nicht wehren, wie gelähmt fühlte sie sich. In einem Flüsterton erklärte Agnieszka, während sie die Tür öffnete und das Licht einschaltete: »Carrara-Marmor aus Italien, der Waschtisch ist aus einem Stück gefertigt.«

Agnieszka strich mit der Hand über den grau-weiß gemaserten Stein und an der Kante entlang. »Mit einer unbehauenen Bruchkante. Das hat alleine zehntausend Euro gekostet. Dann kannst du dir vorstellen, was das ganze Bad wert ist. Fühl nur, wie herrlich sich der Marmor anfasst. Nur beim Putzen muss ich sehr vorsichtig sein. Keine scharfen Reiniger! Aber ich weiß, wie man solche kostbaren Sachen pflegt.«

Hannah stand da und konnte sich nicht rühren, ihr war das alles schrecklich unangenehm. Das Bad war beeindruckend, mit der frei stehenden mattweißen Wanne, der Wasserfalldusche und dem vielen Marmor, aber am liebsten hätte sie das Badezimmer ihrer Mutter auf der Stelle verlassen und sich in ihrem eigenen Bett die Decke über den Kopf gezogen.

»Ich bin nicht nur ihre Putzfrau gewesen«, sagte Agnieszka, erläuterte aber nicht näher, was genau sie damit meinte. »Wir haben es mit den verschiedensten Mädchen versucht, die hier im Haus gearbeitet haben …«, sie dämpfte ihre Stimme, als könne jemand mithören. »… das war, bevor Frau Doris hier eingezogen ist … ›Agnes‹, hat Frau Corinna zu mir gesagt, ›ich mag gar keinen anderen Menschen um mich haben, nur dich kann ich ertragen‹.« Agnieszka machte eine kleine bedeutungsvolle Pause, hielt aber immer noch Hannahs Arm. Er tat ihr richtig weh und sie fühlte sich unter dem Druck der Finger fast schon wie gelähmt. »Frau Corinna hatte auch keine Geheimnisse vor mir, deshalb verstehe ich gar nicht, weshalb sie nie von dir gesprochen hat. War sie nicht schon zu alt, um ein Kind zu kriegen? Ich habe keine Schwangerschaft bemerkt und ich habe einen Blick dafür, selbst wenn der Bauch noch flach ist wie ein Brett. Eine vierzehnjährige Tochter, und sie bringt sie in all den Jahren niemals mit nach Hause?« Ihr linker Zeigefinger wanderte zu ihrer Schläfe, als wollte sie Hannah einen Vogel zeigen, aber kurz vorher besann sie sich und ließ ihn sinken. Stattdessen hob sie die zwei samtbezogenen Pantoffeln, die sehr neu und edel aussahen, vom Boden neben der gläsernen Personenwaage auf. »Frau Waldeck hatte sehr schlanke Füße, trotz ihrer Größe. Man hätte denken können, sie würde keinen allzu großen Wert auf ihr Äußeres legen, wegen der kurzen Haare und weil sie häufiger Hosen als Röcke oder Kleider trug.

Aber das stimmte nicht. Sie kaufte nur die besten Marken und nur feinste Qualität. Diese hier sind von Brunello Cucinelli und haben vierhundertdreiundachtzig Euro gekostet. Sie schneidet immer sofort die Etiketten ab, aber natürlich finde ich sie dann im Papierkorb. Ich weiß über alles Bescheid!«

Lächelnd und ohne Hannah aus den Augen zu lassen, schob sie ihr Corinnas Pantoffeln in die Hände. »Hier, probiere sie doch mal an? Schau mal, ob sie dir passen!« Hannah war das unangenehm und sie stellte sie direkt wieder auf den Marmorboden.

»Na, was ist?«, fragte Agnieszka und kam näher, ihr Gesicht war jetzt unmittelbar vor dem von Hannah. »Oder hast du Angst davor? Oder willst du lieber etwas anderes von ihr probieren? Komm mit, ich zeige dir ihre Ankleide.« Sie griff wieder ihren Arm und zog sie aus dem Bad zur nächsten Tür, öffnete sie und ein geräumiges Ankleidezimmer mit offenen beleuchteten Einbauschränken tat sich auf. Die Blazer und Hosen waren nach Farben geordnet, an einer Seite hingen lange Abendkleider und -anzüge. »Sie hat sich auch gerne von mir beim Ankleiden helfen lassen. ›Agnes‹, sagte sie mal zu mir, ›wenn du nicht in diesem schäbigen Dorf in Polen geboren wärst, hätte etwas Großartiges aus dir werden können!‹ Und dann suchte sie im Schrank nach einem Kleidungsstück, hielt es mir an und schenkte es mir – einfach so.«

Sie griff nach einem Bügel mit einer Seidenbluse und wackelte damit vor Hannahs Gesicht hin und her, dabei bekamen ihre Augen einen verklärten Glanz. Doch dann blitzten sie plötzlich auf.

»Aber wenn sie wütend war, zog sie sich manchmal mit so gereizten und heftigen Bewegungen an, als wäre jede Hose, jede Bluse, jeder Schuh eine persönliche Beleidigung. Da konnte schon mal ein Knopf abspringen oder eine Naht aufreißen.« Sie sah herausfordernd zu Hannah, die im Türrahmen stehen geblieben war. »Was ist, möchtest du dir ihre Kleidung nicht näher ansehen? Was hat sie denn in Tansania immer getragen? Sie nahm ja jedes Mal kaum Gepäck mit.«

Hannah schüttelte den Kopf. »Ich weiß nicht, nein, ich möchte lieber nicht da rein!«, stammelte sie und wandte sich abrupt um, ging durch die Schlafzimmertür zurück auf den Flur. Agnieszka folgte ihr ein Stück, als ob sie auf sie aufpassen müsste.

»Wenn du einmal nichts Besseres zu tun hast, zeige ich dir gerne alle ihre Sachen.« Sie starrte Hannah forschend an. »Vielleicht möchtest du ja etwas davon haben.« Ihre Stimme senkte sich wieder zu einem Flüstern. »Schließlich bist du ihre Tochter!« Das Wort sprach sie mit einem Unterton aus, der ihre Zweifel, die vorhin kurzzeitig ausgeräumt zu sein schienen, nun wieder allzu deutlich machte. Hannah zwang sich zu einem Lächeln und hoffte, dass Agnieszka endlich aufhören würde. Sie konnte nicht sprechen, dazu war ihre Kehle zu trocken. Aber Agnieszka hörte nicht auf. »Hast du eigentlich einen afrikanischen Pass oder einen deutschen?« Obwohl sie schon so dicht vor Hannah stand, machte sie noch einen Schritt auf sie zu.

»Beides.«

»Das dachte ich mir.«

Hannah konnte den Blick nicht von Agnieszkas durchdringenden grünen Augen abwenden und wusste nicht zu deuten, was sie darin sah. War es einfach nur ihr Mitteilungsbedürfnis oder wollte sie ihr Angst machen?

»Vorhin, als ich hier geputzt habe, bildete ich mir ein, dass ich sie kommen höre. Frau Corinna. Ihren raschen leichten Schritt würde ich unter Tausenden wiedererkennen.« Sie brach ab, sah Hannah immer noch unverwandt an. »Und unten, im Arbeitszimmer, im Wohnzimmer, in der Küche ist es dasselbe. Ich habe sie an so vielen Tagen vor einer ihrer teuren Kaffeemaschinen gesehen und sie fragen hören: ›Agnes, wo hast du die neuen Kaffeeproben hingeräumt?‹ Bisweilen sehe ich sie noch dort stehen und höre ihre Stimme. Sie konnte richtiggehend wütend werden, wenn sie etwas suchte und nicht auf Anhieb fand. Und wehe, jemand rührte ihre Kaffeesorten an.« Agniezska stockte wieder und sah Hannah jetzt fragend an. »Glaubst du, sie kann uns sehen und hört, was wir über sie reden?«

Hannah schluckte und grub sich die Nägel in die Handfläche. »Ich weiß es nicht«, sagte sie heiser und spürte den Kloß im Hals. Sie konnte ihren Blick nicht von Agnieszkas Augen abwenden. Aber dann trat diese auf einmal beiseite, um sie vorbeizulassen. Hannah stolperte fast, tappte wie eine Blinde durch den Flur zu ihrem Zimmer, stieß die Tür auf, schloss sie hinter sich ab und schob den Schlüssel in ihre Hosentasche.

Danach warf sie sich auf ihr Bett und zog sich die Decke über den

Kopf. Ihr war unendlich elend zumute. Sie flüsterte »Mutter«, sagte stumm ihren Namen, sehnte sich so unendlich nach ihrer Nähe und gleichzeitig fürchtete sie sie. Ihre Kindheit lag hinter ihr, lang und dunkel, wie ein Tunnel, an dessen Ende nun das helle Tageslicht leuchtete und sie blinzeln ließ. Hätte zwischen Corinna und ihr jemals etwas, das an dauerhafte Liebe erinnerte, ihre gemeinsame Welt erfüllt, wäre das Leben auch jetzt viel weniger unheimlich und kalt.

Isabelle

Gegen ein Uhr mittags hatte ich den Eindruck, dieser Donnerstag hätte keinen einzigen weiteren Termin, keine E-Mail und kein zusätzliches Telefonat mehr fassen können. Die Anrufe kamen im Minutentakt, manchmal sogar im Sekundentakt rein. Ich hetzte von einer Baubesprechung zur nächsten und dazwischen telefonierte ich nahezu durchgängig. Zweimal bog ich falsch mit dem Fahrrad ab, weil ich mich auf dem Weg zur nächsten Baustelle so sehr auf das Telefonat konzentrierte. Der Edelstahlpool für die Dachterrasse würde mich heute Nacht im Schlaf verfolgen und der missglückte Betonguss in der Maximilianstraße ebenfalls.

Jetzt stand ich am Tisch vor dem Fenster meines Büros, wo ein neuer Mitarbeiter das Modell meines jüngsten Entwurfs zur Begutachtung aufgebaut hatte. Ein quadratischer Kubus im Maßstab 1:50 ganz in Weiß. Das monochrome Modell bildete die Gesamtsituation gut, aber relativ abstrakt ab. Sein ausschließliches Ziel war die Vermittlung des Entwurfs durch die Andeutung der Fassade und des Innenraums, die zusammen mit den Plänen ein Bild des Vorhabens ergaben. Doch dieses Modell besaß eine ganz eigene Ästhetik, die mir nach all den Besprechungen und dem andauernden Krisenmanagement in Erinnerung rief, weshalb ich den Beruf der Architektin gewählt hatte.

Der Erbauer des Modells hieß Tom Meyer. Er war ein sehr junger Mann, nicht besonders groß, mit unschuldig blickenden Augen und aschblonden Haaren, die wirkten, als seien sie nach der Suppenschüsselmethode geschnitten worden. Er trug Gesundheitssandalen und ein gestreiftes Hemd mit kurzen, sehr weiten Ärmeln, das mein Sohn Alex nie im Leben freiwillig angezogen hätte. Tom Meyer hatte etwas leicht Weltfremdes an sich, etwas Nerdiges, aber gerade das gefiel mir und sein Portfolio war so überzeugend gewesen, dass ich ihn als Einzigen von über hundert Bewerbern haben wollte und eingestellt hatte.

Natürlich hatte er nach meinen Plänen zuvor 3-D-Grafiken erstellt, aber für die Teilnahme an der Ausschreibung für diese Kunsthalle einer privaten Stiftung verlangte der Bauherr noch nach einem physischen

Modell. Auch in unseren hoch digitalisierten Zeiten blieb der Reiz eines Architekturmodells zum Anfassen ungebrochen.

Ich ging um den Tisch herum. Das Modell verdeutlichte zugleich Kubatur und Anmutung der Fassade. Diese war filigran, die vertikalen und horizontalen Streben wirkten wie ein feines Gewebe, sodass sie den futuristischen Eindruck der späteren Gebäudehülle schon recht exakt vermittelte. Ich betrachtete es aufmerksam von allen Seiten und es gefiel mir.

»Aus welchem Material ist der Sockel?«

»Aus Holz. Und die anderen Teile sind aus Polystyrol, PU-Block-Kunststoff und Acrylglas gefräst.«

»Bisher haben wir immer Agenturen für die Modelle beauftragt und die Kosten waren enorm.«

»Ich arbeite gerne mit unterschiedlichen Werkstoffen. Es fasziniert mich, aus einfach Platten und Klötzen sehr filigrane Texturen oder modellierte Körper entstehen zu lassen, die im großen Maßstab später Lebensraum für viele Menschen werden können.«

Ich berührte das weiße Netz der Außenfassade vorsichtig mit den Fingerspitzen. Genauso hatte ich es mir vorgestellt!

»Aber Sie haben Grafikdesign und Visuelle Kommunikation studiert«, wunderte ich mich.

Ich lehnte mich an die Tischkante und machte mich damit etwas kleiner. Unsere Augen waren nun auf gleicher Höhe.

Er zuckte mit den Schultern. »Ich habe immer schon gerne gebastelt und rumprobiert, dann war ich eine Zeit lang bei Herzog & de Meuron in Basel und habe die büroeigene Werkstatt mitbetreut.«

»Rumprobiert!«, wiederholte ich.

Er lächelte bescheiden.

»Na ja, ich bin einigermaßen klargekommen.«

Bei mir kam der nächste Anruf auf dem Handy herein, aber ich nahm meinen EarPod aus dem Ohr und steckte ihn in die weiße Box, die ich immer um den Hals trug. Dann drückte ich mich vom Tisch ab und trat ans Fenster. Das Wetter wechselte an diesem Mittag. Der zartblaue Morgenhimmel streifte sich mit weißen Wölkchen, die jetzt etwas blendend Hartes bekamen. In der Ferne konnte ich die beiden Türme der Frauenkirche sehen, aber ich musste blinzeln, so unangenehm war das Licht. Ich drückte auf die Fernbedienung, um die Jalousien ein Stück herunterzufahren, und schon wurden die Sonnenstrahlen angenehm gedämpft.

»Es ist sehr, sehr gut«, sagte ich und nur die Andeutung eines Lächelns ließ erkennen, wie sehr er sich über mein Lob freute.

»Dann kann es so bleiben?«

»Es soll sogar ganz genauso bleiben! Besprechen Sie alles Weitere mit Yasmin. Sie gibt Ihnen die Termine. Natürlich kommen Sie mit zur Präsentation.«

»Vielen Dank.«

Er hob sein Modell vorsichtig an und trug es zur Tür. »Warten Sie, ich helfe Ihnen.«

Mit einigen Schritten war ich dort und öffnete ihm die Glastür. »Ich bin froh, dass ich mich für Sie entschieden habe«, sagte ich noch und er lächelte wieder leicht verzagt.

Mein Tischtelefon summte, ich drückte auf eine Taste und sprach mit meiner Assistentin, Yasmin.

»Ja?«

»Ein Anruf von draußen, Isabelle.«

Ich sah auf die Uhr. Es war halb zwei.

»Wer ist es denn? Ich hatte eigentlich eine Verabredung mit Christine zum Lunch, aber nun bin ich eh schon zu spät dran.« Christine Posler war meine Gründungspartnerin und wir hatten für heute unsere wöchentliche Arbeitsbesprechung bei einem gemeinsamen Mittagessen angesetzt. »Könntest du ihr bitte absagen und ihr meine Entschuldigung ausrichten? Sag ihr, wir verlegen die Besprechung auf morgen oder heute Abend, im Moment ist es unmöglich.«

»Wird gemacht!«

Ich konnte Yasmin durch die Glasscheibe meines Büros in die Augen sehen. Sie nickte leicht. Wir verstanden uns gut.

»Dr. Karl Graser-Nelsen.«

»Wie?«

»Der Anrufer, der noch in der Leitung wartet.« Das sagte mir nichts. Doch dann fiel es mir plötzlich wieder ein und ich sah den Mann undeutlich vor mir, mit dem ich vor zwei Wochen auf einer Cocktailparty im Schumann's kurz gesprochen hatte. Einen halben Kopf größer als ich, aschblond gewelltes Haar. Er hatte sich als Carlo vorgestellt, mir im Anschluss seine Visitenkarte in die Hand gedrückt.

»Stell bitte durch, Yasmin.«

»Frau Weiss?«

»Ja.«

»Isabelle, hier Carlo, wir haben uns im Schumann's kennengelernt.«

»Ja, ich erinnere mich.«

»Ich habe eine Stunde Zeit. Könnten wir vielleicht zusammen essen?«

»Heute?«

»Ja, jetzt.«

Ich sah auf meine Armbanduhr. »Tut mir leid, aber es geht nicht. Heute ist im Büro der Teufel los und ich habe auch noch einen Trauerfall in der Familie, um den ich mich kümmern muss.«

»Ah, ja, ich habe davon gehört. Corinna Waldeck war Ihre Tante, nicht wahr? Mein aufrichtiges Beileid.«

Ich dachte kurz darüber nach, woher er das wusste. Natürlich hatten viele Münchner meine Tante gekannt, doch dieser Anrufer war ganz sicher kein Münchner und schließlich trug ich einen anderen Nachnamen als Corinna.

»Danke!«, sagte ich trotzdem.

»Wie wär's heute Abend zum Dinner?«

Jetzt half seine Stimme meiner Erinnerung nach. Er machte von seinen Wiener Anklängen nicht viel Gebrauch, aber ein gewisser österreichischer Singsang prägte seine Aussprache und ich sah jetzt die Einzelheiten seiner Erscheinung vor mir. Glatt rasiertes ebenmäßiges Gesicht, von dem sich kein Zug eingeprägt hatte und für das es in den alten Reisepässen die Bemerkung gegeben hatte: *Besondere Merkmale: keine.* Dunkelblauer Blazer, weißes Haifischkragenhemd mit gestickten Initialen auf der Manschette. Mein Verlangen, mit einem weiteren aalglatten Geschäftsmann essen zu gehen, der meinem Bauherrn in der Maximilianstraße, Teichmann, fast wie ein Ei dem anderen glich, war gleich null. Ich kämpfte einen Moment lang mit mir. Schließlich hatte er sich als Vertreter eines Immobilienkonsortiums, das städteplanerisch tätig war, vorgestellt und ich konnte es mir nicht leisten, potenzielle Auftraggeber einfach abblitzen zu lassen.

»Heute geht es absolut nicht, aber …«, ich scrollte durch meinen Kalender auf dem Desktop, »… am Donnerstag zum Lunch? Um dreizehn Uhr?«

»Sehr gut! Wo würden Sie gerne essen?«

»Wieder im Schumann's?« Obwohl es eigentlich eine alteingesessene Münchner Bar und kein Restaurant war, wählte ich es gerne mittags für Arbeitsessen. Es gab eine kleine, aber feine Karte.

»Top«, machte er. »Wir haben den gleichen Geschmack. Das Schumann's ist immer noch einer meiner Lieblingsorte in München. Ich reserviere einen Tisch und …«

»Ja?«

»Bitte hören Sie sich erst unser Angebot an, bevor Sie andere Zusagen machen, also bis Donnerstag, ich freu mich!«

»Bis Donnerstag.«

Als ich aufgelegt hatte, saß ich einen Moment lang wie erstarrt da und überlegte. Was hatte er gemeint? Welches Angebot und was für Zusagen? Wir hatten doch noch gar kein konkretes Projekt erwähnt! Ich suchte in meiner Handtasche nach seiner Visitenkarte und fand sie schließlich in der Seitentasche. Als ich seine Homepage aufrief und durch die Seiten blätterte, wurde mir schnell klar, was es mit seiner Andeutung auf sich hatte. Dr. Karl Graser-Nelsen war Immobilienmakler, und der Grund, warum er es so eilig hatte, sich mit mir zu treffen, konnte nur einer sein: das Grundstück der Villa Waldeck.

Ich ließ meinen flachen Slipper vom Fuß gleiten und schob mit den Zehenspitzen den Papierkorb neben meinen Stuhl. Dann sah ich zu, wie die schneeweiße Visitenkarte hineinsegelte. Die Verabredung für Donnerstag würde ich Yasmin bitten, wieder zu canceln. Anschließend rief ich meinen E-Mail-Account auf und überflog die Nachrichten im Posteingang, löschte Spams und sortierte roboterhaft den Rest nach Dringlichkeit. Ich war nicht bei der Sache! Ich hätte wissen müssen, dass nach Corinnas Tod die Geier nicht lange auf sich warten ließen. Es war kaum anders als im Busch: Sobald ein Kadaver einen Tag lag, bemerkte man zuerst ihre dahingleitenden Schatten im Gras. Schaute man auf, entdeckte man oben am hellblauen Himmel die weiten Schleifen der kreisenden Geier. Mein Herz war so schwer, als sei ich ganz allein dafür verantwortlich, die Aasfresser von dem Leichnam meiner Tante fernzuhalten.

Die Frau, die ihre Hand auf dem Trackpad liegen hatte, mit dem schmalen goldenen Ring am Finger, war gar nicht wirklich ich. Es war nicht die Isabelle, die sich mit Leib und Seele in ihre Arbeit stürzte. Ich spürte in meinen Gedanken einer Art Phantom nach, einer Person, deren Schattengestalt in meinen Gedanken immer wieder Form annahm. Ihre Züge waren verschwommen, die Farben milchig, nur die Stellung der Augen und die eine blonde Strähne in ihren Haaren war zu erkennen. Irgendwo, selbst hier in meinem Büro, weilte der Klang ihrer Stimme, die Erinnerung an ihre Worte. Dann hatte ich es wieder vor mir: das Gesicht meiner Tante. Diese Schattengestalt besaß eine Anziehungskraft, die nicht verging, und ein Lachen, das ich nicht vergessen konnte. Ich drehte meinen Stuhl zu dem Sideboard an der Wand hinter mir um. Mein gesamtes Büro war mit dem Modularsystem von USM Haller ausgestattet, wie es in unzähligen Architekturbüros und Agenturen zum Einsatz kam. Zeitloses Design aus Edelstahlstreben zu taupefarbenen Lackflächen. Darauf Bücher, hochkant und quer, viele Fotografien, darüber gute Bilder. Und ich nahm eines der gerahmten Fotos in die Hand. Es zeigte Zahir, Corinna und mich bei einer spontanen Safari in den Ngorongoro Highlands. Zahir hatte seine Flinte in der Hand – wie immer –, nur für den Notfall, Corinna saß am Lenkrad und mein Sohn Alex war der Fotograf. Wir saßen in einem offenen Jeep und hatten eine Herde von Büffeln entdeckt, die sich von uns nicht beim Grasen stören ließen.

Während der ganzen Zeit, seit ich mich mit meinem neuen Mitarbeiter über das Modell unterhalten hatte und mit Karl alias Carlo einen Lunchtermin vereinbart hatte, bis jetzt, hatte ich das lautlose Dauervibrieren meines Mobiltelefons ignoriert und auch in diesem Augenblick konnte ich mich nicht dazu durchringen, danach zu greifen, während es sich millimeterweise über die Schreibtischplatte schob. Stattdessen schloss ich die Augen, ließ die Erinnerungen aufsteigen und versetzte mich um Jahre zurück zu dem Moment, der auf dem Foto eingefangen worden war. Wir waren der Sonne entgegengefahren, während die Berghänge in tiefen braunen Schatten lagen, in die wir nach einer halben Stunde Fahrt eintauchten. Es dauerte nicht lange, bis wir die Büffelherde sahen. Sie weidete auf einem der beiden langen grasbedeckten Bergrücken, die wie die Falten einer grünen Decke von den Gipfeln herabfielen. Wir näherten uns nun ganz langsam, zählten sie, während sie sich ebenfalls nur ganz gemächlich bewegten. Es waren achtundzwanzig Tiere. Corinna hielt an und wir sahen durch unsere Ferngläser, die wir immer an Lederriemen um den Hals trugen. In der Herde waren zwei junge Stiere und sechs Kälber, die dicht bei den Muttertieren blieben. Ihre Rücken wirkten purpur-bräunlich in dem schwachen Licht, sanft abfallend von dem Höcker der Schultern. Manche zuckten mit den Muskeln oder bissen sich in die Flanken, weil Fliegen sie belästigten. Etwas abseits stand ein riesiger schwarzer Bulle. Wir sprachen kein Wort und lebten ganz in diesem seltenen Augenblick, denn sie mussten uns von ihrer Lichtung aus gehört und gewittert haben, als wir uns auf dem Pfad genähert hatten. Dann trat der alte Bulle vor seine Herde, hob den Kopf mit den fünfzig Kilo schweren Hörnern, stampfte mit den Hufen auf. Die anderen Tiere hörten auf zu fressen. Gleich darauf setzte er sich in Trab, verfiel in Galopp und die ganze Herde folgte ihm den Hang hinunter, stürzte sich in das Gebüsch hinein, als sei es nicht vorhanden, sodass Steine und Staub aufgewirbelt wurden wie eine dicke Rauchwolke. Da sie in die entgegengesetzte Richtung galoppierten, blieben wir an Ort und Stelle, verfolgten sie nur mit unseren Ferngläsern. Im Dickicht machten die Tiere halt, drängten ihre Körper aneinander und schienen sich in Sicherheit zu fühlen, geschützt vor allen Angreifern. Ich wusste noch genau, dass ich mir in diesem Moment vorgestellt hatte, wie jemand sie statt in das Visier des Fernglases in das eines Gewehres nahm und zu seiner Beute machte. Denn noch immer gab es Abschussquoten und noch immer gab es Wilderer, von denen meine Tante uns erzählte.

Als Yasmin an die Glastür klopfte, schreckte ich hoch, als hätte ich tief geschlafen.

»Alles in Ordnung, Isabelle?«, fragte sie und legte mir die Ausdrucke der Folien für die morgige Präsentation auf den Tisch. Ich merkte, dass ich immer noch das gerahmte Foto in der Hand hielt, und stellte es zurück auf das Sideboard. »Ja, alles in Ordnung. Vielleicht hole ich mir besser mal einen doppelten Espresso.«

Ich hatte mir von Anfang an angewöhnt, mir meine Getränke selbst zu holen oder zuzubereiten, weil ich nicht die gleichen Hierarchien wiederholen wollte, die ich aus meinen früheren Büros kannte.

Yasmin wusste das zu schätzen, aber jetzt lächelte sie. »Bleib sitzen, ich wollte mir selbst gerade einen Kaffee machen und bringe dir einen doppelten Espresso mit.«

»Danke dir!«, sagte ich.

Unkonzentriert blätterte ich die Unterlagen durch und legte dann die Hand ans Kinn. Ich hatte mir das Architekturbüro vor fünf Jahren aufgebaut. Mein Berufsleben, das ich mir damit nach der Erziehungszeit zurückgeholt hatte, Stück für Stück gestaltet. *Warum also sah ich mich auf einmal nicht mehr darin?*

Vermutlich war ich einfach nur überarbeitet, womöglich traf mich der Tod meiner Tante mehr, als ich wahrhaben wollte, und vielleicht musste ich mehr delegieren oder mir eine Auszeit nehmen, oder beides.

Könnte Moritz nicht einen Teil des Papierkrams übernehmen, der jetzt auf mich zukam? Er müsste doch wieder in München sein. Spontan griff ich nach meinem Telefon und wählte seine Nummer. Doch ich landete auf seiner Mailbox. Also konnte ich es nur bei seiner Sekretärin versuchen.

Moritz

Während Isabelle sich nach einem doppelten Espresso auf die zweite Hälfte ihres Arbeitstages einschwor, räumte Moritz in den nüchtern ausgestatteten Geschäftsräumen der Münchener Rück seinen Schreibtisch auf.

Normalerweise ging die Geschäftszeit bis achtzehn Uhr, doch nach fünf Jahren, die er schon für die Firma arbeitete, betrachtete er es als sein gutes Recht, dann und wann früher zu gehen. Sein Mobiltelefon klingelte – das Gesicht von Isabelle erschien auf dem Display, aber er drückte den Anruf weg. »Melde mich später, Schwesterchen«, sagte er in die Leere seines Büros. Seine Sekretärin kam mit einer Unterschriftenmappe, wartete kurz, bis er ihr mit einer Handbewegung zu verstehen gab, dass sie sie vor ihm ablegen durfte. Als sie stehen blieb, sagte er kurz angebunden: »Ich bringe sie Ihnen gleich raus.« Frau Neubauer drehte sich um und ging zur Tür. Moritz sah ihr nach. Sie hatte sich als wirklich gute und fähige Sekretärin erwiesen. Nur vom ästhetischen Standpunkt aus bot sie nicht viel. Kurze dicke Waden schauten aus dem unvorteilhaft karierten Wollrock heraus.

Moritz lehnte sich in seinem lederbezogenen Schreibtischstuhl zurück und strich sich vorsichtig über die nach hinten gegelten Haare. Die großen, schlanken, gut aussehenden Assistentinnen mit den besten Abschlüssen gab es wahrscheinlich nur in amerikanischen Anwaltsserien, wie »Suits« oder »Boston Legal«. Und wenn es ihm gelungen wäre, ein halbwegs ansehnliches Exemplar an Land zu ziehen, hätten sich die Kollegen die Mäuler zerrissen, so wie bei Markus Piontek, dem Vorstand, bei dem vor einigen Monaten plötzlich eine Doppelgängerin von Lena Gercke im Vorzimmer gesessen hatte. Trotz ihrer unzweifelhaften Fachkompetenz machte Piontek überraschend schnell von seinem Sonderkündigungsrecht während ihrer Probezeit Gebrauch.

Moritz unterschrieb zwei Schreiben, klappte die Mappe zu. Er drehte sich in seinem Sessel und langte nach dem kalten Leberkäsebrötchen, das ihm seine Sekretärin schon um zwölf Uhr gebracht und den Teller wohlweislich, trotz seiner abwehrenden Geste, auf das schwarze Sideboard hinter ihm abgestellt hatte. Frau Neubauer wusste nur zu gut, wie unausstehlich ihr Chef werden konnte, wenn er auf Diät war.

Bis jetzt hatte Moritz der Versuchung widerstanden, denn er hatte eigentlich beschlossen, zwei Kilo abzuspecken – mindestens! Es war die monegassische Liaison mit Lizzy Campbell – seit der Nacht, die sie in seinem Hotelzimmer verbracht hatten, kannte er auch endlich ihren Nachnamen –, die ihn plötzlich dazu bewog, mehr auf seinen Körper und seine Gesundheit zu achten. Lizzy war seit Langem die erste Frau, bei der er das Gefühl hatte, es könnte etwas Ernstes werden. Die Vorzeichen waren gut: Sie lebte in London, stellte keine Ansprüche, denn sie verdiente selbst genug, verlangte nicht, ihn ständig zu sehen, und würde auch sicher nicht bei ihm einziehen.

Doch in diesem Augenblick verbannte Moritz den Gedanken an die hübsche Engländerin, biss in das Brötchen und schloss genussvoll die Augen. Nichts konnte den Geschmack von Leberkäse überbieten, fand er. Er kaute, biss erneut ab, da klingelte das Telefon und er machte Frau Neubauer ein Zeichen, woraufhin sie wieder selbst in die Leitung ging und den Anrufer vertröstete.

Eilig griff Moritz nach seiner grauen Anzugjacke, die über einem der Besucherstühle hing. Im Vorbeigehen legte er Frau Neubauer die Unterschriftenmappe mit der Anweisung auf den Tisch, die Briefe heute noch rauszuschicken. Sie war am Telefon, schirmte die Sprechmuschel ab und wollte etwas sagen, doch er bewegte verneinend den Zeigefinger. Mit schnellen Schritten machte er sich auf den Weg zum Fahrstuhl.

Frau Neubauer schüttelte bedauernd den Kopf und erklärte seiner Schwester, die am Telefon merkwürdig hektisch und niedergeschlagen zugleich klang, Herr Waldeck sei heute Nachmittag nicht im Büro. Nein, sie könne ihr leider nicht sagen, wo er zu erreichen sei, es täte ihr sehr leid. Dabei sah sie Moritz nach und hasste sich dafür, für ihn zu lügen. Um wie viel lieber sie doch für einen der weitaus sympathischeren Juniorpartner gearbeitet hätte, dafür hätte sie sogar eine Gehaltseinbuße in Kauf genommen. Doch intern die Stelle zu wechseln, wurde im Unternehmen nicht gerne gesehen.

Moritz hatte eine Ausrede parat, falls er auf dem Weg zur Tiefgarage Piontek in die Arme lief. Es sei wohl eine Grippe im Anzug und er müsse nach Hause. Gleichzeitig betrachtete er es als sein gutes Recht, nach der anstrengenden Geschäftsreise das Büro zu verlassen, wann immer er wollte.

Er traf niemanden vom Vorstand, was kein Wunder war, denn um diese Zeit saßen sie alle noch in ihren Büros. Während er seinen Wagen startete, die Ausfahrt aus der Tiefgarage zwischen den grauen Sichtbetonwänden hochfuhr und über ihm der tiefblaue Himmel auftauchte, verblassten die Probleme des Tages und er dachte an die bevorstehenden Relaxstunden. Die Chancen standen um diese Zeit gut, den Münchner Feierabendstau zu umschiffen. Er fuhr am Englischen Garten vorbei, an Menschen in legerer Sommerkleidung, die schon jetzt auf die Biergärten zusteuerten, doch auf halber Strecke Richtung Münchner Freiheit war bereits Stop-and-go. Moritz griff sich an den Kragen, lockerte seinen Krawattenknoten, knöpfte das Hemd auf. Obwohl sein Wagen in der Tiefgarage während seines Monte-Carlo-Trips angenehm kühl gestanden hatte, spürte er nach kurzer Zeit die Hitze, die der Asphalt ausstrahlte. Als er die Klimaanlage anstellen wollte, fiel ihm ein, dass sie seit letzter Woche den Geist aufgegeben hatte. Sein Fünfer-BMW, den er bei einer Online-Pokerrunde gewonnen hatte, erwies sich als Groschengrab, schluckte Super plus wie ein Loch und piesackte ihn seit geraumer Zeit mit immer häufiger anfallenden kleineren Reparaturen. Dass nun ausgerechnet im Hochsommer die Klimaanlage nicht funktionierte, war ein weiteres Ärgernis. Er ließ beide Fenster herunter – wenigstens die Fensterheber und das Radio funktionierten! Gerade als er einen anderen Sender einstellte, kamen überall nur Nachrichten, auf die er keine Lust hatte. Also schaltete er auf Spotify um und gleich erklang der Sommerhit von seiner Playlist aus den Lautsprechern: *Bella ciao, bella ciao, bella ciao, ciao, ciao …*

Im Schritttempo näherte sich Moritz' Wagen dem Schwabinger Tor und er kam endlich in die Parzivalstraße und zu dem bürgerlichen Mehrfamilienhaus aus den Zwanzigerjahren, in dem er seit zwei Jahren eine Wohnung gemietet hatte.

Drei hohe Zimmer, ein altmodisches Bad, ein WC mit einem unter der Decke angebrachten Spülkasten, ein Wintergarten, eine große Küche mit einer neuen, frei stehenden Geschirrspülmaschine, deren Ablauf in der Spüle endete. Nur mit sehr viel Glück bekam man so eine Wohnung, die Lage mitten in Schwabing war Gold wert, was sich auch in der überhöhten Miete niederschlug. Ganz München ächzte unter den ständig steigenden Immobilienpreisen, außer natürlich die Immobilieneigentümer – eine beneidenswerte Spezies Mensch –, der Moritz aus irgendeinem ihm unverständlichen Grund selbst im Alter von zweiundvierzig Jahren noch immer nicht angehörte. Und die Adresse hob sein Image, wie das dicke Auto, die Hemden mit eingestickten Initialen auf den Manschetten und die Gucci-Loafer. All diese Dinge waren ausgesprochen wichtig für ihn, weil er zeit seines Lebens damit haderte, kein Internat besucht zu haben. Wo andere Kinder froh und dankbar waren, zu Hause und in einer intakten Familie voller Nestwärme groß geworden zu sein, beneidete er diejenigen, die aufgrund von Scheidungen, Schulschwierigkeiten oder schlichtem Desinteresse gepaart mit Reichtum ihrer Eltern im Kolleg St. Blasien, Schloss Salem oder Le Rosey zur Schule gehen durften. Ihm war die Gelegenheit zum Knüpfen der mühelosen Beziehungen und wertvollen Freundschaften verwehrt geblieben, die das Leben in seinen Augen von Anfang an so unbeschwert gestalteten. Selbst heute, nach über fünfundzwanzig Jahren, erfüllte ihn dieser Part seines Lebens mit einer inneren Unzufriedenheit.

Er parkte den BMW mit zwei Rädern auf dem Bordstein im Halteverbot, überquerte die Straße, zog die *Süddeutsche* aus seiner Zeitungsröhre. Als er den Briefkasten aufschloss, fielen ihm die Umschläge entgegen und landeten auf dem Fliesenboden. Nachdem er sie mit einem tiefen Seufzer aufgehoben hatte – das meiste waren doch nur Rechnungen und Mahnungen –, betrat er das Mietshaus. Im Treppenhaus roch es durchdringend nach Sauerkraut und obwohl es zu Moritz' Leibspeisen gehörte, hasste er den Essensgeruch in diesem Moment mehr als alles andere. Er rannte die Treppen in den dritten Stock hinauf, durchquerte den dunklen Flur, schloss auf, machte die Tür hinter sich zu und war zu Hause. Kurz lehnte er sich mit dem Rücken an die Tür, dann warf er den Schlüssel mit einem Klirren auf die Glasplatte und vermisste für den Bruchteil einer Sekunde den Vide-Poche aus orangefarbenem Leder, der einmal auf der Kommode gestanden und seiner Ex-Freundin gehört und das Geräusch des Schlüsselbunds so angenehm gedämpft hatte. Er zog sein Sakko aus. Sein Hemd war durchgeschwitzt und er würde wohl eine Dusche nehmen müssen. Doch zuvor setzte er sich kurz ins Wohnzimmer, um sich auszuruhen.

Eine moderne Samtcouch, davor ein grauer Viskoseteppich, Lampen mit weißen Schirmen. Keine Dekoartikel, kein Firlefanz. An der breiten Wand hing ein großformatiger Druck von Sam Francis auf Leinwand, an der schmalen Wand wiesen dunkle Staubränder auf das Fehlen der fünf gerahmten Schwarz-Weiß-Fotos hin, die eineinhalb Jahre neben dem Esstisch platziert waren, der ebenfalls entfernt worden war. Moritz hatte bis zum Scheitern seiner letzten Beziehung zu zweit hier gewohnt und fühlte sich ohne die weiblichen Requisiten in Küche, Bad, Schlafzimmer und Wohnzimmer weitaus wohler, freier – zumindest wollte er sich das gerne einreden. Seither lebte er nur noch im Schlafzimmer und Wohnzimmer, den Wintergarten und die Küche betrat er so gut wie nie.

Er warf die Tageszeitung auf den Couchtisch, ging zu dem verchromten Art-déco-Wagen, goss sich ein hohes Longdrinkglas zwei Fingerbreit mit Gin voll und füllte mit Tonicwater auf. Dann ließ er sich auf das Sofa fallen und schlug die Zeitung auf. Als Erstes wandte er sich den gestrigen Börsennotierungen zu und sah, dass Amazon-, Facebook-, Apple- und Alphabet-Aktien weiter rasant gestiegen waren, wodurch sich seine Laune schlagartig verschlechterte. Hätte er doch nur mehr freie Mittel zur Verfügung, dann könnte er sein Geld im Schlaf verdienen, wie all die Trader, die er kannte. Thomas Schwenk beispielsweise, der neulich auf einer Party damit geprahlt hatte, in der letzten Woche zweihunderttausend Euro gemacht zu haben. Zweihunderttausend!

Allein diese Zahl löste bei ihm eine Art Übelkeit aus, die er mit einem großen Schluck Gin Tonic wegspülen musste, leider war der Drink zu warm und aus dem Tonicwater war die Kohlensäule gewichen. Er verzog das Gesicht, weil er wusste, dass er die Eiswürfelform im Kühlschrank nicht aufgefüllt hatte. Moritz überflog die Besprechung einer neuen Netflix-Serie und sah dann in den Immobilienteil. Sein Blick blieb bei den Angeboten für Häuser und Villen in München hängen. *Sonniges, familiengerechtes Eckhaus mit hübschem Garten in Bogenhausen, 250 Quadratmeter Wohnfläche, 700 Quadratmeter Grundstück, VB 3,5 Mio. €.*

Er stieß einen kurzen Schrei aus, hämmerte auf seine Schläfen, angesichts der geradezu lächerlichen Grundstücksgröße. Er trank noch einen Schluck, lehnte sich auf der Couch zurück und dachte an seine Tante. Im Grunde hatte er sich, anders als Isabelle, nie sonderlich für Corinna Waldeck, ihr Leben, ihre Spleens, ihre Affinität zum afrikanischen Kontinent interessiert, doch im Gegensatz zu seiner Schwester war ihm nicht entgangen, dass die Immobilienwelt sich in München immer mehr hochschaukelte, dass der Markt heißlief und Villengrundstücke in Bogenhausen zu den begehrtesten gehörten. Obwohl Isabelle Architektin war, interessierte sie sich nicht für den Wert der Objekte, sei es aus Naivität, sei es aus einer inneren Abgehobenheit. Sie war zu kreativ, zu sehr in ihrer Welt der Gestaltung gefangen, schwebte in höheren Sphären. Die Nachfrage war auf dem Gipfel, womöglich hatte sie den Höhepunkt schon bald überschritten. Die Immobilien in guten Lagen erreichten schwindelerregende Preise und das Grundstück von Corinna Waldeck bemaß sicherlich einen halben Hektar. Im Geist formulierte er bereits den Anzeigentext: *Exklusive und atemberaubende Villa in privilegierter Lage am Herzogpark mit 450 qm Wohnfläche – jedes Stockwerk ein Erlebnis – Pool – und 5000 qm Parkgrundstück, VB ...*«

Er fuhr sich mit der Hand über das Kinn. Nein, in so einem Fall schrieb man gar keine Zahl in die Anzeige, das musste viel diskreter ablaufen. Preis auf Anfrage! Was mochte die Landhausvilla in Bogenhausen wert sein? Acht Millionen, zehn Millionen? Zwölf Millionen? Sie traf vermutlich nicht mehr den aktuellen Geschmack, aber man könnte sie abreißen und etwas Ultramodernes erbauen. Sie war zweifellos ein Spitzenobjekt auf dem Münchner Immobilienmarkt.

Er griff nach dem Glas und trank es leer. Tonicwater schützte vor Malaria, heilte es auch die Folgen seiner Spielsucht? Alles, was ihm fehlte, war Kapital – nichts mehr und nichts weniger.

So saß er an einem heißen Juninachmittag auf dem Sofa seiner Dreizimmerwohnung und legte sich einen Angriffsplan zurecht. An seinen hastigen, nervösen Bewegungen und an der Art, wie er auf der Zahlentastatur des Taschenrechners in seinem iPhone herumhackte, war abzulesen, wie ihn die neuen Erkenntnisse elektrisierten, fast so, als sähe er wieder die kleine Kugel von Zahl zu Zahl und Feld zu Feld rollen und springen.

Vielleicht sollte er in der Versicherung eine Woche Urlaub beantragen und sich um den Nachlass kümmern. Sicher würde seine Mutter nichts für sich selbst beanspruchen. Wenn er erbte – wovon er wie selbstverständlich ausging, denn seine Tante hatte ja keine eigenen Kinder –, würde er natürlich mit Isabelle teilen müssen, aber dennoch könnte ein ganz schöner Batzen für ihn herausspringen. Seine Gedanken wanderten in die Zukunft, in der sich plötzlich unvorstellbare Möglichkeiten auftaten. Seinen langweiligen Job könnte er kündigen und sich als Broker selbstständig machen, wenn er dies dann überhaupt noch nötig hatte. Womöglich könnte er sich auf die Verwaltung und Mehrung seines eigenen Vermögens beschränken.

Das große Geld, die Lösung für seine Misere lag direkt vor ihm, zum Greifen nah! Als er seinen Blick wieder über die Immobilienanzeigen gleiten ließ, spürte er beinah eine sexuelle Erregung. Er konnte mit einem Schlag all seine Sorgen los sein. Alle!

Die Villa von Corinna Waldeck. Gleich morgen würde er hinfahren und seine Mutter besuchen. Seit Monaten hatte er sie nicht mehr gesehen, aber sicher bräuchte sie nach dem Tod ihrer Schwester Rat und Hilfe.

Doris

Hannah trug an diesem Freitagmorgen ein weites, weißes Herrenhemd. Agnieszka hatte es wie gewohnt gewaschen und gebügelt, aber bevor sie es zurück in Corinnas Ankleidezimmer hängte, war sie zu Hannah gekommen und hatte gefragt, ob sie es vielleicht haben wollte.

Corinna hatte Männerkleidung gemocht. Manchmal war sie in dunklen Anzügen aufgetreten, die Sakkos eine Nummer zu groß, dazu weiße T-Shirts und Sneaker, oder sie wählte ein Herrenhemd mit steifem Haifischkragen zu Jeans. Ein lässiger Look, der in ihr Business passte.

Eigentlich hatte Hannah nur eingewilligt, es anzuziehen, um nicht wieder dem scheinbar nie enden wollenden Mitteilungsbedürfnis der engsten Vertrauten ihrer Mutter, wie Agniezska sich selbst bezeichnete, ausgeliefert zu sein.

Bei Hannah wirkte das Hemd, als wäre es ein Kleid. Sie band einen Gürtel darum und die hohen Schlitze an den Seiten ließen Vorder- und Rückenteil wie eine Schürze wirken. Dabei zeigten sie vor allem, wenn sie sich ans Schwimmbad auf einen der Liegestühle legte, ihre langen, sanft geschwungenen Schenkel. Die Sonne Afrikas hatte ihre Haut mit einem Goldton versehen. Doris fand, dass ihr Corinnas Hemd sehr gut stand, sie sah es auch nicht als pietätlos an, sondern freute sich, dass ihre Tochter es nun trug. Aber sie empfand ein gewisses Unbehagen, als sie aus der Terrassentür blickte und Hannah in Corinnas Hemd neben einem groß gewachsenen Mann mit dunklem Haar sah, der ihr den Rücken zuwandte und die Hände in den Taschen seiner beigen Chinohose hatte. Doris sagte sich, dass einem Fremden solche Anblicke überhaupt nicht zustanden und dass Hannah in ihrer Arglosigkeit eines besonderen Schutzes bedurfte. Gerade als sie entrüstet nach draußen stürmen wollte, schimpfte sie sich selbst eine Närrin, denn es war natürlich gar kein Fremder, sondern ihr Sohn.

Doris' Bedenken zum Trotz schien Moritz Hannahs lange Beine überhaupt nicht wahrzunehmen. Er blickte an Hannah vorbei, mehrfach zum Haus, dann wieder in den Garten, legte die Hand an die Stirn, um die Augen vor der Morgensonne abzuschirmen, und schließlich ging er die Längsseite des Pools mit großen Schritten ab, als würde er für etwas Maß nehmen. Doris riss sich zusammen, setzte ein Lächeln auf, nahm ihre Teetasse mit und trat durch die Tür.

»Hallo, Mami!« Er kam auf sie zu und küsste sie, ohne die Hände aus den Taschen zu nehmen, auf die Wange. »Mein Beileid.«

»Danke, Moritz! Corinna war ja auch deine Tante. Also tut es mir auch für dich leid.«

Moritz schaute kurz auf seine Schuhspitze und Doris folgte seinem Blick. Die weichen Wildlederschuhe sahen nagelneu aus.

»Ja, sehr traurig«, sagte er.

»Ich hatte nicht mit deinem Besuch gerechnet. Musst du nicht ins Büro?«

»Ich bin gestern aus Monaco gekommen und habe mir heute freigenommen. Ich dachte, du könntest vielleicht etwas Unterstützung gebrauchen.«

Einen Tag freigenommen, um sie zu besuchen? Das hatte sie noch nie erlebt.

»Das ist übrigens Hannah!«, sagte sie und deutete mit der offenen Handfläche zu der Liege, auf der Hannah jetzt nicht mehr lag, sondern mit den nackten Füßen auf dem Boden, in einer Art Wartestellung, saß. »Und das ist mein Sohn Moritz.« Doris ließ die Handfläche in seine Richtung wandern.

»Sehr erfreut, guten Tag«, sagte Hannah und stand auf, um ihm die Hand zu geben.

»Hallo!«, sagte Moritz und traf noch immer keine Anstalten, die Hände aus den Taschen zu nehmen.

Doris wandte sich wieder an Moritz und fragte: »Du warst also in Monaco. Wozu?«

»Das war geschäftlich. Der alljährliche Kongress der Rückversicherungsbranche. Du weißt schon, den ganzen Tag Seminare, abends Empfänge, ziemlich anstrengend.«

»Ja, das kann ich mir denken«, sagte Doris und lächelte weise. Man würde wohl kaum eine Konferenz an so einem Schauplatz stattfinden lassen, wenn sie nur aus Arbeit bestünde. Außerdem war sein Gesicht braun gebrannt.

»Gleich als ich zurückkam, habe ich gedacht, ich schau mal nach dir, wie du zurechtkommst und so.«

Er schenkte ihr sein breitestes Lächeln. »Ich muss sagen, du siehst fantastisch aus. Ich hatte schon befürchtet, du seist bleich und deprimiert und hättest dich komplett eingeigelt.«

Doris sah ihn leicht irritiert an. Da Moritz niemals fürsorglich in Erscheinung getreten war, bewirkte seine Bemerkung bei ihr echtes Erstaunen, auf das er es in seiner Gleichgültigkeit allerdings gar nicht angelegt hatte.

Ein kurzes Schweigen trat ein.

Dann erklärte sie: »Es war natürlich ein Schock, für uns alle, und für Hannah erst recht.« Sie sah Hannah an, die etwas verloren und verlegen neben ihnen stand, nachdem Moritz sie gar nicht in die Unterhaltung mit einbezog. Moritz warf dem jungen Mädchen jetzt einen kurzen Seitenblick zu, während Doris fortfuhr: »Aber ich habe genug zu tun und bin ja auch nicht alleine, wie du siehst.«

Plötzlich bekam sie Gewissensbisse. Es war im Grunde sehr freundlich von ihm, dass er sich extra freigenommen hatte, um nach ihr zu sehen. »Wie spät ist es eigentlich? Ach herrje, schon zehn Uhr, möchtest du einen Tee oder einen Kaffee? Gehen wir doch ins Haus, ich setze gleich noch mal Wasser auf.«

Er ging neben ihr her und als Hannah außer Hörweite war, deutete er mit dem Daumen hinter sich: »Ist das die Tochter von der Putzfrau oder was hat sie hier zu suchen?«

Doris blieb stehen. »Hannah? Hatte ich das nicht erwähnt? Sie ist Corinnas Tochter.«

Moritz' Gesicht erstarrte und jede Freundlichkeit wich aus seiner Stimme, als er fragte: »Seit wann hat Corinna eine Tochter?«

»Ja, wir wussten bis vorgestern auch nichts davon.«

Ab diesem Zeitpunkt lag ein Schleier von schlechter Laune über ihrem Sohn. In der Monologform, in der er die Unterhaltung ganz allgemein bestimmte, trug er seinen Ärger über den unerwarteten Familienzuwachs nicht ausdrücklich vor, aber er schwang in jedem Satz mit. Allgemeine Bemerkungen über den Flug neben einer Plus-Size-Person, die erbärmliche Bordverpflegung, einen nikotinsüchtigen Taxifahrer lenkten von dem eigentlichen Thema ab. Er blieb in der Nähe des Fensters stehen, während Doris an der Kaffeemaschine hantierte, und sah immer wieder nach draußen, wo Hannah sich mit einem Buch auf einer der Sonnenliegen zusammengerollt hatte. Hinter ihr zog der Mähroboter leise seine Bahnen und Moritz erkundigte sich bei Doris danach, in welchem Jahr Corinna diesen angeschafft habe und ob er auf der großen Fläche einwandfrei funktioniere.

»Wie viele Quadratmeter sind es noch mal?«, fragte er beiläufig.

»Das weiß ich gar nicht genau«, antwortete Doris, während sie die Milch mit der Düse aufschäumte. »Ich glaube um die fünftausend. Wenn man das Grundstück um das ehemalige Kutscherhaus mit hinzurechnet, vermutlich sogar noch mehr.« Dann nahm Moritz den Cashmerepullover in Babyrosa von seinen Schultern, legte ihn über eine Stuhllehne und kam wieder zum Punkt: »Seit wann ist sie hier?«, fragte er.

»Wie ich schon sagte, seit vorgestern.«

»Das hast du doch gar nicht gesagt!«

»Hab ich nicht?«

»Und woher weißt du, dass sie ihre Tochter ist? Hat sie irgendwelche Papiere vorgelegt oder gibt es sonst etwas, das …«

»Weil Hannah es gesagt hat …«, unterbrach ihn Doris und als sie seine empörte Reaktion kommen sah, fügte sie mit einer leichten Strenge in der Stimme hinzu: »… und die Dame vom Konsulat auch. Außerdem sieht man doch die Ähnlichkeit.«

»Die Ähnlichkeit?«, wiederholte er. »Und du hast dir nicht einmal einen Pass zeigen lassen? Wie heißt sie denn mit Nachnamen?«

»Na, Waldeck, wie denn sonst?«

Moritz musterte seine Mutter und sie wich seinem Blick nicht aus. Ihr Sohn kam ihr jetzt trotz seiner offensichtlichen Urlaubsbräune wie grau überpudert vor. Als stünden ihm all seine Fehlschläge, geknickten Hoffnungen und falsch geleiteten Geistesblitze ins Gesicht geschrieben.

»Hier, dein Cappuccino.« Sie stellte ihm eine dickwandige Tasse mit Kaffee und Milchschaum auf den Küchenblock, die jedem Barista Ehre gemacht hätte. Sogar ein Herz aus Kakaopulver hatte sie darauf gezaubert. Moritz betrachtete ihn sehr genau und fragte mit angewidertem Gesicht: »Ist das etwa Kuhmilch?«

»Ja, natürlich. Ganz frische Halbfettmilch, die einen besonders guten Schaum ergibt.«

»Aber du weißt doch, dass ich eine Laktoseintoleranz habe!«

»Du?« Ihr Sohn hatte ihr im Leben zwar nicht immer Freude gemacht, aber bisher hatte er sich noch nie über eine von ihr zubereitete Speise oder ein Getränk beschwert. Ganz im Gegenteil. Meistens hatte er sehr bald nach einem Nachschlag verlangt. »Seit wann das denn?«

Sie ahnte in diesem Moment, dass es kein schlichter Ärger war, der ihn zu der Nörgelei trieb, sondern eine ungleich tiefere Kraft, die sie sich noch fürchtete beim Namen zu nennen. Und doch war es wohl blanker Hass, der nun die Herrschaft über ihn gewann.

»Gut«, sagte sie, nahm die Tasse und goss den Inhalt schwungvoll in die Spüle. »Dann mache ich dir eben einen Espresso.«

Als sie schließlich zu dritt in den Korbstühlen auf der Terrasse saßen, fragte Moritz Hannah sehr leise: »Warst du schon mal hier?« Er beschrieb einen kleinen Kreis mit dem Zeigefinger, mit dem er sich wohl auf die Villa Waldeck oder auf München beziehen wollte. Dabei hielt er den Beobachterblick auf sie gerichtet. Jede Antwort, die Hannah auf seine Frage gab, würde wie eine Lüge wirken. Denn die Frage hörte sich an, als sollte das Mädchen einer ihm nicht bekannten Tat überführt werden. Doris übernahm rasch die Antwort. Sie hatte sich den beiden gegenübergesetzt und übte eine Art Wächteramt aus. »Natürlich nicht, sie hat ja hauptsächlich auf ihrer Farm in Tansania gelebt«, sagte sie. »Hannah kennt die Villa Waldeck bis in jedes Detail aus den Erzählungen ihrer Mutter. Vermutlich kennt sie sie sogar besser als du«, fügte sie hinzu und wollte damit nebenbei andeuten, dass die Geschichte der Villa Waldeck nicht mit der Person ihres Sohnes in Zusammenhang stand. Moritz sah sie erstaunt an, da sie ihre Rolle ein wenig übertrieb. Ihr Blick blieb fest. Es war kein Geheimnis, dass er sich bisher nie in diesem Familienkreis verankert gefühlt hatte. Seine Beziehung zu Corinna war, wie man wusste, von Unsicherheiten geprägt. Seine Tante hatte ihm anfangs sogar einige Male aus finanziellen Verlegenheiten geholfen. Aber als sie nicht aufhörten, hatte sie irgendwann kein Verständnis mehr für die Eskapaden ihres Neffen aufgebracht. Moritz konnte in Doris' Augen kaum so tun, als hätte er sein Verhältnis zu Corinna vollkommen anders erlebt.

»Und wie lange hast du vor zu bleiben?«, fragte er Hannah und drehte den Kopf so, dass Doris' Gesicht im toten Winkel seines Blickfelds lag. Es wirkte jetzt, als meide er sie mit voller Absicht.

»Das weiß ich noch nicht«, sagte Hannah.

»Gefällt es dir hier?«

»Ja sehr.«

»Du gehst doch sicher noch zur Schule?«

»Ja.«

»In Tansania?«

»Ja.«

»Versäumst du da nicht zu viel Unterricht? Ich meine, Bildung ist doch gerade für ein Mädchen in einem Entwicklungsland unschätzbar wichtig.«

»Ja, Bildung ist wichtig und den Stoff, den ich versäume, werde ich natürlich nacharbeiten.«

»Das heißt also, du willst bald zurück?«

»Das weiß ich noch nicht.«

»Es muss doch alles sehr ungewohnt für dich sein, hier in München, vermutlich eine Art Kulturschock. Und dann musst du ja den Tod deiner Mutter auch erst einmal verkraften.«

Da Moritz niemals seelenkundlich in Erscheinung trat, war Doris von seiner Bemerkung überrascht und stimmte ihm zu: »Hannah hat ihre Mutter ganz plötzlich verloren, das ist für die Angehörigen meist noch härter, als wenn sie durch eine schwere Krankheit darauf vorbereitet waren. So viel Leid ist für eine Vierzehnjährige kaum zu ertragen.«

»Es war also ganz plötzlich?«

»Ja, das Auto hat sich mehrfach überschlagen«, sagte Hannah leise, sah auf ihre die Hände in ihrem Schoß und begann sie zu kneten.

»Es war ein Autounfall?«, fragte Moritz. »Tante Corinna ist bei einem Autounfall ums Leben gekommen? Wo denn, auf der Straße, soweit man sie dort so nennen kann, oder im Busch?«

Für Hannah schien die nüchterne Konfrontation mit ihrem Verlust kaum noch erträglich und Doris spürte es deutlich. Sie stand auf, ging um den Stuhl herum und legte ihr die Hände sanft auf die Schultern. »Ich glaube, es ist fürs Erste genug, Moritz, und Hannah kann natürlich so lange hierbleiben, wie sie möchte, um sich auszuruhen und alles zu verarbeiten.« Das sagte sie mit einer Selbstverständlichkeit, die von Moritz' inneren Revolten nichts ahnte.

»Wer weiß«, erwiderte er mit gepresster Stimme, die Doris nun langsam seinen inneren Kampf um die Selbstbeherrschung verriet, »ob du das überhaupt noch zu entscheiden hast.«

Es war ihr plötzlich klar, was ihn hierhergeführt hatte. Sollte Hannah wirklich Corinnas Tochter sein, woran Doris nicht den leisesten Zweifel hatte, stünde es um Moritz' Chancen, einen nennenswerten Teil des Erbes seiner Tante abzubekommen, womöglich ausgesprochen schlecht.

»Ja, wer soll es denn sonst entscheiden?«, fragte sie ihn in weiterhin unveränderter Stimmlage, obwohl sie innerlich bebte. In ihr wuchs die Lust, ihrem Herzen in einem zügellosen Auftritt Luft zu verschaffen und die Anspannung zu lösen, die sich wie eine feste Klammer um ihre Brust legte. Moritz hatte schon immer gewusst, wie er sie auf die Palme bringen konnte. Es bereitete ihm wenig Mühe und meistens versetzte ihn seine Leistung sogar in den Zustand breitester Zufriedenheit.

»Anwesende nicht ausgeschlossen.« Dabei rollte er bedeutungsvoll die Augen, bis sie in Richtung von Hannah blickten. »Nicht ausgeschlossen«, wiederholte er in erhabenem Tonfall und fand seine Pointe.

Doris war fast erleichtert, als das portable Haustelefon auf dem Tablett klingelte und sie die unangenehme Unterhaltung mit Moritz unterbrechen konnte.

»Villa Waldeck?«

»Hallo, Mami, wie du dich meldest, klingt immer noch so, als wärst du die Haushälterin.«

»Vielleicht bin ich das ja auch bald nur noch.« Doris warf ihrem Sohn einen vielsagenden Blick zu. Dann schirmte sie die Sprechmuschel mit der Hand ab und flüsterte: »Es ist Isabelle.«

Moritz nickte nur.

»Moritz ist hier«, sagte sie in den Hörer.

»Ah! Hast du trotzdem kurz Zeit?«, fragte Isabelle.

»Ja natürlich, er wollte sowieso gerade gehen.« Sie sah ihn auffordernd an, aber ihr Sohn blieb sitzen, als hätte sie ihn nicht verstanden.

»Vielleicht ist es besser, er bleibt kurz, denn dann können wir gleich alles abstimmen. Ich muss leider ein paar organisatorische Dinge mit dir besprechen, die nicht sehr angenehm sind. Das Konsulat hat angerufen und mitgeteilt, dass Corinnas Leiche morgen nach München überführt wird. Ich habe inzwischen schon mit einem Beerdigungsunternehmen gesprochen, das den Sarg am Flughafen abholen und in die Kühlkammer des Friedhofs bringen wird, und ich wollte gerne die möglichen Termine mit dir abstimmen, denn wir haben ja nur noch zehn Tage Zeit. Bis dahin muss sie beerdigt werden, wenn es keine Einäscherung gibt.«

»Ich weiß«, seufzte Doris. »Wir müssen den Tatsachen ins Auge sehen. Danke, dass du dich um alles kümmerst.«

Sie wechselte den Hörer in die andere Hand und strich sich eine Haarsträhne aus dem Gesicht. »Warte bitte einen Moment, dann hole ich meinen Kalender.«

Isabelle

Obwohl wir auf der Trauerkarte statt Blumen um Spenden für Corinna Waldecks wohltätiges Lebenswerk, das Mawingu Health Center (MHC), gebeten hatten, war das Grab von einem Meer aus Kränzen und Gestecken umgeben. Auf der Rasenfläche rund um die Familiengrabstätte stießen sie aneinander, kompakte pinkfarbene Bomben, bunte, im Gewächshaus gezogene Wiesenblumen, leuchtend gelbe, dicht gesetzte Gerbera, in Kränzen so groß wie Lastwagenräder, weiße Rosen und Lilien, deren wächserne Blütenblätter schon jetzt voller hellem Blütenstaub waren. Die Glocke der spätbarocken Kirche St. Georg läutete mit ihrem hellen Klang, den ich als Kind regelmäßig gehört hatte, ohne ihn mit traurigen Anlässen in Verbindung zu bringen. Doch im Laufe der letzten Jahre hatte die Glocke mich und meine Familie auch persönlich herbeigerufen. Hier waren meine Großeltern beerdigt worden.

Der Friedhof Bogenhausen lag hinter einer efeuumrankten Steinmauer auf einem Hügel am Hochufer der Isar. Er war mit zweihundert Gräbern Münchens kleinster Friedhof. Urkundlich bereits im neunten Jahrhundert erwähnt, hatte der idyllische Platz später lange als Ruhestätte für alteingesessene Familien im Stadtteil Bogenhausen gedient. Mitte des zwanzigsten Jahrhunderts war er neu gestaltet worden und hatte sich zu einer der beliebtesten Begräbnisstätten von Münchens Persönlichkeiten entwickelt. Einige Grabmäler waren von bekannten Künstlern entworfen worden. Für die Münchner war es ein Ort der Ruhe und Besinnung, der nicht nur von Trauernden besucht wurde, sondern auch von Touristen.

Jetzt drängten sich auf jedem Quadratzentimeter des Friedhofs schwarz gekleidete Menschen, die meiner Tante ihre letzte Aufwartung machten. Sie standen auf den Kieswegen zwischen den Gräbern, den schmalen Rasenstreifen und die Schlange reichte bis hinaus vor das Tor, wo etliche warteten, die keinen Platz mehr gefunden hatten.

Meine Mutter war von dem Blumenmeer, der Anteilnahme und ihrer eigenen Trauer, die bei diesem schweren Gang wieder hochkam, überwältigt und kämpfte mühsam darum, ihre Fassung zu wahren. Sie stellte sich zusammen mit Hannah an das Grab und beide ließen zum Abschied Hände voller rosa Rosenblüten auf Corinnas Sarg rieseln. Ich wartete hinter ihnen, Arm in Arm mit Christoph, drei weiße Rosen in meiner Hand, die ich meiner Tante als letzten Gruß mit auf den Weg ins Himmelreich geben wollte, an das ich tatsächlich glaubte. In mir lag ein tiefes Zutrauen, dass sich meine Lieblingsmenschen (und -tiere) im Jenseits wieder friedlich und gesund versammelten.

Inmitten der Trauernden wurden auch Journalisten und Fotografen der Klatschpresse aktiv. Sie drängten sich vor, um Aufnahmen zu machen und Geschichten zu sammeln, die sie in ihren Zeitungen und Magazinen veröffentlichen konnten. Kameras blitzten und Mikrofone wurden gezückt, während die Reporter alles daransetzten, Informationen und Bilder zu ergattern, die das Interesse der Öffentlichkeit wecken konnten. Die Aufdringlichkeit der Medien zeigte, dass selbst in Momenten des Abschieds die Welt des Ruhmes und der Sensation nicht vor den Empfindungen der Angehörigen haltmachte. In diesem Moment war ich hin- und hergerissen zwischen meinen persönlichen Gefühlen der Trauer und dem Bewusstsein, dass meine Tante eine bekannte Münchner Unternehmerpersönlichkeit war.

Als ich meinen Kopf zur Seite wandte, erkannte ich, wie mein Bruder die Vorgänge aus einem gewissen Abstand heraus verfolgte. Es war offensichtlich, dass das Kommen und Gehen der Trauernden, wie die gesamte Zeremonie, ihn nicht weiter bewegten.

Gegen neun Uhr morgens, als es bis zur Trauerfeier noch zwei Stunden hin waren, war mir eingefallen, dass es schön wäre, drei oder vier Buketts weißer Rosen in der Villa zu haben, wenn anschließend einige Freunde und Bekannte zu Suppe und Wein kämen. Wir rechneten mit höchstens dreißig Leuten, die wir explizit auf einem Beiblatt zur Trauerkarte eingeladen hatten. Nicht weit entfernt, genau genommen, um die Ecke von meinem Haus, lag ein Blumengeschäft und ich radelte vorbei, um die Blumen auszusuchen und noch vormittags liefern zu lassen.

Doch als wir vom Friedhof zurückkamen, merkte ich, wie gehörig wir uns verkalkuliert hatten. Zur Beerdigung erschienen so viele Leute, dass auch das liebevollste Arrangement zum anschließenden Trauertrunk im Speise- und Wohnzimmer der Waldeck-Villa unsichtbar geblieben wäre. Am laufenden Band trafen Gäste ein, die Straße war links und rechts mit parkenden Autos voll gestellt. Sonst war sie an einem Donnerstagmorgen fast leer. Paarweise, als sei ihr Ziel die Arche Noah und kein Trauerbrot, näherten sich die Besucher von allen Seiten. Dank ihrer schwarzen Kleidung sah man ihnen auf den ersten Blick an, welches Ziel sie hatten. Hinter der Hecke bewegten sich Haarschöpfe in großer Menge. Der ganze Vorplatz der Villa musste bereits voller Menschen sein, dabei hielt der Einzug der Trauergäste ungebrochen an. Fast fürchtete ich mich ein wenig davor, diesem Menschenstrom, der sich in Corinnas Villa bündelte, entgegenzutreten, und ich schimpfte mich innerlich für meine Naivität. Obwohl ich nur fünfzig Trauerkarten versendet hatte, davon dreißig mit Einladungen versehen, Datum und Ort der Beisetzung wohlweislich auch nicht in der Zeitungsanzeige abgedruckt waren, hätte ich vermutlich damit rechnen müssen, wie rasend schnell sich in München, vor allem aber in Bogenhausen, alles herumsprach und wie viele Schaulustige nur auf diese Gelegenheit gewartet hatten. Nun blieb mir nichts anderes übrig, als mich dem Ansturm zu stellen.

Von Weitem sah ich bereits Marina auf mich zulaufen, deren ebenholzfarbenes Haar in der Sonne schimmerte. Obschon ich sie seit Ewigkeiten nicht gesehen hatte, erkannte ich sie sofort. Sie trug ein schwarzes Etuikleid, das über und über mit dem winzigen V-Logo des Nobel-Modehauses Valentino bedruckt war, und eine große schwarze Sonnenbrille. Noch immer wirkte diese zierliche Person unsagbar elegant. Trotzdem wunderte ich mich in diesem Moment über den Frauengeschmack meiner draufgängerischen Tante. Was hatte sie jemals an diesem kapriziösen Geschöpf gefunden?

»Ach, Isabelle …«, stöhnte Marina und umarmte mich. »Sag doch bitte, dass es nicht wahr ist. Sie kann nicht einfach nicht mehr da sein!«

Ich war ein bisschen erstaunt, dass sie Corinna so sehr vermisste, wo sie doch bereits seit zwanzig Jahren getrennt waren. Marina setzte ihre Sonnenbrille ab und fragte mit feuchten Augen, während sie auch meinen verdutzten Mann umarmte und viermal auf die Wange küsste: »Was sollen wir denn nur ohne sie machen?«

»Uns bleibt der Schmerz über ihren Verlust nicht erspart«, antwortete ich. »Aber da nun bald alle hier sind, können wir uns wenigstens
gegenseitig trösten.«

Ich deutete auf die Tür. »Warst du schon im Haus?«

»Nein, noch nicht.«

»Vielleicht solltest du dir von Agnieszka einen Cognac geben lassen,
der beruhigt.«

Während wir auf den Eingang zustrebten, wurde ich von einem älteren Ehepaar aufgehalten, das sich als langjährige Nachbarn von Corinna vorstellte. Ich hatte sie noch nie gesehen, doch ich war schließlich
nicht regelmäßig hier. Im Laufe des Gesprächs stellte sich heraus, dass
sie vier Straßen weiter wohnten und die Villa noch nie von innen gesehen hatten.

Ich betrat das Foyer und versuchte, mir einen Weg durch das Gedränge in Richtung Küche zu bahnen, um zu schauen, was wir den unzähligen Gästen anbieten konnten.

»Da ist sie ja endlich!«, sagte jemand hinter mir. Es war eine entfernte Tante, eine Cousine meiner Mutter und Corinnas. Beate war groß
und breitschultrig, die Art Frau, die immer anpackte, wenn es etwas zu
tun gab. Von ihr bekam ich keinen Kuss, aber einen kräftigen Händedruck und erwartungsgemäß das Angebot zu helfen. Dabei sah sie mir
gerade in die Augen und ich wusste, wie ernst sie es damit meinte, was
mir zwischen all den Schaulustigen sehr guttat.

Agnieszka war ganz in ihrem Element. Als sie den Ansturm aus dem
Fenster hatte kommen sehen, hatte sie sofort begonnen, in rasender
Eile die waldeckschen Vorratskammern zu plündern. Wenig später
wurden von Witecs und Agnieszkas Bekannten, die sie eilig herbeordert hatten, Silberplatten mit Häppchen aus der Küche getragen. Marina nahm sich das einzige Lachscanapé zwischen den Wurstschnittchen,
bevor der Teller weitergereicht wurde, und tat dabei, als entferne sie
einen Fremdkörper.

»Und das ist Gerhard, mein neuer Lebensabschnittsgefährte«, sagte
Beate und stupste mich am Arm. »Wir haben uns bei ElitePartner kennengelernt.«

Gerhard streckte mir seine riesige Pranke entgegen, drückte meine
Hand, indem er mir beinahe sämtliche Finger zerquetschte. Dabei lä

chelte er mit gütigen Augen hinter einer dicken rot gerahmten Brille auf mich herab. Er war mindestens zwei Meter groß.

»Frau Weiss«, sagte eine Stimme hinter mir und ich drehte mich zu einem Mann mit hoher Stirn und silbergrauen Haaren um. Beides verriet mir, dass er um die sechzig sein musste.

»Mettmann, wir hatten telefoniert«, stellte er sich vor.

»Herr Dr. Mettmann, danke, dass Sie gekommen sind.«

»Darf ich Ihnen noch persönlich mein Beileid aussprechen.« Ich bedankte mich, wir schüttelten uns die Hände, doch in seinen Augen las ich eine Art Missbilligung und fragte mich, worauf sie sich bezog, auf mich oder auf die überfüllten Räume, doch ich hatte keine Zeit, darüber nachzudenken, weil Liane, Corinnas zweite langjährige Lebensgefährtin, auf mich zukam.

»Isa, Liebes«, begrüßte sie mich. »Erinnerst du dich noch an mich?« Den Satz hatte sie bereits am Telefon zu mir gesagt.

Tatsächlich hätte ich sie an ihren großen, sanften Augen wiedererkannt. Ansonsten fiel sie auf, weil sie nahezu als Einzige kein Schwarz trug, sondern ein Blümchenkleid in hellen Farben.

»Ja, natürlich erinnere ich mich an dich, Liane.«

»Es ist so furchtbar. Ich habe deine Tante sehr geliebt! Ich bin vollkommen erschüttert und ich fühle mich wie benommen.« Auch diese Sätze mit den drei Ichs hatte sie bereits am Telefon zu mir gesagt, soweit ich mich erinnerte. »Aber sag mal, Isa, wo kommt denn auf einmal diese ominöse Tochter von Corinna her? Ich hatte doch eigentlich noch regelmäßig Kontakt zu Corinna und sie hat mir nie etwas von einer Schwangerschaft und einem Kind erzählt.«

Wenn ich ehrlich bin, war es mir vor Liane fast peinlich, dass auch ich nichts von Hannahs Existenz gewusst hatte, dass meine Tante auch mir und sogar meiner Mutter diese »klitzekleine Kleinigkeit« in ihrem Leben verschwiegen hatte. Deshalb zuckte ich nur mit den Schultern und versuchte, den Umstand herunterzuspielen. »Liane, du weißt doch selbst, dass Corinna immer für eine Überraschung gut war.«

»Ja, schon, aber das ist ja eigentlich etwas, das man seinen Liebsten nicht verschweigt, es sei denn …« Liane legte den Kopf schief und schien die verschiedenen Möglichkeiten zu erwägen, weshalb jemand das eigene Kind vor allen Angehörigen verstecken könnte.

»Vielleicht war zu deiner Zeit noch gar kein Platz für diesen Wunsch in ihrem Leben«, versuchte ich, ihr entgegenzukommen.

Bildete ich es mir nur ein oder wurde Dr. Mettmanns Ausdruck neben mir noch eine Spur distanzierter? Jedenfalls verzog sich sein Mund zu einem dünnen Strich, wohl von den vielen ungesagten Worten, wie ich vermutete. Ich merkte, dass wir uns langsam alle in wirren Mutmaßungen verloren.

Moritz gesellte sich jetzt zu uns und griff meinen Arm. »Hast du diese Menschenmassen hierher eingeladen?«, raunte er mir zu.

»Nein, habe ich nicht, ich hatte keine Ahnung, dass so viele kommen würden, denn in der Anzeige standen weder Ort noch Datum der Beisetzung.«

An dem Zucken seiner Handmuskeln merkte ich, dass er sich nur mühsam beherrschte. »Sieh dir all diese Schaulustigen an. Was für erbärmliche Leute, sind sich für nichts zu schade! Kommen an einem Tag der Trauer hierher unter dem Vorwand eines Kondolenzbesuchs, nur um die Villa von innen zu sehen.«

Er griff sich einen Spieß mit Weißwurststücken von dem Tablett, das eine junge Frau mit Pferdeschwanz an ihm vorbeitrug, die Agnieszka schon mehrfach vertreten hatte, wenn diese nach Polen fuhr. »Die Frauen plump«, er nickte in Richtung der angeblichen Nachbarin, die drei Straßen weiter wohnte. »Die Männer von arroganter Banalität.«

Mit dem leeren Holzspieß zeigte er auf einen Mann, der ihm fast ein wenig ähnelte, wie ich fand. Jedenfalls trug er die gleiche Frisur mit zurückgelegten welligen Haaren. Erst jetzt erkannte ich Carlo wieder, den Makler, der mit mir hatte essen gehen wollen. Zum Glück hatte er mich noch nicht entdeckt und ich wandte mich rasch um.

»Und wer ist dieses Ohrfeigengesicht mit der roten Brille?«, fragte Moritz.

»Schscht, sei still, das ist der neue Lebensgefährte von Tante Beate.«

»Diese vollkommene Abwesenheit von Geist, diese Dreistigkeit und ihre Geschmacklosigkeit, die sich ja auch schon in diesen abscheulichen bunten Blumen auf dem Friedhof ausdrückte«, wetterte mein Bruder. »Warum läuft die Ex-Lebensgefährtin von Tante Corinna mit dieser riesigen Handtasche herum?«

Er zeigte auf Marina, die tatsächlich einen mit einem auffälligen goldenen V versehenen Shopper über der Schulter trug. »Wusstest du, dass sie inzwischen sämtliche Handtücher im Gäste-WC benutzt hat? Die sind jetzt alle pitschnass.«

»Bist du ihr etwa gefolgt?«, fragte ich.

»Nein, ich war nur zufällig nach ihr drin.«

»Sie redet dauernd über sich selbst und postet Selfies in den sozialen Medien. Das macht man doch nicht auf einer Beerdigungsfeier … siehst du? Schon wieder!«

Er deutete auf Marina, die ihr iPhone hochhielt und offensichtlich gerade sich selbst mit dem gesamten Raum und den Trauergästen im Hintergrund aufnahm. Dabei sprach sie in die Kamera. Ich schloss kurz die Augen. Es hatte mir nie etwas ausgemacht, dass meine Tante Corinna mit Frauen zusammenlebte, aber bei Marina musste ich wirklich an ihrer Menschenkenntnis zweifeln. Jetzt, wo wenigstens die Klatschpresse draußen geblieben war, hatten wir plötzlich eine Art Maulwurf in den eigenen Reihen – jemanden, der unsere privaten Momente und die Trauerfeier zu seinem eigenen Zweck ausnutzte.

Moritz zischte: »Sie dreht sogar ein Video! Was glaubt sie, wo sie ist!«

Gerade als ich ihm vorsichtig beipflichten wollte, griff Moritz meinen Arm und drehte mich in die andere Richtung.

»Und der Typ dahinten sieht aus wie ein Taschendieb.« Er zeigte auf einen kleinen, gedrungenen Mann, der mit den Händen in den Hosentaschen seines schlecht sitzenden schwarzen Anzugs zwischen den Gruppen der Trauergäste umherschlenderte.

Moritz hat recht, dachte ich, als der Besucher eine kleine Holzfigur von der Anrichte nahm, sie in seiner Hand hin und her drehte und genau begutachtete. Trotzdem ahnte ich im selben Augenblick, dass die nörgelnden Beschreibungen der Anwesenden nicht aus einer Laune meines Bruders heraus geschahen, sondern von einem tief sitzenden Ärger herrührten, der sich gar nicht gegen die Trauergäste richtete.

»Und neben wem steht Mama da? Der Typ mit dem Bart? Was ist das für eine Schießbudenfigur?«

»Der Oberbürgermeisterkandidat der Grünen«, antwortete Christoph, der sich gerade von der Seite näherte und meinen Arm fasste, mit nüchterner Sachlichkeit.

»Ah, ich dachte schon, es sei irgendein Sektenmitglied.«

Meine Mutter schien in eine sehr ernsthafte Unterhaltung mit dem jungen Mann verwickelt zu sein und ich bemerkte erleichtert, dass ihr Gesicht wieder mehr Farbe hatte als vorhin auf dem Friedhof. Dann fiel mir auf, dass ich Hannah seitdem nicht mehr gesehen hatte, doch als ich mich nach ihr umsah, entdeckte ich sie ganz hinten vor einem der Sprossenfenster, im Gespräch mit meiner Tante Beate und ihrem Lebensgefährten. Ich atmete auf. Bei den beiden war sie, wie ich glaubte, in guten Händen. Für das, was Hannah gerade emotional durchmachen musste, wirkte das junge Mädchen sehr gefasst, ein wenig blass um die Nase herum, wie Doris es ausdrücken würde, aber nicht in Tränen aufgelöst. Sie trug ein schlichtes schwarzes Kleid, mit kurzen Ärmeln und rundem Ausschnitt, das Doris für sie ausgesucht hatte. Die Beisetzung ihrer Mutter hatte ihr sehr zugesetzt und es hatte mir in der Seele wehgetan, das Mädchen so leiden zu sehen, ohne helfen zu können. Wenn sie den heutigen Tag überstanden hatte, dachte ich, wäre sie womöglich einen kleinen Schritt weiter, was die Bewältigung ihrer Trauer anging. Jedenfalls wünschte ich ihr das. Aber es würde für sie noch lange nicht Schluss sein.

»Moritz, bist du es?«, rief eine Frau in einem schwarzen Cape-artigen Kleid aus, die mit ausgebreiteten Armen auf uns zukam, und riss mich aus meinen Überlegungen. Es konnte nur Claudia sein, dachte ich, obwohl ich sie seit Ewigkeiten nicht gesehen hatte. Aber ihr Gesicht zeigte ganz deutlich die Spuren ihrer ausdauernden Sonnenbäder. Sie sah aus wie eine alte, magere Frau mit brauner Haut, die ihre Augen müde erscheinen ließ. Die Ebenmäßigkeit ihres Gesichts war durch einige misslungene kosmetische Eingriffe ins Ungleichgewicht gebracht worden. Ich rechnete im Kopf nach, wann ich sie zuletzt gesehen hatte, und kam auf fünfunddreißig Jahre. Dass sogar Corinnas allererste (mir bekannte) Verflossene nach so langer Zeit hier erschien, wunderte mich nun wirklich.

»Schön braun bist du!«, sagte sie zu Moritz. Zum ersten Mal sah ich meinen Bruder sprachlos, denn die Erwiderung: »Du auch«, traute so-gar er sich nicht zu sagen, obwohl er durchaus in der Lage war, charmant zu schmeicheln, wenn er es für nötig hielt. Aber »schön« wäre in Claudias Fall eine glatte Lüge gewesen.

Ich war fast dankbar, dass mich in diesem Augenblick Dr. Mettmann erneut ansprach und fragte, ob er mich kurz unter vier Augen sprechen könne. Daraufhin wies ich in Richtung des Arbeitszimmers meiner Tante.

»Eigentlich geht es mich nichts an«, er senkte die Stimme, während wir den Flur entlangliefen. »Aber Sie sollten vielleicht ein wenig vorsichtiger bedenken, wen Sie alles ins Haus lassen. Das soll kein Vorwurf sein, aber Sie haben eine gewisse Verantwortung, denn Ihre Mutter ist dem Ganzen hier …«, er machte eine kreisende Bewegung mit dem Zeigefinger, »… vermutlich im Moment nicht gewachsen.«

»Wahrscheinlich haben Sie recht, aber ich habe einfach nicht erwartet, dass sich diese Einladung an die Trauergäste so rasch herumspricht.«

»Mit Verlaub, so viel Naivität können Sie sich bei diesen Vermögenswerten nicht erlauben. Sie hätten angesichts des Ansturms schlicht das Tor verschließen und den Gärtner mit einer Gästeliste davorstellen können, damit er die Ungeladenen abweist.«

Wir wechselten wortlos Blicke und ich war mir nicht sicher, ob er sich als Anwalt oder Notar der Familie so aufspielen musste oder sich einfach dazu berufen fühlte, mich wie ein Kind zu tadeln. Tatsächlich fühlte ich mich in diesem Moment beschämt und schuldbewusst. Wahrscheinlich hätte ich wirklich so rigoros handeln müssen, wie er es verlangte. Aber auch mir wuchs die ganze Situation langsam über den Kopf.

Als wir vor dem Arbeitszimmer angelangt waren, machte ich beherzt einen Schritt nach vorne, öffnete die Tür, ging vorneweg und bat ihn mit einer Geste hinein, die deutlich machte, dass ich hier im Moment das Hausrecht hatte, zumindest eher als er. Wenn ich auch die zukünftigen Eigentumsverhältnisse nicht beurteilen konnte.

»Es bringt meistens nichts, wenn man zu nachgiebig ist«, fuhr er in unveränderter Stimmlage fort.

»Das kann man auch anders sehen«, versuchte ich mich zu verteidigen. »Meine Tante hatte eben einen großen Freundes- und Bekanntenkreis und sie hätte es genauso gewollt, wie es jetzt ist, nämlich dass viele kommen und ihr Lebewohl sagen.«

Mettmann runzelte die Stirn, sagte aber fürs Erste nichts mehr zu dem Thema. Er holte ein Mobiltelefon aus der Tasche seines Jacketts und schien etwas in seinen Mails zu suchen. Ich wurde fast ein wenig ungeduldig, denn das Haus war voll und er hielt mich hier im Arbeitszimmer fest. Eigentlich hätte ich ihn gerne gefragt, seit wann er über die Existenz von Corinnas Tochter Bescheid gewusst hatte. Aber nachdem die Unterhaltung mit ihm so angespannt verlaufen war, musste ich dazu allen Mut zusammennehmen. Ich gab mir einem Ruck: »Herr Dr. Mettmann, war Ihnen eigentlich schon länger bekannt, dass meine Tante eine Tochter hatte?«

Sein Gesicht verschloss sich augenblicklich. »Darüber kann ich nicht sprechen.«

»Aber warum?«, fragte ich. »Wir hätten sie doch mit Freude in unsere Familie aufgenommen? Es bestand doch gar kein Grund für diese Geheimniskrämerei.«

Er presste die Lippen zusammen und schüttelte den Kopf, wohl um mir anzudeuten, dass ihm die Hände gebunden waren. Ich seufzte und sagte: »Sie hat es Ihnen verboten, darüber zu reden?« Er deutete ein Nicken an. Dann wechselte er das Thema: »Nun ist in zwei Tagen die Testamentseröffnung anberaumt und ich hätte da noch einige Formalitäten mit Ihnen zu klären und außerdem wollte ich Sie fragen, ob sie Näheres über die zweite Person wissen.«

»Welche zweite Person?«

Statt zu antworten, suchte er etwas in seinem Handy.

»Bitte setzen Sie sich doch!« Ich zeigte auf den runden Tisch mit den vier Stühlen, der an der Längsseite des Zimmers stand.

»Nicht nötig, ich stehe lieber«, murmelte er, ohne den Blick von seinem Smartphone zu heben.

»Suchen Sie etwas im Internet? Soll ich Ihnen das WLAN-Passwort geben?«

Er schüttelte den Kopf und drehte im selben Moment das Display seines Mobiltelefons zu mir, denn er schien gefunden zu haben, was er suchte.

»Haben Sie das schon gesehen?«

Ich beugte mich darüber und mein Puls beschleunigte sich. Und zwar nicht nur, weil das Pressefoto, das er mir ausgerechnet am Tag der Beerdigung zeigte, so niederschmetternd war. Darauf sah man das Wrack des Geländewagens, mit dem meine Tante verunglückt war, und das Schrottknäuel hatte keinerlei Ähnlichkeit mehr mit dem offenen

Jeep, in dem ich so häufig selbst gesessen hatte. Was mich zusätzlich verstörte, war die Tatsache, dass in dem englischen Pressetext darunter von zwei Toten die Rede war.

Ich sah ihn an. »Woher haben Sie das?«

»Das hat mir ein Kollege geschickt.«

»Weiß man, wer die zweite Person ist?«

Er schüttelte den Kopf »Dazu kann ich nichts sagen, wir haben keine näheren Informationen bekommen. Ich dachte eher, dass Sie etwas wissen.«

»O Gott«, stöhnte ich und fragte mich, warum die Vorstellung, dass es Zahir gewesen sein könnte, mich in diesem Moment so besonders tief traf. Ich musste an den Moment denken, als ich sein Gesicht das erste Mal am Flughafen sah. Corinnas Wildhüter, Maschinenführer, Mechaniker, Fahrer und die gute Seele der Mawingu-Farm in einem. Aber für mich war Zahir so viel mehr gewesen. Wenn er in meiner Nähe gewesen war, verlor ich meine Angst vor hungrigen Löwinnen, die direkt neben unserem offenen Wagen vorbeiliefen, vor Hyänen und jedem wilden Tier, das im Ngorongoro-Gebiet lebte. Im Gegenteil, Zahir bewegte sich auf ihren Pfaden, ganz leicht, behände und natürlich. Er wusste, wie sie sich verhielten, hatte eine geradezu mythische Gabe besessen, sich in das Denken eines Wildtieres hineinzuversetzen, konnte fast immer vorhersagen, was es als Nächstes tun würde. Das Verständnis für ihr Tun führte zu Respekt und auch einem Gefühl der Sicherheit. Manchmal hatte ich den Eindruck gehabt, dass er diese Gabe auch im Umgang mit den Weißen hatte. Er konnte Erlebnisse auf uns übertragen und war imstande, unser Tun mit den entsprechenden Tieren zu vergleichen, uns nach ihnen zu benennen. Fisch, Ochse oder Schlange – mich hatte er immer mit einer Giraffe verglichen, weil meine Beine im Verhältnis zum Körper während der Pubertät zu lang waren.

»Soll ich Ihnen ein Glas Wasser holen?«, unterbrach Dr. Mettmann meine Gedanken. »Sie sind ja ganz blass!«

»Nein danke, nicht nötig. Es ist nur …«

»Wenn ich gewusst hätte, dass Sie dieses Pressefoto so sehr mitnimmt, hätte ich es Ihnen nicht gezeigt.«

Besonders zartbesaitet war er wirklich nicht. Ich lief im Raum hin und her und versuchte, das Bild von dem Unfall loszuwerden, den ich nie gesehen hatte, aber der mich in meinen Träumen verfolgte. Jetzt würde zu dem diffusen Bild noch das Wrack des Geländewagens kommen und ihm noch mehr Raum in meinen Nächten geben. Der offene Jeep musste mit hoher Geschwindigkeit unterwegs gewesen sein und sich mehrfach überschlagen haben. Wer hatte am Steuer gesessen und was hatte die Person veranlasst, derart zu rasen?

»Vielleicht war das alles in den letzten Tagen zu viel für Sie!«, sagte Dr. Mettmann und das Mitgefühl, das auf einmal in seiner Stimme mitschwang, überraschte mich. Aus ihm wurde man nicht schlau. »Schließlich haben Sie fast alles organisiert, so wie ich das mitbekommen habe.«

»Es geht schon, ich habe nur gerade das Gefühl, dass zu viele Erinnerungen wieder hochkommen.«

Er sah plötzlich etwas verlegen aus und sagte: »Entschuldigung, es war taktlos von mir, Sie damit zu konfrontieren.« Seine Stimme klang so, wie meine geklungen hätte, wenn ich etwas hätte wiedergutmachen wollen.

»Schon in Ordnung«, murmelte ich.

Als es an der Tür klopfte, war ich fast dankbar für die Unterbrechung, rief sofort laut: »Ja bitte?«, und meine Mutter steckte den Kopf in den Spalt zwischen Tür und Rahmen. »Hier seid ihr! Ich habe dich gesucht, Isa. Habt ihr noch Dringendes zu besprechen? Denn die meisten Gäste gehen jetzt und ich dachte, du wolltest dich noch von einigen verabschieden.«

Ich sah Dr. Mettmann fragend an. Er holte Luft, setzte an und ich hatte das Gefühl, er wollte mir noch etwas sagen, doch dann schüttelte er den Kopf. »Wir sehen uns morgen zur Testamentseröffnung.«

Es erwies sich als ausgesprochen hilfreich, dass Agnieszka und Witec über ein umfangreiches Netzwerk fast ausnahmslos polenstämmiger Handwerker verfügten. Nach dem Empfang zeugten unzählige kleine Schäden von dem Benehmen, mit dem sich zusammengepferchte Gäste glaubten revanchieren zu müssen. Es gab schwarze Striche an den Wänden, Glasränder auf den Tischplatten, Kratzer im Lack des Flügels, Brandlöcher in Vorhangschals sowie einen schräg verlaufenden Sprung in einem fest installierten Wandspiegel, der Agnieszka besonders aufbrachte. Schließlich bedeutete das nicht weniger als »sieben Jahre Unglück«. Der Rest sei kein Problem, das würden ihre Leute in »null Komma nichts« in Ordnung bringen. Ich hörte, wie sie mit ihrem veralteten Nokia-Handy, von dem sie darauf bestand, es niemals auszutauschen, auf Polnisch telefonierte und war überzeugt, dass sie recht behalten würde. Ein Gefühl der Dankbarkeit breitete sich in mir aus, denn es tat so gut, jemanden zu haben, der einfach sagte: »Mach dir keine Sorgen, ich kümmere mich darum.« Von Christoph hatte ich das in all den Jahren unserer Beziehung so gut wie nie gehört, meistens schwebte er in höheren Sphären und überließ mir die unangenehmen Dinge.

Meine Mutter war in solchen Angelegenheiten schon immer großzügig gewesen, man hätte es auch als lax bezeichnen können. Als wir Kinder waren, hatte sie sich niemals aufgeregt, ob eine Vase zerbrach oder ein Schokoladenfleck auf dem Sofa nicht mehr zu entfernen war. Sie meinte dann nur, Möbel seien schließlich keine Museumsstücke, sondern dazu da, sie zu gebrauchen.

Moritz sah die Schäden am Interieur von Corinnas Villa weniger gelassen, inspizierte alles genau und warf mit Eurobeträgen für anfallende Reparaturkosten um sich. Fast wirkte es, als fühlte er sich schon als Eigentümer.

Hannah hatte sich bereits in ihr Zimmer zurückgezogen, als ich ging. Dabei hätte ich sie gerne gefragt, ob sie wusste, wer noch mit im Jeep gesessen hatte, als der Unfall passierte. Doch vermutlich wäre das Thema an diesem Tag zu viel für sie geworden.

Um zehn Uhr am nächsten Morgen kamen Christoph, Alex und ich zur Villa, wo bereits alle in der Morgensonne auf der Terrasse saßen. Helles Licht fiel auf den abschüssigen Rasen und in den langen Schatten der alten Bäume tanzten Schwärme von kleinen Mücken. Die frische Luft war erfüllt von den Gerüchen des sommerlichen Vormittags und im Gehölz hinter dem Gewächshaus, in dem im Winter die Orangen-, Olivenbäume und Schmucklilien aufbewahrt wurden, gurrten die Waldtauben. Die Szenerie wirkte so idyllisch, doch ich ahnte, dass der Schein trog.

»Ist Dr. Mettmann schon da?«, erkundigte ich mich.

»Ja«, antwortete Moritz. »Er ist mit Doris in der Bibliothek verschwunden, aber wir sollen hier warten.«

Liane, Corinnas zweite langjährige Lebensgefährtin, lag mit offenen Augen auf der Sonnenliege, die Beine an den Körper gezogen. Der typische Ausdruck von Versonnenheit und eine leichte Melancholie lagen über ihrem Gesicht. Als ich mich neben sie setzte, legte sie mir ganz sachte die Hand auf den Arm, eigentlich berührten mich nur ihre kühlen Fingerspitzen. Sie sagte: »Wie gut, dass du da bist, Isa. Ich kenne dich noch, da warst du so …« Dann hielt sie die Hand in Höhe meiner Brust. Obwohl sie damit unrecht hatte, denn ich war schon viel älter gewesen, als sie zu meiner Tante gezogen war, stellte ich ihr Erinnerungsvermögen nicht infrage.

»Und du warst ja auch damals im Standesamt dabei«, sagte sie.

»Stimmt, du hattest dieses lange blassgrüne Kleid an und sahst wunderschön aus, in welchem Jahr war das, Liane?«

Ich erinnerte mich an den strahlenden Sommertag und die große Feier im Garten der Villa. Vor allem aber daran, dass Corinna als eine der Ersten, gleich nachdem das Gesetz über die eingetragene Lebenspartnerschaft in Kraft trat, Liane »heiratete«, wie sie es nannte, und damit die Schlagzeilen der Lokalpresse füllte, vermutlich sogar der überregionalen deutschen Presse. Aber in welchem Jahr es war, hätte ich nachrechnen müssen.

»Zweitausendeins«, unterbrach Liane meine Überlegungen und nickte versonnen. »Verdammt lang her! Und es hat ja danach auch nur zwei Jahre gehalten. Vielleicht wäre es besser gewesen, wir hätten nicht geheiratet …« Dann wechselte sie das Thema: »Du arbeitest wieder als Architektin, habe ich gehört? Und Alex ist schon erwachsen.«

»Ja, stimmt beides.«

Sie senkte die Lider mit den langen schwarzen Wimpern und sagte leise: »Corinna hätte auch gerne ein Kind gehabt, sie hat sich sogar an die Adoptionsbehörde gewandt. Aber obwohl das Kind in großem Wohlstand aufgewachsen wäre, umsorgt von zwei Müttern, haben sie es abgelehnt.«

Ich dämpfte meine Stimme: »Das wusste ich gar nicht.«

»Doch, doch.«

Als ich merkte, dass die anderen schwiegen, schlug ich vor, ein paar

Schritte in den Garten zu gehen. Wir bogen in den schmalen Weg ein, der parallel zu der Rasenfläche Richtung Rosengarten verlief. Liane bückte sich, hob einige Pinienzapfen auf und roch daran.

»Und warum wurde es abgelehnt?«, fragte ich.

Liane stupste mich in den Rücken. »Na, warum wohl? Kannst du dir das nicht denken?«

Ich nickte. »Doch, im Grunde schon.«

Trotzdem begann Liane mit einer Schimpftirade: »Diese Deutschen! Man hätte meinen können, man befände sich im letzten Jahrhundert! Eine lesbische Frau, die in einer eingetragenen Lebensgemeinschaft mit einer anderen Frau lebt, das war für diese Spießer einfach nicht zu ertragen.«

Sie gab den letzten Worten einen sarkastischen Klang. »Aber irgendwie hat sie es dann ja wohl doch noch geschafft, ein Kind zu adoptieren.« Mit dem Kopf machte sie eine Bewegung in Richtung der Terrasse, wo die anderen saßen.

Ich sagte: »Hannah ist nicht adoptiert.«

»Heißt das …?«

Ich nickte. »Nach meinen Informationen ist sie Corinnas leibliche Tochter und ich finde, man sieht doch auch die Ähnlichkeit.«

»Aber war Corinna nicht viel zu alt? Wann ist Hannah geboren?«

»Sie ist vierzehn.«

Es war Lianes Gesicht anzusehen, wie sie nachrechnete. »Na ja, ich habe von solchen späten Schwangerschaften gehört. Eine Samenspende?«

»Das weiß ich leider nicht.«

»Hat sie euch etwa auch nicht informiert?«

Wir gingen durch eine Pforte und gelangten in den Rosengarten mit seinen stufenförmig angelegten Beeten. Die Luft war von dem süßen Duft der Blüten und dem Summen der Bienen und Hummeln erfüllt, die den Nektar sammelten. Ich wusste, dass meine Mutter hier viel Zeit verbrachte und mit verschiedenen Rosensorten dafür sorgte, dass sie, und bis vor Kurzem vor allem Corinna, von Mai bis September üppige Farben und Düfte genießen konnten.

»Wie traumhaft es hier ist!«, schwärmte Liane. »Ich kann mich gar nicht daran erinnern, dass der Rosengarten damals so schön war.«

»Das war er auch nicht. Erst seit Doris hier wohnt und sich um den Garten kümmert, ist hier dieses kleine Paradies entstanden.«

»Doris wohnt hier?«

»Ja, seit mein Vater sie verlassen hat.«

»Ach so, das wusste ich nicht.« Mit den Fingerspitzen berührte Liane eine gelbe Strauchrose und beugte sich darüber, um an ihr zu riechen.

»Hmmm, herrlich. Weißt du, wie diese Sorte heißt?«

»Das weiß ich sogar, weil es Corinnas Lieblingsrose war, die legendäre *Lichtkönigin Lucia.*«

Liane ließ sie los und wir beide schauten andächtig zu, wie die leuchtend gelben Strauchrosen ihre goldenen Köpfe im Morgenwind hin und her wiegten.

»Viele alte Rosensorten blühten nur einmal im Jahr, dafür aber sehr reich, mit anmutig gefüllten Duftblüten. Jetzt leuchten die modernen öfter blühenden Sorten, wie diese Strauchrosen oder dort diese pinken Kletterrosen.«

Ich zeigte auf einen Rosenbusch mit leuchtenden rosa Tupfen.

Liane hatte inzwischen ihren weißen Stufenrock gelüpft und sammelte Pinienzapfen, Blütenblätter und abgeknickte Blumen.

»Also wusstet ihr nun von Hannah oder wusstet ihr nichts?«, griff Liane zu meinem Leidwesen das Thema von vorhin wieder auf. Ich war froh, dass sie mein Gesicht nicht sah, denn der Umstand der Geheimhaltung war mir aus irgendwelchen Gründen unangenehm. Letztlich gab er Zeugnis davon, dass Corinna meine Mutter und mich für nicht vertrauenswürdig gehalten hatte.

»Nein, wir haben von Hannahs Existenz am gleichen Tag erfahren wie von Corinnas Tod.«

Liane ließ ihre Rockzipfel los und alle ihre gesammelten Schätze fielen in den Rasen. Ganz unvermittelt umarmte sie mich und ich spürte die Wärme ihres zierlichen Körpers ganz dicht an meinem. »Das tut mir leid«, sagte sie leise. »Ich kann mir vorstellen, wie niederschmetternd das für euch gewesen sein muss.«

Ich merkte, wie gut mir der Zuspruch und diese Umarmung taten und dass ich diese Form der körperlichen und emotionalen Nähe mit Christoph nicht mehr häufig hatte. Liane und ich standen uns nicht besonders nahe, ich hatte sie jahrzehntelang nicht gesehen, und dennoch gab sie mir in diesem Moment genau das, was mir fehlte.

Als sie mich wieder losließ, bückte ich mich und half ihr, ihre Sammlung wieder zusammenzuklauben.

»Weißt du, was Corinna über Rosen gesagt hat?«, fragte sie plötzlich.

Sie wollte die Antwort geben, aber ich sprach gleichzeitig mit ihr mit: »Die Rose ist eine der wenigen Blumen, die besser gepflückt aussehen als in der Erde.«

Liane sah mich erstaunt an. »Dann kennst du den Spruch?«

»Natürlich«, sagte ich. »Deshalb hat sie ja diese vielen Vasen in ihrem Mudroom gesammelt. Und darin waren sich meine Mutter und sie ausnahmsweise uneins, aber natürlich hat sich Doris angepasst, wie immer in ihrem Leben. Wenn Corinna hier war, hat meine Mutter frische Rosen im Haus verteilt, obwohl es ihr fast wehtat, sie auf dem Höhepunkt ihrer Blüte abzuschneiden.«

»Rosen in einer Vase im Haus besitzen einen Reichtum an Duft und Farbe, den sie im Freien niemals aufweisen, hat Corinna behauptet.«

»Ich weiß«, antwortete ich.

»Ich finde, hier im Garten duften sie auch wunderbar«, meinte Liane.

»Ich würde es nur gerne verstehen«, sagte ich leise. »Ich meine, verstehen, warum sie uns Hannah verschwiegen hat.«

»Das glaube ich. Aber Corinna hat sich niemals ganz geöffnet. Auch mir gegenüber nicht. Ihre überbordende Kreativität, die Energie, diese ständigen neuen Ideen und Gedanken waren ihr oft genug. Sie wollte gar nicht alles mitteilen. Wenn ich sie fragte, was sie vorhatte, was sie dachte, sagte sie oft, das sei noch zu unausgegoren, um darüber zu sprechen. Aber wenn sie dann einen Plan hatte, ging sie manchmal über Leichen.«

Ich fand den Ausdruck etwas übertrieben und sah Liane von der Seite an. Aber sie schien die Wortwahl nicht zu bereuen und ließ sie so stehen. Nur eines sagte sie noch und auch dieser Ausspruch würde mir noch lange in Erinnerung bleiben: Sie sei froh, dass man nicht zweimal davon befallen werden könne. »Wovon?«, fragte ich nach.

»Von dem Fieber der ersten Liebe.«

Wir schlenderten wieder langsam zurück Richtung Terrasse und nach und nach drangen die Wortfetzen der Unterhaltung zu uns herüber.

»Weiß jemand, wie lange das noch dauert? Ich finde, es reicht langsam mit der Warterei!«, hörte ich Marina.

»Sehr nervig«, stimmte ihr Claudia zu. »Es waren schon immer diese grundlosen Verspätungen und Allüren, mit denen Corinna einen piesacken konnte. Sicher hat sie das alles extra genauso arrangiert, schaut jetzt von oben zu und amüsiert sich königlich.« Sie richtete ihren Zeigefinger auf den blauen Himmel.

»Nicht von oben, von unten!«, konnten wir Marina widersprechen hören. Wir waren noch etwa fünf Meter von der Terrasse entfernt.

»Und dein Mann?«, fragte mich Liane plötzlich mit gedämpfter Stimme, als sie in Richtung von Christoph schaute, der sich zu den anderen an den Tisch gesetzt hatte. Bevor ich antworten konnte, fügte sie hinzu: »Bist du glücklich mit ihm?«

Unwillkürlich schlossen sich meine Finger um den Riemen meiner Tasche. So eine direkte Frage wurde mir nicht oft gestellt. »Mal so, mal so«, antwortete ich vage und fügte hinzu: »Wie es vermutlich in fast allen Beziehungen ist.«

Sie sah mich mit ihren dunklen Augen an, als versuchte sie in mein Innerstes zu schauen, und ich wich ihrem Blick aus.

»Wie lange bleibst du noch in München?«, erkundigte ich mich, um weiteren allzu persönlichen Fragen aus dem Weg zu gehen.

»Bis morgen. Ich kann meine Tiere nicht so lange alleine lassen.«

»Ich bin froh, dass du gekommen bist«, sagte ich und merkte, dass die Worte nicht die Wärme ausdrückten, die ich hatte vermitteln wollen. Aber als ich noch etwas Verbindliches hinzufügen wollte, wurden wir von Moritz' Klage unterbrochen.

»Wir warten schon über eine halbe Stunde und es gibt Leute hier, die auch ab und zu etwas arbeiten müssen, um ihren Lebensunterhalt zu verdienen«, erklärte Moritz und wippte ungeduldig mit dem Fuß, der heute in einem spitz zulaufenden schwarzen Budapester steckte.

»Ich verstehe einfach nicht, warum man uns um zehn bestellt, wenn wir dann ewig hier rumsitzen und warten müssen«, beschwerte sich Marina. »Ich wäre gerne noch eine Runde geschwommen, das Blue Spa des Bayerischen Hofs soll exquisit sein.«

»Du logierst im Bayerischen Hof?«, fragte Moritz und musterte sie jetzt zum ersten Mal genauer. Marina trug fast nur teure Markensachen mit auffälligen Logos. »Hast du eigentlich je wieder geheiratet?«, setzte er hinzu, da er ihr offenbar nicht zutraute, sich diesen Lebensstandard aus eigener Kraft leisten zu können. Aber Marina senkte den Kopf und suchte etwas aus ihrer Chanel-Handtasche. Moritz ließ indessen nicht locker. »Warst du schon immer so labelaffin?«

Marina holte eine reich verzierte goldfarbene Puderdose heraus und zog sich die Lippen nach. Ohne ihn eines Blickes zu würdigen, murmelte sie: »Hast du schon einmal was von dem Instagram Account *Marina_Trendmiss* gehört?«

»Nein.«

»Dann schau eben mal nach: Sechshundertfünfundzwanzigtausenddreihundertvierundachtzig Follower. So jemanden nennt man Influencer, falls dir der Begriff etwas sagt.«

Moritz tat unbeeindruckt und schoss sich jetzt auf sie ein. »Ich weiß gar nicht, was du noch für Ansprüche auf das Erbe haben solltest.«

»Moritz, lass es einfach, das muss doch nicht sein!«, sagte Christoph. »Warte ab, wir werden ja gleich mehr erfahren.«

Jetzt geriet Christoph in Moritz' Schusslinie: »Und was du heute hier willst, ist mir ebenfalls schleierhaft.«

»Bitte, Moritz«, sagte ich leise. »Christoph ist einfach nur mitgekommen. Was stört dich daran?«

Ausnahmsweise zuckte mein Bruder nur mit den Schultern und ließ es gut sein. Ich überlegte einen Moment lang, wann er dermaßen unerträglich geworden war.

»Das ist wieder typisch Corinna. Uns alle herzubestellen und dann auf die Folter zu spannen. Geheimniskrämerei und pure Selbstdarstellung … sogar, wenn es zu Ende ist«, lautete Claudias beißender Kommentar. Sie war heute stärker geschminkt als gestern und die schwarze Wimperntusche hatte sich zu kleinen Fliegenbeinen verklumpt.

»Also Corinna ist dafür nun wirklich nicht verantwortlich, Marina«, sagte ich, weil mir die Nörgelei langsam zu viel wurde. »Und ich dachte, du hättest sie so sehr geliebt?«

Sie schüttelte nur voller Unverständnis den Kopf. »Das eine hat mit dem anderen gar nichts zu tun.«

Als ich seufzend auf einen der Korbstühle sank, wünschte ich mir nichts mehr, als dass dieses ganze Prozedere und diese Zusammenkunft so bald wie möglich ein Ende nehmen möge. Dass ich endlich wieder in mein normales, geregeltes Leben zurückkehren könnte.

»Sag mal, Hannah, wie alt bist du eigentlich?«, fragte Claudia plötzlich.

»Vierzehn.«

»Und du hast immer nur in Tansania gelebt?« Ich betrachtete Hannah, die neben Frida kniete und die Hündin streichelte. Ihr Gesicht war ernst und ich fragte mich, wie sie wohl diese merkwürdige Zusammensetzung aus Verwandtschaft und den Verflossenen ihrer Mutter beurteilte.

»Ja.«

»Und wo bist du zur Schule gegangen? Du sprichst ja sehr gut Deutsch!«

»Ich war auf der Internationalen Schule in Arusha.«

»Also ich verstehe einfach gar nicht, warum uns Corinna niemals etwas über dich erzählt hat. Du bist doch sehr wohlgeraten, wie es scheint. Dich muss man doch nicht verstecken!«

»Claudia, bitte!«, sagte ich. »Lass sie einfach in Ruhe!«

Claudia sah sich um und suchte offenbar nach Zustimmung. Aber fast alle sahen nur betreten zur Seite, wohl weil sie an einem unausgesprochenen Thema rührte, das alle mehr oder weniger beschäftigte. Es entstand eine peinliche Pause und Marina stieß einen Seufzer der Erleichterung aus, als Doris auf der Terrasse erschien und sagte: »Es ist so weit. Wir sollen in die Bibliothek kommen.«

»Endlich!«

Wie im Gänsemarsch gingen wir hintereinander her und die hochflorigen Teppiche dämpften unsere Schritte. Marina trug Sandalen mit sehr hohen Absätzen und knickte einmal fast um, doch Moritz fasste nach ihrem Arm, um sie abzufangen. Bei meinem Bruder war man immer wieder überrascht, wie galant er sein konnte – wenn er wollte.

Dr. Mettmann saß hinter dem Schreibtisch und auf dem Sessel meiner Tante, was mir einen kleinen Stich versetzte. Mir tat es weh, jemand anderen als Corinna dort sitzen zu sehen. Doch vielleicht reagierte ich auch langsam zu überempfindlich. Jemand hatte zehn Stühle in einem

Halbkreis aufgestellt, die offenbar aus dem Esszimmer geholt worden waren. Als wir uns setzten, blieb ein Stuhl frei und ich fragte mich, für wen er wohl reserviert worden war.

»Meine Damen und Herren«, hob Dr. Mettmann an, nachdem alle saßen. »Es tut mir leid, dass ich einige von Ihnen erst unter so traurigen Umständen kennenlerne. Durch die Schilderungen der Verstorbenen sind Sie mir aber dennoch sehr vertraut. Ich möchte Ihnen versichern, dass Corinna Waldeck ihre Vorkehrungen wohlüberlegt hat.«

Ich war überrascht zu sehen, wie er schlucken musste und offenbar um Fassung rang, bevor er weitersprach. Für einen Mann wie ihn war es sicherlich sehr ungewöhnlich, seine Gefühle zu zeigen. Aber es machte ihn mir mit einem Mal sympathisch.

Er nahm einen Brieföffner und zerschnitt die grün-weiß gestreifte Schnur an dem Siegel des Dokuments.

»Ich rufe nun offiziell die Testamentseröffnung aus.«

Dann blätterte er die erste Seite auf und begann zu lesen:

»Die Erschienene Corinna Waldeck, nach den Feststellungen des amtierenden Notars voll geschäfts- und testierfähig, erklärte ihren Letzten Willen wie folgt: Erstens, ich habe bisher keine letztwilligen Verfügungen und Erklärungen, die als solche ausgelegt werden könnten, getroffen. Rein vorsorglich widerrufe ich alle etwa bisher von mir abgegebenen letztwilligen Verfügungen …«

Es folgten noch einige Floskeln in gestelztem Juristendeutsch, bei denen ich zugegebenermaßen nicht so genau zuhörte, bis einer der entscheidenden Sätze kam: »Die Verstorbene Corinna Waldeck hat in ihrem Letzten Willen bestimmt, dass ihr Unternehmen sowie ihr Vermögen in den von ihr gegründeten Corinna-Waldeck-Family-Trust übergehen soll. Dieser wird treuhänderisch verwaltet, wofür die UBS Wealth Management benannt ist.«

Moritz sprang sofort auf und rief: »Wie bitte? Und wer erbt das alles? Schließlich sind wir die einzigen Verwandten von Corinna!« Er zeigte auf sich selbst, meine Mutter und mich. »Sie kann uns nicht einfach übergehen!«

»Ja, das ist total ungerecht!«, stimmte Marina ihm zu. »Wozu wurden wir dann überhaupt eingeladen?«

Ich sah Hannah an, aber das junge Mädchen, das gerade seine Mutter verloren hatte, saß ganz ruhig mit unbewegtem Gesicht auf ihrem Stuhl und hielt die Augen auf den Notar gerichtet.

Dr. Mettmann hob beide Hände in einer abwehrenden Haltung: »Ich bitte um Ruhe. Frau Waldeck hat ihre Entscheidungen frei und unabhängig getroffen. Sie hat in ihrem Testament klar und deutlich festgelegt, dass das Erbe in seiner Gesamtheit treuhänderisch verwaltet wird, aber nur bis zu einem bestimmten Zeitpunkt, ich bin nämlich noch nicht fertig.«

Moritz setzte sich wieder und kaute auf seiner Unterlippe. Wir anderen lauschten schweigend, als Dr. Mettmann weiter den Wortlaut des Testaments verlas. »Dies bezieht sich auch auf Immobilien sowie Aktien, Anleihen und Bankguthaben. Dies alles wird Teil des Treuhandvermögens, das nach Vollendung des einundzwanzigsten Lebensjahres an meine Tochter Hannah Waldeck übergeht.«

Jetzt färbte sich Moritz' Gesicht dunkelrot, aber Dr. Mettmann fuhr unbeeindruckt fort. »Der Eigentumsübergang auf Hannah Waldeck erfolgt unter der Voraussetzung, dass sie ihren Lebensmittelpunkt seit meinem Tode und bis zu ihrem einundzwanzigsten Geburtstag fortwährend in Deutschland hat und während dieser Zeit nicht nach Tansania reist.«

Ich schaute besorgt zu Hannah, die nicht sehr glücklich aussah. Würde sie diesem großen Erbe gewachsen sein? Warum riss meine Tante das Mädchen für die nächsten sieben Jahre aus ihrer gewohnten Umgebung? Ich sah, wie Corinnas Ex-Lebensgefährtinnen unsichere Blicke wechselten. Für mich würde sich nichts ändern, ich war finanziell unabhängig, hatte meinen Beruf, aber würde meine Tante ihre Zwillingsschwester, meine Mutter, denn wirklich ganz leer ausgehen lassen?

»Nun kommen wir zu den Vermächtnissen: Aus dem Erbe ausgenommen sind zwei Immobilien.«

Ich hörte, wie Moritz Luft zwischen den Zähnen ausstieß. »Jetzt wird's interessant!«

Auch die anderen ruckten nervös auf ihren Stühlen hin und her.

»Bezüglich des Anwesens in der Flemingstraße 32, genannt Villa Waldeck, eingetragen im Grundbuch von München, Blatt 765/5 … ordne ich Folgendes an: ›Die Immobilie einschließlich der Möblierung und des gesamten Hausrats erhält Frau Doris Isenberg, geborene Waldeck.« Die Augen meiner Mutter wurden groß wie Murmeln. »Was? Ich? Ich bekomme die Villa? Das kann ich nicht annehmen!«

Der Notar las unbeirrt weiter. »Eine Veräußerung zu Lebzeiten von Doris Isenberg ist ausgeschlossen. Nach ihrem Ableben geht das Eigentum an der Immobilie auf meine Tochter Hannah Waldeck unter der Voraussetzung über, dass sie ihren Lebensmittelpunkt seit meinem Tode und bis zu ihrem einundzwanzigsten Geburtstag fortwährend in Deutschland hat.«

Als er ausgeredet hatte, stieß Doris einen Stoßseufzer aus. »Ich darf also hier wohnen bleiben?« Doch dann wurde ihr Gesicht sofort ernst und sorgenvoll. »Aber eigentlich ist die Villa viel zu groß für mich und wovon soll ich denn die Instandhaltung und die Steuern zahlen?«

Der Notar nickte. »Sie werden Ihr Leben lang hier wohnen bleiben können. Allerdings dürfen Sie das Anwesen nicht verkaufen. Und Sie können ganz beruhigt sein. Für die Instandhaltung gibt es in dem Family Trust eine eigene Position, außerdem werden Sie aus dem Fonds mit einer Leibrente bis an Ihr Lebensende versorgt, dafür bleibt ein großzügiger Betrag bestehen, auch nach dem Übergang des Vermögens auf Hannah Waldeck.« Meine Mutter sah so aus, als könne sie das alles noch nicht glauben. »Es steht Ihnen aber auch frei, das Erbe auszuschlagen«, fuhr Dr. Mettmann fort. »Das Gleiche gilt für Hannah Waldeck, aber dazu komme ich gleich noch.«

Moritz hatte inzwischen das Gesicht in seine Hände vergraben und schüttelte nur noch ungläubig den Kopf.

Marina und Claudia saßen kerzengerade auf ihren Stühlen und versuchten, sich ihre Enttäuschung nicht anmerken zu lassen, was ihnen aber deutlich misslang.

»Ich bin noch nicht fertig«, sagte Dr. Mettmann.

»Das Eigentum an der Kaffeeplantage und Farm in Tansania …«, es folgte eine genaue Bezeichnung der Lage, »… geht auf meine Nichte Isabelle Weiss, geborene Isenburg, über.«

»Tsss, nicht zu fassen!« machte Moritz. »Das auch noch! Soll das heißen, ich bekomme nichts? Das kann doch nicht sein!«

Dr. Mettmann bedachte ihn mit einem strengen Blick. »Ich schlage vor, dass wir uns jetzt auf die Testamentseröffnung konzentrieren und alle weiteren Fragen in einer separaten Besprechung erörtern.«

»Aber ich bin ihr Neffe! Ich war immer für Tante Corinna da und habe ihr geholfen, als sie es am meisten gebraucht hat. Wie kann sie mir das antun?«

Meinem Bruder war anzusehen, dass er sich aus tiefstem Herzen schlecht behandelt fühlte.

»Corinna hatte ihre Gründe, Herr Waldeck. Ich kann Ihnen leider nicht sagen, was das für Gründe waren.«

Moritz gab sich mit der Antwort des Notars nicht zufrieden. »Das klingt alles sehr merkwürdig. Noch vor zwei Wochen hatten wir alle noch nie von dieser Hannah gehört. Nun erbt sie das Unternehmen, das Vermögen, die Villa nach meiner Mutter. Und wie kommt meine Tante auf dieses Treuhandunternehmen? Wer sagte denn, dass UBS Wealth Management vernünftig arbeitet? Wie kann ich sicher sein, dass alles mit rechten Dingen zugeht?«

Dr. Mettmann blieb ruhig, seine Stimme klang fast beschwörend, als er sagte: »Wir haben das Testament überprüft, Herr Waldeck. Es ist alles in Ordnung und rechtsgültig. Ich kann verstehen, dass das für Sie eine schwierige Situation ist, aber wir müssen uns an die Anweisungen halten, die Corinna in ihrem Testament hinterlassen hat.«

Moritz saß da mit verschränkten Armen und biss sich auf die Lippe. Er sah nicht so aus, als würde er sich damit abfinden, und im Grunde konnte ich ihn sogar verstehen. Wer in diesem UBS Health Management saß und zuständig war, wer und wie er von der Situation profitierte, wurde gar nicht angesprochen. Von der weiteren Auseinandersetzung kamen bei mir nur Wortfetzen an. Ich glaube nicht, dass ich in meinen kühnsten Gedanken jemals die Möglichkeit erwogen hatte, meine Tante würde mir die Mawingu-Farm vererben. Ich hatte mir einmal, als ich wieder eines der alten Fotos aus Tansania in der Hand gehalten hatte, ausgemalt, wie ich die Plantage noch einmal besuchen würde, nur um der schönen Erinnerung willen. Doch dass es nun aus heiterem Himmel meine Farm sein sollte, verwirrte, ja erschreckte mich.

Auf einmal fühlte ich, wie eine schmale, kalte Hand nach meiner tastete. Es war Hannah, die mich von der Seite ansah und mir zunickte. In ihrem Gesicht sah ich zum ersten Mal seit gestern wieder einen kleinen Hauch von Zuversicht. Ich drückte ihre Hand und lächelte zurück.

»Zusammen schaffen wir das!«, sagte ich leise, ohne davon wirklich überzeugt zu sein.

Dr. Mettmann war immer noch nicht fertig: »Nun komme ich zu den einzelnen Vermächtnissen.«

Er öffnete eine Dokumentenmappe aus Leder, die neben ihm auf dem Schreibtisch lag, und zog sechs dicke elfenbeinfarbene Papierumschläge heraus.

»Diese Briefe wurden von Frau Waldeck bei mir hinterlegt mit der Anweisung, sie nach ihrem Tod einigen von den hier Anwesenden auszuhändigen. Einer davon ist für eine Person, die nicht zugegen ist.«

Moritz, Alexander, Claudia, Liane und Marina wurden nacheinander aufgerufen und erhielten jeder einen der Umschläge. Das letzte Kuvert war für Agnieszka bestimmt, die erst später leise in das Arbeitszimmer gekommen war und direkt an der Tür stehen geblieben war. Bei Moritz hatte sich aus seiner Verstimmung über das Auftauchen von Hannah und den enttäuschenden Ausgang der Testamentseröffnung, der alle seine verlorenen Hoffnungen in Erinnerung rief, eine Überempfindlichkeit gegenüber Neuigkeiten entwickelt. Dabei schien sein Gemütszustand zwischen zerstörerischen Grübeleien und panischen Anfällen zu wechseln. Während Agnieszka nach vorne zu dem Schreibtisch kam, den Umschlag entgegennahm, sich höflich bedankte, betrachtete Moritz sie aus schmalen Augen, als würde sie ihm persönlich etwas stehlen.

Claudia und Marina beäugten die Briefumschläge mit einer Mischung aus Interesse und Argwohn. Liane ließ ihn einfach in ihre Stofftasche rutschen, ohne ihn genauer zu untersuchen oder gar zu öffnen, dabei wirkte sie zufrieden und ausgeglichen. Moritz hingegen steckte sofort seinen Finger in den Falz und zerfetzte das Papier. Es lag fast eine gelinde Komik in der Art, wie er in verletzender Absicht deutlich machen wollte, keinerlei Erwartungen an den Inhalt zu haben. In dem Moment, als er das dicke Bündel Hunderteuroscheine herausnahm, sich trotz höchster Erregung nicht verkneifen konnte, sie mit geübten Handbewegungen nachzuzählen, kamen in geschäftsmäßiger Hochgeschwindigkeit Worte über seine Lippen, die ich noch lange in Erinnerung behalten würde.

»Zwanzigtausend Euro also gleichermaßen für den Neffen, Großneffen, ihre drei Lesben-Freundinnen und die Putzfrau – na, vielen Dank auch!«

Er holte eine silberne Geldklammer aus der Hosentasche, in der nur ein trauriger Zwanzigeuroschein steckte, legte sie um das neue Geldbündel und steckte es in seine Jackentasche. Den Umschlag ließ er achtlos auf den Boden fallen. Dann stand er auf und durchschritt den Raum in Richtung Tür. Vorbei an einer überglücklichen Agnieszka, die ihr Geldbündel aufgefächert wie Skatkarten in die Luft hielt und immer wieder küsste.

»Danke, liebe Frau Waldeck«, murmelte sie. »Gesegnet seien Sie! Einen Platz im Himmel sollen Sie haben! Sie sind die großzügigste Frau, der ich jemals begegnet bin!« Ihre Worte hörten sich fast an, als würde sie zu meiner Tante beten.

Mein Sohn Alex grinste ebenfalls begeistert. Auch er hatte den Brief aufgerissen und schien sich aufrichtig über die großzügige Finanzspritze zu freuen. Claudia hielt den Umschlag in den Händen, ohne ihn zu öffnen, mit einer Miene der Gleichgültigkeit, die jedes Nachforschungsbedürfnis ausschloss. Ähnlich wie Marina, die jetzt wie ein philosophisches Naturtalent die anderen spüren lassen wollte, wie wenig ihr Geld bedeutete, wo doch ihr Vergnügen am Glanz eines großen Brillanten oder dem Sitz eines Designerkleids offensichtlich waren.

»Corinna hat schon immer getan, was sie für richtig hielt, und sich niemals davon abbringen lassen«, sagte sie. »Allerdings sind zwanzigtausend Euro für das, was ich erduldet habe, nicht eben viel.« Der Verschluss ihrer Handtasche klickte, als sie den Umschlag darin verstaute und fragte: »Gibt es sonst noch was?«

Dr. Mettmann hatte die Szenerie schweigend beobachtet und stellte in angespanntem Tonfall fest: »Dann könnten wir nun zum Ende kommen.«

Erst jetzt wurde mir klar, wie unangenehm es für einen pragmatischen Menschen wie ihn jedes Mal sein musste, die unterschiedlichen Reaktionen der Familien und die Undankbarkeit, Enttäuschung oder Wut mancher Erben zu ertragen. Er fuhr noch mit einigen Formalitäten fort, die offenbar zu seiner Aufgabe gehörten, für uns aber bei Weitem nicht so bedeutungsvoll waren wie alles, was er uns davor eröffnet hatte. Außer der Tatsache, dass Hannah bis zum Abschluss einer Berufsausbildung oder eines Studiums durch einen monatlichen Betrag versorgt sein würde.

»Damit wäre meine Arbeit nun erledigt«, verkündete er am Schluss, griff in die Innentasche seines Sakkos, um zehn Visitenkarten hervorzuholen und vor uns auf die Schreibtischplatte zu legen. »Zögern Sie bitte nicht, mich zu kontaktieren, wenn Sie Hilfe brauchen oder Fragen haben.«

Dann stand er auf. »Ich darf mich jetzt von Ihnen verabschieden. Nochmals möchte ich Ihnen mein herzliches Beileid aussprechen.«

Von den Teilnehmern stand ich als Erste auf, bedankte mich bei Dr. Mettmann und begleitete ihn hinaus. Als wir nebeneinander den Flur zur Eingangshalle entlanggingen, hoffte ich, er würde noch irgendeine Erklärung abgeben, auch darüber, was es mit dem Treuhänder auf sich hatte, aber er schwieg den ganzen Weg und ich hatte Hemmungen, ihn danach zu fragen.

An der Haustür drehte er sich zu mir um und ich bemerkte, wie aschfahl sein Gesicht jetzt war. Fast wirkte es, als sei er vollkommen erschöpft. »Soll ich Ihnen vielleicht noch einen Kaffee machen?«, fragte ich.

»Nein danke, nicht nötig. Ich bin Kummer gewohnt, aber diesmal war es wirklich zermürbend, Ihr Bruder hat eine Art, die …« Er sprach nicht weiter.

»Ich weiß, Moritz kann sehr anstrengend sein«, sagte ich. Dann nahm ich meinen Mut zusammen und fragte: »Warum hat Corinna ausgerechnet mir die Farm vererbt? Warum nicht Hannah?«

Er atmete tief ein. »Ich glaube, es ging ihr darum, Ihnen beiden eine Chance und auch einen Anstoß für einen Neuanfang im Leben zu geben.«

»Einen Neuanfang«, wiederholte ich. »Das klingt ja, als wäre sie der Meinung gewesen, dass ich nicht so weitermachen soll, und als hätte sie geahnt, dass sie …« Ich vollendete den Satz nicht, aber Dr. Mettmann ahnte, was ich hatte sagen wollen, und schüttelte den Kopf. »Nein, ich glaube nicht, dass Corinna Waldeck ihren frühen Tod hat kommen sehen.« Er sah mir in die Augen. »Und ob Sie mit Ihrem Leben, so wie es ist, zufrieden sind, können Sie selbst am besten beurteilen. Jedenfalls gehört Ihnen jetzt eine Kaffeeplantage in Tansania.«

»Ja, so ist es wohl.« Wir schüttelten uns die Hände und ich sah ihm nach, als er in seine dunkle Mercedeslimousine stieg und langsam die Auffahrt hinunterrollte.

Später saßen wir alle wieder auf der Terrasse. Nur Moritz war sofort abgefahren, ohne sich zu verabschieden. Frida lief in den Garten und verschwand in der entferntesten Ecke im Gebüsch.

»Soll ich uns einen Tee machen?«, fragte Doris.

»Ja, gern!«, riefen Hannah, Liane und ich fast gleichzeitig. Auch Alex und Christoph nickten.

»Für mich nicht!«, sagte Claudia.

»Ich möchte auch keinen«, winkte Marina ab.

»Soll ich das nicht übernehmen, Oma?«, fragte Alex und stand auf. Ich nickte ihm zu, dankbar für die Demonstration seiner Wohlerzogenheit. Doch Doris schüttelte den Kopf. »Ach, lass mal, Alex, das ist lieb von dir, aber ich bin gerne kurz alleine in der Küche.«

»Sie muss das sicher auch erst einmal alles verkraften«, meinte Liane, als meine Mutter in der Küche war. »Das ist ja ein riesiges Anwesen, für das sie jetzt verantwortlich ist.« Sie stand auf und zeigte in Richtung der haushohen Rhododendren. »Dort hinten könnte man sicher Hühner halten oder vielleicht sogar Esel.« Ihre Stimme klang ganz anders als bisher. Sie geriet geradezu ins Schwärmen. »Vielleicht frage ich Doris mal, ob wir nicht einen Teil des Grundstücks abteilen könnten und ...«

Claudia unterbrach sie mit tötender Sachlichkeit: »Ich glaube nicht, dass das in einem Wohngebiet erlaubt ist, Liane. Welcher Nachbar will denn andauernd dieses ›Iah‹ hören und das Gackern oder womöglich noch Hahnenschreie in aller Herrgottsfrühe?«

Marina lächelte dünn ohne eine Spur von Humor: »Das wäre ja noch schöner. Zum Glück gibt es dafür in Deutschland entsprechende Vorschriften, meine Liebe.«

Claudia fügte hinzu: »Und außerdem hast du jetzt erst einmal genug Geld, um deine Tiere in Sachsen-Anhalt für ein paar Monate über die Runden zu bringen, oder etwa nicht?«

Ich schickte insgeheim ein Stoßgebet zum Himmel mit der Bitte, dass die drei Verflossenen meiner Tante spätestens heute Nachmittag wieder abreisen mögen.

Als meine Mutter mit den dampfenden Tassen Tee zurückkehrte, sich zu uns an den Tisch setzte und ihre Tasse zum Mund führte, sah ich, dass ihre Hand zitterte.

»Alles in Ordnung, Mama?«, fragte ich.

»Es war alles ein bisschen viel in den letzten Tagen. Ich kann immer noch nicht glauben, dass Corinna mir die Villa vererbt hat. Jetzt bin ich plötzlich verantwortlich für alles, das ist etwas anderes als vorher, als sie noch da war.«

Ich stellte meinen Tee zurück auf die Untertasse und sah Hannah an. Sie hatte die ganze Zeit geschwiegen. Was ging wohl in ihr vor, nachdem sie vor Kurzem zur Vollwaise geworden war, den Boden unter den Füßen weggerissen bekommen hatte und nun auch noch erfuhr, dass sie zwar mit einundzwanzig Jahren ein großes Vermögen erben würde, ich aber die Mawingu-Farm bekam, die bis jetzt eine Art Heimat für sie gewesen war.

Marina hatte andere Sorgen: »Ihr mit eurem Tee, den trinke ich nur, wenn ich krank bin, hast du vielleicht auch etwas Stärkeres, Doris?«

Da wir alle normalerweise tagsüber keinen Alkohol tranken, musterte meine Mutter Marina von oben bis unten, bevor sie antwortete: »Ich denke, es ist noch eine angebrochene Flasche Weißwein im Kühlschrank.« Doch als Marina nicht darauf ansprang, schlug meine Mutter plötzlich vor: »Oder weißt du was? Vielleicht hast du recht! Jetzt machen wir eine Flasche Champagner auf! Wann, wenn nicht jetzt? Corinna hätte es so gewollt! Isabelle, ich denke, da sind mindestens zwei Flaschen im Weinkühlschrank.«

Einen Moment zögerte ich. Nachdem unser aller Leben seit Tagen auf den Kopf gestellt wurde, fehlte mir das Gefühl für das, was angemessen war und was nicht.

»Ja, genau, wahrscheinlich hast du recht!«, entschied ich schließlich und ging in die Küche, um die Flasche und Gläser aus der Küche zu holen. »Ich helfe dir«, sagte Hannah und folgte mir schweigend ins Haus.

»Die Kristallflöten sind in dem hohen Schrank ganz links«, sagte ich und holte den Champagner aus dem gut bestückten Weinkühlschrank. Hannah staunte, als ich die beschlagene Flasche Taittinger auf das Silbertablett stellte. »Hat Corinna hier in München auch immer so große Vorräte für etwaige Gäste bereitgehalten?«

Ich nickte. »Ja, das war ihr immer wichtig. Auf der Farm doch auch, nicht wahr? Und dort war es viel schwieriger, überhaupt die ganzen Lebensmittel heranzuschaffen und frisch zu halten. Aber sie wollte immer großzügig bewirten können.«

»Das stimmt!« Sie schenkte mir ein hübsches Lächeln und mir fiel auf, wie lange ich sie so nicht mehr hatte lächeln sehen. In den letzten Tagen war ihr Gesicht verschlossen gewesen und sie hatte sich immer mehr eingeigelt. Jetzt sprach sie weiter: »Und die Menschen kamen gerne zu uns. Jeder wusste, dass sie eine gute Gastgeberin war, und außerdem hat es niemals geregnet, wenn wir draußen gedeckt haben. Als hätte jemand einen Schutzschild über uns gehalten, wenn Mama Gäste einlud. Oftmals sind auch einfach unangekündigt andere Farmer bei uns vorbeigekommen, weil sie wussten, dass sie uns immer willkommen waren.«

»Uns!«, hatte Hannah gesagt, dachte ich. Und »Mama«. Wieder schoss mir der Gedanke durch den Kopf, warum Corinna Hannah vor uns versteckt hatte. Warum sie niemals da gewesen war, wenn wir zu Besuch kamen. Doch ich fragte sie nicht. Aus irgendeinem Grund hatte ich nicht den Mut, danach zu fragen, stattdessen sagte ich: »Das ist jetzt für uns alle eine ganz neue Situation. Aber die Idee ist nicht schlecht, dass du nun hier mit Doris wohnen könntest, und wir suchen dir eine gute Schule. Was meinst du?«

Hannah strich sich eine Haarsträhne aus dem Gesicht. Etwas in ihrem Ausdruck ließ mich wieder zweifeln. Ihr Blick wich mir aus. Ich konnte nicht sagen, was es war, was sie verbarg.

»Ja, das wäre schön«, sagte sie, doch dabei hielt sie den Kopf gesenkt.

»Hannah, du kannst ganz offen sein. Glaub mir, wir mögen dich und wollen nur das Beste für dich! Gibt es da etwas, das du uns bisher nicht erzählen mochtest?«

»Warum fragst du das?«

»Ich denke manchmal darüber nach.« Ich wartete einen Moment, aber als sie nicht antwortete, wandte mich um und holte Nüsse und Grissini aus dem Vorratsschrank. »Und nun könnte ich mir denken, dass du nicht glücklich damit bist, dass Corinna mir die Farm hinterlassen hat. Das könnte ich gut verstehen und du sollst wissen, dass du dort immer einen Platz hast! Es ist ja deine Heimat und dein Zuhause gewesen, nicht wahr?«

Ich sprach die inhaltsschweren Worte langsam aus. Hannah stemmte die Hand auf die Tischplatte. Jetzt sah sie mir in die Augen und wirkte auf einmal richtig offen und selbstbewusst: »Danke, aber ich denke, meine Mutter hatte ihre Gründe, so zu entscheiden. Warum vergisst du das Ganze nicht einfach?«

Ich machte einen Schritt auf sie zu und griff nach ihrer Hand. Sie fühlte sich weich und kindlich an.

»Ich möchte dir helfen!«

Hannah drückte meine Hand. »Danke, aber du bist nicht für mich verantwortlich.«

»Irgendwie doch! Du bist Corinnas Tochter und gehörst zur Familie.«

»Ihr seid alle so freundlich zu mir.« Sie senkte den Kopf und fügte hinzu: »Eines Tages werde ich dich vielleicht sogar um Hilfe bitten müssen.«

»Dann zögere nicht, zu fragen.«

Ich stellte einige Rosmarin-Grissini in einen Becher, schüttete Pistazien und Salzmandeln in Porzellanschälchen. Hannah trug das Tablett mit den Gläsern und Snacks auf die Terrasse und ich brachte den Eiskübel mit dem Champagner hinterher.

»Oh, Champagner!«, rief Marina aus. »Das ist nobel!«

»Ich denke, Corinna hätte es so gewollt«, sagte ich und schenkte uns allen ein. Doris sandte mir einen dankbaren Blick und erhob als Erste ihr Glas.

»Stoßt mit mir an, auf das bemerkenswerte Leben meiner Schwester. Ich glaube, dass diese beiden letzten Tage genauso verlaufen sind, wie sie sie sich ausgedacht – und gewünscht hat. Es waren die Menschen in der Villa Waldeck versammelt, die ihr etwas bedeutet haben.«

Alle erhoben ihre Gläser. »Auf Corinna«, sagte ich.

»Auf Corinna«, stimmten die anderen mit ein.

Als ich getrunken hatte, stand ich auf und ging über die Terrasse ein Stück in den Garten hinein. »Was für eine bizarre Feier«, hörte ich Marina noch sagen.

»Aber eigentlich typisch Corinna«, antwortete Claudia. »Kann ich noch einen Schluck Champagner haben?«

Die Stimmen wurden leiser, bis ich die Worte nicht mehr verstehen konnte, und je weiter ich mich von der Terrasse entfernte, umso mehr fiel die ganze Anspannung von mir ab. Genau wie meine Mutter brauchte ich endlich wieder Zeit für mich alleine. Ich schaute in den Himmel und sagte Corinna, wie sehr sie mir fehlte.

In einem Moment der Unbedachtheit wurde durch sie unser Leben auf den Kopf gestellt. Eine unverhoffte Erbschaft, die mich zurück in die Weiten der afrikanischen Landschaften führen würde. Die Kaffeeplantage und Mawingu-Farm in Tansania, vererbt von meiner Tante, die ich zeitweilig nahezu angehimmelt hatte, sollte nun eine besondere Bedeutung in meinem Leben bekommen.

Ich hatte mich bisher für eine durch und durch moderne und aufgeklärte Frau gehalten. Meine Gedanken waren geprägt von der Auffassung, dass es keine Grenzen für das weibliche Streben gibt und dass jede Frau in der Lage sein sollte, ihre Träume zu verwirklichen. An dieser Haltung trug Corinna einen nicht geringen Anteil, denn meine Mutter hatte mir das Gegenteil vorgelebt. Doch nun, da ich mich in der Rolle einer Plantagenbesitzerin wiederfand, musste ich mich einer unbekannten Herausforderung stellen.

Mein innerer Monolog verlief wie eine endlose Welle von Zweifeln und Ängsten, die unerbittlich auf mein Gewissen einwirkten. Ich fragte mich, ob ich der Verantwortung gewachsen sein würde, ob ich den Mut hatte, die Kontrolle über so viel Land und die Menschen, die darauf arbeiten, zu übernehmen. Gleichzeitig empfand ich auch eine Art Euphorie und Aufregung, die von der Vorstellung beflügelt wurde, dass ich nun im Besitz eines Stücks Erde war, das so viele Leben und so viele Geheimnisse barg. Doch konnte ich das Erbe meiner Tante tatsächlich fortführen? Konnte ich das Erbe, das sie mir hinterlassen hatte, zu einer florierenden und nachhaltigen Plantage entwickeln?

Die Frau, deren Gedanken sich wie eine verstrickte Kette aus Ängsten und Hoffnungen wanden, blieb unentschlossen, stand im Garten ihrer verstorbenen Tante und wägte Für und Wider ab.

Ich wusste, dass ich alleine nicht in der Lage sein würde, diese Aufgabe zu bewältigen. Ich musste mich darauf verlassen, dass ich Menschen um mich hatte, die mir bei diesem Abenteuer zur Seite stehen und mich unterstützen würden. Und so beschloss ich, diesen Weg zu gehen, um mich des Erbes meiner Tante als würdig zu erweisen.

2. Buch

Am 20. August 2019 stand ich in meinem Schlafzimmer vor einem aufgeklappten Samsonite-Koffer, mit sechsundneunzig Liter Volumen, die ich bis auf den letzten Millimeter genutzt hatte. Meine Kleidung hatte ich in Vakuumtüten gepackt, die beim Aufrollen per Luftentzug auf ein Minimum komprimiert wurden. Die Kunst bestand natürlich darin, so wenig wie möglich mitzunehmen und das wenige richtig auszusuchen. Denn ich plante, mindestens einen Monat in Tansania zu bleiben. Das Ergebnis waren ein Rock, drei Hosen, zwei lange Hemden, eine Jacke aus einer schnell trocknenden knitterfreien Funktionsfaser und eine kurzärmelige Bluse, drei T-Shirts. Alles in dunklen, neutralen Farben. Dazu kam noch meine abgeschabte alte Lieblingsjacke aus kakifarbenem Stoff. Dies und die Schuhe füllten die eine Hälfte des Koffers, die üblichen Mitbringsel für die Nonnen und die Kinder lagen in der anderen Seite. Nudeln in verschiedenen Formen. Tagliatelle, Rigatoni und Spaghetti. Für uns zivilisierte und vielleicht bereits degenerierte Mitteleuropäer wirkte es ein wenig absurd, aber ich wusste, dass die evangelischen Schwestern im Mawingu Health Center sich immer wieder über Nudeln freuten, die tansanischen Kinder über Bunt- und Filzstifte.

Während ich vor dem Koffer stand und meinen inzwischen erkalteten English Breakfast Tea trank, wurde mir klar, was für eine ungeheuerliche Vorstellung es war, gleich in ein Flugzeug zu steigen und dreizehn oder vierzehn Stunden später, je nachdem wie glatt die Reise verlief, vor der Tür des Farmhauses zu stehen – auf *meiner* Farm, auf *meiner* Kaffeeplantage. Dr. Mettmann hatte mir erklärt, dass die Farm automatisch mit Eintritt des Todes meiner Tante in mein Eigentum übergegangen war und, da es kein Grundbuch in Tansania gab, auch nichts umgetragen werden müsste.

Ich unterdrückte die Aufregung, die mich plötzlich erfasste. War es verrückt, einfach alleine nach Afrika zu fliegen und hier alles zurückzulassen? Meinen Mann, meinen Sohn, meine Mutter, Hannah, Frida, mein Architekturbüro? Mir wurde flau im Magen, obwohl ich diese Reise nun drei Wochen lang akribisch vorbereitet, das Visum rechtzeitig bewilligt bekommen, zu Hause alles umorganisiert hatte. Während ich den Reißverschluss meines Reisenecessaires zuzog, versuchte ich, mich genau damit zu beruhigen.

Es gab einige Kosmetika, von denen ich mehrere Packungen in Extratüten verstaut hatte. Da ich nur bestimmte Cremes vertrug, ohne Pickel zu bekommen, musste ich davon einen größeren Vorrat mitnehmen. Übliche Medikamente wie Aspirin, Ibuprofen oder Mittel gegen Durchfall, Verbandszeug, Desinfektionsspray und so weiter nahm ich vorsichtshalber mit, obwohl die früher im Farmhaus vorhanden waren. Nur wusste ich diesmal nicht, was ich vorfinden würde. Ich hatte mehrere Nachrichten an die E-Mail-Adresse der Farm geschickt, die alle unbeantwortet geblieben waren, die Festnetznummer gewählt, doch niemand hatte abgehoben. Meine Nachforschungen im Konsulat von Arusha hatten zumindest eines ergeben: Der zweite Tote trug nicht den Namen Zahir, was aber in Tansania nicht unbedingt etwas heißen musste, denn es konnte sich auch nur um seinen Rufnamen oder Spitznamen gehandelt haben. Deshalb spürte ich noch keine echte Erleichterung. Auch heute Morgen in aller Frühe hatte ich noch eine E-Mail abgeschickt, meine Flugnummer und Ankunftszeit mitgeteilt, wobei ich wenig Hoffnung hatte, sie würde wirklich von jemandem gelesen. Jedenfalls holte ich noch den Umschlag bei Dr. Mettmann ab, der für Zahir bestimmt war und vermutlich einen Geldbetrag in bar enthielt, den meine Tante für ihn vorgesehen hatte.

Die lange Aufgabenliste und all die notwendigen Abstimmungen und Arrangements hatten die letzten Wochen gefüllt. Trotzdem war da immer das Gefühl, etwas vergessen zu haben, und die Furcht, auf eine verlassene Farm zu kommen, sie zu besuchen, ohne dort von der großzügigen Gastfreundschaft meiner Tante erwartet zu werden.

»Bist du so weit?«, fragte eine Stimme hinter mir. »Ich glaube, wir müssen los.«

»Ach Christoph!« Ich drehte mich um, fiel ihm um den Hals und schmiegte mich an seinen weichen Körper. »Wie wird das wohl sein, so ganz allein?«

Er legte mir zögernd die Arme um die Schultern, denn normaler-weise war ich gar nicht so emotional und er kannte mich auch nicht ängstlich. »Mach dich nicht verrückt, es wird alles gut gehen und ver-mutlich geht die Zeit schneller vorbei, als du denkst. Du wirst dort ja alle Hände voll zu tun haben.«

Ich sah ihm in die Augen. »Ich wünschte, du würdest mitkommen.« Er ließ mich abrupt los.

»Ach komm schon, Isa, das haben wir doch schon hundertmal be-sprochen.«

Mit drei Schritten war er beim Bett, um meinen Koffer zuzuklappen. »Ist alles drin?«

»Ich hoffe es.«

Während er ihn zusammenpresste, um die Schlösser zu schließen, zählte er mir erneut seine Gründe auf, weshalb ich ohne ihn flog: »Ich habe allein fünf Konzerte mit dem Orchester und drei Soloauftritte bei Musikfestivals in den nächsten Wochen. Eines davon in der Elbphil-harmonie unter Daniel Barenboim ... das alles kann ich unmöglich sausen lassen!«

»Ich weiß.« Es stimmte, das waren Verpflichtungen, die man nicht ohne triftigen Grund absagte. Es gab Verträge, bei manchen Kon-zertagenturen waren sogar Vertragsstrafen für den Fall der Nichtein-haltung vereinbart. Das alles war für mich rational nachvollziehbar. Und doch blieb da dieses Gefühl, dass ich nicht mehr wichtig genug für ihn war. Der Zusammenhalt und das Füreinandereinstehen, das wir uns in den zwanzig Jahren unserer Ehe angeeignet hatte, flatterte gera-de davon, wie Fetzen im Wind.

Frida presste sich an meine Beine und ich bückte mich zu ihr, hockte mich neben meine geliebte Labradorhündin. Sie hatte es noch nie ge-mocht, wenn Koffer gepackt wurden, und wich mir schon seit Tagen nicht von der Seite. »Ich komme ja bald wieder!«, sagte ich leise zu ihr und fühlte, wie sich mein Herz schon jetzt vor Abschiedsschmerz zu-sammenzog.

»Sollen wir sie mit zum Flughafen nehmen?«, fragte Christoph und ich nickte heftig. »Auf jeden Fall!«

»Dann kann ich sie ja auf dem Rückweg direkt zu deiner Mutter bringen«, sagte er mit einem Seitenblick auf die Hündin, die sich flach auf den Teppich legte und fast so aussah, als wollte sie sich am Bettpfosten festhalten.

»Ja, wenn du das möchtest! Ich habe schon alles für sie zusammengepackt. Die Reisetasche mit Futter und Näpfen steht in der Küche.«

Frida würde in der Zeit meiner Abwesenheit bei meiner Mutter und Hannah wohnen. Die beiden hatten sofort zugesagt, sich im Grunde sogar über alle Maßen gefreut, Frida in Pension zu nehmen. Ich war mir fast sicher, dass meine neun Jahre alte Hündin dort besser betreut würde und auf dem großen Grundstück zufriedener sein würde als bei Christoph, der keine sehr enge Bindung zu ihr hatte, viel unterwegs war, sie häufiger alleine ließ.

Als wir endlich im Auto saßen, warf ich einen letzten Blick auf unser Haus mit der frisch getünchten Fassade, die über die sattgrüne Kirschlorbeerhecke ragte. Christoph fuhr los, die Straße machte eine Rechtskurve und wir kamen an den Balkonen mit weißen Petunien und Buchsbaumkugeln vorbei, die ich so mochte. Ich beneidete Christoph um seine heitere Unbekümmertheit und um das kleine Lächeln, das auszudrücken schien, wie einfach alles war. Nichts lag mir gerade ferner, als meine Abreise auf die leichte Schulter zu nehmen, genauso fern, wie die aufkommende Skepsis wieder in die freudige Erregung umzuwandeln, die ich noch vor ein paar Tagen gespürt hatte. Frida saß vor mir im Fußraum und hechelte, während ich ihr glattes Fell kraulte.

Wer jetzt aus einiger Höhe in die Ferne schaute, konnte die Bayerischen Alpen sehen, die am frühen Morgen noch von einem schlierigen hellblauen Himmel umgeben waren, doch im Laufe des Tages würde er wieder zu seinem strahlenden Blau zurückfinden. Ich würde in zwei Stunden in einem Flugzeug sitzen, das diesen blauen Himmel mit seinem weißen Kondensstreifen in zwei Hälften teilte.

Mach dich nicht verrückt!, sagte ich mir. *Gib dem Zufall eine Chance. Und schließlich sollte ich in vier Wochen schon wieder zurück sein.*

Es begann rumpelig, denn das Flugzeug kollidierte auf der Landebahn mit einer Antilope und die gesamte Maschine drehte sich einmal um sich selbst, was zu panischen Schreien der Passagiere führte. Als der Flieger endlich stand, kam ein klappriges Feuerwehrauto mit Blaulicht angefahren. Wir mussten die Kabine ohne unser Handgepäck sofort

verlassen. Später erfuhr ich, dass das gesamte Flughafengelände eingezäunt war, es aber dennoch immer wieder zu Unfällen mit Wildtieren
kam.

Wir stiegen rasch mit klopfenden Herzen die Gangway hinunter,
manche drängelten sich vor und rannten auf das niedrige Flughafenge-
bäude mit dem orangefarbenen Dach zu. In sicherem Abstand zum
Flugzeug blieb ich stehen, ließ die anderen Passagiere vorbei und atmete tief ein. So wollte ich nicht ankommen: hastig und in Panik.

Diesmal war ich nicht zum Arusha Airport, sondern zum Kilimandscharo International Airport geflogen, denn die meisten Direktflüge
von München waren schon ausgebucht gewesen, als ich mich entschied
zu fliegen.

Wie heute Morgen bei meinem Abflug in München war der Himmel
nicht tiefblau, sondern sehr blass. Einen großen Unterschied machte
das Licht, denn es war so hell, dass man kaum zum Himmel aufblicken
konnte. Der Reichtum an mächtigen, scheinbar schwerelosen Wolken,
die sich vor dem größten frei stehenden Berg der Welt auftürmten, ließ
sofort die alten Erinnerungen in mir zurückkommen. Den Kilimandscharo hatte ich bisher nur aus der Ferne gesehen, aus der Nähe betrachtet, war er mit seinem schneebedeckten Gipfel noch weitaus faszi-
nierender. Ich fasste in diesem Moment den Entschluss, den fast sechs-
tausend Meter hohen Gipfel bei einem meiner nächsten Aufenthalte zu
besteigen und das monatelange Training auf mich zu nehmen, um
mich vorzubereiten und an die Höhe zu gewöhnen.

Die Luft schien mir in diesem Moment das wichtigste Element dieser Landschaft zu sein. Ich erinnerte mich daran, wenn ich länger als
zwei Wochen auf der Farm gewesen war, hatte mich das Gefühl von
Freiheit und Leichtigkeit eingeholt. Jetzt streifte mich ein Hauch dieser
Wahrnehmung und ließ mich auf einmal freier durchatmen.

In der Ankunftshalle war es stickig und ich wurde unmittelbar wie-
der ernüchtert. Nach etwa einer Stunde hatten wir endlich alle unser
Handgepäck aus der Maschine zurück und auch die Koffer waren ange-
kommen. Menschenmengen eilten in jeder Richtung an mir vorbei, die
Flughafenpolizei trug Kakihemden mit Metallknöpfen und Gewehre.
Der schwarze Zollbeamte lächelte diesmal nicht wie bei meinem ersten
Besuch und er sagte auch nicht »*Welcome to Tansania*«. Sondern er war

sachlich und kurz angebunden. Vielleicht weil dieser Flughafen der Ausgangspunkt für so viele Touristen, die zu Safaris nach Tansania kamen, war, vielleicht weil der Beamte müde war, vielleicht weil ich kein Kind mehr war.

Wohin man auch blickte, überall europäische, asiatische und amerikanische Touristen. Dazwischen schleppten auffallend große, bunt gekleidete Frauen volle Körbe. Was ich darin sah, wirkte wie verwelktes grünes Gemüse. Manche hatten ihre Babys in Tragetüchern auf den Rücken oder Bauch gebunden. Kleine Gruppen von Kindern warteten an den Türen und hefteten sich an die Fersen der Touristen, bettelten auf Englisch: »*Gift please.*« Ich hob beide Hände hoch, um zu zeigen, dass da keinerlei Geschenke für afrikanische Kinder waren, denn die Mitbringsel, die ich dabeihatte, waren für die Kinder im Mawingu Health Center bestimmt. Ich blieb konsequent, obwohl mich jetzt schon das schlechte Gewissen und Mitleid beschlich, das uns wohlsituierte, satte Menschen immer überkommt, wenn wir Entwicklungsländer besuchen. Männer boten mir Begleitung an. Ich lehnte höflich, aber bestimmt ab und hielt in der Menge Ausschau nach einem Schild mit meinem Namen, nach einem bekannten Gesicht, nach Zahir. Während des gesamten Flugs hatte ich daran gedacht und gehofft, dass er am Leben war, und insgeheim auch, dass er zum Flughafen kommen würde.

Doch da war kein bekanntes Gesicht, sosehr ich auch zwischen den Chauffeuren der Safari-Lodges, die hier ihre Gäste in Empfang nahmen, suchte. Das bedeutete, ich musste mir draußen ein Taxi suchen, das mich zur Mawingu-Farm fuhr. Nachdem ich an der langen Reihe der unterschiedlichen Autos langsam meinen Gepäckwagen vorbeigeschoben hatte, entschied ich mich für einen Fahrer mit Strohhut, Sonnenbrille und grüner Jacke. Er lehnte lässig an einem ehemals weißen Pick-up und ganz anders als die anderen Taxifahrer, die versuchten, mich zum Einsteigen zu bewegen, beachtete er mich gar nicht. Für mich war diese desinteressierte Art ausschlaggebend, ihn auszuwählen. Warum, könnte ich gar nicht sagen, vielleicht erinnerte er mich mit seiner unaufgeregten Art auch einfach an Zahir. Erst als ich auf ihn zuging, stieß er sich von der Tür ab, fragte, wohin es gehen solle. Ich zeigte ihm die Koordinaten der Farm auf meinem Handy, er nickte und warf meinen Koffer unsanft auf die Ladefläche.

Und so saß ich wenige Sekunden später auf dem Beifahrersitz von Jabaris Allrad-Doppelkabinen-Pick-up der Marke Tata und wir verließen in gemächlichem Tempo den Flughafen. Auch als Beifahrerin empfand ich den Linksverkehr im ersten Moment wieder als ungewohnt. Die Straße war asphaltiert und wir kamen gut voran. Ich musste daran denken, wie Zahir uns bei unserem ersten Besuch in Tansania den Zustand der afrikanischen Straßen erklärt hatte. Es gebe mehrere Kategorien: gut asphaltierte, die problemlos und sicher seien, meistens rund um Flughäfen oder größeren Städte, dann solche mit vielen kleinen und größeren Schlaglöchern, die für unangenehme Überraschungen sorgen könnten, dann kämen die Schotterpisten, die nicht komfortabel, aber okay waren, und schließlich, als letzte Kategorie, die Sandpisten, die ja nach Regen- oder Trockenzeit zu Schlammwegen oder staubigen Buckelpisten werden konnten. Bis Karatu genossen wir den Luxus der asphaltierten Straße. Während wir auf die zweite Kategorie übergingen, stellte ich mir plötzlich die Frage, ob wohl auf der Farm überhaupt noch ein Wagen stehen würde, den ich benutzen konnte, sonst wäre ich nach Jabaris Abfahrt von der Außenwelt abgeschnitten. Vielleicht hätte ich besser einen Mietwagen nehmen sollen! Und mir wurde wieder klar, wie viele Themen auf mich zukamen, über die ich mir bisher keine Gedanken gemacht hatte.

»Die Farm, die Mawingu-Farm … ich glaube, die kenne ich«, meinte Jabari auf Englisch, während wir in einem Stau standen. »Wenn ich mich nicht täusche, gehört sie zu einer Kaffeeplantage.«

»Das stimmt.«

»Vermutlich ist die Besitzerin tot.«

Ich überlegte, ob ich ihm erklären sollte, dass die Besitzerin meine Tante war und ich die Farm von ihr übernehmen würde. Doch ich entschied mich dagegen und sagte nur. »Das habe ich auch gehört.«

»Vermutlich gehört sie inzwischen jemand anders.«

Jabari schien meine Anspannung zu spüren. Er fragte: »Waren Sie schon mal dort?«

»Ja.«

Ich sah auf die staubige Straße und den Laster, der uns entgegenkam. Auf der Ladefläche saßen dicht gedrängt mindestens dreißig Menschen. Viel zu viele, sodass einige ihre Beine nach außen über die Metallwände hängen ließen. Ochsen, die Karren zogen, schritten behäbig am Straßenrand entlang, mit halb schlafenden Kutschern auf dem Bock. Wir fuhren an Wellblechhütten vorbei, dahinter Baustellen in verschiedenen Phasen ihrer Fertigstellung. Am Straßenrand kamen uns auch immer wieder Gruppen von hochgewachsenen Frauen in bunten Gewändern entgegen, ich vermutete, dass sie Massai waren. Das Land unter den Vulkanen gehörte ursprünglich ihren stolzen Massai-Stämmen. Es war die am besten bekannte afrikanische Volksgruppe und jeder hatte sie schon einmal gesehen, die groß gewachsenen Menschen mit fein geschnittenen Gesichtern. Sie trugen farbenprächtige Tücher, die Shukas, die sie wie römische Togen um den Körper schlangen. Es hieß über die Massai, sie seien für die Verlockungen der Zivilisation unempfänglich, sondern zögen mit ihren Herden durch die Wildnis, würden Milch und Blut trinken und in Eintracht mit der Natur leben. Gerüchte und Erzählungen, die meine Tante als Vorurteile oder Märchen bezeichnet hatte.

Im Vorbeifahren sah ich Menschen, die zusammengerollt in einem Müllsack schliefen, direkt neben der Straße. Elend und Armut waren allgegenwärtig, auch damit würde ich umgehen müssen.

Ein weithin leuchtender Flammenbaum mit orangeroten Blättern zog meinen Blick auf sich. Und immer wieder standen neben der Straße einzelne Bäume, die zarte, gefiederte Blätter trugen, ganz anders angeordnet als die der europäischen Bäume. Es gab keine kuppelartige Krone, sondern die Äste wuchsen in breiten waagerechten Schichten, dadurch glichen sie eher Palmen als Laubbäumen und ihr Anblick wirkte sehr archaisch.

Nach einer Stunde Fahrt, bei der wir fünfhundert Höhenmeter überwanden, bog Jabari mitten in den Busch ab und folgte einer roten Sandspur, die sich in Serpentinen den Berg hinaufwand. Linker Hand tauchte die niedrige Lehmhütte mit dem Grasdach auf, an dessen Dachfirst noch immer das kleine Kreuz hing. Mittlerweile stand die Hütte dort nur noch als sentimentale Erinnerung, wie ich wusste. Denn die evangelische Missionsschule hatte längst ein neues, stabiles Gebäude einige Hundert Meter weiter erhalten. Als Nächstes kamen wir an einer Sandpiste vorbei, die meine Tante vor einigen Jahren hatte planieren lassen. Genau genommen bot die Lage der Mawingu-Farm in der Nähe des internationalen Kilimandscharo-Airport keinen Anlass für einen eigenen Privatflugplatz. Ich wusste, wie aufwendig die Rodung des Waldes und die Planierung des Bodens gewesen waren, aber der Plan, eine eigene Buschlandebahn zu besitzen, hatte sich in Corinnas Kopf festgesetzt und keiner hatte sie davon abbringen können. So wie es mit nahezu allen Vorhaben meiner Tante gewesen war.

Endlich sah ich die Plantagen wieder. Der Anblick der geometrischen Formen dieser ebenmäßig bepflanzten Felder inmitten der wilden Landschaft war auch diesmal überwältigend. Die Kaffeebüsche, an denen wir vorbeifuhren, waren mannshoch und ich erinnerte mich, dass sie regelmäßig beschnitten werden mussten, damit sie nicht höher wuchsen. Sie konnten bis zu zehn Meter groß werden und dann wären sowohl Pflege als auch die Ernte mit Leitern besonders mühsam.

Es war nicht mehr als ein Halbwissen, was ich im Hinblick auf den Kaffeeanbau besaß. Das wurde mir in dem Moment klar, als ich überall an den heruntergebogenen Zweigen die roten Kaffeekirschen hängen sah und mich fragte, ob die Ernte nicht längst in vollem Gang sein müsste. Die Plantage leuchtete vor roten reifen Früchten, doch weit und breit war kein einziger Arbeiter zu sehen. Ich erinnerte mich, wie meine Tante zur Erntezeit früher Arbeiter, Frauen und Kinder zusammenrufen ließ, die Pickers genannt wurden. Sie hatten die Früchte von den Bäumen gepflückt, die Männer hatten sie auf Ochsenkarren und Wagen geladen und zur Verarbeitung in die Mühle gefahren. Zur Erntezeit waren alle verfügbaren Arbeitskräfte der Farm auf dem Feld.

Doch heute lag die Plantage vor uns, von jeder Menschenseele verlassen, wie ihre Umgebung, die aus Wildnis, Urwald und Steppe bestand, die allesamt die Felder binnen kurzer Zeit wieder vereinnahmen würde – ließe man die Natur nur gewähren.

Ich bat Jabari anzuhalten und stieg aus. Die Luft war feucht, still, kühl und alles wirkte anders, als ich es in Erinnerung hatte. Auf der Landstraße hatte mir ein frischer Westwind ins Gesicht geweht, wenn ich das Fenster öffnete, und das Gras am Straßenrand hatte in seinem Takt getanzt, doch hier regte sich kein Lüftchen. Ich ging ein Stück weit auf das Feld, sackte mit meinen Sneakern tief in die weiche Erde ein. Soviel ich wusste, dauerte es drei oder vier Jahre, bis die Bäume Früchte trugen. In der Zwischenzeit konnte Dürre über das Land kommen,

Unkraut und Pflanzenkrankheiten alles zerstören, winzige Schädlinge wie der Black Coffee Twig Borer sich in die Stümpfe bohren, sie wie Feuer verbrennen. Nie würde ich Zahirs Worte bei meinem ersten Besuch auf der Plantage vergessen: »*You need patience ... only patience!*« Kaffeeanbau sei eine langwierige Angelegenheit, für die es viel Geduld brauche.

Diese Bäume hier hatten alles überstanden, waren offensichtlich kerngesund und die Kaffeekirschen so reif und rot, dass sie sich leicht lösten, teilweise von selbst abfielen. Uns umgab eine Schwüle, die fast mit den Händen zu greifen war. Die Luft wurde noch feuchter, schwerer, kondensierte sich zu einem feinen Sprühregen, der mein Baumwollhemd sofort durchweichte. Doch der betörende Anblick berührte mein Herz, als über den sechshundert Hektar im Nebel gleichsam eine weiße Kreidewolke schwebte.

Wir fuhren die Straße entlang, die ab hier frisch geteert war und auf der die Räder des Pick-ups wie von selbst rollten. Kein Kind, keine Frau, kein Mann kamen uns entgegen, nur eine Herde Antilopen sprang von links nach rechts von Feld zu Feld über die Straße. Es waren Buschbock-Antilopen, die wahrscheinlich zu den schönsten Antilopenarten Afrikas gehörten. Ein wenig größer als Damhirsche lebten sie im Wald und waren scheu und flüchtig. Man sah sie lange nicht so häufig wie die Steppenantilopen. Doch in den Ngorongoro Hills gab es viele Buschböcke. Die Plantage war nicht eingezäunt, grenzte an das Ngorongoro-Naturschutzreservat und natürlich war der Tisch gerade reich gedeckt. Es konnte schneller gehen, als man dachte, und die Hälfte der Ernte war abgefressen. Das war eine der Gefahren, die den Kaffeebauern schlaflose Nächte bereiteten. Ich erinnerte mich daran, als die Gedanken meiner Tante ständig um Kaffee kreisten – wann man ihn pflanzte, beschnitt, pflegte, beschützte, erntete, schälte, sortierte, verpackte, verkaufte. Immer grübelte sie über Verbesserungen nach.

Wir erreichten das Farmhaus, ich stieg aus und in meiner Nervosität schlug ich die Wagentür mit mehr Wucht zu, als nötig war, sodass drei Affen aufgescheucht wurden, die auf der Veranda gesessen hatten. Sie rasten über das Dach davon. Das schöne traditionelle Gebäude lag nun verlassen da, kein Angestellter, der unseren Motor gehört haben musste, kam heraus. Die Stufen waren voller Sand, Unkraut, Moos, Zweige und Laub, das sonst regelmäßig ausgerupft und weggekehrt wurde. Weiter hinten auf dem Parkplatz sah ich den alten Defender in Tarnfarbe stehen, den meine Tante schon vor Jahrzehnten gebraucht gekauft hatte, und war erleichtert. Obwohl es ein uraltes Modell war, gab es zumindest einen fahrbaren Untersatz, mit dem ich mich hoffentlich fortbewegen konnte. Während ich auf die Treppen zuging, holte Jabari meinen Koffer von der Ladefläche und stellte ihn erstaunlich sachte auf dem asphaltierten Boden ab. Er blieb stehen und sah aufmerksam hinter mir her, als ich auf die vier breiten Holzstufen zuging. Instinktiv schien er zu spüren, dass ich ihn lieber noch hier haben wollte. Die zweiflügelige Tür war geschlossen und wenn sie verschlossen war, müsste ich einbrechen, schoss es mir durch den Kopf. Denn obwohl ich mit Doris und Hannah überall in der Villa Waldeck gesucht hatte, waren dort keine Zweitschlüssel für das Farmhaus zu finden gewesen. Falls es überhaupt welche gab, sollten demnach alle hier vor Ort sein. Auf den Stufen versuchte ich mir einzureden, dass ich alles, was in den folgenden Minuten und Stunden passieren würde, so nehmen musste, wie es kam, dass es für alles eine Lösung geben würde.

Von drinnen war kein Geräusch zu hören. Und so drückte ich gegen das glatte Holz der Schwingtür, erwartete einen Widerstand, aber sie öffnete sich, einfach so. Dann stand ich in der Eingangshalle und sah mich um. An den Garderobenhaken hingen die Barbourjacke und die hellbraune Twilljacke meiner Tante. In Letzterer hatte ich sie oft gesehen. Daneben ein altes Fernglas und ein antiker Tropenhut, der mehr zur Dekoration diente.

Ich sah zu meinen Schuhen hinunter, die auf dem Teppich schlammige Spuren hinterließen und zog sie aus, obwohl wir das noch nie getan hatten, wenn wir hier waren. Aber jetzt hielt ich es für angebracht und ging langsam auf Strümpfen weiter.

Sofort umfing mich die Atmosphäre des alten, gemütlichen und authentischen Farmhauses von Mawingu aus den Zwanzigerjahren und ich tauchte wieder in die längst vergangenen Zeiten ein. Nur dass diesmal nicht wie sonst im großen Salon mit offenem Kamin ein knisterndes gemütliches Feuer brannte, sondern mich die Jagdtrophäen der Safaris an den Wänden, die ich noch nie sehr gemocht hatte, heute aus ihren Glasaugen fast anklagend anglotzten. Doch ohne diese eingebildeten Blicke der toten Tiere sah es hier aus wie immer. Ganz so, als hätten gerade noch Gäste bei Gin Tonics über den Kaffeeanbau fachsimpelnd oder ihre jüngste Safari philosophierend in den tiefen Ledersesseln zusammengesessen. Die Farm war im zwanzigsten Jahrhundert von einer deutschen Familie gegründet und nach dem Zweiten Weltkrieg von britischen Farmern übernommen worden, die es 1987 an meine Tante verkauft hatten. Ich ging durch den Salon und öffnete den kleinen Riegel der Schwingtür zur überdachten Veranda, auf der eine breite Schaukelbank hing und sich langsam im Wind bewegte. Ich seufzte tief. Wie sehr wünschte ich mir, dort unten in dem subtropischen, üppigen Garten die Silhouette meiner Tante zu sehen, die Umrisse von Zahir, wie sie nebeneinanderstanden und die Pflanzen begutachteten, über ihre Pflege fachsimpelten.

»*Shall I wait,* soll ich noch bleiben?«, fragte plötzlich eine Stimme hinter mir.

Ich zuckte zusammen und wandte mich um. Es war Jabari, der mich wohl schon eine Weile beobachtet haben musste.

»Entschuldigung«, sagte ich hastig. »Ich habe dich ganz vergessen.« Dann kramte ich in meiner Umhängetasche nach dem Portemonnaie. Mir fiel ein, dass ich, bevor er abfuhr, besser ausprobieren sollte, ob der Defender fahrbereit war, sonst konnte ich mich kaum mehr vom Farmhaus fortbewegen.

»Warte bitte noch einen Moment, Jabari, ich möchte kurz etwas nachsehen.«

Ich lief nach vorne in die Eingangshalle und suchte in der Schublade, in der ich ihn vermutete, nach dem Autoschlüssel, fand ihn aber nicht. Trotzdem zog ich meine Schuhe wieder an, schnappte mir eine Jacke und einen Hut von dem Garderobenhaken und rannte durch den Regen hinüber zu dem geparkten Wagen. Inzwischen hatten sich tiefe braune Pfützen gebildet. Zu meiner Erleichterung steckte der Schlüssel und nach einigen Stotterern sprang der Motor des Defenders an. Ich ließ ihn eine Weile laufen, klopfte an das Glas, bis sich die Tankanzeige rührte, und war positiv überrascht: Wenn sie wirklich richtig ging, war der Tank sogar voll.

»Vielen Dank, ich denke, ich komme jetzt alleine klar«, sagte ich zu Jabari und rundete den Fahrpreis sehr großzügig auf, während er den

Koffer in der Eingangshalle abstellte. Dann ließ ich mir noch seine Mobilnummer geben – für alle Fälle. Zum Abschied nahm er sogar den Hut ab und winkte mir damit zu, dann sah ich ihm nach und mir wurde bewusst, dass ich nun ganz auf mich alleine gestellt war. Ich zögerte unschlüssig, dann drehte ich mich nach links und gelangte in den Trakt, in dem die Schlafzimmer lagen. Dort war es sehr still und dunkel, falls die Stubenmädchen noch einmal hier gewesen waren, mussten sie ihre Arbeit schon vor längerer Zeit beendet haben.

Ich stand einen Moment da und überlegte, in welches Zimmer ich als Erstes gehen sollte. Ich öffnete aufs Geratewohl eine Tür und kam in ein Zimmer, das in völliger Dunkelheit dalag, nicht der geringste Lichtschein kam durch die geschlossenen Fensterläden. In der Mitte des Raums konnte ich schwach die Umrisse des breiten Betts und Moskitonetzes wahrnehmen. Es roch süßlich, als wäre ein zu schweres Parfum versprüht worden. Ich tastete nach dem Lichtschalter und als er anging, bekam ich einen Schreck, denn das Zimmer machte einen völlig bewohnten Eindruck. Eingerichtet mit ausgesuchten Antiquitäten und Berberteppichen, spiegelte es den Glanz der Kolonialzeit wider und vereinte Tradition mit Komfort. Die handverlesene Auswahl an Antiquitäten unterstrich die Liebe meiner Tante zum Detail.

Auf dem Frisiertisch standen Silberrahmen mit Fotos. Das eine zeigte sie zwischen schwarzen Kindern vor dem Hospital, das andere mit einem weißen Kleinkind an der Hand, von dem ich vermutete, dass es Hannah war, in der Plantage. Auf einem anderen Bild waren Doris, Moritz und ich auf der Terrasse der Villa Waldeck zu sehen. Es musste einer ihrer Geburtstage gewesen sein. Vor den Bildern lag eine Bürste, stand der Eau-de-Toilette-Flakon mit ihrem Lieblingsduft und einige Tiegel mit Cremes sowie Schminkutensilien. Trotz ihrer Kurzhaarfrisur und ihres burschikosen Auftretens hatte Corinna immer Wert auf ein gepflegtes Erscheinungsbild gelegt.

Das Bett war frisch bezogen, was ich an dem glatten, weißen Leinen des Kopfkissenbezugs sah, und unter der aufgeschlagenen Felldecke lugte ebenfalls ein faltenfreies Laken hervor. Aber was mich besonders überraschte, waren die Blumen, die Usambaraveilchen. Ich kannte sie von unseren Ausflügen und Safaris, denn sie wuchsen hier an den Ausläufern der Vulkane und wurden auch »Tansanias Bergschönheiten«

genannt. Die Veilchen blühten fast das ganze Jahr in allen erdenklichen Lila- und Pinkschattierungen. Jemand hatte sie für meine Tante gepflückt, in kleine blau-weiße Porzellanvasen gesteckt und im Raum verteilt. Sie standen überall: auf dem Nachttisch, dem Frisiertisch, dem marmornen Kaminsims und sie waren nicht etwa welk, sondern frisch.

Corinnas grüner Seidenkimono lag aufgefächert über einem Stuhl, davor stand ein Paar Pantoffeln.

Einen Augenblick bildete ich mir voller Panik ein, dass mir mein Gehirn einen Streich spielte und mich in die Vergangenheit blicken ließ. Ich wusste, dass meine Tante frische Blumen geliebt hatte, und vielleicht sah ich ihr Schlafzimmer so vor mir, wie es vor ihrem Tode ausgesehen hatte. Im nächsten Moment würde Corinna zur Tür hereinkommen, ein Lied nachsingend, das sie auf Spotify gehört hatte, sich an den Schminktisch setzen und mit der Bürste durch ihre welligen Haare fahren. Ihr Gesicht würde sich spiegeln, sodass ich es von meinem Platz aus neben dem Bett würde sehen können.

Ihre von der afrikanischen Sonne immer leicht gebräunte Haut harmonierte aufs Beste mit den dunklen, dichten gewellten Haaren, die nur von der blonden Strähne am Oberkopf aufgehellt wurden, und ihren grauen Augen. Ihre noch immer vollen Lippen ließen die Sinnlichkeit erahnen, mit der sie sich in ihre unzähligen Liebesaffären stürzte. Manchmal war mir meine Tante vorgekommen wie ein wildes Tier, das sich mit aller Kraft gegen jede Art von Fessel oder Käfig wehrte, auch gegen das Altern. Ein Geschöpf, das alle seine Leidenschaften auslebte. *Schön, unantastbar und voll geheimer Gedanken. Nein,* dachte ich, *du warst nie wie andere Frauen, Corinna, nie wie das, was man sich unter einer Tante vorstellt.*

Ich stand dort in einer Art Zuschauerpose, wartete darauf, dass etwas passierte. Von draußen hörte ich den Schrei eines wilden Tieres, ob es ein Stummelaffe oder ein Schakal war, konnte ich nicht erkennen, doch er brachte mich wieder in die Realität zurück.

Ich trat ans Fenster, stieß die Läden auf und das Tageslicht verlieh dem geräumigen Zimmer wieder einen Anschein der Wirklichkeit. Erst jetzt bemerkte ich, wie mir die Knie zitterten, als ob meine Beine aus Gummi wären. Ich setzte mich auf den antiken Mahagonihocker vor dem Toilettentisch und sah mich staunend um. Mein Herz hatte aufgehört, so heftig zu klopfen, aber jetzt war es schwer wie Blei. Sicher war dies hier das schönste Schlafzimmer in der ganzen Farm, mit dem geschnitzten Bett, dem formvollendeten Kamin, dem fast weißen, weichen Hochflorteppich, den üppigen hellen Gardinen. Es waren alles Gegenstände, die ich bewunderte, aber die Vorstellung, dass sie nun mir gehören sollten, machte mich nicht froh. Bleich und traurig starrte mich mein Spiegelbild an. Ich stand wieder auf und der Lichtschein aus dem offenen Fenster fiel noch immer auf das weiße Kopfkissen, ließ das Monogramm mit dem großen schrägen C deutlich hervortreten. Ein dumpfes Schmerzgefühl, ähnlich dem, als ich das erste Mal im Radio vom Tod meiner Tante erfahren hatte, breitete sich in mir aus und ich gab mir einen Ruck. Hastig schloss ich das Fenster, löschte das Licht und verließ das Schlafzimmer meiner Tante.

Ich fühlte mich bedeutend wohler, nachdem ich meinen Koffer in mein Zimmer gebracht und die Reisekleidung ausgezogen hatte. »Mein Zimmer« war natürlich eigentlich eines der Gästezimmer, aber in einem abschließbaren Schrank hatte ich immer dauerhaft einige persönliche Sachen und Kleidungsstücke aufbewahren dürfen, die für die anderen Gäste unzugänglich blieben. Es war ein behaglicher Raum, in dem ein junges Mädchen sich wohlfühlen konnte, wenn auch um die Hälfte kleiner als das Zimmer meiner Tante.

Wenn ich die Augen schloss, konnte ich mich selbst sehen, so wie ich damals mit dreizehn zum ersten Mal die Schwelle des Zimmers überschritt. Eine schlaksige Gestalt, etwas linkisch, in beiger Safarikleidung, die hier normalerweise niemand trug. Und ich erinnerte mich, wie wohl ich mich gleich von Anfang an gefühlt hatte. Das Bett aus der Kolonialzeit mit den vier Mahagonipfosten, an denen das Moskitonetz befestigt war, bot zwar eine verräterische Vertiefung in der Mitte der Matratze, doch ich vertraute darauf, dass ich darin immer gut geschlafen hatte. Die hohen Fenster gewährten einen freien Blick auf die Rasenfläche und weit dahinter das Grün des Dschungels. Dem Zimmer haftete ein eigener angenehmer Geruch an, als veränderte sich die Luft in ihm nur wenig trotz des Dufts nach Regen, der durch die Fliegengitter hineindrang. Doch die schweren Vorhänge und die geschnitzte Decke mit den dunklen Paneelen, an denen ein großer Deckenventilator befestigt war, schluckten die Luft, die von draußen kam. Hier herrschte ein würziger Moosgeruch und verbreitete Frieden und Besinnlichkeit.

Ich klappte meinen Koffer auf, räumte meine Kleidung in die Regalfächer und hängte auf, was auf Bügel gehörte, verstaute die Mitbringsel in Schubläden. Tief in meinem Herzen wusste ich, dass ich mich dadurch vor dem Rundgang durch den Rest des Hauses drückte, ihn vor mir herschob. Irgendwann würde ich durch all die leeren Räume gehen müssen, in denen ich nun in den nächsten Wochen alleine wohnen würde. Doch als Erstes suchte ich die Küche auf, um nach etwas Essbarem zu schauen. Überrascht blieb ich in der Tür stehen, denn seit ich vor zwei Jahren das letzte Mal hier gewesen war, hatte sich die Küche vollkommen verändert. Die einfachen Landhausschränke aus weiß lackiertem Holz waren einer ultramodernen Edelstahlküche mit integrierten Einbaugeräten gewichen. Diese hatten schwarze Glasfronten und als ich die Türen öffnete, erschloss sich mir nicht gleich der Zweck all dieser Öfen, Dampfgarer und Mikrowellen. Was natürlich auch hier nicht fehlen durfte, war der *Altar*. So nannten meine Mutter ich Corinnas Sammlung von Kaffee- und Espressomaschinen. Wie in der Villa Waldeck standen mindestens acht verschiedene Maschinen auf einem Sideboard, bestens gepflegt, poliert, nebeneinander an der langen Wand. Ich wusste, dass sie regelmäßig zwischen sechs und acht Espressi am Tag getrunken hatte, manchmal vermutlich auch zehn – immer auf der Suche nach diesem einen perfekten *Shot*.

Ich wandte mich ab und öffnete die Tür des mannshohen Kühlschranks. Fast hatte ich es erwartet und tatsächlich: Er war immer noch üppig bestückt, so wie es Corinna geliebt hatte. Die Fächer voller frischem Gemüse in der Nullgradzone, Milchprodukten und sorgfältig gefüllten transparenten Kunststoffdosen mit appetitlichen landestypischen Speisen. Ich öffnete sie und wunderte mich, dass keines der Lebensmittel verdorben zu sein schien. Etwas ging hier vor, das ich mir nicht richtig erklären konnte: Das Haus war leer, niemand beantwortete Telefonanrufe oder Mails und dennoch wurde das Farmhaus gepflegt und bewirtschaftet, als sei es noch bewohnt.

Kurz darauf brutzelten zwei Spiegeleier in der Pfanne und bei dem Duft krampfte sich mein leerer Magen vor Hunger zusammen. Vielleicht war es auch die Aussicht auf den einsamen Abend in dem großen Farmhaus, das irgendjemand regelmäßig aufsuchte, die mir Bauchschmerzen verursachte. Aber nachdem ich noch eine Schüssel mit köstlich gewürztem Ugali, dem landestypischen Maisbrei, der fertig zubereitet im Kühlschrank stand, einen Ziegenmilchjoghurt und ein Stück Fladenbrot verdrückt hatte, fühlte ich mich langsam besser. Ich hatte mein Handy mit dem WLAN verbunden und versuchte Christoph über Facetime anzurufen, aber er meldete sich nicht. Dann versuchte ich es bei meiner Mutter, erreichte aber nur die Mailbox. Ich wusste, dass sie häufig vergaß, ihr Mobiltelefon zu laden, denn sie ließ es einfach in ihrer Handtasche, wenn sie nach Hause kam. Als ich auf dem Festnetz anrief, meldete sie sich nach langem Klingeln.

»Mama! Ich bin angekommen. Ich bin auf der Mawingu-Farm.«

»Isa! Wie schön, dass du dich meldest. Also ist alles gut gegangen?«

Ich legte mein Mobiltelefon auf den Küchentisch und stellte auf Lautsprecher. »Ja, die Reise lief fast perfekt, hätte ich gar nicht gedacht, und hier ist auch alles so weit okay.«

»So weit?« Sie hatte natürlich an meiner Stimme erkannt, dass ich mich nicht wirklich wohlfühlte, und fügte hinzu: »Ich kann mir vorstellen, dass es ein komisches Gefühl sein muss … sind denn ihre Leute da?«

»Kein Mensch, die Farm ist vollkommen verlassen. Nur …«, ich stockte.

»Nur was?«

»Der Kühlschrank ist voller frischer Lebensmittel und es waren auch frische Blumen in ihrem Schlafzimmer, also jemand muss regelmäßig herkommen.«

Ich hörte, wie meine Mutter Luft holte, um etwas zu sagen, aber schwieg. Wir hatten beide dieselbe Vermutung – und Hoffnung, nämlich, dass es Zahir war.

»Und wie geht es dir und Hannah und Frida?«

»Alles bestens, wir kommen sehr gut miteinander aus. Hannah ist ein Schatz! Wir haben übrigens eine Schule ausgesucht und rate mal, welche.

»Das Wilhelm-Hausenstein-Gymnasium?«

»Ganz genau. Es hat ihr am besten gefallen und als ich ihr erzählt habe, dass du es besucht hast, war sie sofort Feuer und Flamme. Ich hoffe nur, dass sie dort auch einen Platz bekommt.«

»Ja, hoffentlich, ich weiß gar nicht, ob das heute noch so leicht ist, an das am nächsten gelegene Gymnasium zu kommen. Ist Hannah da? Kann ich sie mal sprechen?«

»Sie ist gerade mit Frida zu einem Abendspaziergang aufgebrochen und ich schaue ein bisschen Netflix.«

»Was schaust du denn an?« Ich wusste, dass meine Mutter seit geraumer Zeit gerne Serien ansah, manchmal hatte ich sogar das Gefühl, sie würde zum Serienjunkie. Wie so viele Nutzer des Streamingdienstes fiel sie dem komfortablen Umstand zum Opfer, dass man nicht eine Woche auf die nächste Folge warten musste wie im Fernsehen.

Auf meine Frage merkte ich, wie Doris zögerte.

»Doch nicht etwa schon wieder ›Downton Abbey‹?«

»Leider ja.«

»Ach Mama, das ist doch bestimmt das fünfte Mal!«

»Nein, das vierte Mal und für Hannah ist es das erste Mal und ihr gefällt die Serie auch. Wir schauen sie sogar auf Englisch, mit englischen Untertiteln.« Der Stolz in ihrer Stimme war nicht zu überhören.

»Also dann wünsche ich euch noch viel Spaß, ich melde mich, wenn es etwas Neues gibt.«

»Gute Nacht, Isa.«

»Gute Nacht, Mama, schlaf gut.«

Chapati hieß das dünne Fladenbrot aus Mehl, Wasser und Öl, das ursprünglich aus Indien stammte, aber heute aus Tansania nicht mehr wegzudenken war.

Mit einem Teller voll Chapatis und einem Glas Rotwein aus dem gut gefüllten Weinkühlschrank meiner Tante ging ich in die Bibliothek und suchte mir aus den Regalen alle Bücher zusammen, die ich über Kaffeeanbau finden konnte. Die Auswahl war groß und die Bücher sahen aus, als hätten sie hier nicht allein zur Zierde gestanden. Lesezeichen, Eselsohren, zerknitterte Seiten, Glasränder, zeigten an: Sie waren gelesen worden. Dann sah ich mich nach einem schönen Platz um und entschied mich, den Abend lieber im Wohnzimmer zu verbringen. Es war mir an vielen Abenden während meiner Ferien wie eine Insel aus Licht und Wärme vorgekommen. Draußen lauerte die afrikanische Abenteuerwelt und dieser gemütliche Raum bildete einen schützenden Kokon. Der Bücherstapel war zu hoch und zu schwer, um ihn auf einmal zu tragen, und ich musste noch ein drittes Mal gehen, um meinen Wein und die Chapati zu holen. Aber schließlich hatte ich Bücher, Teller und Glas auf einem niedrigen Couchtisch vorbereitet. Im Kamin hatte jemand Holzscheite zu einer perfekten Pyramide aufgestellt, darunter lag bereits das Anfeuerungsholz und Späne. Ganz so, als sei Besuch erwartet worden. Ich nahm Zeitungspapier aus dem großen Korb, formte eine Lunte und entzündete damit das Feuer. Sogleich loderten die Flammen auf und tauchten den Raum in ein warmes Licht. Das Knistern und Prasseln hatte etwas Beruhigendes. Ich setzte mich im Schneidersitz auf eines der gemütlichen, tiefen Sofas, legte mir eine Decke über die Beine und begann zu lesen.

Hannah

Seit sie von Christoph in der Villa abgegeben worden war, schlief Frida jede Nacht in Hannahs Zimmer. Die Hündin kam an Hannahs Bett und sie fühlte ihren warmen Hundeatem an ihrer Hand. Sie kraulte sie hinter den Ohren, was Frida mit einem genussvollen kleinen Grunzer quittierte, und strich sanft über ihren Kopf.

»Gleich gibt's Fressen!«, flüsterte Hannah leise, dankbar für Nähe und den Trost, den ihr das Tier in den Nächten spendete, wenn die bösen Träume zurückkehrten, wenn sich ihre Kindheit wie ein rabenschwarzer Teppich vor ihr ausbreitete, bedrohlich und voller Fallgruben.

Frida stieß ihre feuchte Hundenase in ihre Hand und Hannah beugte sich aus dem Bett und schmiegte ihre Wange an das glatte Fell. Die Hündin hatte sich ihr sofort angeschlossen und lief nicht mehr wie anfangs zur Haustür oder zum Gartentor, um nach Isabelle Ausschau zu halten. Sie blieb bei ihr, treu und verlässlich.

Hannah stand auf und ging zum offenen Fenster, um den neuen Tag zu begrüßen, stützte ihre bloßen Unterarme auf das Fensterbrett und sog tief die frische Sommerluft ein. Es war halb neun. Da sie gestern erst beim Kieferorthopäden gewesen war und dann den ganzen Tag mit Doris zusammen Schulen abgeklappert hatte, die für sie infrage kamen, wollten sie sich heute beide ausruhen. So hatte zumindest Doris' Vorschlag gelautet, bevor sie nach drei gemeinsamen Folgen »Downton Abbey« ins Bett gegangen waren. Bei Doris fühlte sie sich sicher und geborgen. Obwohl sie die Zwillingsschwester von Corinna war, konnte sie ihr nicht unähnlicher sein, zumindest in Hannahs Augen. Während Corinna für sie häufig unberechenbar gewesen war, im einen Moment übersprudelnd vor Lebensfreude, im nächsten von einer beeindruckenden Aura der Distanziertheit umgeben, blieb Doris, seit sie sie kannte, eine verlässliche Quelle der Wärme und Herzlichkeit.

Hannah musste an den Tag denken, als sie an der Hand von Corinna durch das schwarze Tor zur Internationalen Schule in Arusha gegangen war. An den Tagen davor hatte ihr Corinna das nie gekannte

Gefühl vermittelt, einzigartig zu sein. Sie hatte ihr eine Schuluniform gekauft, mit dunkelblauem Faltenrock, weißer Bluse und dem Schulwappen auf dem kleinen Blazer. Im Internet hatte sich Hannah einen teuren Schulrucksack und das passende Mäppchen aussuchen dürfen, bekam wertvolle Stifte, sogar einen Montblanc Rollerball-Pen geschenkt. Für den Preis ihrer Ausstattung hätte man womöglich das gesamte Schulmaterial ihrer Klasse in der Elementary School kaufen können, die sie nun hinter sich ließ. Als Hannah diesen Gedankengang ausnahmsweise ihrer Mutter offenbarte, wies sie sie nüchtern darauf hin, dass keine andere als sie – Corinna Waldeck – es war, die die gesamte Schule finanzierte.

Mit ihrem frisch gewaschenen Haar, glänzend und gebändigt durch einen karierten Haarreif, war Hannah an der Hand ihrer Mutter Corinna hingegangen. Diese war ganz in Creme und Weiß gekleidet, strahlte mit ihrem Kurzhaarschnitt eine Eleganz aus, die Hannah in Ehrfurcht versetzte. In diesem Moment war sie sich sicher, dass keines der anderen Kinder eine so beeindruckende Mutter haben konnte.

Als sie das stille, imposante Schulgebäude betraten, füllte ein eigenartiger Geruch ihre Nasen, der stark an WC-Reiniger erinnerte. Corinna ließ Hannahs Hand los. Sie wurden in das Büro der Rektorin geführt, einer Frau mit einer strengen, unergründlichen Miene und Lippen, die so fest aufeinandergepresst waren, dass sie praktisch unsichtbar waren. Die Klimaanlage hatte den schmucklosen Raum auf höchstens sechzehn Grad heruntergekühlt und Hannah fröstelte in ihrer Bluse und dem Blazer.

»So, du bist also Hannah?«, begann die Direktorin ohne Vorrede.

»Ja«, antwortete Corinna für sie, ein Anflug von Verärgerung in ihren Augen.

Ohne Umschweife stellte die Direktorin Hannah einige Mathematikaufgaben, prüfte ihr Wissen mit einer kühlen, unnachgiebigen Intensität. Corinna war sichtlich unzufrieden mit dieser Vorgehensweise, denn sie hatte wie selbstverständlich angenommen, dass Hannahs Platz an dieser Schule gesichert war.

Als Hannah bei einer Frage zögerte und die Antwort nicht auf Anhieb richtig war, bemerkte sie, wie sich ihre Mutter ein Stück von ihr wegbewegte. Hannah schaute zu ihr hoch und erkannte in diesem Moment einige bittere Wahrheiten. Corinna war eitel, sie war leichter verletzbar, als sie sich gab, und sie würde Hannah fallen lassen, wenn sie nicht ihren Erwartungen entsprach.

Diese Erinnerung traf Hannah jetzt, als sie auf dem Fensterrahmen der Villa Waldeck lehnte, erneut mit der ganzen Härte, die sie schon häufiger zuvor gespürt hatte. In diesem Moment, in dem kalten Büro der Schulleiterin, hatte sie angefangen zu verstehen, dass sie der Zuneigung und Liebe ihrer leiblichen Mutter niemals sicher sein konnte.

Im Nachhinein betrachtet, glich ihre Kindheit einer quälenden Existenz, einer ständigen Gratwanderung zwischen Hoffnung und Verzweiflung, zwischen Sehnsucht und Resignation. Und trotz der Dunkelheit, trotz der Einsamkeit, trotz der Schmerzen hatte es Momente gegeben, in denen sie glücklich gewesen war, in denen ihr Corinna das Gefühl gegeben hatte, geliebt zu werden. Es waren kurze, flüchtige Augenblicke, die sie für die unerträgliche Einsamkeit und das erdrückende Gefühl der Gefangenschaft entschädigten.

Doris war ganz anders. Ihr Lächeln war ehrlich und ihre Umarmungen gaben Hannah ein Gefühl von echter Geborgenheit, das sie bei Corinna so schmerzlich vermisst hatte. Bei ihr fühlte Hannah sich verstanden und akzeptiert.

Sie atmete tief ein. Bestimmt würde Doris sich freuen, mit einem guten Frühstück überrascht zu werden. Sie zog sich an und ging nach unten in die Küche. Zuerst wog sie Fridas Trockenfutter ab und schüttete die Portion in ihren Porzellannapf, dann wechselte sie das Trinkwasser. Anschließend öffnete sie die Tür zum Garten und sah der Labradorhündin nach, die zufrieden ihren morgendlichen Rundgang über das Grundstück begann. Sie wusste, dass sie damit sicher zwanzig Minuten beschäftigt sein würde. Meistens legte sich Frida anschließend auf den Rasen in die Sonne und schlief, bis jemand mit ihr zum Spaziergang aufbrach.

Inzwischen backte Hannah frische Waffeln, kochte zwei wachsweiche Eier, goss den English Breakfast Tee auf, richtete alles auf einem Tablett her, um es nach draußen auf die Terrasse zu bringen. Sie sah auf die Backofenuhr. Jetzt war es schon halb zehn und Doris war noch immer nicht heruntergekommen. So lange hatte sie noch nie geschlafen, seit sie hier wohnte. Schade um die Waffeln, dachte sie und stellte sie im

Ofen warm. Aber dann beschloss sie, hochzugehen und bei Doris klopfen.

»Doris? Schläfst du noch?«, fragte sie, klopfte nochmals und als keine Antwort kam, öffnete sie die Tür und erschrak. Doris lag noch im Bett und schien zu schlafen, ihr bleiches Gesicht hob sich kaum von dem weißen Kopfkissenbezug ab. Auf dem Nachttisch sah Hannah ein Glas Wasser und ein kleines braunes Fläschchen stehen. Sie nahm es in die Hand. »Baldrian«, las sie leise vor und flüsterte: »Doris, schläfst du noch? Hast du Schmerzen?«

Doris schlug die Augen auf und sah sie an. Vielleicht wurde Hannah in diesem Moment bewusst, wie viel ihr Doris bedeutete, obwohl sie sie noch gar nicht lange kannte.

»Ich rufe einen Arzt.«

Doch Doris langte nach ihrem Arm und hatte einen erstaunlich festen Griff. Sie bewegte die Lippen, aber aus ihrem Mund kamen nur undeutliche Laute. Ihre Hand fühlte sich eiskalt an.

»Ich rufe den Notarzt!«, sagte Hannah.

Wieder versuchte Doris zu antworten, doch sie konnte keine Worte formen. In ihren Augen lag etwas Beschwörendes, als ob sie Hannah etwas Wichtiges sagen wollte. Es war Hochsommer und in dem Zimmer war es eher zu warm als zu kalt, doch Hannah konnte jetzt sehen, dass Doris zitterte. Sie griff nach einer Wolldecke, die auf der Polsterbank am Bettende lag, und breitete sie über der Daunendecke aus.

»D…d…d…«, stammelte Doris und schloss wieder die Augen.

»Ich hole dir eine Wärmflasche. Ich bin gleich wieder da. Mach dir keine Sorgen«

Hannah ging zur Tür und ließ sie offen stehen, doch natürlich war sie so beunruhigt, dass sie nicht in die Küche ging, sondern auf ihrem Smartphone den Notruf auslöste. Sie beantwortete die Fragen der weiblichen Stimme aus der Notrufzentrale, schilderte Doris' Symptome, nannte die Adresse. Sie ging zurück zu Doris, sah nach ihr, sprach mit ihr. Doris war zwar bei Bewusstsein, konnte jedoch nach wie vor nicht antworten. Hannah hatte das Gefühl, sie müsste noch jemanden von der Familie informieren. Isabelle war vermutlich gerade erst in Tansania angekommen, da hatte es keinen Sinn, sie zu beunruhigen, von dort aus konnte sie auch nicht helfen. Deshalb wählte sie die Nummer von

Moritz, die ihr Isabelle vorsorglich gegeben hatte, und nach zweimaligem Tuten, meldete sich seine Stimme, die ihr immer noch ein gewisses Unbehagen einflößte: »Waldeck?« Sie zögerte und wollte zuerst wieder auflegen, doch dann sagte sie: »Hallo Moritz, hier ist Hannah.«

»Hannah!« Wenn er über ihren Anruf überrascht war, ließ er es sich jedenfalls nicht anmerken.

»Doris geht es nicht gut und ich habe den Notarzt gerufen …«

»Wieso, was hat sie denn?«

»Ich weiß nicht, sie ist heute früh nicht aufgestanden, ist sehr bleich und friert stark, obwohl sie gut zugedeckt und es sogar ziemlich warm im Zimmer ist, aber das Schlimmste ist … sie kann nicht mehr sprechen.«

Moritz zögerte keinen Moment. »Ich komme!« Dann legte er auf.

Zehn Minuten später stand der Rettungswagen vor der Tür und kurz darauf traf auch Moritz in der Flemingstraße ein. Hannah sah ihn am Treppenabsatz im Flur stehen, während sie hinter Doris herging, die auf der Trage nach unten gebracht wurde. In ihrer Armvene steckte eine Kanüle und einer der Sanitäter trug den Metallständer mit dem Tropf. Auf Anweisung der Sanitäter hatte Hannah in größter Eile einige Toilettensachen, Nachthemd und Bademantel für Doris zusammengepackt. Sie sah, wie sich Moritz besorgt über seine Mutter beugte.

»Mama, was machst du denn für Sachen?«, fragte er heiser und seine Stimme hatte plötzlich eine Wärme, die Hannah aufhorchen ließ. So hatte sie ihn noch nie sprechen hören. »Bl… Bl…!«, machte Doris, bemüht zu antworten, doch sie brachte keine Worte zustande. Es kam nur ein Blubbern aus ihrem Mund. Moritz rannte neben der Trage her, die Sanitäter forderten ihn streng auf, zur Seite zu treten, als Doris aus dem Haus getragen wurde. Ihren Gesichtern und der Eile nach zu urteilen, war die Lage ernst.

»Kann ich mitfahren?«, fragte Hannah den jüngeren Sanitäter mit dem Zopf. Er schüttelte bedauernd den Kopf. »Nein, im Rettungswagen leider nicht.« Er schob die Trage in das Heck des Krankenwagens, der mit blinkendem Blaulicht vor der Haustür stand, und sein Kollege übernahm dort gleich Doris' Versorgung. Über seine Schulter hinweg fragte der Sanitäter Hannah: »Bist du ihre Tochter oder Enkelin?«

»Nein, ihre Nichte.«

»Wohnst du hier?«

Hannah nickte. »Und kümmert sich jemand um dich?«

Sie zuckte fast ein wenig trotzig mit den Schultern. »Ich brauche niemanden.«

»Wir fahren deine Tante in die Münchenklinik Bogenhausen. Dort kannst du mit deinen Eltern hinkommen und in der Notaufnahme warten.«

Hannah überging den Hinweis auf ihre Eltern und fragte: »Was hat sie denn?«

»Das wissen wir noch nicht.«

Sie sah dem Wagen hinterher, der die Einfahrt hinunterrollte, bis er durch das Tor fuhr, dessen Flügel sich automatisch öffneten, und zuckte zusammen, als das laute Martinshorn ertönte. Dabei zerknüllte sie ein Papiertaschentuch in ihren feuchten Händen, dann drehte sie sich um. Vor der breiten offenen Tür stand Moritz und wirkte fast genauso hilflos wie sie. Frida kam aus dem Garten zurück, in den sie angesichts des Lärms geflüchtet war, rannte auf Moritz zu und sprang an ihm hoch. Er hob abwehrend die Arme und zischte: »Verschwinde, du Plage!«

Hannah sah die braunen Pfotenabdrücke auf seiner Hose und wollte ihm helfen: »Ich hole gleich ein feuchtes Handtuch, um die Erde abzuwischen.«

»Nee, lass mal«, er winkte ab und ging zu seinem BMW, den er in der Einfahrt geparkt hatte. »Mit der Hose kann ich sowieso nicht zurück ins Büro. Ich denke, ich fahre jetzt mal zum Krankenhaus und schaue, was mit meiner Mutter los ist.«

Hannah zögerte, doch dann nahm sie allen Mut zusammen und fragte: »Kann ich mitkommen?«

Sie sah, wie er seinen Mund zu einem verächtlichen kleinen Lächeln verzog, und erriet sofort, dass er sie eigentlich lieber los sein wollte. Etwas im Ausdruck seines Gesichts flößte ihr jedes Mal ein Gefühl des Unbehagens ein. Er hatte die gleiche Schlagfertigkeit und das Temperament seiner Mutter, aber nichts von ihrer Herzlichkeit und Wärme. Als er nicht gleich antwortete, fügte sie hinzu: »Ich würde gerne wissen, was mit Doris ist …« Hannah kam sich in Moritz' Gegenwart linkisch und dumm vor und alles, was sie sagte, klang in ihren eigenen Ohren banal, doch sie wusste nicht, wie sie alleine zum Krankenhaus kommen sollte. Deshalb sprach sie weiter: »… ob sie etwas braucht und ob sie wieder gesund wird.«

»Natürlich wird sie wieder gesund«, erwiderte er. Fast hatte sie den Eindruck, als ob er so barsch reagierte, weil er nicht zugeben wollte, wie sehr er sich selbst um seine Mutter sorgte.

»Von mir aus kannst du mitfahren. Nur der Hund, der kommt mir nicht in mein Auto.«

Isabelle

In der Nacht hatte es aufgehört zu regnen, ein leichter Wind von Südwest blies alle Wolken fort und zerstreute sie. Als der Samstagmorgen graute, war der Himmel schon wieder klar, die friedliche Stille ringsum wurde vom Chor zwitschernder Vögel unterbrochen. Ich drehte mich noch einmal um und schlief wieder ein.

Das Geräusch eines Wagens auf der Zufahrt weckte mich, ich stand erschrocken auf und sah auf die Uhr. Es war schon zehn und ich schlüpfte rasch in Jeans und T-Shirt, um nachzusehen, wer da am Vormittag zur Farm kam. Barfuß rannte ich in die Eingangshalle, öffnete einen Flügel der Haustür und stieß einen Schrei aus. Ein Schwarm Perlhühner raste über die Einfahrt, aber das war nicht der Grund für meine Überraschung. Der Mann in Jeansjacke und rotem T-Shirt, der gerade aus dem Toyota stieg, war Zahir. Ich lief auf ihn zu und wollte mich schon in seine Arme werfen, doch in letzter Sekunde fiel mir ein, dass er dieses Verhalten missverstehen könnte, und blieb wie angewurzelt stehen.

»Zahir«, sagte ich und strahlte ihn an. »Ich bin so froh, dass du lebst!«

»*Mambo!*«, begrüßte er mich und wirkte gar nicht überrascht, mich hier zu sehen. Aber das fröhliche Lachen von früher war nicht da. Er hielt Distanz, sein Ausdruck war kühl. Ich besann mich wieder auf die wichtigsten Begrüßungsfloskeln auf Swahili. In Tansania wurden über hundert verschiedene Sprachen gesprochen, die meisten Einwohner sprachen Bantusprachen, die oft gegenseitig verständlich waren. De facto war aber Swahili die Amtssprache, doch da die festangestellten Arbeiter auf der Farm Englisch verstanden, hatte ich nur ein paar wenige Vokabeln während meiner Aufenthalte auf der Farm gelernt. »*Mambo*« hieß auf Deutsch: »Hi, wie geht's?« Darauf antwortete man normalerweise mit »*Poa*«, was auf Deutsch »Gut!« hieß. Doch »gut« fühlte ich mich ganz und gar nicht.

»Wusstest du, dass ich hier bin?«, fragte ich stattdessen auf Englisch. Er nickte.

»Woher?«

»Ein Bekannter von meinem Cousin hat erzählt, dass er eine *Muzungu* vom Kilimandscharo-International-Airport zur Mawingu-Farm gefahren hat, und da dachte ich, ich sehe mal nach, wer das ist.«

Meine wenigen Brocken Swahili reichten zumindest aus, um das Wort Muzungu zu verstehen, das »Weiße« hieß. Sobald man es hörte, wusste man, dass man in Tansania angekommen war. Mit einer anderen Hautfarbe fiel man hier natürlich auf, man wurde anders wahrgenommen und behandelt.

»Ah, der Bekannte muss Jabari gewesen sein«, sagte ich, worauf Zahir wieder nickte, aber stumm blieb. In seinen dichten Haaren entdeckte ich einige silberne Strähnen. Ich wusste, dass er zehn Jahre älter als ich war, also musste er inzwischen fünfundfünfzig geworden sein. Er war in der Gegend aufgewachsen und gehörte zur Volksgruppe der Nyamwezi. Zahir, die gute Seele der Mawingu-Farm, der mir schon bei meinem ersten Besuch alles über die tansanische Tierwelt beigebracht hatte, was ich wissen musste, wirkte heute seltsam starr und abweisend. Als er um den Wagen herumging, registrierte ich, dass er ein Bein nachzog.

»Was ist mit deinem Bein passiert, Zahir?«, fragte ich.

Er antwortete mit einem Sprichwort, das mich zum Schweigen brachte: »Der keine Wunde erhalten hat, lacht über eine Narbe.«

Aus dem offenen Kofferraum holte er eine Kunststoffkiste mit frischem Gemüse. Hier in Tansania gab es natürlich nicht alle Sorten das ganze Jahr über wie in München. Welches Gemüse man bekam, hing davon ab, ob gerade Ernte- oder Regenzeit war. Jetzt, während der Erntezeit, standen den Menschen hier vor allem Kartoffeln, Tomaten, Karotten, Zwiebeln und grüne Paprika zur Verfügung. In der Regenzeit waren es eher Matembele, das waren Süßkartoffelblätter, verschiedene Sorten Spinat, wie Mchicha, sowie Kürbisblätter. Ich sah noch eine weitere Kiste mit Milchprodukten von Kühen und Ziegen. Auch das war nicht selbstverständlich, denn in der Trockenzeit gaben die Tiere kaum Milch.

»Soll ich die nehmen?«, fragte ich. Auf sein Nicken hin packte ich die Milchkiste, obwohl ich gar nicht wusste, wer das alles verzehren sollte, wir ließen den Kofferraum offen stehen und gingen nebeneinander ins

Haus. Er hinkte stark und ich hatte so viele Fragen an ihn, dass ich gar nicht wusste, womit ich anfangen sollte. Wären ein paar Worte der Andacht über Corinnas Tod angebracht? Als Erstes fiel mir der Umschlag ein, den ich von Dr. Mettmann für Zahir bekommen hatte. Ich lief rasch in mein Zimmer und kam damit zurück. »Hier, das ist für dich von Corinna. Der Notar hat es mir mitgegeben.« Zögernd stellte Zahir die Kiste ab und nahm den Umschlag entgegen. Ich sagte: »Du kannst ihn öffnen, wenn du alleine bist.« Denn ich wollte ihn nicht in Verlegenheit bringen, falls der Umschlag Geld oder einen persönlichen Brief enthielt.

Daraufhin steckte ihn Zahir in seine Hosentasche und hob wieder die Gemüsekiste an. Ich versuchte, mich auf das Wichtigste zu besinnen, und in den Augen meiner Tante wäre dies vermutlich die Kaffeeernte gewesen.

»Weißt du, wo all die Arbeiter sind?«, fragte ich Zahir.

»Sie sind da, wo sie waren, bevor sie auf der Plantage gearbeitet haben.«

»Aber wir brauchen diese Leute! Die Ernte muss eingebracht werden!« Er hörte wohl, wie verzweifelt ich klang, doch ich glaube, dass diese ungeduldige Art, die er nur von uns Europäern kannte, ihn noch nie sonderlich beeindruckt hatte.

»Kannst du sie wieder zurückholen?«, fragte ich atemlos. »Du hast doch sicher gesehen, dass die Kaffeekirschen reif sind.«

Er blickte geradeaus auf die Stufen vor sich, aber es entging ihm natürlich nicht, dass ich ihn nicht aus den Augen ließ. Vor der Haustür blieb Zahir stehen und schüttelte den Kopf. »Das wird nicht so einfach sein und die Ernte machen schon die Vögel, Affen und Antilopen.«

»Das kann nicht sein, gestern waren die Bäume noch voller reifer Kirschen.«

»Es ist schon zu spät für die Ernte«, wiederholte er und sah mich dabei nicht an.

Seine Worte versetzten mir einen schweren Schlag. Diese Auskunft und sein zur Schau getragenes Desinteresse trafen mich ganz unvorbereitet. Das war nicht der Zahir, wie ich ihn kannte, immer hilfsbereit und bemüht, alles für die Farm, für Corinna und, wenn ich zu Besuch war, auch für mich zu tun! Außerdem konnte ich nicht glauben, dass die Ernte in dem Zeitraum seit meiner gestrigen Ankunft weitestgehend vernichtet worden sein sollte. Zahir benahm sich merkwürdig und ich wusste nicht, warum. Aber ohne ihn würde ich nichts ausrichten können. Ich hatte nicht die geringste Vorstellung, wie ich die Arbeiter zusammentrommeln sollte. Als ich darüber nachdachte, begann ich mich in meine Tante hineinzuversetzen. Was hätte sie in dieser Situation gemacht? Auf keinen Fall hätte sie einfach aufgegeben, sie hätte irgendeine Lösung gefunden.

Ich stieß die eine Seite der Schwingtür auf, ließ ihn durch, ging dann aber vorneweg. In der Küche begann Zahir sogleich geschäftig, das mitgebrachte Gemüse und eine Flasche Ziegenmilch in den Kühlschrank zu räumen.

»Du bist es also, der die frischen Lebensmittel in den Kühlschrank gepackt hat, aber wozu? Ist das nicht Verschwendung?«

Seine Antwort kam ohne jedes Zögern: »Die Vorräte sind für die großen Wanderer.«

Ich erinnerte mich sofort an den Ausdruck »die großen Wanderer«. Meine Tante hatte ihn häufiger verwendet. Für »die großen Wanderer« unter ihren Freunden sollte die Farm immer ein Zuhause bieten. Sie meinte damit Globetrotter aus aller Welt, natürlich uns, ihre Familie, aber auch Freunde, die in Afrika lebten und teilweise weite Strecken zurücklegten, Steppen und Flüsse durchquert hatten, ihre Hängematten zwischen zwei Bäume gehängt hatten. Wenn »die großen Wanderer« in die geteerte Einfahrt zur Mawingu-Farm einbogen, tat es allen gut, zu den bekannten Büchern, glatten Betttüchern, in die Kühle der großen Zimmer hinter Fensterläden und an den gefüllten Kühlschrank zurückzukehren.

»Und du hast den Kühlschrank gefüllt?«

»Ja, und alle drei Tage kontrolliere ich alles und wenn es sein muss, tausche ich die Lebensmittel aus.«

Wie zum Beweis öffnete er die Kühlschranktür, holte einige der Behälter heraus und begutachtete den Inhalt.

»Aber Corinna ist nicht mehr da!«, wandte ich ein.

»Auch während ihrer Abwesenheit, wenn Corinna zu Besuch in Europa war, übernachteten die großen Wanderer immer hier im Haus.«

Ich wusste, dass er recht hatte, das Farmhaus hatte allen Freunden und Bekannten offen gestanden. »Und jetzt, nachdem sie …«, ich zögerte, bevor ich das harte Wort aussprach, »… tot ist, kommen sie auch noch?«

Er schwieg. »Es ist dir also wichtig«, sagte ich, »dass hier alles weitergeht, gerade so, als wäre meine Tante noch am Leben …«

»Ja«, antwortete Zahir knapp, ohne seine Arbeit zu unterbrechen.

»Glaubst du denn, sie würde wollen, dass die gesamte Ernte, die Arbeit eines Jahres, an den Bäumen verfault oder von Tieren gefressen wird?«

Zahir zögerte einen Moment mit der Antwort. Ich konnte sein Gesicht nicht sehen, er hatte sich von mir abgewandt und seinen Kopf in den Kühlschrank gesteckt.

»Nein«, sagte er langsam. »Ich glaube, sie würde den Kaffee ernten lassen.«

Als er sich aufrichtete, hielt ich ihm mein Handy entgegen. »Dann ruf bitte die Arbeiter zusammen, Zahir. Tu es für Corinna.«

Es schien mir, als würde er mit sich ringen. Der Zahir, den ich von klein auf gekannt hatte, hätte nicht einen Moment gezögert. Aber es war, als ob eine unsichtbare Hand seine Tatkraft und Zugewandtheit fortgewischt und stattdessen eine Maske geformt hatte.

»Bitte, Zahir, ich brauche dich jetzt.«

Er sah zu Boden, kratzte sich im Nacken und nach einer langen Pause sagte er: »Okay, ich versuche es. Aber ich kann nicht garantieren, dass sie zurückkommen. Sie arbeiten auf anderen Plantagen.«

»Danke«, sagte ich, blieb stehen und wartete, dass er nun sofort zum Handy griff und die Leute anrief, die wiederum diejenigen fragen würden, die kein Mobiltelefon besaßen. Doch er sortierte in aller Ruhe Lebensmittel im Kühlschrank, bis ich sagte: »Das kann ich doch machen, ruf du lieber die Arbeiter an.«

Er richtete sich auf und antwortete: »Die Europäer haben die Uhr, wir haben die Zeit.«

Um halb elf, nachdem ich geduscht, mich angezogen hatte und gerade im Büro meiner Tante die Aktenordner nach Unterlagen über die Löhne für die Arbeiter durchsuchte, klingelte mein Handy und ich sah Alex' Foto auf dem Display. Ich musste lächeln, denn es war eines meiner Lieblingsbilder von ihm: Ein schiefes Grinsen im ovalen Gesicht, kurz geschnittener Vollbart, weißes T-Shirt, stand er, die Arme verschränkt, sodass sein Bizeps in Szene gesetzt wurde, an einen Laternenpfahl gelehnt. Seit einigen Jahren trainierte mein Sohn regelmäßig im Fitnessstudio und zeigte gerne seinen Muskelzuwachs vor.

»Guten Morgen, Alex!«, meldete ich mich und da er mich nicht allzu häufig grundlos, vielmehr meistens in Notsituationen anrief, zu denen sowohl eine Mandelentzündung, ein leeres Konto gegen Monatsende oder ein kleiner Autounfall mit Blechschaden zählten, lautete meine nächste Frage: »Was ist passiert?«

»Oma hatte einen Schlaganfall.«

Das Lächeln schwand langsam aus meinem Gesicht. »Ist sie …?« Ich streckte die Hand aus, tastete nach einer Stuhllehne und bekam eine zu fassen. Langsam setzte ich mich hin.

»Sie hat überlebt, aber sie liegt im Krankenhaus und kann nicht mehr sprechen.« Ich hörte, wie Alex' Stimme brach.

»Oh, mein Gott«, sagte ich fassungslos. Instinktiv presste ich mir eine Hand auf die Brust, um mein heftig pochendes Herz zu beruhigen. »Ich versuche sofort, einen Flieger zurück zu buchen.«

»Gibt mir mal den Hörer«, hörte ich Christophs Stimme im Hintergrund und dann meldete er sich: »Isa?«

»Ja, guten Morgen, Chris, wie schlimm ist es, ist sie gelähmt?«

»Nein, sie ist nicht gelähmt, sie ist außer Lebensgefahr und das Sprachvermögen kommt laut Aussage der Ärzte wieder zurück. Isa, wir konnten sie bisher nur durch die Scheibe der Intensivstation sehen, aber du kennst sie, sie ist zäh und sie würde es auf keinen Fall wollen, dass du deine Reise unterbrichst. Du bist ja gerade erst angekommen.«

Meine Hand zitterte, während ich den Knopf des PCs auf dem Schreibtisch meiner Tante drückte, um ihn hochzufahren und nach Flügen zu suchen. Natürlich würde ich zurückfliegen, gar keine Frage! Das kleine schwarze Kästchen blinkte: Passwort. Natürlich wusste ich ihr Passwort nicht.

»Isa? Bist du noch da?«

»Ja, bin ich. Aber ich muss zu ihr, ich kann nicht hierbleiben.«

»Hör mir doch erst einmal ganz ruhig zu. Wir sind alle für deine Mutter da: ich, Alex, dein Bruder und Hannah.«

»Hannah!«, rief ich. »Sie habe ich ja vollkommen vergessen. Was wird jetzt aus ihr?«

»Wir kümmern uns um sie, keine Sorge. Sieh doch mal, es war so eine lange Reise nach Tansania, Isa, so ein riesiger Aufwand und du kannst hier auch nichts ausrichten. Deine Mutter ist in guten Händen. Sie ist im besten Krankenhaus, sie kam rechtzeitig dorthin und ist auf dem Weg der Besserung. Ich halte dich auf dem Laufenden.«

Ich war nicht überzeugt.

»Deine Mutter würde es nicht wollen, das weißt du. Ihr wäre es am wichtigsten, dass du dich um Corinnas Farm kümmerst.«

Das Wichtigste waren jetzt nur Mama und ihre Gesundheit, alles andere konnte doch warten! Aber ich ließ mich von Christoph einwickeln und zweifelte selbst an dem Sinn meiner sofortigen Rückreise. »Gut ich überlege es mir und melde mich noch mal, aber ihr meldet euch sofort, wenn sich ihr Zustand verändert!«

Ich ließ den Hörer sinken und starrte auf den Bildschirm mit dem schwarzen Kästchen. Früher oder später würde ich vermutlich die Inhalte auf der Festplatte benötigen, dachte ich. Anstatt auf meinem Smartphone oder in meinem eigenen Laptop die nächsten freien Flüge nach München zu suchen, probierte ich einige Varianten von Passwörtern, die mir in den Sinn kamen.

»Hannah, Mawingu, Tansania …« Mir war selbst klar, dass meine Ideen für mögliche Kenncodes sehr simpel waren, aber bekanntermaßen benutzten die meisten Menschen einfache Begriffe für ihre Passwörter. Nichts passierte. Der Bildschirm blieb schwarz.

Doris

Doris war heilfroh, dass sie nicht länger auf der Intensivstation bleiben musste. Das Zeitgefühl war ihr abhandengekommen, aber es sollten mindestens zwei, drei Tage vergangen sein, seit sie in die Notaufnahme des Bogenhausener Krankenhauses eingeliefert worden war. Das ständige Piepen der Überwachungsgeräte und eine alte Dame im Bett nebenan, die in einem fort geredet hatte – vielmehr hatte die Ärmste eher unartikuliert gelallt –, hatten sie am Schlafen gehindert. Am schlimmsten war die Erkenntnis, dass auch Doris selbst vor sich hin gebrabbelt hatte.

Sie hatte zwölf Stunden durchgeschlafen, sogar die Nachtschwester hatte sie an diesem Morgen nicht geweckt. Es war zehn nach neun. Jetzt fühlte sie sich zwar immer noch erschöpft und benebelt, aber es war eine angenehme Müdigkeit. Nur eine Nasenbrille – den Begriff hatte sie erst in der Stroke Unit der Klinik erlernt – versorgte sie mit Sauerstoff, was sie als angenehm empfand, denn das Atmen wurde dadurch so federleicht. Im Übrigen war sie von den Sonden und Kanülen befreit worden. Als sie sich in dem nüchternen Einzelzimmer umsah, die weiß getünchten Wände und die Ulme vor dem Fenster betrachtete, das Gezeter einer Amsel hörte, die sich über irgendetwas aufregte, wurde sie scheinbar grundlos von einem Glücksgefühl überrascht. Jahrelang hatte sie es nur gekannt, wenn sie mitten im Garten stand und bemerkte, wie eine Teerose aufblühte oder ein zartes, hellgrünes Blättchen aus der Erde spross, das sie selbst gepflanzt hatte. Aber jetzt, in diesem schmucklosen Raum, gab es eigentlich keinen Grund dafür. Es sei denn, weil sie lebte. Sie konnte atmen, schmecken, riechen, sehen … und wieder sprechen.

Ich bin achtundsechzig Jahre alt und hatte, wenn man den Ärzten glauben kann, einen Schlaganfall. Im Garten kommt der Herbst, mit der Fetthenne in den Beeten, Feldsalat, Radieschen, die geerntet werden können, den herrlichsten Laubfärbungen, und ich werde ihn erleben. Ich werde mich um meine neu gewonnene Nichte kümmern und an ihrem Aufwachsen teilhaben.

Sie musste an ein Zitat von Mark Twain denken. *Das Geheimnis des Glücks ist es, statt der Geburtstage die Höhepunkte des Lebens zu zählen.* Doris Isenburg hatte niemals viel auf ihr Alter gegeben, Geburtstage gefeiert und nicht darüber lamentiert, der wievielte es war. Aber jetzt sah sie das »Leben an sich« mit anderen Augen. Es war nicht mehr die bloße Existenz als Selbstverständlichkeit, sondern ein Geschenk, etwas Besonderes, das jeden Tag ausgekostet werden musste. Und sosehr sie noch über den Verlust ihrer Zwillingsschwester trauerte, so sehr würde sie sich von nun an über die Existenz von Hannah freuen – und über ihre eigene. Das Leben dauerte nicht ewig und sie versprach sich selbst, keinen einzigen Moment mehr davon zu verschwenden.

Als es an der Tür klopfte, rief sie neugierig »Herein« und war fast ein wenig stolz darauf, das Wort vollkommen normal artikulieren zu können. Da weder Krankenpfleger noch Ärzte zu klopfen pflegten, musste es jemand außerhalb des Personalstabs sein. Und so war es: Moritz steckte seinen Kopf durch den Türspalt. Seinem Gesichtsausdruck war anzusehen, wie sehr ihn ihr Aussehen schockierte. Man hatte Doris heute zum ersten Mal einen Spiegel gegeben und sie konnte ihrem Sohn sein Entsetzen nachfühlen. Und doch, fand sie, er hätte es etwas weniger plump zeigen können. Durch die Thrombolyse, die man ihr nach der Kernspintomografie im Krankenhaus verabreicht hatte, waren ihr Gesicht und ihr Hals tiefblau verfärbt. Die behandelnde Ärztin hatte ihr auch gesagt, wie wichtig es gewesen war, dass sie rechtzeitig gefunden wurde und dass sofort der Notarzt gerufen worden war. »Zeit ist bei einem Schlaganfall Hirn«, hatte sie ihr erklärt. Je rascher die Anwendung der Lysetherapie nach Auftreten des Schlaganfalls stattfinde, umso weniger Hirnzellen würden geschädigt. Weil das alles rechtzeitig erfolgt sei, war auch ihr Sprachvermögen schon fast vollständig wiedergekehrt.

»Mama, wie geht es dir?«, fragte Moritz, jetzt deutlich bemüht, seine Erschütterung über ihr Aussehen zu unterdrücken. Er stellte einen Obstkorb, der in Zellophanfolie eingepackt war, auf den Nachttisch. Hinter ihm kam Hannah herein und hielt schüchtern einen kleinen Blumenstrauß in der Hand. Auch in ihrem Gesicht spiegelte sich wider, dass die Fülle der Eindrücke, die im Krankenhaus und jetzt an Doris' Bett auf die Vierzehnjährige einstürmten, und die Gedanken, die sie auslösten, wenig Raum für ein zuversichtliches Lächeln ließen.

»Was haben sie dir angetan?«, fragte sie. »Auf der Intensivstation durfte ich nicht zu dir und jetzt siehst du so aus …« Sie stockte.

Doris griff nach ihrer Hand. »Keine Sorge, Hannah, das ist ganz normal. Es kommt von der L…L…Lyse und die m…m…musste sein, sonst könnte ich jetzt nicht mehr sprechen und wäre vielleicht halbseitig g…g…gelähmt oder noch schlimmer …« Sie merkte, wie Hannah schluckte, wie sie um Fassung rang, und sprach deshalb in dem medizinischen Fachjargon weiter, den sie von den Ärzten aufgeschnappt hatte. Denn nach ihrer Erfahrung half das nüchterne Vokabular manchmal sogar, die Nerven zu beruhigen. Doch so leicht, wie sie dachte, wollten ihr die Formulierungen und Worte noch nicht gelingen: »Bei der Lyse handelt sich um d…d…die Infusion eines Enzyms, das das B…B…Blutgerinnsel in meiner Hirnarterie aufgelöst hat. Es g…g…gibt nur ein Zeitfenster von viereinhalb Stunden, in der sie verabreicht werden kann, und je schneller, d…d…d…desto …« Sie merkte, dass sie stotterte, ein wenig lallte, aber wollte nicht aufhören zu reden, so froh war sie darüber, es wieder halbwegs zu können. »… desto weniger Hirn wird g…geschädigt«, vollendete sie den Satz und lächelte. »S…siehst du? Ich kann wieder sch…sch…schprechen.«

»Und das Stottern? Geht das wieder weg?«, fragte Moritz nüchtern.

Doris nickte. »Ich muss aber trainieren, sie sagen, ich soll in eine Rehaklinik.«

»In eine Klinik? Wie lange denn?«

»Drei Wochen.«

»Ah, und wo?«

»W…w…« Sie merkte, dass ihre Kräfte bald am Ende waren, und sammelte sich, bevor sie es erneut versuchte. »Weiß ich noch nicht. Darum kümmern sie sich hier.« Doris spürte, wie sie das Sprechen, das Formulieren, das Antworten auf die Fragen wirklich noch sehr anstrengten, und fast wäre es ihr lieber gewesen, wenn ihr Besuch schon wieder gegangen wäre. Zumindest Moritz. Er fühlte sich als Gentleman, doch in Wirklichkeit hatte er immer nur sich selbst im Blick. Sie schloss kurz die Augen und fragte sich, warum ihr Sohn bloß so geworden war. Aber selbst eine Krankheit hatte ihre guten Seiten. Sie grübelte nicht mehr über vergangene Missetaten oder begangene Fehler nach. Zum ersten Mal in ihrem Leben war sie sich ihrer Sterblichkeit bewusst geworden. Das war zwar furchterregend, weil sie noch nie darüber nachgedacht hatte, doch gleichzeitig schärfte es ihr Wahrnehmungsvermögen und führte ihr deutlich vor Augen, was von der Kirche als *Sünde der Unterlassung* bezeichnet wurde. Doris war nicht religiös und hatte niemals gebeichtet, doch sie fing seit dem Schlaganfall an, sich vor Augen zu führen, was sie alles für verrückte Dinge hatte tun wollen. Dinge, die ihre Schwester Corinna einfach machte, sich herausnahm. Sie selbst hingegen hatte sich immer damit abgefunden, dass sie zwei Kinder großzuziehen hatte und die meisten ihrer Träume unerfüllbar waren. Es war an der Zeit, daran etwas zu ändern.

»Mama?«, fragte Moritz, der wohl dachte, sie sei eingeschlafen.

»Ja?«

»Brauchst du etwas? Soll ich dir noch etwas aus der Villa holen?«

Doris witterte immer Gefahr, wenn ihr Sohn sich auffällig freundlich benahm. Aber dann besann sie sich darauf, die Gunst der Stunde zu nutzen: »Nein, aber ich hätte eine Bitte.« Sie wandte sich an Hannah. »Könntest du vielleicht eine der Schwestern nach einer Vase für deine schönen Blumen fragen?«

Hannah nickte und verließ das Krankenzimmer. »Hol dir mal einen Stuhl und setz dich zu mir.«

Er tat, was sie sagte.

»Ein wenig näher.«

Darauf rückte er den Stuhl dichter an das Bett.

Doris legte ihrem Sohn die Hand auf den Unterarm, streichelte ihn leicht und sah ihm lange in die Augen. Sein Gesicht drückte Bedenken aus, was sie ihm nun wohl für eine Zumutung abverlangen würde.

»Mein lieber Moritz«, sagte sie schließlich und schloss wieder den Mund in dem Bewusstsein, dass er ihre Bitte vermutlich rundheraus ablehnen würde. Sie wackelte nur leicht mit dem Kopf hin und her, als wollte sie sagen, wie sinnlos es sei, ihn zu fragen.

»Also, nun schieß schon los!«

»Weißt du, Moritz, ich mache mir Sorgen um Hannah. Sie ist ja erst vierzehn und kann doch nicht ganz allein in der Villa wohnen.«

Moritz' Gesicht blieb unbewegt.

»Und Isa ist ja nun in T…Tansania …« Die Vorstellung, sie könnte überstürzt die Rückreise angetreten haben, überkam sie ganz plötzlich und die Aufregung störte sofort wieder ihren Wortfindungsprozess. »Du hast Isa doch hoffentlich nichts von meinem kleinen ...«, sie suchte nach dem passenden Ausdruck »... Schluckauf e...erzählt.« Sie merkte, dass sie wieder stotterte. Das Gefühl, als wollten die Worte sich einfach nicht von ihrer Zunge lösen, erinnerte sie an den Moment, in dem Hannah sie im Bett gefunden hatte.

Moritz sagte: »Ich nicht, aber Christoph vermutlich oder Alex. Die beiden haben natürlich alles mitbekommen.«

Doris schloss kurz die Augen, um sich zu konzentrieren. Nach einer Pause sprach sie langsam weiter: »Dann musst du sie anrufen oder ich tue es, damit sie nicht extra zurückkommt.« Das Sprechen fiel ihr jetzt wieder unglaublich schwer. Langsam kam ihr die Erkenntnis, dass es noch ein langer Weg zurück in die Normalität sein würde.

Moritz senkte die Lider und seufzte. »Ja, kann ich machen. Sonst noch was?«

Doris fühlte, wie er sich immer mehr von ihr abwandte. Aber das ließ sie nicht zu. Sie brauchte ihn jetzt.

»Moritz, du musst dich um Hannah kümmern. Vielleicht kann sie, solange ich in der Reha bin, zu dir in die Wohnung ziehen und Frida natürlich auch.«

»Was, das Kind und der Hund? Das geht nicht, in meiner Mietwohnung sind Hunde nicht gestattet ... Kinder womöglich auch nicht.«

»Ach so ein Unsinn, Kinder sind überall erlaubt. Aber dann könntest du doch so lange in der Villa Waldeck bei ihr wohnen und nach ihr sehen, ginge das nicht? Ich möchte nicht, dass das Mädchen ganz alleine ist, nach allem, was sie hat durchmachen müssen, und wenn es die Dame im Jugendamt erfährt, wäre das auch nicht hilfreich.«

Moritz machte ein Gesicht, als hätte er in eine Zitrone gebissen. Die Vorstellung, einen Teenager und einen Hund zu hüten, schien ihm genauso fern wie ein geordnetes bürgerliches Leben im Allgemeinen. Es wäre ihm nicht im Traum eingefallen, auf seine Biergarten- und Klubbesuche zu verzichten, geschweige denn auf die kurzen Wochenendtrips. Doris hatte schon oft befunden, dass er mit seinen gut vierzig Jahren längst zu alt für solche Ausschweifungen war. Aber dann änderte sich sein Ausdruck mit einem Mal und er bedachte offenbar die Aussicht, für einige Wochen in die Villa zu ziehen, aufs Neue.

Als sich die Tür öffnete und Hannah mit den Blumen in einer Glasvase hereinkam, teilte ihr Doris die Neuigkeit mit, dass Moritz noch heute eines der Gästezimmer in der Waldeck-Villa beziehen werde.

»Ach, wirklich? Warum?«

Hannah war deutlich anzusehen, dass sie darüber nicht besonders erfreut war. Doris wunderte das nicht. Moritz konnte zwar der charmanteste Mensch der Welt sein, wenn er darin einen Vorteil für sich erkannte. Doch bislang schien er im Umgang mit Hannah keinen Gewinn erblickt zu haben.

»Ich kann dich nicht einfach alleine wohnen lassen, schließlich bist du noch minderjährig und wir wollen nicht, dass es am Ende noch Ärger mit dem deutschen Jugendamt gibt.«

Hannah hob die Schultern und ließ sie wieder fallen, ohne etwas zu entgegnen, aber ihr Gesichtsausdruck war alles andere als glücklich.

»Du brauchst dir keine Sorgen zu machen, Hannah«, versuchte Doris sie aufzumuntern. »Moritz ist ein echter Hausmann. Er versorgt sich ja schon sein halbes Leben selbst.« Moritz zuckte mit der Augenbraue, denn er bemerkte die feine Ironie seiner Mutter. Gegenüber ihrer Nichte unterschlug Doris, dass ihr Sohn so lange zu Hause wohnen geblieben war, bis sie ihn geradezu hinausgeworfen hatte. Zu praktisch waren der gefüllte Kühlschrank, das wöchentlich frisch bezogene Bett und die gebügelten Hemden gewesen. Sie spürte sofort, dass Hannah zurückhaltend reagierte, obwohl sie schließlich sagte: »Okay!«

»Also von mir aus muss das nicht sein«, bemerkte Moritz leicht eingeschnappt. Doch solche Flecken auf der neuen Frische ihrer Einigkeit ließ Doris gar nicht erst zu. Sie wählte einen im Umgang mit ihrem Sohn lange eingeübten Ausweg und vermied es, die Entscheidung nochmals infrage zu stellen.

»Und zwar zieht er gleich heute in der Villa ein.«

Hannah

ist du ein Messie?«, fragte Hannah laut, während sie auf dem Sofa im Wohnzimmer saß und darauf wartete, dass Moritz im Schlafzimmer seinen Koffer packte. Drei Stapel lachsfarbener Zeitungen hatte sie wegräumen müssen, um einen Platz zum Sitzen zu finden. Mit angezogenen Beinen sah sie sich in dem Raum um. In einer Ecke stapelten sich weitere alte Zeitschriften und Zeitungen, auf dem staubigen Glascouchtisch standen leere Gläser und Tonic-Flaschen neben abgegessenen Tellern. Moritz antwortete nicht. Er hatte Übung im Packen, aber dadurch, dass er erst vor Kurzem aus Monaco zurückgekommen war, lag seine schmutzige Wäsche noch unberührt im Korb und die Auswahl an frischen Hemden war begrenzt.

Hannah hob eine Zeitung hoch, in der ein Artikel über Immobilienpreise mit zwei blauen Strichen markiert war. Dann nahm sie eine der Zeitschriften von dem niedrigen Tisch und betrachtete das Titelblatt. »BTC Echo Magazin für Bitcoin & Blockchain seit 2014«, las sie und blätterte weiter, überflog den Artikel *Krypto-Investments. Jetzt oder nie?*

Mit dem Satz: »Hast du hier irgendwo ein iPad gesehen?«, wurde ihre Lektüre von Moritz unterbrochen, der ins Wohnzimmer kam und hektisch alle möglichen Stapel durchsuchte. Hannah schüttelte den Kopf und fragte: »Ist es nicht ein Widerspruch, analoge Artikel über Dinge zu lesen, die nur in der digitalen Welt existieren?«

Sie hielt die Zeitschrift hoch, die sie gerade las.

Ein Blick auf seine finstere Miene reichte aus, um wieder das ungute Gefühl heraufzubeschwören, das sie von Anfang an in seiner Gegenwart gehabt hatte. Er hörte mit seiner unsystematischen Suche auf und sah sie an, als hätte sie ihn gefragt, warum sich die Erde um die Sonne drehe. Aber dann brachte er sogar ein verkniffenes Lächeln zustande: »Die Frage ist gar nicht so unberechtigt, wie alt bist du noch mal?«

»Vierzehn.«

»Also dumm scheinst du jedenfalls nicht zu sein.«

Hannah war nicht um die Antwort verlegen: »Wir hatten an der Internationalen Schule in Arusha seit der fünften Klasse IT-Unterricht und ich habe eine Arbeitsgruppe zum Thema Blockchain besucht.«

»Entpupp dich bloß nicht auch noch als neunmalkluger Nerd!«

Sie hob einen Stapel vom Couchtisch hoch und da lag sein IPad.

»Ach, dort ist es, hätte ich mir gleich denken können.« Er griff danach und steckte es in eine braune Aktentasche, die mit den Buchstaben LV bedruckt war, und meinte: »So, dann können wir los, denke ich.«

Isabelle

Ich stand mitten auf der Plantage, breitbeinig, meine Boots versanken bis zu den Knöcheln in der fruchtbaren schwarzen Vulkanerde. Es war ein strahlender, wolkenloser Tag und ich hörte die wohltuenden, vertrauten Geräusche: die Gespräche der afrikanischen Arbeiterinnen während der Ernte, das Prasseln der Kaffeekirschen, wenn sie aus den Kiepen auf die Ladefläche der Traktoranhänger geschüttet wurden. Noch immer waren die Arbeiter, die Pickers, vorwiegend Frauen, die die Früchte von den Bäumen pflückten. In den Reihen zwischen den Kaffeebüschen waren weiße Tücher ausgebreitet, auf denen die geernteten Kirschen vorsortiert wurden. Manche Frauen hatten Babys in Tragetüchern dabei, wogegen ich nichts einzuwenden hatte, doch waren auch einige Kinder zur Erntehilfe mitgebracht worden, was für mich nicht infrage kam. Sie musste ich nach einer Unterredung mit dem Vorarbeiter Kovu wieder wegschicken und ich hatte den Eindruck, dass ich damit nicht nur bei ihm auf Unverständnis stieß. »*Pickers are women and children*«, sagte er. Ich schüttelte den Kopf und blieb in dem Punkt unnachgiebig: »*No children under fourteen.*« Er stieß einen Pfiff aus, rief einige Worte auf Swahili und nach einer Weile kamen etwa zwanzig Mädchen und Jungen zu ihm.

Natürlich konnte ich nicht bei allen die Papiere kontrollieren und ich vermutete, dass einige, die in der Plantage blieben, letztlich doch jünger waren als vierzehn – und sie arbeiteten nun für mich. Es war offenbar Sitte und ich erinnerte mich, dass ich auch früher schon Kinder bei der Arbeit auf der Plantage gesehen hatte. Mir wurde klar, dass ich gegen eingefahrene Sitten würde anlaufen müssen und mir damit nicht nur Freunde machte.

Es gab noch genug zu ernten und ich fragte mich, warum Zahir behauptet hatte, die Ernte sei längst von den wilden Tieren und Vögeln aufgefressen worden. Vor meinen Augen beugten sich die Kaffeebüsche unter dem Gewicht der Früchte. Ausladende Schirmakazien und Jakarandabäume links und rechts der Plantage schützten sie und die Arbeiterinnen vor zu viel Sonne. In den weniger steilen Lagen hatte ich die vorhandenen Traktoren eingesetzt, soweit sie funktionsfähig waren, und das Brummen ihrer Motoren übertönte je nach Windrichtung die Gespräche und ihr Lachen. Übervolle Ladungen Kaffeekirschen wurden in die Mühle gefahren. Die Mehrzweckhalle, in der die Kaffeekirschen verarbeitet wurden, war hier schon immer *Mühle* genannt worden, obwohl der Rohkaffee weder vor Ort geröstet noch gemahlen wurde.

Ich schirmte meine Augen mit der Hand vor der Sonne ab und fühlte mich ausgeruht, voll frischer Energie und hatte einen Bärenhunger, doch der musste noch warten, bis er gestillt wurde. Heute würden wir alle weit bis nach Sonnenuntergang auf den Beinen sein, denn die Kirschen wurden unmittelbar nach dem Erntevorgang weiterverarbeitet.

Die Maschinen waren insgesamt vielleicht nicht mehr ganz so in Schuss, wie sie hätten sein sollen, aber Corinna hatte sich von einem tansanischen Ingenieur, der in Deutschland studiert hatte, beraten lassen. Ich wusste, wie stolz sie auf das alles gewesen war, wie sie immer wieder getüftelt, sich das umfängliche Know-how selbst angeeignet hatte. Jetzt war ich ins kalte Wasser geworfen worden und musste das gesamte Wissen innerhalb weniger Tage erlernen. Aber allein der Anblick der unzähligen Arbeiterinnen mit den schwarzen Schutzcapes, von denen sich ihre bunten Kopftücher farbenprächtig abhoben, die sich jetzt über die Plantage verteilten, erfüllte mich mit einem euphorischen Gefühl. Es glich fast ein wenig dem, was ich empfand, wenn ich einen von mir entworfenen Neubau betrat.

So weit sind wir noch lange nicht, zügelte ich meine Euphorie, denn bis der Rohkaffee in Säcke verpackt, in den Hafen von Daressalam gebracht und im Containerschiff nach Hamburg unterwegs war, lag noch unendlich viel Arbeit vor uns. Und da war noch etwas anderes: Bei meinen Bauprojekten in Deutschland und Europa hatte ich immer darauf bestanden, nur reguläre Arbeiter zu beschäftigen, für die alle Sozialabgaben und Steuern ordnungsgemäß entrichtet wurden. Schwarzarbeit kam für mich nicht infrage, nicht nur, weil sie gegen gesetzliche Verbote verstieß, sondern auch, weil ich am Beispiel meiner Mutter gesehen hatte, in welche Situation die fehlende Absicherung Menschen brachte. Sie standen eines Tages ohne Rente und Arbeitslosenversicherung da. Ich hatte deshalb in meinem Münchner Büro extra eine Mitarbeiterin angestellt, die für die Überwachung dieser Bedingungen zuständig war und auch sie kostete mich jeden Monat ein volles Gehalt zuzüglich aller Sozialabgaben.

Aber hier? Auf welche Abmachungen und Gehälter ich stoßen würde, darüber hatte ich mir, bis wir die Arbeiter zusammengerufen hatten, keinerlei Gedanken gemacht. Schließlich war es bisher nicht in meinen Verantwortungsbereich gefallen. Zahir hatte auf meine Frage nur abgewunken und geantwortet, sie bekämen den gleichen Lohn wie immer. Natürlich war ich mir sicher, dass meine Tante mindestens ebenso verantwortungsvoll darüber gewacht hatte wie ich, nur gab es hier eben andere Regelungen und Sitten. Ich würde mir also die Wirtschaftsbücher der Farm etwas genauer ansehen müssen, wenn ich die Zeit dazu fand.

»Missis Isabelle?«

Ich drehte mich um, als ich die Stimme einer Frau hörte, die zaghaft meinen Namen sagte.

Vor mir stand eine der Arbeiterinnen, ihr Alter ließ sich nicht genau schätzen, aber ich vermutete, dass sie Mitte dreißig war. Ich sagte eines der wenigen Worte auf Swahili, das ich kannte: »*Ndiyo?*«, und kam mir dabei etwas einfältig vor. Es hieß einfach nur »Ja«. Sie antwortete zu meiner Erleichterung auf Englisch.

Ihr Name sei Amidah. Sie wolle nichts kritisieren, aber es sei nicht gut, wenn die Kaffeekirschen alle auf einmal geerntet würden.

»Warum ist das nicht gut?«, fragte ich und musterte sie neugierig. Der großen, schlanken Statur nach hätte sie eine Massai sein können, aber ich hatte noch nie davon gehört, dass sie auf den Farmen arbeiteten. Ihre Kopfhaltung war stolz. Das Kinn vorgereckt, die hohen Jochbeine wie poliert, ohne jede Falte, stand sie da, ganz gerade, in einer vollkommen passiven und leicht spöttischen Haltung.

Das Muster ihres Kopftuches war besonders: aus einem strahlenden Blau mit roten Distelblättern. Die Frau wirkte sehr selbstbewusst, als sie antwortete: »Wir haben hier sonst immer im Picking-Verfahren gepflückt und das ist besser.«

»Was genau ist daran besser?«

»Dabei wird bei jeder einzelnen Kaffeekirsche entschieden, ob sie richtig reif ist. Nur dann hat sie den besten Geschmack. Man muss immer wieder durch die Plantage gehen und auswählen, wo man erntet und wo noch nicht. Über mehrere Tage oder Wochen.«

Der Vorarbeiter hatte offenbar aus der Ferne gesehen, dass die Frau mit mir redete, und kam dazu. Kovu trug eine dunkle Sonnenbrille und ein schneeweißes Polohemd, hob sich damit deutlich von den Frauen in der schwarzen Schutzkleidung ab. Ich hatte das Gefühl, als wollte er damit seine übergeordnete Stellung gegenüber den einfachen Pflückerinnen betonen.

Er sprach Amidah auf Swahili an und wirkte aufgebracht. Ich verstand kein Wort, aber der Stimmlage und seinem Gesichtsausdruck nach zu urteilen, wies er sie zurecht. Sie antwortete etwas, blieb dabei aber ruhig, da packte er sie am Arm.

»*Stop it!*«, rief ich, aber er reagierte nicht. Ich machte einen Schritt auf ihn zu und sagte auf Englisch: »Ich möchte hören, was sie zu sagen hat! Lass sofort ihren Arm los.«

Nur widerwillig nahm er die Hand von ihrem Oberarm und sandte mir einen wütenden Blick. Ich ahnte, dass ich mich zukünftig vor ihm würde in Acht nehmen müssen, aber jetzt sagte ich zu der Arbeiterin: »Sprich weiter, Amidah, bitte erklär mir, was es mit dem Picking auf sich hat«, forderte ich sie auf.

Sie warf einen skeptischen Blick auf den Vorarbeiter und obwohl er uns beide grimmig anstarrte, traute sie sich, mit mir zu reden: »Das Picking wird über Tage hinweg durchgeführt und es schont auch den Bestand der Kaffeepflanzen. So hat es Mrs Corinna immer gemacht und wir haben viel Erfahrung … wir wissen, wann die Kirschen gut sind und wann nicht.«

»Aber werden sie dann nicht in der Zwischenzeit von den Vögeln und wilden Tieren aufgefressen?«

»Sie mögen nur die ganz reifen Früchte. Man muss natürlich jeden Tag viele Arbeiterinnen durch die Plantage schicken, immer wieder.«

Ich ging zu dem nächsten Kaffeebusch, der noch nicht abgeerntet war, sah ihn mir genauer an und merkte, dass Amidah recht hatte: Nicht alle Kirschen waren rot und reif, einige waren noch grün und ziemlich hart. Amidah stellte sich neben mir auf und pflückte geschickt einige ab, zeigte sie mir in ihrer offenen Handfläche. »Sehen Sie? Nur diese hier sind optimal für die Weiterverarbeitung.« Mit dem Finger deutete Amidah auf die drei rötlichen Kirschen und sortierte zwei grüne aus.

»Die anderen müssen noch am Baum bleiben, sie brauchen noch einige Tage, manche vielleicht auch eine Woche.«

Ich drehte mich zu dem Vorarbeiter um, der die ganze Zeit in unserer Nähe geblieben war, dabei Amidah misstrauisch beäugte, und fragte mich im selben Moment, warum er mich nicht über die richtige Erntemethode aufgeklärt hatte. Hätte es nicht zu seinen Aufgaben gehört? Aber mir war auch bewusst, dass ich vorsichtig sein musste. Ich sollte es mir nicht gleich vollkommen mit ihm verscherzen, deshalb formulierte ich mein Anliegen nicht als Kritik.

»Kovu, gib den Arbeiterinnen Anweisung, dass sie nur die reifen Früchte im Picking-Verfahren pflücken sollen.«

Er sah mich an, als verstünde er nicht, was ich gesagt hatte. Als ich meine Worte wiederholte, regte er sich noch immer nicht. Amidah sagte leise, er verstehe kaum Englisch. »Und woher kannst du so gut Englisch?«, fragte ich. Aber anstatt zu antworten oder ihm meinen Satz zu übersetzen, lief sie davon. Nach einiger Zeit kam sie mit einem der Traktorfahrer zurück. Dieser sprach mit dem Vorarbeiter auf Bantu und nach einer Weile nickte Kovu missmutig und stampfte davon, nicht ohne Amidah zuvor noch einen unfreundlichen Wortschwall an den Kopf zu werfen.

Zu mir sagte sie nur: »Er wird es den Arbeiterinnen sagen«, und wollte schon wieder an die Ernte gehen. Doch ich hielt sie zurück und fragte, warum sie ihm meine Anweisung nicht selbst übersetzt habe. Sie sah mir gerade in die Augen und antwortete: »Weil es eine Niederlage für ihn gewesen wäre, die ihm noch dazu zwei Frauen zugefügt hätten.«

Ich sah sie an, wartete, ob sie dem noch etwas hinzufügen würde, doch für sie schien dieser Satz alles zu beinhalten, was zu sagen war.

»Kann ich jetzt wieder an meine Arbeit gehen?«, fragte sie.

»Und woher kannst du so gut Englisch?«

»Von meiner Tochter. Sie geht auf eine gute Schule. Kann ich jetzt gehen?«

»Selbstverständlich, Amidah … und danke.« Sie senkte kurz den Kopf und mischte sich dann wieder unter die anderen Pflückerinnen.

Ich sah ihr hinterher und fragte mich, ob meine Tante mit Kovu den richtigen Mann als Vorarbeiter ausgewählt hatte oder ob Amidah womöglich die geeignetere Person für diesen Posten wäre. Doch war es klug, gleich am ersten Tag die eingefahrenen Hierarchien und Vorstellungen umzuwerfen? Vermutlich nicht, beantwortete ich mir die Frage selbst. Trotzdem ging mir das Personalthema nicht mehr aus dem Kopf, während ich die Reihen der Kaffeebäume ablief und sah, wie geschickt und in welch rasender Geschwindigkeit nunmehr alle Frauen die Kirschen nach ihrem Reifegrad selektierten. Warum hatte der Vorarbeiter mich nicht darauf hingewiesen, dass dieses »Picking« die Methode der Wahl war?

Wie sehnte ich mich danach, meine Tante hier neben mir zu haben. Bei ihr hatte ich immer das Gefühl gehabt, sie wüsste jederzeit, was zu tun, was richtig und was falsch war. Niemals schien sie zu zweifeln. Sie war eine Frau, die ein unglaubliches Potenzial an Kraft und Durchsetzungsvermögen hatte und gleichzeitig selbst von sich begeistert war, wenn sie sehr ruhig, sehr leise bleiben und damit viel Vertrauen und Intimität aufbauen konnte. Die Wirkung, die sie mit dieser Bandbreite ihrer Verhaltensformen auf die Menschen ausübte, war enorm.

Als ich durch die nasse Erde zurück zur Straße watete, merkte ich, dass meine Timberlandboots nicht wasserdicht waren, denn meine Socken fühlten sich pitschnass an. Ich stieg in den Defender, um zur Mühle, der farmeigenen Mehrzweckhalle, zu fahren, in der bereits die Aufbereitung in vollem Gang war. Kurz überlegte ich, ob ich am Farmhaus haltmachen sollte, um die Socken und Schuhe zu wechseln, aber dann entschied ich, besser so früh wie möglich bei den Arbeitern in der Halle vorbeizufahren. Der Hinweis von Amidah hatte mich gelehrt, nicht einfach darauf zu vertrauen, dass alles von selbst laufen würde. Im Schnelldurchlauf hatte ich mir an den letzten Abenden ein Halbwissen angelesen, aber ich ärgerte mich über mich selbst, dass ich das Thema des »Picking«, diese besondere Form der Ernte, offenbar überlesen hatte. Als ich jetzt auf die offene Halle zufuhr, hoffte ich inständig, dass meine Laufbahn als ungelernte Kaffeeplantagenbesitzerin nicht nur mit Fehlern gespickt sein würde.

Ich sah schon von Weitem, wie Zahir sich wild gestikulierend mit zwei Arbeitern unterhielt, womöglich sogar stritt, lenkte den Geländewagen nach rechts auf einen Schattenplatz und stieg aus. Zahir ließ die Arbeiter stehen und kam mir entgegen.

»*Jambo*«, begrüßte er mich.

Ich grüßte zurück und fragte, ob alles in Ordnung sei.

»So wie gestern«, antwortete er.

Mir fiel auf, dass er nicht wie früher so häufig antwortete: »*Hakuna matata* – es gibt keine Probleme«, und das machte mich stutzig.

»Und wie war es gestern?«, fragte ich zurück.

»So wie immer.«

Als ich nichts entgegnete, steckte er die Hände in die Hosentaschen und schlenderte zurück in die Halle. Sein Verhalten war für mich schwer zu deuten. War nun alles in Ordnung oder nicht? Und wie bekam ich ihn dazu, mir etwas Genaueres zu sagen? Ich musste an einen Satz meiner Tante von vor vielen Jahren denken, der mir in Erinnerung geblieben war. Bevor man einen Eingeborenen nicht genauer kannte, war er kaum zu einer direkten Antwort zu bewegen. Selbst auf eine so direkte Frage wie die, wie viele Zentner Kaffee er heute geerntet hätte, antwortete er anfangs nur ausweichend, wenn er sein Gegenüber nicht kannte: »So viele, wie ich dir vor drei Tagen gesagt habe.« Und natürlich habe man es als europäische Frau erst recht nicht leicht, ihr Vertrauen zu gewinnen … So hatte Corinna sich damals bei einem Kaminabend in der Villa Waldeck geäußert. »Es ist eine durch und durch patriarchalische Gesellschaft, das darf man nie vergessen. Wenn du nachhakst und sie bedrängst, um eine Erklärung von den Eingeborenen zu bekommen, ziehen sie sich so weit wie möglich zurück und verwenden manchmal eine geradezu absurde Geschichte, um uns in die Irre zu führen.«

Wie genau ich mich an diese Worte erinnerte! Doch gerade im Hinblick auf Zahir hatte ich immer das Gefühl gehabt, ihn gut zu kennen, vor allem aber kannte er mich, seit ich dreizehn war.

»Eingeborene«, hatte meine Tante damals gesagt. Und mir wurde erst jetzt in diesem Moment bewusst, während ich Zahir hinterhersah, dass sie dieses Wort gar nicht so selten benutzt hatte. Wie leicht es ihr von den Lippen gekommen war.

»Die afrikanischen Ureinwohner …«, hörte ich Corinna sagen. Ich merkte, wie mich Zahir und die anderen Arbeiter anstarrten, aber ich hatte plötzlich diese Erinnerungen. Hier ein zufälliges Wort, dort ein flüchtiger Satz, da eine Frage meiner Tante und nicht alles entsprach dem respektvollen Vokabular, das wir uns in Deutschland während der letzten Jahre gegenüber Indigenen zugelegt hatten. Inzwischen hatten die negativen Erinnerungen an die Kolonialzeit unsere Sprache verändert und mir fiel erst jetzt auf, dass Corinna nicht selten sehr salopp darüber hinweggegangen war. Eigentlich passte das nicht zu dem Bild, das ich von meiner Tante hatte. Ich nahm mir vor, Christoph bei unserem nächsten Telefonat danach zu fragen, ob ihm das auch aufgefallen war – wenn er endlich einmal zu erreichen wäre.

»Missis Isabelle?«

Zahir stand wieder in der Halle und rief jetzt von dort aus meinen Namen. Ein kleines Gelächter der Arbeiter machte mir bewusst, dass ich mich gerade wie eine törichte oder neurotische Europäerin benahm, nicht wie die anpackende, gestandene Architektin. Sie mussten mich für eine Träumerin halten, so wie ich mich benahm! Ich straffte die Schultern und ging zu Zahir und den Arbeitern, die an der *Washing Station* herumstanden. Ein unangenehmer Geruch schlug mir entgegen, er erinnerte mich an faule Eier und nicht an den fruchtigen Duft, den ich mit der Kaffeeverarbeitung von früheren Besuchen auf der Farm in Verbindung brachte. Das Geräusch, das aus dem Depulper drang, klang hingegen vertraut. Es hörte sich an, als prasselten unzählige vergessene kleine Kieselsteinchen aus den Hosentaschen einer Jeans an die Metallwände eines riesigen Wäschetrockners. In der sich drehenden Trommel wurden die Kaffeekirschen durch die Fliehkraft gegen ein Sieb gedrückt. Mit dem richtigen Druck löste sich das weichere Fruchtfleisch, das Pulpe genannt wurde, von den reifen Kirschen und die Bohnen witschten durch das Sieb.

»Geht es voran?«, fragte ich. Zahir antwortete: »Es läuft alles wie immer.« Seine Bemerkung sollte sich wohl unverfänglich und sorglos anhören, warum, wusste ich nicht.

»Sind die Maschinen alle in Ordnung?«

Jetzt zögerte er einen Moment mit der Antwort und sah plötzlich etwas verlegen aus: »Oh, ja«, sagte er und nach einer kleinen Pause fügte er hinzu: »Aber wir könnten den Kaffee auch ins Dorf bringen, da gibt es eine Coffee Washing Station für die kleineren Farmen.«

»Warum sollten wir das tun, wo wir doch unsere eigene Anlage und den Endoro-Bach haben?«, fragte ich, denn Corinna hatte immer betont, was für ein Segen der Bachlauf für die Mawingu-Farm war, von dem sie frisches Quellwasser bezog, für ihre Art der Verarbeitung des Kaffees unabdingbar. Die anderen Waschstationen für Kaffee waren zwar relativ zentral gelegen, aber dort standen Maschinen für die Farmer mit kleineren Betrieben, die die dafür nötigen Investitionen nicht allein aufbringen konnten. Ich sah Zahir direkt in die Augen und es entging mir nicht, dass in seinen Worten eine merkwürdige Zurückhaltung lag, als er sagte. »Es war nur ein Vorschlag.«

»Also? Was ist los? Sag mir einfach die Wahrheit.« Als er die Lippen zusammenpresste und auf den Boden sah, wandte ich mich an die anderen: »Funktionieren die Maschinen?«

»Die Maschinen schon, aber das Wasser!«, sagte einer der jüngeren Arbeiter mit einer Sonnenbrille, die er falsch herum auf den kurz geschorenen Hinterkopf gesetzt hatte.

Ich sah ihn an. »Was ist mit dem Wasser? Und wie ist dein Name?«

Er antwortete nur auf meine zweite Frage: »Asante.«

Ich merkte jetzt, dass die Arbeiter sich alle so aufgestellt hatten, dass sie mit ihren Körpern den Zulauf zum Wassertank hinter dem Depulper verdeckten. Als ich auf sie zuging, wichen sie aber sofort zur Seite, um mich durchzulassen, und auf den ersten Blick war zu erkennen, dass das Wasser, das aus der Leitung in die riesige Eisenwanne sprudelte, eine trübe, schaumige und stinkende Brühe war.

»Was ist das, warum ist das Wasser so schmutzig und woher kommt dieser schlechte Geruch?«

Das »Washed Processing« war die verbreitetste Form der Kaffeeaufbereitung. Dafür kamen die Kaffeebohnen vom Depulper in einen Wassertank, in dem sich die Fruchtreste lösten. Wurden die Kaffeebohnen nach dem Depulping direkt getrocknet, ohne abgewaschen zu werden, blieben Schleimstoffe an der Bohne zurück, die den Geschmack beeinflussten. Geschmacklich förderte die gewaschene Aufbereitung die Säure und die Komplexität des Kaffees. Vermutlich hatte sich meine Tante für diese Methode entschieden, weil der gewaschene Kaffee für seine Leichtigkeit und Eleganz bekannt war – und weil sie eine eigene Quelle besaß.

»Wir wissen auch nicht, was mit dem Wasser los ist«, sagte Asante und wich meinem Blick aus.

Ich hielt meine Hand in den Wasserstrahl, roch daran und verzog das Gesicht. Es war ganz eindeutig faulig, der Geruch verursachte mir direkt Übelkeit.

»Damit dürfen wir auf keinen Fall den Kaffee waschen! Wenn wir das machen, können wir ihn gleich auf die Müllkippe fahren.«

Ich hatte einmal einen Artikel darüber gelesen, was in afrikanischen Bächen für Parasiten leben konnten und wie sie sich millionenfach vermehrten. Parasiten, so einzigartig und vielfältig, dass sie jede Nische unseres Körpers besetzen konnten. Blase, Dünn- und Dickdarm, die Haut. Unser Trinkwasser kochten wir auf der Farm deshalb immer lange ab. Vor allem wir Europäer konnten uns leicht schlimme Bauchkrämpfe und Durchfall holen. Indigene waren eindeutig abgehärteter. Die meisten waren daran gewöhnt, jedes Wasser zu trinken, das ihnen zur Verfügung stand, und der Begriff »sauber« war für sie sehr dehnbar. Aber bei der Wasserqualität, die aus diesem Rohr kam, würde auch Abkochen nichts retten und selbst ein Massai würde davon krank werden. Es war eine brackige Flüssigkeit, eine stinkende Jauche.

»Wir können mit dem Processing nicht länger warten!«, wandte Zahir ein. Nach dem, was ich mir an den letzten Abenden angelesen hatte, wusste ich, dass er vermutlich recht hatte.

Man nannte die Kaffeeaufbereitung im Fachjargon Processing und der Begriff stand für eine Art Diktat. Natürlich beeinflusste die Herkunft und der Anbau der Kaffeepflanze den Geschmack des Kaffees. Aber die Bedeutung der Aufbereitungsmethode war enorm. Für den reinsten Geschmack mussten die Kaffeekirschen nach der Ernte direkt aufbereitet werden. Denn sobald die Frucht vom Baum gepflückt wurde, begann der Kaffee zu fermentieren, also zu gären. Dieser Vorgang beeinflusste nicht nur seinen Geschmack, sondern auch die Qualität. Länger als acht Stunden durfte man die Kaffeekirschen nicht liegen lassen, sonst waren sie verfault und unbrauchbar.

Ich strich mir mit der trockenen Hand eine Haarsträhne aus dem Gesicht und überlegte kurz. *Die Quelle,* dachte ich. Die Quelle war einer der Gründe, weshalb meine Tante gerade diese Farm gekauft hatte, das hatte sie häufiger betont. Die Quelle auf dem eigenen Land machte die Plantage besonders wertvoll. Wasser war immer ein großes Thema. Wer in Tansania frisches, sauberes Wasser hatte, galt bereits als reich.

»Dann müssen wir die Ursache für diese schlechte Wasserqualität finden. Und zwar so schnell wie möglich … Zahir, wir fahren zur Quelle!«

»Die liegt im Ngorongoro-Nationalpark«, sagte Zahir.

»Was machen wir in der Zwischenzeit mit den bereits geernteten Kaffeekirschen?« Die Frage kam von Asante. Er deutete auf die zwei übervollen Anhänger, die vor der Halle standen. Ich sah Zahir an, der sofort vorschlug, sie nach der traditionellen Methode zu trocknen. »So wie wir es früher gemacht haben, ohne Depulper und Washing.«

Asante schien zu wissen, was er meinte, die Methoden wurden unter den Kaffeebauern über Generationen vererbt. Er nickte und zusammen mit den anderen Arbeitern holten sie die alten Trockenbetten aus dem Lager, befreiten sie von Spinnweben und stellten sie draußen in der Sonne auf. Zahir redete noch kurz mit Asante auf Swahili und als ich neben ihm zum Defender ging, erklärte er mir, dass der auf diese Weise behandelte Kaffee viel besser, die Methode aber zu aufwendig sei und sehr viel Erfahrung benötige. Die Bohnen müssten von Hand in regelmäßigen Abständen gewendet werden, damit sie gleichmäßig trockneten. Und es dürfe natürlich nicht regnen!

»Aber das süße Aroma ist einzigartig«, beendete er seinen Vortrag. So redselig hatte ich ihn seit meiner Ankunft auf der Mawingu-Farm nicht erlebt, er wirkte ein wenig befreiter als zuvor, vielleicht weil wir jetzt an die Lösung des Problems gingen.

Kurze Zeit später saßen wir zusammen mit zwei anderen Arbeitern im Defender und fuhren über die neu angelegte Straße an den Plantagen entlang. Zahir steuerte den Wagen und er fuhr so schnell, dass ich meinen Arm unwillkürlich nach dem ledernen Haltegriff am Wagendach ausstreckte und ihn nicht mehr losließ. Die meisten Erntemaschinen und Traktoren rechts und links der Straße standen bereits still. Die Arbeiterinnen saßen in Pulks auf ihren ausgebreiteten Ponchos. Doch bis zu den Erntehelfern auf den weiter entfernten Plantagen war die Nachricht noch nicht durchgedrungen und wir hielten an, um den Arbeitern mitzuteilen, dass sie die Ernte unterbrechen sollten. Sie stellten keine

Fragen, sondern nickten nur und setzten sich auf den Boden, um sich so lange auszuruhen, bis es weiterging. Ich meinte zu Zahir, dass sie besser nach Hause gehen sollten und morgen wiederkommen. Keiner wusste ja, wie lange wir brauchen würden, um die Ursache für das faulige Wasser zu finden. Doch er antwortete mir, die Arbeiterinnen seien es gewohnt zu warten.

Nach vier Kilometern hörte die Straße auf, das Terrain wurde unebener, doch anfangs verlangsamte Zahir sein Tempo kaum. Der Wagen rumpelte über Steine und Wurzeln, schaukelte hin und her, Äste und Zweige stießen gegen die Windschutzscheibe und rutschten über das Autodach. Wir wurden derart durchgeschüttelt, dass ich es mit der Angst bekam. So verwegen hatte Zahir in meinem Beisein noch nie den Wagen durch den Busch gesteuert.

»Fahr bitte nicht ganz so schnell, Zahir.«

»Ich möchte so rasch wie möglich zur Quelle kommen«, antwortete er, ohne den Fuß vom Gas zu nehmen.

Ich sah ihn von der Seite an, da war wieder dieser versteinerte, graue Ausdruck in seinem Gesicht, der mich nervös machte, und mir lag auf der Zunge, ihn zu fragen, wer das Auto gesteuert hatte, in dem meine Tante verunglückt war. Ein paar Kilometer im Defender und die Vergangenheit wurde wachgerufen. Wer hatte den Wagen gelenkt, als Corinna starb? Meine Tante selbst? Zahir? Im Grunde war es unmöglich, dass jemand diesen Unfall überlebt hatte, wenn ich mir das Foto des zerstörten Wracks vor Augen führte.

Frag ihn doch einfach!, forderte ich mich selbst auf.

Ich öffnete die Lippen, doch ich sagte nichts, außer: »Langsamer, Zahir! Langsamer! Bitte!«

Jetzt endlich hörte er auf mich, nahm den Fuß vom Gas und gleich wurde der Wagen ruhiger. Wir wussten beide, dass der Bachlauf viele Kilometer durch wildes Land ging und die Sandbahn nicht immer befahrbar war. Auch war es nicht möglich, überall dem Bachlauf zu folgen, weil er sich teilweise durch dichten Dschungel schlängelte. Wir mussten Umwege fahren und an manchen Stellen stieg die Sandstraße so steil an, dass wir ohne Differenzialsperre gekippt wären. Aber wir hatten Glück und kamen einigermaßen gut voran. Nach etwa einer Stunde Fahrt kurbelte ich das Fenster herunter, weil mir nicht gut war.

Ich streckte mein Gesicht in den Fahrtwind und bemerkte oben am Himmel einige große Vögel kreisen. Als ich Zahir darauf aufmerksam machte, nickte er nur stumm. Er hatte die Geier natürlich schon viel früher bemerkt als ich.

An mir trieben Wirbel von Gerüchen vorbei. Der herbe Duft von wilden weiß blühenden Gardeniensträuchern, der Geruch von süßen Nesseln, üppigen Frangipaniblüten und uralten Mopanebäumen, deren saftige Blätter den großen Pflanzenfressern Nahrung boten. Der vielfältige Bewuchs zeigte an, dass hier nicht nur der eine Bach verlief, der die Plantage querte, sondern mehrere unterirdische Wasseradern, die das Land so fruchtbar machten. Ich schloss kurz die Augen, um den frischen Duft von Berggras und feuchtem Moos aufzusaugen, doch dann umgab uns mit einem Mal eine stickige Wolke von Aasgestank. Die faulige Geruchswelle breitete sich derart rasch im Wageninneren aus, dass sich mein Magen hob. Nuthia, der eine der beiden Arbeiter, die im Fond saßen, tippte Zahir auf die Schulter, sagte etwas auf Swahili und zeigte nach links. Etwa zwanzig Meter von der Sandstraße entfernt lag eine mächtige dunkle Gestalt. Für mich sah es fast aus wie ein Flusspferd, aber ich hatte noch nie gehört, dass die Tiere hier oben lebten. Außerdem führte der Bach zu wenig Wasser und sie hielten sich, soweit ich wusste, weder in dieser Höhe noch in stark fließenden Gewässern auf. Zahir hielt den Wagen an, ich suchte nach einem Taschentuch und hielt es mir vor die Nase, um den Gestank besser zu ertragen.

»Bleib im Wagen«, sagte Zahir und griff nach seinem Gewehr. Aber ich ignorierte seinen Rat, wollte nicht wie ein Kind im Auto zurückbleiben, sondern stieg mit aus und wir gingen zu viert langsam auf die schwarze Erhebung zu. Zahir und ich vorneweg. Er hatte Mühe, über den unebenen Boden zu laufen, und hinkte wieder stark. Noch immer hatte er mir nicht erzählt, was mit seinem Bein passiert war.

Wir gingen auf das dunkle Etwas zu, von dem sich jetzt zwei Höcker abzeichneten, fast wie bei einem Kamel, und ich hätte fast einen Schrei ausgestoßen, als sich ganz plötzlich sein Rücken bewegte. Im nächsten Moment begriff ich, dass es der tote aufgeblähte Körper eines ausgewachsenen Büffels war, auf dem zwei Hyänen hockten und fraßen. Sie waren so beschäftigt mit ihrer Mahlzeit, dass sie uns gar nicht beachteten, obwohl sie unseren Motor gehört haben mussten. Vermutlich stand der Wind zu unseren Gunsten oder sie waren zu hungrig, um freiwillig ihre Beute aufzugeben. Trotzdem machte mir Zahir ganz unauffällig ein Zeichen mit der Hand. »Stehen bleiben«, flüsterte er. Diesmal gehorchte ich sofort. Schon bei meiner allerersten Ankunft auf der Mawingu-Farm vor zweiunddreißig Jahren hatte er mir, meinem Bruder und unseren Eltern die wichtigste Grundregel bei Begegnungen mit den Raubtieren Afrikas erklärt. »Auf keinen Fall wegrennen! Hyänen, Geparden, Leoparden, Löwen sind daran gewöhnt, dass ihre Beute davonläuft, und sie versuchen alles zu fangen, das sich bewegt. Erst wenn ihr lauft, nehmen sie euch als willkommene Mahlzeit wahr.«

Im selben Moment hob die eine Hyäne den Kopf und starrte uns an. Zahir richtete langsam den Lauf seiner Flinte auf sie. Ich erstarrte und mein Puls pochte hart und schnell in meiner Halsschlagader. Ich traute mich nicht einmal zu schlucken. Wäre Zahir mit seiner offensichtlichen Verletzung überhaupt in der Lage, schnell zu reagieren? Früher hatte ich selbst vor hungrigen Löwinnen keine Angst gehabt, wenn er nur neben mir war. Zahir hatte sich auf ihren Pfaden bewegt, ganz leicht, behände und natürlich. Aber jetzt war er alt und er war verletzt. Spürten das die Tiere womöglich? Zahir wusste, wie sie sich verhielten, hatte eine geradezu mythische Gabe besessen, sich in das Denken der Tiere hineinzuversetzen, konnte fast immer vorhersagen, was sie als Nächstes tun würden. Das Verständnis für ihr Tun führte zu Respekt und auch einem Gefühl der Sicherheit. Aber was, wenn sie seine Schwäche bemerkten und ausnutzten?

In dem Moment, als ich dies dachte, sprangen die Hyänen plötzlich beide gleichzeitig auf, standen etwa acht Meter von uns entfernt im Gras und starrten uns mit ihren leuchtend gelben Augen an. Zahir zuckte nicht einmal, er schoss auch nicht. Ich hielt den Atem an, traute mich nicht zu blinzeln, obwohl mein Herz bis zum Hals klopfte, und da drehten sich die Tiere in aller Ruhe um, verschwanden hinter dem Körper des Büffels und man hörte es im Gebüsch rascheln. Zweige knackten, so als hätten sie sich in das Dickicht zurückgezogen. Zahir ließ das Gewehr noch immer nicht sinken, sondern verharrte einige Zeit unbeweglich mit der Flinte im Anschlag, hielt den Lauf auf den Dschungel gerichtet. Als nach einigen Minuten nichts geschah, sagte er zu mir, ich solle mich in den Wagen setzen, und wartete, bis ich seinen Rat befolgte. Diesmal war es eher ein Befehl, an den ich mich auch hielt. Ich beobachtete, wie er mit den anderen Männern, von denen einer auch ein großkalibriges Gewehr im Anschlag hatte, hinter den Kadaver des Büffels ging und überall nachsah, ob die Hyänen wirklich verschwunden waren oder gar noch andere Aasfresser in der Nähe waren. Sogar ich wusste, dass weitere Raubtiere im Gebüsch lauern konnten. Auch Löwen und Leoparden fraßen im Notfall Aas, das sie nicht selbst erlegt hatten.

Schließlich winkte mir Zahir zu, ich könne kommen. Wieder stieg ich aus, ging auf das tote Tier zu, dessen widerlicher Gestank so stark war, dass sich auch die Männer Teile ihrer Kleidung vor Gesicht und Nase pressten.

»Es ist ein Bulle, das sieht man an den mächtigen Hörnern und den fehlenden Haaren zwischen den Hornansätzen, sonst ist nichts mehr von seiner Männlichkeit übrig.«

Ich sah, dass er recht hatte, die Hoden des Tieres waren bereits von den Hyänen oder anderen Aasfressern abgetrennt worden.

»Wie ist der Büffel wohl gestorben?«, fragte ich.

»Wilderer vermutlich«, sagte Zahir.

»Aber wozu haben sie das Tier geschossen? Und warum haben sie ihn hier liegen lassen?«

Er zuckte mit den Schultern. »Gewildert werden die Afrikanischen Büffel wegen des Fleischs und ihrer Hörner, aber es kann auch sein, dass er einen Dominanzkampf mit einem rivalisierenden Bullen verloren hat und verletzt wurde oder krank war und von der Herde zurückgelassen wurde. Das kann ich nicht mehr sehen, er liegt hier sicher schon eine Woche.«

Ich presste mir mein Taschentuch fester auf Nase und Mund und ging näher an den Körper heran. Unter dem groben, rabenschwarzen Fell hatten die Hyänen bereits große Stücke Fleisch herausgerissen. Der gewaltige Kopf des Tieres mit den gebogenen, weit ausladenden Hörnern, die eine Spannweite von gut einem Meter hatten, lag etwas erhöht in der Böschung und ruhte auf den schweren Vorderhufen. Es wirkte so, als hätte der Büffel versucht, im Todeskampf wieder aus dem Bach herauszusteigen. In den toten Augen saßen Schwärme von Fliegen.

Was war es gewesen, das genau hier auf meinem Land sein Schicksal besiegelt hatte?

Meinem Land.

Noch immer fühlte es sich irreal an, dass ich nun die Eigentümerin dieser sechshundert Hektar Vulkanerde am anderen Ende der Welt sein sollte. Die Formulierung »mein Land« hätte ich nicht laut auszusprechen gewagt. Ich glaube im Nachhinein, dies war der erste Moment, an dem ich die Verantwortung tief in mir spürte – nicht nur für die Farm, die Plantage, die Ernte, die Arbeiter, sondern auch gegenüber den Wildtieren, die hier lebten. Ich musste unwillkürlich an die gut präparierten Jagdtrophäen denken, die im Farmhaus hingen, worunter auch solche mächtigen Köpfe von Afrikanischen Büffeln waren. Nie würde es sich mir erschließen, wie jemand Freude dabei empfinden konnte, so ein stolzes Tier abzuschießen und seinem Leben ein Ende zu machen. Und genauso wenig verstand ich, weshalb meine Tante ihre Wände mit den toten Köpfen verziert hatte.

»Er ist mit Sicherheit der Grund für das faulige Wasser!«, sagte Zahir und ich sah, dass er recht hatte. Der Kadaver lag zur Hälfte im Bachbett und die Verwesung war schon so stark fortgeschritten, dass das Wasser, das auf der anderen Seite seines Körpers ins Tal floss, trüb und stark verseucht war. Eine stinkende, von Fliegen surrende Brühe. Zahir sprach mit seinen Leuten. Es war eine andere Sprache, nicht Swahili, sondern Bantu, wie ich vermutete, denn sie stammten aus der gleichen Volksgruppe. Sie debattierten eine Weile, zeigten auf den Wagen, dann auf das tote Tier. Ich stand daneben und war aus ihrer Kommunikation vollkommen ausgeschlossen.

Schließlich wandte sich Zahir an mich auf Englisch: »Wir könnten versuchen, ihn mit dem Defender herauszuziehen, aber wir wissen nicht, ob die alte Kiste das schafft.«

Wieder sprach er mit den Männern, schließlich schüttelte Nuthia den Kopf und sagte etwas.

»Ein ausgewachsener Büffel wie dieser hier kann gut achthundert Kilo wiegen, das ist zu viel für den alten Geländewagen. Wenn wir das Auto beschädigen, kommen wir nicht mehr zurück zur Farm, um eine stärkere Zugmaschine zu holen.«

»Wir könnten jemanden anrufen, der mit dem Traktor herkommt, anstatt extra selbst zurückzufahren«, schlug ich vor. Zahir presste die Lippen zusammen und zeigte mir sein Handy: null Empfang. Ich zog meines aus der Hosentasche und stellte fest, dass es ebenfalls keinen einzigen Empfangsbalken zeigte. Meine Tante hatte zwar an der Farm einen Funkmast errichten lassen, aber dadurch war nicht ihr gesamtes Land abgedeckt.

Wir blickten uns nach allen Seiten um, versuchten uns die Umgebung gut einzuprägen, um den Ort bei unserer Rückkehr wiederzufinden. Allerdings war der Gestank des toten Büffels so stark, dass die Stelle kaum zu verfehlen war. Dann machten wir uns auf den Rückweg, um einen Traktor zu holen. Aber mir sank der Mut. Bis wir zurückgefahren waren, mit dem langsamen Traktor, der nur zwanzig Stundenkilometer schaffte, wieder hierher zurückkamen und das Tier aus dem Bachbett gezogen hatten, konnten Stunden vergehen. Es war noch nicht einmal sicher, ob wir es vor Sonnenuntergang schaffen würden. Und dann müsste auch erst das saubere Wasser in unserer Leitung ankommen und durchgespült werden. Uns lief die Zeit weg, um die reifen Kaffeekirschen vor ihrer Gärung, also letztlich ihrer Fäulnis, zu verarbeiten. Niedergeschlagen stieg ich zurück ins Auto und wunderte mich, dass die drei Männer, die fast die ganze Hinfahrt über geschwiegen hatten, sich jetzt ganz entspannt auf Bantu unterhielten, lachten und sehr zufrieden wirkten.

»Worüber freut ihr euch denn so?«, fragte ich Zahir.

»Wir haben den Grund für das faulige Wasser gefunden und das ist ein großes Glück!«

Ich nickte und dachte über seine Worte nach. Obwohl die ganze Arbeit noch vor uns lag, waren sie zufrieden. Diese positive Einstellung, allen Widrigkeiten trotzend, war es, die ich mir vermutlich viel mehr zu eigen machen musste, um hier in Tansania zurechtzukommen.

Ich fuhr nicht mit zurück, sondern kümmerte mich auf der Farm darum, dass die Kaffeekirschen, die in dem verseuchten Wasser gewaschen worden waren, aus den Behältern und dem Tank entfernt wurden. Auf meine Anweisung füllten wir sie in Säcke, damit auch keine Vögel oder Wildtiere von ihnen fraßen, denn die Fäulnisbakterien hätten vermutlich ein Massensterben verursacht. Ich würde mir überlegen müssen, wo man sie entsorgen könnte, denn auf der Müllkippe würde das gleiche Problem entstehen. Anschließend musste der Tank gesäubert werden, nur womit? Wir hatten noch kein frisches Wasser, die Wasserleitung hatte ich schon kappen lassen, bevor wir zu unserer Suche nach der Ursache der Fäulnis aufgebrochen waren. Also bearbeiteten wir den Tank so lange mit Bürsten und Lappen, bis nichts mehr von dem Aasgeruch zu spüren war, und rollten ihn zum Trocknen in die Sonne. Danach hieß es nur noch warten.

»*You need patience.*« Zahirs Worte, die er während meines ersten Besuchs vor zweiunddreißig Jahren auf der Plantage gesagt hatte, kamen mir erneut in den Sinn. *Für den Kaffeeanbau brauche man viel Geduld.* Ich setzte mich auf einen der Plastikstühle, die versprengt auf dem Sandboden vor der Halle herumstanden, und nutzte die Zeit, um Telefonate zu erledigen. Endlich wollte ich versuchen, mit meiner Mutter zu sprechen, und wählte die Festnetznummer des Bogenhausener Krankenhauses mit der Durchwahl zu ihrem Zimmer. Nach viermal Läuten nahm jemand ab, meldete sich jedoch nicht, sondern ich hörte nur ein Rascheln und Poltern.

»Hallo?«, sagte ich. »Mama? Bist du da?«

Dann war sie endlich dran: »Ent…schuldigung, mir ist der Hörer herunter…gefallen, der Nachttisch steht so voll. Isa? Bist du es?« Ich bemerkte sofort, wie anders sie sprach, langsam, weit weniger flüssig und mitten in den längeren Worten machte sie Pausen, die dort nicht hingehörten. Instinktiv presste ich die freie Hand auf die Brust, wie um mein aufkommendes schlechtes Gewissen zu beruhigen.

»Ja, ich bin's, Mama, endlich kann dich sprechen, ich habe es schon ein paar Mal probiert, aber du hast dich nie gemeldet.«

»Du weißt doch, wie das ist im Krankenhaus. Nie hat man einen Moment Ruhe! Fieber messen, B…Blutdruck messen, Frühstück, Vis…site, Tab…bletten, MRT, Mit…t…tagessen, Sp…rech…übungen, Beratung des Sozialdie…diensts, und was sie sich nicht alles ausdenken, um einen den ganzen T…Tag auf Trab zu halten.«

Nach diesem Satz fühlte ich eine Spur von Erleichterung.

Zwar sprach sie nicht normal, nicht flüssig, ich merkte deutlich, wie schwer ihr die Wortfindung fiel, aber inhaltlich klang sie schon wieder eher nach meiner Mutter, so wie ich sie kannte. Vor Erleichterung lehnte ich mich in dem Stuhl zurück und nahm eine weniger verkrampfte Sitzhaltung ein.

Meine Mutter fügte gerade hinzu: »Man könnte meinen, man ist in einem B...Boot Camp und nicht in einem Krankkkenhaus.«

»Woher kennst du denn den Ausdruck ›Boot Camp‹?«

»Ich bin nicht von g...gestern, Isa. Aber wie ist es auf der Farm? Erz...zähl mal!«

»Ich hoffe, du bist mir nicht böse, dass ich nicht gleich zurückgekommen bin. Das wollte ich eigentlich, aber Christoph hat mich dazu überredet, hier zu bleiben.«

»Da hat er vollkommen recht gehabt, Isa. Nach der langen Reise wäre es ja vollkommen irrsinnig gewesen, gleich wieder die Strecke zurückzufliegen. Du bleibst jetzt schön da und erledigst alles, was zu erledigen ist. Also? Erzähl! Ist alles in Ordnung auf der Farm?«

Eigentlich hätte ich lieber erfahren, wie es nun mit meiner Mutter weitergehen würde und wann sie in die Rehaklinik käme, aber ich konnte verstehen, dass sie neugierig auf meinen Reisebericht war. Also begann ich, ihr in allen Einzelheiten zu erzählen, wie ich die Farm vorgefunden hatte, von den frischen Blumen im Schlafzimmer meiner Tante, den Lebensmitteln im Kühlschrank, von Zahir, von der Ernte, von der verseuchten Quelle und dass Zahir jetzt zurückgefahren war, um den toten Büffel aus dem Bachbett zu ziehen ...«

Als ich ausgeredet hatte, sagte Doris: »Zahir ist also wohlauf? Das freut mich!«, unterbrach sie mich. »Ich mochte ihn immer sehr gerne.«

»Ja, ich natürlich auch, aber er ist vollkommen verändert, ganz verschlossen und etwas ist mit seinem Bein nicht in Ordnung, aber er will mir nicht sagen, was.«

»Hast du ihn schon auf Corinnas Unfall angesprochen? Und auf Hannah?«

Ich schwieg eine Weile. Denn tatsächlich hatte ich das ja noch nicht getan. »Nein.«

»Und warum nicht?«

»Ich habe mich nicht getraut. Und es war immer so viel zu tun und wir waren kaum alleine.«

Wieder entstand eine Pause.

»Wie geht es Hannah überhaupt, ist sie bei Christoph?«

»Nein, bei Moritz.«

Ich ließ fast den Hörer fallen. »Bei Moritz? Wie soll das denn gehen?«

»Vielmehr ist es umgekehrt, Moritz ist zu ihr in die Villa gezogen und passt auf sie auf.«

»Also, wenn du da nicht den Bock zum Gärtner gemacht hast, Mama«, ich schüttelte ungläubig den Kopf. »Und Frida?«

»Du kannst ganz beruhigt sein, niemand kümmert sich besser um deinen Hund als Hannah.«

»Also Moritz kümmert sich um Hannah und Hannah um Frida«, fasste ich die Situation mit leichtem Widerwillen zusammen.

»Manchmal sind die absurdesten Konstellationen die besten«, sagte meine Mutter salomonisch und ich konnte fast ihr verschmitztes Lächeln sehen, obwohl wir nicht per Facetime telefonierten.

Sie kam wieder auf Zahir zu sprechen: »Ich glaube, du solltest bald offen mit ihm über alles reden. Sonst wird es immer schwieriger, je länger du wartest und diese Themen stehen ewig zwischen euch. Wie geht es denn seiner Frau und seinen Kindern?«

»Das weiß ich nicht.« Ich merkte, dass meine Mutter recht hatte, ich hätte längst mit ihm sprechen sollen, und zwar nicht nur über die Belange der Farm und der Plantage, sondern auch über seine. Sie hatte schon immer gewusst, wie man mit Menschen umging.

In der Ferne hörte ich den Traktor brummen und die Arbeiter, die sich die Wartezeit mit Bao, einem traditionellen Holzbrettspiel, vertrieben hatten, standen auf.

»Danke, Mama, ich glaube, ich muss jetzt wieder an die Arbeit gehen. Bitte melde dich, wenn du mich brauchst. Du sollst keine Hemmungen haben, deine Gesundheit ist wichtiger als alles hier, ich kann von einem auf den anderen Tag zurückfliegen, so lang ist die Reise auch wieder nicht.«

»Das wird nicht nötig sein. Erledige du deine Aufgaben auf Mawingu. Corinna hätte es so gewollt.«

Corinna!, dachte ich. *Immer drehte sich alles um Corinna, selbst nachdem sie tot war.*

Zahir war auf dem Traktor mitgefahren, obwohl ich schon bei unserer Rückfahrt im Defender das Gefühl gehabt hatte, er sei zu stark angeschlagen.

»Ich glaube, ich muss jetzt Schluss machen, Mama, die Arbeit geht weiter. Gute Besserung und halte dich genau an den Rat der Ärzte!«

Jetzt kletterte Zahir voller Mühe von dem hohen Sitz herunter und humpelte auf mich zu. Ich konnte sehen, dass sein Gesicht schmerzverzerrt war, aber als er vor mir stand, sagte er: »Es ist alles erledigt. Wir haben den Büffel aus dem Bachlauf und auch weit genug weggezogen, sodass sein Körper das Wasser nicht mehr verseucht. Inzwischen sollte auch wieder frisches Wasser hier auf der Plantage ankommen.«

Er zog die Seile und eine schwere Kette aus dem Fußraum des Traktors. Sogleich schlug uns wieder der ekelerregende Verwesungsgeruch entgegen, denn sie hatten diese Seile und Ketten ja um den Kadaver schlingen müssen, um ihn aus dem Bach zu ziehen. Ich wollte es mir lieber nicht in allen Einzelheiten vorstellen.

»Danke, Zahir! Du hast uns gerettet«, sagte ich und winkte auch den anderen zu. »Danke!«

Zahir sah mich an und das erste Mal konnte ich wieder den warmherzigen und klaren Blick von früher in seinen Augen erkennen. »Ich habe es gerne getan, für Corinna.«

Schon wieder ging es nur um Corinna!

»Hast du Schmerzen?«, fragte ich. Er schüttelte stumm den Kopf und wollte sich abwenden. Aber ich insistierte: »Was ist mit deinem Bein. Brauchst du einen Arzt?«

»Ich war schon beim Arzt.«

»Willst du mir nicht endlich sagen, was es ist? Hat es etwas mit Corinnas Unfall zu tun?«

»Vielleicht.«

Er drehte sich um und humpelte davon. Auf diese Art und Weise kam ich also nicht an ihn heran.

Wir spülten die Tanks noch mehrfach mit frischem Wasser durch und die Ernte konnte weitergehen. Die ganze Maschinerie wurde wieder in Gang gesetzt. Es war schon später Nachmittag, aber die Arbeiter brachten unablässig neue Ladungen voller Kaffeekirschen, der Depulper hörte nicht auf, sich zu drehen. Und es war klar, dass wir bis tief in die Nacht arbeiten würden. Es war ein malerischer Anblick, als die elektrischen Laternen in der großen dunklen Halle zwischen den vollen Säcken angingen und sich im Außengelände die automatischen Lampen einschalteten, die die Tropennacht in ihr warmes Licht tauchten. Ich sah nur in vor Eifer glühende Gesichter, keiner beschwerte sich, keiner murrte, alle packten mit an. Erst tief in der Nacht gingen wir schlafen. Zahir brachte mich bis zur Haustür des Farmhauses und sagte, ich bräuchte mich um nichts zu kümmern, er würde die Lichter löschen. Meine Hand zuckte kurz nach vorne, um ihm am Arm zu berühren, und ich wollte ihm sagen, wie wichtig er für mich war, doch schon drehte er sich wieder um, murmelte »Gute Nacht« und humpelte davon.

Fünf Minuten später sank ich müde in die glatten Leinenkissen und war dankbar dafür, die erste Hürde überwunden zu haben. Gleichzeitig blieb ich unendlich ratlos, wie ich an Zahir herankommen sollte, der einerseits fürsorglich, andererseits verschlossen war. Wir hatten alles getan, was wir tun konnten, um den Kaffee für seinen Weg zum Hafen fertig zu machen. Und bald würden wir sehen, was er für Preise auf den internationalen Märkten erzielen konnte. Diesen Gedanken hatte ich noch, dann war ich auch schon fest eingeschlafen.

Wir hatten einige der Bohnen über Nacht in den Tanks gelassen. Es hing von äußeren Einflüssen wie Klima und Höhenlage ab und erforderte viel Erfahrung, wie lange man sie wusch. Erfahrung, die mir fehlte. Deshalb stand ich früh auf, duschte, zog mich an und ging in das Büro meiner Tante, um nach Aufzeichnungen zu suchen. Die ersten Sonnenstrahlen fielen durch das Fenster und Lichtflecken tanzten auf der polierten Platte des alten Mahagonis, als ich mich an den Schreibtisch setzte und wieder den PC hochfahren ließ. Die Schubladen hatte ich alle durchsucht, die Aktenordner auch, meine Tante hatte sich ganz im Gegensatz zu meiner Mutter schon früh mit den Erleichterungen, die uns die IT bot, angefreundet. Als erfolgreiche Geschäftsfrau kam sie gar nicht daran vorbei. Sie hielt Zoom-Konferenzen ab und benutzte immer das neueste iPhone. Deshalb vermutete ich, dass sie vieles auf ihrer Festplatte oder, was angesichts der Datenmengen wahrscheinlicher war, in einer Cloud gespeichert hatte. Doch wie kam ich bloß an das verflixte Passwort?

Ich ging im Geist alle möglichen Varianten durch: Hannah, Doris, Waldeck, Mawingu, Geburtsdaten ... nichts funktionierte und natürlich wären es auch viel zu simple Passwörter gewesen, die gar nicht zu Corinna gepasst hätten. Plötzlich hörte ich ein Geräusch auf dem Fensterbrett, sah auf und hätte beinah einen Schrei ausgestoßen. Da saß ein Schimpanse und schien mich schon eine ganze Weile zu beobachten. Ich wusste, dass meine Tante ein Faible für Schimpansen hatte und sich fast immer ein oder zwei zahme Tiere in der Nähe des Farmhauses aufhielten. Es war eine der großen Attraktionen für uns Kinder, wenn wir sie hier besuchten. Ich klopfte an die Scheibe und er machte eine schaukelnde Bewegung, dann legte ich die Hand an das Glas und bekam eine Gänsehaut, denn der Affe legte seine Hand genau auf meine, nur dass die Scheibe dazwischen war. Ganz vorsichtig entriegelte ich das Fenster und öffnete es langsam. Ich musste einige Ordner von der Schreibtischplatte nehmen, um den Flügel darüber gleiten zu lassen. Ich war es gewohnt, mit meinem Hund zu reden, also hatte ich auch keine Hemmungen, einen Affen anzusprechen: »*Jambo*«, sagte ich. »Du suchst Corinna, nicht wahr? Aber sie ist nicht mehr da. Sie kommt auch nie wieder, es tut mir leid.«

Das Tier senkte den Kopf, als würde es eine Gedenkminute für meine Tante einlegen wollen, und ich bezeichnete mich selbst insgeheim als verrückt, indem ich seine Geste so interpretierte. Ich streckte die Hand aus und strich ihm über das Fell am Rücken, was sich der Schimpanse gefallen ließ. Es fühlte sich ganz anders an als ein Hunderücken. Das Fell war weniger weich, ein bisschen stachelig und ich konnte die einzelnen Knochen der Wirbelsäule fühlen. Dabei rief ich mir die Namen der zahmen Schimpansen in Erinnerung, die im Laufe der Jahre auf der Mawingu-Farm gelebt hatten, und tippte sie mit der linken Hand nacheinander in die Tastatur ein. Irgendwo hatte ich gelesen, dass Haustiernamen zu den beliebtesten Passwörtern gehörten. Der erste Schimpanse, an den ich mich erinnerte, hieß George, aber bei keiner Variante von Groß- und Kleinschreibung öffnet sich der Bildschirm. Danach kam Lila, auch damit passierte nichts, Jamila, ebenso Fehlanzeige. »Und wie heißt du?«, fragte ich den Schimpansen aus Spaß, aber das Tier zeigte sofort auf seinen Hals und da hing eine Kette mit dem Schriftzug: *Nala*.

»Nala«, sagte ich und gab den Namen ein. Sofort öffnete sich ein Fenster, auf dem mir Hannahs Gesicht entgegensah – und ich hatte Zugang zu Corinnas PC. Während ich nacheinander auf die blauen Aktenordner klickte, die meine Tante sehr ordentlich auf dem Homebildschirm angeordnet hatte, machte die Schimpansin plötzlich einen Satz und schon saß sie mitten auf der Schreibtischplatte und angelte nach meiner Sonnenbrille, die ich mir statt eines Haarreifs auf den Kopf gesteckt hatte. »Nicht so frech, Nala! Ich glaube, das hätte Corinna auch nicht erlaubt.«

Aber ehe ich reagieren konnte, hatte sich Nala die Sonnenbrille auf die Nase gesetzt, kletterte wieder aufs Fensterbrett und turnte von da in die Krone der Glyzinie, die ganz nah vor dem Farmhaus in den Himmel wuchs. Ich stand auf, wollte ebenfalls nach draußen klettern, doch da wurde meine Aufmerksamkeit von einer Excelliste abgelenkt, die sich gerade öffnete, weil ich zuvor auf die nächste digitale Akte geklickt hatte.

Es war eine Liste von Frauen mit tansanischen Namen. Endlich Unterlagen über die Arbeiterinnen der Plantage!, freute ich mich und überflog die einzelnen Spalten mit den Überschriften: Adresse, Familienstand, Alter, Größe, Gewicht.

Warum hatte meine Tante ihre Größe und ihr Gewicht notiert? Vermutlich, damit sie beurteilen konnte, ob sie für die Arbeit als Pflückerin geeignet war. Doch dann kam eine Spalte, die ich damit nicht in Verbindung bringen konnte. Ganz am Ende war bei jeder Frau die Anzahl der Geburten vermerkt. Wollte sie die Kinder der Arbeiterinnen erfassen, um sie ebenfalls auf der Farm arbeiten zu lassen? Das war nicht ganz abwegig, schließlich hatten am ersten Erntetag auch Kinder bei der Ernte geholfen, so lange, bis ich sie weggeschickt hatte. Vielleicht nur, weil sie dachten, nachdem Corinna nicht mehr da war, konnte man es versuchen, sie hier zu beschäftigen. Es widersprach allen moralischen Grundsätzen, die ich hier bisher für selbstverständlich gehalten hatte. Schließlich hatte Corinna extra eine Schule für die indigenen Kinder mit aufgebaut und gefördert. Ich lehnte mich auf dem Schreibtischstuhl zurück, sah durch das Fenster und zwirbelte einen Bleistift zwischen den Fingern. Auf einem Ast der Glyzinie saß Nala und spielte mit meiner Sonnenbrille, setzte sie sich immer wieder auf den Kopf, mal falsch herum, mal richtig herum. Ich dachte darüber nach, was mich an dem Ausdruck *Anzahl der Geburten* störte, und in dem Moment, als mich Nala mit gebleckten Zähnen angrinste, fiel es mir auf: Normalerweise vermerkte man die Anzahl der Kinder, so wie die Agentur für Arbeit in Deutschland sie auch erfasste, aber nicht die Anzahl der Geburten.

Hannah

Das erste Mal, seit Doris den Schlaganfall erlitten hatte, war Hannah eine Nacht mit tiefem, erholsamem Schlaf beschert worden. Die plötzliche schwere Krankheit ihrer Tante hatte sie zurück in den dunklen Tunnel geworfen, diesmal ohne Licht an seinem Ende, sondern lang und eng, wie ein Grab. Kaum hatte sie in Doris einen Menschen gefunden, der ihr Sicherheit, Beständigkeit und Liebe gab, wurde er ihr wieder genommen. Der Tunnel war schmal und schwarz.

Man sah ihr nicht an, wie sie es geschafft hatte, sich daraus zu befreien. Womöglich hatte sie eine neue tiefe Narbe davonzutragen. Aber langsam schien ihre innere Energie zurückzukehren und sie fühlte sich wieder sicherer, fasste wieder Fuß. An diesem Vormittag hatte sie, gleich als sie aufwachte, den Wunsch, nach draußen zu gehen, zu schwimmen, barfuß durch das Gras zu laufen und frische Luft in ihre Lunge zu lassen. Ein Münchner Spätsommermorgen wartete auf sie und sie wollte ein Teil von ihm werden.

»Komm, Frida, wir gehen ins Grüne!«

Sie zog sich den Badeanzug an, schlüpfte in den weißen, weichen Frotteemantel, ging, gefolgt von Frida, nach unten, nahm sich unterwegs ein paar Trauben aus der Obstschale auf dem Küchentisch und zog sie im Gehen mit den Lippen von der Rispe. Dann schüttete sie der Hündin ihr Trockenfutter in den Napf, anschließend öffnete sie die Terrassentür.

Im kristallenen Blau des Himmels stand die Sonne noch tief und dennoch weckten ihre wärmenden Strahlen den Geruch des frisch geschnittenen Rasens. Ganz gemächlich kroch der Mähroboter über die weite Fläche und kürzte das Gras, nahezu unhörbar, täglich um wenige Millimeter. Hannah lief in den Garten, Tau kitzelte sie an nackten Fußsohlen und sie hinterließ Spuren in dem feuchten Gras. Unterwegs zupfte sie weitere Weintrauben von der Rispe in ihrer Hand ab und genoss ihren süßen Geschmack.

Die Gartenanlage von Corinnas Villa, fand sie, hatte eine poetische Schönheit und sie fühlte sich hier wohler, als sie es sich jemals vorgestellt hatte. Die Stadt München war traumhaft, aber das Beste von allem war Doris. In ihrer Nähe fühlte sie sich geborgen und unwillkürlich auch sicher. Seit sie die Überzeugung gewonnen hatte, Doris sei außer Gefahr und käme bald wieder nach Hause, glaubte sie wieder daran, dass das Leben, das in letzter Zeit so grausam gewesen war, doch noch Dinge für sie bereithielt, auf die es sich zu warten lohnte. Jetzt musste Doris nur ihre Reha gut überstehen und Hannah musste Amidah davon überzeugen, dass es richtig war, vorerst hier zu bleiben.

Amidah! Als sie an sie dachte, wurde sie wieder sentimental. Zu gerne hätte sie der Frau, der sie ihr Leben verdankte, all das hier gezeigt.

Bisher hatte sie ihr nur Fotos gesendet, aber darin konnte man nicht annähernd erkennen, welche Großzügigkeit und welche außergewöhnliche Schönheit dieses Anwesen barg. Sie holte ihr Handy aus der Tasche des Bademantels, drückte auf die Videofunktion und ließ die Kamera rundum den Garten filmen. Anschließend verwendete sie die Selfiefunktion, stellte sich so, dass der Pool und ein Teil des Gartens im Hintergrund zu sehen war, und sagte einige Worte in die Kamera, dann drückte sie in der WhatsApp auf »Senden«. Sie stellte sich vor, wie Amidah auf dem gesprungenen Bildschirm des alten Smartphones das Video anschaute. Hannah hatte ihr das Gerät zusammen mit einer Powerbank überlassen, nachdem sie das neueste Modell von Corinna bekommen hatte. Was würde Amidah über all den Luxus hier denken?

In einiger Entfernung begannen die Kirchenglocken zu läuten und ihre Klänge gaben der friedlichen Gartenanlage ringsum eine zarte Melancholie. Hannah dachte an die Schulglocken, die frühmorgens im Internat gebimmelt hatten, dachte an die kargen Schlafsäle, an das Getrappel der Füße, die Stimmen der anderen Kinder, der Lehrer, an die Geräusche von Arusha, für immer verklungen, für immer der Vergangenheit angehörig. Sie dachte an die Tage, wenn sie abgeholt wurde. Manchmal war es Zahir gewesen, der vor der Schule gewartet hatte, manchmal hatte Corinna selbst am Steuer gesessen. Sie dachte an ihre Mutter und konnte es zum ersten Mal, ohne dass ihr Tränen in die Augen stiegen und ohne dass sie Angst oder Wut verspürte, ohne dass sie ihr Gelächter voller grausamer Fröhlichkeit hörte.

Die Trauer musste sein, aber Kummer war eine lähmende Bürde, die sie irgendwann hinter sich lassen musste, um ihren Weg zu gehen.

Hannah hatte erst wenige Schritte in das neue Leben getan, ihre Kindheit wie Eisenbänder, die sich um ihr Herz spannten, abgesprengt. Sie war noch nicht imstande, sich umzudrehen und zurückzuschauen, ohne den tiefen Schmerz zu empfinden und den Zwiespalt ihrer Gefühle, obwohl sie sich so nach Frieden sehnte. Mit Vergessen hatte es nichts zu tun, vielleicht eher mit Verarbeitung. Denn den Tag, an dem Amidah ihr die Wahrheit über ihre Herkunft gesagt hatte, würde sie nicht vergessen. Nein, sie vergaß nicht – sie billigte es auch nicht. Sie akzeptierte vor allem nicht, dass Corinna ihr nicht selbst alles offengelegt hatte und den Kontakt zu Amidah mit allen Mitteln zu verhindern versucht hatte. Und dennoch liebte sie Corinna, selbst nach dieser Lüge und selbst über den Tod hinaus.

Nüchtern betrachtet, war es keine schlechte Wahl, hier zu leben und eine deutsche Schule zu besuchen. Und doch jagte ihr der Gedanke, nach den Erfahrungen im Internat, ein wenig Angst ein. Sie wusste nicht, wie sie von den anderen Schülern aufgenommen werden würde, wie sie mit den deutschen Lehrern zurechtkäme. Hier würde sie zwar mit ihrer weißen Hautfarbe nicht weiter auffallen. Sie erinnerte sich, wie es in Arusha war, wo ihre helle Haut sie in der Menge auf dem Schulhof hervorstechen ließ. Dort wurde sie oft »Mzungu«, ein Swahili-Wort für jemanden mit weißer Haut, genannt – manchmal bewundernd, manchmal spöttisch. Aber hier in Deutschland, wo ihre Hautfarbe nicht auffiel, war es ihre Art zu sprechen, ihre Kleidung, die Art, wie sie die Welt sah, die sie als »anders« kennzeichnete. Sie war bereit, sich der Herausforderung zu stellen. Wenn sie damit ihrem Ziel näher kam, würde sie es durchstehen – für Amidah und auch für Doris.

Die Glocken von St. Georg läuteten an die sieben Minuten und verstummten ganz plötzlich. Langsam begann sich die nun eingetretene Stille mit den Geräuschen des Morgens zu füllen. Das elektrische Tor an der Grundstücksgrenze, dessen Klappern Hannah inzwischen kannte, wenn es sich öffnete und schloss. Das Motorengeräusch eines Kleinwagens, der die Einfahrt hochfuhr, das Bellen von Frida, die jetzt zur Eingangstür raste, das Plätschern des Wassers, als die Umwälzpumpe im Pool ansprang. Hannah merkte auf einmal, dass sie unbändige Lust hatte, ins Wasser zu hüpfen.

Sie rannte zurück zur Terrasse, löste im Laufen den Gürtel des weißen Frotteebademantels, ließ ihn auf die Steinplatten fallen und sprang kopfüber in das seidige Wasser des Pools. Mit wenig eleganten Bewegungen schwamm sie zur anderen Seite und hielt sich am Rand fest. Sie hatte nur ein wenig Brustschwimmen in einem Schwimmkurs gelernt und in Tansania nicht häufig die Gelegenheit dazu gehabt, es zu üben. Sie hatten sogar einen eigenen Teich am Außenrand der Farm gehabt, den manchmal frühmorgens und bei Sonnenuntergang Zebras und Antilopen aufsuchten, um zu trinken. Es war immer ein Vergnügen gewesen, zum Teich hinunterzugehen, denn in dem Schlamm wuchs selbst in der Trockenzeit frisches, grünes Schilfrohr, das sich wohltuend von der verdorrten Landschaft drum herum abhob. Die Kinder der Indigenen schwammen in dem Teich und Hannah sah ihnen sehnsüchtig zu, wenn sie vor Vergnügen über die Abkühlung jauchzten. Aber Corinna hatte es Hannah, wegen der Wasserqualität, der Parasiten und auch im Hinblick auf die sonstige Tierwelt, die sich darin verbarg, verboten, auch nur einen Fuß hineinzusetzen.

Obwohl Hannah – mangels Übung – keine sichere Schwimmerin geworden war, genoss sie das wohlige Gefühl auf der Haut, die Schwerelosigkeit ihres Körpers, das Glitzern des Sonnenlichts auf der Wasseroberfläche. Nach einigen Bahnen merkte sie aber, dass ihre schlechte Schwimmtechnik sie zu viel Kraft kostete. Ein Klicken erregte ihre Aufmerksamkeit, sie blickte sich um und sah Alex, Isabelles Sohn, der gerade aus der Küchentür kam.

»Guten Morgen«, rief sie. »Du bist zu früh!«

Alex erwiderte ihren Gruß, kam näher und die anhängliche Frida wich ihm nicht von den Fersen. Hannah blickte hinauf zu ihm und sah ihn am Beckenrand in der blendenden Sonne stehen. Er ging in die Knie, aber nicht, um sich zu Hannah zu beugen, sondern um die Hündin ausgiebig hinter den Ohren zu kraulen. Alex trug ausgewaschene Jeans, einen alten und zu großen Pullover über einem hellblauen Hemd, dessen Kragen hochgeschlagen war. Seine Augen, die vom selben Grau waren wie Hannahs, lagen tief in einem wettergegerbten Gesicht. Hannah wusste, dass er Surfer war und gerne seine Nachmittage auf der Münchner Eisbachwelle verbrachte.

»Es ist so ein schöner Tag, da dachte ich, ich setze mich noch zum Lernen in den Garten, bevor wir zu Oma fahren«, sagte er. »Nächste

Woche muss ich eine Klausur nachschreiben, die ich verhauen habe. Wenn ich draußen lerne, habe ich wenigstens was von dem Traumwetter«, sagte er.

»Ja, das stimmt!« Sie fand seine Offenheit, mit der er über eine verpatzte Klausur sprach, auf Anhieb sympathisch.

»Ich habe dich gerade schwimmen sehen. Du könntest die Gleitphase etwas verlängern, dann würde es dir leichter fallen.«

»Wie meinst du das?«

»Deine Bewegungen sind ein bisschen zu hektisch, wenn du es so machst …«, er zeigte ihr mit den Armen eine langsame Froschbewegung, verharrte dann mit aneinandergelegten Handflächen und erklärte: »Dann sparst du Kraft.«

»Dann ertrinke ich.«

Er musste lachen. »Nein, ganz im Gegenteil, du gleitest dann von selbst über die Wasseroberfläche. Probier es mal aus.«

Hannah drehte sich um, schwamm mit langsameren Bewegungen zur anderen Seite des Pools und er lief am Rand neben ihr her.

»Siehst du? Es ist viel einfacher.«

»Du hast recht!«

Sie hielt sich mit einer Hand am Rand fest und tunkte ihren Kopf nach hinten ins Wasser. Dann strich sie sich über die nassen Haare. Alex verfolgte jede ihrer Bewegungen. Anschließend schwamm sie wieder auf die andere Seite des Pools und merkte selbst, dass sie mit dem ruhigeren Stil viel mehr Auftrieb bekam. Wieder ging Alex am Rand direkt neben ihr her.

»Danke für den Tipp«, sagte sie, als sie auf der anderen Seite ankam.

»Gern geschehen.«

Er setzte sich auf den Boden, während Hannah sich am Rand festhielt und ihre Beine auslockerte.

Er fragte: »Gefällt es dir in München?«

»Ja, schon.«

»Wenn ich an die Zeit denke, als ich vierzehn war, habe ich keine so tollen Erinnerungen.«

Sie sah ihn an. »Wieso?«

»Irgendwie habe ich mich mies gefühlt und wusste einfach nicht, warum. Es ist ein doofes Alter.«

»Das kann sein.«

»Man fährt stundenlang mit dem Rad durch die Gegend und hat kein Ziel, man will ganz viel und weiß nicht genau, was überhaupt, man fühlt sich fremd in seiner Welt und denkt, man selbst ist das Problem und nicht die Welt, und manchmal ist man der einsamste Junge oder das einsamste Mädchen auf dem Planeten, würde es aber niemals zugeben.«

»Aber jetzt hast du es ja gerade zugegeben.«

»Jetzt ist es ja auch sechs Jahre her, dass es mir so ging.«

Hannah ließ den Beckenrand los, drehte sich auf den Bauch und ruderte mit den Armen. Sie wollte nicht, dass Alex in diesem Moment ihr Gesicht sah, denn die Gefühle, die er beschrieben hatte, kamen ihr nur allzu bekannt vor, allerdings hatte sie eine andere Kindheit hinter sich als er.

»Für mich bedeutet es auch ein Stück Freiheit, dass ich hier einfach überall hingehen kann oder mit dem Rad fahren oder schwimmen. In Tansania war das nicht so einfach möglich.«

»Ich fand es dort immer klasse und habe mich viel freier gefühlt als hier, aber was ich einfach nicht verstehe, das ist, warum wir uns nie begegnet sind und warum sie uns nie gesagt hat, dass es dich gibt.«

»Das kann man wohl auch nicht verstehen.«

Vielleicht spürte er, wie sich ihr Körper unter der Wasseroberfläche versteifte, und wechselte deshalb das Thema. »Hast du eigentlich schon einen Spaziergang mit Frida gemacht?«, fragte er und nickte mit dem Kopf in Richtung der Labradorhündin, die sich in der Sonne ausgestreckt hatte.

»Nein, bisher ist sie nur alleine ihre morgendliche Runde durch den Garten abgegangen. Ich wollte heute Nachmittag mit ihr joggen.«

Er zeigte auf seinen Laptop, den er auf den Gartentisch gelegt hatte, neben ein hübsch verpacktes Geschenk.

»Gut, also ich lerne jetzt eine Stunde, bevor wir zu Doris fahren, und heute Nachmittag können wir zusammen mit Frida um den Ostersee laufen.«

Hannah gefiel es, dass er »wir« und »zusammen« sagte, denn Moritz hatte ihre schüchterne Frage, zusammen in die Klinik zu fahren, ziemlich kühl abgelehnt. Alex hingegen gab ihr das Gefühl, willkommen zu

sein und dazuzugehören. Und bisher hatte sie nirgends so richtig dazu-
gehört. Alex hatte gestern angerufen, weil er von seiner Mutter den
Auftrag hatte, sich ab und zu um sie und Frida zu kümmern, natürlich
auch um Doris, und spontan zugesagt, als Hannah ihn darum bat, mit
ihr in die Rehaklinik an den Ostersee zu fahren. Mit öffentlichen Ver-
kehrsmitteln wäre sie dorthin zwei Stunden unterwegs gewesen. Sie
stieg die Leiter hoch und wickelte sich in ihren Bademantel.

»Ich wollte für Doris noch einen Kuchen backen, muss mich nur
rasch anziehen.«

»Was denn für einen?«

»Schokoladenkuchen.«

»Mein Lieblingskuchen, ich helfe dir.«

Hannahs Augen funkelten belustigt. »Ich dachte, du musst lernen.«

»Kuchenbacken macht mehr Spaß.«

Moritz

Wenn Hannah einen sehr schönen Morgen gehabt hatte, war Moritz' Vormittag ausgesprochen enttäuschend verlaufen. Wieder hatte er im Haus das Unterste nach oben gekehrt und nicht viel gefunden.

Aus seiner Sicht war der Umstand, dass er jetzt vorübergehend in der Villa Waldeck wohnte, im Grunde nicht von Nachteil, auch wenn er dort lieber alleine gewesen wäre, als das luxuriöse Anwesen mit Hannah und dem alten Labrador teilen zu müssen. Immerhin war er jetzt ohne jede Anstrengung mitten »im Herzen der Macht« gelandet, wie er es insgeheim nannte. Es lagen bereits einige Tage hinter und viele vor ihm, in denen er sich ganz in Ruhe umsehen konnte und auf die Suche gehen. Nach was, wusste er eigentlich gar nicht so genau. Aber nach seiner Erfahrung fand man immer etwas, wenn man nur lang genug stöberte. Ein Kollege aus der Personalabteilung der Münchener Rück hatte ihm einmal verraten, wie sie es anstellten, wenn sie einen unliebsamen Mitarbeiter unbedingt loswerden wollten. Man brauche nur die Reisekostenabrechnungen der letzten Jahre durchzugehen und konnte ganz sicher sein, dass sich die eine oder andere kleine Ungenauigkeit finden würde.

Natürlich war das nicht auf seine Tante Corinna übertragbar. Es würde ihm ja auch gar nichts nützen, eine falsche Abrechnung in ihren Unterlagen zu finden, was ihn nicht davon abhielt, die Akten des Hängeregisters akribisch zu durchforsten. Vielleicht fand er etwas über Hannah. Wenigstens eine Geburtsurkunde oder etwas, das ihr Alter bestätigte. Moritz hatte gegoogelt, wie lange eine Frau fruchtbar war und Kinder gebären konnte, und die Wahrscheinlichkeit, dass Corinna mit über fünfzig noch ein gesundes Kind zur Welt gebracht hatte, betrug weniger als acht Prozent. Mal abgesehen davon, dass sie seines Wissens keinen männlichen Partner hatte – nun ja, das hätte sich natürlich durch eine Samenspende lösen lassen. So etwas war ja heutzutage nichts Außergewöhnliches mehr, genauso wie manche Frauen, die er kannte, sogar ihre Eizellen einfrieren ließen.

Was er einfach nicht verstand, war, dass auch nachdem seine Tante tot war, nicht offen darüber gesprochen werden konnte. Jede Frage, die er Hannah dazu stellte, beantwortete sie ausweichend, das zeigte doch nur zu deutlich, dass sie etwas verbarg.

Allein ihr Alter: Die Entwicklung heranwachsender Kinder vermochte mitunter in kürzester Zeit einen Sprung zu tun. Aber ihn konnte man nicht täuschen. Dieses Mädchen war nie und nimmer erst vierzehn Jahre alt. Er schätzte sie auf mindestens sechzehn. Irgendetwas stimmte nicht an dieser Geschichte mit der »wie aus dem Nichts« aufgetauchten Tochter seiner Tante, die nun eines Tages das millionenschwere Vermögen und Anwesen erben würde.

Es war heiß im Zimmer, obwohl der Sommer vorbei war. Bereits jetzt hatte er das Gefühl, dass dieses Arbeitszimmer die Qualität eines Treibhauses besaß, dabei lag es nach Osten. Er war schon wieder durchgeschwitzt, seine Haare waren staubig, denn er hatte heute sogar schon auf dem Dachboden herumgekramt. Seine Laune besserte es auch nicht, als er feststellte, dass Hannah sich mit Isabelles Sohn Alexander bestens verstand und sie sich offenbar gegenseitig sympathisch fanden. Das fortwährende Geplapper, das er aus der Küche und dem Garten hörte, ging ihm zunehmend auf die Nerven.

Aus dem geöffneten Fenster blies ein warmer Wind herein, der genügend Kraft besaß, um die losen Seiten zwischen den beiden Seiten des Aktenordners aus dem Hängeregister geräuschvoll auseinanderzupusten. Moritz griff nach den Papieren, die auf den Boden geweht worden waren, um sie wieder einzusammeln, da bemerkte er ein Foto zu seinen Füßen. Er hob es auf und betrachtete es: zwei etwa sechsjährige Mädchen in der Kaffeeplantage, eines weißhäutig, eines schwarz, die mit beiden Händen Kaffeekirschen von einem Strauch pflückten. Er hätte schwören können, dass die eine seine Schwester Isabelle war, aber das war kein Foto aus den Achtzigerjahren, sondern es war viel jüngeren Datums.

»Moritz? Kommst du nun mit oder nicht?« Das war Hannahs Stimme. Es war Sonntag und sie hatte ihn gebeten, gemeinsam mit ihr in die Rehaklinik zu fahren, um Doris zu besuchen. Ohne zu klopfen, schob sie die angelehnte Tür auf und kam näher. Sie hatte einen Korb über dem Arm, aus dem die Blüten von einem Strauß gelber Rosen herausschauten und ein in Alufolie verpackter Kranzkuchen, dessen köstlichen Duft Moritz trotz der Folie bis zu seinem Platz am Schreibtisch riechen konnte.

»Unser Rotkäppchen!«, sagte er mit ironischem Unterton. »Hoffentlich erwischt dich nicht der böse Wolf!«

Hannah überhörte die Bemerkung und sagte: »Du musst aber nicht mit, denn Alex ist gekommen und ich kann auch mit ihm fahren.«

»Aha! Die große Verbrüderung!«

»Was machst du hier eigentlich?«, fragte sie und hielt ihre Augen fest auf ihn gerichtet. Er blickte ins Gegenlicht und öffnete den Mund, aber es kamen keine Worte heraus. Es kam ihm vor, als sehe er Hannah zum ersten Mal. Sie trug enge Jeans und eine rosa Boucléjacke, die Doris ihr ausgesucht hatte, bevor sie der »Schicksalsschlag getroffen hatte« – so lautete der Ausdruck, auf den sie sich stillschweigend geeinigt hatten. In den kleinen Ohrläppchen hatte Hannah Perlenstecker und die langen Haare offen, noch feucht, aber sehr glatt zurückgebürstet. Trotz dieser betont mädchenhaften Farben konnte sie ihn nicht darüber hinwegtäuschen, dass sie kein Kind mehr war. »Irgendwas ist anders an dir …«, er musterte sie, zwirbelte einen Stift zwischen den Fingern, aber sie schwieg, als wüsste sie nicht, wovon er sprach.

»Jetzt weiß ich es … wo ist eigentlich deine Zahnspange?«

Hannah grinste ihn glücklich an und zeigte ihre ebenmäßigen Zähne. »Sie wurde mir letzte Woche abgenommen – endlich! Zwei Jahre Spange haben auch wirklich gereicht!«

»Ah!« Moritz musste zugeben, dass sie ohne die Metallbrackets ein ausgesprochen hübsches Mädchen war. »Und was ist das für eine Jacke?«

»Die hat Doris mir gekauft, sie meinte, ich müsste in München etwas Ordentliches zum Anziehen haben, und jetzt dachte ich, es freut sie, dass ich sie trage, wenn ich sie besuche.«

»Braves Mädchen.«

Sie setzte sich auf die Schreibtischkante und verriet ihm: »Hierzu gehört noch ein Rock«, als entgleite ihr gerade ein uraltes Geheimnis. »Aber wenn ich den Rock anhabe, sehe ich aus wie Paris Hilton.« Dann fragte sie Moritz mit einem kaum sichtbaren Lächeln: »Kennst du Paris Hilton?«

»Selbstverständlich.«

Moritz war nicht wie sonst Herr der Lage. Irgendetwas an Hannah ärgerte ihn maßlos. Noch immer hatte er ihr nicht verziehen, dass es sie gab, dass sie hier war, und er konnte nicht umhin, insgeheim zu hoffen, dass das gesamte Arrangement sich noch als kompletter Fehlschlag erweisen würde.

»Und, findest du Paris Hilton gut?«, fragte sie.

Er merkte, wie sein Herz rasend schnell schlug, und er konnte nicht verhindern, unfreiwillig schnell zu antworten: »Ihr Stil würde doch perfekt passen. Schließlich bist du nun auch Erbin von Beruf.«

»Wie meinst du das, ›von Beruf‹? Ich gehe doch noch zur Schule.«

»Du weißt genau, wie ich das meine.«

»Ich habe mir diese Situation nicht ausgesucht.«

Dann fügte sie unendlich sanft hinzu: »Kannst du dir eigentlich nicht vorstellen, wie viel lieber es mir wäre, wenn meine Mutter noch am Leben wäre?«

»Deine Mutter?«, fragte Moritz und versuchte seine Stimme unter Kontrolle zu halten, als er weitersprach, doch das leichte Beben konnte er nicht unterdrücken. »Corinna soll angeblich vierundfünfzig Jahre alt gewesen sein, als sie dich auf die Welt gebracht hat. Das ist doch vollkommen absurd. Ich weiß überhaupt nicht, warum das hier alle glauben und keiner den geringsten Zweifel daran geäußert hat. Wir hätten längst einen DNA-Test fordern sollen.«

Hannah stand sofort auf. Sie war immer noch sanft, aber Moritz war sich nicht sicher, ob nicht auch ein Unterton von unkindlicher Härte in ihren Worten lag oder sogar ein kleiner Anflug von Triumph: »Es hat auch niemand behauptet«, sagte sie, während sie auf das Foto blickte, das auf dem Schreibtisch lag.

»Was?«

»Dass mich Corinna auf die Welt gebracht hat.«

Isabelle

Als ich zur Mehrzweckhalle hinüberging, sah ich, wie die Arbeiterinnen auch diejenigen Bohnen auf Terrassen und Kaffeebetten zum Trocknen verteilten, die zuvor gewaschen worden waren. Man sah ihren geübten Bewegungen an, dass sie diese Arbeit gewohnt waren. Mit Winkelpaletten strichen sie immer wieder geduldig über die Flächen, um die Kaffeebohnen gleichmäßig zu verteilen und ihre Schicht möglichst dünn zu halten. Zum Glück war es ein sonniger Tag und auch die Luftfeuchtigkeit erlaubte uns diesen Weg der Trocknung, ohne die Maschinen zu Hilfe zu nehmen. Auch das hatte Einfluss auf den Geschmack. Meine Tante hatte das Ergebnis einmal so beschrieben: »Ostafrikanischer Arabica vom Feinsten. Werden die Kaffeebohnen in der Sonne getrocknet, was große Sorgfalt erfordert, damit die Feuchtigkeit gleichmäßig entzogen wird, entsteht ein ganz besonderes Aroma. Das Ergebnis sind berauschende Blüten mit einem sanften Hauch von Moschus, der durch die Sonne des Hochlands das gewisse Etwas erhält.«

»Und, wie läuft es?«, fragte ich Kovu, der gerade auf den Vorplatz kam.

»*Hakuna matata!*«, antwortete mein Vorarbeiter und diesmal konnte ich in seinem Gesicht lesen, dass er »kein Problem« mit echter Überzeugung sagte.

»Sehr gut!«

Aber was ich jetzt sah, gefiel mir ganz und gar nicht. Die vier Kinder, die aus der Halle kamen und die schweren Kaffeesäcke zum Traktor trugen, waren schätzungsweise zwischen acht und zehn Jahre alt. Sie hatten nur kurze Hosen und alte T-Shirts am Leib und waren barfuß. Ich wusste, dass ein Sack Rohkaffee um die sechzig Kilo wog. Ihre schmächtigen Körper bogen sich unter dem schweren Gewicht. Es war ein Anblick, der mein Weltbild infrage stellte. Die gebildete Architektin aus München beschäftigte kleine Kinder, die wegen dieser schweren Arbeit vermutlich weder schreiben noch lesen lernten.

»Kovu, ich sage es noch mal: Ich möchte nicht, dass auf der Plantage

Kinder arbeiten. Die Arbeit ist zu schwer, zu gefährlich und sie gehören in die Schule.«

Diesmal schwieg Kovu eine Weile, bevor er antwortete: »Sie sind das gewohnt, es macht ihnen nichts aus.«

»Ich möchte es nicht«, wiederholte ich mit fester Stimme.

Wieder trat eine Pause ein.

»Wenn du ihnen die Arbeit wegnimmst, hat die Familie nichts zu essen.« Sein Englisch war auf einmal gar nicht mehr so lückenhaft wie bei unseren letzten Unterredungen.

»Das sind kleine Jungs, die hier die harte und gefährliche Arbeit verrichten. Ihre Väter und Mütter können arbeiten. Die Kinder sollen zur Schule gehen. Sieh mal, sie müssten wenigstens Schutzkleidung tragen. Helme, Sicherheitsschuhe, so geht es einfach nicht!«

»Dann musst du den Eltern höhere Löhne zahlen.«

Mir wurde klar, dass es nicht damit getan war, die Kinder von der Plantage zu verjagen. Ich würde mich mit dem Problem vermutlich näher befassen müssen. Aber jetzt stellte Kovu gerade meine Autorität infrage und das konnte ich mir nicht bieten lassen. Ich hatte den Eindruck, dass er mich lauernd ansah.

»Ich werde darüber nachdenken«, sagte ich und fügte hinzu: »Aber du schickst sie jetzt sofort weg!«

Kovu kniff die Mundwinkel zusammen, aber er sagte: »*Yes, Msabu.*«

Diese Anrede für eine weibliche Autoritätsperson war veraltet und ich begriff, dass er mir damit suggerieren wollte, wie unsinnig er meine Anweisung fand. Dennoch stieß er wieder seinen Pfiff aus, den ich schon kannte, sprach in scharfen Worten auf die kleinen Jungs ein. Diese senkten die Köpfe und schlichen davon. Ich sagte Kovu, er solle ihnen noch versichern, dass sie sich den Lohn für die getane Arbeit abholen konnten.

»Das wissen sie!«, antwortete er. »Trotzdem müssen ihre Familien nun zusehen, wovon sie morgen ihr Ugali bezahlen.«

Ich bemerkte die vorwurfsvollen Blicke einiger Arbeiterinnen, die sofort, als ich zu ihnen hinsah, die Köpfe senkten. Sie hatten die Diskussion mit angehört und da es teilweise ihre eigenen Kinder waren, die ich fortschickte, machte ich mir mit meiner Entscheidung unter ihnen keine Freundinnen. Sie versuchten auf viele verschiedene Wege ihre Familien zu ernähren und eine davon verwehrte ich ihnen. Aber würden sie nicht auch wollen, dass ihre Kinder eine gute Schulbildung bekamen? Sie befanden sich in einem Teufelskreis, der irgendwann, irgendwie durchbrochen werden musste.

Zahir kam die Straße hochgehumpelt und blieb bei mir stehen, denn er merkte mir sofort an, dass ich etwas auf dem Herzen hatte. Es waren so viele Themen, die auf mich einstürmten, und ich wurde mir plötzlich bewusst, dass ich fast am Ende meiner Kraft angelangt war. Die Verantwortung und die Auseinandersetzungen waren erschöpfend. Ich konnte die Arbeiterinnen nicht mehr anschauen, ohne an die Kinderarbeit und auch nicht ohne an die Liste denken zu müssen, die ich im PC meiner Tante gefunden hatte. Obwohl ich wusste, dass die Arbeit weitergehen musste, wollte ich unbedingt Zahir fragen, ob er etwas über all das wusste. Mir war klar, dass ich dafür einen Vorwand brauchte.

»Guten Morgen, Zahir, ich habe leider ein kleines Problem.« Ich drehte mich um und streckte den Arm aus, deutete in Richtung des Farmhauses.

»Im Gemüsegarten sind etliche Pflanzen eingegangen. Könntest du sie dir bitte ansehen?« Als ich meinen Kopf zu ihm wandte, begegnete ich seinem tiefen, aufmerksamen Blick. Er drückte ein Auge zu und sah mich an, als würde ich einen Spaß machen. Bei der Dringlichkeit der Verarbeitung der Ernte konnte ich ihm das auch nicht verübeln. Das Pflücken, Depulping, Waschen, Trocknen ging weiter. Der fertige Kaffee musste sortiert und in Säcke gepackt werden, die mit einer Sattlernaht zugenäht wurden, erst dann wurden sie verladen. Erst dann konnten sie in den Hafen von Daressalam gefahren werden. Erst wenn sie verschifft wurden, würde ich das Geld haben, um die Löhne zu bezahlen. Und ich sprach von meinem Gemüsegarten!

»Jetzt gleich, Msabu?«

Das war schon der Zweite, der mich heute so anredete. Ausgerechnet Zahir!

Ich gab zur Antwort, dass es wichtig sei, und schlug vor, im Cart hinüber zum Garten zu fahren, weil mir noch der letzte Tag in den Knochen steckte. In Wirklichkeit wollte ich Zahir aufgrund seiner Verletzung den Weg zu Fuß ersparen. Das kleine Cart hatte meine

Tante angeschafft, um sich rasch und geräuschlos auf der Farm zu bewegen. Es handelte sich um ein Golfcart, das elektrisch aufgeladen wurde. Allerdings hatte sie es eine Zeit lang gar nicht mehr benutzt, da sie immer wieder mit Stromausfällen zu kämpfen hatte. Aber im Moment war die Stromversorgung einigermaßen stabil und das Cart stand frisch aufgeladen in einem Winkel der Mehrzweckhalle. Wir fuhren also los und während wir über die glatte asphaltierte Straße rollten, was Zahir sichtlich genoss, wagte ich es, das Gespräch vorsichtig, über einen kleinen Umweg, in die von mir angestrebte Richtung zu lenken.

»Ich wusste gar nicht, dass ihr hier wieder einen zahmen Schimpansen habt.«

Um sich ein ernstes Gespräch mit Zahir vorzustellen, musste man sich vor jedem neuen Satz eine gewichtige und lange Pause denken. Mir war erst später aufgefallen, dass es eine Kunst war, in der viele Indigene Meister waren. Die Kunst des Pausemachens, die immer eine gute Perspektive für eine Unterhaltung eröffnete. Aber man musste sehr viel Zeit und Geduld mitbringen. Nach einer solchen längeren Pause sagte Zahir nun: »Nala ist also ins Haus gekommen?«

»Sie saß auf dem Fensterbrett vor Corinnas Arbeitszimmer und da habe ich sie hereingelassen.«

Zahir lachte. »Sie hat die Menschen gut beobachtet und weiß, was sie tun muss.« Daraufhin musste ich auch lachen. »Das ist wohl wahr! Dann hat sie mir meine Sonnenbrille geklaut.«

Zahir lachte jetzt aus vollem Hals. Dadurch wurde ich vielleicht etwas übermütig und fuhr schneller, das Cart rollte über einen Huckel, den ich übersehen hatte, und unsere Körper wurden ein Stück in die Luft geworfen. Ich bemerkte, wie Zahir leise aufstöhnte und sich an die Hüfte griff.

»Entschuldige!«, sagte ich und musste daran denken, in welchem wahnwitzigen Tempo er den Defender durch den Busch gejagt hatte, als wir zur Quelle fuhren. Anscheinend gab es Tage, an denen seine Schmerzen stärker waren.

»Ist es eine schlimme Verletzung? Hattest du die Hüfte gebrochen?«
»Ich glaube nicht.«

Schon war er wieder ernst und verschlossen. Langsam begann ich zu verzweifeln. Ich hatte niemanden, der offen mit mir sprach. Jeder schien irgendetwas zu verschweigen.

Wir kamen an dem Kaffeefeld vorbei, das in nächster Nähe zum Farmhaus lag, und auch dort sah ich wieder Kinder unter den Pflückerinnen. Ich nahm den Fuß vom Gas. Der erste Impuls war: anhalten, aussteigen, die Kinder fortschicken. Unschlüssig blieb ich einen Moment lang sitzen. Aus gar keinem besonderen Grund, vielleicht nur, weil die Sonne auf den Scheiben flimmerte, sah ich hinüber zum Haus und zu meiner Überraschung bemerkte ich, dass der Laden von einem Fenster geöffnet war. Ich hatte die Läden heute Morgen alle geschlossen, damit die Zimmer vor der Sonne geschützt waren. Und an dem Fenster stand jemand – eine Frau mit einem Kopftuch, wie sie die Pflückerinnen trugen. Sie musste mich wohl auch gesehen haben, denn sie zog sich sofort in das Zimmer zurück. Selbst auf die Entfernung erkannte ich den blauen Stoff mit dem Muster aus roten Distelblättern wieder. Auch Zahir starrte in die Richtung.

»Was macht diese Frau im Farmhaus?«, fragte ich. Normalerweise hatten die Erntearbeiter keinen Grund, das Haus zu betreten, geschweige denn, sich im Privatbereich aufzuhalten.

Zahir antwortete nicht, aber er sah aus, als hätte er einen Geist gesehen.

Mit einem unbehaglichen Gefühl fuhr ich weiter die Straße entlang zum Haus und dachte dann, dass mich die Frau immer noch aus der Tiefe des Zimmers beobachten konnte. Wir stiegen die Stufen zum Eingang hinauf, die Flügeltür war niemals verschlossen und ich ging unmittelbar durch den Flur zu dem Raum, in dem ich die Frau gesehen hatte. Es war Corinnas geräumiges Arbeitszimmer, in dem der Fensterladen offen stand und die Staubkörnchen im Sonnenlicht tanzten, so als hätte sie gerade eben jemand durcheinandergewirbelt. Ich bemerkte drei offene Aktenordner auf dem Boden und dass mein Laptop nicht mehr auf demselben Fleck lag. Ich hatte ihn auf den niedrigen Aktenschrank gelegt und irgendjemand hatte ihn von da fortgenommen und auf dem Schreibtisch aufgeklappt. Auch die Tastatur von Corinnas PC, die ich zuletzt benutzt hatte, war zur Seite gerückt worden. Ich sah mich in dem Raum um und fühlte mich sehr unbehaglich.

»Hallo?«, rief ich in den Flur. »Ist da jemand?«

»Ich habe niemanden entdeckt, aber die Tür zum Garten stand offen«, sagte Zahir, der jetzt auch angehumpelt kam. Er hatte wohl noch in den anderen Räumen nachgesehen. »Fehlt etwas?«, fragte er.

»Das kann ich so nicht sagen, auf den ersten Blick nicht.« Ich deutete auf meinen Laptop. »Aber der lag vorher nicht auf dem Schreibtisch.«

»Vielleicht solltest du in Zukunft die Tür zuschließen.«

»Aber Corinna hat das nie gemacht.«

»In letzter Zeit schon.«

»In letzter Zeit? Warum? Hatte sie denn Grund dazu?«

Ich machte einen Schritt auf Zahir zu. Aber jetzt kam wieder eine seiner berühmten Pausen. Zahir besaß diese auffallend schwarzen Augen, die aussahen wie dunkle Tropfen. Was hatten sie bloß Schlimmes mit angesehen?

Ich ließ mich auf den Schreibtischstuhl sinken und seufzte. »Willst du mir nicht endlich sagen, was los ist? Ich kann dieses Versteckspiel nicht länger ertragen.«

Zahir runzelte die Stirn, bewegte den Kopf zur Seite und ich dachte schon, er wollte mir bedeuten, nichts zu wissen oder es schlicht nicht erzählen zu wollen. Aber diesmal täuschte ich mich. Er schloss die Tür hinter sich mit der Bemerkung, auch Fliegen hätten Ohren, und setzte sich mir gegenüber auf einen Stuhl neben dem Schreibtisch. Wie sich herausstellte, hatte Zahir über dieses Gespräch zuvor genau nachgedacht und er war gut vorbereitet.

Doris

Die Lauterbacher Mühle lag südlich von München in der naturge-
schützten Landschaft der Osterseen. Doris hätte niemals geglaubt,
dass eine Rehaklinik eine solche Oase der Schönheit und Inspiration
sein konnte. An diesem Septembertag, der ihnen nochmals sommerli-
ches Wetter, einen wolkenlosen Himmel und strahlende Sonne be-
scherte, hatte man hier überall Sonnenschirme aufgestellt, Kissen auf
Bänke und Stühle gelegt und den Rasen gepflegt. Es duftete nach dem
frisch gemähten Gras. Auf der Terrasse gab es ein Frühstücksbüfett voller gesunder Köstlichkeiten, an dem sich jeder selbst bedienen konnte.
Außerdem wurden Kaffee, verschiedenste Teesorten und alle erdenklichen frisch gepressten Säfte ausgeschenkt. Sogar einen Entsafter gab es,
mit dem man sich Gemüse- und Obstsäfte selbst zusammenstellen
konnte. Im Garten leuchteten die Herbstblumen in der Sonne auf, der
Ostersee glitzerte türkisblau und ein paar kleine Segelboote zeichneten
sich darauf als weiße Tupfen ab.

Der Garten fiel bis zum See hin ab, dort gab es einen Bootssteg, ein
kleines hübsches Bootshaus und sogar einen Badestrand.

Mit diesem Anblick konnte nicht einmal das Anwesen der Villa Waldeck mithalten, dachte Doris und bemerkte verwundert einen merkwürdigen Anflug von Genugtuung. Überhaupt hatte sie, seit sie hier
angekommen war und an der verpflichtenden Gruppentherapie teil-
nahm, ungewöhnliche Veränderungen an sich entdeckt. Nicht nur körperliche, sondern ebenfalls geistige. Es gab auch noch andere Orte auf
der Welt, außerhalb der Villa Waldeck und Mawingu, außer denen, die
ihr ihre Schwester gezeigt hatte, die Corinna geformt hatte, die sehens-
wert waren.

Anfangs war sie skeptisch gewesen, sich in ihrem Alter in einen
Stuhlkreis zu setzen. Sich die Lebensgeschichten wildfremder Leute anzuhören, war ihr unangenehm. Noch schlimmer kam es, als sie an der
Reihe war und aufgefordert wurde, über sich selbst zu reden. Und alle
hörten ihr zu! Was hatte sie schon zu erzählen? Eine alte Frau, die zuerst für ihren Mann, ihre Kinder und dann für ihre Zwillingsschwester

da gewesen war. Die immer im Schatten einer weitaus wichtigeren Person gelebt und selbst nichts Außergewöhnliches zu bieten hatte.

»Wer hier eincheckt, kommt nicht ohne Grund und damit meine ich nicht den medizinischen Aspekt«, hatte die nette junge Psychologin während der ersten Sitzung zu ihnen gesagt. Jeder habe eine eigene Geschichte, die er mit sich herumtrage. Die Faktoren, die zu einem Herzinfarkt, einem Schlaganfall oder zu einer Operation führten, kämen manchmal unscheinbar und auf leisen Sohlen und erst wenn die Folgen dramatisch in unser Leben träten, führe dies zu einer Zäsur. »Und was wir hier machen, ist eine Standortbestimmung, eine Neuorientierung. Hier können Sie Kraft tanken und an Körper und Seele gesund werden.«

Doris hatte bisher niemals einen Anlass gesehen, über ihr Leben nachzudenken. Sie hatte es so genommen, wie es kam. Auch mit finanziellen und psychischen Abhängigkeiten hatte sie sich nicht beschäftigt. Seit sie angefangen hatte, ihre Geschichte in der Gruppe zu erzählen, hatte es in ihr zu arbeiten begonnen. Sie stellte das erste Mal infrage, um was und wen ihr Leben bisher nahezu ununterbrochen gekreist hatte.

Heute war keine Gruppenstunde angesetzt, auch kein Sprach- und Koordinationstraining, dafür »Kreatives Gestalten«. Doris ging die Treppen zur Töpferwerkstatt hinunter. Es gehörte zur ganzheitlichen Philosophie, dass jeder sein Leben immer wieder neu und kreativ umformen sollte, und diese Veränderungen begannen hier sogar gestandene Manager mit einem Töpferkurs.

Doris holte ihre Tonfigur, an der sie zuletzt gearbeitet hatte, aus dem Schrank, packte sie aus den feuchten Tüchern aus und suchte sich einen freien Platz auf der kleinen Terrasse.

»Was wird das?«, fragte sie der Mann, der am Ende des langen Tischs saß, ohne Einleitung. Sie hatte ihn bereits in einer der Gruppensitzungen bemerkt, aber die Stunde war zu Ende gewesen, bevor er an die Reihe gekommen war, von sich zu erzählen.

»Ich dachte, das sieht man«, antwortete sie. »Ein Elef...f...fant.«

»Er hat aber keinen Rüssel.«

»Den bekommt er heute.«

»Meinen Sie denn, man kann ihn einfach so im Nachhinein anflanschen?«

Er hatte eine ausgesprochen angenehme Stimme.

»Anflanschen«, wiederholte sie. »Sind Sie Handwerker?«

Er lächelte belustigt. Sein Lächeln bewirkte etwas Außergewöhnliches in ihr und veranlasste Doris, ihn das erste Mal richtig anzuschauen. Auf den ersten Blick sah sie ein Allerweltsgesicht, aber dann bemerkte sie, dass es alles andere als durchschnittlich war, denn die sonderbar blitzenden braunen Augen, die markanten Züge, die sich unter dem grauen Dreitagebart abzeichneten, das unerwartete Lächeln strahlten einen Charme aus, der sie überraschte.

»So was Ähnliches.«

»Was denn?«

»Ich bin in der Transportbranche.«

»Sind sie Lastwagenfahrer?«

»Nein.«

»Dann vielleicht Sp…Spediteur?«

Er legte die Arme auf den Tisch und schaute sie an. Sein Bart war grau, die Haare dicht und weiß. Er trug ein weißes Hemd mit hochgekrempelten Ärmeln, an dem bereits einige Tonspuren zu sehen waren, und eine Jeans.

»Jetzt kommen wir der Sache schon näher. Ich vermiete Container an die Chemieindustrie. Und da muss ich auch manchmal selbst mit anpacken, wenn sie auf die Reise gehen. Ich bin häufig in Südafrika, in Kapstadt und Durban habe ich viele meiner Container stehen.«

Doris machte eine Kopfbewegung in Richtung seiner Hände. Er hatte eine Art Echse aus dunkelbraunem Ton geformt und war dabei, ihr unzählige kleine Schuppen auf den Rücken zu drücken.«

»Sie sind richtig begabt. Ich kann erkennen, was es sein soll!«

»So? Was denn?«

»Ein Leguan.«

»Stimmt! Haben Sie schon mal welche in freier Wildbahn gesehen?«

Doris nickte. »Das habe ich tatsächlich. In der Sereng…geti. Ich war häufiger in Tansania.«

Sein Interesse schien erwacht zu sein und Doris fand, dass er nicht so wirkte wie einer von den Männern, die von sich glaubten, sie allein seien der Nabel der Welt. »Warum waren Sie denn häufig dort?«

Sie zögerte und antwortete dann: »Weil meine Schwester dort eine Farm mit K…Kaffeeplantage besaß.«

»Besaß?«

»Ja«, Doris überlegte kurz, ob sie diesem Fremden davon erzählen sollte. Aber er hatte etwas an sich, das ihr Vertrauen einflößte. »Sie ist dieses Jahr bei einem Unfall gestorben.«

Er sah sie an. Sein Blick war fest und ruhig.

»Ich glaube, das habe ich in den Nachrichten gehört. Sie war eine Unternehmerin, hatte sie nicht diese Coffeeshopkette? Corinnas Kaffee …?«

Doris nickte. »Ja, die hat sie gegründet. Corinnas Kaffee und Tee. Und sie war damit unglaublich erfolgreich, sozusagen der Star unserer Familie.«

Er kondolierte ihr nicht, sondern sagte: »Das kann ich mir vorstellen. Ich glaube, jeder von uns hat schon einmal Kaffee in einem ihrer Shops getrunken.«

»Und weshalb sind Sie hier?«, fragte Doris.

Er legte sich die Hand auf die Brust. »Die Pumpe wollte nicht mehr … Herzinfarkt. Und Sie?«

»Schlaganfall.«

Seine Augen verengten sich und Doris hatte den Eindruck, als musterte er sie plötzlich ganz genau. Deshalb setzte sie hastig hinzu: »Aber zum Glück ist fast nichts zurückgeblieben. Ich hatte kurzzeitig meine Sprache verloren und ab und zu muss ich noch nach einem Wort suchen, das haben Sie bestimmt schon bemerkt. Wobei ich mir nicht sicher b…bin, ob das nicht auch vorher schon so war. Aber auch das Sp…prachtraining hier hat mir schon geholfen.«

Sie stand auf und strich sich ihre gestreifte Bluse glatt, obwohl es gar keine Falten gab. Aber Doris hatte sich diese Bewegung angewöhnt, wann immer sie sich unsicher fühlte. Und zu einem fremden Menschen über ihre Krankheit zu sprechen, kam ihr auf einmal falsch vor. »Ich glaube, ich brauche noch ein bisschen mehr Ton.«

»Vor mir brauchen Sie nicht zu flüchten. Früher bin ich auch immer abgehauen, wenn jemand anfing über Krankheiten zu sprechen. Aber wenn einem vier Stents gesetzt wurden …« Als Doris ihn fragend ansah, erklärte er: »Das sind medizinische Implantate aus Metall, die Ärzte in die Gefäße des Herzes einsetzen.« Doris' Augen weiteten sich und ihr entfuhr ein »O nein!«. Und er fuhr fort: »… dann sieht man einen Menschen nach einem kleinen Schlaganfall als kerngesund an.«

Jetzt musste Doris lachen und setzte sich wieder auf ihren Platz. »Sie machen sich über mich lustig.«

Er hieß Bernhard Ritter, lebte in München und hatte die Geschäftsführung seiner Firma an seinen Sohn übergeben, um sich hier von seinem Herzinfarkt auszukurieren.

»Und halten Sie es hier aus?«

»Warum sollte ich nicht?«

»Weil Sie Ihr Geschäft vermissen!«

»Hier gibt es tausend Dinge zu tun.«

Er warf demonstrativ den nächsten Klumpen Ton in die Luft, fing ihn wieder auf und begann, weitere Schuppen zu formen.

»Nennen Sie noch eine Tätigkeit außer Töpfern.«

Jetzt blitzten seine Augen amüsiert. »Spazieren gehen, Ergotraining, EKG, Blutdruck messen, im Stuhlkreis sitzen, vom Bootssteg aus die Enten füttern …«

Er stand auf, um zu dem schmalen Tisch an der Wand zu gehen und eine Karaffe mit Wasser und zwei Gläser zu holen. Doris bemerkte, wie kraftvoll und aktiv er noch aussah, und vermutete, dass es für ihn bestimmt nicht leicht war, den Betrieb einfach seinem Sohn zu überlassen.

»Ich sehe, Sie sind hier voll ausgelastet«, bemerkte sie.

Als er ihr ein Glas einschenkte und es ihr lächelnd vor ihren Platz stellte, leuchtete sein Gesicht auf und um die Augen herum bildeten sich lauter feine Fältchen. Doris hatte das Gefühl, als würde ihr Herz einen Schlag aussetzen und sich anschließend unaufhaltsam öffnen.

»Und Sie? Hat Ihr Mann Sie einfach so hierher gelassen? Hat er keine Angst vor dem berühmten Kurschatten?«

»Mein Mann lebt in Stuttgart. Wir sind geschieden. Also Ex-Mann.«

»Dann leben Sie allein?«

»Ich habe zwei erwachsene Kinder, aber wenn Sie mich so fragen … ja, ich lebe allein.«

»Wie alt sind Ihre Kinder?«

»Sie sind aber neugierig. Fünfundvierzig und zweiundvierzig.«

»Dann sind Sie ja mit fünfzehn Mutter geworden.«

»Das nennt man Schmeichelei.«

»Nicht, wenn es ernst gemeint ist.«

Am Nachmittag bekam Doris Besuch. Sie saß in einem Rondell, umgeben von Hagebuttensträuchern, und klappte gerade das Buch »Der Gesang der Flusskrebse« zu, das sie sich aus der Bibliothek ausgeliehen hatte. Dort gab es ein Regal mit aktuellen Bestsellern. Die Geschichte des amerikanischen Mädchens, das mutterseelenallein im Marschland aufwuchs, hatte sie tief berührt. Sie ließ die langen traurigen Sätze und betörenden Naturbeschreibungen nachwirken, legte den Kopf in den Nacken und sah in den seidenartigen, völlig wolkenfreien Himmel. Als sie ihren Blick wieder senkte, entdeckte sie die zwei jungen Leute, die nicht hierher gehörten. Während das Mädchen mit der rosa Jacke, dem feinen schmalen Gesicht und den langen Haaren neben dem jungen Mann im hellblauen Hemd und Jeans über die Wiese auf ihren Sitzplatz zulief, wäre Doris fast in den Sinn gekommen, die beiden für ein Paar zu halten. Hannah trug einen Strauß gelber Rosen im Arm und Alexander hatte einen Weidenkorb dabei, es war ein schönes Bild, das die beiden abgaben. Aber natürlich war Hannah viel zu jung für eine Beziehung und die Vorstellung war auch wegen ihres Verwandtschaftsverhältnisses absurd. Doris stand auf und ging den beiden entgegen.

»Hallo, Oma«, begrüßte Alexander sie und gab ihr einen Kuss auf die Wange. Hannah zögerte kurz, doch Doris breitete sofort die Arme aus und drückte sie an sich. »Was für eine Überraschung! Ich freu mich riesig, euch zu sehen. Haben sie euch also tatsächlich hier reingelassen? Es heißt, dass Besucher nicht gern gesehen sind, weil sie die Heilungsprozesse stören könnten.«

Alexander biss sich auf die Lippen. »Auf das Gelände gelassen schon, aber wir dürfen uns nur hier draußen aufhalten und wir mussten unsere Handys abgeben.«

Doris lächelte wissend. »In der gesamten Klinik ist handyfreie Zone. Werdet ihr das überhaupt aushalten?«

»Klar!«, sagten sie beide gleichzeitig und grinsten sich an.

Auf den ersten Blick schienen sich die beiden jungen Menschen zu ähneln, jedenfalls was ihren Charakter und ihre jetzigen Lebensumstände anging. Hannah Waldeck, die Tochter der erfolgreichen Münchner Unternehmerin, der es in ihrem Leben nie mehr an etwas Materiellem fehlen würde und der mit ihrer Offenheit und ihrem Optimismus alle Herzen zuflogen. Alexander, der Sohn von Isabelle, der mit Ausdauer und Intelligenz sein Studium als Wirtschaftsingenieur durchzog und ebenfalls keine echten Geldsorgen kannte. Beide waren jung, wollten das Leben erkunden und ihre Grenzen austesten. Aber hinter Hannahs scheinbarer Unbekümmertheit steckte, wie Doris ahnte, eine tief verletzte Seele, ein Kind, das sich immer nach einer beständigen Bindung an seine Mutter gesehnt hatte und das von dieser vor der Familie verleugnet worden war. *Sie würde es schwer haben, sich irgendwann sicher und geborgen zu fühlen, ohne die Angst des ständigen Verlassenwerdens,* dachte Doris. Darin unterschieden sich die beiden besonders stark, denn Alexander war tatsächlich sorglos und unbekümmert, wie er wirkte, hielt es in seinem Innersten nicht für möglich, dass ihm etwas zustoßen oder weggenommen würde.

»Was habt ihr da alles mitgebracht?«, fragte Doris neugierig. Darauf streckte Hannah ihr den Rosenstrauß entgegen. »Die sind aus deinem Garten, die letzten, die noch mal geblüht haben.« Aber als sie Doris' Gesicht sah, fragte sie: »Was ist? Freust du dich nicht?«

»Schon gut, Hannah, ich mag Rosen, aber ich lasse sie lieber mitsamt ihren Wurzeln in der Erde. Es war deine Mutter, die gerne überall Schnittblumen in Vasen haben wollte.«

Hannah biss sich auf die Lippen. »Das tut mir leid.«

»Das braucht dir nicht leidzutun, du konntest es ja nicht wissen.« Sie drehte sich um, um nachzusehen, ob eine Mitarbeiterin der Klinik in der Nähe war, aber da sie keine entdecken konnte, bat sie Alexander, nach einer Vase zu fragen. Es gab ihr eine gute Gelegenheit, wenigstens kurz allein mit Hannah zu sprechen.

»Und, wie kommst du denn mit Moritz aus?«

»Ganz gut.«

»Wollte er nicht mitkommen? Nein, natürlich wollte er nicht«, beantwortete Doris sich die Frage gleich selbst, um Hannah nicht in Verlegenheit zu bringen.

»Ich glaube, er hat einiges zu tun.«

»An einem Sonntag? Mir war noch nie aufgefallen, dass er sich um Arbeit reißt.«

»Jedenfalls war er im Arbeitszimmer und hat irgendwelche Aktenordner durchgeblättert.«

»Ach so, er durchstöbert das Haus. Das kann ich mir vorstellen. Vermutlich sucht er nach irgendwelchen Fallstricken im Testament.«

Was war bei Moritz schiefgegangen?, fragte Doris sich im gleichen Augenblick. Was war aus dem Sohn geworden, den sie geboren, geliebt, großgezogen, umsorgt und erzogen hatte? Vielleicht lautete die Antwort, dass sie zu wenig von ihm gefordert hatte und ihr Mann Gregor zu viel. Sie hatte keine Eltern mehr, bei denen sie Zuspruch und Rat suchen konnte, und Corinna war damals nicht häufig da gewesen. *Ich liebe ihn, weil er mein Sohn ist, aber er kann ein schreckliches Scheusal sein*, dachte sie.

»Geht es dir wieder besser?«, fragte Hannah und sah Doris an, als wollte sie ihr eigentlich etwas anderes sagen. Falls sie ihr etwas Wichtiges mitzuteilen hatte, sprach sie es jedenfalls nicht aus.

»Behandeln sie dich gut hier?« Hannah sah sich um, nahm die Umgebung in sich auf, hörte die leisen Stimmen der beiden Frauen am Nachbartisch und fügte hinzu: »Jedenfalls sieht es hier sehr schön aus.«

Doris klopfte auf den Stuhl neben sich. »Ach, Hannah, komm, setz dich zu mir, mach dir keine Sorgen um mich, hier ist es herrlich. Erzähl mir lieber was von dir.«

Hannah setzte sich, sprang aber sofort wieder geschäftig auf und langte nach dem Korb, den Alexander auf dem Boden abgestellt hatte.

»Wir haben den Kuchen ganz vergessen!«

Sie holte ihn heraus, stellte die drei Teller, die sie ebenfalls eingepackt hatte, auf den Tisch und begann, die Alufolie auseinanderzufalten, da legte Doris ihr die Hand auf den Arm. »Was ist los? Ist etwas vorgefallen, benimmt sich Moritz schlecht?«

Ein ganz kurzes Zögern. »Moritz?«, wiederholte Hannah. »Nein, mit dem komm ich schon klar.«

»Bist du dir sicher?«

Hannah lächelte. »Ja, ganz sicher. Moritz hat das ganze Haus nach irgendwelchen Hinweisen darauf durchsucht, dass ich doch nicht Corinnas Tochter bin. Er hat auch irgendetwas von einem Gentest geredet.

Aber von mir aus kann er den gerne machen lassen, ich weiß ja, wie der ausgeht.«

»Ich auch«, stimmte Doris zu. »Ich frage mich nur, ob das alles überhaupt irgendwelche Auswirkungen hätte. Zwar verstehe ich nichts von Erbschaften und von Testamenten, aber wie ich hörte, hat meine Schwester dich doch ausdrücklich namentlich als Erbin eingesetzt und dann kann es doch gar keine Rolle mehr spielen, ob du wirklich ihre Tochter bist, woran ich nicht eine Sekunde lang zweifle.« Sie sah Hannah mit ihrem stillen, beruhigenden Blick an und setzte hinzu: »Ich muss dir ja nur in die Augen sehen.«

Hannah nickte. »Du bist sehr nett zu mir.« Wieder gab es eine kleine Pause und dann blickten sie beide Alexander entgegen, der sich bücken musste, um durch den Türrahmen des Fachwerkhauses zu treten, in dem die Rezeption untergebracht war. In der Hand hielt er eine bauchige Blumenvase aus Glas. Er ging langsam, denn die Vase war mit Wasser gefüllt.

»Es ist sehr ungewohnt für mich, plötzlich echte Blutsverwandte zu haben. Ich hatte keine Geschwister und vom Alter her könnte Alex mein Bruder sein, aber ist es nicht verrückt, dass er in Wirklichkeit mein Neffe ist und ich seine Tante bin?«

Sie konnte wieder lächeln.

»Ja, mit vierzehn bist du die Tante eines Zwanzigjährigen, es ist wirklich erstaunlich, was das Leben manchmal für Pirouetten schlägt.« Doris lachte zwar, die Stimmung wirkte vordergründig gelöst und doch hatte sie das Gefühl, als ob ein Schatten aus den Hagebuttensträuchern neben ihrem Sitzplatz hervorkroch, wie eine Ratte aus ihrem Loch. Sie konnte nicht hinsehen, aber sie hörte das feine Trippeln und Rascheln und wusste, dass dort etwas war, das mit aller Macht ans Tageslicht wollte. Ihr Herz verkrampfte sich vor Angst, dass Hannah ihr wieder genommen würde.

Isabelle

ch werde mir ewig Vorwürfe machen, denn ich fühle mich für das Unglück verantwortlich.«

Zahirs erstarrtes Totenkopfgesicht war genau vor mir und er sah mir tief in die Augen. Ich glaubte, darin das Grauen sehen zu können, das ihn jetzt überkam, als er mir an diesem Morgen im Arbeitszimmer der Farm den Unfallhergang schilderte.

»Die Felsen hatten ihren Körper fast ganz zerschmettert. Ihr schönes Gesicht war unkenntlich, beide Arme abgerissen.«

»O mein Gott«, flüsterte ich und legte meine Hand auf seine. Seine Finger umklammerten sie, gruben sich fest in meine Haut, sodass ich fast vor Schmerz aufgejault hätte. Er merkte es gar nicht, denn er war gebannt von seinen schrecklichen Erinnerungen. »Es war meine Schuld, denn ich hätte sie nicht fahren lassen sollen.«

Zahir hielt inne, ohne den Blick von mir zu lassen.

»Ich war am Abend zuvor von Corinnas Idee überrascht worden, in die Berge hochzufahren. Ich sagte, es sei wahrscheinlich keine gute Idee, weil man in dem Gebiet zwei Löwen gesichtet hatte. Ich machte mir Sorgen, denn diese Löwen waren bereits in eine Boma, ein Dorf der Massai, eingedrungen und hatten Kühe gerissen.«

Meine Hand tat jetzt richtig weh und fühlte sich unter dem Druck seiner Finger wie gelähmt an. Ganz sachte versuchte ich, sie wegzuziehen, und er lockerte seinen Griff, den er selbst anscheinend gar nicht bemerkt hatte.

Leise sprach er weiter. »›Na gut, Zahir, du alter Angsthase‹, meinte sie. Dann fahre ich, du sitzt hinten und hältst deine Jagdflinte im Anschlag.«

Er schloss kurz die Augen und atmete tief ein. »Ich glaube, sie wollte es nur wegen ihrer neuen Freundin, sie wollte sie beeindrucken.«

»Eine neue Freundin?«, fragte ich.

»Ja, eine Amerikanerin. Amanda. Sie war das erste Mal hier. Ich glaube, Corinna war richtig verliebt in sie. *Totally in love*. Du kanntest ja deine Tante!«

Zahir senkte den Kopf. »Jetzt ist das hübsche Mädchen auch tot.«

»Ein Mädchen?«

»Nein, das habe ich nur so gesagt. Sie war vermutlich in deinem Alter.« Er musterte mein Gesicht und fügte hinzu: »Oder auch ein wenig jünger.«

Ich wusste, dass es lange gedauert hatte, aber irgendwann hatte Zahir die gleichgeschlechtlichen Partnerinnen meiner Tante akzeptiert oder einfach für sich behalten, was er darüber dachte. Es musste ihm ohnehin schwergefallen sein, in einem patriarchalisch geprägten Land eine solch egozentrische Farmerin zu ertragen. Aber ich hatte immer den Eindruck gehabt, dass er von ihrem unbeugsamen Charakter beeindruckt war.

Noch immer war sein Gesicht ganz dicht vor mir und ich sah, wie straff seine Haut über den Wangenknochen gespannt war, wie scharf sie hervortraten. Seit ich ihn das letzte Mal gesehen hatte, hatte er stark abgenommen. Rechts an seinem Hals entdeckte ich merkwürdige weiße und rosa Flecken, wie von Verbrennungen.

»Corinna raste wie eine Besessene«, fuhr er wieder fort.

Es lag mir auf der Zunge zu fragen: *So wie du, als wir hinauf zur Quelle gefahren sind?* Doch ich schluckte die Worte hinunter. »Und ihre Freundin fand das toll. Sie lachte, kreischte und spornte Corinna an. Hinten im Jeep sitzt man etwas erhöht, hat eine gute Aussicht, du kennst das ja, bist oft genug mitgefahren, aber ich hatte bei dem Tempo Probleme, das Gleichgewicht zu halten.«

Zahir schwieg einen Moment und ich wollte ihn nicht drängen, ich wusste nicht einmal, ob ich mehr hören wollte. Aber Zahir konnte gar nicht mit dem Erzählen aufhören.

»Du weißt ja, Fenster gab es außer der Windschutzscheibe keine, sodass der Fahrtwind ungehindert in die Haare der beiden Frauen vor mir griff. Für Corinna mit ihren kurzen Haaren war das kein Problem. Amanda hatte sich einen Pferdeschwanz gebunden, der hoch in die Luft gewirbelt wurde.« Zahir stieß einen zynischen Lacher aus. »Sie schien diese wilde Fahrt zu genießen und das stachelte Corinna immer mehr an. Im Busch konnte diesem Wagen kein anderer das Wasser reichen, er war extrem geländegängig. Corinna jagte uns wie eine Wilde den Pfad hinauf, durch Sand, durch das dichte Gras, über Stöcke, Steine, immer weiter ins Hochland, sie wollte zum Nchi ya nyani, wo die großen Affenrudel leben. Das ist schon auf dem Territorium des Ngorongoro-Nationalparks. Als ein mächtiger Baobab scheinbar plötzlich vor uns auftauchte, riss Corinna das Lenkrad herum, um einen Aufprall zu vermeiden. Dann brachte sie den Wagen zum Stehen und stellte den Motor aus.«

Zahir senkte den Kopf und fuhr sich mit der Handfläche über die Haare. Ich wartete und fragte mich, was genau passiert war. Warum meine Tante, nachdem sie fast gegen einen Affenbrotbaum gefahren war, nicht zur Besinnung gekommen war.

»Du weißt, Isabelle, wenn man von Süden den Bach erreicht, verändert sich das Landschaftsbild auf wenigen Kilometern. Anfangs tauchen nur Büsche auf, vereinzelt ragen schlanke Akazien und Baobabs empor, dann nimmt dorniges Gestrüpp die freie Sicht auf den Horizont. Wir saßen in dem Wagen, mein Herz klopfte von der rasenden Fahrt und die Luft pulsierte vom Gurren der Tauben, dem Tschilpen der Webervögel, Kreischen der Stare und vom Trillern der bunten Bartvögel, du weißt, wie es da oben ist, wir waren oft zusammen dort ...«

Mir war, als könnte ich die Vogelstimmen und die Geräusche des Dschungels hören, die feuchte Luft auf den Wangen spüren und als könnte ich durch die Blätter spähend ein winziges Antilopenböckchen erstarrt und angespannt zwischen den dornigen Zweigen erkennen, während auf der anderen Seite eine hungrige Löwin mit glühenden gelben Augen im Gebüsch lauerte.

Zahir sprach weiter und sein Redefluss war nun kaum zu bremsen: »Da ist ein unheimliches Röcheln und Röhren hinter dem Laub zu hören. In leuchtendem Kastanienrot huschen zartgliedrige Antilopen vorbei. Über die Dornenkrone einer Akazie schauen dich plötzlich samtene Augen an. Du kannst womöglich die kleinen Waldelefanten sehen, die still in Herden umherziehen und die Bäume mit ihren kleinen rosa Stoßzähnen anstupsen. Unmengen von Insekten nagen, saugen oder bohren an den Pflanzen. Zahllose kleinere Fleischfresser von Ameisen über Vögel bis hin zu Schleichkatzen leben von ihnen. Adler, Schlangen und größere Katzen wiederum fressen die Kleintiere und mittelgroßen Fleischfresser. Es ist eine völlig andere Welt als hier unten auf der Plantage und erst recht als in der offenen Steppe. Da oben im

Buschland leben viele Tiere, die lieber im Verborgenen bleiben wollen. Das Versteckspiel ist dort fester Bestandteil des Lebens und Überlebens. Räuber können unvermittelt in nächster Nähe auftauchen. Corinna war sonst eins mit der Natur gewesen, sie kannte sich aus, verhielt sich fast wie eine von uns, nicht wie eine Touristin. Anders an diesem Tag. Sie wollte ihrer neuen Freundin das alles zeigen, ließ mich der Amerikanerin die Pflanzen- und Tiernamen nennen, Pfotenabdrücke von Mangusten und Hyänen aufspüren, ihren Dung, die Fährten im Gras erklären und Amanda zeigte sich beeindruckt.«

»Hatte sie denn gar keine Angst?«

»Es sah nicht so aus. Die beiden wirkten wie alberne Teenager auf der Suche nach Abenteuer.«

Ich wartete, ob er von selbst weitererzählen würde, aber als er schwieg, fragte ich: »Und was ist dann passiert?«

Zahir atmete hörbar ein und aus, knetete seine Hände. Seine Stimme verlor jeden Ausdruck und klang wie die eines Nachrichtensprechers.

»Wir stiegen wieder ein, Corinna drehte den Schlüssel um und startete den Wagen erneut. Sie legte den Gang ein und drückte das Gaspedal abrupt herunter, sodass der Wagen einen Satz machte. Amanda kreischte auf und ihr Kreischen ging in ein Lachen über. Der Wind entführte ihr Lachen in den Busch. Mit viel zu hoher Geschwindigkeit jagte Corinna den alten Pfad entlang, immer höher und höher, erklomm unermüdlich den Berg. Ich musste mich ständig ducken wegen der tief hängenden Zweige, die mir sonst ins Gesicht peitschten, und gleichzeitig festhalten. Wir wurden durchgeschüttelt, wie Kaffeekirschen im Depulper, und ich begann, mir ernsthafte Sorgen zu machen, da wir uns der Felskante im Nordwesten näherten, dort ging es steil hinab in die Lengai-Schlucht. Ich sagte es Corinna, aber sie schien mich nicht zu hören. Da klopfte ich ihr auf die Schulter, rief ihr zu, sie solle aufpassen. Aber sie winkte ab, schien sich fast über die Gefahr zu freuen, brauste rücksichtslos weiter, so schnell es das Gelände zuließ. Steine und Sandbrocken donnerten gegen Metall und Windschutzscheibe. Plötzlich tat sich eine Lichtung vor uns auf, wie ich erst dachte, kein Baum, kein Busch, nur Himmel. Über das niedrige Gras beschleunigte der Wagen und ich gewahrte erst dann, dass wir unmittelbar vor dem Abgrund waren. Nur eine halbe Wagenlänge lag zwischen uns und dem

Absturz ins Nichts. Ich schrie, ich weiß nicht, ob Corinna es da erst merkte, jedenfalls trat sie voll auf die Bremse, der Wagen überschlug sich, ich wurde herausgeschleudert und rutschte viele Meter über Gras. Aber die beiden Frauen stürzten mit dem Jeep in die Tiefe.«

Schweigend und verschlossen saß Zahir vor mir, wieder der Mensch, der er bei meiner Ankunft war. Unnahbar in seine Erinnerung gehüllt. Die Stille ringsum ließ seine Schilderung noch härter und schrecklicher erscheinen. Mein Vormittag hatte sich gewandelt und glich nicht mehr dem Morgen voller Tatendrang.

Als ich das Schweigen brach, hörte sich meine Stimme merkwürdig an. Es war die heisere Stimme eines Menschen, der etwas Furchtbares gehört hat, dessen Bilder er nie wieder vergessen wird.

»Glaubst du, sie kannte diese Stelle? War sie schon einmal dort?«

Zahir verzog das Gesicht, als würde er durch ein Labyrinth von quälenden Gedanken gehen. »Ich habe schon oft darüber nachgedacht, ob sie sich nicht erinnerte und die Gefahr kannte. Wir waren einmal zusammen an dieser Felskante, aber das ist sehr lange her.«

Ich glaube, ich war bleich geworden, denn Zahir tauchte aus seiner Versunkenheit auf und begann, sich zu entschuldigen. »Es war unverzeihlich von mir, dir das so genau zu schildern.«

Ich schüttelte den Kopf. »Ich bin froh, dass du endlich mit mir darüber geredet hast, Zahir. Aber was ist mit Hannah, warum hast du uns, mir und Doris, nie von ihr erzählt und wo war sie, als ihre Mutter verunglückt ist?«

»Ihre Mutter? Hannahs Mutter ist nicht Corinna. Es ist Amidah. Sie hat sie auf die Welt gebracht. Und Hannah war an dem Tag des Unfalls bei ihr in der Boma.«

»Amidah, die Kaffeepflückerin?«

»Ja, genau die.«

Die Frau, die mich wegen der Picking-Methode angesprochen hatte, die ich glaubte vorhin hier in diesem Raum am Fenster gesehen zu haben, sollte Hannahs Mutter sein?

»Aber das kann nicht sein, sie ist …«

»Eine Massai.«

Doris

Am nächsten Morgen kam Bernhard in den Frühstücksraum und suchte sie. Heute trug er eine beige Chinohose, ein kariertes Hemd und hatte einen blauen Pullover über die Schultern geworfen. Er fand sie allein an einem Zweiertisch vor dem Fenster. Die Luft war noch kühl und es wehte ein frischer Wind, deshalb hatte sie sich nicht nach draußen gesetzt.

»Guten Morgen.«

Doris blickte hoch.

»Dürfte ich Ihnen Gesellschaft leisten?«

»Wenn Sie möchten.« Sie schob den zweiten Stuhl zurück. »Sie sehen so aus, als kämen Sie gerade vom Training.«

»Ja, Cardio.«

Doris seufzte. »Ich fürchte, ich kann diese Ausdrücke, Cardio, Physio, Gesundheitszirkel, Artikulationstraining, Herz-Kreislauf … schon jetzt nicht mehr hören. Eigentlich würde ich lieber nur diese wunderschöne Landschaft genießen.«

»Mir geht es genauso und ich wollte Sie sowieso fragen, ob Sie den Tag vielleicht mit mir verbringen würden.«

Er sah sie mit einem festen, ruhigen Blick an. Doris hatte das Gefühl, als sei das eine Art Herausforderung, und wurde auf einmal nervös. Um diese sonderbare Verwirrtheit zu kaschieren, nahm sie eine Kiwi von dem Teller mit den Früchten und versuchte, sie mit dem stumpfen Brotmesser zu schälen. Sie merkte, dass sie in Wirklichkeit zu gerne einfach »Ja« sagen wollte.

»Und was soll ich für eine Begründung angeben, warum ich meine Termine in der Klinik nicht wahrnehme?«

»Sagen Sie denen einfach, dass Sie den Tag heute mit mir verbringen.«

Die Kiwischale war zäh und ließ sich kaum von der Frucht ablösen. »Was wollen wir denn unternehmen?«

»Ich dachte, wir könnten ein Segelboot mieten und rausfahren, vielleicht auch irgendwo picknicken.«

Doris sah aus dem Fenster. »Ist es heute nicht ein wenig zu stürmisch?«

»Ein bisschen Wind braucht man schon zum Segeln ... einen Augenblick ...«

Sein Ton war auf einmal ungeduldig, klang fast rüde, als er ihr die Kiwi aus der Hand nahm. »So wird das nie was!« Er griff in seine Umhängetasche, holte ein Taschenmesser heraus und hatte die Kiwi in wenigen Sekunden geschält. Doris schaute auf seine geschickten Hände und murmelte: »Ich weiß eigentlich ganz gut, wie man Obst schält, aber das Messer ist zu stumpf.«

Er schnitt ihr die Kiwi in Scheiben und schob ihr den Teller wieder hin.

»Also wie lautet Ihre Antwort, ja oder nein?«

»Ich glaube, mir hat, seit ich ein Kind war, nie wieder jemand Obst klein geschnitten.«

»Im Krankenhaus gab es Obstsalat.«

»Stimmt, aber der war aus der Dose.«

Sie lehnte sich zurück und fing an, die Scheiben langsam zu essen. Bernhard beobachtete sie dabei. Mit dem köstlichen Kiwigeschmack am Gaumen fühlte Doris, wie ein Wohlbehagen von ihr Besitz nahm und alle Nervosität von ihr abfiel. Sie leckte sich die Fingerspitzen ab, sah den Mann an, den sie erst vor einem Tag kennengelernt hatte, und sagte: »Ja.«

Sie ließen sich in der Küche ein großes Lunchpaket geben und gingen auf einem verborgenen und gewundenen Pfad zum See hinunter. Links und rechts wuchs hohes Schilfgras und sie hörten nur die Vogelstimmen und ihre Schritte im Gras. Doris wurde es warm, sie lehnte sich an das Bootshaus und wartete, bis sie wieder zu Atem kam, ihr Herz wieder langsamer klopfte. Bernhard, der zwei Schritte hinter ihr war, schien auch außer Atem zu sein.

Als Doris wieder reden konnte, sagte sie: »Ich habe überhaupt keine Kondition mehr.«

Er stellte die Papiertüte mit seinem Lunch ab und setzte sich auf den Holzsteg. »Kein Wunder. Mir geht es nicht anders. Man muss jetzt eben alles langsamer angehen.«

Der See lag ruhiger als noch vor einer halben Stunde da und das

Wasser reflektierte das Blau des aufklarenden Himmels. Die Böen waren abgeklungen, es wehte nun eine frische Brise, die den mooshaltigen Geruch des Voralpenlandes mitbrachte. Während Bernhard aufstand, um mit dem Bootsverleiher zu verhandeln, und sich fachkundig die zur Auswahl stehenden Typen ansah, merkte Doris, wie dieser Duft und die ruhige Atmosphäre sehnsüchtige Erinnerungen in ihr weckte, an eine grundlose Seligkeit, die sie seit ihrer Kindheit nicht mehr gefühlt hatte. Da war eine ganz sorgfältig aufgebaute Hülle um sie herum gewesen, die sie jetzt fallen ließ. Die Jahre ihrer Ehe hatte sie ganz Gregor und den Kindern gewidmet und als Gregor sie verlassen hatte, war ihr Leben ganz und gar auf Corinna ausgerichtet gewesen. War sie anwesend, wurden die Vorhänge zur Seite gezogen und ihre Schwester nahm jeden Raum wie eine Bühne ein, füllte ihn bis in die kleinste Ecke aus. Alles drehte sich nur um sie. War sie nicht da, befand sich Doris in einer Art Wartestellung, um jederzeit auf die unangekündigte Rückkehr eingestellt zu sein. Kaufte ein, füllte den Kühlschrank, legte Vorräte an, kochte, schnitt Rosen und stellte sie in Vasen, obwohl sie selbst viel mehr Freude an ihnen hatte, wenn sie im Garten blühten.

Doris drehte sich um, sah den Mann an, der vor ihr stand, und fragte sich, wie viel er von ihren Gedanken wahrnehmen mochte, wie viel er wusste. Bernhard hielt ihr seine Hand entgegen, um ihr auf das Boot zu helfen. Es war klein und schlicht, aber schön, mit seinem blank geputzten Teakdeck und dem grünen Anstrich. Bernhard schien ein erfahrener Segler zu sein, jedenfalls entnahm sie das der ruhigen Art, mit der er ablegte, steuerte und das Segel setzte. Sie glitten über den See, der nicht besonders groß war, um schließlich dem Wind zu einer kleinen Bucht zu folgen, in der kein Angler zu sehen waren. Dort ankerten sie und weder die Fischreiher noch die Entenpaare ließen sich von ihnen stören. Inzwischen stand die Sonne hoch am Himmel und es wurde so heiß, dass sie sich in den Schatten des Segels setzten und ihr Picknick auspackten. Tomaten und Vollkornbrot, luftgetrockneten Schinken, Käse, Früchte, Grießflammeri und eine Flasche Weißwein, die wunderbar kühl war, weil er sie rechtzeitig an einer Schnur in den See gehängt hatte. Nach dem Essen hatten sie genug Platz, sich auf dem Deck auszustrecken und einfach nur in der Sonne zu liegen, in das Licht zu blinzeln, zu schweigen und das leichte Schaukeln der Dünung zu genießen.

»Was für ein Paradies.« Mehr brachte Doris nicht hervor.

Er sagte: »Ich kann mich nicht erinnern, wann ich das letzte Mal einfach nur faul auf einem Bootsdeck herumgelegen habe.«

Doris betrachtete ihn. Er hatte die Augen geschlossen, die Hände hinter dem Kopf verschränkt und seine Lippen lächelten.

»Faul ist kein schönes Wort«, sagte sie. »In unserer Generation ist es viel zu negativ besetzt. Irgendetwas muss man immer zu tun haben. Ich würde uns gerade eher entspannt oder sorglos nennen.«

»Hm, das stimmt! Ich besaß sogar auch einmal ein Segelboot auf dem Starnberger See, aber ich habe es irgendwann wieder verkauft, weil ich jedes Wochenende durchgearbeitet habe und es nur Kosten verursachte.«

»Es ist besonders traurig, wenn man solche Träume hat, sie sich finanziell leisten kann und sich dann nicht die Zeit nimmt, um sie zu verwirklichen.«

Doris merkte, dass sie gerade Allgemeinplätze und Binsenweisheiten von sich gab. Vielleicht auch, weil sie noch nicht bereit war, über persönliche Dinge zu sprechen. So wie es ihr in der Therapiegruppe nicht gelungen war, etwas Konkretes von sich preiszugeben.

Bernhard schien es zu merken. Er öffnete die Augen und sah sie an. »Was ist es, das dich dazu gebracht hat, diese Mauer um dich herum aufzubauen?«

Er duzte sie plötzlich, aber das gefiel ihr. »Hat dich jemand verletzt?«

Sie antwortete nicht gleich, sondern stellte fest, wie sie seine direkte Frage aufwühlte, weil er den Finger genau in die Wunde legte. Hinter ihrer immer fürsorglichen und gut gelaunten Fassade steckte eine tief verletzte, gequälte Seele, eine Frau, die sich immer nur nach der beständigen Bindung an einen anderen Menschen gesehnt hatte, bis hin zur Selbstaufgabe.

»Ich habe in meinem Leben vier Menschen verloren. Meine Eltern sind viel zu früh gestorben. Mein Mann hat mich verlassen und nun ist vor Kurzem auch meine Zwillingsschwester gestorben und ich sollte traurig sein, aber ...« Doris biss sich auf die Lippen, dachte zurück an die Monotonie, ihre kärgliche Existenz, das Gefühl, nichts wert zu sein, wenn sie alleine war, den Mangel an jeglichem, worauf sie sich freuen konnte, außer auf die Heimkehr von Corinna.

»Wart ihr eineiige Zwillingsschwestern?«

Doris schüttelte den Kopf. »Nein! Und wir sahen uns auch nicht ähnlich.«

»Wie standet ihr zueinander, wart ihr Konkurrentinnen?«

Doris stieß ein kurzes Lachen aus. »Dazu waren wir viel zu verschieden. Corinna war immer die Starke, Kreative, sie hat vor Ideen gesprüht und sie war unendlich ruhelos, fordernd, manchmal ziemlich anstrengend.«

»Und du?«

»Das Gegenteil: die Ruhige, die Häusliche, die Fürsorgliche ...« Ihre Worte kamen in rascher Abfolge, doch dann stockte sie und setzte hinzu: »Die Langweilige.«

»Also, ich finde dich überhaupt nicht langweilig.«

»Das ist nett von dir. Aber ich glaube, ich musste letztlich so fade und wenig aufregend sein. Zwei von der Sorte meiner Schwester hätten meine Eltern überfordert.«

Bernhard lächelte, aber es war ein Lächeln voller verhaltener Wut. »Ich habe das Gefühl, dass wir beide in einer Art Abhängigkeit gelebt haben. Du warst immer auf einen bestimmten Menschen fixiert und ich auf mein Unternehmen, meine Arbeit.«

Doris sagte nichts darauf, aber sie spürte, wie recht er hatte und dass der durchlittene Schmerz keineswegs Trauer über Corinnas Tod war. Sondern was so wehtat, war die Erkenntnis ihrer sorgsam aufgebauten, fast lebenslangen Unselbstständigkeit.

»Ich glaube, ich muss endlich lernen, alleine zu leben.«

Ein leichter Wind griff wieder in das Segel und von den Bäumen in der Nähe des Ufers blies er einen Schwall von Blättern in die Luft. Nicht mehr lange und sie würden hier überall durch raschelndes Laub stapfen. Sicher musste es am Ostersee herrlich sein, wenn die Laubfärbung einsetzte. Aber sie würde in drei Wochen nach Hause fahren, es würde wieder früher dunkel und die Nächte würden lang. Doris fröstelte, als sie an die einsamen Abende in der großen Villa dachte. Doch dann fiel ihr Hannah ein und auf einmal wurde ihr wieder etwas wärmer ums Herz. Sie war ja gar nicht allein.

Jetzt war es Bernhard, der leise anfing, von sich zu sprechen: »Ich habe immer geglaubt, wenn ich nicht jeden Monat den Umsatz steigere, expandiere, neue Kunden akquiriere, bin ich ein Verlierer und diese Blöße wollte ich mir nicht geben. Die Konkurrenz ist hart in der Containerbranche und die Zahlen sind sehr konjunkturabhängig. Wir haben einen Großkunden, einen Chemiekonzern, wenn dessen Geschäft nachlässt, potenziert sich das. Der Herzinfarkt hat meinen Konkurrenten nun auch noch recht gegeben. Jetzt kann ich gar nichts mehr!«

Er kickte mit dem Fuß eine leere Frühstückstüte weg, die auf dem Teakholz lag.

»Das stimmt mit Sicherheit nicht, Bernhard. Ich glaube, du ...« Sie hielt inne und suchte eine Weile nach dem richtigen Wort, denn es war ihr wichtig, den treffenden Ausdruck zu gebrauchen. »Nun ... du hast etwas, das vielen anderen Menschen fehlt, die sich derart in ihrem Beruf verlieren. Meine Tochter ist Architektin und seit sie ein eigenes Büro hat, habe ich bei ihr auch manchmal das Gefühl, dass sie sich zu sehr davon aufsaugen lässt. Vielleicht ist das immer die Gefahr, wenn man selbstständig arbeitet.«

Sie seufzte. »Aber jetzt ist sie ja in Tansania auf der Kaffeefarm. Sie ist nämlich die ...« Sie sprach nicht weiter.

»Die was?«

»Schon gut, ich wollte eigentlich auf etwas anderes hinaus.« Doris sprach nicht aus, dass sie vermeiden wollte, über den Besitz ihrer Schwester zu sprechen. Man wusste nie, ob die Erwähnung ihres Vermögens als Prahlerei ausgelegt wurde oder schlummernde Begehrlichkeiten wecken konnte. Deshalb kam sie zurück zu dem eigentlichen Thema: »Ich wollte dir sagen, dass du die Fähigkeit zur Selbstreflexion besitzt und dich gleichzeitig auch für andere Menschen interessierst. Und das ist etwas sehr Seltenes, außerdem ...«

»Was?«

»Segeln kannst du auch!«

Er lachte. Ein kehliges sympathisches Lachen, das die unzähligen Fältchen neben seinen Augen vertiefte. »Gutes Stichwort. Ich glaube, wir sollten langsam zurücksegeln, sonst senden sie in der Klinik noch einen Suchtrupp nach uns aus.«

Sie räumten die Spuren ihres Picknicks auf, verstauten die Flasche, Becher, Papiere und Tüten in einer Kiste, die sie nachher wieder mit von Bord nehmen würden.

»Der Wind ist eingeschlafen, wir werden mit dem Motor zurückfahren müssen.«

»Schade, ich habe dir so gerne zugesehen, als du mit dem Segel hantiert hast.«

Er antwortete nicht, sondern warf den Motor an und sagte: »Hier, du übernimmst das Ruder.«

»Ich?«

»Ja, es ist ganz leicht.«

Doris zögerte kurz. Dann setzte sie sich neben ihn, umfasste die Pinne, probierte erst ein wenig aus, wie das Boot reagierte, und navigierte sie dann gemächlich zurück in Richtung des Anlegestegs, als hätte sie nie etwas anderes gemacht. Enten trieben über das Wasser, die Nachmittagssonne überzog das Schilf am Ufer mit ihrem orangefarbenen Licht und das Wasser glitzerte hell. Es war das Bild eines milden Spätsommertages, zu warm, zu schön, zu lebendig, um einfach so zurück in die Klinik zu gehen, und zu gottverdammt romantisch, dachte Doris. Ein einziger Nachmittag und sie warf das erste Mal einen Blick auf all das Schöne, auf die herrlichsten Möglichkeiten, die ihr Leben lang auf sie gewartet hatten.

Glück – wie in der Zeit ihrer Jugend, vor Gregor, vor ihrer Ehe, vor ihrer Scheidung, vor Corinnas Tod. Es war, als wäre sie plötzlich wieder jung.

Aber ich bin jung!, sagte sie sich, betrachtete den Mann, der neben ihr saß, aus dem Augenwinkel und war voller Dankbarkeit. In gewisser Weise war er es, der in ihr dieses euphorische Gefühl ausgelöst hatte. Sie fragte sich, wie viel er wohl davon wusste, denn sein Gesicht gab nichts preis.

Vor dem Anlegemanöver übergab sie das Ruder wieder an Bernhard und er sagte: »Aber nur, weil es ein Mietboot ist. Das nächste Mal bist du der Skipper. Ich glaube, du wirst es schnell lernen.« Als sie ausstiegen, sagte sie zu ihm: »Ich muss jetzt zurück, ich habe noch eine Einzelstunde bei der Psychotherapeutin gebucht.«

»So spät?«

»Ja.«

Er nickte, akzeptierte es, sie verabschiedeten sich. Und sie würden diesen Abend getrennt verbringen.

»Danke für den schönen Tag!«, sagte sie. Doris ahnte dennoch, sie würden ihren Weg fortsetzen, und vielleicht traf sie ihn gleich morgen beim Frühstück wieder. Bestimmt sogar! Aber sie hatte Respekt vor ihren plötzlichen euphorischen Gefühlen und wenn sie ganz ehrlich mit sich war, davor, sich mit achtundsechzig Jahren zu verlieben.

Isabelle

Ich musste nicht lange suchen, um den Vertrag zwischen Corinna und Amidah zu finden. Sosehr Corinna diesen Part ihres Lebens vor uns versteckt hatte, so sichtbar stand der Aktenordner hier in ihrem Arbeitszimmer im offenen Regal mit der Aufschrift *Contract Surrogacy*. Während ich ihn herausholte, kam mir der Gedanke, ob hier auf der Farm alle darüber Bescheid gewusst hatten. Ob sich meine Tante hier so frei und sicher fühlte, dass sie glaubte, nichts verbergen zu müssen, und deshalb so viel Zeit auf Mawingu verbracht hatte?

Natürlich hatte ich schon davon gehört, dass Leihmutterschaft in Deutschland verboten, sogar strafbar war und dass Paare deshalb ins Ausland gingen, um ihr Kind nach einer künstlichen Befruchtung von einer fremden Frau austragen zu lassen. Und natürlich hatte auch ich mich die ganze Zeit, seit ich von Hannahs Existenz erfahren hatte, gefragt, wie es möglich war, dass meine Tante im Alter von vierundfünfzig Jahren noch ein gesundes Kind zur Welt hatte bringen können. Aber wenn das, was man tief in seinem Inneren geahnt oder vermutet hat, zur Gewissheit wird, überrascht einen die Wahrheit dennoch.

Ich blätterte rasch die abgehefteten Fotos der Ultraschalluntersuchungen aus dem Aga-Khan-Krankenhaus durch und dachte darüber nach, wie merkwürdig es war, wenn sich das Leben in kurzen Abrissen zeigte. Scheinbar ohne einen festen Plan enthüllte sich der Lebenslauf meiner Tante und die Geschichte ihrer Mutterschaft Schritt für Schritt. Und von dieser Seite Corinnas hatten wir, Doris und ich, nicht den Hauch einer Ahnung gehabt. Vielleicht wollte sie, dass der gegangene Weg erst im Rückblick für andere erkennbar wurde?

Wie ich aus den kleingedruckten Daten am Rand der Bilder entnehmen konnte, war Corinna 2005 im Abstand von drei Monaten mit Amidah nach Daressalam zu den Untersuchungen gefahren. Es war eine lange und beschwerliche Fahrt dorthin und ich fragte mich, ob es kein näher liegendes Krankenhaus gab, das über ein modernes Ultraschallgerät verfügte, oder warum sie nicht für das Mawingu Health

Center eines angeschafft hatte. Für eine Schwangere musste die Fahrt über die holprigen Straßen Tansanias eine Strapaze gewesen sein. Aber ich beantwortete mir die Frage selbst: Solange es keinen Gynäkologen im Mawingu Health Center gab, hätte auch ein teures Ultraschallgerät keinen Sinn ergeben.

Dann klappte ich in dem Aktenordner einen rosa Trennstreifen aus Pappe um und stieß auf einen auf Englisch abgefassten Vertrag. Ich überflog die Vereinbarungen die am 02.05.2004 zwischen

Corinna Waldeck

– im Folgenden Wunschmutter genannt –

und

Amidah Aleeke

– im Folgenden Leihmutter genannt –

geschlossen worden waren.

Die erste Seite enthielt den Vertragsgegenstand in nüchternem Juristenenglisch.

Die Leihmutter verpflichtet sich, das aus einer artifiziellen In-vitro-Fertilisation hervorgehende Kind gegen Bezahlung nach der Geburt der Wunschmutter unverzüglich zu übergeben.
Gleichzeitig verpflichtet sie sich, auf ihr elterliches Sorgerecht zu verzichten, und gibt damit bereits zum Zeitpunkt des Vertragsschlusses ihre Einwilligung zur späteren Adoption des Kindes durch die Wunschmutter.
Die Wunschmutter verpflichtet sich im Gegenzug zur Zahlung eines Honorars in Höhe von
3000,00 Dollar
zum Zeitpunkt der Übergabe des Kindes.

Ich schnappte nach Luft. Gerade mal dreitausend Doller hatte meine Tante an Amidah gezahlt. Dreitausend Dollar für neun Monate Schwangerschaft und die Geburt von Hannah. Dreitausend Dollar, damit Amidah ihr den Säugling direkt nach der Geburt überließ. Für meine vermögende Tante war es ein lächerlicher Betrag. Aber für die junge Massai stellte das Geld vermutlich einen unvorstellbaren Reichtum dar. Doch hatte sie geahnt, wie hoch der Preis war, den sie selbst zahlte? Hatte sie bedacht, was es für sie bedeuten würde?

Die nächsten Seiten enthielten zahlreiche Nebenabreden, wonach sich Amidah beispielsweise bereit erklärte, bis zum tatsächlichen Eintritt der Schwangerschaft jeglichen Geschlechtsverkehr zu unterlassen, sich medizinischen Kontrollen zu unterziehen und alle denkbaren Risiken für das Kind so gut wie möglich zu vermeiden, Alkohol- und Nikotingenuss waren sogar unter eine Vertragsstrafe von fünfhundert Dollar gestellt. Es gab einen detaillierten Speiseplan und die Verpflichtung zur Einnahme von genau aufgelisteten Nahrungsergänzungsmitteln. 400 Mikrogramm Folsäure und 100 bis 150 Mikrogramm Jod pro Tag musste Amidah über Tabletten ergänzen. Sie war verpflichtet, alle zwei Wochen im Mawingu Health Center zur Blutabnahme und Kontrolle zu erscheinen.

Auf der dritten Seite war ausdrücklich festgelegt, dass Amidah nach der Geburt des Kindes keinerlei Rechte geltend machen konnte, das Gelände der Mawingu-Farm nicht betreten durfte und jedweder Kontakt zu dem Kind, Corinna sowie den Mitarbeitern der Farm untersagt war.

Ich konnte nicht beurteilen, ob sich die Leihmutter zu Lebzeiten meiner Tante an die Absprachen gehalten hatte. Alles, was ich festgestellt hatte, war: Jetzt arbeitete sie als Pflückerin auf der Mawingu-Plantage, gab mir sogar hilfreiche Ratschläge und betrat in meiner Abwesenheit das Farmhaus. Das passte nicht ganz zusammen. Womöglich hatte sie doch schon zu Corinnas Lebzeiten gegen die vertraglichen Verbote verstoßen. Ich fragte mich, ob es zu Auseinandersetzungen zwischen Amidah und meiner Tante gekommen war und ob Hannah die Frau kannte, die sie zur Welt gebracht hatte.

Alles in allem erschien mir dieser Vertrag sehr einseitig die Rechte meiner Tante erheblich überzugewichten. Ich saß ratlos am Schreibtisch, ließ einen Kugelschreiber durch meine Finger gleiten, schaute durch die Scheiben und sah direkt in die dunklen Augen von Nala, der zahmen Schimpansin, die mich offenbar von ihrem Stammplatz im Baum schon einige Zeit beobachtete. Es sah aus, als würde sie darauf warten, dass ich das Fenster öffnete. Aber ich war noch zu sehr mit meinen neuesten Erkenntnissen beschäftigt.

Was hatte sich hier in den letzten vierzehn Jahren abgespielt?

Ich klappte die letzte Seite des Vertrags auf, sah den Stempel des Notars und stöhnte laut auf. Es wunderte mich, warum ich nicht schon vorher darauf gekommen war, dass er über alles Bescheid wusste. Denn der Name des Notars, der den Leihmuttervertrag beurkundet hatte, lautete Dr. Jörg Mettmann. Es war derselbe, der das Testament meiner Tante abgefasst und es uns eröffnet hatte. Er war ganz offenbar tiefer in Corinnas Lebensentscheidungen involviert gewesen, als ich es für möglich gehalten und als er uns offenbart hatte.

Ich schob den Ordner zurück in das Regal. Dann durchquerte ich den Flur und das Wohnzimmer, in dem die Sonnenstrahlen dem Holzboden einen warmen goldenen Ton gaben. Im Vorbeigehen rückte ich den Rahmen einer Fotografie an der Wand gerade, die Corinna und Liane auf Safari in der Serengeti zeigte. *Hatte Liane wirklich nichts von Corinnas Plänen zur Leihmutterschaft geahnt?,* fragte ich mich. Im Hintergrund waren drei Giraffen zu sehen, Corinna hatte ein Gewehr über der Schulter hängen, von dem ich gar nicht wusste, ob sie es jemals in ihrem Leben abgefeuert hatte. Ich überlegte, wann das Foto wohl aufgenommen worden war, wollte es aus dem Rahmen holen, um nach einer Jahreszahl auf der Rückseite zu suchen, doch dann war mir das zu umständlich. Ich ging weiter, durch die Verandatür, machte einen Spaziergang durch den Garten, um alles, was ich gerade über Corinna erfahren hatte, auf mich wirken zu lassen und mich mit diesem völlig neuen Bild von meiner Tante innerlich auseinanderzusetzen.

Ich hatte mich gerade im Schatten eines riesigen Mangobaums niedergelassen, das Fruchtfleisch einer frisch gepflückten Mango klebte noch auf meinen Fingern, als mein Handy vibrierte. Das Display zeigte eine Münchner Vorwahl. Es war Christine Posler, meine Partnerin im Architekturbüro. Ihr Rufzeichen hallte durch die Stille der Plantage und zwang mich in eine Welt, die gerade so weit entfernt schien.

»Hallo, Christine«, begrüßte ich sie, während ich mir hastig die Finger an einem Taschentuch abwischte.

»Isabelle, endlich!« Ihre Stimme klang angespannt und gehetzt, ganz anders als das gemächliche Summen der Insekten, das hier in Tansania die Hintergrundmelodie bildete.

»Was ist los, Chrissy?«

»Isabelle, wir haben hier ein Riesenchaos. Die Baugenehmigung für das Wohnhaus in der Riemer Straße wurde widerrufen. Da gibt es wohl eine geschützte Vogelart, die in der Nähe nistet. Dann der Ärger mit dem Tragwerksplaner beim Kindergarten in Obersendling. Der hat bei den Statik-Berechnungen Mist gebaut und jetzt haben wir einen Verzug von mindestens acht Wochen. Und zu guter Letzt hat die Bauaufsicht die Baustelle in der Hohenzollernstraße stillgelegt, weil die Brandschutzauflagen nicht eingehalten wurden.«

Ich atmete tief durch, die Sorgen des Architekturbüros fühlten sich so weit weg an, als wäre es eine andere Welt. Hier in Tansania waren es ganz andere Probleme, die mich umtrieben. Die große Unbekannte, das ständige Aufblättern neuer Seiten aus Corinnas Leben, ihre vielen geheimen Facetten, die nach und nach ans Licht kamen.

»Chrissy«, sagte ich, meine Stimme war ruhig, obwohl mein Kopf voller Sorgen war, »ich weiß, das ist eine schwierige Situation. Aber wir werden eine Lösung finden. Ich bin noch bis Anfang November in Tansania, aber ich verspreche dir, dass ich mich danach voll und ganz um die Probleme kümmere.«

»Eines habe ich dir noch gar nicht erzählt: Wir haben die Ausschreibung für die Kunsthalle der Seewald-Stiftung gewonnen, mit deinem Entwurf!«

Christines Worte trafen mich wie ein plötzlicher Sonnenstrahl, der durch dunkle Wolken brach und das Grau des Tages in helles Licht verwandelte. Ich musste an das Modell denken, das Tom Meyer gefertigt hatte. Den weißen Kubus mit der filigranen Außenfassade, und für einen Moment stockte mir der Atem. Meine Stimme, die zuvor von Sorgen und Anspannung geprägt war, wurde jetzt von Freude und Erleichterung erfüllt. »Chrissy«, flüsterte ich voller Emotion, »das ist fantastisch. Ich kann es kaum glauben.« Wie viele durchgearbeitete Nächte, wie viel Kopfzerbrechen und Herzblut hatte ich in dieses Projekt gesteckt. Es war ein Moment der Freude und des Triumphs, der alle Bedenken und Unsicherheiten vorübergehend in den Hintergrund drängte.

»Siehst du?«, sagte Christine. »Sie wollen dich und nur dich als Architektin! Jetzt sollte dir doch klar werden, dass du früher zurückkommen musst.«

Christines Worte hatten eine drängende Intensität. Jedoch war da immer noch das tiefe Verlangen in mir, die geplante Zeitspanne in Tansania zu nutzen, um mich voll und ganz der Plantage zu widmen und die auf der Farm anstehenden Aufgaben in den Griff zu kriegen. Schließlich antwortete ich sanft, aber entschlossen: »Chrissy, die Kunsthalle ist eine unglaubliche Chance und ich werde alles daransetzen, sie zu einem Erfolg zu machen. Aber ich bitte dich um etwas Geduld und Verständnis. Wenn ich zurückkomme, werde ich mich voll und ganz engagieren, versprochen.«

Ich hörte das kurze Schweigen am anderen Ende der Leitung, dann ein Seufzen. »Gut, Isabelle. Aber wir müssen die Problemfälle und die neuen Projekte zügig angehen. Wenn der Bauherr merkt, dass du nicht zur Verfügung stehst, könnten wir diesen Top-Auftrag verlieren. Wir sehen uns im November.«

»Ja, versprochen!«, sagte ich und legte auf. Das Handy fühlte sich plötzlich schwer in meiner Hand an und ich blickte auf das satte Grün der exotischen Pflanzen im Garten der Farm. Dazwischen schienen Blüten in allen Rot- und Gelbschattierungen geradezu zu explodieren.

Die Probleme in München fühlten sich an wie ein Sturm, der in der Ferne aufzog, während ich hier in Tansania immer noch gegen eine Art Schatten ankämpfte. Es waren zwei unterschiedliche Welten, die beide meine volle Aufmerksamkeit erforderten. Aber mir wurde klar, dass ich mir erst auf Mawingu Klarheit über alles verschaffen musste, bevor ich mich um die Rettung der Bauprojekte kümmern konnte.

Wie merkwürdig, dachte ich. Noch vor wenigen Monaten hätte ich mir kaum vorstellen können, die Kontrolle in unserem Architekturbüro abzugeben und die Lösung von Problemen jemand anderem zu überlassen. Die Bauprojekte waren wie meine Kinder. Jedes Detail, jede Entscheidung, jeder Stolperstein – sie waren ein Teil von mir. Teil meines kreativen Prozesses, meiner Vision. Aber hier, während ich auf den grünen Kaffeeplantagen Mawingus wohnte, mit dem Zirpen der Grillen und dem Gezwitscher der Vögel um mich herum, fühlte ich eine Art Distanz, eine Entfremdung von meinem alten Leben. Es war, als wäre ich aus einer Blase herausgetreten und in eine völlig andere Welt eingetaucht. Eine Welt, die mich auf eine Art und Weise herausforderte und erfüllte, die ich mir vorher nicht hätte vorstellen können.

Ich sah hinunter auf mein Handy, die Nummer von Christine noch immer auf dem Display, und musste lächeln. Es war seltsam zu realisieren, dass ich es tatsächlich schaffte, loszulassen. Dass ich Christine vertrauen konnte und wollte, dass sie die Dinge in die Hand nahm und Probleme löste, während ich hier war, Tausende von Kilometern entfernt, und eine ganz andere Herausforderung bewältigte.

»Chrissy«, murmelte ich in mich hinein, »es tut mir leid, was ich dir da aufbürde, vielleicht bin ich jetzt egoistisch. Aber du schaffst das schon! Du bist eine großartige Architektin und ich bin sicher, du kannst das alles regeln.«

Hannah

Der Oktoberanfang war kühl, aber nach einigen Regentagen versprach der blaue Himmel wieder einen sonnigen Tag. Die Wetter-App von Hannahs Smartphone zeigte für heute sechzehn Grad Höchsttemperatur an. Sie war mit dem Fahrrad zur Schule gefahren und radelte auf dem Rückweg noch durch die Münchner Straßen. Ihr gefiel die Stadt, was vor allem an den herausgeputzten Häusern mit blumengeschmückten Holzbalkons, bemalten Fassaden und den weiß-blauen Wimpeln über den breiten Straßen lag. Jetzt im Herbst waren die Blumenkästen mit bunten Astern, Erika und Heidekraut bepflanzt und noch immer standen überall Tische und Stühle vor den Restaurants. Die Münchner hatten ihre Stadt nach sechzehn Tagen Ausnahmezustand wieder für sich, denn während des Oktoberfests war sie aus allen Nähten geplatzt. Schwärme von Touristen und Einheimischen waren, angetan mit Lederhosen, Jankern und Dirndln, zur und von der Wiesn gezogen, dem riesigen Volksfest, das Hannah bisher nur von Instagram-Fotos gekannt hatte. Sie war an einem Tag mit Klassenkameraden dort gewesen, Riesenrad sowie Achterbahn gefahren und gegangen, bevor dort am frühen Abend eine andere Art der Fröhlichkeit erwachte. Betrunkene Männer, die Mädchen in Dirndln die Arme um die Schultern legten und singend umhertorkelten. Aus dem Hofbräufestzelt war ein bulliger Mann mit kahlem Kopf herausgeworfen worden, direkt vor ihren Füßen auf dem platt getrampelten Rasen gelandet und neben dem weiß-blauen Zelt hatte ein Mädchen in pinkem Mini-Dirndl, das kaum älter sein konnte als sie, nach vorne gebeugt gestanden und sich auf ihre eigenen Schuhe übergeben.

Hannah war nicht zimperlich, sie hatte schon Schlimmeres gesehen als derart viele Menschen in einem beängstigenden Trunkenheitszustand. Aber auf diesem sogenannten Fest musste man die Augen vor dem Ekelhaften so fest verschließen, dass man auch das Schöne nicht mehr sehen konnte. Was würde Amidah dazu sagen? Sie hatte ihr nicht einmal ein Foto geschweige denn ein Video geschickt, denn sie wusste, dass es sie nur erschrecken würde und ihre Sorge um Hannah vergrößern.

Sie radelte die Memeler Straße entlang und am Rande ihres Blickfelds nahm sie ein helles Bild wahr, dass sie ruckartig bremsen ließ. Da war die Werbung auf einem Bildschirm im Schaufenster eines Reisebüros, das Rundreisen durch Kenia und Tansania anbot. Und es war die Landschaft auf dem großformatigen Foto, die schlammfarbenen Hütten im Schatten der Affenbrotbäume, die ihre Aufmerksamkeit geweckt hatte. Deshalb stieg sie von ihrem Fahrrad und trat näher.

Eine Ansammlung von Hütten aus getrocknetem Kuhdung und Lehm, umgeben von einer Dornenhecke zur Abwehr der Raubtiere, waren das Dorf ihrer Kindheit. Bäume mit fleischigen Früchten, die an Lianen herabhingen. Der Rhythmus der Glöckchen am Hals der jungen Ziegen, die auf der kleinen Lichtung dazwischen umhersprangen, würde für immer in ihrem Blut pulsieren und die Stimme von Amidah würde sie ihr Leben lang hören. Sie klang immer warm und hell und umfing sie vollkommen, als wäre sie dazu geschaffen, einem Kind alle Sorgen des Lebens zu nehmen und seine Bedürfnisse zu befriedigen. Die Gruppe der Kinder, Frauen, Männer, die in der Boma lebten, war ihre Familie. Die Frauen trugen violette Kleider und den schönen traditionellen Perlenschmuck um Arme, Hals und Fußgelenke. Die Männer hatten die rot karierten Decken der Massai um ihre Körper drapiert, deren unterschiedliche Muster jeweils die Stadien ihres Lebens anzeigten.

Dort lief Hannah als kleines Mädchen an der Hand von Amidah und erfuhr so notwendige Dinge, wie den richtigen Abstand zum Feuer zu wahren, das täglich in der Hütte zum Kochen geschürt wurde, den beißenden Qualm auszuhalten, ohne dass die Augen ständig tränten, den würzigen heißen Chai-Tee zum Frühstück nur ganz langsam zu trinken. Genügsam zu sein, mit Ugali oder Reis zum Mittagessen auszukommen und auf Abwechslung zu verzichten. Kam sie doch in Form von Maandazi vom Markt, dem traditionellen Gebäck der Swahili, nahm Amidah niemals eines für sich, sondern schenkte die süßen Stücke alle Hannah und ihren Brüdern.

Amidah arbeitete an mehreren Tagen in der Woche auf den Kaffeeplantagen, aber das Geld reichte meist nicht für mehr als Maismehl.

Der Brei, der daraus gekocht wurde, hieß Ugali. In der Regenzeit hatten sie Milch, in der Trockenzeit gaben die Kühe kaum welche. Es gab aber auch Tage, an denen sie nichts zu essen hatten. Ihre Mutter tat alles, was sie konnte, um genug Mahlzeiten und frisches Trinkwasser auf den Tisch zu bekommen. Aber die Kinder mussten auch Wasser holen. In der Regenzeit war die nahe Zisterne randvoll gefüllt, aber der Brunnen, aus dem sie in den trockenen Monaten ihr Wasser bezogen, war zwei Kilometer entfernt. Für Brennholz liefen sie sogar noch weiter. Sie hatten keinen Strom, deshalb erledigten sie ihre Aufgaben immer, solange es noch hell war, und abends saßen sie eng zusammen im Schein des Feuers. Obwohl das Leben dort so karg war, fühlte Hannah in diesem Moment eine so brennende Sehnsucht, dorthin zurückzukehren, dass sie glaubte, es nicht auszuhalten. Denn sie liebte Amidah, aber nicht auf diese angsterfüllte Weise wie Corinna.

Sie stieg wieder auf ihr Rad, warf einen letzten sehnsüchtigen Blick zu den Hütten ihrer Kindheit auf dem Bildschirm, dann radelte sie heimwärts. Es war Herbst und der Wind klapperte an den Straßenschildern. Die Bäume in Bogenhausen würden bald ihre Blätter verloren haben. Schon jetzt bedeckte das rote und gelbe Laub die Gehsteige und Straßen wie ein bunter Teppich.

Doris war wieder zurück aus der Lauterbacher Mühle und ihre Wärme würde für einige Stunden die Worte der Sehnsucht verdecken, die Hannahs Herz flüsterte. Sie würden zusammen Tee trinken und vielleicht würde sie Doris heute von Amidah erzählen, aber nur vielleicht.

Isabelle

Am Mittwoch, den 16. Oktober, hörte ich das Geräusch der zwei-
motorigen Maschine schon einige Zeit, ohne es wirklich wahrzunehmen, ohne zu realisieren, zu welchem Fortbewegungsmittel das
Brummen gehörte, denn ich war an diesem Vormittag zu sehr mit den
Lohnabrechnungen beschäftigt. Und letztlich war ich selbst über diese
Arbeit froh, denn sie lenkte meine Gedanken in feste Bahnen und ließ
sie nicht mehr unablässig um den schrecklichen Unfall meiner Tante
und um die Fragen, die sich zu Hannahs Geburt stellten, kreisen. Ich
wusste, dass ich nicht darum herumkommen würde, Nachforschungen
anzustellen, und ich wusste auch, dass ich damit tief in ein Wespennest
würde stechen müssen, aber seit Zahirs Schilderungen waren die Tage
von früh bis spät mit Arbeit gefüllt gewesen.

Die Ernte war abgeschlossen, der Rohkaffee war unterwegs nach Daressalam und die Arbeiter warteten auf ihr Geld. Seit frühmorgens studierte ich die Unterlagen der letzten Jahre und prüfte die Entwicklung,
die keine war. Meine Tante hatte seit sieben Jahren keine Lohnerhö-
hung gezahlt und Gehälter auf dem niedrigen Niveau von 2012 belassen. Ich suchte in den Listen nach Altersangaben der Erntehelfer, um
festzustellen, ob sie durchgehend Kinder beschäftigt hatte, ob sie ihnen
wenigstens den gleichen Lohn wie den Frauen gezahlt hatte, der wiederum um zwei Dollar pro Stunde niedriger lag als der der Männer. In
meinem Kopf tauchten die Schlagworte der Werbetafeln in Corinnas
Kaffee- und Teeshops auf: *Nachhaltiger Kaffee- und Teegenuss.*

»Was bedeutet überhaupt Nachhaltigkeit?«, fragte ich mich, wollte
den Begriff gerade in die Suchmaschine eingeben, als das laute Geräusch von draußen wieder anschwoll.

Ich ließ alles stehen und liegen, rannte nach draußen und sah das
Flugzeug, das tief über der Farm kreiste. Kurz darauf flog es eine größere Schleife und setzte zur Landung an. Jetzt erinnerte ich mich an eine
E-Mail, die vor ein paar Tagen gekommen war, von einem Frank Barnes, der nach dem Zustand der Landebahn gefragt hatte. Wir steckten
voll in der Verarbeitung der Ernte und ich hatte nur knapp geantwortet,

dass ich darüber nichts wüsste und er sich unsere Piste auf Google Earth ansehen könne.

Ich sprang in den Defender und raste hinunter zu unserer Buschpiste, um den Besucher zu begrüßen. Wer auch immer es war, ob dieser Frank Barnes oder ein anderer Ankömmling. Wer hier landete, wollte zur Farm. Ich bin unfähig zu sagen, warum ich es so eilig hatte, aber ich ließ den Defender fast ein wenig zu wagemutig in den Kurven driften, dass die kleinen Steinchen auf der Straße nur so wegspritzten. Als verspürte ich die unbegründete, aber dringende Notwendigkeit, diesen Nomaden der Lüfte sogleich zu begrüßen und in Augenschein zu nehmen. Gerade als die silberne Maschine auf der Piste ausrollte, kam ich am Ende der Landebahn an. Das Flugzeug hatte eine elegante Form und war größer als viele der kleineren einmotorigen Flugzeuge, die sonst hier landeten. An der Vorderseite des Rumpfes befanden sich die Cockpitfenster für die Piloten. Darunter lag der Frachtraum oder der Passagierbereich.

Der Pilot, der ausstieg, war mit einer hellen Leinenhose und einem weißen Hemd bekleidet, die Ärmel hatte er hochgekrempelt. Sein Gesicht, mit einer schmalen, leicht gebogenen Nase, wurde von einer athletischen Kieferlinie eingerahmt, die zu seinem schlanken, gut definierten Gesichtsprofil passte. Er trug einen gepflegten Dreitagebart, die dunkelbraunen Haare kurz geschnitten und er unterschied sich deutlich von den tansanischen Verwaltungsbeamten in kakifarbenen Shorts oder den Touristen in weißen Socken, die ab und zu auf die Farm kamen, um die Last ihres Vermögens eine Zeit lang zu vergessen.

Ich winkte dem Mann zu, aber er reagierte nicht. Später würde ich wissen, dass es nicht seine Art war, jemandem »entgegenzustürzen«. Mir fiel auf, dass er keine Sonnenbrille trug, sein Blick war sorgenerfüllt, die eine Augenbraue hochgezogen, als er sofort um das Flugzeug herumging und die Triebwerke an den hohen Flügelunterseiten begutachtete. Statt einer Begrüßung sagte er auf Englisch: »Ich habe Corinna schon vor Jahren gesagt, dass sie die Landebahn asphaltieren lassen soll. Die Beechcraft King Air ist ein robustes Ding, aber eine Turboprop kann auf Sand ziemliche Probleme kriegen. Was glaubst du, was passiert, wenn er von den Turbinen angesaugt wird?«

Ich wusste nicht, ob das als echte Frage gemeint war, und sagte nichts. Dann kam er zu mir, streckte die Hand aus und sagte: »Hallo, ich bin Frank.«

»Isabelle.«

»Hab schon gehört, dass Corinna eine Nichte hat, die jetzt die Farm führt.«

»Gut, dann wissen Sie ja Bescheid.«

Frank entspannte sich ein wenig und ich betrachtete seine massiven Handgelenke und die kantigen Finger, die aus der breiten Handfläche wie aus einer unbehauenen Skulptur hervorwuchsen. Sie waren vollkommen konträr zu Christophs weichen Musikerhänden und als Frank meine Hand griff, löste die feste Berührung bei mir eine Art Sicherheitsgefühl aus und einen Anflug von Begehren. Ich kannte keinen anderen Mann mit einem ähnlich eindrucksvollen Körperbau. Die breiten Schultern hatte er sich nicht im Fitnessstudio erarbeitet, so wie mein Sohn Alex, vermutete ich. Vielmehr wirkten die Muskeln an seinen Armen eher so, als seien sie dazu geschaffen, ein Büffelfohlen am Nacken zu packen und aus tosenden Fluten zu ziehen oder einen Baumstamm von einer Sandpiste wegzutragen.

»Ich hab ein paar Hilfsgüter fürs Hospital geladen und auch ein paar neue Krankenbetten. Corinna hat sie schon vor Monaten bestellt, aber es gab die üblichen Probleme mit dem Nachschub, deshalb bringe ich sie erst jetzt.«

Er schulterte einen schweren Karton und nahm mit der anderen Hand einen Kanister. Dann musterte er mich von oben bis unten, als überlegte er, zu was ich wohl nütze war. »Kannst du mit anpacken?«

Ich wiederum blickte mich um, weil ich sichergehen wollte, dass er wirklich mich meinte. Aber es war niemand sonst zur Landebahn gekommen.

»Wie viel und was ist es? Und wohin sollen wir sie abladen? Etwa in den Defender?«

»Corinna hat doch genügend Traktoren mit Anhängern.«

»Ja, und einen Lastwagen, ich muss ihn aber erst holen.«

»Hast du meine E-Mail nicht bekommen? Ich hatte mich für heute angekündigt.«

Ich schüttelte den Kopf. »Nein, ich habe nur die Mail mit der Frage nach der Landebahn gesehen, aber danach nichts mehr.«

Er sah mich mit einer hochgezogenen Augenbraue zweifelnd an und da ich keine Lust hatte, mich auf eine Diskussion darüber einzulassen, schlug ich einfach vor, den Lastwagen zu holen.

»Okay, soll ich mitkommen?«, fragte er.

»Wie Sie möchten!«, sagte ich und drehte mich um. Doch da hörte ich schon den Motor unseres Scania, der die Straße heruntergerattert kam. Zahir saß am Steuer und fuhr ihn direkt vor das Flugzeug. Dann sprang er aus dem Führerhaus.

Er und Frank begrüßten sich wie alte Freunde. Ein anderer meiner Arbeiter war mitgekommen, um beim Ausladen zu helfen. Obwohl ich neugierig auf unseren Besucher war und auch gerne das erste Mal seit meiner Ankunft mit zum Mawingu Health Center gefahren wäre, verabschiedete ich mich wieder.

»Es tut mir leid, aber ich muss mich heute dringend um die Löhne für die Erntehelfer und Arbeiter kümmern, sie brauchen ihr Geld.«

»Das kann ich verstehen.«

»Aber möchten Sie vielleicht zum Essen bleiben?«, fragte ich Frank. »Sie sind eingeladen.«

Er zögerte nicht lange. »Na schön, welche Zeit?«

»Mittagessen schaffe ich nicht, Dinner wird zu spät… siebzehn Uhr? Ist zwar keine übliche Zeit, aber dann …«

Er wartete nicht, bis ich eine Erklärung fand, sondern sagte: »Gut. Das passt.«

Im letzten Moment, als alles für das Essen mit Frank Barnes vorbereitet war, fiel mir ein, dass ich meine Mutter zurückrufen sollte. Es war erst zehn vor fünf, also hatte ich noch Zeit. Mein Mobiltelefon lag auf dem Sofa im Wohnzimmer und ich setzte mich hin und scrollte durch die letzten Anrufe. Im selben Augenblick erhielt ich eine WhatsApp von Doris. *Gedankenübertragung!* Ich drückte auf die grüne Sprechblase, um sie zu lesen, doch im selben Moment wurde sie auch schon wieder gelöscht und ich sah, wie sich die Pünktchen bewegten, die anzeigten, dass meine Mutter etwas schrieb. »Hast du schon gehört, dass …«, mehr kam nicht an. Offenbar hatte sie zu früh auf *Senden* gedrückt. Ich wartete, aber sie schrieb nicht weiter. Erst nach einer Weile erschien ein neues Wort: »Moritz.« Alarmiert entschied ich mich, sie sofort anzurufen, obwohl ich sah, dass sie wieder schrieb, doch offenbar war die Nachricht länger.

Da hörte ich, wie an die Eingangstür des Farmhauses geklopft wurde und sie aufschwang. Ich wusste instinktiv, dass es Frank war, und zögerte. Doris liebte es, am Telefon von sich zu erzählen, davon, was Moritz sich wieder für Absurditäten hatte einfallen lassen, und bei mir nach Neuigkeiten zu fragen, also würde ich mir für ein Gespräch mit ihr mehr Zeit nehmen müssen. Ich hörte Schritte, legte das Handy weg, stand auf, strich das Kissen, auf dem ich gesessen hatte, glatt und sah mich prüfend um. Die Frau, die früher den Haushalt meiner Tante geführt hatte, war zwar nicht zurückgekehrt, aber ich hatte eine der Pflückerinnen gefragt und sie hatte mir ihre Schwester geschickt, Subira, die eine gute Köchin sei. Ihr Name bedeutete auf Deutsch »Geduld« und nun war ich gespannt, was sie für uns zubereitet hatte.

Es sah zumindest alles perfekt aus. Frische Gläser auf dem Bartisch, Eiswürfel im Kristallbehälter, Chapati mit verschiedenen Dips auf dem Tablett, die Klimaanlage kühlte den Raum auf angenehme neunzehn Grad, was in der derzeitigen Hitzeperiode ein Segen war. Ich drehte mich zu dem Spiegel über dem Sims um und fuhr mir durch das offene Haar, legte den Kragen meiner blütenweißen Bluse zurecht. Ich hatte mir sogar die Wimpern getuscht und einen Hauch von pfirsichfarbenem Puderrouge aufgelegt. Es war das erste Mal, dass ich überhaupt etwas Make-up trug, seit ich in Tansania war.

Ich ging ohne Eile zur Eingangshalle und da stand er. Ein attraktiver Mann, mit einem Weekender aus derbem Leder über der Schulter.

»Guten Abend.«

»Hallo! Kommen Sie herein.«

Er lächelte. Ich hatte über den anstrengenden Tag ganz vergessen, wie anziehend Frank war. Seine vollen, leicht geschwungene Lippen gaben seinem Lächeln eine gewinnende Ausstrahlung, ganz anders als während unserer ersten Begegnung an der Landebahn, als er so abweisend gewirkt hatte. Die Augen waren intensiv und von einer auffälligen hellbraunen Farbe.

Ich fragte: »Möchten Sie sich erst frisch machen?«

»Frisch?« Jetzt wurde aus einem Lächeln ein Grinsen. Offenbar hatte ich einen Ausdruck benutzt, der nicht zu seinem Vokabular gehörte. »Nicht nötig.«

Er stellte seine Tasche ab und ich führte ihn ins Wohnzimmer. »Leider habe ich kein Mitbringsel, ich war nicht auf die Einladung vorbereitet. Corinna hat natürlich immer ein Geschenk bekommen.«

Ich drehte mich zu ihm um und sah ihn erstaunt an, denn er wirkte nicht gerade wie ein Gentleman, der Blumen zum Dinner mitbrachte. Offenbar bemerkte er meine Zweifel. »Doch, doch, ob du es glaubst oder nicht, sie mochte sehr gerne Datteln und die habe ich immer versucht für sie aufzutreiben.«

»Was möchtest du trinken?«, fragte ich und deutete auf den Bartisch. Da er mich weiterhin so einfach duzte, tat ich es eben auch. »Scotch?«

»Lieber einen Gin Tonic.«

Ich füllte Eiswürfel in zwei hohe Longdrinkgläser, goss drei Finger Gin hinein und füllte mit Tonic auf.

»Strohhalme habe ich leider nicht«, sagte ich, als ich ihm sein Glas gab.

»Das ist auch gut so, es gibt schon genug Plastikmüll da draußen. Der ganze Pazifik ist voll davon.«

»Ja, das stimmt«, sagte ich. »Ich habe gerade angefangen, mich mit dem Thema Nachhaltigkeit und Fairtrade bei der Kaffeeproduktion zu beschäftigen, natürlich kommt man dabei auch an Umweltthemen nicht vorbei. Der Klimawandel wirkt sich bereits aus, die Niederschlagsmuster und Temperaturen haben sich geändert und begünstigen das Auftreten von Krankheiten und Schädlingen. Wir müssen Anpassungsstrategien entwickeln, um diesen Herausforderungen zu begegnen.«

Er hörte mir die ganze Zeit gespannt zu, seine buschigen, in der afrikanischen Sonne rötlich gewordenen Augenbrauen zogen sich zusammen, als ob er mit meinen Worten mitfieberte. Erst als ich endete, fiel mir auf, dass ich eine Art Vortrag gehalten hatte. Jetzt hob er sein Glas und wir prosteten uns zu.

»Entschuldigung, ich bin unhöflich, cheers«, sagte ich.

»Keineswegs, alles, was du sagst, ist richtig. Aber letztlich reagierst du damit nur auf den Klimawandel und hilfst nicht, ihn zu bekämpfen ... *Maisha marefu ...*«

Mit dem tansanischen Trinkspruch setzte er sein Glas an die Lippen und trank es in einem Zug halb leer.

»Wie sollte ich das auch tun? Im Moment habe ich mit so vielen Problemen zu kämpfen, dass ich froh sein kann, wenigstens die Ernte eingebracht und abtransportiert zu haben. Denn durch einen toten Afrikanischen Büffel im Bachlauf war die Verarbeitung der Kaffeekirschen nach der Washing-Methode gefährdet.«

Jetzt hatte ich seine volle Aufmerksamkeit. »Habt ihr ihn rausgezogen?«

»Ja, Zahir hat es zusammen mit einigen Arbeitern erledigt.«

»Der gute alte Zahir! Er ist die Seele der Mawingu-Farm.«

Ich nickte. »Das ist er wirklich, ich weiß nicht, was ich ohne ihn tun sollte.«

»Auch noch einen?« Er hielt sein leeres Glas hoch.

Ich nickte, setzte mich auf das Sofa, zog die Beine an und beobachtete ihn, wie er mit Eiswürfeln und Flaschen hantierte. Als er mir den Drink brachte, fragte er: »Darf ich?«, und setzte sich in den Sessel links vom Kamin. Wir tranken, unterhielten uns. Es war alles ganz zwanglos und locker, nicht so, als hätten wir uns heute das erste Mal gesehen. Und dann musste ich auch nicht lange fragen, um etwas über ihn zu erfahren. Er war achtundvierzig Jahre alt, halb Engländer, halb Südafrikaner. Mit neunzehn Jahren hatte er den Pilotenschein gemacht, Flugzeugingenieurwissenschaften an der University of Southampton studiert und die Semesterferien genutzt, um für eine saudi-arabische Fluggesellschaft zu fliegen, später wurde er Testpilot des Flugzeugbauers McDonnell Douglas. Irgendwann hatte er daran den Spaß verloren und bei einer internationalen Hilfsorganisation angeheuert. Seit ein paar Jahren besaß er eine eigene kleine Flugzeugflotte, flog Hilfsgüter sowie Touristen auf Flugsafaris und er versorgte abgelegene Farmen mit Lebensmitteln und allem Nötigen.

»Das muss eine große Umstellung gewesen sein, vom festangestellten Ingenieur und Testpiloten zum Buschpiloten in Tansania.«

»Oh, ja und nicht nur Tansania, sondern ich fliege auch regelmäßig nach Botswana und Kenia, manchmal werde ich auch zu Einsätzen ganz woanders auf der Welt geholt.« Frank trank einen Schluck, blickte zu Boden und drehte sein Glas hin und her, dass die Eiswürfel leise klirrten.

»Aber der Einschnitt kam auch genau zum richtigen Zeitpunkt. Denn meine Frau und ich hatten uns getrennt und das machte die Entscheidung zu einer Neuausrichtung wesentlich einfacher.«

»Oh, das tut mir leid.«

»Das braucht dir nicht leidzutun. So was kommt öfter vor.«

»Hast du Kinder?«

»Zwei Teenager, Junge und Mädchen.«

»Siehst du sie ab und zu?«

»Ja, sie verbringen regelmäßig einen Teil ihrer Ferien mit mir. Nicht immer beide gleichzeitig, aber ein Kind kommt meistens und fliegt dann mit mir mit oder wir gehen auf Safari.«

Es entstand eine Pause, die ich bewusst nicht vorzeitig beendete, um ihm die Gelegenheit zu geben, Fotos aus der Brieftasche zu holen und sie mir zu zeigen, was er aber nicht tat. Ich mochte ihn immer mehr. Er hatte eine Vergangenheit und doch strahlte er eine gewisse jugendliche Energie aus.

»Dein Glas ist leer. Möchtest du noch einen Drink?«

Er zögerte. »Wenn ich ehrlich bin, knurrt mein Magen, ich habe den ganzen Tag nichts gegessen.«

Ich schaute auf meine Uhr und sah überrascht, dass es schon Viertel vor sechs war.

»Oh, wie nachlässig von mir! Natürlich! Komm am besten mit. Es ist alles vorbereitet, wir müssen es nur zum Esstisch bringen.«

Wir standen auf und gingen zusammen in die Küche.

»Von mir aus können wir auch gerne hier in der Küche essen!«, sagte er. »Und ich habe eine Bitte: Hör auf, dich zu entschuldigen. Das macht alles nur kompliziert. In der Regel sage ich einfach, was ich denke, und das kannst du mir gegenüber auch so handhaben.«

Ich sah ihm in die Augen, die hier unter den Spots in der Küche heller wirkten. Sie strahlten einen gewissen Ausdruck von Offenheit und positiver Energie aus, sodass ich keinen Zweifel an seinen Worten hatte.

»Okay«, sagte ich. »Nur manchmal kann Ehrlichkeit auch rücksichtslos sein.«

»Stimmt, aber das nehme ich in Kauf. Gegenseitig übrigens.«

»Dann bin ich jetzt ganz ehrlich: Ich kann es Subira nicht antun, in der Küche zu essen, sie hat sich so viel Mühe mit dem Tisch gegeben.«

Und wirklich, als wir im Esszimmer die Lampen anknipsten, wurde der stilvoll gedeckte Tisch mit weißem Damasttuch, gestärkten Servietten, Silber und Kristall in ein warmes Licht getaucht. In der Mitte waren sogar zwei Blumengestecke arrangiert, dazwischen silberne Windlichter, deren weiße Kerzen ich jetzt anzündete.

»Der alte koloniale Glanz!«, sagte er, aber es klang nicht abschätzig, sondern es schwang ein Ton der Sehnsucht mit. »Man fühlt sich in ein anderes Jahrhundert versetzt. Und es ist wirklich jedes Detail perfekt. Ich mag den traditionellen Stil, aber nicht die damit verbundene Ideologie. Für ihren erlesenen Geschmack war Corinna in der Gegend bekannt und natürlich auch für ihren unkonventionellen Lebensstil, für ihre wechselnden Liebhaberinnen. Ich glaube, sie hat einfach gelebt, wie es ihr gefiel, und hier in Afrika war sie freier als irgendwo auf der Welt.«

Das wäre ein Stichwort gewesen, um das Thema mit Hannah und der Leihmutterschaft anzusprechen, doch da hielt Frank ein fein geschnitztes Salzfass hoch und sagte: »Perfekte Details, aber nicht immer politisch korrekt. Natürlich stammt dieses Elfenbeinstück aus einer Zeit, in der Elefanten noch gar nicht unter Artenschutz standen, und trotzdem würde ich es mir nicht auf den Tisch stellen, ich würde es noch nicht einmal besitzen wollen.«

»Ja, sie hat diesen Stil gepflegt, ihr Lieblingsbuch war ja auch *Jenseits von Afrika,* und sie sprach oft davon, dass die Farm für die *großen Wanderer* unter ihren Freunden immer ein frisch bezogenes Bett bereithalten sollte.«

Frank lachte. »Ja, ›die großen Wanderer‹, das ist tatsächlich ein Ausdruck, den ich aus dem Roman von Tania Blixen kenne.«

»Dann hast du ihn gelesen?«

»Ich habe den Film angeschaut und war so fasziniert, dass ich mir das Buch gekauft habe, obwohl ich damals sonst eigentlich nur Fachliteratur über Flugzeugbau gelesen habe.«

Ich trat zur Anrichte und holte noch eine Flasche mit Wasser aus dem Eiskübel, schenkte ihm Rotwein nach, während er weitersprach.

»Genauso, wie es in dem Roman beschrieben wird, ging es mir immer, wenn ich zur Mawingu-Farm kam: *Ich kehrte heim und hatte Sehnsucht nach Büchern, Betttüchern aus Leinen und nach der Kühle der gro-*

ßen Zimmer hinter den Fensterläden.« Er hob sein mit Rotwein gefülltes Kristallglas hoch. »Danach natürlich auch, und damit meine ich nicht nur den Inhalt, obwohl der Wein hervorragend ist.«

»Ich war immer sehr beeindruckt von …«, ich überlegte kurz und sagte dann: »… eigentlich von allem hier und auch von meiner Tante. Ich habe sie schon als Kind bewundert. Aber so nach und nach …«

Ich reichte ihm die Schüssel mit dem dampfenden Pilau. Es war ein herzhaftes Reisgericht, das mit verschiedenen Gewürzen wie Kreuzkümmel, Kardamom, Zimt und Nelken zubereitet wurde. Frank tat sich einen ordentlichen Berg auf den Teller. Danach gab ich ihm von dem gebratenen Springbockfleisch, das in einer pikanten Soße eingelegt war.

»So nach und nach …?«, fragte er.

»So nach und nach kommen mir Zweifel, ob wirklich alles so bewundernswert war.«

Er aß eine Weile, nahm die nächste Gabel und erst als er den zweiten Bissen heruntergeschluckt hatte und ich nicht von selbst weitersprach, fragte er. »Was für Zweifel? Hat es etwas mit ihren Todesumständen zu tun? Es heißt, es war ein Autounfall?«

»Ja, ein Unfall«, sagte ich und überlegte kurz, ob ich ihm von Zahirs Schilderungen erzählen sollte, die Zweifel an der reinen Unfallversion weckten. Aber ich entschied mich, es nicht zu tun. Und auch meine Erkenntnisse über die Leihmutterschaft wollte ich nicht mit ihm teilen, zumindest jetzt noch nicht. »Ich wurde ja sozusagen ins kalte Wasser geworfen und habe die Mawingu-Farm völlig unvorbereitet von meiner Tante geerbt. Als ich hier ankam, war die Farm vollkommen verlassen und die Kaffeekirschen drohten an den Sträuchern zu verfaulen. Ich habe mich eine Nacht lang in das Thema eingelesen, meine Tante hat ja genug Fachliteratur angehäuft.« Ich deutete in Richtung der Bibliothek. »Und mithilfe von Zahir, der am nächsten Morgen überraschend vor der Tür stand, konnten wir die Pflückerinnen und Arbeiter zusammentrommeln und haben es trotz aller möglichen Probleme einschließlich toten Büffels in der Quelle geschafft, die Ernte einzubringen, zu verarbeiten und auf den Weg nach Daressalam zu bringen.«

»Nicht schlecht«, sagte Frank. »Das ist eine Leistung!« Einen Moment lang wusste ich nicht, ob ich einen leichten Sarkasmus in seiner

Stimme mitklingen hörte, doch schließlich hatte er mir vor wenigen Minuten erklärt, er sage immer die Wahrheit.

»Aber jetzt stehe ich vor dem nächsten Problem, denn ich muss die Löhne auszahlen.«

»Und es ist kein Geld da?«

»Doch, doch, da ist ein ordentliches Guthaben auf dem Konto der Farm, nur sind die bisher gezahlten Löhne laut den Unterlagen für meine Begriffe absurd niedrig und …«, ich suchte nach dem passenden Ausdruck, aber mir fiel nur das abgegriffene Wort ein: »… ungerecht.«

Frank hob eine Augenbraue hoch, aber ich sprach einfach weiter. »Die Pflückerinnen arbeiten in Akkordarbeit und die Frauen erhielten bisher einfach zwei Dollar je Tonne Kaffeekirschen weniger als die Männer, die Kinder noch weniger.«

Frank schwieg, tunkte den letzten Rest Soße auf seinem Teller sorgsam mit einem Stück Chapati auf und schob es sich in den Mund. Erst als er voller Genuss aufgegessen hatte, lehnte er sich zurück und begann, mir seine Meinung zu dem Thema auseinanderzusetzen. Wie wenig überhaupt transparente Lohnpolitik auf den Plantagen stattfände und dass sich die Männer immer die besser bezahlte Tätigkeit aussuchen konnten.

»Da ist die Mawingu-Farm kein Einzelfall. Vermutlich ist diese Praxis immer noch die Regel, aber vielleicht ist es dann gerade die große Chance für dich, es jetzt anzupacken und zu ändern. Du könntest versuchen, eine Fairtrade-Zertifizierung für deine Kaffeefarm zu erhalten.«

»Fair Trade«, wiederholte ich leise. »Das Verrückte ist, dass meine Tante in ihren Coffeeshops in Deutschland überall mit diesem Slogan geworben hat.« Und noch mal ließ ich die Worte auf der Zunge zergehen: »Fair Trade.«

Frank sah mich stirnrunzelnd an. »Dann hat sie vermutlich nicht den Kaffee von ihrer eigenen Farm verkauft.«

Gedankenverloren sah ich aus dem Fenster. Jetzt erst fiel mir auf, dass es schon kurz vor Sonnenuntergang war, und ich erhob mich.

»Frank, nimm bitte ganz schnell dein Glas und komm mit auf die Veranda, das dort kann nicht warten.« Ich deutete nach draußen.

Am Horizont wirkte der Himmel fast bleiern, leer und dunstig, wäh-

rend er den Garten mit dem verschleierten Blau des Hochlands über-
wölbte. Die Farbübergänge dieses frühen Abends zu dem satten Grün
der exotischen Pflanzen schienen uns gefangen zu nehmen. Beide lehn-
ten wir an der Balustrade der Veranda, ein Glas Wein in der Hand und
taten so, als wären wir von dem tropischen Garten beeindruckt. Ver-
stohlen näherten sich unsere Körper und in dem Augenblick, als sich
unsere Arme berührten, durchlief unsere Adern eine Welle, die bedingungslose Kapitulation ankündigte.

Die Sonne sank rasch und es kam dieser kurze Augenblick, bevor sie
hinter dem Horizont verschwand, der seit Urzeiten jedem Menschen
einen Schauder über den Rücken jagt, weil dieses tägliche Schauspiel
jedes Mal wie ein Wunder wirkt.

In Tansania war die Nacht sofort mit Sonnenuntergang voller Tiere.
Zikaden sangen aus dem hohen Gras ihr schönes Lied. Fledermäuse
glitten wie Schatten lautlos durch die Luft, die Falkennachtschwalben
schwebten vorüber und kleine Springhasen huschten durch den Garten. In den Bergen über uns glaubte ich die grasenden Büffel zu hören.

»Warst du schon nachts in der Serengeti?«, fragte Frank.

»Ja, ein-, zweimal.«

»Dann hast du die Herden der Zebras gesehen, die wie lange helle
Streifen über die graue Steppe wandern? Sie wechseln nachts ihre Weiden.«

Ich schüttelte langsam den Kopf. »Nein, das muss ein schöner Anblick sein.«

Was dann an unser Ohr drang, ließ die Luft vibrieren, denn es war
das ferne Brüllen eines Löwen. Für einen Moment verstummten die
Zikaden. Noch einmal erzitterte die Luft von dem Gebrüll, diesmal war
es viel näher und lauter.

»Ein Revierkampf vermutlich oder ein Streit um die Beute.«

»Wie weit sind sie entfernt?«

Er lauschte wieder. »Vielleicht ein, zwei Kilometer.« Selten war es
mir so klar geworden, wie nah uns hier die Wildnis war. Obwohl das
Brüllen schließlich nicht mehr zu hören war und die Zikaden nach der
kurzen Pause ihren Gesang fortsetzten, hatten diese wilden Laute meinen Horizont erweitert. Das nächste Wasserloch und die langen Vul-
kanhänge rückten näher in mein Bewusstsein.

Frank deutete auf eine Sternschnuppe, die am Himmel aufblitzte, dann nach unten lief und verglühte. Er sagte: »Sieh mal: fast wie eine Träne in einem Gesicht.«

Ich stellte mir vor, wie wir in einem der breiten Doppelbetten unter einem Moskitonetz lagen und versuchen würden, den Zauber dieses Sternenhimmels festzuhalten. Nachdem sich die kurze Dämmerung der Tropen herabgesenkt hatte, fast wie ein Vorhang vor einer Bühne, kam mir dies voreilig vor. Denn jetzt begann das eigentliche Stück.

Schweigend, Hand in Hand, als sei es eine Selbstverständlichkeit, gingen wir in das riesige Zimmer meiner Tante mit dem breiten Kolonialbett. Ich hätte nicht sagen können, warum es uns ausgerechnet hierhin zog. Vielleicht weil es das größte Bett hatte und es frisch bezogen war. Das Fenster war gekippt, die Luft mild und weich, kaum mehr eine Spur von Corinnas schwerem Parfum und dem süßlichen Duft der Veilchen, denn ich hatte das Fenster seit meiner Ankunft nicht mehr geschlossen und die Blumen entfernt. Aber mit seinen Antiquitäten und Teppichen spiegelte es den Glanz der Kolonialzeit wider, vereinte Tradition mit Komfort und ich ahnte inzwischen, was Frank gefiel. Doch er hatte keine Augen für die Möbel, die Silberrahmen auf dem Frisiertisch, die Teppiche, sondern nur für mich und ich sog die süße Droge des Begehrtwerdens tief ein.

Der Ventilator an der Decke verbreitete einen leichten Luftzug und wir hörten sein metallisches Knistern.

Als er sein Hemd auszog, drehte er mir seinen weißen Rücken zu, mit der Haut eines Menschen, der niemals Lust hatte, sie absichtlich der Sonne auszusetzen. Sein braun gebrannter Nacken bildete einen so starken Kontrast, dass ich nicht anders konnte, als die Linie zwischen diesen beiden Farben mit den Lippen nachzufahren. Er drehte sich um, begann mich zu küssen, mich währenddessen auszuziehen, ohne die Lippen von meinen zu lösen. Wir ließen die Hände gegenseitig über die Seiten gleiten, über die Schenkel und die Rundungen der Pobacken. Dann drehte ich mich um, schlug die Bettdecke zurück und wir warfen uns auf das Laken, ergriffen voneinander Besitz, erforschten uns gegenseitig genauer, fast so, als wären wir ein ganz junges Liebespaar.

Zärtlich begann er mit seinen Annäherungen, beschrieb mit allen fünf Fingern Kreise auf meinem Bauch und um meine Scham. Wie leicht sich diese kräftigen Hände anfühlen konnten, Hände voller Hornhaut und Schwielen, von denen ich geglaubt hatte, sie könnten nur kräftig zupacken. Die Erinnerung an Christoph und seine weiche Haut in den Handflächen ließ ich nicht in meine Gedanken. Ich hielt mit jeglicher Bewegung inne, um nur zu genießen und nichts von der Köstlichkeit des Augenblicks zu verlieren. Dann schob er seinen Körper auf meinen und wir stürzten in einen Abgrund voller leidenschaftlicher Küsse, sanfter Berührungen und wilder Umarmungen. Die Zeit schien stillzustehen, während wir uns ineinander verloren und die Begierde uns vollständig erfüllte.

Jeder Kuss, jede Berührung zeugte von einer tiefen Verbindung, die wir in diesem Moment teilten. Unsere Zähne stießen aneinander, weil wir beim Küssen gleichzeitig lachten. Es war, als würden unsere Seelen sich für diesen Augenblick kaum voneinander unterscheiden, so vollkommen gaben wir uns der Ekstase hin.

Die Hitze der Nacht vermischte sich mit unserer eigenen Glut und das rhythmische Klatschen unserer Liebesakte füllte den Raum. Unsere Seufzer und unser Stöhnen drangen durch die Dunkelheit und vermischten sich mit den Geräuschen der afrikanischen Nacht.

Nachdem wir uns vollkommen erschöpft und befriedigt in den Armen hielten, spürte ich eine nie da gewesene tiefe Verbundenheit. Es war mehr als nur körperliche Anziehungskraft, es war eine Verbindung auf einer emotionalen Ebene, die uns beide stärker berührte als je zuvor.

Wir lagen eine Weile still da und beobachteten, wie sich der Ventilator an der Decke langsam drehte, sein metallisches Knistern vermischte sich mit dem Gesang der Zikaden. Es war ein Moment des Friedens und der Zufriedenheit, in dem wir uns bewusst wurden, dass wir gerade etwas Magisches geteilt hatten.

Später, als wir nebeneinander einschliefen und in den Armen des anderen Ruhe fanden, war ich mir sicher, dass diese Begegnung mehr als nur ein flüchtiger Moment war. Es war der Beginn einer Geschichte, die noch viele Kapitel bereithalten würde.

Ich erwachte noch vor Sonnenaufgang. Langsam drehte ich meinen Kopf zu Frank, der noch schlief, hörte seinen gleichmäßigen Atem und fühlte eine tiefe Dankbarkeit für die gemeinsame Nacht, diese Innigkeit, die wir geteilt hatten. Vor uns lag ein neuer Tag voller Möglichkeiten und ich wusste, dass ich diesen Moment und die Erinnerungen daran für immer in meinem Herzen tragen würde, ganz gleich, was noch käme.

Mit einem leichten Kuss auf seine nackte, weiße Schulter verließ ich das Bett und ging zum Fenster, öffnete es weit und ließ die kühle Morgenluft meine Haut streicheln. In dieser Frische war es kaum vorstellbar, dass wenige Stunden später grelles Licht und sengende Sonne unerträglich werden konnten. Im afrikanischen Hochland waren die Morgen so frisch, so kalt, dass man der Vorstellung erliegen konnte, in einem tiefen, klaren Gebirgssee zu tauchen und dessen Strömungen auf der Haut zu spüren.

Es war ein prachtvoller Morgen. Die letzten Sterne zogen sich in den Himmelsraum zurück, die Welt lag dunkel da und war von tiefer Stille erfüllt. Das Gras zwischen den Bäumen schimmerte von Tau, der in dem Mondlicht wirkte wie mattes Silber. Ich wusste, dass unsere Geschichte gerade erst begonnen hatte, doch in diesem Moment war ich sicher, dass ich diesen faszinierenden Kontinent nur mit dem Mann, der dort hinter mir lag und noch schlief, entdecken wollte.

Doris

Doris stand in der beängstigend vollen Küche der Villa Waldeck und konnte kaum ihre Aufregung beherrschen, als sie das Klingeln an der Tür hörte. Ihr Herz schlug schneller, denn sie wusste, wer kam. Jetzt war es zu spät zu überlegen, was noch zu tun war, aber das war ohnehin gar nicht mehr nötig, denn sie hatte längst alles vorbereitet. Sie hatte sogar noch Zeit gefunden, in ihr Schlafzimmer zu gehen und sich umzuziehen. Sie hatte sich seit Langem wieder etwas Neues gekauft. Eine weiße Hose und eine violette Seidentunika, die ihr die Verkäuferin bei Lodenfrey empfohlen hatte, denn die Farbe harmonierte besonders gut mit ihren silbernen Haaren. Und auch beim Friseur war sie gewesen und hatte sich das erste Mal in ihrem Leben mit dem Glätteisen Curls drehen lassen, wie sie sie in der Gala bei einigen Prominenten gesehen hatte. Sie warf einen letzten Blick in den Flurspiegel, stellte fest, dass ihr Bluse und neue Frisur nicht schlecht standen, und öffnete die Tür.

Zuerst sah sie nur seinen Rücken, denn er stand auf der Kieseinfahrt und betrachtete die malerische Umgebung. Aber er drehte sich sofort zu ihr um. Es war Bernhard Ritter, der Mann, den sie vor einigen Wochen in der Lauterbacher Mühle kennengelernt hatte. Seitdem hatten sie regelmäßig miteinander telefoniert, waren zwei Mal zusammen Kaffee trinken, drei Mal abendessen gewesen und hatten sich näher kennengelernt. Nun war er das erste Mal hier, um sie zu besuchen.

Doris strahlte über das ganze Gesicht, als er auf sie zukam. Er trug einen hervorragend geschnittenen Blazer zu einer hellen Hose, hielt einen Strauß bunter Astern in der Hand, deren leuchtende Farben mit dem Sonnenlicht im Flur verschmolzen. »Für dich«, sagte er mit einem warmen Lächeln und reichte ihr die Blumen. Doris nahm sie entgegen, bedankte sich, dachte aber, wie schade, dass es keine Topfpflanze war.

»Komm rein, Bernhard«, sagte sie und führte ihn in das geräumige Wohnzimmer. Sein Blick richtete sich sofort auf den Esstisch, auf dem bereits ein liebevoll gedecktes Mittagessen bereitstand. »Sind wir zu dritt?«, fragte er.

Doris nickte. »Ja, genau. Du wirst schon sehen.« Sie hatte extra dafür gesorgt, dass auch Hannah an diesem besonderen Tag dabei sein konnte.

Der Blick von Bernhard wanderte bewundernd durch den Raum. »Du hast es hier wirklich wunderschön«, sagte er und betrachtete die stilvollen Möbel und die Kunstgegenstände und Bücher auf den Regalen, die Gemälde an den Wänden. Dann wandte er sich dem offenen Fenster zu. »Und der Garten, einfach traumhaft.«

Doris lächelte stolz. Sie hatte früher so viel Zeit und Liebe in die Pflege des Gartens investiert. Das Heidekraut blühte in voller rosa Pracht und der erdige Herbstduft nach Laub und Moos lag in der Luft. Er lag da wie eine lockende grüne Oase. »Ja, der Garten ist ein kleines Paradies. Es freut mich, dass er dir gefällt.«

»*Klein* wäre untertrieben, es ist ein ziemlich beeindruckendes Anwesen.«

»Das ist wahr.«

Seit Moritz seiner Mutter mehrfach ins Gewissen geredet hatte, sie müsse aufpassen und dürfe nicht jedem blind vertrauen, war Doris' frühere natürliche Unvoreingenommenheit ein wenig verflogen. Selbstverständlich war es nicht vollkommen auszuschließen, dass jemand ein Auge auf diesen großen Besitz in bester Lage von Bogenhausen warf. Und Moritz hatte ihr eingeschärft, nicht jeder sei auf Anhieb als Immobilienhai oder Heiratsschwindler zu erkennen. Genau das sei ja deren Masche!

»Also Moritz! Ich werde mich bestimmt nicht in den Vorgarten der Villa Waldeck stellen wie eine Lottomillionärin, die ihr Los vor laufender Kamera feiert, mir Champagner über den Kopf schütten und Geld, Geld, Geld rufen!«, hatte sie entgegnet.

»Das weiß ich, Mutter, aber du warst schon immer ein wenig blauäugig.«

Nicht nur aufgrund dieser etwas beschämenden Diskussion mit Moritz hatte sie mehrere Treffen mit ihrer Kurbekanntschaft abgewartet, sich ein genaueres Bild von Bernhard gemacht, bevor sie ihn nach Hause einlud. Und es gab noch einen anderen Grund: Sie wollte sich erst ihrer wahren Gefühle bewusst werden, sich Zeit lassen und nach den Gesprächen mit der Psychotherapeutin in der Lauterbacher Mühle hörte sie aufmerksamer in sich hinein als vor ihrem Schlaganfall. Denn die junge Therapeutin hatte ihr eines klargemacht: Was sie keinesfalls brauchte, war eine neue Abhängigkeit in ihrem Leben.

Sie gingen in die Küche und er blickte sich um, sah den großen blank gescheuerten Holztisch, die vielen bemalten Keramikteller an der Wand, die säuberlich nach Größe geordneten Kasserollen und Töpfe aus Kupfer neben Kräuterbüscheln, Knoblauchsträngen und Ketten mit Chilischoten, die an der Stange vor dem Herd hingen, betrachtete die irdenen Schüsseln und Platten mit vorbereiteten Speisen. »Das ist deine Küche?« Er traute seinen Augen und seiner Nase nicht. »Es riecht herrlich hier, wie in einer Épicerie in einem Dorf der Provence.«

»Ja, das ist unsere Küche – mein Lieblingsraum, wie man vielleicht sieht. Hier halte ich mich am liebsten auf, wenn ich nicht im Garten bin.«

Er blieb vor dem Sideboard mit Corinnas Kaffeemaschinensammlung stehen und betrachtete sie eingehend. »Hat sie die alle nacheinander benutzt?«

Doris zögerte. »Ja, nicht immer in der gleichen Reihenfolge … Es hing von ihrer Stimmung ab, welche sie bevorzugte, genauso wie die Kaffeesorte, die sie auswählte.« Es kam ihr fast ein wenig pietätlos vor, über die von Corinna gehegten und geliebten Maschinen zu sprechen, als sei es ein Spleen gewesen, deshalb fügte sie hinzu: »Schließlich war es nicht nur eine Leidenschaft, sondern auch ihr Beruf, sich mit Kaffee in allen seinen Variationen zu beschäftigen.«

Bernhard fuhr mit den Fingern über den Edelstahlträger einer De-Longhi-Maschine und Doris rief laut: »Nicht!«

Erschrocken zuckte er zurück.

»Entschuldige, ich wollte dich nicht erschrecken, aber Corinna mochte es nicht, wenn sie berührt wurden, nicht einmal Agnieszka, das ist unsere Putzhilfe, durfte sie anfassen.«

Sie sah, dass Bernhard erst etwas entgegnen wollte, aber er sagte nur: »Ich verstehe, das sollte man respektieren«, trat einen Schritt zurück und stellte seine Umhängetasche auf einen der Holzstühle.

Doris nahm eine große bauchige Tonvase heraus und füllte sie mit Wasser, dann stellte sie die Blumen hinein, schnitt das Band durch, mit dem sie fest zusammengebunden waren, und ließ den Strauß locker auseinanderfallen. Die Astern sahen dadurch sogar eleganter aus. »Wenn schon Blumen, dann habe ich sie lieber natürlich und nicht vom Floristen arrangiert.« Mit diesen Worten stellte sie die Vase auf den Esstisch.

»*Wenn schon Blumen* heißt, dass du eigentlich keine Blumen magst?«

»Blumen mag ich natürlich sehr, der Ausdruck *mögen* ist vermutlich sogar weit untertrieben. Aber ich habe kein Faible für Sträuße und Schnittblumen. Ich lasse sie lieber am Leben.«

»Ah, das werde ich mir merken.«

Bernhard holte sein Mobiltelefon aus der Hosentasche und tippte in die Tastatur.

»Wenn du telefonieren möchtest, lasse ich dich gerne allein.«

»Nein, nicht nötig, ich notiere mir nur, dass du keine Schnittblumen magst. In meinem Alter kann man solche wichtigen Dinge auch leicht wieder vergessen.«

Als Doris über Bernhards Schulter sah, bemerkte sie, dass er tatsächlich eine kleine Liste mit Notizen über sie angefertigt hatte. Da waren schon einige Dinge zusammengekommen: *keine Schnittblumen, nur Topfpflanzen* versah er gerade mit drei Ausrufezeichen, *Gartenliebhaberin, Tansania-Kennerin, silberne Haare – violette Kleidung, Eau de Toilette* Aqua di Parma – *Capri*. »Was steht da noch auf deiner Liste?«, fragte Doris neugierig und deutete auf die Notizen.

Bernhard lächelte verschmitzt und scrollte weiter. Dort standen weitere Punkte, die sie zum Schmunzeln brachten: *liebt Labradore und Golden Retriever, mag lange Spaziergänge, töpfert gut und gerne, kann segeln, kocht und isst am liebsten Risotto, liebt Sonnenblumen.*

Doris musste lachen. »Du hast wirklich an alles gedacht. Es ist schön zu sehen, wie aufmerksam du bist. Allerdings würde ich bei *kann segeln* ein großes Fragezeichen dahinter machen. Und ich hoffe, diese Liste bedeutet nicht, dass die Anzahl deiner Freundinnen zu groß ist, um sich die Vorlieben jeder einzelnen zu merken.«

Bernhard nahm ihre Hand in seine und sagte: »Ich möchte, dass du dich wertgeschätzt und verstanden fühlst. Ich möchte deine Vorlieben und Leidenschaften kennenlernen, um dich besser zu verstehen und dir Freude zu bereiten.«

Doris spürte, wie ihr Herz vor Glück hüpfte, aber eine kleine warnende Stimme sagte ihr: Sei vorsichtig, lass ihn nicht zu nah an dich heran. Doch es war eine so liebevolle und fürsorgliche Geste, die sie von Gregor nicht im Entferntesten kannte. Ihr früherer Ehemann war immer mehr mit sich, der Sparkasse und seiner Briefmarkensammlung beschäftigt gewesen und auch bei Corinna hatte sich, wenn sie genauer darüber nachdachte, immer alles um sie selbst gedreht, wie bei einer Sonnenkönigin.

Plötzlich hörten sie Schritte aus dem Flur. Frida begann zu bellen und lief schwanzwedelnd zur Tür.

»Hallo, ich bin da!«, rief eine Mädchenstimme und Hannah betrat die Küche. Die Erfahrungen in Tansania und auch die jüngsten Ereignisse hatten sie zu einem selbstbewussten, aber auch manchmal skeptischen jungen Mädchen an der Grenze zum Erwachsenwerden gemacht. Sie betrachtete Bernhard mit einem kritischen Blick, unsicher, was sie von ihm halten sollte.

Bernhard spürte Hannahs Zurückhaltung, aber er ließ sich nicht davon entmutigen. Er lächelte freundlich und grüßte sie auf Swahili. »*Habari*, Hannah. *Ni furaha kukutana nawe.*«

Hannah war überrascht, dass Bernhard einige Worte in der Sprache ihres Landes konnte. Ein Hauch von Anerkennung spiegelte sich in ihrem Ausdruck, aber ihre Vorbehalte gab sie nicht so leicht auf. Sie erwiderte den Gruß und betrachtete den Besucher genauer.

Doris trat zwischen die beiden und lächelte. »Hannah, Bernhard und ich kennen uns aus der Lauterbacher Mühle. In den letzten Wochen haben wir uns ein paar Mal getroffen und es ist mir wichtig, dass du ihn auch kennenlernen kannst.«

Sie setzten sich alle gemeinsam an den Tisch und genossen das köstliche Mittagessen, das Doris zubereitet hatte. Der im Ofen gegarte ganze Lachs, der Brokkoli mit goldenen Semmelbröseln und die gebackenen Kartoffeln waren ihr perfekt gelungen, was ihr Gast nicht müde wurde zu betonen. Es war ein Moment voller Leichtigkeit und Glück und Doris stellte fest, dass es unmöglich war, Bernhard nicht zu mögen.

Während des Essens tauschten sie Geschichten und Erlebnisse aus und lachten viel, auch Hannah taute zusehends auf. Bernhard war ein wunderbarer Gesprächspartner und hatte eine positive Ausstrahlung, die den ganzen Raum erfüllte. Doris spürte, wie sich ihr Herz immer weiter öffnete und sie sich in seiner Gegenwart wohl und geborgen fühlte.

Jetzt nahmen sie das Zitronensoufflé in Angriff. Das Gespräch drehte sich um die Frage, wie sie den Rest des Tages verbringen sollten, und Doris schlug vor, ihrem neuen Verehrer das Haus und den Garten zu zeigen. »Ich habe ziemlich viele Hausaufgaben«, sagte Hannah, verabschiedete sich und verschwand in ihrem Zimmer. Bernhard und Doris saßen noch eine Weile zusammen und genossen die gemeinsame Zeit. Dann machten sie die Tour durchs Haus. Doris hatte nicht viel verändert, seit sie hier mit Hannah wohnte, seit feststand, dass Doris' Zwillingsschwester nie wieder zurückkommen würde. Das Endgültige daran war noch nicht tief genug in ihrem Inneren verwurzelt. Die Sofas mit den schwellenden Polstern, die bequemen Sessel, die Weidenkörbe mit großen Holzscheiten am offenen Kamin und die vielen Mitbringsel von Corinnas Reisen waren so, wie es Corinna gemocht hatte. Nur die Küche hatte sich inzwischen sehr gefüllt. An dem Gitter über dem Herd hingen jetzt noch weitaus mehr kupferne Kasserollen und Töpfe als früher, es duftete noch betörender nach Kräutern und Gewürzen, überall standen Steingutkrüge mit Kräutern oder Holzkochlöffeln und Küchenutensilien herum. Die Küche betrachtete Doris als ihr Reich und war imstande, die Stimme ihrer Schwester zu ignorieren, die es früher nicht gerne so »chaotisch und überfüllt« hatte. Und auch die Schnittblumen gab es inzwischen nicht mehr, außer dem Strauß von Bernhard, der, wie er ihr versprach, der letzte gewesen sei, den er ihr mitbrachte. Stattdessen würde er ihr in Zukunft lieber neue Kräutertöpfe schenken.

»Was für ein Paradies«, war alles, was Bernhard hervorbrachte. Aber er interessierte sich sehr für die Bibliothek, die Bilder und Fotografien an den Wänden. Doris hatte aufgrund seiner Kommentare zu den Kunstgegenständen das Gefühl, es mit einem sehr gebildeten und kultivierten Mann zu tun zu haben. Als der Rundgang beendet war, führte sie ihn durch die niedrige Tür des Mudrooms in den Garten. Er wandte dem Panorama den Rücken zu und sah an der Hauswand hoch. »Das Anwesen ist schöner, als ich mir hätte vorstellen können. Aber man spürt ganz deutlich, dass es erst durch dich zu einem Wohlfühlort wird.«

»Ich glaube, da tust du mir zu viel der Ehre an. Meine Schwester hatte einen sehr guten Geschmack.«

Er entgegnete nichts, sah sie aber mit einem Blick an, der ihr bedeutete, sie solle auch einmal ein Kompliment annehmen, ohne es gleich zu relativieren. Die Stille, die folgte, war tief und intensiv, fast grenzenlos. Es war ein Mittag voller Vertrautheit, mit einem Menschen, den sie erst seit so kurzer Zeit kannte. Erst als sie aufmerksam horchten, nahmen sie die Geräusche wahr, die zu dieser Stille hier gehörten. Das leichte Rascheln der Blätter, die von einer Herbstbrise bewegt wurden, die Rufe der Krähen und, zum Glück ganz weit entfernt, das Summen eines Elektrolaubbläsers.

»Ich glaube, ich muss jetzt noch einmal nach Hannah sehen«, sagte Doris schließlich und Bernhard verstand den kleinen Hinweis sofort und meinte, er habe noch etwas zu besorgen. Als sie ihn verabschiedet hatte, drehte sie sich um, sah zu dem uralten Lebensbaum hoch und spürte, wie sich in ihr ein Friede ausbreitete, sie ausfüllte wie ein Gefäß, das zuvor mit Unsicherheit und der lähmenden Angst vor Zurückweisung gefüllt war. Bernhard gab ihr zu keiner Zeit das Gefühl, klein zu sein, und er ließ ihr Zeit. Sie wollte ihn wiedersehen, doch sie würde nicht in Angst und Sorge geraten, wenn die Tage dahingingen und nichts geschah. Sie hatte keine Eile, es gab immer ein Morgen. Früher oder später würden sie sich beieinander melden, der eine oder die andere.

Die Zweige des Lebensbaums wiegten sich im Wind. Eine leise Stimme, zwei Finger, die an ihrem Ärmel zupften. *So könnte es bleiben.*

Sie hörte, wie das Telefon klingelte, wollte es am liebsten klingeln lassen, aber als es nicht aufhörte, lief sie zurück ins Haus und nahm völlig außer Atem den Hörer ab.

»Villa Waldeck?«

»Du meldest dich immer noch mit Villa Waldeck, als wärst du die Haushälterin?«

Es war Moritz, der seinen Besuch für den kommenden Freitag ankündigte. »Ich habe ein paar Sachen im Gästezimmer vergessen.«

»Ach, was denn? Agnieszka hat mir gar nichts davon gesagt, dass sie dort etwas von dir gefunden hat.«

»Deine Agnieszka ist vielleicht auch nicht unfehlbar, Mutter. Du bist immer so schrecklich naiv und vertraust einfach jedem, der freundlich zu dir ist und dich harmlos anschaut. Ich sehe lieber selbst noch mal im Gästezimmer nach, wenn du nichts dagegen hast!«, antwortete Moritz, ohne näher auszuführen, was er überhaupt suchte. Doris spürte ihren eigenen Widerwillen und hatte genau wegen dieser innerlichen Zurückweisung ihres Sohnes sofort ein schlechtes Gewissen. Aber etwas in seiner Stimmlage sagte ihr, dass er etwas im Schilde führte, und bei ihrem Sohn war das selten etwas Gutes gewesen.

Isabelle

Die sengende afrikanische Sonne strahlte bereits gnadenlos auf das Land herab, als wir uns nach dem Frühstück auf den Weg zum Mawingu Health Center machten, das von meiner Tante gegründet worden war und einen wichtigen Teil der Kaffeefarm ausmachte. Wir verließen das Farmhaus, dessen rostrotes Dach im gleißenden Licht dalag, und stiegen in den Defender. Der heiße Wind wehte durch das offene Fenster und trug den Duft von staubiger Erde und exotischen Blüten mit sich.

Die Straße waren holprig, voller Schlaglöcher und von rotem Staub bedeckt, der sich in dichten Wolken hinter dem Fahrzeug aufwirbelte. Auf deutschen Straßen hätte man für die Strecke eine halbe Stunde gebraucht. Hier waren es zwei. Ich saß am Steuer, Frank blickte aus dem Fenster und beobachtete die vorüberziehende Landschaft. Grüne Hügel erstreckten sich in der Ferne, bedeckt von üppigem Gras und vereinzelten Akazienbäumen, deren Schatten wie kleine Inseln der Erleichterung in der scheinbar endlosen Hitze wirkten.

Der Weg zum Mawingu Health Center führte vorbei an kleinen Siedlungen, rechts und links waren Marktstände aufgereiht, an denen Menschen, teilweise in traditioneller Kleidung, ihre Waren feilboten. Kinder sprangen auf abenteuerliche Weise zwischen den Autos herum, rannten am Straßenrand neben unserem Wagen entlang. »*Mister, Madam, please buy, you need this*«, hörten wir im Vorbeifahren. In ihren Gesichtern erkannte ich eine sehnsuchtsvolle Erwartung, dass wir anhielten und ihnen etwas abkauften, und ich verlangsamte den Defender.

»Fahr weiter!«, sagte Frank. »Es klingt hart, aber wenn du jetzt anhältst, kommen Hunderte andere Händler und Bettler und lassen uns hier so schnell nicht mehr weg.« Als er sah, wie ich mir auf die Lippen biss, fügte er leise bedauernd hinzu: »Du kannst nicht allen helfen.«

Ich seufzte, tat aber, was er sagte, und beschleunigte wieder ganz vorsichtig, denn mir wurde angst und bange, bei dem gefährlichen Treiben neben und zwischen den Fahrzeugen und bei dem Gedanken, eines der Kinder anzufahren.

Als wir das Health Center erreichten, bot sich uns ein Abbild des kontrastreichen Lebens Tansanias. Das moderne Gebäude stand im starken Gegensatz zu den Wellblech- und Lehmhütten, der einfachen Lebensweise in den umliegenden Siedlungen. Ich konnte bereits vom Wagen aus einen Arzt und eine Schwester sehen, die geschäftig umhergingen. In der Eingangshalle des Gesundheitszentrums trafen wir auf Dr. Jonas van der Bosch. Der niederländische Arzt war groß und schlank, hatte ein freundliches Lächeln und strahlend blauen Augen. Was mich für einen Moment sprachlos machte, war die Ähnlichkeit zu dem Mädchen, das erst vor Kurzem in mein Leben getreten war – zu Hannah. Auch war seine Iris von einem dunkleren Kranz umrandet, genau wie bei Corinnas Tochter, nur dass seine Augen blau und nicht grau waren. Es verwirrte mich etwas und in meinem Kopf spulte ich mögliche Konstellationen ab, die ich aber im Bruchteil von Sekunden wieder verwarf. Meines Wissens hatte Corinna nur Beziehungen zu Frauen gehabt, aber andererseits musste es ja eine männliche Samenzelle gegeben haben, die zur Entstehung des Embryos geführt hatte. *Vielleicht war er der Spender?*, schoss es mir durch den Kopf.

»Hallo, Isabelle«, begrüßte er mich mit einem festen Händedruck. »Es tut mir aufrichtig leid, es hat uns alle hier erschüttert, von Corinnas Tod zu hören. Sie war eine großzügige Wohltäterin. Was für ein tragischer Unfall …«

Ich nickte, dankbar für seine Anteilnahme, die echt wirkte, und lenkte das Gespräch dann auf die medizinischen Herausforderungen des Gesundheitszentrums. Das medizinische Material und die Krankenhausbetten, die Frank am Tag zuvor mit seinem Flugzeug hergeflogen und angeliefert hatte, schienen bei Weitem nicht auszureichen. Ich schickte ein Stoßgebet zum Himmel, dass sie zumindest noch zu Lebzeiten meiner Tante bezahlt worden waren. Denn für die Zukunft stand die Finanzierung auf wackligen Beinen.

»Wir haben hier große Schwierigkeiten bei Hauttransplantationen, besonders bei schweren Verbrennungen«, erklärte Dr. van der Bosch. »Wir benötigen dringend eine spezielle Hauttransplantationsausrüstung, insbesondere Dermatome, das sind spezielle chirurgische Instrumente, und Hautmessgeräte, um den Prozess präziser und effizienter zu gestalten. Außerdem fehlt uns der Zugang zu Kältekammern, um Spenderhaut zu konservieren.«

Ich hörte aufmerksam zu und machte mir Notizen. Frank gab zu bedenken, dass man sehr bald würde bestellen müssen, da die Lieferzeiten momentan sehr lang wären, aber vor der Regenzeit, in der eine Auslieferung unmöglich war, würde es vermutlich nicht mehr mit der Beschaffung klappen. Und ich fragte mich insgeheim, wie das alle finanziert werden sollte. Meine Tante hatte auf die sprudelnden Einnahmen ihres Unternehmens zurückgreifen können, was mir aber nicht möglich war. Die medizinischen Herausforderungen des Mawingu Health Centers waren enorm, aber ich war im Moment noch entschlossen, soweit ich konnte, einen Beitrag zur Verbesserung der Situation zu leisten. »Wir werden sehen, was wir tun können, um Ihnen zu helfen«, versprach ich ihm.

Als Dr. van der Bosch uns durch die Gänge des Mawingu Health Centers führte, waren seine Präsenz und Professionalität unbestreitbar. Trotz der Unzulänglichkeiten und der enormen medizinischen Herausforderungen, die das Zentrum zu bewältigen hatte, zeigte er eine beeindruckende Hingabe und Zuversicht.

Aber inmitten dieses Gefühls der Bewunderung war da mit einem Mal ein Gedanke, der mir nicht mehr aus dem Kopf ging. Der tragische Fall des Jungen, den er behandelt hatte und der trotz aller Bemühungen verstorben war. Ein Fehler war passiert, Doris hatte diese Episode von Hannah erfahren und mir weitererzählt. Obwohl es natürlich war, dass in einem Umfeld wie diesem Fehler passieren können, war der Gedanke daran doch beunruhigend. Ich musste zugeben, dass es mich irgendwie beschäftigte, dass Dr. van der Bosch trotz dieses Vorfalls weiterhin hier arbeitete und ob dieser Umstand womöglich einer engeren Verbindung zu meiner Tante geschuldet war. Aber gleichzeitig bewunderte ich seine Fähigkeit, trotz einer solchen Last weiterzumachen und sich jeden Tag aufs Neue den medizinischen Herausforderungen zu stellen.

Es war ein Gedanke, den ich mit nach Hause nehmen würde, ein weiterer Knoten im Netz der Komplexität, das Mawingu insgesamt darstellte.

Wir betraten das Krankenzimmer der Kinderstation und wurden von dem Lächeln einer der Krankenschwestern begrüßt. Ich fragte sie nach ihrem Namen und sie sagte: »Ich bin Rashida und Sie sehen Ihrer Tante ähnlich. Sie hat hier sehr viel Gutes bewirkt.«

Die Wände waren mit farbenfrohen Bildern von Tieren und Geschichten dekoriert, um den kleinen Patienten eine freundliche Umgebung zu bieten, die Betten mit bunten Decken und Kuscheltieren versehen, um eine gewisse Geborgenheit zu vermitteln. Aber die Geräusche von weinenden Kindern und das Summen der medizinischen Geräte erfüllten den Raum und dadurch war die Atmosphäre dennoch bedrückend. Frank und ich bewegten uns vorsichtig zwischen den Betten, die mit kleinen Patienten gefüllt waren, und suchten nach einem Jungen, von dem ich gehört hatte. Schließlich fanden wir ihn in einer Ecke des Raums. Er saß aufrecht in einem Krankenhausbett, hatte den Arm in einer Schlinge und sein Gesicht war von Schmerzen gezeichnet. Seine Augen leuchteten aber auf, als er uns sah, und ein zaghaftes Lächeln huschte über sein Gesicht. Frank und ich gingen zu ihm hinüber und setzten uns auf die Stühle neben seinem Bett.

»Hey, mein Freund«, begann Frank freundlich auf Englisch, »wie geht es dir? Wir haben gehört, dass du dich verletzt hast.«

Der Junge nickte mit ernstem Gesichtsausdruck. »Ja, ich habe mir das Schlüsselbein und das Schulterblatt gebrochen«, antwortete er leise. »Es ist passiert, als wir die Kaffeesäcke verladen haben. Einer ist heruntergefallen und hat mich getroffen.«

Ich spürte, wie mein Herz schwer wurde, als ich die Worte des Jungen hörte, denn ich konnte mir vorstellen, wie schmerzhaft und beängstigend der Unfall gewesen sein musste. Ich streckte meine Hand aus und legte sie sanft auf seinen Unterarm.

»Das tut mir so leid zu hören«, sagte ich einfühlsam. »Wie ist dein Name?«

»Ich bin Issa.«

»Issa, du sprichst sehr gut Englisch. Kannst du uns mehr darüber erzählen? Wie ist es genau abgelaufen?«

Der Junge holte tief Luft und begann, die Ereignisse zu beschreiben. Er erzählte von dem hektischen Treiben bei der Verarbeitung der Ernte, der Eile, zu der sie von dem Vorarbeiter angetrieben wurden, von den schweren Säcken, die sie tragen mussten, und wie einer von ihnen aus Versehen vom Anhänger fiel und ihn traf. Seine Stimme zitterte leicht, als er von dem Schreck und den Schmerzen sprach, die er erlebt hatte. Ich sah den kleinen und spindeldürren Jungen an und merkte, wie mein Herz vor Schuldbewusstsein hämmerte.

Frank hörte aufmerksam zu und nickte verständnisvoll. »Das muss sehr schlimm für dich gewesen sein«, sagte er einfühlsam. »Aber du bist jetzt hier im Krankenhaus und die Ärzte und Krankenschwestern werden sich gut um dich kümmern. Du bist in sicheren Händen.«

Ich konnte sehen, wie der Junge versuchte, sich zusammenzureißen und tapfer zu sein. Er sah uns mit großen Augen an und fragte: »Werde ich bald wieder gesund sein? Kann ich wieder arbeiten?«

Frank lächelte aufmunternd. »Ja, mein Freund, du wirst wieder gesund werden«, versicherte er ihm. »Die Ärzte werden ihr Bestes tun, um dich zu behandeln und dir bei der Genesung zu helfen. Und sobald du wieder stark genug bist, kannst du sicherlich wieder draußen spielen und herumtollen und in die Schule gehen.«

Als er mich erwartungsvoll ansah, ergänzte ich: »Und ich sehe, was ich für eine Arbeit für dich habe, aber nur, wenn du auch die Schule besuchst.«

Der Junge sah mich flehend an und griff nach meiner Hand. »Ich brauche die Arbeit«, flüsterte er leise. »Ich muss für meine Mutter und meine kleinen Geschwister sorgen.«

»Und was ist mit deinem Vater?«, fragte ich. Er zuckte mit den Schultern. »Ich weiß nicht, wo er ist.«

Ich drückte sanft seine Hand und sagte: »Ich werde mich um dich kümmern«, ohne genau zu wissen, wie ich das anstellen sollte. Aber mir war klar, dass ich ihn nicht einfach seinem Schicksal überlassen konnte.

Frank blieb noch bei ihm und unterhielt sich mit ihm, aber ich ging weiter und fühlte eine Welle von Mitgefühl, als ich auf ein kleines, etwa vierjähriges Mädchen mit Verbrennungen zutrat, das in einem der Betten lag. Ihr Gesicht, ihr Hals und ihre Arme waren von Brandwunden gezeichnet, die durch die Feuerstelle in ihrer Hütte verursacht worden waren. Noch immer wurde in fast allen Dörfern mit offenem Feuer gekocht und es kam zu viel zu vielen Unfällen. Ich beugte mich zu dem Mädchen hinunter.

»Hallo, wie heißt du?«, fragte ich behutsam.

Das Mädchen hob ihre müden Augen zu mir und lächelte schwach. »Neema«, antwortete sie leise.

»Es ist schön, dich kennenzulernen, Neema. Wie geht es dir? Hast du Schmerzen?«, fragte ich besorgt. Schwester Rashida, die dazukam, übersetzte meine Frage auf Swahili.

Neema nickte langsam und zeigte auf ihre Verbrennungen. »Ja, es tut sehr weh. Aber Rashida gibt mir Medizin, damit die Schmerzen aufhören.«

Ich spürte eine Mischung aus Bewunderung und tiefem Mitgefühl angesichts ihrer Tapferkeit, da ich mich erinnerte, wie schmerzhaft selbst die kleinste Brandwunde war.

»Du bist wirklich mutig, Neema. Die Ärzte und Schwestern hier werden ihr Bestes tun, um dir zu helfen.«

Rashida übersetzte wieder und als sie fertig war, lächelte das kleine Mädchen und drückte meine Hand leicht. »Danke«, flüsterte sie.

In diesem Moment wurde mir bewusst, wie wichtig es war, nicht nur materielle Unterstützung bereitzustellen, sondern auch emotionale Zuwendung zu schenken. Diese kleinen Gesten der Anteilnahme konnten einen großen Unterschied im Heilungsprozess machen. Ich wandte mich an die Krankenschwestern und fragte, ob es in Ordnung wäre, wenn ich Neema eine kleine Überraschung geben würde. Sie nickte erfreut und ich verabschiedete mich vorerst von Neema mit dem Versprechen, gleich wiederzukommen.

Es war ein bewegender Rundgang, der uns mit den Herausforderungen, aber auch mit dem Engagement der Ärzte und Pflegekräfte konfrontierte. Wir sprachen mit ihnen, hörten von ihren Erfolgen und den anhaltenden Problemen, mit denen sie konfrontiert wurden. Es waren vor allem fehlende Medikamente, aber auch Vorbehalte der Familienangehörigen gegen Behandlungen oder gegen Hygienemaßnahmen.

Endlich konnte ich meine Nudelpackungen an die Schwestern verteilen. Ich hatte den Eindruck, dass sie sich darüber freuten, aber Frank lachte mich aus und seine Schultern zuckten.

»Und das alles hast du extra aus Deutschland mitgebracht? Damit war doch vermutlich die Hälfte des Koffers voll!«

»Ja, und außerdem mit den Filz- und Buntstiften, Malbüchern und

Blöcken für die Kinder.« Ich zog sie aus meiner Reisetasche und gemeinsam gaben wir sie den kleinen Patienten, die sie sofort auspackten und begannen, auf den ausgeklappten Tabletts ihrer Nachttische zu malen. Issas rechter Arm war unverletzt und er konnte deshalb etwas gegen seine Langeweile im Krankenhaus tun. Für die schwerer verletzten Kinder wurden sie von den Schwestern entgegengenommen und verwahrt. Vor allem die kleine Neema hatte es mir angetan. Aber sie konnte mit ihren Verbänden noch keinen Stift halten.

Wie töricht von mir, jetzt ist sie vermutlich erst recht enttäuscht, dachte ich. Aber trotzdem hellte sich ihr Gesicht auf und ich versprach ihr, wiederzukommen und noch ein anderes Spielzeug mitzubringen, mit dem sie trotz ihrer Verbände schon etwas anfangen konnte.

»Bei den Stiften für die Kinder kann ich ja einen Sinn erkennen, aber wozu die Nudeln?«, fragte Frank mich auf dem Gang.

»Weil die Ordensschwestern vor ewiger Zeit einmal gemeinsam eine Reise zu einem schwäbischen Kloster gemacht haben und dort auf den Geschmack gekommen sind. Hier gibt es keine Nudeln zu kaufen, vielleicht in den Großstädten, aber da war ich bisher nie.«

»Hätten es dann nicht eher Spätzle sein müssen?«

»Ja, das stimmt, aber die enthalten Eier und sind nicht so lange haltbar wie die Nudeln aus Hartweizengrieß.«

»Wie lange bist du eigentlich schon hier in Tansania?«, fragte Frank.

Ich begann nachzurechnen. »Ich glaube, es müssten jetzt sechs Wochen sein.«

»Dann hättest du deine Nudeln und Stifte ja schon längst einmal ins Krankenhaus bringen können.«

»Du hast vollkommen recht, Frank. Aber es gab so viel Arbeit und so viele Probleme, dass ich es einfach nicht früher geschafft habe.« Ich strich ihm über den Arm. »Umso besser, dass du gekommen bist und ich nun heute endlich hier war. Ich glaube, wir bräuchten viel mehr Aufklärung, damit solche Unfälle wie die von Neema und Issa gar nicht mehr passieren, und ich muss mehr Verantwortung für diese Kinder übernehmen. An dem Unfall des Jungen trage ich eine Mitschuld, weil er auf meiner Plantage gearbeitet hat.«

»Möglich!«, sagte Frank nüchtern. »Aber du kannst dir auch nicht alles auf deine Seele laden. Außerdem solltest du dich hüten, die Menschen hier zu missionieren. Den Fehler haben schon unsere Vorfahren gemacht.«

»Ich will nicht missionieren, nur aufklären und mich nicht vor der Verantwortung drücken.«

»Ist Missionieren und Aufklären nicht das Gleiche?«

Wir tauschten Blicke aus, die den gemeinsamen Wunsch, hier etwas zu bewirken, widerspiegelten. Wir hatten ja bereits über die Fairtrade-Zertifizierung für die Kaffeefarm gesprochen, aber dieser Besuch im Mawingu Health Center öffnete uns die Augen für die dringenden sozialen Probleme, mit denen sich die Gemeinschaft konfrontiert sah.

Auf der Rückfahrt von der Klinik beschlossen wir, so bald wie möglich Spielzeug und Bücher für die Kinderstation zu besorgen. Wir waren fest entschlossen, den kleinen Patienten nicht nur medizinische Hilfe zu bieten, sondern auch eine spielerische und hoffnungsvolle Umgebung, die ihre Genesung unterstützte.

Als wir erneut an den Marktständen am Rand der Straße vorbeikamen, hielt ich an. Frank stöhnte auf und sagte: »Ich fürchte, du wirst es bereuen.« Aber er stieg mit mir aus. Sofort waren wir von wuselnden Kindern umringt, die versuchten, uns Kekse, Brot, Chapati, Obst und viele andere Waren zu verkaufen. In ihren und den Gesichtern der Frauen und Männer, die auf dem Boden hinter ihren ausgebreiteten Decken saßen, erkannte ich sehnsuchtsvolle Blicke. Zwei Weiße, die extra vor ihrem Marktstand anhielten, waren eine Seltenheit. Die Kinder lockten und zogen mich weiter in Gänge, wo sich noch viele weitere Marktstände vor uns auftaten. Die Sonne brannte, versengte die Luft und den Boden, fast überall war der platt getretene Sand glatt wie eine Tanzfläche. Aber da, unter einem alten Mangobaum mit einer Krone aus dunkelgrünem, dichten Laub, war eine Stelle mit erquickendem Schatten. Er schuf unter sich eine erstaunliche Kühle und um seine Stämme stapelten sich große Berge von Wassermelonen, geflochtene Körbe mit Hühnern, bunte Decken, auf denen Kunsthandwerk angeboten wurde.

Ich kauerte mich vor die Waren einer Händlerin, ließ mich von jenen ungewöhnlichen Mustern der Perlenflechtarbeiten hinreißen, die unter dem Blätterdach so schön strahlten. Vielleicht würden sie irgendwann in einer Schublade verschwinden, aber jetzt musste ich sie haben und die Verkäuferin bedankte sich mit einem freundlichen Lachen. Die Kinder, die mich hierhergezogen hatten, wirkten glücklich, denn es war ihre Mutter. Ich war im Begriff, noch zwei handgewebte Decken zu erwerben, eine rot gemusterte und vielleicht noch eine schwarz-weiße, als Frank mich beim Namen rief und darauf aufmerksam machte, welchen Pulk von weiteren Händlern ich anzog. Um uns herum hatte sich eine riesige Menschentraube gebildet. Langsam richtete ich mich auf. Ich fragte, ob ich Fotos aufnehmen durfte, den Satz hatte ich auf Swahili gelernt, denn ich wollte nicht einfach so die Menschen fotografieren, aber ich bekam nur Zustimmung. Seit ich in Tansania angekommen war, füllte sich mein Cloud-Speicher zusehends. Natürlich gab es auch Momente und Anblicke, die ich lieber nur in meinem Gedächtnis behielt, kein Foto hätte die Stimmung einfangen können. Doch vieles, was ich sah, wollte ich auch später noch anschauen können und meiner Familie zeigen.

Wir kauften ihnen Melonen und Bananen ab und während wir zurück zu meinem Wagen gingen, konnte ich einer jungen Frau nicht widerstehen, die mir eine Samosa anbot. Eine dreieckige Teigtasche, gefüllt mit einer Mischung aus Hackfleisch, Gemüse und Käse. In Tansania wurden sie oft frittiert und als Snack oder Vorspeise serviert. Sie roch so köstlich und ich war inzwischen sehr hungrig. Frank schüttelte den Kopf, als ich ihm auch eine anbot. »Lieber nicht«, sagte er. »Komm jetzt besser! Steig wieder ein.«

Wir redeten auf der Rückfahrt über unsere Eindrücke und die Möglichkeit, noch mehr für die Gemeinschaft der Farmarbeiter, ihre Familien und die Menschen in den umliegenden Dörfern zu tun. Es war nach dieser Fahrt für mich offensichtlich geworden, dass der Kampf für Gerechtigkeit und Nachhaltigkeit nicht nur auf ökologischer Ebene stattfinden musste, sondern auch soziale Verantwortung und Unterstützung einschloss.

»Isabelle, wenn wir die Kaffeefarm mit Fair Trade verbinden, können wir sicherstellen, dass die Arbeiter faire Löhne erhalten und die Gemeinschaft gestärkt wird«, sagte Frank nachdenklich. »Wir könnten das Testat beantragen, das hat ein Farmer, den ich regelmäßig beliefere, auch für seine Maisplantage gemacht, ich kann ihn fragen, was dazu alles nötig ist.«

Ich nickte und registrierte nebenbei, dass er »wir« gesagt hatte.

»Aber wir können noch weitergehen. Das Mawingu Health Center braucht dringend zusätzliche Ressourcen und Unterstützung. Wir könnten Fundraising-Initiativen starten, um Geld für die benötigte medizinische Ausrüstung und Behandlungen zu sammeln.«

Ein kompromissloser Ausdruck erschien in Franks Gesicht. »Ja, genau das sollten wir tun. Wir können einen echten Unterschied bewirken, nicht nur für die Farm, sondern auch für die Menschen hier.«

Mit jedem Meter, den wir zurück zur Kaffeefarm zurücklegten, kamen wir auf neue Ideen, ich hatte präventive Maßnahmen und Gesundheitsförderung im Auge, mehr Aufklärung über Hygienepraktiken, Ernährung, Familienplanung und Impfungen. Frank sprach von effizienterem Wassermanagement, Wasserauffangsystemen und der besseren Nutzung der Ressourcen. Wir sprühten geradezu vor Kreativität, um hier auf Mawingu einen positiven Einfluss auszuüben und etwas Neues zu wagen. Was wir nicht besprachen, waren die ersten Schritte, wie wir die Veränderungen konkret umsetzen könnten, und vielleicht ahnten wir beide, wie vage unsere Pläne blieben, und vielleicht wollten wir es auch genauso. Aber trotzdem war es ein herrliches Gefühl, ein Prickeln, voller Euphorie, diese gemeinsame Mission zu teilen und daran zu glauben, dass wir uns gegenseitig unterstützen könnten.

Als wir schließlich das Farmgelände erreichten, spürten wir die Energie, die zwischen uns in der Luft lag, ich konnte die Vision eines besseren und gerechteren Mawingu förmlich vor mir sehen. Dabei blendete ich vollkommen aus, dass ich Frank erst seit einem Tag kannte, dass ich verheiratet war, ein Architekturbüro in München besaß und Mawingu eigentlich nur eine Stippvisite hatte abstatten wollen. Innerlich malte ich mir in diesem Moment womöglich aus, Frank und ich hätten eine gemeinsame Zukunft. Eine Liebe, die nicht enden wollte, ein Begehren, das sich nicht auflöste und zwischen ihm und mir ständig ein leichtes Beben aufrechterhielt, ein Pulsieren des Lebens. Jeder Augenblick, den wir zusammen verbrachten, fühlte sich kostbar an. Aber wir waren keine Narren. Wir wussten natürlich, dass er heute noch weiterfliegen würde.

Ohne darüber zu sprechen, war uns beiden klar, dass wir uns vor dem Abschied nochmals lieben wollten. Am Anfang der Treppe blieben wir stehen und küssten uns. Frank legte den Arm um mich, ich spürte seine breite Hand auf meiner Schulter und merkte, wie mir die Knie weich wurden. Für einen Augenblick hörte ich auf zu atmen, aber mein Herz pulsierte warm und glücklich. Mich umarmte der aufregendste Mann der Welt.

Die Sonne sank auf die Veranda vor der Eingangstür nieder und ihr Holzgeländer schien unter den üppig wuchernden Bougainvillearanken fast zusammenzubrechen. Die Stufen waren aus robustem Holz gefertigt, das den traditionellen Charme der Farm schon vor dem Eintreten widerspiegelte. Moos und kleine Pflanzen fanden sich zwischen den Ritzen, sie waren Teil dieser Farm, so wie die Arbeiter, die Kaffeepflanzen, die Tiere, so wie wir. Mir kam es so vor, als gehörte Frank genau hierher, als wäre er hier auf Mawingu verwurzelt und könnte oder dürfte an gar keinem anderen Ort leben. Mit Frank war es ein Heimkommen, ein Fest, ein Gefühl des Zusammengehörens, von dem ich spürte, dass er es genauso empfand.

Fast zögernd setzte ich meinen Fuß auf die soliden und einladenden Stufen, die von der Sonne ausgeblichen waren, und spürte die darin gespeicherte Wärme. Dabei versuchte ich das, was jetzt kommen würde, nicht als Schlussakt zu sehen. Noch heute würden wir auseinandergehen und es würde wehtun, aber vorher wollte ich mich noch einmal ganz unbelastet dem Liebesrausch hingeben.

»Komm, wir gehen gleich ins Schlafzimmer«, flüsterte ich ihm zu, griff seine Hand und er leistete keinerlei Widerstand.

Doch als wir die Schwingtür zum Farmhaus öffneten, fielen wir wieder auf die Erde hinab, denn mitten in der Eingangshalle stand eine Frau.

Moritz

Moritz stand aufgeregt von seinem Esstisch auf, sein Herz schlug schneller. Aus dem Aktenstapel war ein Brief auf den Boden gefallen und lag nun dort zwischen den Staubflusen und Krümeln. Flüchtig kam ihm der Gedanke, dass er sich endlich wieder eine Putzfrau suchen musste, nachdem die letzte aus unerfindlichen Gründen nicht mehr kam. Selbst zum Staubsauger zu greifen, kam für ihn natürlich nicht infrage. Er hob den Brief auf und stutzte, als er den Absender las: Aga Khan Klinik, Daressalam.

Als sich abgezeichnet hatte, dass Doris bald aus der Rehaklinik entlassen würde, hatte Moritz die Zeit genutzt, um die Aktenordner, die er noch nicht gesichtet hatte, in Umzugskisten zu packen. Während Hannah in der Schule gewesen war, hatte er sie aus dem Haus getragen und in seinen Kofferraum geladen. In seiner Wohnung hatte er sie akribisch durchgearbeitet, war am Freitag nach Doris' Entlassung nochmals unter dem Vorwand, etwas vergessen zu haben, in die Villa Waldeck zurückgekehrt, um weiteres Material zu holen – und nun endlich schien er auf etwas Interessantes zu stoßen.

Hoffnungsvoll faltete er den Brief mit einem amtlichen Stempel auseinander und begann zu lesen. Seine Augen weiteten sich, als er erfuhr, dass Hannah in Daressalam von einer Frau namens Amidah Aleeke geboren worden war. In dem Schreiben wurde Corinna mitgeteilt, dass nach der geltenden Gesetzeslage in Deutschland Hannah nicht als ihre biologische Tochter anerkannt wurde, unabhängig davon, ob sie genetisch mit ihr verwandt sei oder nicht. Eine Lawine von Gedanken und Fragen stürmte auf ihn ein. Das hatte Hannah also mit ihrer unbedachten Bemerkung gemeint, Corinna habe sie nicht auf die Welt gebracht?

Er hatte die ganze Zeit geahnt, dass an der Sache mit dieser angeblichen Tochter etwas faul war. Hatte Isabelle das alles gewusst? Fragen türmten sich in seinem Kopf auf, während er den Brief weiterlas. Und nach und nach nahm der Gedanke Form an, dass Hannah aufgrund dieser rechtlichen Situation möglicherweise gar nicht das Erbe von Corinna antreten konnte. Ein Gefühl der Genugtuung nahm von ihm Besitz und auf seinem Gesicht breitete sich ein sonnenhaftes Lächeln aus, auf dem nicht mehr die leiseste Ahnung der Melancholie lag, die in den Wochen nach der Testamentseröffnung seine Gemütslage bestimmt hatte.

Sein Blick fiel auf das Bild von Hannah, das in einer Klarsichtfolie in der Akte abgeheftet war. Darauf war sie etwa zehn Jahre alt und trug eine Schuluniform. Sie hatte dieselben dunklen Haare wie Corinna und sah ihr ohne Zweifel sehr ähnlich. Moritz konnte nicht fassen, dass er wirklich auf diese unsichtbare Grenze zwischen biologischer Abstammung und rechtlicher Anerkennung seiner angeblichen Cousine gestoßen war. Das Schicksal hatte ihm eine Trumpfkarte in die Hände gespielt.

Er sank in einen Sessel und starrte auf das Foto. Ein Kloß bildete sich in seinem Hals und er spürte eine Wut auf seine Tante und auf den Notar, diesen Dr. Mettmann, die ihn, die ganze Familie über diese Zusammenhänge im Unklaren gelassen hatten. Oder ob Mettmann am Ende von den Umständen, die Hannahs Geburt betrafen, gar nichts gewusst hatte? Vielleicht legte der Notar aber auch nur Wert darauf, diesen Anschein zu erwecken. Ein Bedürfnis, das für Moritz sofort auf größtes Verständnis traf. Bei Naturellen, die stark zum Repräsentativen neigten wie Moritz selbst, kam dem schönen Schein von Jugend an ein hoher Rang zu. Aber hier ging es nicht nur um Schein, hier ging es um Geld, genauer gesagt um viel Geld und da hörte das Verständnis für die Verhaltensweisen anderer bei ihm auch schon wieder auf. Er hatte nie darüber nachgedacht, wie kompliziert und feinsinnig das deutsche Rechtssystem sein konnte, bis er jetzt mit dieser erfreulichen Realität konfrontiert wurde.

Moritz atmete hörbar aus und ein, während er das amtliche Schreiben ansah und erkannte, dass darin noch viel mehr Zerstörungskraft steckte, als er im ersten Moment begriffen hatte. »Ich schicke dieses Mädchen wieder dahin zurück, wo es hergekommen ist«, sagte er mit einem listigen Lächeln. Denn er war sicher, in diesem Moment einen lange gefassten Plan zu durchschauen. Ob er am Ende von dieser Amidah Aleeke ausgeheckt worden war? Womöglich doch gemeinsam mit unserem Freund Mettmann?

Er würde es jedenfalls keineswegs zulassen, dass Hannah aufgrund eines sittenwidrigen Testaments zur Erbin des gesamten Vermögens würde und dass ihm sein rechtmäßiger Anteil verwehrt bliebe. Er würde kämpfen, um sich das Recht zusprechen zu lassen, das ihm als Corinnas Neffe zustand. Mit wem konnte er diese ungeheuerlichen neuen Erkenntnisse bloß teilen? Es könnte sicher nichts schaden, jemanden vor Ort in Tansania zu haben, der dort weitere Nachforschungen in der Angelegenheit anstellte. Von einem neuen Tatendrang und Mitteilungsbedürfnis erfasst, griff Moritz nach seinem Telefon und wählte Isabelles Nummer. Es tutete drei Mal, aber zu seiner Enttäuschung erreichte er nur ihre Mailbox.

Isabelle

hre stolze Haltung und ihre spiegelnde Glatze, die sonst von einem
Tuch bedeckt war, verrieten mir, dass die Frau, die so unerwartet im
Eingang des Farmhauses stand, eine Massai war. Je glänzender die
Kopfhaut, umso höher geachtet und bewundert wurden die Frauen in
ihrer Gemeinschaft, das wusste ich bereits von Zahir. Sie sagte: »Mrs Isa-
belle, ich muss mit Ihnen sprechen.«

Es war Amidah Aleeke, die Leihmutter, die Hannah zur Welt gebracht hatte, und die Frau, die mir geholfen hatte, indem sie mir zur
Picking-Methode für die Kaffeeernte geraten hatte. Ich spürte sofort,
dass etwas nicht stimmte, als sie vor mir in der Eingangshalle des Farmhauses stand.

Amidah wirkte aufgebracht, ihre Augen strahlten einen Mix aus
Wut, Schmerz und Verwirrung aus und dennoch verlor sie nichts von
ihrem Stolz. Ihr eigentümlicher Stil war nicht gekünstelt und auch keinem anderen Wesen nachgeahmt, vielmehr wirkte ihre passiv arrogan-
te Art von innen gewachsen. Ich atmete tief durch, bevor ich mich ihr
näherte.

»Amidah«, begann ich vorsichtig, »ich habe dich schon vor Kurzem
im Farmhaus gesehen, in meinem Arbeitszimmer. Was hast du dort
gesucht?«

Sie zuckte leicht zusammen und vermied meinen Blick. Ein Moment
der Stille breitete sich zwischen uns aus. »Es ist nichts, ich …« Sie brach
ab und schluckte hart.

»Amidah«, wiederholte ich, diesmal mit Nachdruck, »du weißt, dass
das hier mein Privatbereich ist. Was hast du dort gewollt?«

Sie atmete tief durch und schaute mich direkt an, ihre Augen verrieten keine Regung. »Hannah hat mir am Telefon erzählt, dass es einen
Brief gibt, in dem die deutschen Behörden sie nicht als Corinnas Tochter anerkennen, sondern als die meine. Ich musste wissen, ob das wahr
ist.«

Ich spürte, wie sich mein Magen zusammenzog. »Und? Hast du den
Brief gefunden?«

»Nein«, flüsterte sie, »aber ich musste es versuchen. Ich musste wissen, ob es stimmt, ob Hannah wirklich als mein Kind anerkannt wurde. Nach all den Jahren, in denen ich mich gefragt habe, ob ich gar keine Rechte habe …« Ihre Stimme brach und sie blickte zu Boden.

Es war eine Offenbarung, die mich tief berührte. Dieses Geheimnis, das zwischen uns stand, schien nun wie eine riesige Kluft. Doch ich wusste, dass wir es gemeinsam überbrücken mussten. »Lass uns das klären«, sagte ich sanft. »Wir finden einen Weg.«

Aber sie wich zurück und hob den Kopf. Amidah sah Hannah als ihre Tochter an und forderte, dass sie zu ihr zurückkehren solle. Ihr Blick traf mich mit einer Wucht, der mir den Atem raubte. Das Kinn vorgereckt, als wolle sie mir bedeuten, dass sie hier nicht als Bittstellerin auftrat, sondern mit ihrer vollkommenen spöttischen Haltung nur ihr Recht einforderte. Ich spürte, wie sich ein Knoten in meinem Magen zusammenzog. Wie konnte ich jemals zwischen ihr und Hannah stehen? War es moralisch vertretbar, dieses Mädchen von der Frau zu trennen, die sie auf die Welt gebracht hatte? Aber nicht ich war es, die es so entschieden hatte, sondern meine Tante.

Frank und ich tauschten einen flüchtigen Blick aus, der unsere Unsicherheit und die Schwere der Situation widerspiegelte. Ich hatte den richtigen Zeitpunkt verpasst, ihm von dieser Sache zu erzählen, aber zu meiner Verteidigung konnte ich vorbringen: Schließlich kannte ich ihn erst seit einem Tag. Es war aber auch klar, dass ich mich dem Gespräch mit Amidah stellen musste und vielleicht war Franks Anwesenheit als unabhängiger Zeuge sogar hilfreich. Ich fragte Amidah, ob sie nicht ins Wohnzimmer kommen wollte, doch sie lehnte ab, also blieben wir in der Eingangshalle stehen.

»Amidah, ich verstehe deine Gefühle und deinen Wunsch, Hannah bei dir zu haben«, begann ich zögernd, meine Stimme von Unsicherheit gezeichnet. Die dunklen Augen, die mich anblickten, ohne Emotionen zu verraten, erinnerten an zwei schwarze Mosaiksteine. »Aber du musst auch verstehen, dass wir uns um Hannah gekümmert haben und sie jetzt auch ein Teil unserer Familie ist. Wir haben sie lieben gelernt und wollen, dass sie glücklich wird.«

Amidahs Blick wirkte noch immer so, als würde sie mir nicht trauen, aber sie schien meine Worte anzuhören und darüber nachzudenken.

Ihre Stimme klang fest und ließ doch ihre Verzweiflung erkennen, als sie antwortete: »Es mag sein, dass ihr Hannah liebt und euch um sie kümmert. Aber sie ist mein Fleisch und Blut. Ich kann sie nicht einfach gehen lassen, ohne zu wissen, ob es ihr gut geht.«

Ich spürte ihren Schmerz und konnte ihre Sorge um Hannah nachvollziehen. Es war ein zerreißender Konflikt, der uns beide in diesem Moment erfasste. Ich suchte nach den richtigen Worten, um ihre Ängste zu mildern, ohne dabei meine eigene Unsicherheit zu leugnen.

»Amidah, ich versichere dir, dass wir Hannah niemals Leid zufügen würden. Sie ist ein Teil unserer Familie geworden und wir werden immer für sie da sein. So wie ich das Testament meiner Tante verstanden habe, verliert sie alle ihre Ansprüche auf das Erbe, wenn sie Deutschland vor ihrem einundzwanzigsten Lebensjahr verlässt. Corinna hat diesen Aspekt des Testaments nicht ohne Grund festgelegt. Sie wollte vielleicht sicherstellen, dass Hannah eine stabile Umgebung hat, um ihr Erbe zu erhalten und ihr Leben zu gestalten.«

Amidahs dunkle Augen blitzten unerwartet wütend auf. »Das hat sich Corinna mit Absicht ausgedacht, um sie mir für immer wegzunehmen. Sie hat gehofft, dass Hannah dann so sehr an das Leben in Deutschland gewöhnt ist, dass sie nie mehr zu mir zurückkommt.«

Sie redete weiter und ich wünschte, ich hätte mir nicht anhören müssen, was sie über Corinna sagte, doch nun stand sie hier und es gab kein Entrinnen.

»Ich kann mich noch gut an mein Gespräch mit Corinna erinnern, als ich sie angefleht habe, den Kontakt mit Hannah zu erlauben. Corinna schaute mich immer nur aus leeren Augen an, mitleidslos und ohne jede Regung. Ich war lediglich ihr Werkzeug, ihre Gebärmaschine für ein Projekt, das sie sich irgendwann in den Kopf gesetzt hatte, so wie die Produktion einer neuen Kaffeesorte. Sie hat sich nicht für mich interessiert, nicht für meine Schmerzen, meine Ängste, meine Einsamkeit, weil ich aufgrund dieser Situation auch noch von meinen eigenen Leuten ausgegrenzt wurde. Diese Frau kreiste nur um sich selbst und in mir hat sie ein Mittel zum Zweck gesehen, das sie bezahlte und das funktionieren musste.«

»Das ist furchtbar«, sagte ich. »Es tut mir leid, was du ertragen musstest.« Mein Herz schlug schnell und meine Hände waren feucht vor

Nervosität und Scham über diese Seite meiner Tante, die ich früher niemals gekannt hatte. Es war kaum möglich, jetzt die richtigen Worte zu finden. Ich warf Frank einen Hilfe suchenden Blick zu. Er hatte sich auf die Holzbank gesetzt, die unter der Garderobe stand und normalerweise als Platz gedacht war, auf dem man die Schuhe an- und ausziehen konnte. Wir Frauen waren mitten in der Eingangshalle stehen geblieben, fast wie zwei Kämpferinnen. Mit Amidah einen Kampf auszufechten, war aber tatsächlich das Letzte, was ich wollte. Vermutlich hätte ich längst selbst das Gespräch mit ihr suchen sollen, warf ich mir insgeheim vor. Wieder sah ich zu Frank, auch er wirkte aufgewühlt von diesen Schilderungen, seine Augen zeigten, dass er lebhaft Anteil nahm, aber er mischte sich nicht ein.

»Amidah, bitte hör mir zu«, begann ich mit leiser Stimme. »Ich weiß, dass du Hannah liebst. Aber wäre es nicht besser für sie, wenn sie in Deutschland zur Schule geht und sogar studieren kann?«

Amidah senkte nicht den Blick und obwohl ihr anzusehen war, wie sehr sie sich beherrschen musste, blieb ihre Stimme ruhig. »Ich kann es nicht ertragen, Hannah nicht zu sehen. Sie ist ein Teil von mir, von uns. Sie gehört hierher.«

Ich spürte einen Stich in meinem Herzen und versuchte, meine eigenen Emotionen zu kontrollieren. »Ich verstehe, Amidah. Du hast alles getan, um Hannah zu schützen und für sie zu sorgen, du hast sie geboren. Aber sie ist jetzt in Deutschland, in einer anderen Welt.«

Amidah sah mich fest an, ihre Augen voller Entschlossenheit, die herausfordernd geschwungene Kinnlade erhoben. »Ich will sie zurück. Ich möchte, dass sie bei mir aufwächst, dass sie unsere Kultur und unsere Werte kennt. Ich kann ihr eine gute Mutter sein.«

Ich atmete tief durch und spürte den Kampf zwischen meinem Gewissen und der Verpflichtung aus der Bestimmung im Testament meiner Tante. »Amidah, du musst verstehen, dass Hannah jetzt in Deutschland aufwächst. Sie hat eine Familie, die sich um sie kümmert. Eine Familie, die sie liebt.«

»Aber ich bin ihre biologische Mutter. Ich habe sie neun Monate lang ausgetragen und für sie gesorgt. Das kann ich nicht einfach aufgeben.«

Ich trat einen Schritt näher und legte sanft meine Hand auf Amidahs Arm. Sie wich nicht zurück, aber ihr Blick bedeutete mir, den Abstand zu wahren, und ich ließ meine Hand sinken. »Amidah, ich weiß, dass das schwer ist. Aber wir müssen das Wohl von Hannah im Blick behalten. Wir müssen in ihrem besten Interesse handeln und ihr ermöglichen, in einer stabilen Umgebung aufzuwachsen.«

Sie schaute mich nicht verzweifelt an. Obwohl das, was sie jetzt sagte, geeignet gewesen wäre, jeden Menschen in tiefe Hoffnungslosigkeit zu versetzen. »Ich habe das Geld, das Corinna mir gegeben hat, dringend gebraucht, um meine anderen Kinder zu ernähren. Ich habe Kühe gekauft, damit meine Familie überleben kann. Aber inzwischen sind die meisten Rinder gestorben, sie haben die Dürren nicht überstanden. Mir ist nur noch eine Kuh und ein mageres Kalb geblieben, von dem ich nicht weiß, ob es überlebt.«

Ich spürte den Kloß in meinem Hals und die Tränen stiegen mir in die Augen. Woher nahm sie die Kraft, ihre Lebensgrundlage angesichts der hoffnungslosen Situation zu verteidigen? Mir wurde bewusst, dass ich sie unterstützen wollte, aber gleichzeitig hatte ich die Befürchtung, dass sie keine Hilfe von mir annehmen würde. Ich musste mir etwas einfallen lassen. »Amidiah, ich verstehe deinen Kampf. Aber wir müssen die Entscheidungen, die wir getroffen haben, akzeptieren. Hannah ist jetzt in Deutschland und wir müssen ihr ermöglichen, ein glückliches und erfülltes Leben zu führen. Denke daran, dass sie in einer Umgebung aufwächst, die ihr Möglichkeiten und Chancen bietet, die sie hier in Tansania vielleicht nicht hätte. Wir werden ihr die beste Ausbildung ermöglichen und sie mit Liebe umgeben.«

Amidahs Blick wanderte zwischen Frank und mir hin und her, als sie meine Worte in sich aufnahm. Frank hatte die ganze Zeit geschwiegen, aber sein Gesicht zeigte, wie ihn die Situation bewegte. Ein wenig hatte ich gehofft, dass er sich auf meine Seite schlagen würde, aber womöglich hätte diese Übermacht bei Amidah noch mehr Gegenwehr bewirkt.

Ich konnte sehen, wie sehr Amidah mit sich rang, wie schwer es ihr fiel, ihre geliebte Tochter gehen zu lassen. Doch schließlich senkte sie den Blick und ein Hauch von Resignation lag in ihrer Stimme, als sie sagte: »Ich möchte nur das Beste für Hannah. Wenn ihr versprecht, dass sie ein gutes Leben haben wird und ihr sie nicht vergesst, dann kann ich nichts dagegen tun. Aber ich werde sie immer in meinem Herzen tragen.«

Ich spürte eine Mischung aus Erleichterung und Trauer. Wir hatten eine Entscheidung getroffen, die zwar schmerzhaft war, aber im Interesse von Hannah lag. Es würde Zeit brauchen, um die Wunden zu heilen und einen neuen Weg als Familie zu finden. Doch ich hoffte, dass Amidah mit der Zeit verstehen würde, dass Hannah bei uns die Liebe und Fürsorge erfahren würde, die sie verdiente.

Wir verabschiedeten uns von Amidah und als Zeichen des Respekts und der Dankbarkeit für ihre schwierige Entscheidung versprach ich ihr, dafür zu sorgen, dass sie regelmäßig über alles, was Hannah betraf, Bescheid wusste.

Frank und ich gingen in die Küche und ich verstaute das Obst, das wir unterwegs gekauft hatten.

»Möchtest du noch etwas essen?«, fragte ich ihn. »Ich nehme an, du musst heute noch weiterfliegen, oder?« Insgeheim hoffte ich natürlich, dass die Antwort »Nein« lautete. Frank starrte aus dem Fenster in die Ferne, seine Miene angespannt.

»Oder einen Kaffee?« Er nickte langsam. Ich spürte, dass er etwas auf dem Herzen hatte, wartete geduldig darauf, dass er seine Gedanken in Worte fasste, und drehte mich zu Corinnas »Altar« um. Welche der vielen Maschinen sollte ich wählen? Seit ich hier war, hatte ich mich von einer reinen Teetrinkerin zur gelegentlichen Kaffeetrinkerin entwickelt, allein um das Produkt unserer hingebungsvollen Pflege und Ernte zu kosten. Ich entschied mich für eine ganz traditionelle, nahm eine Handvoll unserer eigenen frisch gerösteten Arabica-Kaffeebohnen und mahlte sie mit einer traditionellen Mühle zu einem groben Pulver. Das Mahlen der Bohnen erzeugte ein beruhigendes Geräusch und ich merkte, wie sich mein Puls verlangsamte. Sorgfältig füllte ich das gemahlene Kaffeepulver auf das Metallsieb in der unteren Kammer der Kaffeemaschine. Ich drückte es sanft mit einem kleinen Stößel fest, um sicherzustellen, dass der Kaffee gleichmäßig verteilt war und sich das volle Aroma entfalten konnte.

»Was ist der Hintergrund dieser ganzen Situation mit Amidah?«, fragte Frank vorsichtig.

Sobald der Kaffee richtig platziert war, setzte ich den oberen Behälter auf die Maschine und entzündete vorsichtig das darunterliegende Feuer. Die Flammen züngelten an den Seiten der Maschine empor und sorgten für eine langsame und gleichmäßige Erhitzung des Wassers.

Während der Kaffee langsam aufbrühte, beobachtete ich gespannt den aufsteigenden Dampf und lauschte dem leisen Zischen, das durch die Maschine drang. Dieses Ritual der Kaffeezubereitung war für mich ein Moment der Ruhe und der Verbundenheit mit der Mawingu-Farm, den Pflückerinnen und vielleicht auch mit Corinna. Gab es eine Möglichkeit, sie nach all dem, was nach und nach über meine Tante zutage trat, noch gernzuhaben? War es möglich, ihrem Andenken und gleichzeitig Hannahs und Amidahs Ansprüchen gerecht zu werden?

Der Duft von frisch gebrühtem Kaffee erfüllte den Raum und verlieh der Atmosphäre eine beruhigende Wärme. Ich begann, Tassen aus dem Schrank zu nehmen, als Frank mich mit ernstem Blick ansprach. »Willst du nicht darüber sprechen?«

Ich atmete tief durch und begann, die Geschichte zu erzählen.

»Erst nach Corinnas Tod habe ich von Hannahs Existenz erfahren«, begann ich mit leiser Stimme. »Sie hat sich vom Frankfurter Flughafen aus bei meiner Mutter gemeldet, ich war am Telefon und wir haben sie natürlich sofort abgeholt. Sie lebt jetzt mit meiner Mutter in der Villa meiner Tante, vielmehr gehört es Corinna ja gar nicht mehr. Die beiden haben das Anwesen geerbt und wenn Hannah bis zu ihrem einundzwanzigsten Geburtstag in Deutschland bleibt, erbt sie zusätzlich das gesamte Vermögen meiner Tante.«

Als er mich nur fragend ansah, fügte ich hinzu, »was nicht gerade unbeträchtlich ist«.

Frank sah einen Moment lang auf seine Schwielen auf den Handflächen, dann hob er den Kopf.

»Das klingt absurd.«

»Ja, und es wird noch absurder.«

Endlich war der Kaffee fertig aufgebrüht. Ich nahm eine traditionelle Keramiktasse, die mit kunstvollen Mustern verziert war, und goss den duftenden, kräftigen Kaffee ein. Der erste Schluck belebte meine Sinne und umhüllte mich mit den reichen Geschmacksnoten der tansanischen Bohnen.

»Es war ein schockierender Moment für mich, als ich hier auf der Farm den Leihmuttervertrag gefunden habe. Ich konnte es kaum glauben. Sie hat Amidah dreitausend Dollar bezahlt, damit sie sich eine befruchtete Eizelle einsetzen lässt und für sie ein Kind austrägt.«

Frank starrte mich ungläubig an, sein Gesichtsausdruck war von Erstaunen und Empörung geprägt. »Das kann doch alles nicht wahr sein! Erstens ist das ein lächerlicher Betrag, in den USA werden sechsstellige Summen für die Vermittlung von Leihmüttern gezahlt, wobei natürlich auch viel bei den Agenturen hängen bleibt. Zweitens klingt das Vorgehen deiner Tante wie eine Wiederbelebung der postkolonialen Strukturen. Wie ist das möglich? Und warum hat Corinna dir das verschwiegen?«

Ich seufzte und versuchte, meine eigenen Emotionen in Schach zu halten. »Ich denke, Corinna hatte ihre Gründe, Frank. Vielleicht dachte sie, es sei besser für sie oder auch für uns, wenn wir nichts von Hannah erfahren. Ich vermute, dass ihr vollkommen bewusst war, dass sie damit gegen deutsche Gesetze verstieß. In Deutschland ist Leihmutterschaft verboten.«

»Ja, ich weiß. Und das ist auch richtig so.« Frank schüttelte den Kopf und setzte sich an den Küchentisch. »Ich habe mich nie eingehend damit beschäftigt, aber dass sie euch dann die Existenz des Mädchens ganz und gar verschwiegen hat, zeigt ja, wie sehr sie sich ihrer Unmoral bewusst war! Wie alt ist das Kind denn?«

»Vierzehn.«

»Vierzehn Jahre lang hat sie euch nichts gesagt?« Jetzt wurde seine Stimme lauter, als er womöglich beabsichtigte. Aber ich konnte seine Fassungslosigkeit verstehen. Mir war es nicht anders gegangen. »Ich glaube, ich habe Corinna ganz falsch eingeschätzt.«

Ich nahm einen Schluck Kaffee, um meine Nervosität zu lindern, bevor ich weitersprach. »Ich war genauso schockiert wie du und meine Mutter natürlich auch. Du musst bedenken, sie ist die Zwillingsschwester von Corinna und sie standen sich sehr nah. Es war ein Fehler von Corinna, uns die Wahrheit vorzuenthalten.« Mir kam plötzlich ein Gedanke und ich fragte: »Du warst doch öfter hier auf der Farm. Hast du ihre Tochter denn hier niemals gesehen?«

Frank schüttelte den Kopf. »Nein, daran würde ich mich erinnern.«

»Es ist verrückt.« Ich wischte mir mit der Hand über das Gesicht. »Aber jetzt müssen wir das Beste aus dieser Situation machen und für Hannah da sein.«

Frank starrte auf seine Kaffeetasse, seine Hände umklammerten sie fest. »Du verstehst nicht, wie es für Amidah ist«, begann er schließlich mit ernster Stimme. »Hannah gehört zu ihr, zu ihrer Kultur, zu ihrer Heimat. Es ist nicht richtig, dass sie aus ihrer gewohnten Umgebung gerissen und nach Deutschland gebracht wurde.«

Ich seufzte und nickte langsam. »Sie wurde ja nicht nach Deutschland gebracht, sie ist von alleine gekommen. Aber ich verstehe deine Sorge. Es ist eine schwierige Entscheidung, doch die habe letztlich nicht ich getroffen, sondern meine Tante und auch Hannah selbst. Corinna wollte Hannah eine Chance auf ein besseres Leben bieten, mit mehr Möglichkeiten und einer stabilen Zukunft.«

Frank schaute mich intensiv an, sein Blick voller Emotionen. »Ich weiß, dass du das Beste für Hannah willst. Bei Corinna bin ich mir nicht mehr so sicher, ob sie nicht eher aus Eigennutz gehandelt hat, sie hatte ziemlich exzentrische Züge. Es hört sich nach einer perfiden Regelung in ihrem Testament an. Und was ist mit Amidah? Was ist mit ihrer Liebe und ihrer Verbindung zu Hannah? Du kannst nicht einfach darüber hinwegsehen!«

Ich fühlte, wie sich meine eigene Unsicherheit in mir regte. »Frank, ich weiß, dass Amidah eine starke Bindung zu Hannah hat.« Dabei merkte ich selbst, wie widersprüchlich meine Gefühle waren. Ich seufzte und senkte meinen Blick. »Ich habe Hannahs Glück und Wohl im Sinn gehabt. Wenn ich sie nach Tansania zurückgebracht hätte, wäre das Vermögen meiner Tante für sie verloren und ihre große Chance vertan. Es hätte sie in eine unsichere Zukunft gestürzt. Aber so wird Hannah eines Tages in der Lage sein, auch Amidah und ihren Halbgeschwistern zu helfen, vielleicht sogar der gesamten Gemeinschaft.«

Er blickte mich ungläubig an. »Ist das Vermögen wichtiger als Hannahs Wurzeln und ihre kulturelle Identität?«

»Aber wir müssen doch die Realität berücksichtigen. Hannah ist jetzt in Deutschland, sie hat dort eine Familie, die sich um sie kümmert.«

Frank sprang auf und begann aufgeregt umherzulaufen. »Was ist mit ihrer kulturellen Identität? Was ist mit ihrem Recht, ihre Wurzeln zu kennen? Das kannst du ihr nicht einfach nehmen.«

Ich trat näher und legte meine Hand auf seine Schulter, um seine Aufmerksamkeit zu gewinnen. »Frank, ich verstehe deine Sorge um

Hannahs kulturelles Selbstverständnis. Aber schau dir doch einmal die Riesenchancen an, die ihr in Deutschland geboten werden. Sie kann immer noch ihre Wurzeln kennenlernen und ihre Traditionen schätzen, auch wenn sie in einer anderen Umgebung aufwächst. Und bis dahin werde ich versuchen, Amidah und ihre Familie zu unterstützen, soweit ich es vermag, ohne sie zu kränken.«

Frank sah mich skeptisch an, schwieg, also sprach ich weiter.

»Und ich weiß, dass es keine einfache Lösung gibt. Aber ich muss Hannahs Wohl im Blick behalten. Wir müssen ihr die Möglichkeit geben, eine stabile und liebevolle Umgebung zu haben, den finanziellen Hintergrund, um ihr eigenes Leben zu gestalten und später selbst entscheiden zu können. Es wäre einfach nicht richtig, ihr diese Chance zu nehmen.«

Er stand auf und an seinem Gesichtsausdruck sah ich, dass jetzt die Stunde des Abschieds gekommen war. Als ich ihn betrachtete, fragte ich mich, ob er nach seiner Auswanderung von seinen Freunden, seiner Frau, seinen Kindern nicht schmerzlich vermisst wurde. Oftmals blieben solche Menschen für immer Ausgestoßene und gehörten nirgends mehr richtig dazu. In seinem markanten, wettergegerbten Gesicht glaubte ich in diesem Moment eine Spur von Heimatlosigkeit zu erkennen und von Verletzlichkeit. Vielleicht wurde er von Schuldgefühlen geplagt, weil er vor seinem Leben in England davongelaufen war. Ich wollte Frank umarmen, seinen sehnigen und kräftigen Körper ganz nah an meinem spüren, aber keiner von uns rührte sich. Der Zauber war gebrochen. Kühle Luft strömte durch das Fenster und ich seufzte.

So hatte ich mir den letzten Nachmittag mit ihm nicht vorgestellt. Die Auseinandersetzung hatte unseren unausgesprochenen Wunsch, uns nochmals zu lieben, durchkreuzt und nun war die Stimmung so unterkühlt, dass es keiner von uns mehr wagte, daran zu erinnern. Auch ich stand also auf und fragte, ob er noch etwas zu essen einpacken wollte. Bis auf ein paar trockene Kekse nahm er nichts an.

»Ich fahr dich runter zur Piste«, sagte ich und er nickte. Kein Liebesrausch mehr, keine Umarmung, kein Kuss, nur ein Nicken. Wir stiegen ein und ich fuhr die geteerte Straße zu dem kleinen Flugplatz mit einem schrecklichen Gefühl entlang: Unsere Zukunft flog gleich davon, in entgegengesetzte Richtungen.

Moritz

Moritz saß an seinem Schreibtisch und starrte auf den Bildschirm seines Laptops. Die Ringe unter seinen müden Augen zeugten von den schlaflosen Nächten, die er in den letzten Tagen verbracht hatte. Nachdem Hannah so naiv gewesen war, ihm mitzuteilen, dass nicht Corinna sie auf die Welt gebracht hatte, hatte er unzählige Stunden darauf verwandt, erst in der Villa Waldeck nach Hinweisen und dann im Internet nach Informationen zu suchen und sich mit den rechtlichen Bestimmungen auseinanderzusetzen. Das Ergebnis seiner Recherche war verblüffend. Nachdem Hannah in einer Klinik in Daressalam von einer tansanischen Staatsangehörigen zur Welt gebracht worden war, wurde sie in Deutschland nicht automatisch als Corinnas rechtliche Tochter anerkannt, selbst wenn sie deren leibliche Tochter sein sollte. Moritz hatte natürlich während seiner Recherchen gehofft, dass er aufgrund dieser besonderen Umstände das Testament von Corinna anfechten könnte. Und jetzt sah er einen Hoffnungsschimmer.

Die rechtliche Situation bei Leihmutterschaften war kompliziert und in Deutschland nicht eindeutig geregelt. Moritz fand heraus, dass eine Leihmutterschaft nach deutschem Recht als sittenwidrig und somit als nichtig angesehen wurde. Dies bedeutete, dass die genetische Abstammung allein nicht ausreichte, um die rechtliche Elternschaft zu begründen. Das Mosaik aus den verschiedenen kleinen Informationen, die er im Internet gesammelt hatte, beschäftigte ihn so sehr, dass er sich im Büro krankgemeldet hatte.

Moritz seufzte und rieb sich die Schläfen. Es schien, als hätten alle seine Hoffnungen, das Testament anzufechten und zumindest einen Teil des Erbes für sich zu beanspruchen, nun eine konkrete Grundlage. Obwohl Hannah das biologische Kind Corinnas war, hatte sie möglicherweise kein Anrecht auf das Erbe.

Ein Gefühl des Triumphs überkam ihn. Er hatte so sehr gehofft, dass dieses Ereignis sein Leben verändern würde, dass er endlich aus dem Schatten seiner erfolgreichen Tante heraustreten könnte. Und nun schien der Traum in greifbarer Nähe zu sein.

Er stand auf, streckte sich ausgiebig, ging zu seiner Bar, die inzwischen eher schlecht sortiert war, da er schon lange keinen Besuch mehr empfangen hatte, schenkte sich ein Glas zimmerwarmen Gin ein – Tonic gab es nicht mehr – und trank es in einem Zug leer. Dann nahm er ein gerahmtes Foto vom Regal und setzte sich damit auf sein viel benutztes Ledersofa. Es war eines der üblichen Familienbilder, vier Personen, die in die Kamera schauten und sich bemühten, glückliche Gesichter zu machen. Isabelle trug ein Sommerkleid und hatte Zöpfe, Moritz in kurzen Hosen und gestreiftem Polo. Außerdem ihre Eltern. Was seine Aufmerksamkeit fesselte, war das Auto, das neben ihnen stand, es war ein Jaguar E-Type und sein Vater hatte die Hand auf die Fahrertür gelegt, als sei es sein Wagen. Dabei hätte er sich als Leiter der kleinen Sparkassenfiliale solch einen Luxussportwagen niemals leisten können. Und dazu war er auch viel zu spießig!, dachte Moritz verächtlich. Er stellte das Foto wieder auf das Regal und scrollte auf seinem Handy durch die letzten Aufnahmen aus Monaco, das Selfie, das er von sich und Lizzy gemacht hatte, im Hintergrund die Lichter von Monte Carlo. Er konnte sich nichts Schickeres vorstellen, als mit einem Zwölf-Zylinder-Jaguar nach Südfrankreich zu fahren, wo die Luft nach Kiefernnadeln duftete, in eine Welt voller Sonnenschein, wo man unter freiem Himmel picknicken und im azurblauen Mittelmeer baden konnte. Er dachte an Liebe am Nachmittag, Lizzys Küsse, so süß wie reife Pfirsiche, bei halb geschlossenen Fensterläden, Rosé-selige Abende in einem der pittoresken französischen Restaurants. Aber vor seinen Augen lief ein Eis schleckendes junges Mädchen mit langen braunen Haaren vorbei. Hannah!

Jäh aus seinem Tagtraum gerissen, beschloss er, sich an einen Anwalt zu wenden, der auf Familienrecht spezialisiert war, um weitere Möglichkeiten zu erkunden. Vielleicht gab es noch eine Chance, seinen gerechten Teil einzuklagen.

Mit neuen Hoffnungen und einem Funken Entschlossenheit in den Augen legte Moritz sein Handy weg. Er wusste, dass er einen langen und vermutlich mühsamen Kampf vor sich hatte, aber er würde alles tun, um für sein Recht einzustehen und sich zu holen, was er verdiente.

Die Zukunft war ungewiss, aber Moritz war fest entschlossen, die

Wahrheit ans Licht zu bringen. Die Geschichte war noch nicht zu Ende und er würde alles daransetzen, um den Ausgang zu beeinflussen.

Mit diesem Gedanken verließ Moritz seine Wohnung, um sich bei einem gut gekühlten Bier nach dem besten Familienrechtsanwalt Münchens umzuhören.

Isabelle

Am nächsten Abend, als die Dunkelheit über die Farm hereinbrach, fand ich mich allein im Schlafzimmer meiner Tante wieder. Ich hatte schon an einigen Abenden bemerkt, wie das Leben hier auf Mawingu zu manchen Zeiten sehr einsam sein konnte. Heute war die tiefe Stille erdrückend und das Gefühl eines Vakuums beherrschte mein Innerstes. Ich vermisste Frank mit jeder Faser meines Seins und ein tiefes Sehnen nach seiner Gegenwart wollte nicht weichen.

Die Erinnerungen an die gemeinsamen Momente waren noch frisch und ich vermisste diese köstliche Droge des Begehrtwerdens. Ich versuchte, die lebhaften Gespräche, die Visionen für Mawingu, die wir geteilt, und die Verbindung, die wir in so kurzer Zeit aufgebaut hatten, abzurufen und dabei die schreckliche Konfrontation mit Amidah auszublenden.

Nun, da er fort war, spürte ich eine Leere und eine Scham über die Tat meiner Tante, die schwer auf meiner Seele lastete, und ich glaubte, fast vor Sehnsucht nach seiner Nähe verrückt zu werden.

Ich saß auf dem Bett und umklammerte das Kissen, auf dem Frank gelegen hatte. Sein Duft hing immer noch daran und weckte Erinnerungen an seine warmen Umarmungen. Statt meinem bisherigen Leben nachzutrauern oder auch nur einen Funken von Sehnsucht nach München, nach Christoph, nach Alex oder meinem Büro zu fühlen, spürte ich nur eine stumme Suche nach dieser nie gekannten inneren Verbundenheit mit Frank.

Die materielle Absicherung, meine Neigung, mich dem Lebensstil des anderen zu fügen, hatten mich jahrelang mit einer Art Bann belegt. Sie war eine Form von Erziehungsschaden, zu dem meine Mutter ihrerseits erzogen worden war, ein uralter Reflex, und es hatte mich viel Überwindung gekostet, mich daraus zu befreien und mein eigenes Architekturbüro zu gründen. Aber war das wirklich eine Befreiung? Seinerseits war Christoph, waren die deutschen Männer sich noch viel zu sehr ihrer Privilegien bewusst, als dass sie sie freiwillig aufgeben würden. Nach zwanzig Jahren an Christophs Seite war doch immer ich es, die seine Hemden und Unterhosen wusch, seine Socken aus irgendeiner Ecke auflas, die einkaufte, bügelte, ihr Buch oder den Laptop zuklappte, wenn sie sein Auto hörte, und ihn anrief, wenn ein berufsbedingtes Abendessen länger dauerte. Wo er doch umgekehrt nie das Gleiche für mich tat! Ich hielt mich für eine aufgeklärte berufstätige Frau und dabei war ich all die Jahre nur eine Hausfrau, die außerdem noch einen Beruf ausübte. Und Christoph gelang es scheinbar mühelos, sich meine bedingungslose Ergebenheit zu sichern, weil er meisterhaft darin war, mir und allen das Bild eines Mannes zu vermitteln, der darauf gar keinen Wert legte.

Ich sog wieder den Geruch von Frank aus dem Kissen ein. Es war ein markanter Duft, sicher mit einer Spur Flugbenzin versetzt, der sofort Assoziationen an die Überquerung von weiten Landschaften und unberührter Natur hervorrief, aber es lag auch ein Hauch von Wildheit und Unabhängigkeit darin. Meine Gedanken schweiften zu der gestrigen Nacht ab. Die Sehnsucht nach Frank schien mich zu erdrücken und ich fühlte mich hilflos und verletzlich. In meiner Verzweiflung griff ich nach meinem Handy und wählte seine Nummer. Doch statt seiner vertrauten Stimme hörte ich nur das Piepsen des Anrufbeantworters. Eine Welle der Einsamkeit überkam mich und brachte mich fast zum Schluchzen. Ich sehnte mich nach seiner Stimme, nach seinem Lachen, nach seiner Berührung. Kündigte sich nun darin ein Rückfall in die nächste Abhängigkeit an, die durch winzige Symptome nur derjenigen auffallen konnten, die diese Krankheit bereits durchlitten hatte? Die Stimme meiner Tante drang in meine Gedanken, als ob sie nur drei Meter von mir entfernt an ihrem Schminktisch sitzen und mich mit spöttischem Unterton verhöhnen würde.

Ach Isa, du armes Mädchen. Immer wieder abhängig von den Männern, wie ein verlorenes Kätzchen, das sich an jeden Strohhalm klammert.

Ich zuckte zusammen und richtete mich im Bett auf. Corinnas Stimme klang so real, dass ich fast hätte glauben können, sie sei hier bei mir im Zimmer. *Tante Corinna? Bist du das?* Ich dachte diese Worte nur und prompt bildete ich mir ein, ihre Antwort zu hören.

Ja, meine Liebe, wer denn sonst? Ich dachte, jemand muss dir einmal die Wahrheit sagen und dir deine Unzulänglichkeiten ins Gesicht schleudern.

Ich konnte die Verachtung in ihrer Stimme förmlich spüren und fröstelte. So hatte ich meine Tante noch nie reden gehört. Es stimmte schon, sie hatte immer eine gewisse Überheblichkeit an sich, als hätte sie das Recht, zu tun und zu lassen, was ihr gefiel, aber mir gegenüber war sie immer nur freundlich und liebevoll gewesen.

Warum machst du das, Corinna? Warum verhöhnst du mich? Du hast dir doch selbst deine Liebhaberinnen ausgesucht, wie es dir passte, und sie wie Wäsche gewechselt.

Die Stimme lachte höhnisch auf.

Oh, Liebes, das waren andere Zeiten. Ich wusste genau, was ich wollte, und ich habe es bekommen. Du hingegen scheinst dich immer wieder in den falschen Männern zu verlieren.

Ein Gefühl der Wut und der Ungerechtigkeit stieg in mir auf. Ich wollte mich gegen ihre Angriffe verteidigen, ihr zeigen, dass sie nicht das Recht hatte, mich zu verurteilen, ihr sagen, wie sehr sie Amidah ausgebeutet hatte. Doch zugleich fühlte ich mich klein und verletzlich, als ob sie einen wunden Punkt in mir getroffen hätte.

Das stimmt nicht! Ich habe meine eigenen Erfahrungen gemacht und versuche, mein Glück zu finden.

Du nennst das Glück, Isa? Immer wieder dieselben Fehler zu machen, dieselben Enttäuschungen zu erleben? Du bist nur eine Marionette in den Händen der Männer, mein liebes Naivchen.

Ihre Worte trafen mich tief und ich fühlte mich wie ein kleines Kind, das von seiner Tante ausgelacht wurde. Doch ich wollte nicht klein beigeben und sprach laut in den leeren Raum, während mich die Tatsache, dass ich dies tat, selbst an meinem Verstand zweifeln ließ: »Du weißt nichts über mein Leben, Corinna. Du kannst nicht beurteilen, wer ich bin und was ich durchgemacht habe.«

Ach, Isa, du arme Seele. Du glaubst wohl, du könntest aus dem Schatten meiner Erfolge heraustreten? Du wirst immer nur ein Mauerblümchendasein führen, wenn du dich wieder von jemandem abhängig machst.

Das mag für dich wichtig gewesen sein, Tante, aber für mich zählt etwas anderes. Ich suche nach Liebe, nach Verbindung, nach einem Partner, der mich versteht und unterstützt. Das ist mein Weg, nicht deiner.

Du wirst sehen, mein Kind. Du wirst dich weiterhin in den Falschen

verlieren und immer wieder auf die Nase fallen. Aber vielleicht lernst du
irgendwann aus deinen Fehlern. Kümmere dich lieber um Mawingu!
Hier kannst du wirklich etwas bewirken.

Mit diesen Worten verblasste die Stimme meiner Tante langsam und
ich war wieder allein in meinem Zimmer. Ihr Spott und ihre Verachtung hallten jedoch noch in meinen Ohren wider. Es war, als ob sie
meine Schwächen erkannt hätte und mir gnadenlos vor Augen führen
wollte. Ihre Ironie erfüllte den Raum und ließ mich mit einem bitteren
Beigeschmack zurück. Ich schloss die Augen und versuchte, mich von
dieser absurden Einbildung loszusagen. Ich musste mich selbst daran
erinnern, dass ich meine eigenen Entscheidungen treffen konnte und
dass es meine Gefühle und Bedürfnisse waren, die zählten. Die Meinung meiner Tante mochte ihre eigene Wahrheit haben, aber sie sollte
nicht meine Wahrheit bestimmen.

Langsam atmete ich tief durch und ließ die Negativität von mir abfallen. Ich stand auf und trat vor den Spiegel, aus dem mich mein ger-
ötetes Gesicht nur stumm anblickte, während ich mich wieder auf mein
eigenes Empfinden konzentrierte. Ich würde mich nicht von ihrem
Spott entmutigen lassen, sondern meinen eigenen Weg gehen und die
Liebe finden, die ich verdiente. Ihre Worte waren nur ein Echo aus der
Vergangenheit, das mich nicht länger definieren würde.

Mit einem festen Schritt verließ ich Corinnas Schlafzimmer, durchquerte den Flur, knipste das Licht im Wohnzimmer an und trat auf die
Terrasse. So gut mir die laue Abendluft und der Anblick des klaren und
funkelnden Sternenhimmels tat, so sehr hatte ich Mühe, mich heute
darauf zu konzentrieren, weil ich ununterbrochen über alles nachdenken musste, was während der beiden letzten Tage und dieser einen
Nacht geschehen war.

Über dem Äquator war der Himmel reicher als im Norden und auch
die Bewegung des Mondes nahm man hier viel deutlicher wahr als in
Europa. In den unberührten Weiten Tansanias, wo die Konturen der
Erde dem Himmel in sanften Kurven entgegenstrichen, umspielte der
Neumond die Unendlichkeit. Er war ein Phönix in der Dunkelheit,
ohne Licht und doch voller Geheimnisse, bereit, wieder aus seiner eigenen Asche zu steigen. Von Zahir wusste ich, dass der Neumond ideal
für Safaris war, denn es lagen die vielen mondhellen Nächte vor einem,

wenn man sich durch die Serengeti bewegte. Für Viehtreiber wie die Massai war die Sichel des Neumonds das Zeichen zum Aufbruch und Wechsel der Weidegründe. Der Neumond, so feinsinnig verborgen, glich einer unbemerkten Sehnsucht, die in den Herzen aller ruhte. Eine Stille, so tief und rein, die dem irdischen Leben einen Atemzug der Ruhe schenkte. Dieses Zwinkern im Augenwinkel des Universums, sein leises Flüstern zwischen den Zeiten, das mir zu verstehen gab, wie unwichtig mein einzelnes kleines Leben war, und doch fragte ich mich, ob der Mond auch Einfluss auf unser Denken und unser Schicksal nehmen konnte. Ob er Corinna in ihren Entscheidungen beeinflusst hatte, als sie zwischen Hannah und Amidah für so lange Zeit die Entfernung von fast siebentausend Kilometern gelegt hatte. Ob es wirklich ihre Absicht gewesen war, die beiden voneinander zu entfremden? Ob meine Tante wirklich so niederträchtig gewesen war?

Ich setzte mich auf die Stufen der Veranda und starrte nach oben in diese Unendlichkeit. Der Himmel über mir war ein samtiger Mantel, bestickt mit Diamanten, die in der Dunkelheit tanzten. Setzte man Eitelkeit, Macht und Egoismus einzelner Menschen, die wie im Fall von Corinna für so viel Leid sorgten, dazu in Relation, verschwanden sie in der Bedeutungslosigkeit. Die Sternbilder, als Silhouetten in der nächtlichen Dunkelheit, erzählen Geschichten alter Zeiten von Liebe und Leid. Die Kaffeefarmer ließen den Blick nach Osten zur strahlenden Spica im Sternbild der Jungfrau wandern, denn von dort kam immer der Regen und ohne Regen gab es keine Kaffeeernte. Der Große Wagen rollte in beharrlicher Ruhe durch die Nacht, während Orion der Dunkelheit trotzte, jederzeit bereit, den Himmel zu bewachen. Die Plejaden funkelten wie ein Haufen frecher Diamanten, kokett und frei, über den dunklen Konturen der Vulkane, ein Lächeln auf dem Gesicht der Nacht. So präsentierte sich in dieser Oktobernacht der Neumond über Mawingu, in stiller Harmonie mit dem universellen Tanz. Es war ein Tanz des hellen afrikanischen Lichts und gleichzeitig ein Tanz der Dunkelheit, ein stummes Gedicht der Natur, das zwischen den Zeilen das Echo der Ewigkeit trug. Eine Symphonie der Sterne, die in jedem Herzen einen Klang fand, einen leisen Takt, der uns an das unendliche Mysterium erinnerte, das uns alle verband.

In der Nacht riss mich ein scharfer Schmerz aus dem Schlaf. Er zog sich durch meinen Magen und ein unangenehmes Brennen erfüllte meinen Bauch. Instinktiv wusste ich, dass etwas nicht stimmte. Ich setzte mich hastig aufrecht im Bett auf und hielt mir den Bauch, während ich versuchte, die aufkommende Übelkeit zu unterdrücken.

Sofort erinnerte ich mich an die Samosa, die gefüllte Teigtasche, die ich mir gestern am Straßenrand gekauft hatte. Sie hatte so köstlich gerochen und so verlockend ausgesehen, dass ich nicht hatte widerstehen können. Ich hatte sie mit Vorfreude verschlungen, ohne zu ahnen, welch unangenehme Folgen sie haben würde. Es war wohl eine unglückliche Kombination von Zutaten oder mangelnder Hygiene, die meinen Magen nun zum Aufstand brachte.

Mit vorsichtigen Schritten verließ ich barfuß mein Schlafzimmer und tastete mich den dunklen Flur entlang zum Bad. Jeder Schritt war von einem quälenden Schmerz begleitet, der mich an meine Grenzen brachte. Meine Hände waren schweißnass und mein Herz pochte heftig in meiner Brust. Ich wusste, dass ich schnell ein entkrampfendes Mittel einnehmen musste, um Erleichterung zu finden.

Als ich das Badezimmer erreichte, schloss ich die Tür hinter mir, suchte in meiner Reiseapotheke nach Buscopan und ließ mich dann erschöpft auf den kalten Fliesenboden sinken. Der Raum roch nach Desinfektionsmitteln und das helle Licht der Deckenleuchte blendete mich für einen Moment. Ich stand wieder auf, betrachtete mein bleiches Gesicht im Spiegel, während der Schmerz im Bauch immer heftiger wurde.

Mein Magen krampfte sich zusammen und ein starkes Verlangen, mich zu übergeben, durchzog meinen Körper. Der Durchfall ließ nicht lange auf sich warten und ich war dankbar für die Nähe der Toilette. Jeder Moment schien eine Ewigkeit zu dauern und ich fühlte mich elend und geschwächt.

Nachdem der schlimmste Teil vorüber war, blieb ich noch eine Weile im Bad, um mich zu beruhigen. Ich wusch mir das Gesicht mit kaltem Wasser und spülte den bitteren Geschmack aus meinem Mund. Die Schwere der Situation wurde mir klar, denn ich hatte schon von Lebensmittelvergiftungen bei Europäern oder Amerikanern hier in Tansania gehört, die unbedacht bei der Wahl ihrer Mahlzeiten gewesen waren. Unsere Mägen waren nicht annähernd so abgehärtet wie die der Menschen, die hier dauerhaft lebten. Ich versprach mir selbst, in Zukunft vorsichtiger bei Straßenverkäufen zu sein und auf die Hygiene zu achten.

Schließlich schlich ich zurück in mein Schlafzimmer. Ich legte mich auf mein Bett und zog die Decke bis zum Kinn hoch. Die Nachwirkungen des unglückseligen Snacks würden noch einige Zeit anhalten, aber ich hoffte, dass sich mein Magen bald beruhigen würde.

Moritz und Doris

Hannah musste Moritz der Gerechtigkeit halber zugestehen, dass seine Launen immer nur von kurzer Dauer waren. Als er an diesem Nachmittag in die Villa Waldeck kam, begrüßte er sie sogar mit Wangenküssen und machte ihr ein Kompliment für ihre endlos langen Beine in den verwaschenen Jeans. »Die stehen dir fantastisch! Das meine ich ehrlich.«

»Wenn ich solche Jeans anziehe, sehe ich darin aus wie eine Presswurst, weil mein Popo viel zu breit ist!« Agnieszka, die gerade mit dem Staubsauger um die Ecke kam, fand das Leben in diesem Moment sehr ungerecht. Sie fragte sich, ob sie sich selbst eine Schlankheitskur verordnen solle, verwarf den Gedanken aber sofort wieder, weil ihr Bruder in drei Tagen Geburtstag hatte und sie es niemals durchstehen würde, bei seiner Feier, für die sie zusammen mit ihrer Schwägerin schon in jeder freien Minute das Büfett vorbereitete, nichts zu essen. *Aber danach vielleicht?*

»Das stimmt überhaupt nicht, Agnieszka«, widersprach Hannah. »Deine Figur ist genau richtig.« Inzwischen duzten sie sich und kamen hervorragend miteinander aus. Moritz blickte sehr freundlich, während er den beiden zuhörte, aber Agnieszka hatte bei ihm immer das Gefühl, dass er sich über sie lustig machte oder etwas im Schilde führte.

»Ist meine Mutter nicht da?«, fragte er. »Eigentlich hatte ich meinen Besuch angekündigt.«

»Doch, aber sie arbeitet hinten im Garten.«

»Jetzt, Ende Oktober? Was gibt es da im Garten zu tun?«

»Das viele Laub muss ja irgendwie vom Rasen entfernt werden.«

Er schien zu überlegen, sagte dann: »Oh, ja, stimmt.«

»Ich habe ihr schon oft gesagt, dass ich das übernehmen kann, aber ich glaube, selbst diese Arbeit macht ihr Spaß, wie so ziemlich alles, was im Garten zu tun ist.«

»Jeder, wie er mag. Dann gehe ich sie mal suchen.« Moritz' gute Laune hatte natürlich einen Grund. Er hatte seine Nachforschungen über Hannahs Herkunft und die daraus resultierenden Folgen für das Testament mit einem für ihn befriedigenden Ergebnis abgeschlossen und heute würde er dieses seiner Mutter mitteilen. Er musste nicht lange suchen, sondern öffnete die Terrassentür und folgte einfach nur dem lauten Summen. Die Blätter wirbelten wie eine Schar Vogelschwärme im Wirbel des Laubbläsers auf, während Doris, in einen unförmigen Blaumann gehüllt, mit sorgfältiger Methodik den Rasen säuberte. Das ohrenbetäubende Brummen des Geräts und ihr überdimensionierter Ohrschutz schotteten sie von der Außenwelt ab. Sie bemerkte Moritz erst, als er ihr auf die Schulter tippte. Doris zuckte zusammen, drehte sich um und schaltete den Laubbläser aus, wodurch die plötzliche Stille fast unwirklich wirkte.

»Moritz!«, rief sie aus und zog den Ohrschutz ab. »Du hast mich erschreckt.«

Er grinste schuldbewusst. »Das tut mir leid, Mutter. Aber ich muss mit dir reden.«

Sie runzelte die Stirn und wischte sich den Schweiß von der Stirn. »Ist etwas passiert?«

Moritz zögerte kurz und sah seiner Mutter direkt in die Augen. »Es geht um Hannah und das Testament.«

Ein Schatten legte sich über Doris' Gesicht. Sie zog die Handschuhe aus und setzte sich auf die in der Nähe stehende Gartenbank. »Was gibt es darüber zu sagen? Hannah ist Corinnas Tochter, also steht ihr auch ein Teil des Erbes zu.«

Moritz atmete tief durch. »Ja, aber es sieht so aus, als ob Hannah nicht Corinnas leibliches Kind ist.«

Doris blieb für einen Moment still. Sie zog die Gartenhandschuhe aus, starrte auf ihre Hände, als ob sie in ihnen eine unsichtbare Antwort auf alle Fragen, die sich nun stellten, finden könnte. Dann sah sie Moritz an. »Und woher weißt du das?«

Die gedämpfte Ruhe seiner Mutter irritierte ihn, als er ihr die Neuigkeit erzählte. Er hatte Feuer und Entrüstung erwartet, aber Doris blieb seltsam still und bedächtig.

»Ich habe einige Nachforschungen angestellt. Corinna hat Hannah von einer tansanischen Leihmutter austragen lassen, ohne dass viele Leute davon wussten, oder war dir das etwa bekannt?«

Ein tiefer Seufzer entwich Doris, und sie lehnte sich auf der Bank zurück, während sie die Neuigkeiten verdauten. »Nein, das wusste ich nicht.« Sie warf Moritz einen prüfenden Blick zu. »Bist du dir da ganz sicher?« Moritz' Hände zitterten leicht, als er das Schriftstück aus seiner Tasche zog.

»Hier, sieh selbst.« Doris nahm das Dokument entgegen und las es sorgfältig durch, die Anspannung in ihrem Gesicht wuchs mit jeder Zeile.

Nachdem sie es gelesen hatte, schaute sie auf und Moritz reichte ihr einen blauen Reisepass. »Was soll das sein?«, fragte Doris, noch immer sichtlich verwirrt.

»Das ist Hannahs Pass«, sagte Moritz fest. »Ein tansanischer Reisepass. Sie besitzt nicht einmal die deutsche Staatsangehörigkeit.«

»Du hast in ihrem Zimmer rumgestöbert?«

Moritz hielt ihrem Blick stand. »Der Zweck heiligt die Mittel.«

Doris schlug den Reisepass auf und überflog die Seite mit Hannahs Foto und den persönlichen Angaben. Ihre Augen blieben an ihrem Namen hängen: Hannah Waldeck.

»Sie trägt Corinnas Nachnamen, Moritz«, sagte Doris sanft, aber bestimmt, während sie ihm den Pass zurückgab. »Für mich ist das Beweis genug, dass sie ihre Tochter ist. Egal, wie sie auf die Welt gekommen ist.«

Moritz schaute sie unsicher an, rang sichtlich um Worte. »Ich … ich dachte nur, du solltest es wissen. Es verändert vielleicht nichts an deinen Gefühlen für sie, aber es könnte bedeuten, dass sie hier keine Rechte hat.«

Doris schüttelte den Kopf, ihre Augen zeigten einen Hauch von Entschlossenheit. »Sie gehört zur Familie, Moritz. Und ich werde alles in meiner Macht Stehende tun, um sicherzustellen, dass sie die Rechte bekommt, die ihr zustehen. Egal, was auf diesem Papier steht. Was führst du eigentlich im Schilde?«

Moritz zuckte mit den Schultern. »Das Testament kann angefochten werden. Es gibt Anwälte, die behaupten, dass das Erbe nicht an solche Kinder gehen kann. Nach deutschem Recht wird ein Kind, das von einer Leihmutter ausgetragen wurde, nicht als leibliches Kind der Spenderin der Eizelle anerkannt.«

Doris schloss kurz die Augen. »Das klingt sehr kompliziert. Du solltest vorsichtig sein, Moritz. Das ist eine Bombe, die uns allen schaden kann, und ich möchte auf gar keinen Fall, dass Hannah Nachteile erleidet.« Sie stand auf, strich ihren Blaumann glatt und sah Moritz entschlossen an. »Lass uns das erst einmal für uns behalten und sehen, wie wir am besten vorgehen.«

»Aber Mutter«, insistierte Moritz und hob seine Stimme, »du musst doch sehen, wie ungerecht das ist. Das Erbe gehört uns, es gehört der Familie.« Seine Hände ballten sich zu Fäusten, als ob er seine Worte mit jedem Atemzug untermauern müsste.

Doris, mit den Jahren weiser und geduldiger geworden, beobachtete ihren Sohn. Ihre Augen waren zwar sanft, aber auch bestimmt. »Moritz«, begann sie mit ruhiger Stimme, »wir sprechen hier nicht nur von Geld oder Besitz. Wir sprechen von Familie und Liebe.«

Moritz runzelte die Stirn. »Aber es ist doch unser Recht. Es ist mein Recht. Hannah ist nur …«

»Was, Moritz?«, unterbrach Doris ihn scharf. »Nur was? Falls es wirklich stimmt, was du sagst. Falls Hannah von einer anderen Frau ausgetragen wurde … macht sie das weniger wert? Weniger Teil dieser Familie?«

»Ich finde, ja!«

»Und was ist mit Hannahs Recht?«, entgegnete Doris schnell, ihre Stimme fest und entschlossen. »Hat sie nicht auch das Recht, als Teil dieser Familie anerkannt zu werden? Auch wenn sie von einer Leihmutter geboren wurde?«

Moritz war einen Moment lang sprachlos. Das war nicht die Reaktion, die er erwartet hatte. Er hatte gehofft, dass seine Mutter seine Empörung teilen, dass sie zusammen gegen das Unrecht kämpfen würden, das ihnen widerfahren war. Aber stattdessen … war sie auf Hannahs Seite? Eine bittere Enttäuschung durchzog ihn und er konnte sie nicht verbergen. Sein Gesicht verfinsterte sich, als er die Arme verschränkte und seiner Mutter einen düsteren Blick zuwarf. »Du willst also nicht gegen das Testament vorgehen?« Seine Stimme klang flacher, leerer, als er beabsichtigt hatte.

Doris schüttelte den Kopf.

Er schwieg einen Moment, suchte nach Worten. Doris ließ ihm den Raum, hielt ihm aber gleichzeitig ihren prüfenden Blick entgegen.

»Mutter«, begann er schließlich, »ich fühle mich betrogen. Es ist, als hätte man mir etwas weggenommen, was mir gehört. Und du müsstest doch auf meiner Seite sein. Ich bin doch dein Sohn!«

Doris legte eine Hand beschwichtigend auf den Arm ihres Sohnes. »Ich verstehe deine Gefühle, Moritz. Aber denk daran, dass Hannah vielleicht mehr auf dieses Erbe angewiesen ist als du. Sie hat keine andere Familie als uns. Und wenn es um Rechte geht, dann hat sie ebenso das Recht, als Teil dieser Familie behandelt zu werden.«

Es war windig geworden und die kräftigen Böen aus dem Osten trieben große Wolken vor sich her, wodurch die Sonne alle paar Sekunden verdeckt wurde. Außerdem wurde der Laubhaufen wieder auseinandergewirbelt, den Doris aufgetürmt hatte. Die Arbeit von mehreren Stunden wurde soeben vom Winde verweht. Doris machte sich daran zu schaffen, die Blätter mit einer Harke in einen großen schwarzen Bottich zu kehren.

»Mutter!«, sagte Moritz und sie hielt mit der Arbeit inne. Seine Augen suchten die ihren. Er fühlte sich unverstanden, das konnte Doris ihm ansehen und sie kannte ihn gut genug. Seine Gedanken drehten sich in seinem Kopf und er überlegte sich jetzt, wie er sie umstimmen könnte. Doch sie hoffte, dass ihr Sohn irgendwann das Herz hätte, die Dinge aus einer anderen Perspektive zu betrachten. Es war nicht nur eine Frage des Erbes, es war eine Frage von Familie, Liebe und Gerechtigkeit.

Doris sah ihn fest an. »Nein, Moritz. Ich werde das Testament nicht anfechten.« Dann zog sie wieder ihre Gartenhandschuhe an, wandte sich den braunen Blättern zu, um sie in den Bottich zu verfrachten.

Moritz hatte nicht erwartet, dass seine Mutter so gelassen und dennoch bestimmt auf die Neuigkeit reagieren würde. Er fühlte sich plötzlich sehr allein mit seinem Zorn und seiner Enttäuschung. »Ich denke, dann mache ich mich mal auf den Weg zurück nach Hause, in meine alte Bude.« Er fuhr sich mit den Händen über seine Haare, um die Verlegenheit seines übereilten Rückzugs zu überspielen. »Vielleicht habe ich Glück und komme wenigstens nicht in den Berufsverkehr.«

»Ja, ich finde, das ist eine gute Idee«, pflichtete Doris ihm bei, ohne ihre Arbeit zu unterbrechen.

Mit einem Nicken drehte er sich um und marschierte zurück zur

Villa, den Kopf voller ungeordneter Gedanken. Das Gewicht der Entdeckung und Doris' Reaktion lasteten schwer auf ihm. Es gab viel zu bedenken und zu tun, doch für den Moment musste er seine Karten nah an der Brust halten.

Doris blieb zurück, allein im Garten, ihre Augen folgten der Gestalt ihres Sohnes, bis er in der Ferne verschwand.

Hannah

Hannah, eingekapselt in der vertrauten Stille ihres Zimmers, fand sich am Schreibtisch wieder, umgeben von den unzähligen Blättern, die ihre Hausaufgaben darstellten. Ein leises Kratzen erfüllte den Raum, während ihr Kugelschreiber über das Papier huschte und Gedanken und Antworten in saubere, ordentliche Linien formte. Mit einem leichten Seufzen lehnte sie sich zurück und starrte auf die Seiten des Lehrbuchs, die mit Zahlen und Formeln gefüllt waren. Die Hausaufgaben in Mathe waren besonders herausfordernd und erinnerten sie daran, dass ihre Anfänge in der neuen deutschen Schule nicht immer reibungslos verlaufen waren. Hier in Deutschland, wo ihre Hautfarbe nicht auffiel, war es ihre Art zu sprechen, ihre Kleidung, ihre Art, wie sie die Welt sah, die sie als »anders« kennzeichnete. In der Schule wurde sie oft gefragt: »Woher kommst du genau?« Oder: »Wie lange lebst du schon hier?« Diese Fragen waren oft harmlos gemeint, aber sie erinnerten sie ständig daran, dass sie, obwohl sie äußerlich nicht auffiel, immer noch als die »andere« wahrgenommen wurde. Sie dachte an die spöttischen Blicke und spitzen Kommentare einiger Mitschüler und Lehrer, die sich wie Dornen in ihr schwaches Selbstbewusstsein bohrten. Sie konnte immer noch den kühlen Unterton in Frau Schmidts Stimme hören, als diese ihre Hausaufgaben korrigierte und die Fehler vor der gesamten Klasse verlas. Sie konnte die Blicke von Sebastian und seinen Freunden sehen, die sie immer am Rand der Schulcafeteria beobachteten, ihre Augen voller unausgesprochener Urteile. Doch nicht alles war negativ. Es gab Lichtblicke, kleine Triumphe, die die dunkleren Tage erhellen. Wie der blasse, hoch aufgeschossene Junge, der nicht besonders beliebt war und nie ein Wort sagte, aber in jeder Mathematikarbeit eine Eins schrieb und ihr schon öfter sein Heft zur Vorlage für die Hausaufgaben hingelegt hatte. Das warme Lächeln ihrer neuen Freundin Lena, die immer bereit zu einem Ausflug in ein Café war, oder die enthusiastische Art von Herrn Braun, dem Geschichtslehrer, der ihr half, eine Leidenschaft für die Fächer zu entdecken, die sie vorher als trocken und langweilig abgetan hatte. Und dann waren da noch die ruhigen Momente der Zufriedenheit, die sie manchmal inmitten des Schulchaos fand. Wenn sie in der Schulbibliothek saß, umgeben von hohen Regalen voller Bücher, und die Ruhe genoss, die sich wie eine schützende Hülle um sie legte. Oder wenn sie im Fach Kunst ihren Pinsel nahm und sich ganz in den Farben und Formen verlor, die sie auf das Aquarellpapier brachte.

Hannah schüttelte die Gedanken ab und konzentrierte sich wieder auf ihre Hausaufgaben. Ihr war klar, dass sie noch einen langen Weg vor sich hatte. Aber sie wusste auch, dass sie nicht allein war, dass es Doris und Alexander gab, die es wirklich gut mit ihr meinten, dass sie Freunde hatte, die an ihrer Seite standen. Und mit diesem Gedanken im Hinterkopf nahm sie ihren Stift wieder auf und machte sich daran, die nächste Aufgabe zu lösen.

Sie schaute hoch, ihr Blick vom Fenster angezogen, das wie ein Gemälde den üppigen herbstlichen Garten einrahmte. Goldene und rötliche Blätter zierten die jahrhundertealten Bäume, verliehen ihnen einen fast flammenden Charakter, der im Kontrast zu dem kühlen Blau des Himmels stand. Die vormals prächtigen Rosenbüsche standen nun nackt da, dennoch strahlten sie eine erhabene Schönheit aus, eine stumme Erinnerung an die vergangene Blütezeit.

Und ganz hinten im Garten, mitten in dem bunten Laub, standen Doris und Moritz. Von hier oben konnte sie ihre Tante in ihrem unförmigen Blaumann und Moritz in seinem schicken Anzug gut erkennen. Sie sah, wie Moritz' Arme eine energische Geste nach der anderen machten, während Doris, stoisch und ruhig, ihm zuhörte, sich scheinbar gelassen auf die Bank setzte.

Ein Gefühl der Beklommenheit durchzog Hannah. Sie konnte die Worte nicht hören, doch sie konnte die Spannung, die sich zwischen ihnen aufbaute, fühlen. Der Anblick gab ihr einen Stich von Unsicherheit, von Sorge, vielleicht sogar Angst. Inzwischen kannte sie diesen Ausdruck von Moritz, die Art und Weise, wie er die Worte mit seinem ganzen Körper aussprach. Sie ließ den Stift sinken und lehnte sich auf ihrem Stuhl zurück, ihren Blick fest auf die beiden Gestalten im Garten gerichtet. Ein kalter Wind fegte durch den Garten und ließ die Äste in ihrem Herbstgewand erzittern, als ob sie ihre Besorgnis teilen würden. Und die Sonne verschwand hinter dem ausladenden dunklen

Lebensbaum, dessen seltsam geformte Nadeln auch im Herbst nicht abfielen.

Dann drehte sich Moritz abrupt um und marschierte auf die Villa zu. Hannah duckte sich, damit er sie nicht sehen konnte. Auf einmal hatte sie ihre Zukunft wie einen monströsen, übermächtigen Koloss vor Augen, der bald auf sie herabstürzen würde. Ihre zerfetzte Kindheit flatterte um sie herum und kaum hatte sie einen Fetzen zusammengenäht, riss an einer anderen Stelle eine andere Naht auf. Sie war noch nicht bereit, sich dem Kampf zu stellen, der dort draußen wartete. Doch sie wusste, dass sie es bald würde tun müssen, bereit oder nicht.

Isabelle

Die Tage wurden kürzer, der November rückte näher und mit ihm meine bevorstehende Heimreise nach Deutschland. Eine eigenartige Melancholie erfüllte mich bei dem Gedanken, wieder zu Christoph und Alexander zurückzukehren. Es war nicht die Freude einer Wiederkehr, eher eine sanfte Resignation, ein stiller trauriger Frieden, der sich wie ein Nebelschleier um meine Gefühle legte. Kontakt hatte es wenig gegeben, die Anrufe konnte ich an einer Hand abzählen. Alexander, mein zwanzigjähriger Sohn, führte schon lange sein eigenes Leben, ein eigenständiger junger Mann, dessen Bindung an mich sich mehr und mehr lockerte, was ich nicht als schlecht empfand.

Und Christoph? Mein Mann und langjähriger Begleiter, ein Eigenbrötler, in seiner musischen Welt verankert und in gewisser Weise losgelöst von der meinen. Die Entfernung schien unsere Bindung nicht merklich zu beeinträchtigen. Es war, als ob wir unabhängige Satelliten wären, die auf ihren eigenen Bahnen um denselben Stern kreisten. Vermutlich fehlte ihm meine Nähe genauso wenig wie mir die seine. Es war eine seltsame Erkenntnis, doch sie brachte mehr Klarheit als Schmerz. Meine Partnerin im Büro, Christine Posler, meine Assistentin Yasmin waren in diesen Monaten zu meinen häufigsten Kontaktpersonen geworden. Außerdem natürlich meine Mutter. Sie waren das Bindeglied zwischen meiner Welt hier auf der Farm und meinem Leben zu Hause.

Zwanzig Jahre Ehe mit Christoph und dennoch schien es, als hätte die Distanz nicht viel verändert. Waren wir schon immer zwei eigenständige Satelliten gewesen, die nur durch die Gravitation der Gewohnheit verbunden waren? Es war eine merkwürdige Erkenntnis, die mich nachdenklich stimmte. Ich war auf dem Weg nach Hause, doch das Zuhause, das ich verlassen hatte, schien mehr und mehr zu einem Ort zu werden, an dem ich nur noch Gast war.

Zahir hatte versprochen, auf der Farm zu bleiben und sich um alles zu kümmern. Im Moment gab es hier für mich nicht mehr viel zu tun, nachdem ich mithilfe eines IT-Experten aus Daressalam ein neues Programm für die Lohnabwicklung installiert hatte, das mehr Transparenz versprach, und eine Zertifizierung für nachhaltigen Kaffeeanbau beantragt hatte, musste ich abwarten, was die genauen Vorgaben waren und wie ich damit in der nächsten Ernte zurechtkam. Während der vor uns liegenden Wochen waren nicht so viele Arbeiter auf der Farm vonnöten. Es waren alles Männer, die, außer Zahir, das gleiche Gehalt erhielten. Nun war es für mich an der Zeit, mich endlich wieder um mein Architekturbüro zu kümmern. Mein Koffer war gepackt, der Flug gebucht, Zahir würde mich zum Flughafen fahren und ich hatte vor, mindestens bis März in München zu bleiben. Aber das Wetter durchkreuzte meine Pläne.

Über Nacht war die Regenzeit auf Mawingu über uns gekommen wie eine Seuche. Ich wusste von meinen früheren Besuchen auf der Farm, dass die kleine Regenzeit von Mitte November bis Mitte Januar von Touristen gemieden wurde und auch Corinna hatte uns immer geraten, unsere Besuche möglichst nicht in diese Zeit zu legen, was wir auch stets befolgt hatten. Dennoch überraschte dieses Naturschauspiel hier keinen außer mich. Mit der Präzision eines Uhrwerks begann der friedlich-heitere Himmel Kübel über uns abzuschütten. Gar nicht daran zu denken, jetzt mit dem Wagen zum Arusha Airport zu fahren, da gab es kein Durchkommen. Nur die Straße vom Farmhaus zur Mehrzweckhalle und zu den nächstgelegenen Plantagenfeldern war geteert worden. Alle restlichen Fahrwege versanken schon im tiefen Schlamm und man hätte ein Amphibienfahrzeug benötigt, um die Hauptstraße zu erreichen. Zahir musste mich nicht erst lange überzeugen, dass wir niemals rechtzeitig zum Abflug ankommen würden, es vielmehr mehr als fraglich war, ob wir es überhaupt bis zum Flugplatz schaffen würden. Ich musste mir eingestehen, dass ich den richtigen Zeitpunkt schlichtweg um einen Tag verpasst hatte, und packte meinen Koffer wieder aus.

Die Menschen, Tiere und Pflanzen hatten den Regen ersehnt und natürlich wusste ich, wie wichtig er für Flora und Fauna war. Unter dem Dachvorsprung der langen Veranda kauerte sich selbst Nala, die Schimpansin, zusammen wie eine Ertrinkende. Sie hatte sich nach und nach immer häufiger und länger in meiner Nähe aufgehalten und schließlich gewann ich den Eindruck, nicht der Busch sei ihr Zuhause, sondern mein Farmhaus. Am ersten Regentag fand sie sich auf der Veranda ein und verließ sie seitdem nicht mehr. Wir setzten uns nebeneinander auf die Schaukelbank, aßen Bananenscheiben und in sechs geschlagenen Stunden strömenden Regens beobachtete ich gemeinsam mit einem Affen, wie eine große Menge kleiner gelber Frösche mit cartoonartigen Zehen in die immer größer und tiefer werdenden Pfützen vor der Veranda hüpften. Das Farmhaus bestand nun nur noch aus schlammbespritzten Wänden, Zufahrt und Vorplatz waren längst überspült und hatten sich in einen braunen See verwandelt. Mein Regenmantel und die Gummistiefel hingen unbenutzt am Haken, denn solange ich nicht musste, hatte ich nicht vor, mich bis zu den Knien oder gar der Hüfte in diesen Sumpf zu begeben.

An den verregneten Nachmittagen auf der Mawingu-Farm, wo die Zeit sich dehnte wie ein alter Baum in den Himmel, wartete ich gemeinsam mit Nala. Oh, wie ich wartete, denn Frank ghostete mich, seit er abgeflogen war. Ich schrieb ihm täglich mehrere WhatsApp-Nachrichten, E-Mails und SMS, drückte unzählige Male auf seine Nummer, erreichte die Mailbox, sprach schmachtende, entschuldigende und schließlich wütende Sätze darauf, merkte selbst, wie ich mich zur Närrin machte. Während ich auf das Lied des Telefons hoffte, auf den süßen Klang seiner Stimme, der das Rauschen des Regens zur Symphonie machen sollte, war jeder Tag ein unvollständiges Puzzle, dessen fehlendes Stück in der Stimme eines geliebten Menschen ruhte. Jedes Klingeln meines Mobiltelefons ließ mein Herz in der Brust hüpfen. Doch mit jedem Anruf zerschmetterte ein Hauch von Traurigkeit die Harmonie und jede andere Nummer, die auf dem Bildschirm erschien, erzeugte nur ein Echo der Leere.

In der Zeit zwischen Hoffnung und Erwartung trug die Mawingu-Farm ihre eigenen Geschichten in mein Leben. Geschichten von Widrigkeiten, aber auch von einem ganz eigenen Charme und sie brachten mich in Momenten zum Lachen, wenn ich es am wenigsten erwartete.

An einem Tag, als ich gerade in meiner Küche stand, während es draußen kaum noch hell zu werden schien und das Grün des Spinats in einer Schüssel das Licht des Spots in der Küchendecke reflektierte, trat eine Antilope durch die offene Tür ein. So stolz und frei, ihre Hufe klickten auf den Steinfliesen wie ein unregelmäßiger Herzschlag. Ein wunderschönes Tier, das ein bisschen erstaunt blickte, überrascht, plötzlich mit mir am selben Ort zu sein. Sie erstarrte und inspizierte mit ihren sehr beweglichen Ohren, die fast schwarze Spitzen hatten, die Umgebung. Ihr Rücken purpurbraun und die Flanken weiß gestreift. Ohne den Blick von mir zu wenden, machte sie noch zwei Schritte. Mit einem Zwinkern in den Augen stahl sie mir den Spinat aus der Schüssel, ihr Kopf erhoben, als ob sie mir einen guten Appetit wünschen würde. Es dauerte nur einen kurzen Augenblick, einen angehaltenen Atemzug, dann drehte sie sich um, ging zurück zur Terrassentür und verschwand im Grau des Dauerregens.

Wie eine königliche Herrscherin beanspruchte Nala die Schaukelbank auf meiner Veranda, die Winde an der Holzdecke quietschte ohrenbetäubend, doch sie schien es kaum zu bemerken. Mit einer Art grinsender Würde schwang sie hin und her, als ob sie das Leben selbst in Schach hielte.

Mehr als einmal fiel der Strom aus und ich musste mir mit Kerzen und Taschenlampe behelfen. Was bei mir früher in Deutschland zu hektischen Anrufen bei der Stadtverwaltung oder dem Stromversorger geführt hätte, nahm ich hier mit einer neuen Gelassenheit hin.

So waren die Tage, im Regen von Tansania, in der Stille der Wartezeit. Tage voller Hoffnung, voller Sehnsucht, durchzogen von Herausforderungen und kurzen Versuchen, das Beste aus dem unfreiwilligen Stubenarrest zu machen, gekrönt von Momenten der Komik.

Nach einigen Tagen wachte ich morgens auf, sah, wie immer, als Erstes auf mein Handy, wo wieder keine Nachricht und kein verpasster Anruf von Frank waren – und fasste endlich einen Entschluss. So konnte ich nicht weitermachen! Schluss mit dem Selbstmitleid, Schluss mit der Schmachterei. Von heute an würde ich Frank aus meinem Gedächtnis streichen und meinen Blick in die Zukunft richten. Ich schwang meine Beine aus dem Bett und nach einer Dusche und gemeinsamem Frühstück mit Nala setzte ich mich an meinen Laptop und begann mit dem, was ich längst hätte tun sollen.

Trotz der durch die Regenfälle verursachten Überschwemmungen und der daraus resultierenden Isolation konnte ich auf der Mawingu-Farm ausgerechnet in dieser Zeit tatsächlich einige wichtige Fortschritte erzielen. Die Einschränkungen in der physischen Bewegung machten mir klar, wie effektiv ich gerade hier Online- und Telefonkommunikation genutzt werden konnte, um meine Ziele zu erreichen. Ein wichtiges Anliegen war mir die Stärkung des Kinderschutzes und ich führte lange Gespräche mit Zahir über das Thema. Er schlug vor, um die finanzielle Stabilität der Familien zu verbessern, mit lokalen Kooperativen zusammenzuarbeiten und gleichzeitig Chancen zur Steigerung der landwirtschaftlichen Produktivität auszuloten. Um das Problem an der Wurzel zu packen, konzentrierte ich mich auf die Schaffung von nachhaltigen, gut bezahlten Arbeitsmöglichkeiten für Erwachsene, um die finanzielle Belastung der Familien zu verringern und somit den Druck auf die Kinder zu minimieren. Durch diese Initiative würde das Einkommen der Familien stabilisiert, wodurch die Kinderarbeit verringert werden könnte. Um besonders bedürftigen Kindern den Zugang zu einer solchen Bildung zu erleichtern, begann ich, über ein Stipendienprogramm nachzudenken. Dieses würde sowohl Jungen als auch Mädchen die Möglichkeit bieten, eine gute weiterführende Schule zu besuchen, unabhängig von ihren familiären oder finanziellen Hintergründen. Parallel dazu wollte ich eine Online-Fundraising-Kampagne für das geplante Stipendienprogramm starten.

Während die Regentropfen auf das Dach der Veranda trommelten, wuchs in meinem Herzen ein Plan. Es klang vielleicht sentimental, aber die ausgenutzte Notlage von Amidah und die Gesichter der verletzten Kinder, die ich im Mawingu Health Center gesehen hatte, gingen mir nicht mehr aus dem Kopf. Warum war es nicht möglich, jedem Kind das Recht auf eine unbeschwerte Kindheit und eine gute Zukunft zuzugestehen, wo es bei uns in Deutschland doch Wohlstand und Überfluss gab. Was, wenn die Mawingu-Farm nicht nur der Ort wäre, an dem die Erde ihre Früchte trug, sondern auch der Ort, an dem die Hoffnung auf Veränderung ihre Wurzeln schlug?

Zahir vermittelte mir die Kontakte und dank digitaler Konferenztools konnte ich einige Treffen abhalten, um innovative Anbaumethoden und neue Lohnstrukturen mit anderen Farmern zu diskutieren. Ich fand das Adressbuch meiner Tante und telefonierte die Kontakte ab, aber nicht überall traf ich auf positive Resonanz, zudem stimmten manche Nummern nicht mehr. In den letzten Jahren war der Zugang zu Mobiltelefonen und insbesondere Smartphones in Tansania stark gestiegen, aber nicht universell. Ich googelte nach und las, dass laut dem Tanzania Communications Regulatory Authority (TCRA) Bericht etwa 43,6 Millionen Menschen oder 74,3 Prozent der Gesamtbevölkerung von Tansania Mobiltelefone besaßen. Von dieser Zahl hatten allerdings nur etwa 27 Millionen Menschen, also etwa 46 Prozent der Gesamtbevölkerung, Zugang zum Internet. Ich fand die Zahlen erstaunlich hoch, aber letztlich gab es natürlich ein Gefälle, je nach Region und Bevölkerungsgruppe. Ich würde auf diesem Weg also bei Weitem nicht alle erreichen, die ich für meine Initiative brauchte.

Es wäre auch zu einfach gewesen!

Für mich bedeutete es, dass ich entweder auf die Trockenzeit warten oder trotz der widrigen Bedingungen versuchen musste, zu anderen Farmen und Siedlungen selbst durchzudringen. Geduld gehörte allerdings nicht zu meinen Stärken.

Mit einem knappen Nicken gab ich Zahir am nächsten Morgen das Signal zum Aufbruch zu einer benachbarten Kaffeefarm, die Kifaru hieß, und wir stiegen in den robusten Defender. Der Regen prasselte auf das Dach unseres Fahrzeugs und tropfte in rhythmischem Muster von den Zweigen der Bäume herunter. Das, was wir sonst Straße nannten, glich eher einem Flussbett als einem Fahrweg und unsere Fahrt war eine Erkundungstour durch ein völlig unbekanntes Terrain, so sehr hatte sich die Landschaft durch die Regenfälle verändert. Unser Defender wühlte sich durch das schlammige Wasser, das die Straßen und Wege überflutet hatte. Es war gar keine weite Entfernung, nur gut dreißig Kilometer, und dennoch wurde es zu einer langen Reise – wir rutschten und schlitterten mehr, als dass wir fuhren, und öfter als einmal mussten wir halten, um heruntergefallene Äste aus dem Weg zu räumen oder die Reifen mit dem mitgeführten Spaten aus dem Schlamm graben. Eine tiefe, gurgelnde Stimme erklang aus dem Funkgerät und Zahir tauschte sich kurz auf Swahili mit dem Sprecher aus.

»Was ist los?«, fragte ich, als er die Stirn runzelte und anhielt.

»Die Baraja la Amani-Brücke, die über den Zamaradi-Fluss geführt hat, ist heute Nacht weggespült worden. Die Alternative wäre ein längerer Umweg weiter nördlich, aber das wird vermutlich einen halben Tag dauern und ist bei den Wassermassen auch sehr gefährlich.«

»Und was jetzt? Umkehren?« Ich drehte mich um und sah hinter uns nur eine Wand aus Nebel und dichtem Regen.

»Wir könnten zu einer Boma fahren, die liegt noch näher und es ist auch wichtig, mit den Massai über die Veränderungen zu sprechen, aber es ist vielleicht nicht so …« Er stockte und schien nach den richtigen Worten zu suchen.

»Nicht so …?«

»Nicht so angenehm für dich. Dort lebt Amidah Aleeke.«

Ein kalter Schauer durchzuckte mich bei der Erwähnung ihres Namens. Dass meine Tante Amidahs Notlage ausgenutzt hatte, belastete mich. Es war ein bitterer Gedanke, dass Amidah in ihrer schwierigen Lage vielleicht kaum eine andere Wahl gehabt hatte, als ihre eigene Würde für das Überleben ihrer Familie aufzugeben. Ich wollte gerne glauben, dass meine Tante keine bösen Absichten gehegt, durch ihren verzweifelten Kinderwunsch keinen anderen Ausweg gesehen hatte. Aber bisher war es mir nicht gelungen, dieser Variante versöhnliche Aspekte abzugewinnen. Denn auch dann hatte Corinna ihre Lebensträume über die der anderen gestellt.

Die letzte Konfrontation mit Amidah hatte mir einen unangenehmen Nachgeschmack hinterlassen und ich wusste, dass ich mit ihr ins Reine kommen musste, auch um das Projekt mit den Massai erfolgreich durchzuführen. Sie stellten einen größeren Teil meiner Arbeiter und Arbeiterinnen, als ich ursprünglich gedacht hatte. Ich musste einen Weg finden, um über mein persönliches Unbehagen und die komplizierte Vergangenheit hinwegzukommen.

Die Stille zwischen Zahir und mir dehnte sich aus.

Ich kämpfte einen Moment mit mir. Es wäre einfach gewesen, umzukehren und ein anderes Mal zu versuchen, zu den Farmen durchzustoßen.

»Wir können einfach umdrehen«, sagte Zahir. »Es ist deine Entscheidung.« Aber der stille Appell in seinen Augen, die leise Dringlichkeit seiner Stimme und der Gedanke an die Menschen in den Bomas, die letztlich auch unsere Hilfe benötigten, gaben mir den Entscheidungsschub, den ich brauchte.

»Wir fahren hin«, sagte ich schließlich, meine Stimme fester, als ich mich fühlte. Ich sah Zahir an, der mich überrascht musterte und sagte: »Es geht nicht immer nur um mich.«

»*Osina likiyaa nodoo* – Probleme bringen dich an viele Orte!« Mit diesen Worten startete Zahir den Motor und wir setzten unsere Fahrt fort. Letztlich gab es noch einen nicht ganz so selbstlosen Gedanken, der mich in meinem Entschluss bestärkte, hinzufahren: Ich vermutete, dass die Auseinandersetzung mit Amidah, die Frank mit angehört hatte, ihn letztlich in die Flucht geschlagen hatte. Vielleicht hatte das Schicksal ein Einsehen und wenn ich mit ihr ins Reine kam, würde es mir auch Frank zurückbringen.

Etwa auf halber Strecke, kurz nachdem wir ein besonders schwieriges, schlammverkrustetes Stück Straße gemeistert hatten, bemerkte Zahir plötzlich eine Bewegung am Straßenrand. Er verlangsamte den Defender und deutete nach rechts. Durch den dichten Vorhang aus Regen und den diffusen Nebel, der sich über die Landschaft legte, konnte ich zuerst nichts erkennen. Doch dann sah ich es auch: eine kleine Herde von Impalas, die sich an den höher gelegenen Rändern der überschwemmten Felder zusammendrängten. Zwei der Tiere, wohl Jungtiere, steckten im Schlamm fest, ihre zarten Beine tief in den Schlamm eingesunken, während sie verzweifelt versuchten, sich zu befreien. Sofort hielt Zahir den Defender an und stieg aus. Er zog seine Regenjacke an, schnappte sich ein Seil vom Rücksitz und machte sich auf den Weg zu den feststeckenden Impalas. Ich stieg ebenfalls aus, warf mir einen Umhang um und folgte ihm, den Regen auf meinem Gesicht kaum wahrnehmend. »Lege beide Arme um meine Taille und halte mich, damit ich nicht auch in den Schlamm falle. Ich versuche, dem Tier links von uns ein Seil umzubinden.«

»Okay«, sagte ich und kniete mich auf den schlammigen Boden hinter ihn. Dabei wusste ich nicht, ob ich genug Kraft haben würde, ihn zu halten, wenn er wirklich das Gleichgewicht verlieren würde.

Mit Geduld und Geschick gelang es Zahir schließlich, die beiden Jungtiere nacheinander herauszuziehen. Es war ein atemberaubender Anblick: Die Impalas, befreit aus ihrer misslichen Lage, offensichtlich unverletzt, galoppierten los, folgten ihrer Herde und verschwanden in der dichten Vegetation. Als wir schließlich, durchnässt, aber stolz, wieder im Defender saßen und unsere Fahrt fortsetzten, konnte ich nicht umhin zu lächeln. Trotz der Schwierigkeiten und Unannehmlichkeiten, die die Regenzeit mit sich brachte, gab es immer noch Momente wie diesen, die uns daran erinnerten, wie wunderbar und überraschend das Leben in Tansania sein konnte.

Zwischendurch öffnete sich der Himmel plötzlich wieder und die Sonne tauchte die überschwemmten Felder in ein goldenes Licht. Über uns erhoben sich die Bergketten der leuchtend grünen Ngorongoro Hills. Die Natur war durch den üppigen Regen geradezu explodiert. Im Kontrast dazu ergaben die dunklen Silhouetten der Akazienbäume, die sich gegen den bewölkten Himmel abzeichneten, einen eindrucksvollen Anblick. Doch schon nach wenigen Minuten setzte wieder der Dauerregen ein. Jedes Loch, durch das wir rumpelten, fuhr mir bis ins Mark, aber Zahir steuerte den Defender weiter, tief ins Land.

Nach einer mühsamen Fahrt durchquerten wir die Dörfer Mbalizi und Kyerwa. Die Häuser waren in schlechtem Zustand, Löcher in den Wellblechdächern und -wänden waren mehr schlecht als recht mit Plastiktüten gestopft und der Müll, der überall verstreut im Schlamm lag, verstärkte das ungepflegte Bild. Das hatte ich mir anders vorgestellt. Ihre Zustände spiegelten ein Leben wider, das unter dem Gewicht von Armut und Vernachlässigung stöhnte. Diese ärmlichen Umgebungen waren weit von der beschönigenden Darstellung entfernt, die ich zuvor in meinem Kopf gemalt hatte.

Als wir endlich die Boma von Amidah erreichten, spürte ich eine Welle der Erleichterung. Die Boma, eine traditionelle afrikanische Wohnanlage, hob sich in auffälligem Kontrast von den Dörfern ab, die wir gerade durchquert hatten. Sie war eine Oase inmitten der Landschaft. Sofort hörte ich die Glocken. Der Name Ngorongoro stammte von den Massai und bezeichnete das Geräusch, das entstand, wenn eine Kuhglocke *(ngoro ngoro)* läutete. Seit Jahrhunderten hatten die Massai ihr Vieh an den Hängen und im Hochland rund um den Ngorongoro-Krater weiden lassen. In der Mitte der Boma standen mehrere Rundhütten aus Reisig, die mit Lehm und Dung abgedichtet waren und deren Strohdächer in einem sorgfältig geformten Kegel endeten. Jedes Gebäude schien in harmonischer Beziehung zum anderen zu stehen und gemeinsam bildeten sie einen Kreis um einen zentralen Freiraum, wo eine Feuerstelle, die in der Regenzeit natürlich nicht genutzt werden konnte, und einige einfache, aber solide gebaute Holzstühle standen. Es war offensichtlich, dass Amidahs Gemeinschaft trotz der Umstände sowohl Stolz als auch Sorgfalt in ihre Boma investiert hatte. Kinder spielten, ungeachtet des Regens, in der Nähe zwischen den Ziegen, während zwei Frauen aus einer Zisterne Wasser holten. Ältere Männer saßen unter einem tropfenden Strohdach und unterhielten sich in leisen Tönen, während sie die Welt an sich vorbeiziehen ließen. Ich schaute mich um und fühlte trotz der sichtbaren Härte und Kargheit des Lebens hier eine Art von tiefem Frieden. Zahir hatte mir erzählt, dass die Hütten in den Bomas früher selten länger als ein paar Monate genutzt wurden, dann zog man weiter. Aber das hatte sich längst geändert. Die meisten Siedlungen wurden heute nicht mehr verlegt, der Viehbestand war durch die Tiermedizin angewachsen, der Wildbestand war hingegen durch die starke Beweidung geschrumpft. Es gab kein Zurück zu den menschenleeren Grassavannen Ostafrikas, in denen noch vor hundert Jahren einige wenige Massai-Hirten im Einklang mit der Natur lebten, sich von Milch und Blut ernährten, auch wenn die Massai ihre Traditionen stärker pflegten als viele andere Stämme.

Ich hatte meine Regenjacke angezogen, einen breitkrempigen Regenhut in Tarnfarbe auf dem Kopf und kam mir in diesem Aufzug unter den Menschen in ihren farbenprächtigen Shukas wie ein Eindringling vor. Amidah trat aus einer der Hütten heraus, das Tageslicht betonte die satten Farben ihres Kitenge, des bunt bedruckten Stoffes, aus dem ihr Gewand gefertigt war. Ihre dunklen Augen funkelten mit einer Mischung aus Stärke und Stolz, die mir in unserer bisherigen kurzen Beziehung immer wieder begegnet war. Sie trug keine Kopfbedeckung und der Regen, der auf ihre Glatze prasselte und über ihr Gesicht lief, ihren Kitenge durchnässte, schien ihr nichts auszumachen.

»Amidah«, begann ich und wählte meine Worte vorsichtig. Sie hielt inne, ihr Blick ruhte auf mir mit der gleichen unbeirrbaren Erhabenheit, die ich schon die letzten Male an ihr bemerkt hatte.

»Ich bin hergekommen, um mit dir nochmals über Hannah zu sprechen. Und über eine weitere Sache.«

Sie nickte nur, ein Zeichen dafür, dass sie bereit war zuzuhören, auch wenn aus ihrem Gesicht nicht die kleinste Regung abzulesen war.

»Ich weiß, dass die Bedingungen meiner Tante hart für dich waren«, sagte ich. »Aber es war ihr Wunsch, dass Hannah in Deutschland bleibt, wo sie aufwachsen und lernen kann.«

Amidahs Gesicht blieb ausdruckslos und ich konnte an keiner Regung erkennen, wie sie die Worte aufnahm. Ich wusste nur, dass sie Hannah liebte und der Verlust sie immer noch schmerzte. »Ich hätte niemals zustimmen dürfen, dass Hannah ein Reisepass ausgestellt wurde«, sagte sie. »Dann wäre sie jetzt nicht in Deutschland.«

»Du hast zustimmen müssen?«

»Natürlich. Ich bin ja ihre Mutter! Und dann hat Corinna auch noch durchgesetzt, dass der Pass auf den Namen Hannah Waldeck und nicht Hannah Aleeke lautet.«

»Was meinst du damit? Wie hat sie das durchgesetzt?«

»Das weiß ich nicht genau. Sie hatte aber gute Beziehungen. Im Konsulat arbeiten viele Leute, die sie vielleicht kannte.«

»Du meinst, sie hat jemanden bestochen?«

»Das weiß ich nicht«, wiederholte sie. Aber ich hatte den Eindruck, dass sie nicht alles sagen wollte, was sie wusste.

»Amidah. Das sind alles Vorgänge, von denen ich jetzt erst erfahre und mit denen ich auch nicht einverstanden bin. Ich hatte von alldem keine Ahnung, wir wussten ja bis vor Kurzem gar nicht, dass Hannah existiert. Aber ich möchte dich nicht aus ihrem Leben ausschließen. Tatsächlich habe ich einige Ideen, die uns allen zugutekommen könnten.« Ich atmete tief durch und sagte: »Die Mawingu-Plantage ist ein gutes Stück Land, aber es braucht jemanden mit viel Erfahrung im Kaffeeanbau und der Ernte. Jemanden, der stark und entschlossen ist und von den anderen Pflückerinnen anerkannt wird.«

Sie sah mir die ganze Zeit in die Augen. »Jemanden wie dich, Amidah. Ich würde dir deshalb gerne mehr Verantwortung geben und dich während der nächsten Ernte als Vorarbeiterin der Pflückerinnen einsetzen.«

Als sie immer noch nicht reagierte, nahm ich an, sie hätte mich nicht richtig verstanden. Mittlerweile war ihr Gewand vollkommen durchnässt. Das Schweigen zwischen uns drückte schwer auf meine Schultern. Ich warf einen Hilfe suchenden Blick zu Zahir, der ein wenig abseits von uns stand, und er nickte mir aufmunternd zu. Daraufhin entschied ich mich, Amidah gleich meinen zweiten Vorschlag zu unterbreiten: »Und außerdem wollte ich dich fragen, ob du mich bei meiner nächsten Reise nach München begleiten möchtest, um Hannah wiederzusehen, und vielleicht könntest du dann regelmäßig nach Deutschland kommen und bei meiner Mutter und Hannah wohnen.«

Nach einer scheinbar endlosen Pause ließ sie ein leises Lächeln zu. »Darüber muss ich erst nachdenken und mit meinen Leuten sprechen«, antwortete sie. Ihre Stimme verriet keinerlei Gefühl, aber ich glaubte das erste Mal, ein Funkeln in ihren Augen zu erkennen, das auf Interesse hindeutete. Vielleicht bildete ich es mir auch nur ein, weil ich es gerne sehen wollte.

»Ich hoffe, du wirst es in Betracht ziehen«, erwiderte ich, mein Herz schlug ein wenig schneller. »Es würde uns die Möglichkeit geben, Hannah gemeinsam aufwachsen zu sehen. Und es würde dir eine neue Rolle geben, eine, die deine Stärken und Fähigkeiten voll zur Geltung bringt.«

Als Amidah nickte und mich zu einer der Hütten führte, ahnte ich, dass diese Reise vielleicht doch nicht ganz umsonst gewesen war.

»Wir entscheiden hier immer alles in der Gemeinschaft«, sagte sie und ich schöpfte Hoffnung. Womöglich würde mein Besuch hier doch noch mehr Veränderungen mit sich bringen, als ich mir jemals hätte vorstellen können. Amidah behandelte mich nicht gerade mit Herzlichkeit, aber es war dennoch der Anfang eines neuen Kapitels, nicht nur für mich, sondern auch für Amidah und letztlich auch für Hannah.

Während ich mit Amidah sprach, bemerkte ich Bewegung im Augenwinkel. Trotz des Regens, der die Erde tränkte und das Geräusch von Tausenden kleinen Trommelschlägen auf dem Boden erzeugte, begannen andere Mitglieder der Boma nach draußen zu kommen. Sie sahen uns an, zeigten in ihren Gesichtern allerdings nicht die kleinste Regung und es war gut möglich, dass sie nur zufällig aus den Hütten herausschauten. Aber irgendetwas gab mir das Gefühl, als würde der Samen der Veränderung, den ich gerade gepflanzt hatte, bereits zu keimen beginnen.

Amidah bat mich, ihr zu folgen. Mit gesenktem Kopf trat ich durch den schmalen niedrigen Eingang. Ich nahm den Geruch nach verbranntem Holz, Tieren, Ruß und Qualm wahr, musste mich erst an die Dunkelheit und an den Rauch gewöhnen, denn in der Mitte brannte ein Feuer. Der beißende Qualm reizte die Schleimhäute, meine Augen fingen sofort an zu tränen. Wir setzten uns und schon wurde es besser, denn der Rauch stieg nach oben an die Decke. Ich fragte Amidah, wie sie schafften, trotz des Dauerregens Feuer zu machen. Sie erklärte mir, da die Regenzeit vorhersehbar sei, bereiteten sich die Massai darauf vor, indem sie trockenes Holz, Kuhdung und anderen Zunder sammelten und an einem geschützten Ort lagerten. »Und auch wenn die äußere Rinde eines Holzstücks nass ist, kann der innere Kern trocken sein.« Sie nahm ein Messer und ein Scheit, das in einem Korb lag, schnitt mit geschickten Handgriffen die Rinde ab, um dünne Späne aus dem inneren, trockeneren Teil des Holzes zu schneiden. »Siehst du, das ist fast immer trocken und man kann auch Stäbchen aus dem Inneren schneiden.« Sie hielt es mir entgegen und ich befühlte die trockenen Späne.

Dann stellte Amidah mir ihre anderen Familienmitgliedern vor. Zwei Jungen, ihre Söhne, kamen zu uns. Der ältere, muskulös und ernst, hieß Jengo, was in Swahili »Bau« bedeutet, wie Zahir mir erklärte, ein Name, der seine starke und zuverlässige Natur reflektieren sollte. Der jüngere Sohn war Kito, was »Edelstein« bedeutete. Jengo besaß bereits den undurchdringlichen Blick der erwachsenen Massai-Männer, aber Kito zeigte mir ein vorwitziges Lächeln, das mich an Hannah erinnerte, obwohl sie gar nicht blutsverwandt waren.

»Das sind meine Söhne, Jengo und Kito«, sagte Amidah und mit einem Mal wurden ihre harten Züge weich. Die beiden Jungen grüßten mich daraufhin mit respektvollem Kopfnicken und festem Händedruck, ihre Blicke vorsichtig, aber interessiert. Nach einer Weile tauten sie aber auf, begannen zu kichern und berührten meine Regenkleidung und mein Haar, das für sie so ungewohnt glatt war.

»Gehen sie in die Schule?«, fragte ich.

»Ja, wenn sie durchkommen und wenn sie nicht arbeiten«, antwortete Amidah knapp, dann fügte sie hinzu: »… und wenn ihr Vater es erlaubt.«

»Ihr Vater?«, fragte ich und musste daran denken, dass ich irgendwo gelesen hatte: »Der Weg aus der Armut beginnt immer in der Schule.«

»Ja, Njau, mein Mann. Er ist jetzt nicht hier, weil er sich um die Kühe kümmert.«

»Und er erlaubt nicht, dass seine Söhne in die Schule gehen?«

Amidah antwortete nicht, sondern bedeutete mir aufzustehen und führte mich dann zu einer älteren Frau, die am Rand der Hütte mit kühler Würde auf einem einfachen Hocker saß, ihre Hände ruhten auf einem Wanderstock. Auch sie hatte eine spiegelnde Glatze und ihre Augen, obwohl vom Alter gezeichnet, hatten einen scharfen und forschenden Blick. »Das ist meine Mutter, Nia«, stellte Amidah sie vor. Nia bedeutete in Swahili »Absicht« oder »Zweck«, wie mir Amidah erklärte, und es war klar, dass Nia eine Frau von starkem Willen und großer Bedeutung in der Gemeinschaft war. Sie nickte mir zu und begrüßte mich mit einer warmen, rauen Stimme.

Zuletzt brachte mich Amidah in eine andere Hütte und zeigte mir eine junge Frau, die ein kleines Baby auf dem Arm hielt. »Und das ist meine Schwester, Zuri«, sagte Amidah und sah die jüngere Frau an, die fröhlich zurücklächelte. Zuri bedeutet »schön« in Swahili, erklärte sie mir, und es passte zu ihr – ihre strahlenden Augen und ihr warmes Lächeln machten sie auf eine sanfte und einfache Weise auffallend schön. Sie wirkte viel weniger reserviert als die anderen Massai, vielleicht lag es daran, dass sie gerade ein Kind bekommen hatte, oder sie besaß einfach einen offeneren Charakter.

Diese Familienzusammenführung fühlte sich an wie ein wichtiges Ritual, ein Einweihungsakt in die Gemeinschaft und in die Pläne, die wir vielleicht gemeinsam angehen würden. Ich kann mich nicht mehr an alles erinnern, aber sehr genau an das starke Gefühl, das ich bei der Begegnung mit Amidahs Familie hatte. Sie machten es mir leichter als sie. Als ich ihre Hände schüttelte, ihre Namen hörte und ihre Geschichten erfuhr, fühlte ich, wie die Verbindung zwischen uns stärker wurde. Das Versprechen einer kommenden Veränderung hing in der Luft, ein Versprechen, das wir alle teilten.

»Nicht vergessen, nach dem Olaigwenani zu fragen«, murmelte Zahir, der neben mir stand. Ich nickte. Der Olaigwenani, der älteste und weiseste Mann in der Boma, war eine wichtige Figur. Sein Einverständnis würde maßgeblich sein, um diese Veränderungen voranzutreiben und das Leben der Kinder in der Boma nachhaltiger zu gestalten. Es war eine Sache, Amidah, ihre Mutter und Schwester auf meine Seite zu ziehen, aber sie waren Frauen. Ich musste auch die Massai-Männer für die Sache gewinnen.

Ich wandte mich zu Amidah. »Wäre es möglich, mit dem Olaig-wenani zu sprechen? Ich würde gern seine Gedanken zu dieser Idee hören und sehen, ob er sich eine Zusammenarbeit vorstellen kann.«

Amidah sah mich einen Moment lang nachdenklich an, bevor sie nickte. »Ich denke, das wäre möglich«, sagte sie und wandte sich an eine Gruppe von Menschen, die sich inzwischen um uns versammelt hatten. Sie sprach ein paar Worte auf Maa, der Sprache der Massai, deren Inhalt ein völlig anderer sein konnte, als ich vermutete, denn in der Menge zeigte sich wiederum keinerlei Regung. Aber ein älterer Mann, dessen tiefe Falten Geschichten von vielen Lebensjahren erzählten, trat vor.

Er war der Olaigwenani, der Älteste der Boma. Seine Augen waren klar und hell trotz seines fortgeschrittenen Alters und seine Haltung strahlte Autorität und Respekt aus.

Ich erklärte meine Ideen für die Mawingu-Farm, auf dessen Land sie lebten, den Wunsch, die Lebensbedingungen zu verbessern und nachhaltiger zu werden. Ich sprach von Bildung für die Kinder, regelmäßige Schulbesuche, Gesundheitsversorgung, einer besseren Zukunft, von gerechter Bezahlung und von Respekt für das Land und seine Ressourcen, Amidah übersetzte in Maa. Der Olaigwenani hörte still zu, seine Miene unbewegt, und wieder war es im Grunde gut möglich, dass der Inhalt, den Amidah ihm mitteilte, ein ganz anderer war, da auch auf seinem von tausend Falten belebten Gesicht keine Reaktion abzulesen war.

Nach einer Weile der Stille stand er auf, sein langer Wanderstock stützte ihn. Er warf einen Blick auf die umstehenden Bewohner der Boma und dann wieder auf mich. »Deine Worte klingen gut und ehrlich«, begann er, seine Stimme tief und ruhig, Amidah übersetzte mir auf Englisch. »Aber wir haben gelernt, vorsichtig zu sein. Viele Male haben Menschen mit guten Absichten zu uns gesprochen, doch am Ende wurde nur Schaden angerichtet. Wir möchten unser Leben selbst in die Hand nehmen und uns nicht von anderen abhängig machen.« Dann wandte er seinen Blick in den Himmel nach Norden und sagte einige Worte, unter denen ich Ol Doinyo Lengai heraushörte, von denen ich wusste, dass sie den einzigen zurzeit aktiven Vulkan bezeichneten und dass die Massai ihn als heilig ansahen. »Wir sind zufrieden mit unserem Leben. Das moderne Leben und die modernen Sachen, um die man sich kümmern muss, bringen oft mehr Sorgen als Nutzen.«

Ich wusste, dass er damit nicht unrecht hatte, denn die Menschen hier wirkten in der Tat zufrieden. Er nannte mir noch ein Beispiel: »Wer kein Handy hat, der muss es auch nicht laden, kein Guthaben kaufen und regt sich auch nicht über das Fehlen einer guten Internetverbindung auf.«

Seine Worte hallten in der Stille nach. Die Bewohner der Boma zeigten weder Zustimmung noch Ablehnung, während sie seine Entscheidung schlichtweg akzeptierten. Ich fühlte eine Mischung aus Enttäuschung und Respekt. Es war nicht das Ergebnis, das ich erhofft hatte, aber im Grunde konnte ich seine Entscheidung verstehen, den Glauben und auch die Weisheit, die darin lag.

»Ich respektiere Ihre Entscheidung, Olaigwenani«, sagte ich, »und ich werde meine Pläne überdenken, um sicherzustellen, dass sie die Interessen und Bedürfnisse Ihrer Gemeinschaft angemessen berücksichtigen.«

Die Bewohner der Boma, einschließlich Amidah und ihrer Familie, sahen mich vermutlich mit gemischten Gefühlen an, aber auch das war an ihren Mienen nicht abzulesen. Wir verabschiedeten uns, aber immerhin lächelten mich Amidahs Schwester Zuri und ihre Söhne freundlich an und winkten mir zu.

Mit schwerem Herzen trat ich den beschwerlichen Rückweg zur Mawingu-Farm an. Der Regen hatte nachgelassen, aber der Weg war noch immer schlammig und rutschig. Trotz der Zurückweisung, die ich gerade erfahren hatte, war ich entschlossen, nicht aufzugeben.

»Das waren vielleicht zu viele Themen auf einmal«, sagte Zahir und als ich darüber nachdachte, wurde mir klar, dass ich in meinen Anliegen vermutlich wirklich zu viele Dinge vermischt hatte.

»Außerdem sind die Massai ein glückliches Volk, sie sind nie gestresst, sie sind zufrieden mit dem, was sie haben. Vielleicht brauchen sie nicht das, was man ihnen schon so oft einreden wollte. Das Einzige, was einen Massai aus der Ruhe bringen kann, ist, wenn eine seiner Kühe gestohlen wird.«

»Aber als die vorletzte kurze Regenzeit ausblieb, haben sie viele ihrer

Kühe verloren«, sagte ich. »Die Dürre würde zu einem immer größeren Problem.«

Zahir zuckte mit den Schultern. »Sie haben schon viele Dürren überlebt.«

Wir brauchten vier Stunden für den Weg zurück zur Farm. Unterwegs mussten wir haltmachen und den Inhalt von zwei Reservekanistern in den Tank füllen. Ich überredete Zahir, mich auch ein Stück fahren zu lassen, denn ich hatte bemerkt, wie erschöpft er war und dass ihm seine Hüfte auf der harten Federung zu schaffen machte, und als er ohne Gegenwehr zustimmte, wurde mir klar – seine Schmerzen waren vermutlich schlimmer, als ich dachte. Wir sprachen kaum etwas, waren erschöpft, niedergeschlagen, denn der kurze Hoffnungsschimmer, den ich in Amidahs Hütte wahrgenommen hatte, war durch die abweisenden Worte des Olaigwenani wieder infrage gestellt worden. Als wir vor der Unterkunft der Farmarbeiter ankamen, wurde es schon dunkel und wir waren so froh wie selten, endlich wieder festen, trockenen Boden unter den Füßen zu haben. »Danke für deine Hilfe«, sagte ich zum Abschied. »Aber versprich mir eines.«

»Was?«

»Lass dich bitte, sobald die Straßen wieder frei sind, von einem Spezialisten durchchecken, einem guten Arzt. Ich werde mich erkundigen, wer dafür hier in der Gegend geeignet ist, und wenn es hier niemanden gibt, fahren wir eben nach Daressalam.«

Er senkte den Blick, nickte dann aber und murmelte: »*Ore enalotu kelotu ake* ... Was kommt, wird kommen.« Damit stieg er aus und verschwand humpelnd in der Dunkelheit.

Ich war zwar erschöpft, aber von dem Tagesausflug noch so aufgewühlt, dass ich mich nach einer Dusche im Bademantel an den Kamin setzte, mit einem Glas Rotwein und Chapati neben mir, das inzwischen zu meinem Lieblingssnack geworden war. Auf dem Bildschirm meines Laptops, den ich auf dem Schoß hielt, schaute ich mir andere Hilfsprojekte in Tansania, Namibia und Botswana an. Ich wollte nicht missionieren, wovor Frank mich gewarnt hatte, aber wenigstens mehr Wahlmöglichkeiten schaffen. Um besonders bedürftigen Kindern den Zugang zu mehr Bildung zu ermöglichen, verfolgte ich den Gedanken eines Stipendienprogramms weiter. Dieses würde sowohl Jungen als auch Mädchen Gelegenheit bieten, eine gute weiterführende Schule zu besuchen, unabhängig von ihren familiären oder finanziellen Hintergründen. Aber woher sollte das Geld kommen? Ich selbst verfügte nicht über die Mittel und die Farm warf nicht genug ab, erst recht nicht, wenn ich die Löhne erhöhte, um insbesondere auch den Frauen eine gerechtere Bezahlung zukommen zu lassen. Der Corinna-Waldeck-Family-Trust hatte zwar nach ihrem Letzten Willen einen festen Betrag im Jahr für die Unterstützung des Mawingu Health Centers vorgesehen, aber dieser reichte gerade so, um dort den Status quo zu erhalten. Ich könnte den verantwortlichen Treuhänder nach weiteren Mitteln fragen, dachte ich. Einen Versuch war es wert – und gleich verfasste ich eine E-Mail an UBS Wealth Management.

Dann scrollte ich durch die Instagram- und Facebook-Accounts einiger Hilfsorganisationen und kam auf die Idee, eine Online-Fundraising-Kampagne für das geplante Stipendienprogramm zu starten. Während die Regentropfen auf das Dach meiner Veranda trommelten, wuchs in meinem Herzen ein neuer Plan. Es mochte sentimental klingen, aber die ausgenutzte Notlage von Amidah und die Gesichter der verletzten Kinder, die ich im Mawingu Health Center gesehen hatte, gingen mir nicht mehr aus dem Kopf. Erneut dachte ich an die ungerechte Verteilung von Wohlstand und Bildungschancen. Ich musste mich unbedingt mit den anderen Kaffeefarmern vernetzen, um bei den Arbeitsbedingungen an einem Strang zu ziehen.

Moritz

An einem frostigen Dezembermorgen machte sich Moritz auf den Weg zu einem Anwalt in München. Er ging zu seinem geparkten Wagen, kratzte das Eis von den Schreiben, stieg ein und drückte auf den Knopf der Sitzheizung. Die Straßen der Stadt waren festlich geschmückt, Weihnachtsbeleuchtungen glitzerten an den Gebäuden und die Schaufenster der Geschäfte stellten ihre weihnachtlichen Auslagen zur Schau. Moritz Waldeck war ein Stadtmensch. In München geboren und aufgewachsen, hatte er von klein auf nur Stadtstraßen gemocht und war lediglich an Wochenenden ab und zu in das immer dichter besiedelte Umland gelangt oder später dann, in den Ferien, weit in die Ferne, nach Tansania. Im Rückblick kam es ihm so vor, als sei das Hauptereignis dieser Wochen auf der Kaffeefarm immer Corinna Waldeck selbst gewesen, die mit ihrer Egozentrik alle Naturerlebnisse und Safaris in den Schatten zu stellen versuchte.

Als er jetzt am Steuer seines BMW durch München fuhr, merkte er, dass er sich einerseits auf vertrautem Boden befand, dass er andererseits aber auch in seiner Geburtsstadt nicht mehr richtig froh wurde und kein anheimelndes Gefühl empfand. Es war eine der besinnlichsten Zeiten des Jahres in München und doch konnte die festliche Atmosphäre nicht zu Moritz durchdringen. Sein Kopf war voller Gedanken über seine Zukunft und die Ungerechtigkeit des Testaments seiner Tante. Ihm war kalt, die Sitzheizung wurde nicht warm, offenbar war sie kaputt wie so vieles andere an seinem BMW. Vielleicht hätte er sich von den zwanzigtausend Euro aus dem Vermächtnis doch lieber einen neueren Gebrauchtwagen kaufen sollen anstatt die Uhr. Sein Blick glitt über das schwarze Ziffernblatt seiner Audemars Piguet und er schüttelte den Kopf. Nein, sie war jeden Cent wert! Ein Gedanke durchzuckte ihn: Müsste er das Geld etwa zurückzahlen, wenn das Testament angefochten wurde? Doch er beruhigte sich sofort, als er die zwanzigtausend Euro in Relation zu dem Gesamtvermögen seiner Tante brachte.

Er parkte seinen Wagen vor einem prachtvollen Altbau mit heller Sandsteinfassade, in dem verschiedene Kanzleien und Büros untergebracht waren. Als er ausstieg, wehte ein kalter Winterwind und wirbelte die ersten Schneeflocken auf. Er nahm einen tiefen Atemzug der eiskalten Luft, sammelte sich einen Moment und trat dann durch die schweren Türen des Gebäudes.

In der warmen Lobby hing der Duft von Tannenzweigen, Zimtstangen und Granatapfel in der Luft, ein Kontrast zu den kühlen, klaren Linien des modernen Interieurs. Offenbar war dieses Potpourri von einer übereifrigen Dekorateurin als Raumduft versprüht worden. Normalerweise schätzte Moritz in seiner Umgebung eine luxuriöse Reinlichkeit, Lavendelduft, gestärkte Servietten, gebügelte Taschentücher, durchaus auch Deko, aber maßvoll. Heute verschlug ihm ein Atemzug Weihnachtsduft schon den Appetit auf einen Kaffee. Der geschmackvolle Schmuck des Christbaums in Taupetönen konnte nicht zu ihm durchdringen. Denn je länger er nachgedacht hatte, desto unablässiger hatte sich sein Erwartungs- und Umbruchzustand mit geheimen Hoffnungen und Ängsten vermischt. Er war so konzentriert und berauscht von seiner Entdeckung, ihrer nun unmittelbar bevorstehenden rechtlichen Einordnung durch fachliche Expertise, dass er heute nicht die Geistesverfassung besaß, um sich auch nur über eine einzige gelungene Äußerlichkeit zu freuen. Auch nicht über die freundliche und gut aussehende Rezeptionistin, die er sonst vielleicht sogar nach einem charmanten Kompliment um ihre Nummer gebeten hätte. Mit entschlossener Miene füllte er den Besucherbogen aus, nahm den Aufzug in den vierten Stock, wo das Büro von Herrn Steffen Schäfer lag, einem renommierten Anwalt, der für seine Erfolge in komplexen Erbschaftsfällen bekannt war, und rückte während der Fahrt im Spiegel seine bordeaux-dunkelblau gestreifte Krawatte zurecht.

Als er in das elegant eingerichtete Büro eintrat, konnte er es kaum erwarten, nun endlich die verwirrende Rechtslage zu klären und sich seinen gerechten Anteil am Erbe zu sichern. Er wurde von Herrn Schäfer empfangen, einem mittelgroßen Mann mit grau meliertem Haar und präzisen Gesichtszügen, die auf eine entschlossene Persönlichkeit schließen ließen, genauso wie Moritz sich ihn vorgestellt hatte. Herr Schäfer war in München bekannt für seine Fähigkeit, auch kniffelige Fälle im Familien- und Erbrecht zu lösen.

»Herr Waldeck, schön, Sie kennenzulernen. Setzen wir uns«, sagte

Herr Schäfer und deutete auf einen Tisch in der Mitte seines Büros. Die Designermöbel und die zeitgenössische Kunst an den Wänden spiegelten den Wohlstand und Erfolg seiner Klienten wider. Während sie sich setzten, breitete Moritz die Papiere aus, die er mitgebracht hatte – Dokumente, die mit der Leihmutterschaft, dem Testament und anderen rechtlichen Aspekten des Falles zu tun hatten.

Nachdem sie Platz genommen hatten, begann Herr Schäfer zu sprechen in dem nüchternen Ton, den Moritz von ihm erwartet hatte. »Herr Waldeck, Ihnen ist natürlich bewusst, dass das Vermögen Ihrer Tante Corinna beträchtlich ist. Die Villa Waldeck allein ist ein Juwel, ein stadtbekanntes Anwesen, das auf dem Immobilienmarkt enorm viel einbringen würde. Und dann ist da noch ›Coffee and Tea‹, das Unternehmen, das sie von Grund auf aufgebaut hat. Es hat einen beeindruckenden Marktwert und ist ein wichtiger Player in der Branche. Ich kann schon sehr gut nachvollziehen, dass Sie das Testament infrage stellen, wenn all das an ein Kind gehen soll, das im Rechtssinne nicht einmal Corinna Waldecks leibliche Tochter ist. Aber ...«, jetzt lehnte er sich zurück und machte eine bedeutungsvolle Pause, »... es stellt keinen gravierenden Verstoß gegen die grundlegenden Prinzipien der deutschen Erbschaftsordnung dar, wie Sie vermuten, denn der Erblasser kann grundsätzlich einsetzen, wen er möchte.«

Die Worte des Anwalts hingen in der Luft. Gerade wenn man sich das ganze Ausmaß von Corinnas Erbe vor Augen führte, war der letzte Satz für Moritz umso enttäuschender. Er sah den Anwalt geradezu bohrend an. Eben noch hatte er sich an der Schwelle zu einem neuen Leben gefühlt, seine Fantasie hatte schon begonnen, sich aus dem Glanz seiner wohlhabenden Zukunft zu speisen, und auf einmal fand er sich wieder in seine Anfänge zurückgestoßen. Seine Stimme klang ungewohnt zaghaft, als er fragte: »Aber müsste ich nicht wenigstens einen Anspruch auf einen Pflichtteil haben?«

»Herr Waldeck«, begann Herr Schäfer und legte in seine Stimme den Ausdruck, als würde er mit einem bemitleidenswerten Kind sprechen. »Ich verstehe Ihren Ärger und Ihre Frustration, aber ich muss Ihnen etwas klarmachen. Unter gewöhnlichen Umständen besteht ein Pflichtteilsanspruch in Deutschland nur für die direkten Nachkommen, also Kinder, Enkel, Urenkel und so weiter. Auch der Ehepartner oder einge-

tragene Lebenspartner sowie die Eltern des Erblassers haben ein Anrecht, sofern keine direkten Nachkommen vorhanden sind.«

»Und was ist mit Neffen und Nichten? Was ist mit mir?« Moritz'
Stimme klang beinahe flehend. Er fühlte sich klein und fürchtete auf
einmal jedes weitere Wort des Anwalts, jede neue Offenbarung der
Aussichtslosigkeit seines Vorhabens.

Herr Schäfer atmete tief durch. »Neffen und Nichten, also Geschwis-
terkinder, haben nach deutschem Erbrecht kein Recht auf einen Pflichtteil, wenn sie durch ein Testament oder einen Erbvertrag von der Erbschaft ausgeschlossen werden.«

»Aber das ist ungerecht!«

Schäfers Mundwinkel zuckten leicht, denn das laienhafte Wort »ungerecht« war etwas, das in Juristenkreisen kaum Heiterkeit, dafür umso
mehr Überdruss hervorrief. Aber er sagte ruhig zu Moritz: »Ich verstehe Ihren Standpunkt, Herr Waldeck. Doch das Gesetz sieht das so vor.
Wenn Ihre Tante Corinna testamentarisch bestimmt hat, dass Hannah
ihre Haupterbin sein soll, und es gibt keine anderen direkten Nachkommen oder einen Ehe- beziehungsweise eingetragenen Lebenspartner, dann haben Sie nach aktuellem Stand des deutschen Erbrechts keinen Anspruch auf einen Pflichtteil. Eine Ausnahme könnte jedoch bestehen, wenn das Testament aufgrund von Sittenwidrigkeit angefochten
und für ungültig erklärt wird, das müsste man prüfen.«

Moritz fand langsam wieder zu seiner früheren Sicherheit zurück. Er
war schließlich kein Dummkopf. Seine Intelligenz wurde mitunter nur
etwas durch die Verbitterung eingeschränkt, mit der er seine Mitmen-
schen betrachtete. »Eine Leihmutterschaft gilt nach deutschem Recht
als sittenwidrig«, gab er sein angelesenes Wissen preis.

»Das ist wahr«, nickte Herr Schäfer und der wache Ausdruck in seinen Augen beflügelte Moritz' Hoffnung. »Dies ist ein sehr empfindli-
cher und ethisch komplexer Bereich. Und hier könnten wir ansetzen.«

Moritz atmete auf. Eine Last fiel von ihm ab. Für einen kurzen Moment hatte er geglaubt, dass alle seine aufwendigen Nachforschungen
umsonst gewesen waren. Aber Schäfer hatte den Ruf, einer der besten
Familien- und Erbrechtsanwälte Münchens zu sein – und das womöglich zu Recht.

»Also … worauf warten wir noch?«, fragte er.

»Herr Waldeck«, begann Schäfer und betonte den Namen auf der zweiten Silbe, »ich möchte sicherstellen, dass Sie die Konsequenzen einer Anfechtung des Testaments vollständig verstehen. Wenn das Testament als nichtig betrachtet wird, folgen wir der gesetzlichen Erbfolge.«

Moritz nickte und lehnte sich entspannt zurück.

»Das bedeutet«, fuhr der Anwalt fort, »dass Doris Isenburg, mittlerweile wieder Doris Waldeck, alles erben würde. Als die Schwester der Erblasserin gehört sie zur zweiten Ordnung. In einem solchen Fall würde sie 100 Prozent des Nachlasses erhalten.«

»Und was ist mit mir?«, fragte Moritz, seine Stimme wurde schon wieder etwas rauer als gewöhnlich.

Schäfer sah ihm direkt in die Augen. »Sie, Herr Waldeck, hätten nur dann geerbt, wenn Doris Waldeck vor der Erblasserin verstorben wäre oder wenn sie gleichzeitig mit ihr gestorben wäre. Wenn Doris Waldeck noch lebt, was ich annehme, und das Testament wird angefochten, dann würde sie alles erben und Sie müssten warten, bis … nun, bis sie nicht mehr da ist.«

Moritz starrte Schäfer an und ließ die Informationen auf sich wirken. Ein Moment der Stille breitete sich im Raum aus, nur unterbrochen von gedämpften Geräuschen des Münchner Straßenverkehrs.

»Aber Hannah wäre auf jeden Fall von der Erbfolge ausgeschlossen?«, fragte Moritz schließlich.

»Hannah Waldeck?«, wiederholte Schäfer, die Stirn in Falten legend. »Sollte das Testament angefochten werden und sie aufgrund der Leihmutterschaft weiterhin weder als leibliche noch als adoptierte Tochter anerkannt werden, dann würde sie ebenfalls nichts erben.«

»Das heißt, sie wäre raus!« Moritz atmete hörbar ein und aus. Es war eine Sache, Veränderungen zu erwarten, aber die weitreichenden Konsequenzen, die Schäfer ihm erläuterte, waren eine andere. Es war nun an ihm, eine Entscheidung zu treffen. Nach einer Weile sagte er: »Okay, dann möchte ich die Anfechtung.«

Sie verbrachten den restlichen Morgen damit, alle Details zu besprechen. Herr Schäfer hörte aufmerksam zu, machte sich Notizen und stellte gelegentlich Fragen, um sicherzustellen, dass er alles verstanden hatte. Moritz spürte eine Erleichterung, als er sah, wie der erfahrene Anwalt durch die Papiere blätterte und strategisch vorging.

Als sie endlich fertig waren, lehnte sich Herr Schäfer zurück und sah Moritz ernst an. »Dies ist ein ausgesprochen interessanter Fall und ich verspreche Ihnen, dass ich alles in meiner Macht Stehende tun werde, um eine Lösung zu finden, die Ihren Interessen gerecht wird.«

Mit diesen Worten zum Abschied, machte Moritz sich auf den Heimweg. Er fuhr durch die winterlichen Straßen von München, auf denen sich ganz langsam die erste Schneedecke des Jahres sammelte. Trotz der Unwägbarkeit, die in einem Gerichtsverfahren lag, fühlte er sich nun weitaus hoffnungsvoller. Mit Herrn Schäfer an seiner Seite hatte er zumindest einen Plan und die Möglichkeit, das Erbe, das ihm zustand, spätestens nach dem Tod seiner Mutter zu erhalten. Schließlich hatte Schäfer die Klage als »aussichtsreich« bezeichnet. Und Moritz war überzeugt, dass er seine Mutter schon zu Lebzeiten dazu bringen könnte, ihn an ihrem neuen Reichtum teilhaben zu lassen, vielleicht übertrug sie ihm sogar die Geschäftsführung des Unternehmens!

Er fuhr weiter, da fiel sein Blick auf den Englischen Garten, der in vorweihnachtlicher Pracht strahlte. Kinder tobten auf dem frisch gefallenen Schnee, kratzten ihn von den Grünflächen, versuchten ihn zu Bällen zu formen, aber er war zu pulvrig. Ihr Lachen und die ausgelassenen Rufe waren eine Melodie, die perfekt zum Geist der Weihnachtszeit passte und nun ganz plötzlich auch zu Moritz' zuversichtlicher Stimmung.

Eine bronzene Statue ragte im Zentrum des Parks auf, sie stellte eine Mutter mit ihrem Kind dar, symbolisch für die Liebe und das Geborgenheitsgefühl, die die Feiertage prägten. Doch sein Blick wurde von einem Mädchen mit langen braunen Haaren am Rande des Geschehens angezogen, das alleine dastand und die anderen Kinder beobachtete. Da er nicht viel Erfahrung mit Kindern hatte, konnte er schlecht ihr Alter schätzen und seine vage Vorstellung rangierte zwischen acht und zehn Jahren. Sie hatte eine alte, abgenutzte Schultasche umgehängt und in ihren Augen lag eine Sehnsucht, die Moritz überraschend tief berührte.

Er hielt seinen Wagen an und beobachtete die Szene. Da kam ein anderes Kind, nahm das Mädchen an der Hand und führte sie zu den anderen. Ihr Gesicht leuchtete auf, als sie begann, mit den anderen zu spielen. In diesem Moment füllte eine warme Freude Moritz' Herz, ein Gefühl, das er seit Langem nicht mehr verspürt hatte.

Diese einfache Szene der Kinderfreundschaft löste in Moritz eine überraschende Welle der Reflexion aus. Er dachte an Hannah, das Mädchen, das in der Mitte seines Erbschaftsstreits stand. Weihnachten war eine Zeit der Liebe und des Gebens und hier war er, der das Erbe eines Kindes infrage stellte. Der Gedanke daran, wie seine Aktionen ihr Leben beeinflussen würden, verursachte ihm auf einmal ein Unbehagen, wie er es sonst nur bei einer Pechsträhne im Online-Poker kannte. Für ihn war es geradezu eine Gefühlssensation, nicht nur beim Verlieren Trauer zu empfinden, der er sich einige Minuten hingab. Er besaß Mitgefühl! Fast genoss er diesen Schauder der ungewohnten Skrupel.

Mit einem tiefen Seufzen startete er seinen Wagen wieder und fuhr weiter. Die Gedanken an das Mädchen im Park und Hannah vermischten sich mit den weihnachtlichen Liedern, die aus seinem neuen Autoradio kamen, und ließen weitere Zweifel in ihm aufkommen. Vielleicht war es an der Zeit, über das hinauszuschauen, was ihm rechtlich zustehen mochte, und sich zu fragen, was moralisch richtig war? Mit diesen Gedanken fuhr er durch die festlichen Straßen Münchens, sein Herz auf einmal durch den plötzlichen Zwiespalt wieder schwer.

Die funkelnden Weihnachtslichter und glitzernden Schaufenster entlang der Maximilianstraße erzeugten ein fast unwirkliches Ambiente. Luxusgeschäfte wie Tiffany & Co., Gucci, Prada und Cartier reihten sich aneinander und verliehen der Prachtstraße einen Hauch von mondänem Flair. Er hatte Glück, fand zufällig einen freien Parkplatz und stellte seinen alten BMW an den Straßenrand. Dann schlug er den Kragen seines leicht abgetragenen Merinomantels hoch, vergrub die Hände tief in den Taschen und schlenderte an den Schaufenstern vorbei, wobei sein Blick über die Auslagen schweifte. Geschmeidige Seidenroben, makellos gefertigte Schmuckstücke, teure Uhren und exotische Duftflakons fingen sein Auge ein. Es war eine andere Welt, die sich dort ausbreitete – eine Welt, die ihm so nah und doch so fern erschien. Die Menschen, die er an diesen Orten sah, lebten in einer vollkommen anderen Realität. Damen in Pelzmänteln, Herren in feinen Anzügen, junge Paare, die lächelnd kostbaren Schmuck begutachteten – sie alle schienen mit einem Reichtum gesegnet zu sein, den Moritz nur von den schillernden Events kannte, zu denen er immer noch eingeladen wurde. Seine Tante Corinna hatte eine andere Art von Wohlstand gepflegt, das Glitzernde und dieses »Bling-Bling« war nicht ihr Stil gewesen. Er musste zugeben, dass er sie in dieser Hinsicht fast ein wenig vermisste.

Vor Tiffany & Co. blieb er stehen und beobachtete ein Paar. Der Mann, Mitte dreißig, gut aussehend und elegant gekleidet, hielt ein kleines blaues Kästchen in der Hand. Seine Augen funkelten vor Aufregung und Liebe, als er den Deckel öffnete und ein strahlender Verlobungsring zum Vorschein kam. Die Frau, vielleicht fünf Jahre jünger als er, atemberaubend in ihrem dunkelblauen Kleid, bedeckte ihren Mund mit der Hand und Moritz hätte schwören können, dass in ihren Augen Tränen glitzerten.

Es war ein Anblick, der so voller Glück und Liebe war, dass es Moritz fast den Atem raubte. Er spürte einen stechenden Schmerz der Eifersucht. Nicht auf den Ring oder das luxuriöse Leben, das das Paar führte, sondern auf die Unbeschwertheit und die überquellende Freude, die sie ausstrahlten.

Er wandte sich ab und setzte seinen Weg fort, sein Herz schwer unter dem Gewicht der enormen Ungleichheit, die das Leben bereithielt. Doch als er die feierlichen Weihnachtslieder hörte, die aus den Lautsprechern der Geschäfte kamen, fühlte er schon wieder diese seltsame Mischung aus Hoffnung und Melancholie, die ihm sagte: Er täte gut daran, sich für die ungewisse Zukunft zu rüsten, indem er deren Entwicklung mit einem echten Husarenstück beschleunigte! Sein Vorhaben konnte er keinesfalls aus Stimmungen und einer gewissen Sentimentalität, die der Jahreszeit geschuldet war, aufgeben. Was er tat, indem er Rechtsanwalt Schäfer die Klage vorbereiten ließ, ging auf die Rechnung, die er noch offen hatte: mit dem Schicksal, mit Glück und Gerechtigkeit.

Isabelle

Am nächsten Morgen wollte ich nach dem Frühstück eine Inspektionsfahrt über die Farm unternehmen, aber ich merkte gleich, dass mir selbst im Sitzen auf dem Fahrersitz nach der gestrigen Reise über die vielen löchrigen Schlammwege alle Knochen wehtaten, vor allem mein Steißbein. Ich fühlte mich wie vollkommen gerädert, deshalb kehrte ich gleich wieder um.

Danach setzte ich mich mit einem weichen Kissen unter den Po in das Arbeitszimmer. Mithilfe von Social-Media-Plattformen und E-Mail-Kampagnen wollte ich mich über die Situation der Kinder auf meiner Farm und in der Region informieren. Ich kannte die müden Augen der Kinder, die den Boden der Plantage beackerten – Hände, die zu klein, und Schultern, die zu schmal waren, um das Gewicht der Arbeit zu tragen. Kinderarbeit war eine Last, die ich auf meiner Plantage nicht dulden wollte. Doch der Schlüssel zur Änderung lag nicht im Verbot, sondern in der Erleichterung der Not, die die Familien zu solchen Maßnahmen zwang. Die Fotos, die ich aufgenommen hatte, sollten aufrütteln und ich hoffte, dadurch weitere Unterstützer, auch unter den anderen Kaffeefarmern, zu finden.

Zwar hatten mich die Regenfälle nahezu in der physischen Welt eingeschlossen, aber in der digitalen Welt fand ich eine Brücke, die mich über die überfluteten Straßen und Wege hinaustrug. Auf meinem Schreibtisch thronten mein Laptop und mein Handy, meine Werkzeuge, um in den sozialen Medien Wellen zu schlagen. Es gab natürlich schon zahlreiche Hilfsprojekte für ostafrikanische Länder und wenn ich mir ihre Instagram-Accounts ansah, war ich jedes Mal fast ein bisschen enttäuscht, dass nur Bilder und Beiträge gezeigt wurden, die man schon viel zu häufig gesehen hatte, die ein wenig beliebig und austauschbar wirkten und nicht wirklich berührten. Entsprechend gering war die Resonanz. Wenn diese Themen hier auf so wenig Interesse stießen, konnte man sich die Arbeit auch sparen, dachte ich entmutigt.

Es musste doch etwas geben, das mehr Aufmerksamkeit hervorrief, das herausstach. Und nach einer Weile kam ich auf die Idee, einfach meine Geschichte zu erzählen, sodass die Menschen Lust bekamen, an meinem Abenteuer teilzuhaben. Ich erstellte einen Instagram-Account unter dem Namen »Mawingu« mit dem Untertitel: »Wie ich eine Kaffeefarm in Afrika erbte«.

Dann schrieb ich den ersten Beitrag, in dem ich von dem Moment erzählte, als ich auf die verlassene Kaffeefarm kam, die überreifen Kirschen an den Büschen sah, durch das leere Farmhaus lief und das merkwürdige Gefühl hatte, meine Tante wäre immer noch allgegenwärtig. Ich schrieb ziemlich ehrlich von meiner inneren Verzweiflung, meinen Ängsten und darüber, dass ich zunächst gar nicht wusste, wie es weitergehen sollte. Dazu erstellte ich zwei Storys mit einem kommentierten Rundgang durch das Farmhaus und über eine der Plantagen. Ich verlinkte den Beitrag auf Facebook und weiteren Plattformen, schickte den Link per E-Mail an Familie, Freunde, andere Farmer in der Nachbarschaft, Geschäftspartner meiner Tante und hoffte auf Unterstützung aus Deutschland. Mit einem tiefen Atemzug drückte ich den »Veröffentlichen«-Button und wartete.

Ein unverkennbares Summen erfüllte den Raum, der in bläuliches Licht getaucht war, während ich auf den Bildschirm starrte. Neben mir auf dem Schreibtisch saß Nala, mit meiner Sonnenbrille auf der Stirn, und spielte mit meinen Textmarkern. Sie öffnete die schwarzen Deckel, roch daran, leckte an der Faserspitze und schien Geschmack daran zu finden. Sie protestierte, als ich ihr den Filzstift wieder entwendete, aber das Auslutschen eines Fasermalers konnte auch für einen Schimpansen nicht gesund sein. Auf einmal kam mir die Idee, sie dabei zu filmen, wie sie mein Büromaterial untersuchte und auf einen Block krickelte, schon hatte ich die nächste Instagram-Story. Es ging eigentlich ganz einfach. Stellte sich nur die große Frage: ob ich als vollkommener Neuling auf den Social-Media-Plattformen wahrgenommen wurde.

»Was meinst du, Nala, wird meinen Beitrag überhaupt jemand sehen, geschweige denn lesen?« Ich schloss kurz die Augen, um mir zu vergegenwärtigen, dass ich inzwischen mit einem Schimpansen sprach.

Gemeinsam warteten wir, Nala starrte jetzt scheinbar genauso gespannt auf den Bildschirm wie ich und dann konnte ich es kaum fassen: Die Zahlen schienen wie in einem Zeitlupenfilm zu klettern, ein ständiger, rhythmischer Tanz, der meine Hoffnungen und Befürchtungen in einem Strudel der Gefühle aufwirbelte. Dreißig, fünfzig, hundert-fünfzig, dreihundertzwanzig … nach kurzer Zeit hatten über vierhun-dertdreißig Menschen ein Herzchen unter meinen ersten Beitrag ge-setzt und es gab auch schon eine ganze Menge Kommentare. Ein Mo-ment der Stille sank über mich herab, als ich diesen Gedanken verarbeitete. Das war mehr, als ich mir je hätte vorstellen können.

Ich sah erneut auf den Bildschirm, halb erwartend, dass die Zahlen zurückgehen würden, als Produkt meiner überhitzten Vorstellungs-kraft. Doch die Zahlen blieben nicht, sie wuchsen noch weiter. Mein Herz pochte in meiner Brust, eine kräftige Trommel, die den Rhythmus der aufsteigenden Emotionen hämmerte.

Es war real! Es war tatsächlich passiert!

Mit zitternden Händen nahm ich mein Smartphone und begann, durch die Kommentare zu scrollen:

»Hey, super, was für ein Abenteuer!«

»Der Affe ist ja süß, wie heißt er denn?«

»Wo liegt deine Farm, kann man da auch Urlaub machen?«

»Das sieht traumhaft aus, liebe Grüße von Sonny!«

»Erzähle mehr von deiner Geschichte, das ist superspannend!«

»Hast du diese Kaffeefarm von Corinna Waldeck geerbt? Wir kann-ten sie, wohnen gar nicht so weit entfernt von Mawingu und würden uns gerne mit dir austauschen.«

Worte der Ermutigung, der Unterstützung, der Begeisterung … Sie flossen von den Bildschirmen wie ein stetiger Strom, erfüllten den Raum mit einer fast greifbaren Wärme. Ich konnte kaum glauben, was ich las.

Dann erstellte ich Storys, die die Realität auf der Plantage und das Schicksal ihrer Frauen und der kleinsten Arbeiter einfingen. Die Wor-te, die ich wählte, waren ehrlich und eindringlich, jede Zeile eine Ein-ladung an die Welt, sich uns bei einer Veränderung anzuschließen. Schon war der nächste Beitrag für Instagram fertig vorbereitet. Es war die Geschichte von Issa, dem Jungen, dem ein schwerer Kaffeesack die Schulter und das Schlüsselbein gebrochen hatte. Seinen Namen än-derte ich ab und seine Augenpartie verpixelte ich, obwohl mir klar war, dass gerade seine schönen und trotz des Leids noch hoffnungs-vollen Augen viel Mitgefühl geweckt hätten. Aber ich wollte natürlich seine Persönlichkeitsrechte wahren. Eine Collage von Bildern seiner schweren Arbeit, Fotos im Krankenhaus, gepaart mit einem Text, der die Geschichte seines Unfalls erzählte und unsere Mission der Eindämmung der Kinderarbeit und der besseren medizinischen Versorgung aufrollte.

Als die ersten Benachrichtigungen auf meinem Handydisplay aufblinkten, fühlte ich eine Mischung aus Anspannung und Aufregung. Die ersten Herzen tauchten auf, gefolgt von Kommentaren, die das kleine Symbol eines laufenden Mannes zeigten. Ein Zeichen dafür, dass die Leute den Beitrag teilten. Ich schob die Benachrichtigungen beiseite und ging direkt auf meine Instagram-Seite, um die Live-Statistiken zu überprüfen. Innerhalb von Minuten stiegen die Zahlen in einem Tempo, das ich noch nie zuvor gesehen hatte. Jede Sekunde kamen Dutzende, zum Teil Hunderte von Klicks dazu. Mein Herzschlag beschleunigte sich, als ich sah, wie die Zahlen stiegen. Das waren nicht nur Zahlen; es waren Menschen, die sich auf die Geschichte von Issa einließen und auf die Ungerechtigkeiten aufmerksam gemacht wurden, die er und viele andere erlebten.

Die Kommentare flossen herein. Einige waren schlicht Herz-Emojis oder Tränen, die ihre Emotionen für den Jungen ausdrückten. Andere bestanden aus längeren Nachrichten, in denen sie ihre Wut und Traurigkeit über die Situation äußerten und ihre Unterstützung für unsere Mission bekundeten.

»Dank dir haben wir von dieser tragischen Geschichte erfahren. Ich stehe hinter deiner Mission!«, las ich in einem Kommentar.

»Ich kann nicht fassen, dass solche Dinge in unserer modernen Welt passieren. Wie können wir helfen?«, schrieb ein anderer.

»Du bist supermutig!«

»Der arme Kleine, wie unfair!«

»Toll, dass du etwas ändern willst!«

»Kinderarbeit gehört abgeschafft.«

»Wir sind von der Kailage-Farm und beschäftigen auch schon seit fünf Jahren keine Kinder mehr. Wir sollten uns zusammentun.«

Ich scrollte durch und während viele der Kommentare unterstützend waren, gab es natürlich auch ein paar Kritiker. Einige hinterfragten die Authentizität der Geschichte, andere behaupteten, dass die Angelegenheit viel komplexer sei, als eine einfache Geschichte auf Instagram vermitteln könne. Doch im Großen und Ganzen überwog die Welle der Solidarität und des Mitgefühls. Es war klar, dass Issas Geschichte, obwohl sein Gesicht nicht erkennbar und sein Name geändert war, viele Menschen tief berührt hatte. Es war ein Beweis dafür, dass wahre, ehrliche und eindringliche Geschichten die Kraft haben, die Welt zu bewegen.

Ich lehnte mich in meinem Stuhl zurück und atmete tief durch. Unwillkürlich breitete sich ein Lächeln über mein Gesicht aus und ich spürte ein Gefühl der Erleichterung, dass unsere Geschichte wirklich gehört wurde, dass sie Menschen berührte und bewegte. Unfassbar, dass es so viele Leute gab, die uns unterstützen wollten. Die Bilder hatten in den Herzen von Tausenden von Menschen einen Nerv getroffen.

Ich wusste natürlich, dass dies nur der Anfang war. Es gab noch viel zu tun, aber der erste Schritt war getan. Mit neuer Energie und Entschlossenheit begann ich, die Antworten auf die vielen Kommentare und Nachrichten zu tippen, die in meinem Postfach eingegangen waren.

Der Gedanke, dass ich nicht allein war in unserem Kampf, war unglaublich ermutigend. Mit jedem Klick, jedem neuen Follower, jedem geteilten Beitrag kam ich meiner Vision einen Schritt näher. Ich hatte den Eindruck, dass es vor allem die Videos waren, die auf besonders viel Resonanz stießen.

In den folgenden Tagen teilte ich regelmäßig Updates, Geschichten von Fortschritten, Hindernissen und Hoffnungen. Jeder Beitrag eine neue Chance, die Herzen der Menschen zu erreichen und unsere Botschaft zu verbreiten. Ich wusste, dass diese ersten Wochen entscheidend waren, um die notwendige Aufmerksamkeit zu gewinnen. Mit jeder veröffentlichten Story, jedem Beitrag arbeitete ich unermüdlich daran, das Bewusstsein zu schärfen und Unterstützung für unser Anliegen zu gewinnen. Und die Kommentare beflügelten mich:

»Hey, super, dass du so ein Projekt anstößt!«

»Es ist klasse zu sehen, dass jemand sich für die Leute dort einsetzt und nicht nur profitiert!«

»Danke für die Inspiration!«

»Was hat dich dazu gebracht, dort zu leben?«

»Erzähle mehr von deiner Geschichte, das ist so spannend!«

Dann fiel mir ein Instagram-Account von einem deutschen gemeinnützigen Verein auf. Probono Schulpartnerschaften für eine Welt e. V. förderte seit 2004 Schulbildung in Ostafrika und unterstützte Partnerschaften zwischen Schulen in Deutschland und Schulen in Tansania, Uganda und Kenia. Unter anderem auch Schulen in Moshi und Arusha. Ich schrieb Andrea Alleker-Fendel an, die den Verein vor fünfzehn Jahren gegründet hatte, und schon ein paar Minuten später antwortete sie mir aus Frankfurt, dass wir unbedingt in den nächsten Tagen telefonieren sollten. Zu diesem Zeitpunkt ahnte ich nicht, auf wie viel Energie, Warmherzigkeit und vor allem Know-how ich bei dieser beeindruckenden Frau treffen würde und wie viel sie bereits für die Förderung der Bildung in dieser Region getan hatte.

In dieser Zeit, eingekesselt von Regenwolken und Wassermassen, wurde mein Schreibtisch mit Laptop und Handy zu meinem hilfreichsten Werkzeug. Und mit der Unterstützung all dieser Menschen an meiner Seite fühlte ich mich stärker denn je.

Weihnachten stand vor der Tür, immer noch gab es kein Durchkommen, die Situation hatte sich eher verschlimmert als verbessert. Südlich des Ngorongoro-Kraters lag der Lake Eyasi. Dieser Salzsee war nach den starken Regenfällen über die Ufer getreten und hatte die an ihm entlangführende Straße gänzlich weggespült. Und auch auf unserem Plantagengelände waren viele der unbefestigten Straßen aufgeweicht und unpassierbar. Ich fühlte ein mulmiges Gefühl dabei, unser höchstes Fest das erste Mal ohne meine Familie zu verbringen. Um nicht zu einsam zu sein, lud ich Zahir zum Abendessen ein, für ihn war Heiligabend ja kein Festtag, den er mit seiner Familie verbringen musste, und er war es ohnehin gewohnt, mehrere Wochen in Folge auf der Farm zu bleiben und seine erwachsenen Kinder, die weiter weg wohnten, länger nicht zu sehen. An diesem Abend würde ich erst erfahren, dass seine Frau ihn inzwischen verlassen hatte.

Die Schatten des Abends fielen sanft über Mawingu und das Farmhaus war in ein flackerndes, goldenes Licht der vielen Kerzen getaucht, die ich aufgestellt hatte. Mein Herz war schwer, die Erinnerungen an die Weihnachtsfeiern meiner Kindheit und mit meinem eigenen Kind schienen aus weiter Ferne zu mir herüberzuwehen und doch konnte ich die Freude, die dieses Fest in mir weckte, nicht ganz verdrängen. Weder die weite Entfernung noch die Einsamkeit hatten meine Liebe zu Weihnachten schmälern können. Es mag sentimental sein, aber ich glaube, die Sehnsucht nach dieser festlichen Zeit können wir nicht abschütteln, ganz gleich, wo auf der Welt wir uns am 24. Dezember befinden.

Zahir erschien pünktlich zum Abendessen, sein Gesicht war von den Widrigkeiten während der Regenzeit gezeichnet, denn ein Erdrutsch hatte über vierzig Hektar der Plantage mit allen Kaffeebüschen komplett weggespült. Wir waren noch am Morgen gemeinsam zu der Plantage gefahren, kamen aber nur bis zum Anfang des Felds, weil der Geländewagen sonst unweigerlich in den Schlammbergen stecken geblieben wäre. Es blieb uns ohnehin nichts, als darauf zu warten, dass der Regen aufhörte, und danach neu anzupflanzen. Inzwischen verstand ich die Bedeutung der Worte Zahirs, die er uns bei unserem ersten Besuch 1987 über den Kaffeeanbau gesagt hatte, ziemlich gut: »*You need patience!*«

Zahirs Augen strahlten vor Neugier, als er durch die Flügeltüren des Farmhauses trat. Für ihn war das eine neue Erfahrung, etwas Fremdes, etwas in weiten Teilen eines anderen Erdteils Verbreitetes. Ich hatte keine glitzernden Kugeln mitgebracht, denn mir war ja bei meiner Anreise gar nicht klar gewesen, dass ich im Dezember noch in Tansania sein würde. Aber ich wollte heute den Weihnachtszauber meiner Kindheit aufleben lassen und gleichzeitig die natürliche Schönheit der Mawingu-Farm nutzen. In den Hauptwohnbereichen des Hauses hingen Girlanden aus getrockneten Orangenscheiben, Zimtstangen und Sternanis, die ich mit einfachem Garn zu langen Fäden gebunden hatte. Sie verströmten einen milden, würzigen Duft, der die warme Luft im Haus mit der nostalgischen Süße von Weihnachten füllte. An den Fenstern hatte ich Papiersterne aufgehängt, fein geschnitten aus alten Landkarten, die ich im September auf dem Markt in Moshi gefunden hatte. Wenn tagsüber die Sonne durch sie hindurchschien, erzeugten sie ein faszinierendes Schattenspiel auf den Holzböden. Am Kamin hatte ich kleine Strümpfe aufgehängt, Subira, die sich als Glücksgriff erwies, hatte sie mit meiner Anleitung aus alten Jutesäcken genäht, die einst Kaffeebohnen gehalten hatten. Jeder Strumpf trug den Namen eines der Kinder der Arbeiter und Arbeiterinnen, in sorgfältig gestickten Lettern. Ich hatte kleine Geschenke gesammelt – hauptsächlich handgefertigte Gegenstände vom Markt, aber auch Batterien, Schulbücher oder Stifte, die ich nach und nach zusammengekauft hatte. Am Nachmittag kamen die Arbeiter, die in der Nähe wohnten und nicht durch den Erdrutsch abgeschnitten waren, mit ihren Kindern, holten sich ihre Geschenke ab und bestaunten die Dekoration. Im Zentrum des Raums thronte ein kleiner, aber robust aussehender Weihnachtsbaum. Anstatt einer nordischen Tanne hatten wir uns für einen einheimischen Baum entschieden, den ich bei einer kurzen Regenpause auf einem Spaziergang gefunden hatte. Mit einfachen tansanischen Holzfiguren, und einer Kette aus getrockneten Blüten und kleinen Papiersternen war er ein ungewöhnlicher Blickfang. Ich hatte versucht, ein Gleichgewicht zu finden, einen Kompromiss zwischen der deutschen Tradition und der afrikanischen Realität. Und das Ergebnis war ein bescheidenes, aber ehrliches Weihnachtsfest, einzigartig und doch vertraut. Ein Fest, das die Wärme und das Licht dieser Jahreszeit auf eine Art und Weise feierte, die die natürliche Schönheit der Mawingu-Farm ehrte und dennoch die Wurzeln der Feier berücksichtigte.

Zusammen mit Subira versuchte ich, die Zutaten für einige traditionelle Weihnachtsgerichte zu finden, obwohl das in Tansania nicht einfach war und unser Radius wegen der anhaltenden Regenfälle immer noch sehr begrenzt war. Trotzdem standen Kartoffelsalat und Würstchen, für mich die Hauptbestandteile des Weihnachtsessens, auf unserem Tisch. Dazu gab es frisches Vollkornbrot, das ich selbst gebacken hatte. Ich zündete den Kamin an und die Flammen tanzten und knisterten, verbreiteten Wärme und Licht in unserem gemütlichen Esszimmer.

Unsere Weihnacht war nicht wie die, die ich aus Deutschland kannte, mit prächtig geschmückter Nordmanntanne und hellen Lichterketten, aber dennoch spürte ich einen Hauch von Weihnachtsstimmung. Vielleicht war es das flackernde Kaminfeuer, die Wärme, die das Essen ausstrahlte, oder einfach die Freude, das Fest mit jemandem zu teilen, der zu einem wichtigen Teil meines neuen Lebens geworden war.

Wir setzten uns zum Essen und ich begann, Zahir von den mir so vertrauten Weihnachtstraditionen zu erzählen. »Wenn ich zurückdenke, lag fast immer Schnee an Weihnachten, aber inzwischen ist das eher die Ausnahme. Hast du schon mal Schnee gesehen?«

»Ja, ich natürlich, auf dem Kilimandscharo!«

Ich schlug mir an die Stirn. »Ja natürlich, wie dumm von mir, es gibt ja sogar das Buch mit dem Titel ›Schnee auf dem Kilimandscharo‹ von Hemingway und das wurde auch verfilmt. Bist du schon oben gewesen?«

Zahir lachte und hielt sein Handy hoch. »Brauche ich nicht, ich habe das hier. Die Besteigung kann man auf YouTube anschauen.«

Er suchte ein Video auf seinem Smartphone heraus und wir sahen uns gemeinsam die letzte Etappe einer Gruppe an, die bei geschlossener Schneedecke über die Umbwe-Route auf den höchsten Berg Afrikas steigt. Die Kamera schwenkte auf das Gesicht eines Mannes, der seine Mütze vom Kopf riss und sie hochwarf. »Den kenne ich doch«, sagte ich.

»Ja, das ist Jabari. Der Schwager meiner Cousine zweiten Grades. Er hat dich vom Flughafen hergefahren.«

Jetzt erinnerte ich mich an den Fahrer, der so lässig an der Motorhaube seines weißen Pick-ups gelehnt hatte. Es kam mir vor, als sei es Jahre her, so viel war in der Zwischenzeit passiert, dabei waren erst gut vier Monate vergangen.

»Und er ist nicht nur Taxifahrer, sondern Bergführer?«

»Er hat auch schon Autos verkauft, mal so, mal so. Jabari hat viele Seiten, viele Frauen und viele Kinder zu ernähren …«

»Ah, das hätte ich gar nicht gedacht, ich meine, dass er schon so viele Kinder hat, er wirkt noch ziemlich jung … und deshalb nimmt er jede Arbeit an?«

»*Metum orrip tuli kiteng*, der, der rumsitzt, bekommt keine Kuh.«

Ich musste lachen, weil Zahir immer diese tansanischen Sprichwörter aufsagte, wie eine alte weise Frau.

»Erzähl noch mehr vom Winter in Deutschland«, bat er mich.

Ich sprach weiter: »Da gibt es Weihnachtsmärkte, auf denen man Glühwein trinkt, das ist heißer Rotwein mit Zucker und Zimt, dazu isst man gebratene Wurst. Es ist sehr kalt und man hat dicke Winterjacken an, Mützen auf dem Kopf, Handschuhe an und alles ist mit Tannen und Lichtern geschmückt.«

Zahir nickte. Natürlich hatte er all das schon in Videos, Filmen und auf Fotos gesehen, aber genauso wenig, wie ich mir die Wirklichkeit in Tansania hatte vorstellen können, bevor ich länger hier war, hatte er ein Bild dieser Bräuche, die mir während des Erzählens immer merkwürdiger vorkamen. Trotzdem sprach ich vom Plätzchenbacken, von festlichen Liedern und Gottesdiensten, von der Freude am Schenken und dem Beisammensein mit der Familie. Zahir hörte mir aufmerksam zu, seine dunklen Augen glänzten im Schein des Kamins und ich konnte sehen, dass ihn meine Schilderungen faszinierten. Mir fiel auf, dass diese Freude am Zuhören bei uns sehr selten geworden war. Bei Zahir war sie noch vorhanden – in ihrer reinsten Art. Nur wollte er mir nicht von seiner Frau und dem Grund der Trennung erzählen, auch nicht, welcher Art und wie schwer seine Verletzungen durch den Autounfall waren. Also drängte ich ihn nicht. Aber irgendwann kamen wir doch darauf zu sprechen. »Seit du mir von dem Unfall erzählt hast, frage ich mich, ob ich ihr das an deiner Stelle verzeihen könnte«, sagte ich.

»Es ist wahr«, beginnt Zahir langsam und wählte seine Worte sorgfältig. »Ich habe oft darüber nachgedacht. Jeden Tag sehe ich die Narben und werde an das erinnert, was hätte geschehen können.« Er legte eine Pause ein, um sich zu sammeln, und blickte dann direkt in meine Augen. »Aber der Hass und die Wut, die ich gefühlt habe, sind keine guten Begleiter. Sie sind wie Gift, das sich in die Seele schleicht und alles verzehrt.« Er nahm einen tiefen Schluck von seinem Wein, als wolle er die Erinnerungen hinunterspülen. »Die Dinge, die du über Corinna erfahren hast, waren erschütternd, und das, was sie Amidiah angetan hat, ist unverzeihlich. Aber ich habe gelernt, dass Vergebung nicht für den anderen ist, sondern für mich selbst. Es geht nicht darum, ihr Verhalten zu entschuldigen oder zu vergessen. Es geht darum, die Last loszulassen, die diese Emotionen auf meinem Herzen haben.«

Es war erstaunlich, wie er trotz allem, was er durchgemacht hatte, solch eine tiefgreifende Weisheit und Gelassenheit besaß. Die Art und Weise, wie er über Vergebung sprach, nicht als ein Zeichen der Schwäche, sondern als einen Akt des Selbstschutzes und der Selbstliebe, öffnete mir die Augen. Zum ersten Mal realisierte ich, dass Vergebung tatsächlich mehr mit dem eigenen Heilungsprozess zu tun hatte als mit dem, was die andere Person jemandem angetan hatte. Und in diesem Moment war Zahir nicht nur ein Angestellter, ein Freund, sondern ein Lehrer und ein Vorbild.

Nach dem Essen saßen wir noch eine Weile vor dem Kamin und ich sang einige der traditionellen deutschen Weihnachtslieder, obwohl ich keine gute Sängerin war. Meine ungeübte Stimme hallte ziemlich schief durch das stille Farmhaus und ich konnte die Melodie von »Stille Nacht, heilige Nacht« fast physisch in der Luft fühlen. Nala saß draußen auf der Schaukel der Veranda und legte die Arme über ihre Ohren.

Doris

Die Stille der Villa Waldeck wurde nur durch das leise Knistern der Kerzenflammen und die zurückhaltenden Gespräche durchbrochen. Die Atmosphäre war voll von ungesagten Gedanken und Gefühlen, die ihren Ursprung in der Abwesenheit von zwei bedeutenden Familienmitgliedern hatten: Corinna und Isabelle.

Dieses Weihnachten war anders als alle anderen. Sie feierten zu viert, Moritz hatte über die Feiertage die Einladung von Freunden in ihr Kitzbüheler Chalet angenommen und Doris musste zugeben, dass sie fast froh war, ihn nicht hier zu haben. Die letzte schreckliche Auseinandersetzung über das Testament hatten sie beide nicht verwunden. Hannah war hier, Christoph und Alexander, die beide nach der Bescherung mit Frida in den Garten gegangen waren, um kurz »frische Luft zu schnappen«, wie sie sich ausdrückten. Doris wusste natürlich, dass Christoph immer zum Rauchen hinausging, und sagte nichts weiter dazu. Er hatte wieder damit angefangen, seit Isabelle abgereist war, und er benötigte ausgesprochen viele Zigarettenpausen, wie sie stillschweigend registrierte.

Sie schaute von dem opulent geschmückten Weihnachtsbaum zu Hannah, die davor im Schneidersitz auf dem Teppich saß und gerade ihren kleinen Bluetooth-Lautsprecher mit ihrem Handy koppelte. Alexander hatte Doris den Tipp für das Geschenk gegeben und es schien bei ihrer Nichte sehr gut angekommen zu sein. Als sie Hannahs Profil sah, konnte sie nicht umhin, an ihre Mutter, Doris' Zwillingsschwester, zu denken, die im letzten Sommer so plötzlich gestorben war. Gerade von der Seite sahen sich Mutter und Tochter so unglaublich ähnlich. Corinna, mit ihrer komplexen Persönlichkeit, voller Facetten und Widersprüche, war eine Leerstelle, die sie nicht füllen konnten. Sie war wie ein fehlendes Puzzleteil in diesem Familienporträt. Corinna hatte immer ein Spiel mit Inszenierungen, Identitäten und Selbstbildern getrieben – ein Spiel, das Doris erst nach und nach durchschaute. Sie hatte gelernt, dass Corinna mehrere Masken getragen hatte, und je nach Situation und Person hatte sie diese mit einer Leichtigkeit gewechselt, die es anderen schwer machte, sie zu entlarven. Aber hinter dieser theatralischen Fassade verbarg sich auch eine tiefgreifende Unsicherheit, ein innerer Konflikt, den Doris erst deutlich zu spüren begann, seit Corinna für immer fort war.

Doris strich über den rosa Schal aus Merinowolle, der so herrlich weich war und den Hannah und Alex ihr zusammen geschenkt hatten. Er war in mit Rotkehlchen und Stechpalme verziertes Papier verpackt gewesen und mit einer roten Schleife zugebunden. Doris war zutiefst bewegt. Sie stellte sich vor, wie die beiden zusammen einkaufen gegangen waren, wie sie mehrere Münchner Läden abgeklappert hatten, wie sie ihr Geschenk sorgsam verpackt hatten. Sie versuchte sich Christoph bei so einer zeitraubenden und liebenswerten Tätigkeit vorzustellen, aber das gelang ihr nicht. Er hatte ihr eine Flasche Cognac mitgebracht, die sie zu den anderen ungeöffneten Spirituosen stellte, die er ihr jedes Jahr zu Weihnachten schenkte.

Und dann war da noch Isabelle, die auf Corinnas Farm in Tansania festsaß und deren Präsenz sie trotz der Entfernung so stark spürten, als wäre sie nur einen Raum entfernt. Sie warteten gespannt auf den geplanten Videoanruf, um ein Stück Weihnachten mit Isabelle zu teilen und inmitten der Trennung und Traurigkeit ein wenig Freude zu finden.

Doris sah Hannah an, die still und in Gedanken versunken den Weihnachtsbaum betrachtete, während aus der kleinen schwarzen Box »*Last Christmas*« von *Wham!* tönte. Doris versuchte, mit ihrer Stimme die Musik zu durchbrechen: »Es ist seltsam, nicht wahr, Hannah? Es ist das erste Mal, dass du hier mit uns Weihnachten feierst, und doch fehlen uns zwei der wichtigsten Menschen in unserem Leben.«

Hannah nickte, drehte sofort den Ton leiser und blickte auf ihre Hände. »Ja, es ist seltsam. Aber es fühlt sich zum Teil auch richtig an. Es ist, als ob wir hier sein sollen.«

»Es ist die Ironie des Lebens, oder?«, antwortete Doris und ihre Stimme trug einen Hauch von Melancholie. »Deine Mutter, Corinna … sie war immer voller Überraschungen. Einige davon waren wunderbar, andere … nun, weniger. Sie hielt dich so lange von uns fern und jetzt bist du hier, feierst Weihnachten mit uns, während sie nicht mehr da ist.«

Hannah hob den Kopf und sah Doris direkt an. »Ich wünschte, sie könnte das sehen. Ich wünschte, sie hätte die Chance gehabt, das alles mit uns zusammen zu erleben, und ich wünschte, noch jemand wäre hier.«

»Isabelle?«

»Ja, auch Isabelle, aber noch ein anderer Mensch, der mir sehr wichtig ist.«

»Ich glaube, du meinst die Frau, die dich auf die Welt gebracht hat, nicht wahr?«

Hannah senkte den Kopf. »Ja, Amidah. Ich habe einfach nie verstanden, weshalb Corinna den Kontakt mit ihr verboten und mich gleichzeitig vor euch versteckt hat. Das war so ein bescheuerter Widerspruch! Entweder sie hätte mich als Tochter akzeptiert, wie ich bin, und hätte sich zu mir bekannt oder sie hätte mich auch gleich bei Amidah lassen können.«

»Wäre dir das denn lieber gewesen?«

»Ich weiß nicht. Vermutlich wäre es gar nicht gegangen.«

»Warum?«

»Es hat mich nie gestört, dass ich nicht Amidahs leibliche Tochter war«, sagte Hannah und ihre Stimme klang gedämpft, als ob sie weit weg wäre, in einer anderen Zeit, an einem anderen Ort. »Ich meine, sie hätte mich gerne wie ihr eigenes Kind aufgezogen. Aber es war ihr Ehemann, Njau, der es nicht akzeptieren konnte.«

Doris zog die Stirn kraus, fühlte den Stich des Unbehagens. »Njau?«

Hannah nickte. »Ja, Njau. Für die Männer der Massai zählen Blutsverwandtschaft und Herkunft extrem viel. Ich war für ihn das Kind einer Fremden, nicht sein eigenes. Und er konnte es nicht ertragen, mich um sich zu haben. Ich denke, es war ihm unangenehm. Und letztlich …« Sie zögerte und sah Doris direkt an. »Letztlich war es seine Entscheidung, dass ich nach Corinnas Tod nicht bleiben konnte. Nicht Amidahs.«

Für einen Moment war nur die leise Musik aus dem Bluetooth-Lautsprecher zu hören. Dann sagte Doris leise: »Das muss hart für dich gewesen sein, Hannah. So jung schon so viel durchgemacht zu haben, nie ein richtiges zu Hause gehabt zu haben.«

Hannah zuckte mit den Schultern. »Vielleicht. Aber ich denke, es hat mich stärker gemacht. Und es hat mir gezeigt, dass Familie nicht unbedingt etwas mit Blut zu tun hat. Manchmal sind es die Menschen, die dich lieben und sich um dich kümmern, die wirklich zählen. Wie du und Christoph und Alexander. Und auch Amidah, trotz allem.«

Doris nickte und drückte Hannahs Hand. »Du hast recht, Hannah. Familie ist das, was wir daraus machen. Und du bist definitiv ein Teil unserer Familie. Egal, was passiert.«

Hannah ergriff ihre Hand. »Danke, ich bin froh, dass ich hier bin. Mit euch. An Weihnachten. Aber gerade heute kommt alles wieder hoch. Warum hat sie uns das angetan?«

»Euch was angetan?«

Die Antwort kam ohne Zögern: »Mich sogar nach ihrem Tod mit Absicht für so viele Jahre von Amidah zu trennen, zu verfügen, dass ich bis zu meinem einundzwanzigsten Lebensjahr in Deutschland bleiben muss.«

Doris blickte Hannah lange an, ihre Augen spiegelten das Verständnis wider, das nur Zeit und Erfahrung bringen können. »Corinna ... sie hatte ihre Fehler und ihre Geheimnisse, genau wie wir alle. Ich glaube, sie hat getan, was sie in jenem Moment für das Beste hielt. Sie war auf ihre Weise ... kompliziert.«

»Hm, kompliziert ist ein sehr nettes Wort dafür, sie war eine Lügnerin«, erwiderte Hannah. Sie ließ Doris' Hand los und starrte auf das flackernde Kerzenlicht.

»Nun, manchmal lügen Menschen, weil sie denken, dass es einfacher ist. Oder um andere zu schützen. Oder sich selbst. Oder vielleicht, um zu vergessen. Corinna hatte ihre inneren Kämpfe«, gab Doris zu, ihre Stimme war ruhig und nachdenklich.

»Sie hat immer gesagt, dass sie das Beste für mich wollte. Aber das Beste wäre gewesen, ehrlich zu sein. Mir und Amidah gegenüber. Und sich selbst gegenüber«, sagte Hannah mit einem trotzigen Unterton in der Stimme.

»Ja«, stimmte Doris zu. »Aber manchmal ist es nicht so einfach. Manchmal denken wir, dass wir das Richtige tun, auch wenn es das nicht ist. Und manchmal ... manchmal bereuen wir unsere Entscheidungen erst, wenn es zu spät ist.«

Hannah sah Doris an und nickte langsam. »Ja, ich verstehe, was du meinst. Und ich versuche, ihr zu vergeben. Es ist nur ... manchmal ist es schwer.«

Doris lächelte sanft. »Das ist es, Hannah. Und das ist in Ordnung. Es ist in Ordnung, wütend zu sein. Es ist in Ordnung, verwirrt zu sein.

Und es ist in Ordnung, Zeit zu brauchen, um zu vergeben. Alles, was du fühlst, ist in Ordnung.«

Hannah nickte erneut und schloss für einen Moment die Augen. Als sie sie wieder öffnete, sah sie Doris an und sagte: »Danke, Doris. Für alles. Ich bin froh, dass ich hier bin. Mit euch. An Weihnachten.«

»Und wir sind froh, dass du hier bist, Hannah. Sehr froh«, erwiderte Doris, ihre Stimme war warm und aufrichtig. »Und denke daran, du bist nicht alleine. Wir sind deine Familie und wir werden immer für dich da sein. Egal, was passiert.«

Das Licht erlosch abrupt und hüllte den Raum in Dunkelheit.

»Was ist da los?«, fragte Doris und Hannah machte die Taschenlampe ihres Smartphones an. Sie ging zum Lichtschalter und schaltete ihn vergeblich an und aus. »Keine Ahnung, kein Strom mehr, vielleicht ein Kurzschluss.«

Ein unerwarteter Moment, der fast symbolisch für das vergangene Jahr schien – ein Jahr voller Veränderungen und Verluste.

Dann hörten sie draußen das Kratzen von Schritten auf dem Kiesweg. Durch die Terrassentür konnten sie zwei schwache Lichtkegel erkennen, die sich dem Haus näherten. Es waren Christoph und Alexander, die mit Taschenlampen den plötzlichen Stromausfall ausglichen. Die Tür öffnete sich und die beiden Männer betraten das Haus. Der Lichtkegel der Taschenlampen tanzte auf den Wänden, zauberte Schattenfiguren und zog surreale Muster. »Ein kleines Weihnachtsabenteuer«, bemerkte Alexander mit einem leichten Lachen in seiner Stimme, während er seine Jacke auszog. »Wo ist der Sicherungskasten?«

»Im Keller.«

»Okay, ich gehe mal nachsehen.« Trotz der Dunkelheit konnte Doris das Lächeln in Alexanders Stimme hören, als er sagte: »Nun, das macht dieses Weihnachten auf jeden Fall unvergesslich.«

Aber in der Dunkelheit, nur beleuchtet von den zuckenden Taschenlampenlichtern, schienen die Worte einen tieferen Sinn zu bekommen. Es war nicht nur das Licht, das fehlte. Es war auch Corinna, deren Fehlen in diesem Moment greifbar wurde. Und es war Isabelle, die in der Ferne in Tansania festsaß. Dieses Weihnachten war in der Tat unvergesslich, aber es war auch ein Spiegel der Veränderungen, die sie alle durchgemacht hatten.

Isabelle

Später, als Zahir gegangen war, facetimte ich mit Doris, Hannah, Alex und Christoph, die alle zusammen in der Villa Waldeck feierten. Ich griff nach meinem Smartphone, der Bildschirm leuchtete auf und ich öffnete die Facetime App. Es dauerte ein paar Sekunden, dann erschienen ihre Gesichter auf dem Bildschirm. Doris, Hannah, Alex und Christoph, alle versammelt in der Villa Waldeck, die Weihnachtslichter im Hintergrund funkelten in warmen Farben.

»Hey, du! Frohe Weihnachten!« Doris' Gesicht nahm den Großteil des Bildschirms ein, ihr Lächeln reichte bis zu den Ohren. Dann rückte sie ein wenig zurück und ich konnte sehen, dass sie eine Tasse Glühwein in der Hand hielt. Die anderen schauten zu mir herüber und winkten.

»Frohe Weihnachten euch allen!« Ich erwiderte ihr Lächeln, ein Stich von Heimweh durchzog mich, doch ich schob ihn beiseite. »Wie geht es euch?«

»Uns geht's gut«, antwortete Hannah. »Wir hatten nur einen kleinen Stromausfall und haben kurz im Dunkeln gesessen, aber Alex hat es wieder hinbekommen.«

»Stromausfall? Also hier ist das an der Tagesordnung, aber in München?«

Jetzt erschien Alexanders Gesicht auf dem Bildschirm. »Hallo, Mama, frohe Weihnachten. Es war die Hauptsicherung, die ist aus irgendeinem Grund rausgeflogen, vielleicht zu viel Weihnachtsbeleuchtung.«

»Frohe Weihnachten, Alex«, sagte ich leise und warf ihm eine Kusshand zu. Hannah war jetzt wieder zu sehen und ich sagte: »Für dich ist es jetzt vermutlich das erste Weihnachten außerhalb von Tansania, Hannah, oder?«

Hannah schüttelte den Kopf. »Nein, ich war auch schon mal mit Corinna über Weihnachten auf einem Kreuzfahrtschiff.«

»Und wärst du jetzt lieber hier auf Mawingu?«

Hannah antwortete mit einer Gegenfrage und mir wurde bewusst, dass ich vielleicht zu unbedacht gewesen war, sie nicht vor allen über ihre Gefühle sprechen wollte.

»Wärst du lieber hier in München?«, fragte sie mich.

»Vielleicht schon. Weihnachten ist einfach nicht dasselbe ohne Familie.«

»Wir vermissen dich, Schatz«, sagte Doris und ihre Augen glänzten feucht im Schein der Weihnachtslichter.

»Ich vermisse euch auch«, antwortete ich und spürte, wie mir jetzt tatsächlich die Tränen in die Augen stiegen. Ich hätte nicht gedacht, dass ich so sentimental werden würde, aber eigentlich war gerade diese Annahme zu naiv gewesen. Natürlich war es eine süße Tortur, meine Familie so zu sehen, alle zusammen und doch so fern. Aber es war besser, als gar keine Verbindung zu ihnen zu haben.

»Wo ist Moritz?«

Doris räusperte sich. »Er feiert Weihnachten diesmal bei Freunden in Kitzbühel.«

»Ah, sicher bei den Brandstetters.«

»Ja, ich glaube, so heißen die Leute.« Es war Doris selbst per Video anzumerken, dass sie lieber das Thema wechseln wollte.

»Ich hoffe, du hast einen wundervollen Heiligabend«, sagte Christoph, lehnte sich auf dem Sofa zurück, schlug die Beine übereinander und biss genüsslich in ein Vanillekipferl. Fast hatte ich den Eindruck, als wollte er mir demonstrieren, wie gut es ihnen ohne mich ging. »Deine Mutter hat sich bei den Plätzchen wieder einmal selbst übertroffen. Siebenundzwanzig Sorten.«

»Nein, achtundzwanzig«, verbesserte ihn Hannah. Christoph trug einen dicken Weihnachtspullover, auf dem ein ziemlich hässlicher Weihnachtsbaum mit Augen abgebildet war.

»Was ist das für ein Pulli?«, fragte ich.

»Den hat mir eine Kollegin aus dem Orchester geschenkt.«

»Oh, ist das nicht eher eine englische Tradition mit diesen Weihnachtspullovern? Ich kenne das aus ›Schokolade zum Frühstück‹.«

Alex grinste. Christoph wirkte merkwürdig ernst, zuckte mit den Schultern und sein Gesicht passte gar nicht zu dem lächerlichen Outfit. Über Facetime, noch dazu mit vier Leuten, konnte ich nicht einschätzen, was er wirklich dachte, ob er verärgert war, weil ich nicht wie angekündigt zurückgekommen war, oder ob ich ihm inzwischen gar nicht mehr wichtig war.

»Wie war dein Heiligabend?«, fragte Doris.

»Es ist anders hier, aber auch schön«, antwortete ich und lächelte.

»Zahir war bei mir. Wir hatten Würstchen und Kartoffelsalat.«

Alexander brach in schallendes Gelächter aus. »Bekommt man wirklich Würstchen in Tansania?«

»Natürlich keine Frankfurter, aber so etwas Ähnliches und sie haben ziemlich gut geschmeckt.«

Wir plauderten noch eine Weile, tauschten Geschichten und Neuigkeiten aus. Es war nicht dasselbe, wie live zusammen zu sein, aber es war genug. Ein Versuch der Nähe, trotz der Tausenden von Kilometern, die uns trennten.

Nachdem wir aufgelegt hatten, ließ ich das Smartphone sinken und starrte in die Flammen des Kamins. Trotz der Distanz fühlte ich mich meiner Familie nah, und ich war dankbar für die Technologie, die es mir ermöglichte, mit ihnen in Kontakt zu bleiben, sogar an Weihnachten. Es war ein kleines Geschenk, ein Stück Heimat, das ich in dieser fremden Welt mit mir trug. Nur über meine Gefühle zu Christoph war ich mir nicht im Klaren. Ich spürte einfach nichts, wenn ich ihn sah.

Am nächsten Morgen, am ersten Weihnachtsfeiertag 2019, war der Regen wieder stärker als an den letzten Tagen. Als ich im Halbdunkel früh aufwachte, konnte ich den rhythmischen Klang des Wassers hören, das gegen das Fenster und auf das Dach prasselte. Meine sentimentale Stimmung von Heiligabend war verschwunden, nicht einen Gedanken verschwendete ich daran, dass in diesem Moment Millionen von Kindern in den angelsächsischen Ländern ihre lang ersehnten Geschenke unter dem Weihnachtsbaum vorfanden. Das eintönige Trommeln war inzwischen zu meinem meistgehassten Geräusch geworden, das jedes positive Bild von der Welt zerplatzen ließ. Ich zog meinen seidigen Morgenmantel an und tapste barfuß zur Küche, das kühle Holz des Bodens war angenehm unter meinen Füßen. Auf dieses Gefühl versuchte ich mich zu konzentrieren, um mich nicht zu sehr von dem Dauerregen runterziehen zu lassen.

Im Mittelpunkt der Küche thronte Corinnas stolzester Besitz – eine beeindruckende Jura-Kaffeemaschine, die sie aus Deutschland mitgebracht hatte. Ein vollautomatisches Wunderwerk der Technik, das sich inmitten der Einfachheit des ländlichen Tansania anfühlte wie ein Raumschiff, das auf einem fremden Planeten gelandet war. Aber zum Stil der neuen Edelstahlküche passte diese Maschine besser als die meisten anderen aus Corinnas Sammlung.

Mit etwas Ehrfurcht näherte ich mich dem Gerät und begann, die Prozedur für einen perfekten Kaffee durchzugehen. Wasser in den Tank, Kaffee in den Trichter, Tasse unter den Auslauf. Ein letzter kontrollierender Blick auf die Bedienungsanleitung, dann drückte ich den Startknopf.

Mit einem sanften Surren erwachte die Maschine zum Leben, während draußen der Regen unaufhörlich auf das Dach prasselte. Lichter blinkten auf, die Maschine gurgelte und dampfte und nach wenigen Sekunden war ein perfekter Espresso fertig. Der Duft von frisch gebrühtem Kaffee mischte sich mit dem erdigen Geruch des Regens und dem süßen Aroma der Kaffeebohnen, die direkt vor unserer Tür wuchsen. Mittlerweile hatte ich nicht nur Gefallen am Duft, sondern auch am Geschmack gefunden. Hier auf Mawingu war aus mir, der überzeugten Teetrinkerin, eine Kaffeetrinkerin geworden.

Ich nahm die Tasse und ging zum Fenster, blickte hinaus auf die von Regen getränkte Landschaft. Alles war tiefgrün und lebendig, die Kaffeepflanzen, die nicht weggeschwemmt worden waren, trugen dicke, glänzende Blätter und an manchen schwollen schon wieder die allerersten Kirschen in ihrer reichen, dunklen Farbe an. Es war ein magischer Anblick, ein lebendiges Stillleben, das vom ewigen Zyklus des Lebens und Wachstums erzählte.

Mit der Tasse in der Hand kehrte ich an den Küchentisch zurück und nahm einen ersten Schluck. Der Kaffee war stark, aber sanft, mit einem Hauch von Schokolade und Nuss. Es war der Geschmack von Tansania, eingefangen in einer einzigen Tasse.

Und während ich dort saß, den Regen draußen beobachtete und den Kaffee trank, kam mir der Gedanke, dass ich an diesem fernen Ort, inmitten von Regen und Kaffeebohnen, ein neues Zuhause gefunden hatte. Ich fühlte mich seltsam verbunden mit dieser Landschaft, mit diesem Land und seinen Menschen da draußen.

Nach dem Frühstück arbeitete ich an meinen neuen Projekten weiter. Ich öffnete meinen Mail-Account und war überrascht: Meine

Kampagne zog Unterstützer von überall auf der Welt an, die bereit waren, einen Beitrag zur Veränderung zu leisten. Auch meine Kontaktaufnahme mit Bildungs-NGOs und lokalen Schulen war auf Resonanz gestoßen. Fünf hatten bereits geantwortet und freuten sich darauf, mit mir die Möglichkeiten für eine Zusammenarbeit zu diskutieren. Ziel war es, einen sicheren, zugänglichen und gewaltfreien Lernraum für Kinder zu schaffen, die zuvor auf den Plantagen gearbeitet hatten. Allerdings war inzwischen auch eine Antwort des UBS Wealth Management eingegangen, dem Treuhänder des Waldeck Family Trust.

Sehr geehrte Frau Weiss,
ich danke Ihnen für Ihre Anfrage bezüglich der Verwendung von Mitteln aus dem Waldeck Family Trust zur Umstellung der Kaffeeplantage auf Nachhaltigkeit und zur Einrichtung von Stipendien für die indigenen Kinder der Plantagenarbeiter und -arbeiterinnen.
Wir erkennen und schätzen Ihr Engagement für nachhaltige Initiativen und die Verbesserung der Lebensbedingungen der Arbeiterfamilien. Nach sorgfältiger Überprüfung und Abwägung der Kriterien und Vorgaben des Corinna Waldeck Family Trust müssen wir Ihnen jedoch mitteilen, dass die Mittel des Trusts aktuell für spezifische, bereits festgelegte Zwecke vorgesehen sind. Daher können wir zu diesem Zeitpunkt leider keine Unterstützung für die von Ihnen vorgeschlagenen Projekte gewähren.
UBS Wealth Management ist sich der Bedeutung von Nachhaltigkeit und sozialer Verantwortung bewusst und wir ermutigen unsere Kunden und Partner, sich weiterhin für solche Initiativen einzusetzen. Wir würden uns freuen, in Zukunft erneut über potenzielle Möglichkeiten zur Unterstützung solcher Projekte zu sprechen.
Wir bedauern, dass wir Ihnen keine positive Rückmeldung geben können, und stehen Ihnen für weitere Fragen oder Anliegen zur Verfügung.
Mit freundlichen Grüßen,
Urs Geller
UBS Wealth Management

Die Ablehnung kam für mich nicht sonderlich überraschend und daher ließ ich mich dadurch nicht entmutigen. Hier war der 25. Dezember kein Feiertag. Per Telefon und E-Mail koordinierte ich mich mit Schulverwaltungen, um die notwendigen Maßnahmen zu planen. Obwohl die Überschwemmungen es mir unmöglich machten, die Farm zu verlassen, nutzte ich diese Zeit, um eine umfassende Planung und Koordination durchzuführen. Jeder Anruf, jede E-Mail waren ein Schritt in Richtung einer besseren Zukunft für die Kinder meiner Gemeinschaft, aber ich musste zugeben, dass es auch mir guttat, meine Zwangsisolation zu nutzen.

Isabelle

Die Sintflut endete Mitte Januar, ebenfalls mit der Präzision eines Uhrwerks, kurz vor Sonnenuntergang. Die Erde sah zertrampelt aus, durchnässt, doch ich rannte hinaus und dachte, so musste sich das erste Schweinepärchen gefühlt haben, als es die Arche Noah verließ. Ich konnte es nicht erwarten, nachzusehen, was die Flut von meiner Plantage übrig gelassen hatte.

Das Geräusch eines nahenden Flugzeugmotors durchbrach die Stille, die sich nach dem Nachmittagsregen über die Plantage gelegt hatte. Ich sprang auf und blickte in den Himmel. Ein kleineres, sportliches Flugzeug kam näher und mein Herz setzte einen Schlag aus. Es konnte nur Frank sein. Frank Barnes. Seine Turboprop war kaum geeignet, auf der matschigen Piste zu landen, also musste es das kleinere Sportflugzeug sein, von dem er mir erzählt hatte. Aber selbst damit war die Landung ein Abenteuer.

Ohne einen weiteren Gedanken sprintete ich zu meinem Defender und ließ den Motor aufheulen. Schlamm spritzte auf, als ich zur Landebahn raste. Mein Herz hämmerte, während die Gedanken in meinem Kopf wild umherschwirrten. Warum jetzt? War die Landung nicht zu gefährlich? Warum hatte er sich die ganze Zeit über nicht gemeldet? Ich hatte versucht, die Gefühle, die Frank in mir auslöste, zu unterdrücken, doch jetzt, da ich sein Flugzeug landen sah, überwältigten sie mich.

Das weiße Sportflugzeug mit dem roten Streifen entlang des Rumpfs setzte grob auf der matschigen Piste voller Pfützen auf, die Reifen holperten und hüpften durch die wassergefüllten Schlaglöcher, die Propeller wirbelten Schlamm auf, als es langsam zum Stehen kam. Die Welt um mich herum verlangsamte sich, als ich den Defender anhielt und ausstieg. Meine Augen waren fest auf das Flugzeug gerichtet, während mein Herz in meiner Brust raste. Die Windschutzscheibe des Flugzeugs war über und über mit Schlamm bespritzt, sodass man nicht hineinsehen konnte. Dann öffnete sich die Tür des Cockpits und Frank stieg aus. Trotz der Distanz konnte ich sein Lächeln sehen und eine Welle der Erleichterung durchfuhr mich. Sofort sprang ich vom Fahrersitz und als ich loslief, dachte ich: Vermutlich wurde man immer wieder zum jungen Mädchen, wenn man den Armen eines geliebten Mannes entgegenläuft.

Er kam auch auf mich zu, ein vertrauter Anblick, der in den vergangenen fast drei Monaten schmerzlich gefehlt hatte. Seine Augen, sein kräftiger Körper, seine breiten Hände, sie erinnerten mich an alles, in das ich mich Hals über Kopf verliebt und nach dem ich mich monatelang verzehrt hatte. Unsere Blicke trafen sich und für einen Moment war alles andere unwichtig. Sein Gesichtsausdruck war schwer zu lesen. Als er endlich vor mir stand, fasste er meine Oberarme und schaute mir direkt in die Augen. Sein Blick war warm und vertraut, aber ich konnte auch einen Hauch von Reue darin erkennen.

»Warum hast du dich nie gemeldet, Frank?«, fragte ich, meine Stimme zitterte leicht, was mir ziemlich peinlich war. Es war eine Frage, die ich mir immer wieder gestellt hatte, während ich nachts wach gelegen, tagsüber mindestens stündlich, manchmal minütlich auf mein Handy geschaut hatte.

Er sah mir einen Moment lang ohne ein Wort in die Augen, bevor er seufzte und meinen Blick hielt. »Es tut mir leid, dass ich dich so lange im Unklaren gelassen habe«, begann er, seine Stimme klang ehrlich und zerknirscht. »Ich war in einer abgelegenen Region, in der ich keinen Zugang zu Kommunikation hatte. Als ich endlich zurückkam, wollte ich dir persönlich gegenüberstehen und erklären, anstatt es über einen Anruf oder eine Nachricht zu tun.« Frank rieb sich den Nacken, eine Geste, die ich bereits nach der kurzen Zeit, die wir zusammen verbracht hatten, von ihm kannte, wenn er nervös war oder wenn ihm etwas unangenehm war.

»Und die Gegend war so von der übrigen Welt abgeschnitten, dass du über Monate kein Funknetz hattest?« Mir entfuhr ein verächtliches Lachen, weil ich die Ausrede so platt und absurd fand. »Wir sind hier ja auch nicht gerade inmitten der Zivilisation und trotzdem kann man telefonieren, WhatsApp-Nachrichten, SMS oder E-Mails schreiben.«

»Ich war in der Mongolei«, gestand er. »Ich wurde gebeten, ein abgelegenes Dorf zu unterstützen, das von der Außenwelt abgeschnitten war.«

»In der Mongolei?«, wiederholte ich ungläubig. »Was zur Hölle hast du in der Mongolei gemacht?«

»Ich wurde eingeladen, ein Projekt zu leiten«, erklärte er. »Sie brauchten jemanden mit meiner Expertise in der Luftfahrt, um eine Notlandebahn zu planen und zu bauen. Sie hatten keinen Zugang zu medizinischer Versorgung, keine Möglichkeit, den Ort im Notfall schnell zu verlassen.«

Seine Worte hingen in der Luft zwischen uns und ich versuchte, das Ausmaß dessen, was er gerade gesagt hatte, zu begreifen. »Aber warum … warum hast du mir bei deiner Abreise nichts davon erzählt?«, fragte ich.

»Da wusste ich noch gar nichts davon«, sagte er leise. »Und ich dachte, ich würde früher zurück sein. Aber es gab Komplikationen, der Winter in der Mongolei kam weitaus schneller als erwartet und die Bedingungen wurden äußerst schwierig. Ich war festgefahren, ohne Möglichkeit, Kontakt zur Außenwelt aufzunehmen.«

Seine Augen suchten in meinen nach Verständnis, nach Vergebung. »Es war naiv von mir zu glauben, dass ich einfach weitermachen könnte, ohne dich in meine Pläne einzubeziehen. Ich habe meine Lektion gelernt. Das verspreche ich dir.«

Diese Worte umfingen mich wie eine warme, schmeichelnde Welle. Ich konnte oder wollte sehen, wie ehrlich er war, wie sehr es ihm leidtat. Und obwohl ich immer noch verletzt und verwirrt war, fühlte ich auch ein Stück weit Erleichterung. Er war zurück, es ging ihm gut und er hatte eine plausible Erklärung für sein Verschwinden. Es war ein Anfang. Und vielleicht war das alles, was ich im Moment brauchte. Als sei es eine Selbstverständlichkeit, warf er seinen braunen Lederweekender in meinen Defender, setzte sich auf den Beifahrersitz und ich fuhr uns zum Farmhaus.

Auf die milde Abendluft der Tropen war Verlass und mit einem Glas Wein in der Hand saßen Frank und ich zusammen auf der Schaukel der warm beleuchteten Veranda. Nala, die Schimpansin, hatte sofort, als der Regen aufhörte, diesen angestammten Platz aufgegeben. Fast war ich ein wenig enttäuscht, aber ich musste erkennen, dass sie ein Wildtier war, das nun nach seinen Artgenossen suchte. Sie hatte ihr Revier wieder ausgeweitet und nur ein einziges Mal würde sie noch zum Frühstück auf die Veranda kommen, um sich ihre Bananenscheiben abzuholen.

Franks und meine leisen Stimmen mischten sich mit dem sanften Zirpen der Grillen draußen in der afrikanischen Nacht. Diese unbeschreibliche tropische Luft vertrieb die lähmenden Gifte der langen Trennung und dauerhaften Abwesenheit. Auf Franks von seinen Reiseklamotten befreitem Körper fand ich langsam die alten Anhaltspunkte wieder.

Ich begann ihm von meinen Treffen mit Amidah zu erzählen, von ihrer stolzen Zurückhaltung, aber auch ihrer zögernden Zustimmung. Er kannte die Herausforderungen, die mit der Arbeit mit der Gemeinschaft der Massai einhergingen.

Frank hörte mir aufmerksam zu, seine hellbraunen Augen funkelten im Schein der flackernden Windlichter. Sein Gesicht veränderte sich, er legte die Stirn in Falten, kaute auf der Unterlippe, rieb sich über das unrasierte Kinn, als ich ihm von der endlos scheinenden Einsamkeit während der Regenzeit und meiner daraus resultierenden plötzlichen Betriebsamkeit erzählte. Als ich von dem Antrag auf das Nachhaltigkeitszertifikat sprach, dem neuen Lohnprogramm und der Stipendienidee, von den Fortschritten, die wir trotz aller Hindernisse gemacht hatten, konnte er nicht verbergen, dass er beeindruckt war. Ich glaube, er wollte es mir auch zeigen. Dann zeigte ich ihm meinen Instagram-Account, auf dem ich inzwischen fünfzehntausend Follower hatte, und er scrollte lange durch die Beiträge und Kommentare. »Da ist ja Issa, der Junge, den wir in der Klinik besucht haben.«

Ich nickte. »Und schau mal, wie viele seine Geschichte gelikt haben.«

»Fünftausendsechshundertachtzig!«, las Frank die Zahl ab. »Unglaublich! Aber ich finde es gut, dass du seine Augen verpixelt und den Namen geändert hast.«

»Jetzt, wo man wieder normal durchkommt, werde ich ihn besuchen, ihm noch sein versprochenes Geschenk bringen und ihm von dem Erfolg seiner Geschichte erzählen. Und übrigens wollen mich fünf andere Farmer aus der Gegend treffen und sich über mein Lohnprogramm und Nachhaltigkeit mit mir austauschen«, berichtete ich ihm. »Ohne Social Media hätten sie sich vermutlich gar nicht bei mir gemeldet.«

»Ich hätte nie gedacht, dass du so viel erreichen würdest«, sagte er schließlich. Seine Stimme klang ehrlich und ein wenig bewundernd. »Du bist wirklich unglaublich, weißt du das?«

Ich spürte, wie ich errötete, und schlug die Augen nieder. »Ich mache nur, was ich für richtig halte«, murmelte ich. Aber sein Lob berührte mich tief im Inneren. »Und vielleicht könntest du mir bei der Gründung des Vereins helfen, mit dem wir für die Stipendien sammeln.«

»Klar, das ist allerdings mit einigen bürokratischen Hürden verbunden, aber ich hätte da übrigens noch eine andere Idee ...«

Es dauerte nicht lange, dann löschten wir die Kerzen in den Windlichtern auf der Veranda. An jenem Abend war der Mond nicht zu sehen. Der tropische Garten lag wie eine fast schwarze Masse auf der tiefschwarzen Erde und alles schien reglos, als wartete es auf ein Ereignis. Aber ich glaube im Nachhinein, das muss ich korrigieren. Für die Natur war es eine afrikanische Nacht wie jede andere auch. *Ich* war diejenige, die ein Ereignis erwartete.

Hand in Hand gingen wir zum Schlaftrakt. Diesmal führte ich ihn in mein eigenes Zimmer, in der Hoffnung, nie wieder die Stimme meiner Tante zu halluzinieren, die mir Vorhaltungen machte.

Die weiße frisch bezogene Bettdecke war zurückgeschlagen, als hätte ich am Morgen geahnt, dass ich heute Nacht nicht alleine hier liegen würde.

»Ich wusste, dass ich zu dir zurückkehren musste, ich wusste es«, murmelte Frank, während seine Hände sanft über mein Gesicht wanderten, als ob er meine Züge ganz neu entdecken würde. Er verweilte einen Moment, seine Finger strichen sanft über meine Wangen, bevor sie langsam unter meine Bluse glitten, über meine Schultern und meinen Nacken hinab bis hin zu meiner Taille. Jede seiner Berührungen ließ mich erzittern, als ob er mich behutsam aus dem feinen Stoff der Sehnsucht formte.

Meine Erfahrungen mit Männern außerhalb meiner Ehe mit Christoph waren begrenzt. In Gedanken sah ich meinen Ehemann vor mir, mit dem ich seit zwanzig Jahren verheiratet war. Seine Hände, die eines Geigers, wie er mit den Fingerspitzen die Saiten seines Instruments streichelte, sie vibrieren ließ und dann wieder losließ, sobald die beabsichtigte Melodie erreicht war. Doch bei mir war diese Melodie stets verstummt, eine Symphonie, die nie ihren Höhepunkt erreichte. »Ich liebe dich«, hatte Christoph meistens nach unseren intimen Momenten gemurmelt, als ob diese Worte eine Entschuldigung für unsere flüchtige Vereinigung waren.

Doch Frank war anders und dennoch ein begnadeter Liebhaber, ein guter Streichler, der instinktiv meine Haut an den richtigen Stellen berührte, der, ohne es zu beabsichtigen, meine Sehnsüchte weckte. In dieser Nacht fielen alle Barrieren, alle Hemmungen. Es war, als ob unsere Körper schon immer füreinander bestimmt waren. Wir bewegten uns zusammen, im Rhythmus des Begehrens, bis alle unsere Unterschiede verschwanden. Es war, als ob wir auf diesen Moment gewartet hätten, um uns zu lieben, um ineinander aufzugehen, ohne Anfang und ohne Ende.

Denn die Lust auf die Lust, die ich jetzt verspürte, war ein Feuer, das nie erlosch, selbst nicht durch die Befriedigung der Lust. Mit jedem Höhepunkt, der verklang, konnten wir bereits die leisen Echos des nächsten Begehrens spüren, wie ein Versprechen, das nie enden, das immer wieder neu eingelöst würde.

Gegen vier Uhr morgens stand Frank auf und ging zum Fenster. Er sah hinaus in die dunkle Nacht, seine Silhouette zeichnete sich kaum gegen den schwarzen Himmel ab. Ich blinzelte verschlafen, sah ihn dort stehen, schloss wieder die Augen und wusste, dass sich die Sehnsucht nach diesem Mann nie wieder auslöschen ließ.

Doris

Mit der klaren Winterluft in der Lunge und dem Panorama der verschneiten Schweizer Berge vor Augen, saß Doris auf dem Beifahrersitz von Bernhards Auto, während sie die Serpentinen zum Julierpass hinauffuhren. Sie hatte kurz das Fenster geöffnet, konnte den frischen Schnee riechen, der die Landschaft in ein weißes Wunderland verwandelt hatte.

»Es ist unglaublich schön«, bemerkte sie, während sie ihre Augen nicht von den schneebedeckten Gipfeln abwenden konnte.

Bernhard warf ihr einen kurzen Blick zu und lächelte. »Das ist es«, stimmte er zu.

Doris lehnte sich in den komfortablen Sitz von Bernhards Auto zurück und ließ ihren Blick über die verschneiten Hänge des Engadins schweifen. Sie konnte sich nicht erinnern, wann sie das letzte Mal solch eine Ruhe gespürt hatte. Doch trotz der atemberaubenden Landschaft, die sie umgab, war ein Teil von ihr in Gedanken bei ihrer Nichte Hannah in München.

Zwar hatte Alex, ihr zuverlässiger Enkel, versprochen, während ihrer Abwesenheit ein wachsames Auge auf Hannah zu haben, dennoch plagte Doris ein leichtes Unbehagen. Sie war in den letzten Monaten zu einer Art Mutterfigur für das junge Mädchen geworden und es fühlte sich merkwürdig an, sie für eine ganze Woche zu verlassen.

Sie sah Bernhard an, der konzentriert auf die verschneite Straße blickte, das Lenkrad fest in den Händen. »Du bist sicher, dass es in Ordnung ist, wenn wir hier sind?«, fragte sie, ihre Sorgen offenlegend. »Ich meine, mit Hannah und allem …«

Bernhard sah sie mit warmen Augen an. »Doris …«, begann er sanft, »… du kannst nicht immer da sein. Du hast dir diese Auszeit verdient. Und Hannah ist bei Alex in guten Händen.«

Er hatte recht und Doris wusste das. Aber das schlechte Gewissen ließ sich nicht so einfach abschütteln. Trotzdem zwang sie sich, tief durchzuatmen und sich auf die vor ihnen liegenden Tage zu freuen. Sie war hier, in den Schweizer Alpen, weit weg vom Alltag und den Sorgen, die sie in München zurückgelassen hatte. Sie würde das Beste daraus machen.

Als sie das Schild »Willkommen in Pontresina« passierten, wurden Doris' Gedanken wieder zur Realität zurückgeführt. Sie wusste immer noch nicht genau, wie diese Woche verlaufen würde. Sie waren gute Freunde geworden, seit sie gleichzeitig in der Reha gewesen waren, aber eine ganze Woche zusammen in einem Hotel zu verbringen, war eine ganz andere Geschichte.

Sie erreichten das Hotel Saratz und Bernhard parkte den Wagen auf dem großzügigen Vorplatz. Es war ein beeindruckendes Gebäude, das eine Aura von Eleganz und Komfort ausstrahlte.

»Haben Sie eine Reservierung?«, fragte die Dame an der Rezeption, als sie das Hotel betraten.

»Ja, zwei Einzelzimmer auf den Namen Doris Waldeck und Bernhard Ritter«, antwortete Doris, während sie ihren Ausweis vorzeigte.

Sie erhielten ihre Schlüsselkarten, brachten das Gepäck in die Zimmer und trafen sich eine Stunde später in der Lobby.

Bernhard schlug vor: »Wie wäre es, wenn wir uns die Beine vertreten und die Gegend erkunden? Dann könnten wir in einem netten Restaurant zu Abend essen.«

Doris war einverstanden. Sie verbrachten den Rest des Nachmittags damit, die malerischen Straßen von Pontresina zu erkunden, und planten ihre Langlauftouren für die kommenden Tage. Es war ein vollkommen entspannter Ankunftstag und trotz ihrer anfänglichen Bedenken fand Doris mehr und mehr, dass sie sich in Bernhards Gesellschaft wohlfühlte, dass sie das erste Mal seit Langem einfach sie selbst sein konnte.

»Also, was hältst du von einem Absacker in der Hotelbar?«, schlug Bernhard vor, als sie nach ihrem Abendessen ins Hotel zurückkehrten.

»Klingt gut«, stimmte Doris zu und sie folgten dem Kellner in die gemütliche Bar des Hotels.

»Darf ich Ihnen zwei Cüpli Champagner bringen?«, fragte der Kellner auf Schwyzerdütsch und Bernhard bestellte. Während sie auf ihre Drinks warteten, blickte Doris auf die funkelnden Lichter von Pontresina und dachte an die aufregende Woche, die vor ihnen lag. Sie hob ihr Glas zu Bernhard. »Auf eine unvergessliche Woche«, sagte sie.

Bernhard stieß mit einem Lächeln mit ihr an. »Auf eine unvergessliche Woche«, wiederholte er.

Sie saßen entspannt in ihren Samtsesseln, als sie plötzlich die aufgebrachten Gespräche der Gäste an der Bar mitbekamen. Doris schnappte einige Satzfetzen auf, es schien um ein Virus zu gehen.

Bernhard faltete die *Neue Zürcher Zeitung* auf, die auf dem Nebentisch lag. Seine Augenbrauen zogen sich zusammen, als er die Überschrift auf der ersten Seite las: »Neues Virus in China: Covid-19.«

»Sieh mal!«, sagte er und zeigte auf den Artikel. »Covid-19, es scheint ein neues Virus in China zu sein. Die Leute hier reden alle darüber.«

Doris, die bisher gedankenverloren die Bläschen in ihrem Champagnerglas betrachtet hatte, blickte auf und nahm die Zeitung. »Covid-19? Noch nie gehört. Aber China ist weit weg und dort gibt es doch immer wieder mal Epidemien, SARS, oder wie das hieß, kam doch auch aus China, oder?«

Bernhard zog die Brille näher an die Augen und las laut vor: »Eine neuartige Lungenkrankheit, die sich weltweit ausbreiten könnte. Die Symptome ähneln der Grippe, aber es scheint viel ansteckender zu sein. In Wuhan wurden schon strenge Quarantänemaßnahmen für die gesamte Stadt und andere Teile der Provinz ergriffen, Millionen von Menschen sind betroffen.«

»Wie furchtbar, die Armen, in einer Diktatur lässt sich so etwas natürlich leicht durchsetzen. Aber vielleicht kriegen sie es dadurch auch schnell in den Griff.«

»Angeblich gab es sogar schon einen Fall in Bayern, ein Mann, der sich während eines Workshops bei einer Kollegin aus Shanghai infiziert hat und jetzt auf der Intensivstation liegt.«

»In Bayern?«

Er schaute Doris an und sah plötzlich die Sorge in ihren Augen. »Du denkst an Hannah, nicht wahr?«

Doris nickte und sagte mit zittriger Stimme: »Und wir sind nicht da, sicher fühlt sie sich zutiefst verunsichert, wenn sie davon hört.«

Bernhard legte seine Hand auf die von Doris und drückte sie sanft. »Sie ist ein Teenager, die machen sich um so was keine Gedanken. Aber wir sollten auf jeden Fall ein Auge darauf haben und auch mit Isabelle telefonieren. Sie sollte wissen, was da vor sich geht.«

Doris stimmte zu, aber sie verbrachten den Rest des Abends damit, mehr über das neue Virus zu lesen und zu diskutieren, was das für sie alle bedeuten könnte. Mit jeder neuen Information, die sie lasen und die in ihre Gedanken drang, verschwand ein Stückchen des anfänglichen Urlaubsgefühls, dieser unbeschwerten Leichtigkeit.

Isabelle

Mit dem Einsetzen der Trockenheit nach der Regenzeit begann auf Mawingu die Phase der Aufräumarbeiten. Die dicken Wolken hatten sich verzogen, der Himmel war klar und strahlend blau und wir konnten endlich wieder außerhalb des Farmhauses aktiv werden. Es war, als ob die Natur nach der langen nassen Periode wieder aufatmen konnte.

Wir mussten mit Baggern und an besonders unwegsamen Stellen sogar Schubkarre um Schubkarre Schlamm beiseiteschaffen, der sich auf den Feldern, Wegen und Pfaden aufgetürmt hatte. Das verdunstende Wasser ließ die Erde dampfen und füllte die Luft mit einem erdigen Duft, der mich auf merkwürdige Weise beruhigte.

Frank blieb für einige Zeit auf meiner Farm und begleitete mich bei meinen Inspektionsfahrten. Wenn Not am Mann war, packte er wie selbstverständlich mit an, stellte sich geschickt an und ich genoss es sehr, ihn als Ratgeber an meiner Seite zu haben. Aber natürlich nicht nur als Ratgeber.

Die bedeutenden Momente im Leben, die Zeiten des Wandels und der Transformation, haben eine seltsame Art, uns an unsere Kernwahrheiten zu erinnern. Sie schälen die Komplexitäten unseres Daseins ab und führen uns zurück zu den einfachsten, aber tiefgreifendsten Aspekten unserer Existenz. Seit Frank zurückgekehrt war, wurde mir diese Tatsache mit überwältigender Klarheit bewusst.

Ich fühlte mich verwundbar, als ob ich den Boden unter meinen Füßen verloren hätte. Mein Appetit war verschwunden und Schlaf war zu einer schwer fassbaren Erinnerung geworden. Meine Beine fühlten sich morgens an, als wären sie aus Gelee gemacht, und jedes Mal, wenn ich aufstand, hatte ich das Gefühl, dass ich jederzeit zusammenbrechen könnte. Es war, als hätte die wiedererwachte Intimität zwischen uns jede andere körperliche Funktion in den Schatten gestellt.

Es war ein Zustand des Seins, der sowohl faszinierend als auch beängstigend war. Ich fühlte mich wie auf einer Achterbahnfahrt, auf der ich den höchsten Punkt erreicht hatte und nun auf die atemberaubend rasante Abfahrt wartete. Es war chaotisch, verwirrend und absolut wunderschön.

Und mitten in diesem Sturm von Gefühlen gab es einen festen Anker – Frank. Seine Anwesenheit, seine Intelligenz, sein Lächeln, seine Wärme waren das Einzige, was Sinn ergab. Und so, trotz der Erschöpfung und Schlaflosigkeit, trotz der wackeligen Knie und des brennenden Verlangens, wusste ich, dass ich die Zeit voll und ganz auskosten wollte, solange Frank an meiner Seite war.

Die Regenzeit hatte viele unserer Kaffeepflanzen weggespült, außerdem waren mindestens zehn Hektar von Schädlingen befallen oder in all dem Regen verfault. Es war eine traurige Aufgabe, die Schäden zu begutachten, aber auch eine Gelegenheit für den Neuanfang. Die Arbeiter wurden jeden Morgen zusammengerufen, die Trupps zusammengestellt, die Aufgaben verteilt. Sie schienen Frank sofort als neuen Chef zu akzeptieren, was sicher auch an seiner offenen Art und natürlichen Autorität lag. Nur wollte ich ihm diese Rolle nicht einfach so überlassen, auch wenn es verlockend war. Aber wie sollte es weitergehen, wenn Frank wieder zu längeren Flügen aufbrach? Er hatte sein eigenes Business. Dann mussten die Arbeiter und Arbeiterinnen schließlich wieder alleine mit mir vorliebnehmen und meine Anweisungen befolgen. Die Weichheit und Hingabe der Verliebten und die Entschlossenheit und der gesunde Menschenverstand der Geschäftsfrau in mir trugen einen Kampf aus, ich wollte auf keinen Fall in eine Art Abhängigkeit geraten. Frank schien dies zu spüren. Wenn entschieden werden musste, sagte er zu den Arbeitern: »Fragt sie!«, und deutete auf mich. »Ihr gehört die Farm!« Doch die Arbeit ging während Franks Anwesenheit hervorragend voran, das musste ich zugeben. Wir pflanzten neue robuste Setzlinge, wo immer eine Lücke klaffte, sorgfältig und überlegt mit dem festen Vorsatz, dass diese Pflanzen hier dauerhaft gedeihen würden.

Mit Frank besuchte ich auch die Elementary School, die ursprünglich von meiner Tante gebaut und gefördert worden war. Das einfache Schulgebäude aus rotem Backstein mit Wellblechdach stand scheinbar unbeschadet inmitten eines weiten Geländes. Der Dauerregen hatte die Umgebung teilweise überschwemmt und auch in die Klassenzimmer und die sanitären Anlagen im Erdgeschoss war das Wasser eingedrungen. Aber inzwischen konnte der Unterricht offenbar wieder stattfinden. Kinder in blauen Schuluniformen tollten herum, während sie auf den Schulbeginn warteten. Einige von ihnen hatten bestimmt einen weiten Weg hinter sich, dachte ich mir, während ich den Pausenhof betrachtete.

Frank und ich wurden von dem Schulleiter, Herrn Mwamba, begrüßt. Sein fester Händedruck und sein durchdringender Blick vermittelten mir sofort, dass er seine Aufgabe ernst nahm und für die Kinder nur das Beste wollte. »Es ist eine Ehre, Sie hier zu haben«, sagte er mit einem herzlichen Lächeln. Aber ich hatte auch das Gefühl, dass er meinen Besuch mit großen Erwartungen verband. Er wusste natürlich, dass ich Corinnas Nichte war, es hatte sich herumgesprochen, dass ich die Mawingu-Plantage geerbt hatte. Nun glaubte er bestimmt, dass ich auch über die gleichen finanziellen Mittel verfügte wie meine Tante.

Während wir durch die Klassenzimmer gingen, erklärte er uns, welche Reparaturen dringend notwendig waren und welche Materialien fehlten. »Einige unserer Bücher sind veraltet und wir könnten deutlich mehr Schulmaterial gebrauchen, es ist zu wenig«, sagte er. »Vier Kinder müssen sich ein Buch teilen und das macht den Unterricht schwierig. Außerdem ist das Thema Wasser immer problematischer. Jetzt, nach der Regenzeit, kann man sich vielleicht nicht vorstellen, wie sich auch in der Schule die immer länger werdenden Dürreperioden auswirken. Im Grunde bräuchten wir einen eigenen Brunnen.« Ich machte mir Notizen in mein Handy und überlegte bereits, wie man Abhilfe schaffen konnte, gleichzeitig fühlte ich, wie ein schwerer Stein in meinem Magen wuchs. Jedes Wort, das er sagte, legte Gewicht auf meine Schultern. Es war so viel. So viele Kinder, die Hilfe brauchten, Einrichtungen waren zwar da, aber es fehlte an allen Ecken und Enden. Frank schien meine Verunsicherung zu bemerken. Er legte eine beruhigende Hand auf meinen Arm und flüsterte: »Ein Schritt nach dem anderen.«

Ich wandte mich an den Schulleiter: »Ich möchte wirklich helfen, Herr Mwamba. Aber mir stehen nicht die Mittel aus dem Unternehmen meiner Tante zur Verfügung.« Herr Mwamba lächelte verständnisvoll. »Wir sind Ihnen für jede Hilfe dankbar, die Sie uns geben können. Wir erwarten nicht, dass Sie alles alleine tun. Jede kleine Geste zählt.«

Mir fiel ein, dass ich erst vor Kurzem mit der Gründerin des Vereins Probono Schulpartnerschaften für eine Welt telefoniert hatte, und ich fragte Herrn Mwamba, ob er schon von ihr gehört hatte. Der Name Andrea Alleker-Fendel war ihm ein Begriff, fast alle Schulleiter der Region kannten den Verein und ich schlug vor, uns und ihn mit ihr zu vernetzen. Auch wenn sich Andrea bei dem Aufbau von Schulpartnerschaften auf die Sekundarschulen konzentrierte, konnte sie sicher auch hier mit ihrem Know-how und ihren Ideen eine große Hilfe sein.

Plötzlich, vor dem Fenster, das zum Schulhof hinausging, entdeckte ich zwei bekannte Gesichter. Issa und Neema! Ich erinnerte mich lebhaft an unsere Begegnung im Krankenhaus. Die Kinder, die damals so schwer verletzt waren, wirkten jetzt ganz gesund. »Entschuldigen Sie mich einen Moment«, sagte ich. »Ich muss jemanden begrüßen.«

»Issa! Neema!«, rief ich und ging auf sie zu. Die beiden sahen mich an und ein Lächeln breitete sich auf Issas Gesicht aus.

»Mama Mzungu!«, rief Neema und lief mir entgegen, ein liebevoller Spitzname, den die Kinder mir offenbar gegeben hatten. Ich kniete mich hin und nahm sie ganz vorsichtig in den Arm. Sie hatte großflächige Narben von den Verbrennungen behalten. »Hast du noch Schmerzen?«, fragte ich sie. Sie schüttelte den Kopf. Lächeln konnte sie nicht. Der größte Teil der Narben konzentrierte sich auf ihre Arme, ihre Wangen und ihren Hals, wo die neue rosa Haut in Kontrast zu ihrem tiefschwarzen Teint stand. Ihre großen Augen waren von leuchtendem Braun, trotz der Entstellung zeigten sie Lebensfreude und Neugier. Die Haut um ihre Augen war von dem Feuer verschont geblieben, ohne Anzeichen von Narben. Ihr Gesicht hatte etwas Engelhaftes, kam mir in den Sinn.

»Es ist so wunderbar zu sehen, dass es euch besser geht«, sagte ich und versuchte, meine Betroffenheit zu überspielen. *Sie wird es schwer haben,* dachte ich voller Mitleid. Aber trotz der sichtbaren Narben war es Neemas positive Ausstrahlung, die im Vordergrund stand. Ihre innere Stärke, ihre Lebensfreude und ihr Mut strahlten so hell, dass ich mich fast schämte, sie nur auf ihre Verletzungen zu reduzieren. Während ich sie betrachtete, wurde mir klar, wie viel Überlebenswillen in diesem kleinen Mädchen steckte.

Frank trat neben uns und fragte Issa: »Ist deine Schulter gut verheilt?«

»Ja! Alles wieder gut!« Zum Beweis ließ er die dünnen Arme kreisen. Frank klopfte ihm freundschaftlich auf den Rücken. »Ihr seid starke Kämpfer«, sagte er anerkennend.

»Und du gehst jetzt auch regelmäßig in die Schule?«, fragte ich. Issa nickte.

»Es ist doch besser, als Kaffeesäcke zu schleppen oder?«

»Meine Eltern bekommen jetzt auf der Mawingu-Plantage mehr Lohn. Ich muss meine Familie nicht mehr unterstützen.«

Frank boxte mich voller Anerkennung sanft gegen die Schulter und ich war erleichtert zu hören, dass meine neuen Lohnstrukturen so schnell Wirkung zeigten. »Du wirst sie später sogar besser unterstützen können, wenn sie alt sind und du einen Beruf gelernt hast oder sogar studieren konntest.«

Wir verbrachten den Vormittag an der Schule, besprachen, welche Projekte am dringendsten waren, und als wir gingen, hatten Frank und ich zwar noch keine klare Vorstellung davon, wie wir helfen konnten, aber immerhin das Gefühl, dass unsere Bindung zu dieser Gemeinschaft und insbesondere zu Issa und Neema noch stärker geworden war. Wieder wurde uns klar, dass wir unbedingt die Stipendienprogramme vorantreiben und versuchen mussten, starke Partner und Unterstützer zu finden.

»Vom Waldeck Family Trust ist leider nichts zu erwarten«, berichtete ich Frank auf der Rückfahrt. »Der Treuhänder hat meine Anfrage abgelehnt.«

»Und deine Tante hat in ihrem Testament nichts für die Unterstützung der Schule hinterlassen?«, fragte er.

»Darüber habe ich keine Informationen bekommen, aber wenn es so ist, scheint es nicht zu reichen.«

»Leider ist es oft das Problem, dass Hilfsprojekte angestoßen werden und irgendwann geht das Geld aus oder es versickert in irgendwelchen dunklen Kanälen. Auch das ist natürlich nicht auszuschließen. Auf jeden Fall müssten wir uns zuerst ein genaueres Bild verschaffen.«

Ich erinnerte mich daran, wie ich in Deutschland die Dinge einfach hatte geschehen lassen. Ich war viel zu sehr mit mir, meiner Familie, meinem Haushalt und meinem Architekturbüro beschäftigt. Nun schien es, als hätte ich einen inneren Schalter umgelegt, der mich ständig dazu drängte, etwas zu tun, zu verbessern, zu helfen. Aber statt Fröhlichkeit und Frieden wuchs in mir ein Gefühl der Unzulänglichkeit. Ich dachte an die Kaffeefarm, an die Kinder in der Schule, an die Patienten im Mawingu Health Center, an Amidah. Mein Kopf war ein ständiger Wirbel von Plänen, Anforderungen und der bangen Frage, ob ich jemals genug tun könnte. Jede Ungerechtigkeit, jede Not, die ich sah, traf mich tief im Herzen. Jeder Tag brachte eine neue Herausforderung, einen neuen Bedarf ans Licht und bezog alles auf mich. Frank schien zu merken, dass in mir eine wachsende Last rumorte.

»Isabelle, du kannst nicht die ganze Welt retten«, sagte er sanft. »Diesen Drang haben viele, die das erste Mal hier sind, aber …«

»Ich bin nicht das erste Mal hier!«, protestierte ich.

»Ich meine, die Leute, die das erste Mal länger hier sind. Aber trotzdem kannst du nicht jedes einzelne Problem und Thema dieses Landes zu deinem machen.«

»Ich weiß«, antwortete ich, »aber hier, in diesem kleinen Teil der Welt, dachte ich, ich könnte einen Unterschied bewirken.«

»Und das tust du«, erwiderte er. »Du hast doch schon viel mit deiner neuen Lohnstruktur auf der Farm erreicht. Die fairen Löhne für Männer und Frauen helfen die Kinderarbeit einzudämmen, du siehst doch, dass es fruchtet und Issa jetzt die Schule besucht. Das ist allein dein Verdienst.«

Ich nickte, murmelte: »Das stimmt«, und musste gleichzeitig daran denken, dass ich noch keinen Quartalsabschluss für die Plantage gesehen hatte und sich erst noch zeigen musste, wie sich die höheren Löhne verkraften ließen, ohne in die roten Zahlen zu geraten.

»Aber du musst auch auf dich selbst aufpassen«, fuhr Frank fort. Ich überholte ein Eselgespann auf der Schotterstraße. Ein alter, magerer Esel, der einen Berg von Fässern zog. Frank winkte dem Mann auf dem Kutschbock aus dem offenen Fenster zu. Dieser winkte zurück.

»Der arme Esel!«, entfuhr es mir. »Die Ladung ist doch viel zu schwer!«

»Siehst du, das meine ich!«, rief Frank. »Du kannst hier nicht alles ändern. Tier- und Menschenwohl mit höchsten Umwelt- und Menschlichkeitskriterien in Einklang bringen. Das geht hier nicht! Ohne den

Esel verliert der Mann seine Lebensgrundlage.« Dann sprach er mit sanfterer Stimme weiter. »Und vor allem kannst du nicht helfen, wenn du selbst zusammenbrichst. Du brauchst Auszeiten, Augenblicke, in denen du dich auf die Schönheit Tansanias einlässt. Dieses Land ist lange genug ohne dich ausgekommen und es hat mehr zu bieten als Probleme.« Seine Stimme wurde jetzt eindringlicher und ich sah ihn überrascht von der Seite an. Bisher kannte ich nur seine warme Präsenz, jetzt wirkte er fast ein wenig ungeduldig. »Und noch etwas: Die Menschen und die Tiere hier sind nicht auf dich angewiesen. Sie existieren schon seit Tausenden von Jahren. Das Letzte, was sie brauchen, sind neue Missionare mit Helfersyndrom.« Ich blinzelte und zog leicht die Augenbrauen zusammen, sein direkter Ton hatte mich getroffen. Für einen Moment konnte ich nicht antworten, fühlte mich ertappt und ein wenig bloßgestellt. Meine Wangen färbten sich rosa und ich blickte starr auf die Straße, suchte nach den richtigen Worten, mir fielen aber nur Verteidigungsphrasen ein, die mir selbst falsch vorkamen. Frank war schon viel länger in Tansania als ich und vermutlich lag einiges an Wahrheit in dem, was er sagte. Seine Stimme und Mimik wurden sanfter: »Ich verstehe dich, das tue ich wirklich. Aber denke daran, dass wahre Hilfe bedeutet, es den Menschen zu ermöglichen, ihren eigenen Weg zu finden, und nicht den, den wir für sie auswählen.« Frank zeigte mit ausladender Geste auf die Landschaft vor uns. »Ich glaube, es wird Zeit, dass wir zusammen fliegen.«

Doch die Zeit, zusammen zu fliegen, fanden wir noch nicht. Mitten in dem geschäftigen Treiben auf der Plantage musste Frank zu einer eintägigen Hilfsaktion nach Botswana aufbrechen und ich fuhr nach Arusha. Ich hatte dort einige wichtige Besorgungen zu machen. Einer der Hauptpunkte auf meiner Liste war der Kauf von biologischen und naturverträglichen Pflanzenschutzmitteln. Ich wollte unbedingt sicherstellen, dass wir unseren Kaffee auf nachhaltige Weise anbauten und die lokale Flora und Fauna respektierten. Zudem mussten neue Gerätschaften für die anstehende Ernte organisiert werden. Ein weiterer wichtiger Punkt war die Planung von effizienteren Bewässerungs- und Drainagesystemen – eine Lehre, die wir aus der jüngsten Regenperiode gezogen hatten. Hierfür wollte ich einen Experten auf dem Gebiet der nachhaltigen Landwirtschaft treffen.

Mit der frühen Morgensonne im Rücken verließ ich Mawingu und machte mich auf den Weg nach Arusha. Die ohnehin schon holprige Straße hatte durch den Regen mehr Schlaglöcher bekommen und man konnte nur noch langsamer fahren. Sie schlängelte sich durch eine beeindruckende Landschaft, vorbei an grasenden Zebras und Herden von Gnus, die sich in der Ebene, unterhalb des Kraterhochlands, sonnten und den reich gedeckten Tisch mit frischem Gras genossen. Manche Menschen hielten Gras für eine einfache und ziemlich alltägliche Pflanze. Dabei hat es ganz ungewöhnliche Fähigkeiten. Es kann, wenn es genügend Wasser bekommt, enorme Mengen an Nährstoffen erzeugen, auch wenn es stark beweidet wurde. Zahir hatte mir auf einer unserer Safaris erzählt, dass in der Regenzeit auf einem Quadratkilometer Grasland bis zu tausend Gnus satt wurden.

Manche Tiere suchten schon wieder Schatten unter einzelnen der fantastischen, sehr alten grauen Affenbrotbäume. In der Ferne erhoben sich die markanten Gipfel des Mount Meru und des Kilimandscharo, majestätisch und doch so zugänglich.

Als ich Arusha erreichte, pulsierte die Stadt bereits vor Leben. Motorräder und Minibusse knatterten durch die Straßen, besetzt und gefüllt mit Einheimischen, die ihre täglichen Besorgungen machten oder zur Arbeit eilten. Die Straßenränder waren wieder von Ständen gesäumt, an denen Obst, Gemüse und Gewürze verkauft wurden, und von kleinen Geschäften, die alles von Kleidung bis hin zu Haushaltswaren anboten. Der Duft von gegrilltem Fleisch, frischen Früchten und Röstbohnen lag in der Luft, gemischt mit dem unverwechselbaren Geruch von Staub und Abgasen.

Ich parkte meinen Wagen und suchte den Weg durch das Gewirr der engen Gassen, Häuser in Nuancen von Weißgelb, Ocker und Rosenrot, vorbei an unzähligen Geschäften, hin zu einem kleinen, unscheinbaren Laden, der sich auf umweltfreundliche Landwirtschaftsprodukte spezialisiert hatte. Im Inneren empfing mich der Geruch nach getrockneten Kräutern. An den Wänden hingen Regale, gefüllt mit Säcken voller Samen, Dünger und verschiedenen Arten von biologischen Pflanzenschutzmitteln. Inmitten der überfüllten Regale und des Durcheinanders von Düften stellte ich fest, dass ich von der Vielfalt der angebotenen Produkte fast überfordert war. Ohne eine gute Beratung würde ich hier überhaupt nichts finden. Die Besitzerin, eine kräftige Frau mit wachem Blick und einem fröhlichen Lachen, stellte sich als Hawa vor und gehörte zur Ethnie der Chagga, einer indigenen Bevölkerungsgruppe, die hauptsächlich an den Hängen des Kilimandscharo lebt.

»*Jambo, karibu*«, hieß sie mich willkommen, ihr breites Lächeln lud ein zum Einkauf in dem mit Waren überfüllten Laden. Sie sprach fließend Englisch mit einem starken Swahili-Akzent.

»Ich suche nach biologischen Pflanzenschutzmitteln für unsere Kaffeepflanzen auf Mawingu«, erklärte ich, während ich ihr eine Handvoll Fotos unserer Plantage und den Pflanzen in verschiedenen Wachstumsstadien zeigte.

Hawa nickte, nahm die Bilder in die Hand und studierte sie sorgfältig. »Ah, Sie haben eine schöne Plantage. Aber ich sehe, Sie haben Probleme mit Blattrost und Kaffeebohrrern?«

Im selben Moment klingelte mein Handy und ich sah auf das Display. Es war mein Münchner Büro, aber jetzt und hier wollte ich den Anruf nicht entgegennehmen, deshalb drückte ich ihn weg.

»Ja genau«, stimmte ich Hawa zu. »Die Regenzeit hat uns stark zugesetzt. Wir suchen nach einer natürlichen Lösung, um unsere Pflanzen zu schützen und gleichzeitig den Boden und das umliegende Ökosystem zu schonen.«

»Da habe ich genau das Richtige für Sie«, sagte sie, während sie zu einem Regal ging und eine Flasche herunterholte. »Dies ist unser Neem-Öl. Es ist ein natürliches Insektizid und Fungizid, sehr effektiv gegen Blattläuse, Kaffeebohrer und viele andere Schädlinge und Krankheiten. Es ist nicht schädlich für nützliche Insekten wie Bienen und es baut sich schnell ab, sodass es keine langfristigen Auswirkungen auf den Boden hat.«

Ich nahm die Flasche in die Hand und betrachtete sie. Sie war schlicht, mit einem einfachen Etikett, auf dem in Swahili und Englisch die Anwendung und Dosierung erklärt wurde.

»Das klingt perfekt«, antwortete ich. »Ich nehme erst einmal zehn Flaschen, um das Mittel auf einem Teil der Plantage zu testen.«

Mit einem zufriedenen Lächeln gab Hawa mir die Flaschen und fügte hinzu: »Sie machen das Richtige. Unsere Erde braucht mehr Menschen wie Sie, die sich um sie kümmert.«

Mit der schweren Kiste und neuem Wissen verließ ich den Laden, da klingelte mein Handy erneut und die Nachricht auf der Mobilbox verhieß nichts Gutes. Ich suchte mir einen etwas ruhigeren Ort in einem Hauseingang, stellte die Kiste ab. Mit zitternden Fingern wählte ich die vertraute Nummer meines Architekturbüros in München. Anscheinend lief dort alles aus dem Ruder und meine Partnerin Christine fühlte sich von mir im Stich gelassen.

»Isabelle, endlich!« Die Stimme meiner Assistentin Yasmin schallte mir entgegen. Selbst durch die unscharfe Verbindung konnte ich die Anspannung in ihrer Stimme hören. »Wir haben uns Sorgen gemacht. Wie geht es dir?«

»Mir geht es gut, Yasmin. Ich bin immer noch in Tansania, wie du weißt. Es gibt einige Herausforderungen, aber ich bewältige sie. Wie steht es um die Projekte?«

Es folgte ein Seufzen, bevor Yasmin sprach. »Das Problem ist, Isabelle, du bist nicht hier. Es gibt unendlich viele Themen, die angegangen werden müssen, wo Entscheidungen gefällt werden müssen, wie zum Beispiel mit dem neuen Energieeffizienz-Design für das Hirschmann-Projekt. Die Lieferungen der Solarpaneele sind verspätet und die Stadt hat Anfragen zum Änderungsplan.« Yasmins Worte kamen wie eine unaufhaltsame Flut, voller Hektik und Dringlichkeit. »Der Vorsitzende der Seewald-Stiftung drängt sehr ungeduldig auf ein Treffen mit dir, wegen der Planung für die Kunsthalle. Er hat schon gedroht, statt unserem Büro den Zweitplatzierten des Wettbewerbs mit dem Auftrag zu betrauen, wenn du nicht bald zur Verfügung stehst.«

Die unzähligen Verpflichtungen, die Yasmin atemlos beschrieb, fühlten sich in den Weiten Tansanias wie ferne Echos an, die keinen Platz in meiner gegenwärtigen Realität hatten. Es war, als ob die Zeit hier langsamer verging, Ruhe und Gelassenheit diesen Ort und inzwischen auch meine Haltung prägten.

»Christine ist am Ende ihrer Kräfte«, endete Yasmin mahnend.

Mein schlechtes Gewissen begann in mir zu brennen. Natürlich hatte ich mein Büro extrem vernachlässigt. Da war es sicher auch kein Trost für meine Partnerin, dass ich während meiner Abwesenheit auch auf mein eigenes Gehalt verzichtete. Es war einfach zu viel Projektarbeit, die vollen Einsatz forderte, ich kannte es ja! Wir hatten zwar schon immer zwei Wochen Betriebsferien über Weihnachten gemacht, aber nun liefen die Projekte längst weiter. Bevor ich antworten konnte, hörte ich eine zweite Stimme: »Gib mir mal den Hörer!« Meine Partnerin Christine hatte offenbar ungeduldig neben Yasmin gesessen. »Isabelle«, hörte ich sie sagen, »wir brauchen dich hier. Du kannst nicht noch länger und länger in Tansania bleiben und uns die ganze Arbeit überlassen. Das ist nicht fair.«

»Ich verstehe, Christine. Es tut mir leid. Ich …« Langsam ließ ich mich auf die Kiste mit dem Insektenschutzmittel sinken. »… ich dachte, ich könnte mehr von hier aus tun. Ich habe nicht erwartet, dass …«

Christine unterbrach mich. »Wir alle haben nicht erwartet, dass es so lange dauert, es war ja anfangs nur die Rede von ein paar Wochen, dann hast du uns immer wieder vertröstet. Aber hier sind wir nun. Du musst dich entscheiden, Isabelle. Entweder du kommst zurück und nimmst deinen Platz wieder ein, oder du bleibst in Tansania und ich muss mir eine andere Partnerin suchen, mindestens aber neue Mitarbeiter. So viel steht fest: Wie jetzt kann es nicht weitergehen.«

Ihr Ultimatum hing in der Luft zwischen uns, eisig und unnachgiebig. Ich schluckte, war hin- und hergerissen zwischen zwei Welten und es schien, als ob jede Entscheidung, die ich treffen würde, nur Verlust bringen würde. Ich atmete tief ein und antwortete mit zittriger Stimme: »Ich verstehe. Ich … ich brauche ein bisschen Zeit, um darüber nachzudenken.«

»Du hast eine Woche, Isabelle«, antwortete Christine mit fester Stimme. »Eine Woche. Dann brauchen wir eine Entscheidung. Für uns und für die Zukunft unseres Büros.«

Am Abend erzählte ich Frank von dem Telefonat und dass ich nun anscheinend dringend zurück nach München musste. Für mich kam seine Reaktion darauf sehr überraschend, denn ich hätte erwartet, er würde mir raten, sofort zurückzufliegen und mich um mein Geschäft zu kümmern. Aber er tat das Gegenteil: Er bat mich, noch zu bleiben und Zeit mit ihm zu verbringen. Und ich? Ich konnte einfach nicht widerstehen.

Die Tage verstrichen. Jedes Mal, wenn wir über meine Rückkehr nach München sprachen, die Dringlichkeit, mich wieder selbst um meine Bauprojekte zu kümmern, lächelte er und schlug vor, mit ihm zu fliegen, zog mich hinüber in das kaum Greifbare, das seit Jahren seine ganz eigene Welt bedeutete. In einem Land wie Tansania, wo Straßen eine Rarität sind und das Landen in der Steppe oft die einzige Option ist, war das Fliegen nicht nur ein Privileg, sondern eine Notwendigkeit. Franks kleines Sportflugzeug, eine Cessna 172, ein wahres Arbeitstier der Lüfte, eröffnete uns die Möglichkeit, die Freiheit des Fliegens zusammen mit der atemberaubenden Schönheit Tansanias aus der Vogelperspektive zu erleben.

Eines Tages, kurz nach dem Aufstehen, als die Sonne gerade die Spitzen der fernen Berge streifte und das Land in ein sanftes goldenes Licht tauchte, schlug er vor, mit mir über die Serengeti zu fliegen, und ich sagte sofort zu. Mit einem Gefühl von Nervosität und Vorfreude bestieg ich das Flugzeug und nur wenige Minuten später hoben wir von der Sandpiste ab.

Die Welt unter uns fiel schnell zurück, während wir höher und höher in den klaren, blauen Himmel stiegen. Ich spürte das Kribbeln in meinem Bauch, gemischt mit einer tiefen Dankbarkeit für diese einmalige Gelegenheit. Frank strahlte eine tiefe Glückseligkeit aus, mich in seinem Element willkommen zu heißen. Ich entdeckte ihn in seiner schönsten Rolle, denn er war konzentriert, effizient, in den Handgriffen sparsam und geschmeidig, wie jeder gute Pilot. Man spürte, dass er mit der dünnen Luft schon lange Umgang pflegte und allen möglichen Tücken gewachsen war. In seinen Augen lag eine Ruhe und ein Verständnis, das mich tief berührte. Es war, als ob er genau wusste, dass er eines Tages, in einem Moment der Unaufmerksamkeit oder eines schicksalhaften Zufalls, dieser Welt, die er so liebte, zum Opfer fallen könnte. Aber das schien ihn nicht zu ängstigen. Jeden Moment, den er in der Luft verbrachte, sah er als Geschenk an.

Ich konnte nicht anders, als ihn zu bewundern, diesen Mann, der sich seinen Traum erfüllt hatte und der jeden Tag in vollen Zügen genoss. Ich konnte nicht anders, als ihn zu lieben – diesen Mann, der so anders war als jeder, den ich je getroffen hatte, und der mich auf eine Weise berührte, die ich nie für möglich gehalten hätte.

Und ich wusste, dass ich, sosehr ich mich auch um meine eigene Sicherheit und die meiner Lieben sorgte, bereit war, diese Reise mit ihm zu teilen. Bereit war, die Risiken einzugehen, die diese Liebe mit sich brachte. Denn sosehr ich auch die Sorge um das Unbekannte spürte, so überwältigend war doch die Freude und die Erfüllung, die ich in seiner Gegenwart empfand.

Dann weitete sich die Landschaft unter uns aus und die majestätische Serengeti lag vor uns.

Es war ein unglaublicher Anblick. Die endlose Savanne streckte sich bis zum Horizont aus, gespickt mit gelegentlichen Baumgruppen und kleinen Wasserlöchern, die wie glitzernde Spiegel in der Sonne glänzten. Die Farben waren atemberaubend – das tiefe Gold der Gräser, durchsetzt mit grünen Tupfern der Bäume und Sträucher und dem intensiven Blau der größeren Wasserstellen. Es war ein lebendiges Gemälde, das in ständiger Bewegung war, sich mit jeder Minute, mit jedem Sonnenstrahl veränderte.

Wir flogen tief genug, um die Tiere zu sehen, die ihre Heimat in der Serengeti haben. Herden von Gnus und Zebras zogen über die Ebene, ihre gestreiften und dunklen Körper bildeten ein faszinierendes Muster gegen die tönernen Farbschattierungen der Savanne. Hier und da konnten wir Elefanten ausmachen, die träge durch das hohe Gras schritten, und Löwen, die im Schatten der Bäume ruhten.

Die Zeit schien stillzustehen, während wir über diese unglaubliche Landschaft flogen, das Herz der Wildnis, die so unberührt und frei schien. Es war ein Moment der Erhabenheit, der uns Demut lehrte und mich daran erinnerte, wie kostbar und wertvoll unser Planet ist.

Ich sah zu Frank hinüber und sah die Zufriedenheit in seinen Augen. Wir waren beide überwältigt von der Schönheit der Serengeti und in diesem Moment wusste ich, dass ich dem Mann neben mir das größte Geschenk meines Lebens zu verdanken hatte. Es war ein Moment der reinen Freude, ein Moment, den ich für immer in meinem Herzen bewahren würde. Umso tiefer war der Schmerz, als mir bewusst wurde, dass ich mich von dieser Landschaft, von der Farm, vom Fliegen und von Frank verabschieden musste.

Hannah

Am 14. Februar 2020 kam Hannah aus der Schule zurück und betrat mit federnden Schritten die Villa Waldeck. Die knarrenden Dielenböden, die warme Luft und das gedämpfte Licht des Eingangs nahm sie wie durch einen Filter wahr. In ihren Händen hielt sie stolz das erste Zeugnis des Wilhelm-Hausenstein-Gymnasiums, ein Zeugnis, das sie sich hart erarbeitet hatte und das ihre Anstrengungen weitestgehend würdigte.

Die Villa war ruhig, die meisten Räume im Erdgeschoss dunkel und außer dem leisen Ticken der alten Standuhr war kaum ein Geräusch zu hören. Normalerweise wäre ihr Frida schwanzwedelnd entgegengestürmt und Doris hätte sie aus der Küche begrüßt, aber sie war für eine Woche in die Schweiz gefahren und Alexander hatte die Labradorhündin heute Morgen abgeholt, damit sie nicht zu lange allein war. Hannah zögerte einen Moment, lauschte auf die Stille des Hauses, dann ließ sie ihren Schulrucksack mit einem erlösenden Seufzer zu Boden sinken. Sie reckte und streckte sich, spürte dabei die Anspannung der letzten Wochen von sich abfallen.

Als sie dann ihre Augen durch das halbdunkle Foyer gleiten ließ, fiel ihr Blick auf einen unerwarteten Fleck, etwas Gelbes auf der dunklen Anrichte – ein Briefumschlag. Ihr Name prangte in schnörkellosen, maschinengeschriebenen Buchstaben in dem Sichtfenster. Neugierig ging sie hinüber und hob den Umschlag auf. Sie fühlte das offizielle Gewicht des Papiers, sah den Absender des Amtsgerichts München und ein unangenehmes Kribbeln erfasste sie, während sie einen Brieföffner von der Anrichte hob und das Kuvert aufschlitzte.

Die Worte sprangen von der Seite auf sie zu, ließen ihr Herz schneller schlagen. Es ging um eine Anfechtung. Das Testament ihrer verstorbenen Mutter sollte angefochten werden und sie war aufgefordert, zu einem Gerichtsverfahren zu erscheinen. Für einen Moment verschwamm alles um sie herum, das Papier in ihrer Hand wurde zu einem verwirrenden Durcheinander aus schwarzen Buchstaben und weißen Lücken.

Dann sammelte sie ihre Gedanken. Was bedeutete das? Wer zweifelte an der Gültigkeit des Testaments? Ihr Blick fiel auf die Details der Anfechtung, doch sie verstand nicht viel von den juristischen Formulierungen und Paragrafen.

Mit einem schweren Herzen in der Brust legte Hannah den Brief beiseite. Sie spürte ein wachsendes Unbehagen, als sie sich die Rechtsfolgen und das juristische Chaos vorstellte, das vor ihr lag. Sie brauchte Rat und Beistand und ihr erster Instinkt war, Alexander anzurufen. Aber als sie seine Nummer wählte, meldete sich nur die Mailbox und die mechanische Stimme hallte durch das stille Haus. Sie ging in die Treppe hinauf, ihre Schritte wurden von den dicken Teppichen gedämpft. Irgendetwas zog sie magisch in die Richtung von Corinnas Schlafzimmer. Hannah stand mit dem Brief vom Gericht in ihrer Hand vor der geschlossenen Tür. Sie zögerte einen Moment, nahm einen tiefen Atemzug und drückte schließlich die Türklinke herunter. Mit einem leisen Knarren öffnete sich die Tür zu dem Raum, der seit Corinnas Tod unberührt geblieben war.

In dem Raum hing noch immer der schwer zu beschreibende Duft von Corinnas Parfum – ein herber, zitroniger Duft, der sich mit dem Geruch von Leder und altem Holz vermischte. Es war ein Geruch, der für Hannah immer mit ihrer Mutter verbunden war und der jetzt in dem leeren Raum hing wie ein stummer Zeuge einer längst vergangenen Zeit.

Das luxuriös eingerichtete Zimmer mit den schweren, dunklen Holzmöbeln und teuren Antiquitäten strahlte wieder diese Stille aus, die sie schon das erste Mal als so unnatürlich empfunden hatte. Kein Laut schien von draußen hereinzudringen, nicht eine Vogelstimme. Aber jetzt erinnerte sie sich daran, dass Doris ihr einmal erzählt hatte, ihre Mutter habe sich extra schalldichte Fenster einbauen lassen, um nicht in ihrem leichten Schlaf gestört zu werden. Das riesige Bett war noch immer bezogen, die Laken und Kissen glatt gestrichen, als würde Corinna heute Abend zurückkehren und sich dort zur Ruhe legen. Trotz der Kälte, die von dem leeren Zimmer ausging, konnte Hannah sich nicht dazu bringen, wieder hinauszugehen. Sie stand da und starrte auf das ordentliche Bett und das Foto auf dem Nachttisch. Der Anblick war unheimlich und traurig zugleich. Aber auch wenn der Raum ihr ein beklemmendes Gefühl gab, konnte sie sich nicht dazu bringen, ihn zu verlassen.

Stattdessen ließ sie die Tür hinter sich zufallen und trat weiter in das Zimmer ein. Sie ließ ihren Blick durch den Raum schweifen, saugte jedes Detail in sich auf. Von diesem Leben hier hatte ihre Mutter sie ausgeschlossen. Auf dem Nachttisch stand ein gerahmtes Bild von Corinna und ihrer neuesten Freundin, dieser schrecklichen Amanda, an der alles unnatürlich und aufgesetzt wirkte, die Hannah nur von oben herab behandelt hatte, wenn sie einander gelegentlich begegnet waren. Einmal, als Corinna Hannah Vorhaltungen machte, weil sie wieder einen Tag lang bei Amidah in der Boma gewesen war und mit ihren Stiefbrüdern »in der staubigen Erde« gespielt habe, sagte Amanda: »Ach komm schon, Corinna, Massai sind doch wohl auch eine Art Menschen.« Anstatt den rassistischen Unterton sofort scharf zu verurteilen, sagte Corinna nur: »Ach, sieh einer an, Süße, du nimmst Hannah auch noch in Schutz!« Hannah war danach nicht darauf erpicht gewesen, nochmals mit Amanda zusammenzutreffen. Aber Corinna brach nicht etwa den Kontakt zu Amanda ab, sondern sie vermied es, dass Hannah und sie sich begegneten, indem sie sie nur noch jedes zweite Wochenende aus dem Internat abholte. Manchmal auch nur jedes dritte, sodass Hannah die Tage alleine im Wohnheim verbringen musste.

Hannah drückte die Kuppe ihres Zeigefingers auf Amandas lachendes Gesicht, als wollte sie die Erinnerung an sie auslöschen. Das Foto war auf einer Safari im Ngorongoro-Krater aufgenommen worden, die die beiden zusammen unternommen hatten – natürlich ohne sie. Und nun war diese schreckliche Amerikanerin zusammen mit ihrer Mutter in den Tod gestürzt.

Die Zeit war vergangen und ihre Kindheit war dünn und fadenscheinig wie Papier geworden. Es hieß, sie müsse in dem Internat bleiben, bis sie das Internationale Baccalaureat bestand, was noch mindestens drei Jahre dauern würde, und in der Zwischenzeit hatte ihre Mutter das Interesse an ihr verloren. Sie war nicht vorzeigbar und wenn sie Hannah einmal ausnahmsweise zu einem Barbecue auf eine benachbarte Farm mitnahm, gab sie sich alle Mühe, halbwegs etwas aus ihr zu machen, zog ihr Kleidung an, in der sie sich unwohl fühlte, und versengte ihr die langen Haare mit einem Glätteisen.

Hannah stellte den Fotorahmen zurück auf den Nachttisch, strich mit der Handfläche über das glatte weiße Kopfkissen. Im Nachhinein betrachtet, hatte sie einen Großteil ihrer Kindheit damit verbracht, den Charakter ihrer Mutter zu ergründen, und dennoch war Corinna immer beunruhigend und voller Geheimnisse geblieben. Damals, an den langen einsamen Wochenenden im Wohnheim, hatte sie viel an den Tod gedacht und angefangen, ihn sich als einen Freund vorzustellen. Sie hatte sich eingebildet, dass sie gerne sterben würde, und einmal sogar in der Hoffnung, ihre Pulsader zu treffen, mit einem Taschenmesser an ihrem Handgelenk herumgesäbelt. Dabei wirkte die Vorstellung, wie sich ihre Mutter voller Reue und Bedauern über ihren Leichnam werfen würde, wie eine Verlockung. Allerdings hatte sie die Pulsader nicht gefunden und es war nicht viel passiert, außer einigen Schnittwunden, die bis heute als blasse Narben zu sehen waren.

Mit zitternden Händen griff sie wieder nach dem Brief, der die nächste Stufe in ihrem Leben nach Corinna einläutete. Ein Leben, das sie immer noch nicht recht zu begreifen vermochte und das sie dennoch mutig zu leben versuchte. Inmitten der kühlen Stille von Corinnas Schlafzimmer fühlte sie eine merkwürdige Mischung aus Traurigkeit und Entschlossenheit. Der Brief betraf das Testament ihrer Mutter, das von Notar Mettmann eröffnet worden war.

Sie ging zur Tür, trat in den Flur, rannte in ihr Zimmer, um die Visitenkarte des Notars, die er ihr bei der Testamentseröffnung gegeben hatte, aus ihrer Schreibtischschublade zu holen. Dann ging sie mit dem Brief und der Karte die Treppe hinunter. In der Küche nahm sie ihr Telefon zur Hand, wählte die Nummer des Notariats und wartete. Die Wartezeit fühlte sich an wie eine Ewigkeit. Endlich wurde der Anruf angenommen.

»Notariat Mettmann, guten Tag«, sagte eine professionelle weibliche Stimme am anderen Ende der Leitung.

»Hallo«, erwiderte Hannah, »Hier spricht Hannah Waldeck. Ich habe Post vom Amtsgericht München bekommen. Es geht um das Testament meiner Mutter Corinna, es soll angefochten werden.«

»Einen Moment, ich verbinde.«

Nach einer Weile meldete sich die bekannte tiefe Stimme des Notars.

»Mettmann.« Hannah erläuterte ihm ebenfalls den Inhalt der heutigen Post.

Die folgende Stille am anderen Ende der Leitung war fast erdrückend, bevor der Notar antwortete: »Hannah, das ist überraschend. Denn eigentlich hätte ich diese Klage ebenfalls erhalten müssen. Kannst du mir mehr dazu erzählen?«

Hannah atmete tief durch und schilderte die Informationen, die sie aus der Benachrichtigung entnommen hatte. Sie tauschten Worte und Fragen aus und trotz der Anspannung konnte Hannah eine gewisse Erleichterung spüren. Notar Mettmann versicherte ihr, dass er sich der Sache annehmen würde, sobald er die offiziellen Unterlagen eingesehen hatte.

Das Telefonat endete und Hannah stand immer noch in der Stille ihrer Küche. Die Realität der Situation hatte sich noch nicht vollständig eingestellt. Sie öffnete die Tür zur Terrasse, trat hinaus und rieb sich ihre Oberarme, denn sie trug nur ein Sweatshirt. Es war der letzte Winter ihrer Kindheit und er war eiskalt und windig. Die Luft roch heute nicht nach Schnee, wie an den letzten Tagen, die sie als herrlich sorglos empfunden hatte, sondern nach gefrorener Erde und nach einem qualvollen Wandel und Aufbruch. Ehe sie sich in diese Gedanken verlieren konnte, spürte sie etwas Weiches und Warmes an ihrer Hand. Frida drückte ihre feuchte Schnauze in ihre Hand. Der Hund sah sie mit treuen Augen an und Hannah spürte, wie eine Welle der Liebe und des Mitgefühls durch sie hindurchging. Sie bückte sich und streichelte Frida über den Kopf und das Tier schnaubte zufrieden und lehnte sich an sie.

Plötzlich hörte sie das vertraute Geräusch der knarrenden Küchentür und blickte auf. Da stand Alex. Ohne ein Wort zu sagen, legte er den Arm um sie und zog sie in eine warme Umarmung. Hannah ließ den Brief fallen und vergrub ihr Gesicht in seiner Schulter. In diesem Moment fühlte sie sich nicht mehr ganz allein. Es gab Menschen in ihrem Leben, die sie liebten und die für sie da waren, und das gab ihr Kraft.

Isabelle

Es war der 17. Februar 2020. Ein Datum, das ich mehrfach in meinem Kalender verschoben hatte, markiert und wieder durchgestrichen. Ein Datum, das nun endgültig vor mir lag. Der Tag meiner Rückkehr nach Deutschland. Es war ein bleicher Morgen, mit wenig Farbe in Landschaft und Luft. Ich hatte mich von Frank verabschiedet, der gestern Morgen nach Namibia aufgebrochen war, und von allen meinen Leuten. Auch von Amidah, die inzwischen auch außerhalb der Ernte auf der Farm arbeitete. Wie schon in unserem letzten Gespräch hatte ich sie gebeten, mich nach München zu begleiten. Auf diese Weise wollte ich ihr die Möglichkeit geben, Hannah wiederzusehen, ohne die Bedingungen des Testaments zu brechen. Aber zu meiner Überraschung lehnte sie mein Ansinnen vehement ab. Ihr Blick undurchdringlich, das Kinn stolz angehoben. Eine Haltung, die ich zwar aus den bisherigen Gesprächen mit ihr kannte, aber auf so viel Gegenwehr war ich nicht gefasst gewesen, nachdem sie doch vorher darauf bestanden hatte, Hannah gehöre zu ihr.

»Nein, Isabelle, ich kann nicht mit«, erwiderte sie, den Blick auf die Plantage gerichtet. »Ich bin noch nie geflogen. Und ich habe hier auf der Farm zu viel zu tun.«

Ich hatte das Gefühl, dass mehr dahintersteckte als nur die Angst vor dem Unbekannten, vor der Reise in ein fernes, fremdes Land. Ich vermutete, dass ihr Ehemann Njau etwas mit ihren Beweggründen zu tun hatte. Mir waren die strikten traditionellen Regeln und die patriarchalische Ordnung der Massai durchaus bekannt, doch ich versuchte, meine Enttäuschung über ihr Zögern zu verbergen. Es war ihre Entscheidung und ich musste sie akzeptieren, so schwer es mir auch fiel. Zudem ärgerte ich mich über mich selbst, weil ich es nicht schaffte, sie zu überzeugen und mit nach München zu bringen. Ich hatte so sehr gehofft, sie würde die Gelegenheit nutzen, Hannah wiederzusehen. Doch Amidah, stark und stur, wie sie war, hatte ihren Standpunkt klargemacht und ich wusste natürlich inzwischen, dass sie auf der Farm in der Zwischenzeit gute Arbeit leistete. Sie gab mir für Hannah ein schönes rot-lila-weißes

Perlenarmband mit, das ihre *Soko,* ihre Großmutter, für sie geflochten hatte.

Nun ging ich das letzte Mal die Holztreppe hinunter und sah nach Süden, wo in den Tälern noch grauer Nebel hing. Subira ließ die zweiflügelige Tür des Farmhauses hinter mir weit offen, obwohl ich angeordnet hatte, sämtliche Türen immer sofort zu schließen, wie es in Afrika wegen der Wildtiere angeraten wurde. Es war eine besondere Geste der Chagga, zu deren indigener Volksgruppe Subira gehörte, die damit betonen wollte, dass ich zurückkehren würde.

Zahir fuhr mich zum Flughafen und sagte zum Abschied einen Satz, über den ich noch sinnieren würde, als ich schon im Flieger saß: *Meing'ua oloitiko isirat lenyena* – Ein Zebra lässt seine Streifen nicht zurück.

Mit diesen Gedanken im Kopf und meinem Handgepäck voller Mitbringsel betrat ich das Flugzeug, das mich nach Hause bringen sollte. Ein letzter Blick zurück auf das Land, das in den vergangenen Monaten meine Heimat geworden war. Ein Land, das ich mit gemischten Gefühlen verließ. In der Hoffnung, bald zurückzukehren, und der Gewissheit, dass ich ein Stück von mir selbst hier zurücklassen würde. In Tansania. Auf Mawingu. Bei Zahir. Bei Amidah. Bei Subira. Bei den Farmarbeitern, bei Issa und Neema. Bei Frank.

Ich hatte ein Upgrade in die Businessclass bekommen und saß nun umgeben von Geschäftsleuten und Touristen, die nach München zurückkehrten, in meine Heimatstadt, die ich seit über einem halben Jahr nicht mehr gesehen hatte.

Die gedämpften Lichter des Flugzeuginneren warfen schwache Schatten auf mein Gesicht, während ich aus dem Fenster starrte, auf die endlosen Weiten unter uns. Es war eine merkwürdige Gefühlsmischung, die ich empfand – eine Mischung aus Nervosität, Aufregung und einer Spur von Furcht.

Christoph wartete in München auf mich. Er hatte meine Abwesenheit ohne große Beschwerden ertragen, sich in die monatelange Trennung gefügt, als sei sie ein unvermeidlicher Teil unseres Lebens. Und ich? In der Tiefe meines Herzens konnte ich nicht leugnen, dass ich ihn nicht wirklich vermisst hatte. Nicht so, wie man es sollte. Nicht so, wie ich Frank während der Regenzeit vermisst hatte und wie ich mich schon jetzt nach ihm sehnte.

Ich dachte an unser Wiedersehen, stellte es mir vor, wie er am Flughafenterminal auf mich warten würde. Würde er sich freuen, mich zu sehen? Würde er bemerken, dass sich in mir etwas verändert hatte? Würde ich in der Lage sein, die Maske der Gleichgültigkeit erneut zu tragen, die ich in den letzten Jahren so sorgfältig gepflegt hatte?

Ein Teil von mir wünschte sich, in die gewohnte Routine zurückzukehren, die Geborgenheit unserer gemeinsamen Wohnung zu spüren, das vertraute Lächeln Christophs zu sehen. Aber ein anderer Teil, ein neuer, mutigerer Teil, fürchtete genau das. Die Rückkehr zur Normalität, die Rückkehr zu einem Leben, das sich irgendwie weniger lebendig anfühlte als das, was ich in Tansania geführt hatte.

Ich lehnte mich zurück in den weichen Ledersitz und schloss die Augen. Es gab noch so viel zu bedenken, zu fühlen, zu verarbeiten. Und während das Flugzeug durch die Nacht flog, ließ ich meine Gedanken frei, um sich durch die wirren Gefühle und Befürchtungen zu winden, die in mir brodelten, immer auf der Suche nach dem, was ich wirklich wollte, was ich wirklich brauchte. Was immer das auch sein mochte.

Der Kabinenraum war gedämpft, die Servicelichter tauchten die Umgebung in ein sanftes Ambiente. Ich blickte auf, als ein Mitglied der Flugbesatzung mit einem Servierwagen den Gang entlangfuhr. Ein Glas Champagner und ein Stück saftiges Hühnchen auf einem Porzellanteller wurden vor mir abgestellt. Ich lächelte dankbar und nahm einen Schluck des prickelnden Getränks. Der Geschmack, bittersüß und aufregend, brachte die Gedanken an München näher.

Die Geräusche des Flugzeugs, das leise Stöhnen des Windes gegen den Rumpf und das gedämpfte Stimmengewirr der Passagiere schufen eine sonderbare, fast surreale Atmosphäre. Mein Blick schweifte zu meiner Sitznachbarin. Sie war eine hübsche Frau, etwa in meinem Alter, mit strahlend weißen Zähnen und lebhaften hellblauen Augen. Sie sah aus, als käme sie gerade von einer Safari-Expedition, gekleidet in eine kakifarbene Bluse und eine bequemen Leinenhose, ihre dunkelblonden Haare zu einem lässigen Knoten gebunden.

»Sie scheinen in Gedanken versunken zu sein«, sagte sie auf Englisch, ihr Akzent verriet ihre amerikanische Herkunft. »Ist München Ihre Heimat?«

Ich nickte, nicht ganz sicher, wie viel ich preisgeben sollte. Aber irgendetwas in ihrem warmen Lächeln ließ mich die Worte finden. »Ja, ich bin auf dem Weg zurück nach Hause ... oder zumindest zu dem Ort, den ich Heimat nenne.«

Ein leises Lächeln umspielte ihre Lippen, als sie antwortete: »Ist es nicht merkwürdig, wie sehr sich unsere Definition von ›Heimat‹ ändern kann, wenn wir die Welt bereisen?«

Wir verbrachten den Rest des Fluges im Gespräch. Sie hieß Sarah, eine erfolgreiche Fotografin, die um die Welt reiste und das Leben in seiner rohesten, ehrlichsten Form einfing. Ihre Geschichten waren faszinierend und ich fand in ihr eine willkommene Ablenkung von meinen eigenen wirbelnden Gedanken. Als das Flugzeug zur Landung ansetzte, schaute ich aus dem Fenster und sah die Lichter von München in der Dunkelheit leuchten. Trotz der vor mir liegenden Unsicherheiten fühlte ich eine seltsame Beruhigung. Alles würde sich fügen, wie es sollte.

Ich ging durch den Ausgang der Gepäckausgabe, die Müdigkeit von der langen Reise lag schwer auf meinen Schultern. Meine Augen suchten und fanden schließlich vertraute Gesichter: Hannah und Alex mit Frida. Hannahs graue Augen funkelten vor Aufregung und Alex strahlte mich mit einem Lächeln an, das mich trotz meiner Müdigkeit erwärmte.

»Hannah! Alex!«, rief ich. Frida tanzte um mich herum und bellte vor Aufregung.

»Isabelle!« Hannah sprang auf mich zu und umarmte mich fest. Ich drückte sie zurück, froh, sie wiederzusehen.

»Mama«, begrüßte mich mein Sohn und er umarmte mich ebenfalls, drückte mich überraschend lange. Seine Stimme klang richtig glücklich. »Schön, dass du wieder da bist! Wie war die Reise?«

»Erschöpfend, Alex«, antwortete ich und ließ ihn vorsichtig los. »Ich habe nicht viel geschlafen, aber jetzt freue ich mich auch, dich endlich wiederzusehen.« Ich warf einen Blick über seine Schultern und suchte nach einer weiteren vertrauten Gestalt. »Ist Christoph nicht mitgekommen?«

Alex schüttelte den Kopf. »Nein, er konnte nicht kommen. Konzertprobe! Aber er wird später zu Hause sein.«

Eine Welle der Enttäuschung durchfuhr mich, aber ich schüttelte sie ab. »Das ist okay. Ich freue mich, euch beide zu sehen. Und Frida natürlich auch«, fügte ich hinzu und beugte mich hinunter, um die Hündin zu streicheln. Sie wedelte freudig mit dem Schwanz und leckte meine Hand, erst jetzt wurde mir klar, wie sehr ich sie vermisst hatte. Wir machten uns auf den Weg zu Alex' Auto, unser Atem bildete kleine Wölkchen in der kalten Luft. Der Parkplatz des Flughafens war mit einer dünnen Schicht Schnee bedeckt, der unter unseren Füßen knirschte.

Während Alex fuhr, blickte ich aus dem Fenster. Der bedeckte Himmel über München war ein starker Kontrast zu den letzten klaren, sonnigen Tagen in Tansania. Die Silhouetten der Bäume ohne Blätter standen vor einem grauen Hintergrund und die Dächer der Häuser waren mit einer dünnen Schicht Schnee bedeckt. Wir passierten die bekannten Orte: das Siegestor, den Englischen Garten, die Türme der Frauenkirche. Ruhig breitete sich die Stadt vor mir aus, fast als würde sie sich unter der winterlichen Kälte ausruhen. Die Isar glänzte kalt und silbrig im gedämpften Licht und ich fragte Alex, ob er noch auf der Eisbachwelle surfte.

»Klar, gerade erst vor zwei Tagen und Hannah hat es auch schon versucht.«

»Du?«, fragte ich erstaunt und wandte mich zu Hannah um, die auf dem Rücksitz saß. »Ist dir das nicht zu kalt?«

»Mit Neoprenanzug ist das gar kein Problem. Eine Freundin von Alex hat ihn mir geliehen.«

Sie fragte neugierig: »Wie war es denn auf Mawingu?«

Ich begann von den Erlebnissen zu erzählen, von den atemberaubenden Landschaften, den warmherzigen Menschen, aber auch von den Problemen bei der Ernte, dem toten Afrikanischen Büffel im Bachlauf, der das Wasser vergiftet hatte, und dem Erdrutsch während der letzten Regenzeit, der einen Teil der Plantage heimgesucht hatte. Beide hörten gespannt zu, stellten Fragen, gaben Kommentare ab. Was ich vorerst aussparte, waren meine Begegnungen mit Amidah, davon würde ich Hannah in einer ruhigen Stunde allein erzählen. Und natürlich erwähnte ich Frank mit keinem Wort, obwohl es mir schwerfiel.

Als ich sah, dass Alex den Weg Richtung Oberföhring nehmen wollte, sagte ich: »Nicht nach Hause, Alex, es tut mir leid, ich muss tatsächlich als Allererstes in mein Büro, das lässt sich nicht mehr aufschieben.«

»Willst du denn nicht erst mal duschen und dich umziehen und mit uns einen Tee trinken?«, fragte Hannah vom Rücksitz aus.

»Typisch Mama, wieder ganz die Alte!«, sagte Alex, mit einem leicht vorwurfsvollen Unterton, setzte aber den Blinker und fuhr auf die Rechtsabbiegespur.

»Lässt sich leider nicht ändern. Aber vielleicht können wir heute zusammen zu Abend essen? Ich koche uns was Schönes.«

»Heute Abend bin ich verabredet, ich hatte mir den Tag für dich freigehalten, tut mir leid. Aber morgen vielleicht?«

Dagegen konnte ich nicht viel einwenden. »Okay, dann morgen um neunzehn Uhr? Kannst du da auch Hannah?«

»Ja, klar!«

»Also abgemacht.« Ich holte meinen Taschenspiegel heraus, puderte mir ein wenig die glänzende Nase und zog mir die Lippen nach. Im Flugzeug hatte ich bereits, so gut es ging, eine Morgentoilette durchgeführt, aber trotzdem sahen meine Augen müde aus. Fünf Minuten später stieg ich aus dem Wagen und stand vor dem Gebäude, in dem ich während der letzten Jahre mehr Zeit verbracht hatte als zu Hause.

Es war ein vertrautes Gefühl, die schweren Glastüren meines Architekturbüros aufzustoßen, und zugleich war es seltsam fremd. Ich war so lange weg gewesen. Das Raumgewirr aus Zeichnungen, Modellen und Büchern schien in meinem langen Auslandsaufenthalt noch chaotischer geworden zu sein. Dennoch, es war vertraut, es war Heimat. Die Geräuschkulisse aus klickenden Tastaturen, Telefonklingeln und leisen Gesprächen, durchzogen vom Duft von Kaffee und Druckerpapier, nahm mich sofort wieder auf.

Die Arme voller Papiere, stürmte meine Assistentin Yasmin auf mich zu. Sie hatte lange dunkle Locken und trug immer bunte Kleider, die gegen den eher grauen Büroalltag leuchteten. »Isabelle, du bist zurück! Gut siehst du aus!«

Wir umarmten uns kurz, aber dann ging sie direkt zum Geschäftlichen über: »Schau mal, die Pläne für das Projekt in der Münchner Innenstadt … der Bauherr will jetzt doch den Eingang auf die andere

Seite verlegen. Und die Baugenehmigung für das Projekt in Hamburg verzögert sich immer noch.«

Wir unterbrachen unser Gespräch, als Tom Meyer, unser talentierter Modellbauer, vorbeikam und mich freudig begrüßte. Inzwischen hatte er weit mehr Aufgaben übernommen und war auch in Planungen involviert. Er war aber auch der Erste, der mich nach meinen Erlebnissen in Tansania fragte, und wir unterhielten uns eine Weile darüber, bis Christine in das Büro kam. Ihr rötliches Haar hatte sie zu einer Banane gesteckt und sie trug eine randlose Brille, die ihre klaren grünen Augen betonte. Christine strahlte immer schon viel Kompetenz aus und normalerweise gleichzeitig eine einladende Wärme.

»Isabelle, schön, dich zu sehen«, begrüßte sie mich, doch gleich änderte sich ihr Ton. Sie zog mich beiseite, weg von der offenen Bürofläche in ihr Büro. »Wir müssen reden«, sagte sie mit einer Strenge in der Stimme, die mir Unbehagen bereitete. Sie schloss die Tür hinter uns. Die sonst so lebendige Atmosphäre schien plötzlich gedämpft, fern, als ob eine unsichtbare Barriere zwischen uns und dem Rest der Welt errichtet worden war.

»Ich verstehe, dass du wegmusstest«, begann sie und ich bemerkte eine Spur von Bitterkeit in ihrer Stimme. »Aber wir haben hier einige gravierende Probleme gehabt. Projekte sind ins Stocken geraten, Kunden sind unzufrieden, wir haben sogar langjährige Kunden verloren ...«

»Welche?«, fragte ich.

»Das Projekt der Reinhard AG«, sagte Christine und schaute mich eindringlich an. »Sie waren unzufrieden mit den Verzögerungen und haben sich entschieden, mit einem anderen Architekturbüro zusammenzuarbeiten. Die Stadt hat uns für das Kulturzentrum-Projekt abgelehnt, sie haben sich für den Entwurf von Dietz und Joppien entschieden. Und das Projekt für die Kunsthalle steht gerade auf der Kippe.«

Die Worte hallten in meinem Kopf wider. Die Reinhard AG war einer unserer größten und langjährigsten Kunden gewesen und das Kulturzentrum-Projekt war ein Prestigeprojekt, das unserem Büro einigen Ruhm eingebracht hätte. Genau wie die private Kunsthalle, mein weißer Kubus. Es war wie ein Schlag in den Magen. Ich konnte förmlich spüren, wie die Farbe aus meinem Gesicht wich. Ich schluckte hart, versuchte meine Fassung wiederzuerlangen.

»Das ist … das ist schlimm«, brachte ich schließlich hervor. »Ich habe völlig unterschätzt, was für Auswirkungen meine Abwesenheit haben würde. Es tut mir leid, Christine.«

Sie sah mich einen Moment lang schweigend an, dann seufzte sie. »Es ist, wie es ist, Isabelle«, sagte sie. »Wir müssen nach vorne schauen und das Beste daraus machen.«

Ich nickte, obwohl mir die Worte wie ein Hohn erschienen. Doch Christine hatte recht. Wir konnten die verlorenen Projekte nicht zurückholen, aber wir konnten daraus lernen und in der Zukunft besser agieren. »Ja, du hast recht«, sagte ich und sah ihr direkt in die Augen. »Wir werden das durchstehen. Zusammen.«

Ich hatte erwartet, dass meine Abwesenheit Probleme verursachen würde, ja. Aber ich hatte nicht damit gerechnet, dass es so schlimm sein würde. Christine schien mehr als nur verärgert – sie schien am Ende ihrer Geduld zu sein. Und obwohl sie es nicht aussprach, konnte ich in ihrem Blick eine Frage lesen: Wollte sie wirklich weiter mit mir zusammenarbeiten?

»Ich verstehe«, antwortete ich leise, meine Stimme kaum mehr als ein Flüstern in dem angespannten Raum. Die Realität meiner Rückkehr hatte mich eingeholt und ich wusste, dass die kommenden Wochen eine Herausforderung sein würden. Aber letztendlich war das Büro mehr als nur ein Ort der Arbeit. Es war ein Teil von mir, ein Teil meiner Identität, den ich nicht einfach hinter mir lassen konnte.

Erst am späten Nachmittag ließ ich mich von einem Taxi nach Hause bringen. Wir kamen an den akkurat geschnittenen Buchsbaumkugeln in den Gärten von Bogenhausen vorbei, die vereinzelt noch mit Lichterketten verziert waren. Die Straße machte eine Linkskurve und an der nächsten Kreuzung kam das Straßenschild der Bernheimer Straße in Sicht. Hier in Oberföhring, wo die Häuser weniger prächtig waren als in Bogenhausen, hatte jedes für sich genommen dennoch seinen eigenen Charme. Die Bäume waren allerdings noch kahl und die Gärten grau, was in extremem Gegensatz zu dem üppigen Grün von Mawingu stand.

Ich sah mein Haus mit der ehemals frisch getünchten Fassade, die über die Kirschlorbeerhecke ragte, und jetzt ergriff mich endlich doch die nervöse Vorfreude auf das Heimkommen. Als ich unser Haus betrat, traf mich das erste Anzeichen für Christophs alleinige Bewohnerschaft: Unordnung. Nicht die chaotische, nachlässige Unordnung, die aus fehlender Fürsorge entsteht, sondern eher das Resultat eines einsamen, beschäftigten Lebens, das sich auf wenige Räume konzentriert. Gestapelte Bücher auf dem Couchtisch, verstreute Notenblätter, die offensichtlich in hastigen Momenten beiseitegeschoben worden waren, und Geschirr, das nicht sofort seinen Weg zurück in die Küche gefunden hatte.

»Isabelle«, murmelte Christoph und kam auf mich zu, seine Augen suchten meine. »Es tut mir leid. Ich … es ist etwas chaotisch geworden.«

Ich lächelte und berührte sanft seine Wange. »Es ist okay, Christoph. Es ist gut, wieder hier zu sein.«

Wir saßen zusammen im Wohnzimmer, in der warmen Beleuchtung der Stehlampe, und tauschten Geschichten unserer getrennten Leben aus. Christoph erzählte von seinen Konzerten, von den Reisen durch Deutschland, von den Menschen, die er getroffen hatte, und den Stücken, die er gespielt hatte.

Ich hörte zu, nahm seine Worte auf, sah die Leidenschaft in seinen Augen, die die Musik in ihm auslöste. Und dann war es an mir, von der Mawingu-Farm zu erzählen, von Nala, der Schimpansin, von Amidah, den Herausforderungen, der Einsamkeit in der Regenzeit, von der Idee mit dem Nachhaltigkeitszertifikat, dem Problem mit der Kinderarbeit, aber auch der Schönheit, die ich dort gefunden hatte. Doch auch Christoph gegenüber erwähnte ich Frank mit keinem Wort, denn mir war klar: Wenn ich diese Schwelle überschreiten würde, betrat ich unwiederbringlich fremdes Terrain, aus dem es kein Zurück mehr gäbe. Und dazu fehlte mir der Mut.

Unsere Gespräche waren ruhig, beinahe zögerlich, als würden wir uns vorsichtig wieder annähern, auf das dünne Eis unserer Beziehung treten, das die Trennung hinterlassen hatte. Aber wir sprachen miteinander und das war ein Anfang. Ein Anfang, der zu der Nacht führte, in der wir uns wieder in den Armen hielten, uns wieder näherkamen, uns wieder fanden und doch auch ein Stück verloren.

»Isa«, murmelte er und seine Arme schlossen sich um mich. Es fühlte sich gleichzeitig vertraut und fremd an, diesen Körper nach so langer

Zeit wieder zu spüren, diesen Körper, der so viel weicher als der von Frank war. Wir schwiegen, hielten uns fest und versuchten, die Distanz zu überbrücken, die in den letzten Monaten zwischen uns entstanden war.

Ein Hauch von Unsicherheit lag in der Luft. Es war, als ob wir uns wieder neu entdecken müssten, als ob wir uns nach der langen Trennung wieder näherkommen müssten. Unsere Lippen trafen sich, unsere Körper verschmolzen miteinander und dennoch waren meine Gedanken weit weg. Sie waren bei Frank, bei seinen Berührungen, seinen Lippen, dem Begehren, aber auch bei der Freiheit, die ich in Tansania gefunden hatte.

Die Nähe zu Christoph weckte Erinnerungen an vergangene Zeiten, an ein Leben, das einmal meines war und jetzt so weit entfernt schien. Ich spürte seine Hand auf meiner Haut, seine Lippen auf meinen, doch in meinem Kopf sah ich Franks Lächeln, hörte sein Lachen, spürte seine Küsse und Berührungen.

Ich schloss die Augen, versuchte, mich auf Christoph zu konzentrieren, auf uns. Doch der Geist ist ein eigensinniges Wesen und sosehr ich es auch versuchte, ich konnte Frank nicht aus meinen Gedanken verbannen. Mit jedem Atemzug war Frank bei mir, war ein Teil von mir. Und so lagen wir da, Christoph und ich, vereint, aber fern voneinander, verstrickt in einem Netz aus Vergangenheit, Gegenwart und Zukunft.

Die Stille des Morgens wurde vom Klirren der Teetasse auf dem Unterteller und dem leisen Rascheln der Zeitung unterbrochen, die Christoph mit gerunzelter Stirn las. Ich beobachtete ihn von der anderen Seite des Frühstückstischs aus und bemerkte seine zunehmend angespannte Mimik. Seine Augen glitten rasch über die Zeilen mit einem Ausdruck, als könne er die gedruckten Worte kaum glauben.

»Hast du das gehört, Isa?« Seine Stimme war brüchig, als er die Zeitung sinken ließ und mich ansah. »Diese Corona-Sache … es wird immer ernster. Sie sprechen von einer Pandemie, weltweit.«

Ich nickte abwesend und strich mit den Fingern über die subtilen Unregelmäßigkeiten am Rand der Teetasse, die zu dem schönen blauen Steingutgeschirr gehörte, das ich nach der Renovierung unseres Hauses gekauft hatte. Es hatte zur Ausrüstung unseres Neuanfangs zu zweit beitragen sollen.

»Ich habe etwas darüber gehört, ja«, sagte ich. »Aber es ist so weit weg … oder zumindest fühlte es sich so an, als ich in Tansania war.«

»Das ist es nicht mehr«, gab Christoph zurück, seine Augen waren ernst. »Es ist hier, Isabelle. In Deutschland. In Europa. Sie sprechen von Lockdowns, von Reisebeschränkungen …«

Wir saßen schweigend da, in der behüteten Stille unseres Zuhauses, während draußen die Welt zu erzittern schien. Die Unsicherheit und das Unbekannte der aufkommenden Pandemie hingen in der Luft zwischen uns, eine stumme Bedrohung für die Normalität, die wir soeben wiederzufinden versuchten.

»Soll auf einem Tiermarkt in Wuhan ausgebrochen sein, aber typischerweise kommen keine klaren Informationen aus China. Es ist alles schwer einzuschätzen«, sagte Christoph schließlich, seine Stimme wirkte so unsicher, wie ich es gar nicht von ihm gewohnt war. Normalerweise machte er sich nie besonders viele Gedanken. »Keiner kennt sich aus, Virologen erzählen etwas von höchster Ansteckungsgefahr, tödlichen Verläufen, keine Ahnung, was das für uns konkret bedeutet. Für uns alle.«

Ich stellte das Morgenmagazin des ZDF im Fernsehen an und wir sahen gemeinsam die verstörenden Bilder aus China, wo auf riesigen Arealen Tausende von Baumaschinen Krankenhäuser aus dem Boden stampften. Bilder von Menschen auf überfüllten Intensivstationen, die auf dem Bauch gelagert und beatmet wurden, von Ärzten und Pflegerinnen, die vor Erschöpfung zusammenbrachen. Dann folgte eine Gesprächsrunde mit einem Virologen namens Christian Drosten und einem Gesundheitsexperten der SPD, Karl Lauterbach, die beide von einer immensen Bedrohung sprachen.

Christoph hatte recht. Wie das Virus selbst waren auch die Folgen und Auswirkungen für uns nicht greifbar, aber sie waren da, lauerten im Verborgenen und setzten sich langsam in unsere Gedanken, begannen Abläufe zu verändern, die wir als selbstverständlich betrachteten. Und während wir an diesem Morgen zusammensaßen, ahnte ich, dass vielleicht bald nichts mehr so sein würde wie zuvor. Dafür sprachen nicht nur die sich überschlagenden Nachrichten über Covid-19, sondern auch der gelbe Umschlag mit meiner Vorladung zu einem Gerichtstermin, den mir Christoph schweigend überreichte.

Moritz

In Saal 114 a des Münchner Amtsgerichts herrschte am Mittwoch, dem 19. Februar 2020, eine Atmosphäre der gespannten Erwartung. Der nüchterne, funktionale Stil der Nachkriegsarchitektur bot den Rahmen für den folgenden Verhandlungstag. In der nüchternen Umgebung waren die Auswirkungen des erhöhten Medieninteresses womöglich besonders spürbar. Journalisten und Fotografen, die auf Informationen über die bevorstehende Gerichtsverhandlung zum Erbe einer bekannten Persönlichkeit hofften, wurden hier jedoch von speziellen Beschränkungen begleitet. Das Gericht hatte klare Richtlinien erlassen, um die Privatsphäre der beteiligten Parteien zu schützen – insbesondere, da Hannah noch minderjährig war. Journalisten mussten spezielle Anmeldeverfahren durchlaufen und während der Verhandlung waren Bild- und Tonaufnahmen untersagt.

Moritz, in seinem dunklen Maßanzug, hatte zusammen mit seinem Anwalt am Tisch des Klägers Platz genommen. Gegenüber saß Hannah neben Doris und Isabelle mit ihrem Rechtsanwalt Radke. Hannah hielt die Hände fest ineinander verschränkt. Sie hatte den Kopf gesenkt, vermied den Blickkontakt mit Moritz.

Das Flüstern im Saal verstummte, als der Richter eintrat, ein älterer Herr mit eindringlichen Augen und weißen Haaren. Er gab den Anwälten Gelegenheit, sich zu äußern, erläuterte in nüchternem Tonfall, zunächst müsse es einen gesetzlich anerkannten Anfechtungsgrund geben. Dazu zählten insbesondere Testamentsfälschung, Testierunfähigkeit, Irrtum oder Täuschung.

»Sie berufen sich einerseits auf mangelnde Testierfähigkeit der Erblasserin, Herr Anwalt?« Er sah Schäfer an.

»Ja, und zusätzlich auf Sittenwidrigkeit des Testaments, da die Begünstigte Hannah Waldeck mittels in Deutschland verbotener Leihmutterschaft nicht von der Erblasserin, sondern von Amidah Aleeke in Tansania geboren wurde. Ferner weil das Testament der Begünstigten vorschreibt, bis zu ihrem einundzwanzigsten Lebensjahr dauerhaft in Deutschland zu verbleiben.«

»Sie argumentieren, Herr Rechtsanwalt Schäfer, das Testament sei dadurch sittenwidrig, dass Hannah, die keine nach deutschem Recht anerkannte Blutsverwandte der Verstorbenen ist, den Großteil des Erbes erhält. Das ist ein erörternswerter Einwand ...« Der Richter hielt inne, ließ seine Augen ohne die Spur einer Regung über die Anwesenden schweifen, bevor sich sein Blick wieder auf die Akten vor ihm legte und er weitersprach.

Moritz war überzeugt, nun öffne sich ihm sogleich ein Einblick in die Vorzüge des deutschen Rechtssystems. Die wichtigste Neuigkeit, die sich im Halbdunkel des juristischen Dschungels abzeichnete: Seine Einwände wurden endlich ernst genommen. Er betrachtete Hannahs Gesicht und das seiner Mutter, die seine Blicke zu seiner großen Genugtuung mieden. Hannah hatte eine schlichte weiße Bluse an, ihr Teint war blass und die Wangen schmal. Doris trug ein dunkelblaues langärmliges Kleid mit beigefarbenem Blumendruck und er beobachtete, wie sie mehrfach versuchte, eine unsichtbare Fluse von dem Stoff zu zupfen. Sie war nervös, da war er sicher. Jetzt war seine Mutter endlich gezwungen zuzuhören, wenn ein Richter ihr mitteilen würde, was richtig und was falsch war.

»Dann beginnen wir mit der Beweisaufnahme«, sagte der Richter und ließ Notar Dr. Jörg Mettmann als Zeuge aufrufen. Mettmann kam in den Saal und schritt bedächtig zum Zeugenstand. Sein Äußeres war tadellos; er trug einen dunkelblauen Anzug und ein gestärktes weißes Hemd, eine silberne Krawatte, sein grau meliertes Haar war sorgfältig zurückgekämmt. Anwalt Schäfer hatte Moritz zuvor erklärt, dass es ein geschickter Zug der Gegenseite war, einen anderen Rechtsanwalt als Dr. Mettmann zu wählen, denn sonst hätte dieser nicht als Zeuge über die Testierfähigkeit von Corinna Waldeck aussagen können. Moritz fühlte, wie seine Hände zu zittern begannen. Nicht nur vor Anspannung, sondern auch vor Verärgerung über diesen klugen Schachzug. Er presste sie unter dem Tisch fest zusammen in der Hoffnung, dass niemand es bemerkte. Bestimmt würde Mettmann mit seinem seriösen Auftreten alle Zweifel an dem geistigen und gesundheitlichen Zustand seiner Tante zerstreuen, was ganz und gar nicht in seinem Sinne war.

»Herr Dr. Mettmann«, begann der Richter mit einer festen Stimme, die keinen Zweifel an seiner Autorität ließ, »ich muss Sie wie folgt belehren: Es ist Ihre Pflicht, die Wahrheit zu sagen, Falschaussagen vor Gericht können schwerwiegende Konsequenzen haben.«

Mettmann nickte kurz, mit kontrollierter Miene. »Das ist mir bewusst, Herr Richter.«

»Bitte erzählen Sie dem Gericht über den Tag, an dem das Testament aufgesetzt wurde«, bat der Richter.

Notar Mettmann räusperte sich und begann mit ruhiger, klarer Stimme: »Es war ein Mittwochnachmittag, als die Erblasserin, Corinna Waldeck, mein Büro betrat. Sie schien mir geistig völlig klar zu sein und erklärte mir präzise und bestimmt ihre Wünsche bezüglich ihres Vermögens.«

»Die Erblasserin war Ihnen von Person bekannt?«

»Ja, ich habe sie schon viele Jahre beraten, auch in geschäftlichen Angelegenheiten.«

Schäfer meldete sich zu Wort: »Hatten Sie zu irgendeinem Zeitpunkt den Eindruck, dass die Erblasserin in ihrer Urteilsfähigkeit eingeschränkt war?«

Der Notar schüttelte den Kopf. »Nein, zu keiner Zeit. Sie stellte kluge Fragen, bedachte ihre Antworten und war sich der Konsequenzen ihrer Entscheidungen voll bewusst.«

Hannah, die an ihrem Tisch saß, hörte konzentriert zu. Es war offensichtlich, dass die Aussage des Notars von entscheidender Bedeutung für den Fall sein würde.

Rechtsanwalt Schäfer wandte sich erneut an den Zeugen: »Was waren denn die Gründe dafür, dass sie die Existenz ihrer angeblichen Tochter jahrelang vor ihrer Familie verheimlicht hat?«

»Die Gründe kenne ich nicht.«

»Aber ist es nicht merkwürdig, dass sie ihre angebliche Tochter niemals mit nach München genommen hat? Deutet ihr Verhalten nicht darauf hin, dass Hannah sogar von Corinna Waldeck selbst nicht als ihre rechtmäßige Tochter anerkannt wurde? Und dann setzt sie sie als Haupterbin ein?«

Der Richter ermahnte ihn jetzt: »Sie schweifen ab, Herr Anwalt, mit der Beurteilung der Testierfähigkeit haben diese Umstände, auch wenn sie ungewöhnlich sein mögen, nichts zu tun. Wenn sie eine geistige Störung der Erblasserin darlegen wollten, hätten sie mehr vortragen und weitere Beweise vorlegen müssen. Eigensinnigkeit alleine hat nicht zur Folge, dass jemandem die Tragweite und Bedeutung einer Verfügung nicht bewusst ist, und darauf kommt es bei der Testierfähigkeit an.« Dann wandte er sich wieder an Mettmann: »Gab es irgendeinen Anhaltspunkt für eine geistige oder körperliche Einschränkung bei der Erblasserin?«

»Ich habe über die Jahre viele Testamente aufgesetzt«, fuhr Notar Mettmann fort, »und ich kann mit Sicherheit sagen, dass Corinna Waldeck an jenem Tag in jeder Hinsicht voll testierfähig war. Sie hat in jeder Hinsicht erfasst, was sie tat.«

Isabelle

Ich saß in dem nüchternen Gerichtssaal mit seiner abgehängten Decke und den schlichten Holzstühlen neben Hannah und Doris. Das kalte Licht der Deckenleuchten ließ die Gesichter der Anwesenden durchweg fahl erscheinen. Vor mir befand sich der Zeugenstand, auf dem Notar Mettmann Platz genommen hatte, und während ich seine angenehme tiefe Stimme hörte, musste ich an den Tag denken, als er uns in der Villa Waldeck das Testament eröffnet hatte. Wie lange lag das jetzt zurück? Ein Dreivierteljahr? Es kam mir viel länger vor, weil seitdem so viel passiert war, weil sich mein Leben, weil ich mich seitdem so sehr verändert hatte. Ich hatte die Beweisaufnahme verfolgt und verstand nicht, worauf diese Befragung überhaupt hinauslief. Wir alle wussten doch, dass meine Tante zwar exaltiert und egozentrisch war, aber keiner von uns hätte jemals Zweifel an ihrer geistigen und körperlichen Gesundheit, Moritz doch auch nicht!

Der Richter beugte sich jetzt vor und richtete eine neue Frage an den Notar: »Herr Mettmann, waren Sie sich bei der Abfassung des Testaments darüber im Klaren, dass Hannah nicht die leibliche Tochter von Frau Corinna Waldeck ist, sondern von einer Leihmutter in Tansania geboren wurde?«

Mettmann schaute kurz in die Runde, seine Augen verrieten keine Regung. Dann antwortete er mit fester Stimme: »Nein, davon wusste ich nichts. Mir war lediglich bekannt, dass Hannah die Tochter von Frau Waldeck ist.«

Ein schwerer Knoten bildete sich in meinem Magen. Ich spürte, wie sich unsere Blicke trafen, einen kurzen, flüchtigen Moment. Mettmanns Blick war undurchsichtig, doch ich konnte das Zögern in seinen Augen erkennen. Die dreiste Lüge, die er so selbstsicher aussprach, ließ mich innerlich erstarren. Ich erinnerte mich genau daran, wie ich auf der Mawingu-Farm in einem Aktenordner den Vertrag über die Leihmutterschaft gefunden hatte, den er selbst verfasst und mit seinem Namen und Stempel versehen hatte.

Ich sah den Anwalt von Moritz an, der aber ganz ruhig blieb. War es möglich, dass ich in diesem Gerichtssaal die Einzige war, die die Wahrheit kannte? Auch Moritz saß auf seinem Stuhl und schaute in diesem Moment fast gelangweilt auf seine Fingernägel. Von meiner Mutter und Hannah wusste ich, dass mein Bruder die Zeit genutzt hatte, während Doris in der Rehaklinik war, und die gesamte Villa Waldeck nach Ansatzpunkten für seine Anfechtungsklage durchwühlt hatte. Aber wenn sich dort in der Villa keine einzige Kopie des Vertrags mit Amidah befand und er dazu auch keinen Schriftverkehr, Gesprächsnotizen oder E-Mails gefunden hatte, woher sollten Moritz und sein Anwalt dann Kenntnis von der Verwicklung Mettmanns in diese Angelegenheit haben?

Sollte ich diese Unwahrheit wirklich unkommentiert stehen lassen? Es ging mir sehr gegen den Strich, den Notar mit dieser unverschämten Lüge davonkommen zu lassen. Doch was würde es bedeuten, wenn ich jetzt aufstünde und sagte, was ich wusste. Könnte das nicht die Glaubwürdigkeit von Mettmann und seiner Aussage insgesamt erschüttern? Würde Moritz dann mit seiner Anfechtung Erfolg haben? Hannah, das Vermögen und letztlich auch die Farm – all das stand auf dem Spiel. Aber auch meine Integrität, denn ich profitierte schließlich auch von dem Testament, und mein Glaube an Gerechtigkeit ... an die Wahrheit.

Ich hatte sehr zwiespältige Gefühle. Schwieg ich, konnte das mir und Hannah zugutekommen. Sprach ich aus, was ich wusste, könnten wir vermutlich alles verlieren. Hier, inmitten dieses einschüchternden Gerichtssaals, saß ich mit einem Wissen, das womöglich das gesamte Verfahren zum Kippen bringen könnte. Meine Gedanken rasten, während ich mit mir selbst um die richtige Entscheidung rang.

Der Richter fuhr inzwischen mit der Verhandlung fort. »Ich frage deshalb, weil der Antragsteller sich auf Sittenwidrigkeit beruft, insbesondere, da Hannah Waldeck aufgrund der Nichtanerkennung als leibliche Tochter oder Adoptivtochter durch die deutschen Behörden von der gesetzlichen Erbfolge ausgeschlossen gewesen wäre. Sie wussten davon also nichts bei Abfassung des Testaments und haben die Thematik auch nicht mit der Erblasserin besprochen?«

»Nein, Herr Richter. Der Umstand ist mir erst im Nachhinein bekannt geworden.«

Der Richter schwieg eine Weile, dann sagte er, an Rechtsanwalt Schäfer und Moritz gewandt: »Haben Sie noch Fragen an den Zeugen?«

Schäfer antwortete: »Nein, Herr Richter.«

Moritz' verknitterter Miene war anzusehen, dass ihm dieses nüchterne Eingeständnis des Fehlens weiterer Argumente seiner hochgelobten Anwalts-Koryphäe nicht nur erstaunte, sondern auch verärgerte. Ich vermutete, dass er Schäfer bereits einen gesalzenen Vorschuss hatte anweisen müssen, der Moritz' Überziehungskredit womöglich an den Anschlag brachte.

Der Richter führte die Verhandlung weiter. »Dann fasse ich das Ergebnis der Beweisaufnahme zusammen: Corinna Waldeck hat das Testament in vollem Bewusstsein und bei klarem Verstand aufgesetzt. Es gibt keinerlei Anzeichen dafür, dass sie gezwungen oder beeinflusst wurde. Es steht ihr auch grundsätzlich zu, ihr Vermögen nach eigenem Ermessen zu verteilen.«

Ich sah, wie Doris unter dem Tisch nach Hannahs Hand griff und ihr zuraunte: »Siehst du? Alles wird gut.«

Mettmann war nach dem Abschluss seiner Aussage weiter hinten in den Saal zu einer der Zuschauerbänke gegangen und saß jetzt in meinem Rücken. Mir kam es so vor, als spürte ich seinen Blick auf meinem Hinterkopf ruhen, was sicherlich reine Einbildung war. Aber letztlich beeinflusste mich dieses unangenehme Gefühl in meiner Entscheidung. Ganz langsam stand ich auf. Ich schluckte schwer und fühlte, wie mir warm wurde. Die Worte kamen mir in den Sinn, aber ich brauchte einen Moment, um den Mut aufzubringen, sie auszusprechen. Alle Augen waren auf mich gerichtet, als ich schließlich meine Stimme erhob.

»Herr Richter«, begann ich zögerlich, »es gibt da eine Sache, die ich erwähnen sollte.« Meine Stimme war leise, doch sie trug durch den Saal. »Ich habe die letzten Monate auf der Mawingu-Farm verbracht ... «

Als er mich mit hochgezogenen Brauen betrachtete, erklärte ich: »... das ist die Kaffeefarm, die meiner Tante Corinna Waldeck gehört hat.«

Er sah auf seine Akten und sagte: »Dann gehe ich davon aus, dass Sie Isabelle Weiss sind, die Begünstigte zu 3).«

»Ja, die bin ich.«

»Fahren Sie fort.«

»Dort, also auf der Farm, habe ich im Arbeitszimmer einen Aktenordner gefunden und darin war ein Vertrag abgeheftet.«

Der Richter faltete die Hände unter seinem Kinn und wartete.

»Dieser Vertrag regelte die Bedingungen der Leihmutterschaft zwischen meiner Tante Corinna Waldeck und Amidah Aleeke.«

Ein Raunen ging durch den Saal, als die Zuschauer meine Worte vernahmen. Die Journalisten schrieben sofort emsig auf ihre Notizblöcke, um die brisanten Informationen festzuhalten, während der Richter um Ruhe bat. Die Aufregung und Neugier schienen fast mit Händen zu greifen. Jetzt wurde unser Anwalt, der neben Doris saß, unruhig, beugte sich nach vorne und flüsterte: »Wir sollten die Verhandlung kurz unterbrechen.« Der Richter hatte das natürlich gehört. Er hob seine Hand und fragte mich, ob ich mich erst mit unserem Anwalt beraten wolle. Aber ich schüttelte den Kopf. »Nein, ich möchte jetzt sagen, was ich zu sagen habe.« Vielleicht war es dumm, was ich tat, aber ich war zu der Überzeugung gelangt, dass es notwendig war.

»Dann fahren Sie fort«, ermutigte mich der Richter.

Ich atmete tief durch und sprach es aus: »Der Vertrag trug den Stempel von Notar Mettmann.«

Der Saal war in atemlose Stille gehüllt, denn natürlich lag es auf der Hand: Damit wäre der Notar einer Lüge überführt und wer wollte ihm dann noch glauben. Moritz sah unsicher zu seinem Anwalt, denn ihm schien nicht ganz klar zu sein, was dieser Umstand für den Ausgang des Prozesses bedeuten konnte, doch nach einem kurzen Flüstern grinste er mich an, hob den Daumen und nickte mir sogar dankbar zu. Ich presste die Lippen zusammen. Es war ganz und gar nicht meine Absicht gewesen, meinen Bruder bei seiner Anfechtung des Testaments zu unterstützen, aber hätte ich die Wahrheit für mich behalten, wäre ich mir selbst wie eine Betrügerin vorgekommen.

Hannah blieb stumm, während Doris sie fest an sich drückte. Der Richter räusperte sich. »Das sind gravierende Informationen. Es wäre im besten Interesse aller Beteiligten, wenn wir diese Angelegenheit sorgfältig prüfen würden.« Er sah zu Mettmann. »Dr. Mettmann, ich hoffe, Sie können das erklären.« Mettmann schluckte schwer, doch kein Wort kam über seine Lippen.

»Ich habe Fotos von dem Vertrag gemacht und kann sie Ihnen hier auf meinem Handy zeigen«, sagte ich und zog mein iPhone aus der Tasche.

»Das ist kein anerkanntes Beweismittel«, protestierte unser Anwalt Radke.

»Sie wenden sich gegen Beweismittel, die Ihre eigene Mandantin vorbringt?«, fragte Anwalt Schäfer.

»Bitte bleiben Sie ruhig.« Der Richter bat mich und die Anwälte, nach vorne zu kommen, und betrachtete sich meine Fotos, auf denen der Stempel des Notars sehr genau zu sehen war.

»Dann sollte wohl alles geklärt sein«, sagte Rechtsanwalt Schäfer mit einem triumphierenden Lächeln. »Der Zeuge ist unglaubwürdig und seine Aussage über die Testierfähigkeit der Erblasserin ist unglaubhaft.«

Worauf der Richter mich fragte: »Haben Sie den Vertrag im Original mit nach Deutschland genommen?« Ich schüttelte den Kopf. »Nein, leider nicht.«

»Gut, wir werden sehen, ob wir ihn benötigen. Zumindest wird ihn die Staatsanwaltschaft für die Prüfung einer Falschaussage durch Dr. Mettmann anfordern.«

Ich drehte mich um. Mettmann, der bis eben noch erstaunlich ruhig auf der Zuschauerbank gesessen hatte, versteifte sich sichtlich. Sein Gesicht war aschfahl, die Augen weit aufgerissen. Ich wunderte mich, wie man sich in einem Menschen so täuschen konnte, denn während der Testamentseröffnung hatte ich ihn noch für absolut integer und seriös gehalten.

In diesem Moment wusste ich, dass ich das Richtige getan hatte, auch wenn der Preis dafür hoch war. Ich hatte meine Pflicht getan, die Wahrheit ans Licht gebracht und nun musste das Gericht entscheiden, wie es weiterging.

Der Richter bat nach meiner Enthüllung um eine kurze Unterbrechung, um den neuen Tatsachenvortrag zu prüfen und zu besprechen. Seine Beisitzer und er verließen den Raum.

Der Gerichtssaal war erfüllt von einem leisen Gemurmel, während alle auf das Urteil warteten. Plötzlich spürte ich, wie jemand meinen Arm berührte. Ich drehte mich um und sah in Hannahs besorgte Augen, während Doris, etwas ernster, direkt neben ihr stand.

»Ich verstehe das alles nicht. Warum hat dieser Notar denn gelogen?«, fragte Hannah mit zittriger Stimme, ihre Augen funkelten vor Emotion. »Und was hat das jetzt für Folgen? Müssen wir aus der Villa Waldeck ausziehen?«

Unser Anwalt versuchte sie zu beruhigen. »So weit wird es nicht kommen.« Dann wandte er sich an mich: »Aber Sie hätten wirklich zuerst mit mir sprechen sollen, bevor Sie diesen Umstand vor Gericht bekannt geben. Solche Überraschungen erleichtern uns Anwälten nicht gerade das Leben.«

Doris legte beschützend einen Arm um Hannahs Schultern und sah mich an. »Isabelle, wir verstehen, dass du tun musstest, was du für richtig gehalten hast, aber du hättest uns warnen können. Es war nicht nur dein Geheimnis.«

Ich spürte, wie sich meine Kehle zusammenschnürte. »Hannah, Doris …«, begann ich, aber meine Mutter unterbrach mich.

»Du weißt, was das für Hannah bedeutet, oder?«, fragte sie. »Ich glaube, du hast das ganze Testament ins Wanken gebracht, und was, wenn jetzt alles anders kommt?«

Ich atmete tief durch, suchte nach den richtigen Worten. »Ich konnte es nicht mit mir vereinbaren, eine Lüge zu unterstützen. Es war nicht richtig. Und ich dachte, dass die Wahrheit am Ende vielleicht das Beste für alle ist.«

Hannah blickte zu Boden, dann sah sie mich wieder an. »Ich hoffe, du hast recht.« Sie schluckte schwer. »Denn wenn nicht, dann hat diese Wahrheit alles verändert.«

Bevor ich antworten konnte, kam der Richter gefolgt von seinen Beisitzern wieder zurück in den Saal und ergriff das Wort. Alle Augen richteten sich auf ihn.

»Herr Mettmann«, begann er, »Ihre Rolle in dieser Angelegenheit ist besorgniserregend. Die Tatsache, dass Sie sowohl das Testament als auch den Leihmuttervertrag beurkundet haben, ohne die möglichen rechtlichen und ethischen Implikationen zu beachten, ist schwerwiegend. Das wird sicherlich weitere Untersuchungen nach sich ziehen. Ebenso wie ihre mutmaßliche Falschaussage vor diesem Gericht.«

Ich wagte es nicht, mich zu Mettmann umzudrehen, weil er mir jetzt fast leidtat.

»Bevor ich zum eigentlichen Urteil komme, möchte ich noch auf eine Klausel im Testament hinweisen, die besondere Beachtung erfordert«, begann der Richter, während er in den Unterlagen blätterte und dann innehielt, um den Saal anzusehen. »Die Bestimmung, dass Frau Hannah Waldeck bis zu ihrem einundzwanzigsten Lebensjahr in Deutschland verbleiben muss und nicht nach Tansania reisen darf, ist nach unserem Erbrecht nichtig.« Er räusperte sich und fuhr fort: »Ein Testament dient in erster Linie der Regelung des Nachlasses und der Vermögensübertragung. Eine solche Bestimmung, die das persönliche Recht auf Bewegungsfreiheit und die Lebensgestaltung eines Erben beschränkt, geht über den eigentlichen Zweck eines Testaments hinaus. Zudem steht es nicht im Einklang mit dem Grundrecht auf Freizügigkeit und der persönlichen Freiheit, die in unserem Rechtssystem verankert sind. Daher kann und wird diese Klausel keinen rechtlichen Bestand haben.«

Der Richter schaute kurz zu Hannah, dann zu den anderen Anwesenden. »Das bedeutet, dass Hannah Waldeck unabhängig von diesem Testament frei entscheiden kann, ob und wann sie nach Tansania reisen möchte. Dieser Teil des Testaments wird als nichtig betrachtet, während die übrigen Regelungen, sofern sie rechtmäßig sind, ihre Gültigkeit behalten.«

Der Richter machte eine kurze Pause. Doris' Gesicht, das bis zu diesem Moment von Sorge gezeichnet war, entspannte sich schlagartig. Ihre Augen wurden größer, heller und in ihrem Blick konnte ich die Erleichterung sehen. Sie legte eine Hand auf Hannahs Arm. Das Mädchen atmete zittrig aus und es war offensichtlich, wie sehr die Anspannung und die Angst sie noch im Griff hatten. Ihr Mund verzog sich zu einem kleinen, verhaltenen Lächeln, als sie zu Doris aufblickte.

Dann fuhr der Richter fort: »Was das Testament von Frau Corinna Waldeck betrifft, so haben wir keine Hinweise darauf gefunden, dass es unter Zwang oder Täuschung entstanden ist, auch nicht auf eine geistige Störung. Frau Waldeck hatte das Recht, ihr Vermögen nach ihrem eigenen Ermessen zu verteilen. Das Gericht erkennt das Testament als gültig an.«

Ein erleichtertes Seufzen ging durch den Saal. Die Anspannung, die sich seit Beginn der Verhandlung aufgebaut hatte, löste sich langsam.

Der Richter hob die Hand. »Ich darf noch einmal um Ruhe bitten! Was die Frage der Leihmutterschaft und die rechtliche Position von Hannah Waldeck betrifft«, fuhr der Richter fort, »so erkennt das Gericht, dass die rechtlichen Rahmenbedingungen in diesem Bereich nicht ausreichend geklärt sind. Es wäre Aufgabe des Gesetzgebers, dies zu tun. Aber es steht nicht in unserer Macht, das Wohlwollen und den Willen einer Mutter gegenüber ihrem Kind infrage zu stellen, nur aufgrund der Art und Weise, wie dieses Kind zur Welt kam. Hannah Waldeck wird als rechtmäßige Erbin betrachtet.«

Doris und Hannah fielen einander in die Arme, Moritz saß da, offensichtlich überwältigt von der Entscheidung und vielleicht auch von einem Hauch von Reue. »Es gibt sicherlich noch etwas, was wir tun können?«, flüsterte er seinem Anwalt zu. Seine Stimme klang dünn.

»Ich fürchte, das war es, Herr Waldeck«, erwiderte Schäfer mit bedauerndem Blick. »Wir haben alles versucht. Es tut mir leid.«

Ich schaute zum Richter hinüber, der mit festem Blick und erhobenen Hauptes das Ende der Verhandlung verkündete. Es war nicht nur ein Sieg für Hannah, sondern auch für die Wahrheit. Außerdem empfand ich es als Zeichen dafür, dass die Liebe und der Wille einer Mutter über alle rechtlichen und ethischen Grauzonen hinweg Bestand haben.

Hannah

Sie traten in den kühlen Münchner Wintermorgen und blieben vor dem massiven Gebäude des Amtsgerichts stehen. Die frische Luft schlug ihnen entgegen und bevor sie es sich versahen, wurde Hannah von einem Schwarm aufdringlicher Journalisten belagert. Kameras blitzten, große pelzige Mikrofone wurden vor ihr Gesicht gehalten und Fragen prasselten auf sie ein. »Wie fühlen Sie sich als Erbin eines Millionenvermögens?« »Was werden Sie mit dem Erbe Ihrer Tante anfangen?« »Gibt es noch mehr Konflikte in der Familie um den Nachlass von Corinna Waldeck?«

Hannah war offenbar überfordert und kurz davor, inmitten des Medienrummels unterzugehen. Doch bevor sie antworten konnte, trat ihr Anwalt energisch nach vorn und gab eine kurze Stellungnahme ab. Er erklärte, dass Hannah keine Kommentare abgeben werde, und bat die Journalisten höflich, zu respektieren, dass seine Mandantin noch minderjährig sei, und den Weg frei zu machen. Mit vereinten Kräften schafften Isabelle, Alex, Doris und Hannah es, sich aus dem Gedränge zu befreien, während ihr Anwalt Fragen der Reporter beantwortete. Sie setzten ihren Weg fort, wobei Hannah bereits ahnte, dass die Aufmerksamkeit der Öffentlichkeit weiter auf sie gerichtet sein würde und dass die damit verbundenen Herausforderungen noch lange nicht vorüber waren.

Das monumentale Bauwerk in der Maxburgstraße war ein Nachkriegsbau aus den Fünfzigerjahren, funktional, ohne jeden Schnörkel. Es stand eindrucksvoll da und verkörperte die Strenge und Unnachgiebigkeit des Rechts. Hannah hatte nie zuvor eine Gerichtsverhandlung erlebt, hatte noch nie ein staatliches Gebäude von diesem Ausmaß betreten. Während der letzten zwei Stunden hatte sie sich in einer neuen Daseinsstufe gefühlt. Der Richter, die Rechtsanwälte waren ihr alle vorgekommen, als hätten sie über einen zitternden, lebendigen Teil ihrer selbst geurteilt und sie mit einem einzigen Wort, nüchtern, aber verletzend, einfach auslöschen können. Als hätten sie feststellen können, dass sie, Hannah Waldeck, keine Rechte besaß, nicht als

Tochter von Corinna und schon gar nicht als Tochter von Amidah. Sie war noch immer aufgebracht, bewegt, aber nicht mehr so ängstlich wie am Anfang, sondern die Anspannung der gerade beendeten Verhandlung fiel langsam von ihr ab und sie wagte es wieder, frei zu atmen. Ihr Atem hinterließ kleine Wölkchen in der kühlen Luft, während sie, Alex, Doris und Isabelle, sich vor dem Gerichtsgebäude versammelten.

»Hannah«, begann Isabelle, als sie sich auf einer der steinernen Bänke niederließen, die um das Gerichtsgebäude herum aufgestellt waren. Trotz des monumentalen Bauwerks im Rücken und des kühlen Wetters war es ein interessanter Platz, der den Zeitgeist der Fünfzigerjahre widerspiegelte, abseits vom hektischen Treiben der Stadt. »Du weißt, dass du in einer privilegierten Position bist, nicht wahr?«

Hannah sah ihre Cousine erstaunt an. Isabelles Augen zeigten im Winterlicht auf einmal einen so ungewöhnlich hellen Ton, wie sie ihn noch nie bei einem Menschen gesehen hatte. »Du meinst das Vermögen von Corinna, das ich eines Tages bekomme?«

Isabelle nickte und schaute zu Alex, der neben ihnen saß. Doch er hielt sich zurück und sah sich auf dem Platz um.

»Genau!«, sagte sie. »Ich kenne dich inzwischen ein kleines bisschen und glaube, du wirst nicht zu einer dieser schwächlichen, intelligenten, aber antriebslosen Erbinnen werden, der das eigentliche Lebensfeuer fehlt. Du hast in ein paar Jahren die Möglichkeit, wirklich etwas zu bewegen, Hannah. Du kannst Veränderungen herbeiführen, wo sie dringend benötigt werden.«

Alex, der seinen Blick die ganze Zeit nicht von dem monumentalen Gebäude abwenden konnte, drehte sich jetzt zu ihnen um. »Meine Mutter hat recht, Hannah. Du hast die Möglichkeit, etwas wirklich Großes zu tun.«

Hannah rieb ihre kalten Hände und berührte das Perlenarmband, das Isabelle ihr von Amidah mitgebracht hatte. Natürlich war all ihr Streben darauf gerichtet, eines Tages das Leben von Amidah und ihrer Familie zu verbessern. »Ihr meint generell in Tansania?«, fragte sie schließlich.

»Ja, Hannah, in Tansania«, bestätigte Isabelle. »Du weißt, wie dringend dort Hilfe benötigt wird. Ob es um Bildung, Gesundheitsversorgung oder Nachhaltigkeit geht, du hast es eines Tages in der Hand, einen Unterschied zu bewirken.«

Hannah suchte erst Doris', dann Alex' Blick. Er nickte ihr zu. »Und du bist nicht alleine, Hannah. Wir stehen hinter dir.«

Hannah atmete tief durch, bemüht, das Gewicht dieser künftigen Verantwortung zu erfassen. Wenn sie an Amidah und die Gemeinschaft in der Boma dachte, spürte sie einen tiefen Schmerz, der sich vermutlich aus Sehnsucht und Heimweh nährte. Zumindest durfte sie sie nach der Entscheidung des Gerichts bald wieder besuchen. »Und ihr glaubt, dass ich das schaffen kann? Dass ich wirklich einen Unterschied bewirken kann? Und wie weiß ich, was das Richtige ist?«

»Ich glaube, gerade du wirst das eines Tages besser beurteilen können als die meisten Menschen, Hannah«, sagte Doris. »Denn du bist in zwei verschiedenen Welten aufgewachsen.«

»Wahrscheinlich sogar in drei«, ergänzte Isabelle.

Sie waren mitten im Gespräch, als die Schritte von Moritz ihre Aufmerksamkeit erregten. Er kam aus dem Gerichtsgebäude, sein Gesicht war vor Zorn verzerrt. Er hatte alle Hoffnung auf diese Verhandlung gesetzt und war offenbar überzeugt gewesen, doch noch einen Teil des Vermögens zu bekommen, allerspätestens nach dem Tod seiner Mutter. Das gegenteilige Urteil des Richters machte ihn sichtlich wütend.

»Eine krasse Fehlentscheidung, mein Anwalt geht in Berufung!«, rief er ihnen entgegen, seine Stimme hallte von der kalten Steinfassade wider.

Hannah sah auf und begegnete seinem Blick ohne Furcht. Sie hatte in den letzten Monaten viel dazugelernt und an innerer Stärke gewonnen.

»Moritz«, begann sie vollkommen ruhig, »ich verstehe ja, dass du enttäuscht bist. Aber das Vermögen ist eine Verantwortung, keine Belohnung. Ich beabsichtige, es zu nutzen, um zu helfen, nicht um ein luxuriöses Leben zu führen.«

Moritz starrte sie finster an, offensichtlich überrascht von ihrer Antwort. »Ganz schön altklug! Aber warte erst einmal ab, wie du in sieben Jahren darüber denkst. Eine Jugend in Bogenhausen kann viel verändern und nahezu jeden verderben. Vielleicht wirst du doch noch eine kleine Paris Hilton, mit rosa Chaneljacke und Chihuahua.«

»Das werden wir ja sehen. Aber schließlich darf ich nach dem Urteil jetzt sogar regelmäßig nach Tansania fliegen und Amidah besuchen«, entgegnete sie. »Das stimmt doch, oder?« Sie drehte sich nacheinander zu Doris, Isabelle und Alex um, die alle heftig mit dem Kopf nickten.

»Allerdings!«, bekräftigte Doris.

»Auch eine Art Luxus!«, bemerkte Moritz und legte den Kopf schief. »Und ich sage dir voraus: Du wirst scheitern, Hannah!«

»Und wenn ich scheitere, dann wenigstens bei dem Versuch, etwas Gutes zu tun.«

Als Moritz den Mund öffnete, um etwas zu erwidern, sandte Doris ihrem Sohn einen mahnenden Blick, der ihn tatsächlich daran hinderte, Hannah weiter zu piesacken.

Hannah merkte, wie Isabelle jede ihrer Regungen verfolgte, und wandte ihr das Gesicht zu.

»Ich finde, dass du eine beeindruckende Reife an den Tag legst, Hannah!«, sagte Isabelle.

»Das ist ja nicht zum Aushalten!«, zischte Moritz, kniff die Lippen zusammen und verschwand, seine Familie mit ihren Plänen allein lassend.

»Du hast das gut gemacht, Hannah«, sagte Alex und legte einen Arm um sie. »Und wir werden dir helfen, das Versprechen, das du gerade gegeben hast, zu erfüllen.«

Während sie dort saßen, immer noch umgeben von der ehrfurchtsvollen Aura des Gerichtsgebäudes und dem Wissen um die Verantwortung, die vor Hannah lag, hinterließ alles einen tiefen und unauslöschlichen Eindruck bei dem Mädchen. Es war, als würde sie sich an jedes Wort, das heute gesprochen wurde, jede noch so unwichtige Bemerkung ihr Leben lang erinnern. Gleichzeitig spürte sie eine tiefe Verbundenheit mit ihrer neuen Familie. Sie glaubte an sich, glaubte, dass sie mit ihnen die Herausforderungen, die vor ihr lagen, auf irgendeine Weise meistern würde, und die Zukunft kam ihr hell, glücklich und geborgen vor. Sie würde ihre Möglichkeiten nutzen und die Welt verändern, konnte es kaum erwarten, zu sehen, wohin sie ihr Weg führen würde.

Auf einmal schien die Sonne zu verblassen und dunkle Wolken zogen am Himmel auf. Ein kühler Wind kam auf und ließ sie alle frösteln.

Isabelle holte ein grünes Regencape aus ihrer Tasche und zog es sich über den Mantel. Sie stand auf, um das Schloss, mit dem sie ihr Fahrrad an einem Metallgeländer gesichert hatte, zu öffnen. »Dann werde ich mich mal auf den Weg ins Büro machen. Es wird höchste Zeit.« Sie sah nach oben. »Ich hoffe, ich werde nicht pitschnass.«

Hannah lächelte und sagte: »Isabelle, du brauchst das Regencape heute nicht.«

»Aber schau dir die dunkle Wolke an«, antwortete Isabelle überrascht und deutete besorgt nach oben in den Himmel. »Ich beeile mich lieber.«

»Die Wetter-App sagt, dass es bald zu 100 Prozent regnen wird«, ergänzte Alex und hielt zum Beweis sein Handy hoch.

Hannah lächelte und begann zu erklären: »Ich habe von den Massai gelernt. Sie haben eine tiefe Verbindung zur Natur und verstehen die Zeichen, die diese ihnen gibt. Sie spüren Veränderungen des Luftdrucks. Ein Hinweis von vielen ist, wenn die Vögel in größeren Gruppen fliegen, es kann bedeuten, dass Regen kommt. Wenn die Luft klar ist und die Vögel sich ruhig und gleichmäßig bewegen, ist das ein Zeichen für gutes Wetter.« Sie zeigte nach oben, wo ein einsames Amselpaar ganz unaufgeregt über sie hinwegflog. »Die Massai achten sogar auf die Aktivitäten von Ameisen. Wenn sie in geordneten Reihen arbeiten, glauben sie, dass kein Regen bevorsteht.«

»Aber du willst uns jetzt nicht weismachen, dass du hier, im Münchner Winter, in der Maxburgstraße, Ameisen beobachtet hast«, meinte Alex.

Hannah blickte ihn ruhig an und in ihren Augen lag eine tiefe Überzeugung. Mit fester Stimme, die keinen Zweifel zuließ, sagte sie. »Heute wird es nicht regnen.«

Ein Moment der Stille folgte, während alle auf den Himmel und die dunkle Wolke schauten. Dann, ganz unerwartet, brach die Sonne durch die Wolken, die den Himmel verdunkelt hatten, und die Szene vor ihnen verwandelte sich. Der Gerichtsvorplatz wurde vom milden, wärmenden Licht der Wintersonne überflutet. Doris und Alex sahen einander erstaunt an und dann brachen sie in Lachen aus. In diesem Augenblick schien es, als ob Hannah nicht nur das Wetter vorhergesagt, sondern auch einen Hauch von Magie in ihre Welt gebracht hätte.

Doris

Die Villa Waldeck schien in der winterlichen Abenddämmerung noch beeindruckender, ein imposantes Symbol von Corinnas Vermächtnis. Als Doris durch die schmiedeeiserne Pforte trat, konnte sie nicht umhin, an all die Jahre zu denken, die hier verbracht wurden, an die vielen Erinnerungen, die diese Mauern beherbergten. Sie trat durch die schwere Eingangstür und wurde sofort von der Wärme empfangen, dem vertrauten Geruch des alten Holzes und der eigentümlichen Atmosphäre, die in dem typischen Stilmix ihrer Schwester lag. Jeder Raum war eine Erinnerung an Corinnas Eleganz, an ihren Geschmack, ein Zeugnis ihrer vielen Leidenschaften. Die alte bayerische Villa hätte womöglich genauso viel zu erzählen wie Doris und sie fragte sich, ob Corinnas Anwesenheit in den Häusern, die sie ihnen hinterlassen hatte, für immer präsent bleiben würde. Sie lebten in Räumen, die in der Vergangenheit zu schlummern schienen. Vielleicht hatte ihre Zwillingsschwester genau das gewollt.

Doris setzte sich in ihren Lieblingssessel am Kamin, ihre Augen auf das Feuer gerichtet. Sie war zufrieden, aber zugleich sehr erschöpft und müde.

»Isa«, begrüßte sie ihre Tochter mit weicher Stimme, als sie später vorbeikam, doch es lag immer noch eine gewisse Spannung in der Luft. »Es ist schön, dich zu sehen.«

»Und dich, Mama«, erwiderte Isabelle, küsste sie auf die Wangen, nahm Platz auf dem gegenüberliegenden Sessel und schlug die Beine übereinander. »Ist Hannah nicht da?«

»Sie ist auf die Geburtstagsfeier einer Klassenkameradin gegangen.«

»Das klingt gut! Dann scheint sie in ihrer Schule und in München angekommen zu sein.«

»Ja, ich glaube, so ist es, und ich wünsche es ihr so sehr.« Doris deutete auf die bauchige Teekanne aus Gmundner Keramik, die auf dem Couchtisch stand. »Möchtest du eine Tasse?«

»Ja gerne.«

»Ich hoffe, er ist noch nicht zu sehr abgekühlt.«

Isabelle schenkte sich in die frische Tasse, die auf dem kleinen Tablett für sie bereitstand, ein. Ihre Mutter hatte sich eine gestrickte Wolldecke mit Hirschmuster über die Beine gelegt, auf Isabelles Armlehne lag hingegen eine gewebte, bunte Decke, die sie sofort als Handarbeit aus Tansania einordnete. »Typisch Corinna, ihr unruhiger Geist ist immer noch hier!«, sagte sie, hob die Decke hoch und legte sie sich über die Knie.

»Ja, das habe ich vorhin auch gedacht, als ich nach Hause kam, man wird überall an sie erinnert. Es sei denn ...«,

»... man packt alles in Kisten, gibt es in die Kleidersammlung und auf den Sperrmüll«, vollendete Isabelle ihren Satz.

»Das würde ich nie übers Herz bringen.«

»Das weiß ich ja, ich vermutlich auch nicht«, beruhigte Isabelle sie.

»Isa, erzähl mir alles von Mawingu«, bat Doris und Isabelle konnte im Blick ihrer Mutter die Mischung aus Neugier und Sorge erkennen. »Hast du etwas über den Unfall herausgefunden?« Wie oft hatte sie darüber nachgedacht, warum ihre Schwester so plötzlich ums Leben gekommen war. Aber die Schilderung der wilden Fahrt durch den Busch, mit der neuen amerikanischen Freundin und Zahir im offenen Jeep, regte sie auf. »Warum hat sie das gemacht? Hast du dafür eine Erklärung?«

»Ich weiß es auch nicht.«

»Und mit achtundsechzig hatte sie schon wieder eine neue Lebensgefährtin?«

»Anscheinend.«

»Sie war doch eine gute Fahrerin? Wusste sie nicht, dass dort diese Felsklippe war?«

Isabelle schüttelte ratlos den Kopf. »Das konnte mir Zahir auch nicht sagen. Es hat lange gedauert, bis er überhaupt darüber gesprochen hat.« Isabelle griff nach Doris' Hand. »Mama, da wird auch keine weitere Erklärung mehr kommen, es war ganz einfach ein schrecklicher Unfall. Und es ging schnell, sie hat nicht gelitten.«

»So hätte sie wirklich nicht enden müssen und diese Freundin, die wir nicht kannten, hat sie auch noch mit in den Tod gerissen ... aber letztlich müssen wir uns wohl mit diesen Umständen abfinden«, sagte Doris leise und obwohl Isabelle wenig Einzelheiten geschildert hatte, fühlte sie bereits jetzt, dass die Szene, wie der Jeep mit den beiden Frauen über den Felsen stürzte, vermutlich noch einige Zeit in ihren Träumen vorkommen würde. Sie schwiegen eine Weile.

»Und du? Was hast du erlebt, Isa?«, fragte sie schließlich.

Isabelle begann, von ihrer unfreiwillig verlängerten Reise zu erzählen, von einer verseuchten Quelle, von Schwierigkeiten bei der Kaffeeernte, von Kinderarbeit, von dem Moment, als sie den Vertrag mit Amidah fand.

»Ist es nicht absurd, dass Corinna ihr nur dreitausend Dollar gezahlt hat? Fr...«, sie stockte plötzlich und verbesserte sich, »... ich meine, man sagt, in den USA kostet die Leihmutterschaft einen sechsstelligen Betrag, es können an die zweihundertfünfzigtausend sein!«

Doris schüttelte ungläubig den Kopf. »Das war ja glatte Ausbeutung!«

»Für eine Massai, die in so einfachen Verhältnissen lebte, waren dreitausend Dollar ein Vermögen, aber für Corinna war die Summe lächerlich. Sie hat ihre Lage ausgenutzt.« Doris senkte den Kopf. »Es ist bitter, wenn das Bild, das man von einem Menschen hatte, nach und nach in sich zusammenfällt. Ich frage mich manchmal, ob ich so naiv war oder ob sie sich nur so gut verstellt hat.«

»Genau das habe ich mich auch schon gefragt.« Isabelle schwieg eine Weile. Dann erzählte sie weiter, von Erdrutschen in der Regenzeit, von all den Problemen, die das Leben auf der Farm mit sich brachte, und von ihrer Einsamkeit.

»Wenn man weiß, dass die nächste Farm oder das nächste Dorf wegen der überfluteten Straßen und Schotterpisten im Grunde unerreichbar ist, kann das durchaus ein wenig beklemmend wirken, und letztlich habe ich im Grunde immer nur gewartet, dass ...«, Isabelle brach wieder abrupt ab, machte eine Pause.

»Gewartet, dass ...?«

»... dass es aufhört zu regnen«, fügte Isabelle hinzu, aber Doris spürte, dass da noch etwas anderes war, das sie hatte sagen wollen. Doch sie wollte ihre Tochter nicht drängen, das hatte nie zu etwas Gutem geführt. Isabelle sprang zu den Gesprächen mit Amidah über, erläuterte ihre Begegnung mit ihr im Farmhaus, aber immer wieder unterbrach sie sich, schien etwas, das sie eigentlich sagen wollte, wegzulassen. Schließlich sprach sie über ihren Besuch in der Boma und hier wurde ihre Erzählung wieder flüssiger.

Doris hörte aufmerksam zu, nickte hier und da, trank einen Schluck Tee, wärmte sich die Hände an dem Porzellan und stellte Fragen. »Sicher war sie dir gegenüber so reserviert, weil sie glaubte, du verteidigst die Taten von Corinna. Sie dachte, du bist auf ihrer Seite.«

»Ja, vermutlich, letztlich habe ich tatsächlich gesagt, dass es für Hannahs Zukunft besser sei, wenn sie sich an die Bedingungen des Testaments hält, aber das hat sich ja nun zum Glück erledigt. Vielleicht kann sie schon in den nächsten Ferien nach Mawingu kommen.«

»Das würde sie sicher gerne tun, ich glaube, sie vermisst Amidah sehr.«

Dann erzählte Doris von ihrer Reha in der Lauterbacher Mühle, von Bernhard und dem gemeinsamen Urlaub in der Schweiz. Sie geriet fast ein bisschen ins Schwärmen, sodass Isabelle sie fragte, ob es etwas Ernstes sei. Doch da schüttelte Doris den Kopf. »Ich möchte das lieber ganz langsam angehen, doch ich mag ihn schon ziemlich …« Sie sah auf ihre Hände und hob abrupt den Kopf. »Aber etwas ganz anderes, in der Schweiz haben wir plötzlich von diesem schrecklichen Virus gehört.« Als sie das Wort »Corona« erwähnte, wurde es still. Dieser neue Begriff hing wie eine unheilvolle Wolke über dem Raum, obwohl noch niemand genau wusste, was er bedeutete.

»Es ist eine beunruhigende Zeit«, gab Doris schließlich zu und Isabelle nickte. »Wir können nur das Beste hoffen und uns vorbereiten.«

»Und zusammenhalten«, fügte Isabelle hinzu.

Doris lächelte und sie prosteten sich zu, ihre Teetassen stießen in der Stille des Raums aufeinander in dem Bewusstsein, dass sie zu dieser neuen Covid-Sache nur bei Allgemeinplätzen blieben. Das ganze Thema war für sie noch so merkwürdig irreal.

»Weißt du, was ich mich ein paarmal gefragt habe?«, sagte Isabelle.

»Was?«

»Wäre es nicht am Ende besser gewesen, wenn das Testament tatsächlich für nichtig erklärt worden wäre und nach der gesetzlichen Erbfolge du alles geerbt hättest?«

Doris wollte etwas entgegnen, aber Isabelle ließ sie nicht zu Wort kommen, sondern fügte noch etwas hinzu: »Warte kurz. Was ich sagen will, ist … schließlich wären wir dann nicht von diesem Treuhänder, von diesem UBS Health Management, abhängig, von dem man nicht weiß, was er mit Corinnas Unternehmen und Vermögen in den kommenden sieben Jahren anstellt.«

»Da würde ich mir keine Sorgen machen, das ist ein sehr renommiertes Treuhandunternehmen. Unser Anwalt, Herr Radke, hat Erkundigungen eingezogen.«

»Okay, mag sein«, sagte Isabelle nachdenklich. »Aber was ich mir überlegt habe, ist … dann hättest du bereits jetzt die Möglichkeit gehabt, einen größeren Teil des Gewinns aus dem Unternehmen oder des vorhandenen Vermögens für unsere Projekte in Tansania einzusetzen. Und ehrlich gesagt, wird das Geld dort sehr, sehr dringend gebraucht.«

Doris schwieg einen Moment lang. »Ja, das glaube ich dir sofort und das hätte ich natürlich auch getan …« Sie machte eine Pause und legte bewusst mehr Strenge in ihre Stimme. »… aber du musst auch daran denken, dass Corinna ihren Letzten Willen nicht einfach so festgelegt hat, sondern sie hat sich etwas dabei gedacht.«

»Ich weiß, Mutter«, erwiderte Isabelle. »Aber manchmal frage ich mich, ob das ganze Durcheinander wirklich notwendig war … und ob es richtig ist, dass ein einziger Mensch ein so großes Vermögen erbt.«

»Es geht dabei nicht nur um Vermögen und Unternehmensanteile«, sagte Doris. »Es geht um Prinzipien und um Hannahs Recht. Corinna wollte, dass ihre Tochter ihr Erbe in dem Alter erhält, in dem sie es für richtig hielt. Vielleicht wollte sie Hannah schützen, vielleicht wollte sie ihr Zeit geben, erwachsen zu werden, bevor sie mit solch einer großen Verantwortung konfrontiert wird.«

»Aber wir hätten so viel Gutes in Tansania tun können«, gab Isabelle zurück. »… das Krankenhaus besser ausstatten, die Schule, Stipendien für Kinder bezahlen … die Kaffeefarm erwirtschaftet dafür nicht genug, erst recht nicht, wenn wir nachhaltig werden.«

Doris seufzte, denn sie ahnte, dass ihre Tochter mit ihrem Engagement in Tansania etwas wiedergutmachen wollte. Sie legte ihre Hand sanft auf Isabelles Arm. »Ich verstehe, was du meinst, und das sind sehr ehrenwerte Ziele, Isa, aber es war Corinnas Entscheidung, es ist wichtig, Verantwortung zu übernehmen, aber das bedeutet nicht, dass du die Last von Corinnas Entscheidungen auf deinen Schultern tragen musst.«

Isabelle schüttelte leicht den Kopf, als wollte sie das nicht hören.

Aber Doris fuhr fort: »Und auch wenn sie sehr gravierende Fehler gemacht hat und keineswegs nur gute Charaktereigenschaften hatte, viele davon sind mir erst nach und nach, seit sie nicht mehr da ist, klar geworden, dennoch müssen wir, wie ich glaube, ihr Lebenswerk respektieren, selbst wenn es schwerfällt. Und denk daran, Hannah ist die rechtmäßige Erbin. Es ist ihr Geburtsrecht und es wäre nicht fair gewesen, ihr das wegzunehmen oder sie zu übergehen.«

»Ich möchte nichts von Hannah wegnehmen«, protestierte Isabelle und Doris glaubte ihr das aufs Wort. Ihre Tochter war niemals egoistisch gewesen.

»Ganz sicher nicht«, fuhr Isabelle fort. »Es ist nur … die Aufgaben auf Mawingu sind extrem anspruchsvoll und teuer, all diese Verzögerungen, all diese Unsicherheit. Wir können doch nicht jahrelang warten, bis endlich Hilfe kommt. Es belastet mich sehr.«

Doris ließ die Hand von Isabelles Arm gleiten und suchte nach den richtigen Worten. »Ich weiß, Liebling, aber ich bin wirklich davon überzeugt, dass Hannah eines Tages viel bewirken kann. Sie wird nach Tansania zurückkehren und mit ihrem Wissen, ihrem Herzen und ihrer besonderen Leidenschaft für Veränderungen sorgen … und dann verfügt sie auch über die Mittel.« Sie sah Isabelle prüfend an, denn die ganze Zeit hatte sie das Gefühl, dass da etwas Neues in ihrem Ausdruck war. Trotz der vielen Probleme und der Belastung, die sie schilderte, strahlte sie etwas Neues aus, ein durchdringendes positives Gefühl. »Ist es wirklich nur Mawingu und die Situation in Tansania, die dich so bewegt, Isa?«, fragte sie leise.

Isabelle schluckte, ihre Augen flackerten für einen kurzen Moment, bevor sie sich absichtlich abwandte und zum Fenster schaute. Sie schien mit den Worten zu ringen, die Spannung im Raum war fast greifbar. »Mama«, begann sie zögerlich, ihre Stimme ein wenig rau, »es gibt da so viel, was in Tansania passiert ist … und nicht alles war schlecht.« Sie machte eine Pause, atmete tief durch und lächelte geheimnisvoll. »Aber ich bin noch nicht bereit, alles zu erzählen. Lass uns das Thema für einen anderen Tag aufheben.« Sie blickte Doris wieder direkt in die Augen, das Strahlen immer noch in ihrem Blick. Es war klar, dass Isabelle ein Geheimnis hatte, eines, das sie noch nicht teilen wollte und das weit über Mawingu und die Kaffeefarm hinausging.

Moritz

Als die Dunkelheit über Schwabing hereinbrach, fand sich Moritz in einer schummrigen Bar wieder. Das Flackern der Neonlichter von draußen mischte sich mit dem warmen Schimmer der Lichterketten im Inneren. Er bestellte ein Bier nach dem anderen in der Hoffnung, dass der stechende Schmerz der Enttäuschung in seiner Brust sich allmählich auflösen würde. Zunehmend betäubt, sah er anderen vergnügten Barbesuchern zu, dem Trinkspiel der anderen, dem Lachen der anderen, dem Glück der anderen.

Bei ihm schien der Alkohol heute nicht so zu wirken, wie er es erhofft hatte.

Sein Blick fiel starr auf das schmutzige Glas vor ihm, als plötzlich sein Handy vibrierte. Es war eine WhatsApp-Nachricht von Lizzy: »Hey, ich fliege nächste Woche nach München. Hätte dich gern gesehen. Wie geht's dir?« Ein Lächeln huschte über Moritz' Gesicht, ein Funken Hoffnung. Der Gedanke an Lizzy war seit ihrer flüchtigen Affäre in Monaco ein Lichtblick für ihn, besonders in den dunkelsten Zeiten.

Doch gerade als er ihr antworten wollte, legte sich eine Hand auf seine Schulter. Er blickte auf und erkannte einen Bekannten, Marius, den er vor einigen Monaten auf einer Party getroffen hatte. »Moritz, alter Freund!«, begann Marius mit einem schiefen Grinsen. »Habe da was für dich. Ein Angebot, das du nicht ablehnen kannst.« Er zog Moritz näher heran und flüsterte ihm ohne Umschweife ins Ohr: »Kryptowährung, Mann. Eine völlig neue, die gerade startet. Wenn du jetzt einsteigst, kannst du dich in einem Jahr zurücklehnen und den Cashflow beobachten.«

Moritz runzelte die Stirn. Er war sich nicht sicher, was er von dem Angebot halten sollte. Die Versprechung von leichtem Geld war für ihn schon immer verlockend gewesen und besonders nach dem heutigen Rückschlag erschien der Gedanke verführerisch. Selbst wenn er auf Anhieb wusste, wie das Risiko die Chance bei Weitem überwog, war er gezwungen, sich die Idee anzuhören, denn sie dämpfte die Trauer und

Sehnsucht in seinem Herzen. Aber irgendetwas in Marius' Augen, diese Gier, warnte ihn.

»Ich denke darüber nach«, murmelte er schließlich und machte sich auf den Weg nach draußen, wobei er versuchte, die Vorfreude auf Lizzys Besuch nicht von Marius' schrägen Versprechungen überschatten zu lassen.

Isabelle

Die Nachrichten über Corona waren anfangs tröpfchenweise gekommen, harmlose Ausläufer eines entfernten Sturms, den man kaum als solchen wahrnahm. Aber schon bald wurden die Meldungen häufiger, alarmierender. Es war, als ob die Welt plötzlich den Atem anhielt, als ob sich eine unsichtbare Bedrohung in die Köpfe und Herzen der Menschen geschlichen hatte.

Ich telefonierte häufig mit Frank, der mir von seinen Hilfs- und Versorgungsflügen berichtete. Er war viel in Namibia unterwegs, aber dort und in Tansania schien Corona noch kein Thema zu sein. Bei jeder Erzählung von seinen Flügen sah ich vor meinem inneren Auge die endlosen Landschaften Tansanias, konnte die Hitze auf meiner Haut spüren und sah sein Flugzeug auf der Landebahn aufsetzen. Es war nicht nur das Abenteuer, das er mit sich brachte, es war diese besondere Art, wie er Dinge sah, wie er über sie sprach. Seine Stimme hatte eine beruhigende Wirkung auf mich, die ich bei unseren Telefonaten immer mehr zu schätzen wusste. Mit jedem »Ich vermisse dich« wurde die Sehnsucht größer, die Kluft zwischen meiner jetzigen Realität und dem Ort, an dem ich sein wollte, immer spürbarer. Und während Christoph meine Anwesenheit kaum zu bemerken schien, fühlte ich mich von Frank sogar über eine Entfernung von sechstausendachthundert Kilometern gesehen, wahrgenommen, wertgeschätzt. Es war dieses Gefühl der Zusammengehörigkeit und Wichtigkeit, das er mir vermittelte, das mich immer mehr in seine Richtung zog.

Bei jedem Telefonat fragte er mich, wann ich zurück nach Mawingu käme. Die Bilder von ihm, seinem Flugzeug und den weiten Ebenen Afrikas vermischten sich in meinen Träumen zu einem bittersüßen Cocktail aus Sehnsucht und Fernweh. Es war nicht nur eine physische Sehnsucht nach Mawingu oder Afrika, es war eine Sehnsucht nach einer Verbindung, nach einem Gefühl, das ich in der Nähe von Frank spürte und das mir bei Christoph fehlte.

Zu Hause verfolgte ich jede Neuigkeit zu Covid-19 mit wachsender Unruhe. China, Italien, Iran … und dann, bevor wir es richtig begreifen konnten, war auch Deutschland betroffen. Die Zahlen stiegen jeden Tag, die Nachrichten berichteten von Krankenhäusern, die überlastet waren, von Menschen, die in Quarantäne waren, von Geschäften und Schulen, die geschlossen wurden.

Ich machte mir Sorgen um Doris. Sie war nicht mehr die Jüngste, gehörte sie zur Risikogruppe, vor allem nach ihrem Schlaganfall? Und Hannah … Sie wohnte hier und ging täglich in die Schule, konnte sie Doris anstecken?

Dann kam die Nachricht, die mir den Boden unter den Füßen wegzog: Die Flüge wurden eingestellt. Der Gedanke daran, dass ich nicht mehr zurück nach Tansania könnte, traf mich wie ein Schlag. Mawingu, Frank, die Farm … sie schienen jetzt unerreichbar.

Ich rang mit mir selbst. Sollte ich bleiben und mich um Doris und Hannah kümmern, sollte ich versuchen, die Arbeit im Architekturbüro weiterzuführen? Oder sollte ich zurück nach Tansania fliegen, solange ich noch konnte? Dorthin, wo ich mich am meisten zu Hause fühlte?

Die Für- und Wider-Argumente überschlugen sich in meinem Kopf. Auf der einen Seite stand die Verantwortung, die ich hier in Deutschland hatte, die Menschen, die auf mich angewiesen waren, mein Büro. Auf der anderen Seite stand der Wunsch nach Freiheit, nach Abenteuer, nach einem Ort, der mir das Gefühl gab, wirklich lebendig zu sein, und natürlich war das nicht das Einzige, was mich so unwiderstehlich zurückzog. Die Sehnsucht nach Frank brannte in meinem Herzen.

Und dann war da noch Christoph. Am frühen Morgen, nachdem ich lange mit Frank telefoniert hatte, ihn gefragt hatte, was ich tun sollte, und er mir versprach, er werde sich um die praktischen Angelegenheiten kümmern, wenn ich zurückkäme, solange ich nur den Mut fand, es Christoph zu sagen, kam ich ins Wohnzimmer hinunter.

»Mit wem hast du telefoniert? Du hast Englisch gesprochen.«

»Mit Zahir«, sagte ich. »Es ging um die Abläufe auf der Farm, die neuen biologischen Pflanzenschutzmittel sind sehr effektiv und er wollte wissen, ob er noch mehr davon besorgen könnte.«

Es war das erste Mal, dass ich Christoph anlog, und ich schämte mich, als er mir so einfach glaubte oder vielleicht auch gar nicht richtig hinhörte. Er saß auf einem drehbaren Holzhocker vor seinem Notenständer, in einer Hand Geige und Bogen, und schrieb sich mit Bleistift Notizen an die Stellen, die er gerade einübte. Dann legte er die Geige wieder ans Kinn und probierte einige Takte. Er spielte sie mit einer solchen Behutsamkeit und seine gesamte Erscheinung mit den vibrierenden weichen Fingern, dem großen, leicht gebeugten Kopf strahlte etwas aus, das an pures Glück erinnerte. Ich wusste, dass er Noten liebte wie andere Menschen ihre Familie. Ich ging zu ihm hin, küsste ihn auf seine weichen, feuchten Lippen, dann stiegen mir plötzlich die Tränen in die Augen. Zwanzig Jahre Ehe! Wir hatten einen wunderbaren Sohn gezeugt und gemeinsam großgezogen, wir hatten einiges geteilt, vielleicht nicht genug, doch jetzt hatte ich angefangen, es zu zerstören. Ich spürte eine tiefe Trauer darüber, dass mein Leben nun im Begriff war, so kompliziert zu werden. Gleichzeitig fiel mir auf, wie seltsam es war, dass ich noch nie etwas bewusst gegen den Willen eines anderen Menschen getan hatte, dass ich noch niemanden hintergangen hatte. Und nun tat ich es. Statt mit ihm über das zu sprechen, was mich bewegte, statt ihm ins Gesicht zu sagen, dass ich mir nichts sehnlicher wünschte, als zurück nach Tansania zu reisen, würde ich ihm gegenüber meine Lippen verschließen, um meinen Plan zuerst mit meiner Mutter zu besprechen. Ich hatte schlicht und einfach Angst vor seiner Reaktion.

»Hab einen schönen Tag!«, sagte ich und griff nach meiner Jacke.

»Viel Spaß im Büro!«, murmelte Christoph, ohne nochmals von seinem Notenheft aufzusehen, in das er gerade einen neuen Fingersatz schrieb.

Es war windig geworden und die heftigen Böen trieben Wolkengebilde vor sich her, als ich mit dem Fahrrad durch Oberföhring fuhr. Nun hatte ich eine Ausrede – den Wind –, als mir Tränen über die Wangen liefen. Alle paar Augenblicke wurde die Sonne verdeckt. Die früh eingetretene Wärme hatte schon fast überall in den Vorgärten ihre Wirkung getan, und ich versuchte, mich auf das Schöne zu konzentrieren. Hier wiegten sich gelbe Narzissen im Wind, dort hatten sich schon die ersten blassen Primelblüten geöffnet. Als ich von der Ifflandstraße abbog, hob ich das Gesicht und sah über mir, wie die klebrigen Knospen der Kastanien bereits aufplatzten und das zarte Grün ihrer jungen Blätter freigaben.

Ich hatte mir heute Morgen etwas Leichtes angezogen, ein rosa T-Shirt und einen hellbeigen Hosenanzug, obwohl es vielleicht noch nicht frühlingshaft genug für dieses Outfit war. Aber der helle Leinenstoff hatte mich an meine erste Begegnung mit Frank erinnert, als er auf der Buschpiste von Mawingu landete und eine Hose aus dem gleichen leichten Stoff trug …

Während ich auf das Tor der Villa zufuhr, öffnete es sich und ein blauer Volvo-Kombi bog in die entgegengesetzte Richtung der Straße ein. Ich sah noch, dass aus der Ladefläche einige lange Holzteile herausschauten und der Kofferraum mit einer Schnur zugebunden war, der Deckel heftig wippte, als er über eine Schwelle fuhr. Dann schob ich mein Fahrrad die Einfahrt hoch. Vor dem Eingang der Villa stand ein großer gelber Container, der sich deutlich von der weiß getünchten Fassade abhob. Er war fast vollständig gefüllt und ich erkannte einige der Möbelstücke, die aus dem Haus kamen. Neben dem Container standen mehrere blaue Plastiktüten, prall gefüllt und für die Kleidersammlung bereit. Einige der Tüten waren bereits aufgerissen und ein oder zwei Kleidungsstücke waren herausgefallen, von denen ich sicher war, dass sie einmal meiner Tante gehört hatten: ein alter, aus der Mode gekommener Mantel, ein Paar Schuhe mit abgelaufenen Absätzen.

Als ich näher kam, trat meine Mutter aus der Haustür. Sie trug alte Jeans und ein verschmutztes T-Shirt, hatte ihre Haare mit einem Haarreif aus dem Gesicht geschoben. Sie sah mich an, ihre Augen wach und entschlossen.

»Da bist du ja«, sagte sie und wischte sich den Schweiß von der Stirn. »Ich habe fast alle Sachen von Corinna ausgeräumt. Es ist unglaublich, wie viel sich über die Jahre angesammelt hat.«

Ich sah mich um und dachte an die vielen Erinnerungen, die in diesen Tüten und im Container steckten. Die Villa Waldeck war nicht nur ein Haus, sie war ein Zeuge unserer Familiengeschichte und das Ausmisten war sicherlich ein emotionaler Prozess für meine Mutter.

»Hattest du nicht noch vor Kurzem gesagt, du wolltest alles aufheben?«

»Es war nicht leicht«, begann meine Mutter leise. »Diese Dinge sind nicht nur Gegenstände. Sie sind Erinnerungsstücke, Fragmente der

Vergangenheit. Aber man kann nicht ewig festhalten. Irgendwann müssen wir loslassen, mit der Vergangenheit abschließen, um dem Leben eine neue Richtung zu geben.«

»Hast du das alles alleine geschafft?«, fragte ich.

»Hannah und Bernhard haben mir geholfen, sie sind gerade wieder losgefahren.«

»Ah, dann war das Bernhard in dem blauen Volvo?«

Meine Mutter nickte. »Sie haben schon unzählige Kisten zum Bayerischen Roten Kreuz gebracht und es wurden auch Möbel und Sachen von Leuten von der Diakonie abgeholt.«

Doris füllte den Inhalt des aufgeplatzten Sacks in eine andere Tüte um und sprach weiter. »Die Designerkleidung habe ich in einen Secondhandladen in Schwabing gebracht. Einige wertvollere Möbel, Antiquitäten und Gemälde hat das Auktionshaus Lempertz abgeholt und die Sammlung von Masken und Kunsthandwerk habe ich dem Museum Fünf Kontinente angeboten. Eine Kuratorin war sogar schon hier, um die Gegenstände zu sichten.«

Sie bemerkte wohl meinen erstaunten Blick und beeilte sich zu sagen: »Aber ich habe auch noch genug aufgehoben, von dem ich glaube, dass du, Moritz, Alex oder Christoph es vielleicht haben wollen.«

»Das ist es nicht, Mama«, versicherte ich ihr. »Du hast das alles geerbt und sollst damit machen, was du möchtest. Aber ich bin mir gar nicht sicher, ob Kunsthandwerk aus Tansania in einem deutschen Museum am richtigen Platz ist oder ob es nicht in sein Ursprungsland gehört.«

Meine Mutter hob abwehrend die Arme. »Ach, jetzt fängst du auch noch damit an! Die Dame vom Museum hat mir auch etwas von der UNESCO-Konvention von 1970 erzählt.«

»Genau, ich glaube, danach müssen Kunstobjekte, die illegal aus einem anderen Land eingeführt wurden, wieder dorthin zurückgegeben werden.«

Meine Mutter presste die Lippen aufeinander und nickte. »Es ist ja auch richtig, aber ich weiß nicht, ob diese Dinge wirklich so bedeutungsvoll sind, und nun habe ich schlafende Hunde geweckt.«

»Die Welt hat sich geändert. Es ist nicht mehr alles so einfach wie früher, Mama«, sagte ich und ging durch die offene Haustür. »Aber für dich macht es doch keinen Unterschied, ob es in München in einem Museum hängt oder in Daressalam, oder?«

»Nein, das stimmt. Nur hier wollte ich die Sammlung nicht mehr haben. Ich finde, Corinna hat es nicht verdient, dass man sie vergisst, sie war meine Schwester und sie hat auch viel Gutes getan …«

»… aber nach all dem, was wir inzwischen über sie wissen, müssen wir nicht in einem Mausoleum zu ihren Ehren leben«, vollendete ich ihren Satz.

»So ist es.«

Der Anblick des fast leeren Hauses war unwirklich. Die Echos unserer Schritte hallten durch die Räume, die einst mit Gelächter, Gesprächen, Festen und dem täglichen Leben erfüllt waren. Jeder Winkel, in dem jetzt Staub und Sonnenstrahlen spielten, erinnerte mich an Momente, die hier stattgefunden hatten. Dort, wo einst das Sofa stand, hatten wir unzählige Filme geschaut, uns in kalten Winternächten unter eine Decke gekuschelt und heißen Kakao getrunken. Und an der Wand, wo jetzt nur noch ein heller Fleck vom fehlenden Gemälde zeugte, hatte ich oft das Bild betrachtet und darüber nachgedacht, wie es wohl wäre, an diesem weit entfernten Ort zu sein.

Die halb leeren Regale im Wohnzimmer, auf denen früher Bücher, Fotos und die ganzen Andenken von Corinnas Reisen ihren Platz gefunden hatten, schienen jetzt wie stumme Zeugen der Vergangenheit. Es war, als hätten sie all die Geschichten, die sie über die Jahre gehört hatten, gehen lassen und warteten nun auf neue. Nur einige Lieblingstücke, wie die zwei Sessel am Kamin, standen noch an ihrem Platz.

Ich lief über den Boden im Wohnzimmer, dort, wo der Teppich noch die Abdrücke der Möbel zeigte, und sah meine Mutter an. »Das fühlt sich ganz unwirklich an.«

Doris nickte. »Ja, ich weiß.«

»Ich kann verstehen, dass du es ausgeräumt hast. Es war sicher schmerzhaft, aber ich glaube, es war auch ein notwendiger Schmerz.«

Mir wurde klar, dass all diese Momente, die in den alten Dingen steckten, all diese Erinnerungen, immer ein Teil von mir sein würden, egal, wohin ich ging oder was ich tat.

»Und bevor ich es vergesse«, sagte meine Mutter. »Ich möchte den Erlös aus den Auktionen des Inventars und den Verkäufen der Designerkleidung von Corinna in deine Projekte auf Mawingu stecken. Bestimmt reicht es für einige Stipendien.«

»Danke, Mama«, sagte ich. Unsere Blicke trafen sich und in diesem Moment spürte ich, dass wir beide diese merkwürdigen Schattierungen zwischen lobenswert und schändlich beim Gedanken an meine Tante noch einige Zeit mit uns herumtragen würden. Die Linien zwischen richtig und falsch, gut und böse, sie waren dermaßen verschwommen.

Wir setzten uns in die Küche der Villa Waldeck, die als einziger Raum noch voller geworden war als zu Lebzeiten meiner Tante. Aber mir fiel sofort die leere Fläche auf dem Sideboard auf. Meine Mutter hatte sogar Corinnas Kaffeemaschinen, ihren »Altar«, weggeräumt.

Sie folgte meinem Blick und sagte: »Es musste sein.«

»Ich weiß«, antwortete ich.

Schon wieder hielt jede von uns eine Tasse Tee in den Händen. Selten hatte ich so viel Tee getrunken wie in den Wochen seit meiner Rückkehr aus Tansania. Die helle Morgensonne warf ein warmes Licht auf unsere Gesichter. Draußen wurde es jetzt immer sonniger, die Welt schien sich auf den kommenden Frühling vorzubereiten, ganz so, als sei es ein Jahr wie jedes andere. Doch in uns brodelte es, wir waren gefangen in unseren Gedanken und Ängsten. Die Nachrichten über Corona ließen uns nicht los.

»Mama«, begann ich vorsichtig, »ich bin mir nicht sicher, ob ich hierbleiben sollte. Die Nachrichten sagen, dass die Flüge womöglich ganz eingestellt werden. Und wenn das passiert, dann könnte ich nicht mehr nach Tansania zurück.«

Doris sah mich lange an, ihre Augen suchten meine. Ich konnte in ihrem Blick Sorge erkennen, aber auch Verständnis.

»Isa«, sagte sie schließlich, »du musst tun, was du für richtig hältst. Natürlich mache ich mir Sorgen. Aber ich weiß inzwischen, dass Mawingu für dich mehr als nur eine Farm ist.«

Ich sah sie überrascht an. »Was meinst du?«

Sie lächelte sanft und legte ihre Hand auf meine. »Ich meine den Mann, Isabelle. Ich möchte nicht so tun, als ob ich nichts bemerkt hätte.«

Ich fühlte, wie ich rot wurde. »Ich … ich weiß nicht, was du meinst.«

Doris lachte leise. »Du denkst, du bist gut darin, deine Gefühle zu verstecken, Isa. Aber ich bin deine Mutter. Ich sehe, wie du leuchtest, wenn du von Tansania, von Mawingu sprichst. Da steckt mehr dahinter als nur die Liebe zu einer Kaffeeplantage.«

Ich schluckte hart. »Mama, ich ...«

»Und ... wie heißt er?«, fragte sie.

Ich sah sie erstaunt an, aber als ich diesen typischen wissenden Blick meiner Mutter sah, bemühte ich mich nicht länger, mich zu verstellen. Es war sowieso zwecklos.

»Er heißt Frank. Frank Barnes und er ...«

Sie unterbrach mich mit einer Handbewegung. »Ist er frei?«

»Ja, er ist geschieden und hat zwei Kinder im Teenageralter.«

»Es ist in Ordnung, Isa. Es ist mehr als in Ordnung. Ich freue mich für dich. Und ich will, dass du glücklich bist. Und wenn das bedeutet, dass du zu Frank Barnes nach Tansania zurückkehren musst, dann ist das so. Denn dass es mit Christoph nicht mehr gut funktioniert, habe ich schon lange bemerkt.«

Ich senkte den Kopf. »Ich glaube, wir haben uns schon lange auseinandergelebt, es uns nur niemals eingestanden.« Meine Mutter griff nach meiner Hand, ich legte meine andere auf ihre und sagte: »Und was wird aus dir, Mama, du gehörst doch zu der gefährdeten Gruppe.«

»Du tust so, als sei ich eine pflegebedürftige Greisin, Isa! Aber ich bin achtundsechzig und kann sehr gut auf mich selbst aufpassen.« Als ich den Mund öffnete, um zu protestieren, fügte sie hinzu: »Ich habe dich mit dreiundzwanzig bekommen, das war sehr früh, aber es hat den Vorteil, dass du dich nicht mit fünfundvierzig schon um eine alte Mutter kümmern musst. Und es gibt hier immer noch Bernhard, Hannah, Alex und Christoph und im Ernstfall könnte ich mich sicher auch noch auf Moritz verlassen.«

Ich nickte. »Ja, vermutlich könntest du das.«

»Siehst du? Fünf Menschen, die für mich da sein können, falls es nötig ist, und im Moment ist es in keiner Weise nötig.«

»Und Hannah?«, frage ich. »Amidah? Ich habe keine Lösung, ich hätte Hannah gerne mitgenommen, damit sie endlich Amidah wiedersieht, aber sie hat Schule und keiner weiß, wann sie wieder zurück nach Deutschland fliegen könnte.«

»Liebes, ich verstehe deine Ängste. Aber denke daran, Amidah ist eine Massai. Sie weiß genau, dass man manchmal loslassen muss, um etwas festzuhalten. Hannah hat das von ihr gelernt, sie wird ihren Weg finden und irgendwann zu ihr zurückkehren. Vertrauen wir darauf.«

Mit einem tiefen Atemzug ging ich ans Fenster und blickte hinaus. War ich zu egoistisch?

Unser Lebensbaum stand dort, seine mächtige Krone überschattete den großen Garten. Er bot einen majestätischen Anblick und seine robuste, knorrige Rinde zeugte von den Jahren, die er schon dort stand, fest verwurzelt im Boden. Die Äste mit den schönen Nadeln, in tiefem, sattem Grün, wiegten sich im Wind. Es war, als ob der Baum in seiner sanften Bewegung mit mir sprach. Eine Art stilles Flüstern, das eine seltsame Ruhe in meine Gedanken brachte. Der Baum schien mir zu sagen, dass alles seinen Weg finden würde, dass unsere Lebensbahn ihre eigenen Rhythmen hat und dass wir, trotz all unserer Pläne und Sorgen, Teil dieses Weges waren. Er schien mir zu versichern, dass, gleich wie kompliziert das Leben auch sein mochte, wir am Ende des Weges immer einen Ort finden würden, an dem wir Wurzeln schlagen konnten. Wir mussten nur unserem Herzen folgen.

Ich stand eine Weile dort, betrachtete den Baum und ließ seine stille Botschaft auf mich wirken. Als ich mich schließlich von dem Fenster abwandte und zu Doris zurückkehrte, fühlte ich mich seltsam gefestigt.

»Du hast recht, Mama«, sagte ich leise. »Wir werden einen Weg finden. Wir müssen nur Vertrauen haben.«

Doris nickte und drückte meine Hand fester. »Ich hab dich sehr lieb, Isa. Und wenn du dich entscheidest, nach Tansania zurückzukehren, dann weiß ich, dass du das Richtige tust.«

Ich lächelte sie dankbar an. Ihre Worte gaben mir die Gewissheit, die ich gebraucht hatte. Ich würde nach Tansania zurückkehren. Und ich würde dort sein, wohin mein Herz mich führte.

Noch am selben Vormittag gab ich Christine eine Generalvollmacht, in meinem Namen für unser Arichitekturbüro zu handeln. Außerdem versprach ich ihr, so bald wie möglich meinen Anteil bewerten zu lassen und ihr zu einem fairen Preis anzubieten.

Ich würde zurück nach Tansania fliegen. Ich konnte die Unsicherheit, die Sehnsucht nicht mehr ertragen und musste mir eingestehen, dass Christoph bei meinen Überlegungen keine wichtige Rolle mehr spielte. Ich glaube, er realisierte nicht, dass ich es wirklich ernst meinte, denn er fragte nur, ohne von seinen Noten aufzublicken, wie lange ich diesmal bleiben würde. Wir hatten schlicht und einfach schon über Jahre hinweg nebeneinanderher gelebt.

Alex war selbstständig und würde gut ohne mich zurechtkommen, er konnte mich besuchen, wann immer er Zeit und Lust hatte. Aber ich wollte an dem Ort sein, an den mein Herz gehörte. Mit einer Mischung aus Erleichterung und Sorge buchte ich den letztmöglichen Flug zum Kilimandscharo International Airport. Noch wusste ich nicht, was mich erwarten würde, und auch nicht, für wie lange man den Flugverkehr einstellen würde, aber ich war entschlossen, das Beste daraus zu machen.

Isabelle

Die warme Luft umschmeichelt mein Gesicht, als ich aus dem Flugzeug steige. In der Ferne kann ich den Kilimandscharo sehen, majestätisch und einladend. Ein Lächeln breitet sich auf meinem Gesicht aus. Ich bin zu Hause. Ich bin wieder an dem Ort, an den ich gehöre. Und während ich auf mein Gepäck warte, flüstert mir das Leben zu: Es beginnt erst!